GUN LEI

李琳 著

图书在版编目(CIP)数据

滚雷/李琳著．---南昌：江西高校出版社，2019.12
（2022.2 重印）
 ISBN 978-7-5493-9419-7

Ⅰ．①滚⋯　Ⅱ．①李⋯　Ⅲ．①长篇小说—中国—当代　Ⅳ．①I247.5

中国版本图书馆 CIP 数据核字(2019)第 283422 号

出版发行	江西高校出版社
社　　址	江西省南昌市洪都北大道 96 号
总编室电话	(0791)88504319
销售电话	(0791)88522516
网　　址	www.juacp.com
印　　刷	天津画中画印刷有限公司
经　　销	全国新华书店
开　　本	700mm×1000mm　1/16
印　　张	20.5
字　　数	300 千字
版　　次	2019 年 12 月第 1 版 2022 年 2 月第 2 次印刷
书　　号	ISBN 978-7-5493-9419-7
定　　价	58.00 元

赣版权登字 -07-2019-1120
版权所有　侵权必究

图书若有印装问题,请随时向本社印制部(0791-88513257)退换

目录 滚雷

第一章	匪巢当军师	001
第二章	夜袭刘湾镇	047
第三章	潮起牛眼洞	091
第四章	生死大对决	135
第五章	三元宫会议	182
第六章	牛山坚大旗	228
第七章	血溅蔷薇村	274
后　记		321

第一章 匪巢当军师

1

吴天昊走到岔路口时，用眼角余光朝两边瞄了瞄，见街上行人来来往往与往常没有两样，但心里总觉得与往常有点儿不一样，具体哪点儿不一样，一时间又说不出来。吴天昊突然有了这种感觉后随即警觉起来，他像街上闲逛的年轻人一样拢了拢头发，然后两手插在裤兜里，吹着口哨晃晃悠悠地朝岔路里走。走进岔路时，他一边吹着口哨一边用眼角又瞄了一眼岔路口两边，发现岔路口右边不远处有一个擦皮鞋的。他心里一愣，前几天有这个擦鞋匠吗？吴天昊一边问自己一边慢慢地朝里走，他要到机织局工会去开会。这时一个帽檐压得很低的人从岔路里匆匆走出来，经过他身边时小声说，撤，陈兴义在下关码头。两个人匆匆擦肩而过，吴天昊虽然没有看清那人的脸，但从口音听出来那人是省委老王，转身想跟上去问问情况，只见老王步履匆匆地走远了。吴天昊想喊老王，瞥见岔路口右边的那个擦鞋匠正在看他，立马闭嘴，做了个想打招呼的姿势扬了扬手，随后摇着头自言自语地说，认错人了。吴天昊没有走来时的路，他吹着口哨三晃两晃地拐进一个巷子。当看不见擦鞋匠时，他立刻撒腿跑了起来，好像枪子在后边追似的拼命朝前跑，来到另一条街上。街边有个手艺人正在捏泥人。吴天昊在街边一家茶叶店的墙角处停下来，扶着墙大口小口地喘了一会儿气，又回头看看刚刚跑过来的路，确定没人追赶后，才装作闲逛的样子，轻松愉快地吹着口哨，朝捏泥人的手艺人走去。

手艺人面前的摊子是个小木柜，台面上摆放着和好的泥和颜料，捏好的泥人摆放在小小的货架上，胖胖的小泥人神态各异，憨态可掬。台面下边有两层抽屉，抽屉下边还有个抽屉，只是最下边这个抽屉是双开门的。手艺人虽然听见有脚步声走过来，但他没有抬头，依然认真地摆弄着手里的泥人，一会儿捏捏这儿，一会儿捏捏那儿。吴天昊也没有说话，站在摊子前，看手艺人灵巧的双手在黑色的泥上捏来捏去。这时，手艺人头也没抬地说，惠山泥人。吴天昊盯着手艺人的两手说，你的手真巧。手艺人听了吴天昊的话，一边认真地捏泥人一边说，家传手艺，混饭吃。然后，他停下手来，抬眼看了看吴天昊，说，捏个菩萨保佑你？吴天昊说需要的时候我来找你。手艺人端详着手上的泥娃娃，一会儿捏捏这儿，一会儿捏捏那儿，不再说话。

吴天昊抬头看看天，见阳光还是一如往常那样灿烂耀眼，天空蓝汪汪水盈盈地缀着几朵白云。吴天昊离开捏泥人手艺人有一段距离了，心里还在想，到底出了什么状况？陈兴义在下关码头？难道是出了叛徒？吴天昊想了半天也没想出个所以然，干脆不想了，两手插在裤兜里，吹着口哨逛起街来。

吴天昊逛到第四中山大学时，看见一支荷枪实弹的卫戍队正朝校园里跑。他赶紧走到路边树下，踮起脚朝校园里张望半晌，看着荷枪实弹的卫戍队的背影摇摇头，心想，学校是回不去了。

卫戍队到学校来干什么？难道是出了叛徒？哎呀，刘紫瑶上午也要去机织局工会开会，去看看刘紫瑶？吴天昊突然想起了刘紫瑶，不知道刘紫瑶是去开会了还是在学校，更不知道卫戍队到没到刘紫瑶的学校去。吴天昊想了半天，最终还是摇了摇头，心想等卫戍队撤走以后，还是先回自己学校看看情况再说。

吴天昊在街上来回逛了两趟，天黑下来时在街边小吃摊上吃了两碗馄饨。稀疏的街灯一盏一盏地亮了，灯具像个花洒，把昏黄的灯光洒在街道上。黑暗像条三天没吃东西的疯狗一样，立马扑上来吞噬着本来就瘦弱的灯光，仅剩灯杆下那一团朦朦胧胧昏黄的光亮。吴天昊吃完馄饨，端起碗连汤也喝得一滴不剩，放下碗，便坐在板凳上看街景，直到又有客人来吃饭，才起身让出板凳回学校。吴天昊回到学校时天已经很晚了，他悄悄潜回宿舍推门一看，叶顺涛的床空着，杨辉的床也空着，宿舍里只有一个叫宝强的室友。

于宝强正在整理床铺，听见门响，转脸看见吴天昊来了，还没来得及说话，吴天昊却抢先说，宝强，叶顺涛呢？于宝强一边整理枕头一边说，今天一天没见到他，可能回家了。吴天昊又问，杨辉呢？于宝强说，他家里来人把他叫回去了。吴天昊"哦"了一声，看着于宝强愣了半晌。于宝强整理好床铺，一屁股坐在床边，对吴天昊说，人都跑了，你怎么还敢回来？吴天昊说，宝强，到底出了什么事？于宝强说，卫成队今天到学校抓走了不少人。吴天昊急切地问抓了什么人，于宝强说抓的是共产党和进步学生。吴天昊"哎呀"一声，问，王教授呢？于宝强说，王教授也被抓走了。吴天昊心里咣当一响，好像什么东西被摔碎了似的。于宝强看着吴天昊说，卫成队到教室找过你，也到宿舍来找过你，你还敢回来？胆子真不小啊！收拾收拾东西快走吧，能走多远走多远，不要再回来。听说，卫成队今天没有抓到的人，明天还要来抓，说不定一会儿就来了。吴天昊急急忙忙收拾东西。于宝强说，你简单带点儿东西，走得越快越好。说完，他从床底拽出个包来，从包里掏出两块大洋递给吴天昊说，我就这些了，你拿着用吧。吴天昊两手抱拳说，宝强，有情后补。于宝强催促道，别啰唆，快走吧。吴天昊接过于宝强递过来的两块大洋装进兜里，又拿了两本书装在包袱里，这时宿舍的门咚咚响了起来，门外人声嘈杂。于宝强朝后窗努努嘴，吴天昊二话没说，背着包袱爬上桌子，推开窗户逃走了。

虽说来南京读了两年书，但吴天昊只认识同学，社会上一个人也不熟悉，又不好贸然到码头去找陈兴义。他想了半天，决定先到叶顺涛家去躲两天。春天的时候，吴天昊到叶顺涛家去玩过一次。

吴天昊见国民党侦缉队、卫成队在路口设卡盘查来往行人，便没有走大路，钻进一条巷子。吴天昊走出巷子穿过两条大街又钻进一条巷子，这才找到叶顺涛家。他敲开大门对开门的管家说，我是叶顺涛同学。管家看了看吴天昊身后，说，少爷没回来。吴天昊惊问道，叶顺涛没回来？管家说，老爷正派人到处找呢。管家说完，让吴天昊进了大门，然后带着吴天昊到客厅去。快进客厅门时，管家让吴天昊站在门外等一下，自己匆匆进去通报。不一会儿，他出来对吴天昊说，老爷叫你进来。吴天昊跟着管家来到客厅里，见叶顺涛父亲坐在桌前喝茶，刚要喊叶老爷，管家却对叶顺涛父亲说，老爷，这是少爷的同学。管家说完，转身走出客厅，客厅里只剩叶顺涛父亲和吴天昊两人。叶顺涛父亲把茶碗放在桌子上，转过头来上上下下把吴天昊打量半天。吴天昊说，叶老爷，春天的时候我和顺涛来您家里玩过。叶顺涛父亲恍然大悟似的拍着脑门说，你看看你看看，我觉得在哪里见过的嘛。你叫你叫……看我这记性。吴天昊说，叶老爷，我叫吴天昊。叶顺涛父亲见吴天昊还站着，忙说，快坐下快坐下。吴天昊说，谢叶老爷。叶顺涛父亲说，你没和小涛在一起？吴天昊说，上午我还看见叶顺涛了。叶顺涛父亲"噢"了一声，说，不知小涛跑哪儿去了，一天也没回来，外面这么乱，我都担心死了。吴天昊猛一激灵，叶顺涛上午也去了机织局工会开会，两个人是分开走的，叶顺涛比自己先走一步。叶顺涛到现在没有回家，会不会被卫戍队抓去了？吴天昊不由得倒抽一口凉气，心跳随即加快，自己都可以听到咚咚的心跳声。

　　这时，老管家小跑着跑来对叶顺涛父亲说，老爷，有人从门缝塞进来一封信。这时候还有谁送信来？叶顺涛父亲接过信，信封上啥也没写，抽出信纸一看，当即一把捂住左胸歪在椅子上。老管家连忙喊，快来人哪，又对吴天昊说，快把桌上的药瓶给我。吴天昊看见桌子上有个小药瓶，一把抓过来递给老管家。老管家倒出几粒药丸，塞进叶老爷嘴里。吴天昊在叶顺涛父亲刚刚看过的信纸上瞥了一眼，心里咣当一响，叶顺涛真的被卫戍队抓走了。

　　半晌，叶顺涛父亲慢慢缓过气来，脸上有了血色。吴天昊见叶顺涛父亲缓过来了，对老管家说，老人家打扰了，顺涛不在，我走了。叶顺涛父亲听吴天昊说要走，指指吴天昊对老管家说，听口音，他不是本地人。老管家对吴天昊说，不是南京人吧？吴天昊看看老管家，又看看叶顺涛父亲，说，我是苏北东海人。叶顺涛父亲说，东海？东海在苏北什么地方？吴天昊说，在长江北边的北边，离南京几百里路，跟山东接壤。叶顺涛父亲接着"哎哟"一声，说，太远了啊，顺涛不在家，你就在这儿住下吧。我说你们这些孩子啊。吴天昊看着老管家，老管家说，你人生地不熟的到哪儿去？老爷叫你住你就住。吴天昊又看着叶顺涛父亲说，谢谢叶老爷，我住一晚明天走。叶顺涛父亲对管家点了点头，老管家连忙安排用人去收拾床铺，然后领着吴天昊去了房间。

　　吴天昊走了以后，叶顺涛父亲开始打电话，打了一个又一个，有的电话打通了，有的电话没打通。打通的电话，叶老爷总是说，无论花多少钱，就是倾家荡产也要把儿子从国民党大牢里捞出来。吴天昊想着叶顺涛的事，直到天快亮时才迷迷糊糊睡了一觉。

　　第二天吃过早饭，吴天昊对叶顺涛父亲说要走，叶顺涛父亲看着跟自己儿子差不多大的吴天昊说，你不是本地人，一说话就知道你是外地人，到哪里去？吴天昊说，叶老爷，我再去找同学。吴天昊没有说去下关码头找陈兴义。叶顺涛父亲说，听说侦缉队和卫戍队在全城抓捕共产党和进步学生，你可要当心哪。吴天昊看着叶顺涛父亲说，叶老爷放心，我会当心的。叶顺涛父亲见吴天昊一心要走，对管家说，吴同学是顺涛的同学，给他几块银圆带上。老管家答应一声，拿了三块银圆给吴天昊。吴天昊推辞半晌，老管家说，这是老爷让你带的，到东海几百里路哪天能走到？吴天昊弯了弯腰说，谢叶老爷。叶顺涛父亲说，你看这孩子，这么客气，不用谢。

吴天昊背着包袱，走到院里看看天，天上的太阳依然照得他睁不开眼。吴天昊心想，这大白天的怎么到码头去找陈兴义？他还是想去找刘紫瑶，但又怕给刘紫瑶带来麻烦。正在吴天昊踌躇时，老管家看出了吴天昊的心思，说，吴同学晚上再走吧。吴天昊听了老管家的话，无可奈何，又在叶顺涛家待了一个白天。除了陪叶顺涛父亲吃饭，其他时间他都在房间里，书也看不进去，焦躁不安地走来走去，直到吃过晚饭才溜出叶家大院，消失在茫茫夜色里。

离开叶顺涛家后，吴天昊到刘紫瑶的学校去了一趟，看见校门里外都有荷枪实弹的卫戍队站岗。他知道学校里的共产党员和进步学生也被抓了，随即放弃了到宿舍去找刘紫瑶的念头。他站在街边树下，扶着树干，踮着脚朝校园里张望。昏黄的路灯光透过枝叶间隙漏下来，滴在他头上、身上和鞋上，花花搭搭的。他伸长脖子朝校园里张望，希望能听到刘紫瑶的声音，或是看到刘紫瑶的身影。可是他张望了好长时间，脖子都发酸了，既没有听到刘紫瑶的声音，也没有看到刘紫瑶的身影。他叹了口气，决定去找同宿舍的同学杨辉。吴天昊来到杨辉家时已经快半夜了。杨辉一见吴天昊，吃惊地说，天昊你还在南京？我以为你回东海了。吴天昊说，国民党查得这么紧，我想过段时间再回去。杨辉问吴天昊吃饭了没有，吴天昊说没有。杨辉赶紧叫家人给吴天昊煮了一碗馄饨，吴天昊吃完饭，洗洗脸又洗洗脚，然后和杨辉两个人睡在一张床上，说了半天的话。杨辉睡着了，吴天昊却一直睁着眼到天亮。吴天昊在杨辉家暂时落下脚，晚上住在杨辉家，白天到下关码头附近闲逛，他希望能找到陈兴义。

这天，吴天昊在街上东游西逛，买了一包瓜子咔嚓咔嚓嗑着，忽然看到一个一身工人打扮很像陈兴义的人从街的另一边走过，又不敢贸然喊，赶忙将没嗑完的瓜子装进裤兜，跟在那人身后走了一段路，越看越像陈兴义，于是紧走几步，在那人背后轻声喊，兴义大哥，兴义大哥？

那人听到喊声，停下脚步转过头来。吴天昊一看，果然是陈兴义，就像三天没吃奶的孩子见了娘似的，扑上去一把抱住陈兴义，哭着说，兴义大哥……陈兴义前后张望一下，然后抓着吴天昊的手，把吴天昊拉到一条巷子里。

陈兴义转过身两手抓着吴天昊的肩膀说，这两天你到哪儿去了，怎么不来找我？吴天昊把自己这两天的情况简单说了一下：听说你在下关码头，我就一边逛街一边找你，没想到还真让我找到了。陈兴义小声说，那天在机织局工会开会，看到你没来，我还以为你被捕了。吴天昊说了去机织局工会开会时碰到省委老王的事，对陈兴义说，要不是老王，我现在也见不到你了。吴天昊又说，兴义大哥，你是怎么跑出来的？陈兴义说，机织局工会同志掩护了我们，撤退时叶顺涛腿受伤了，被侦缉队抓去了。吴天昊说，叶顺涛被捕的事，我在叶顺涛家就知道了，兴义大哥，你这是……陈兴义说，跟我到下关码头扛大包去，活儿又苦又累，你能不能行？吴天昊说行。陈兴义说，你跟我走吧。吴天昊说，我去跟杨辉说一声，把包袱拿来。陈兴义说，好，我跟你一起去。两个人来到杨辉家，陈兴义没有进去，在大门外不远处等吴天昊出来后，才带着吴天昊去了码头。

　　陈兴义是吴天昊上一届的学长，也是吴天昊的领路人，是陈兴义带着他参加共产党的活动，使他成长为一名共产党员。

　　吴天昊没想到真的在街上找到了陈兴义。短短几天没有见到组织上的人，吴天昊觉得好像过了好几年似的。当他找到陈兴义时，就像见到了家里人一样高兴。听陈兴义简单说了情况，吴天昊才知道"四一二"反革命政变后，党组织就安排陈兴义到下关码头开展工作了。

　　陈兴义把吴天昊带到码头监工徐大鞭子跟前，塞给徐大鞭子一包烟说，徐老大，这是我打小一起光屁股长大的小老弟，想来码头干活。徐大鞭子瞥了一眼烟的牌子，接过来装进口袋里，盯着吴天昊看了半响，对陈兴义说，我看你这小老弟细皮嫩肉的，不像干粗活的人，是不是逃出来的学生？陈兴义笑着说，老大说笑了，他念过几天私塾像个学生。村里人都说他不能干活，可他手能提篮肩能挑担。徐大鞭子指指旁边一个麻包，陈兴义连忙对吴天昊说，老弟，扛一包给老大看看。吴天昊答应一声，抱着麻包想甩上肩，一把没抱起来，差点儿闪趴在麻包上。徐大鞭子笑得直不起腰，半响才说，这样的人能干个狗屁活，还扛大包？吴天昊脸憋得通红爬起来站稳后，抓起麻包再次朝肩上甩，陈兴义上前一步抓着麻包用了点儿力，麻包落在了吴天昊肩上。吴天昊扛着麻包站起来的时候腿打了一下软，陈兴义连忙扶了一把。陈兴义对徐大鞭子说，我小老弟没扛过包，扛几天就行了。徐大鞭子看看陈兴义，又看看扛着麻包的吴天昊，半信半疑地点点头。陈兴义对吴天昊说，还不快谢谢徐老大。吴天昊放下麻包说，谢谢徐老大。徐大鞭子点了一支烟，叼在嘴角呜呜噜噜地说，干活去吧。陈兴义和吴天昊两人弯腰点头说，谢谢老大。吴天昊跟陈兴义在码头上落下了脚。

扛了一个星期的大包以后，吴天昊便适应了码头上的苦力活儿。一天晚上扛完包后，吴天昊走到陈兴义身边说，兴义大哥，我想到金陵女子大学去看看刘紫瑶。陈兴义知道吴天昊和刘紫瑶的关系，说，去吧，要多加小心。吴天昊答应一声，说，我去看看就回来。吴天昊来到金陵女子大学见到了刘紫瑶。刘紫瑶一见吴天昊，小鸟般扑进吴天昊怀里，说，天昊，这几天你到哪儿去了？我还以为你被抓走了呢。吴天昊连忙小声说，到外边说去。

校园里外卫戍队的人早撤了，两个人慢慢走出校园，来到街边树下，刘紫瑶说，侦缉队抓人那天，我到机织局去得晚了一点，听到枪响我就跑回来了。刘紫瑶抓着吴天昊的手又说，吓死我了。

刘紫瑶是陈兴义培养的进步青年，没料到国民党在南京开始了大抓捕。

刘紫瑶说，几天没见到你，我怕你也出事了，天天到你们学校去找你，又不敢到宿舍去找，只在大门外等，一直没有等到。那几天卫戍队的人天天去你们学校，看看有没有跑回学校的进步学生。

吴天昊把刘紫瑶紧紧搂在怀里。刘紫瑶的脸紧紧贴在吴天昊胸前，她说，听说卫戍队、侦缉队天天抓人，抓的人都被拉到南郊枪毙了，吓得我再也不敢到你们学校去了，真担心死我了。吴天昊抚摸着刘紫瑶的头发说，我这不是好好的嘛！刘紫瑶突然想起一件事，说，天昊你等等。吴天昊问什么事，刘紫瑶说，家里来信了，我去拿来给你看看。刘紫瑶跑回宿舍，不一会儿拿来一封信，递给吴天昊，说，我大伯病了，要我回家一趟。远处的路灯只在灯下有一团昏黄的亮光，吴天昊和刘紫瑶这边漆黑一团。吴天昊接过信封啥也看不见，对刘紫瑶说，你准备回东海？刘紫瑶说，反正也快放暑假了，我想先回去看看我大伯。吴天昊"噢"了一声，问，准备哪天走？刘紫瑶说，没找到你，我不放心，怕走了你不知道，现在见到你了，过两天我就走。吴天昊听刘紫瑶说过两天回东海，心里突然产生一种失落感，半晌才说，紫瑶，我们走走吧，去秦淮河。刘紫瑶没有说话，把手放在吴天昊手里，两个人手拉手沿着路边慢慢地走着。

吴天昊和刘紫瑶来到秦淮河，只见两岸灯火通明，轻歌曼舞，琴瑟声声，水中灯影闪闪烁烁，一河碎银。心旷神怡之际，两个人不约而同地背诵起朱自清的散文《桨声灯影里的秦淮河》里的片段：夜幕垂垂地下来时，大小船上都点起灯火。从两重玻璃里映出那辐射着的黄黄的散光，反晕出一片朦胧的烟霭；透过这烟霭，在暗暗的水波里，又逗起缕缕的明漪。

两人边说边走，来到一座桥上。吴天昊扶着栏杆说，这是朱自清《桨声灯影里的秦淮河》里的名句啊，把秦淮河描摹得像仙境一般。刘紫瑶站在桥边，不仅沉浸在夜秦淮的现实里，也沉浸在朱自清文章的诗情画意里。望着水中的两岸灯火，她抱着吴天昊的胳膊说，天昊，咱们脚下的这座桥是不是朱先生笔下的大中桥？吴天昊看看天真的刘紫瑶，笑笑说，你说是就是。刘紫瑶说完依偎在吴天昊怀里，又说，我不想回东海，我想天天和你在一起。吴天昊说，是大伯把你养大的，他病了你理应回去看看。刘紫瑶说，大伯的病肯定不轻，不然的话他是不会写信叫我回去的。吴天昊抚摸着刘紫瑶的头说，滴水之恩，当涌泉相报。刘紫瑶小声说，我知道。一阵河风吹来，水波荡漾，一河灯火散成万般碎银，这初夏的秦淮河，这醉人的秦淮河！

两个人在桥上倚着栏杆不知站了多久，又慢慢往回走，快到刘紫瑶学校时，刘紫瑶说，天昊，再走一会儿？吴天昊没有说话，拉着刘紫瑶的手又转身往回走。两个人走来走去，走去走来，一直走到东方露出鱼肚白，吴天昊才把刘紫瑶送回学校。吴天昊一边走一边说，兴义大哥叫我告诉你，上级组织已经批准你加入共产党了，机织局开会那天，本来要给你和几位工人新党员举行入党宣誓的，可是……刘紫瑶听说上级组织已经批准自己加入共产党了，高兴地抱着吴天昊的胳膊说，天昊，入党了，我就能和你一起战斗了。吴天昊说，要记住，不论宣誓没宣誓，你都是党的人，都和我一起战斗。刘紫瑶说，天昊，我记住了。吴天昊说，蒋介石搞反革命政变，对共产党下黑手，抓捕枪杀共产党员和进步学生，南京党组织受到很大的破坏，罄竹难书啊。刘紫瑶说，我先回东海看看大伯，要不你也跟我一起回东海吧，你要是被抓去了，我怎么办啊？吴天昊说，虽然当前的生存环境十分恶劣，但我要再坚持一段时间。刘紫瑶依偎在吴天昊怀里说，你一定要小心，过完暑假我就回来和你一起战斗。刘紫瑶说完又说，天昊，你和我一起回东海避避风头吧？吴天昊说，虽然我们党已经转入地下工作，但是我的信仰不会丧失，我的信念十分坚定，共产党是不会从这个世界上消失的。我是有组织的人，离开南京还是不离开南京，要服从组织安排。刘紫瑶握着吴天昊的手，感觉到吴天昊的拳头攥得很紧很紧。吴天昊说，如果真有离开南京回东海的那一天，我一定会去找你的。刘紫瑶说,天昊,我希望永远在你身边。

直到路上有了早起的行人,两个人才恋恋不舍地分了手。吴天昊站在树下,一直看着刘紫瑶那娇小的身影走进校园。

刘紫瑶轻手轻脚地回到宿舍,还是惊动了室友。秦晓青招招手,刘紫瑶来到秦晓青床前,秦晓青把刘紫瑶拉到床头,刘紫瑶弯下腰来,秦晓青这才把嘴贴在刘紫瑶耳边小声说,卫戍队半夜来学校又抓走几个跑回来的学生,还在你的箱子里翻出来一本《进步青年》杂志,你一回来就要我们马上报告。刘紫瑶听秦晓青一说,紧张得大气也不敢喘。秦晓青说,家里来信不是要你回去吗?你赶快离开学校,离开南京回东海。刘紫瑶没有说话点点头,她想立马跟吴天昊说情况紧急,她要马上回东海。这么一想,刘紫瑶转身出了宿舍,当她气喘吁吁跑到校门外时,她和吴天昊倚过的那棵树下,哪里还有吴天昊的身影?她朝街上看看,街上冷冷清清,只有早起的人们匆忙的身影。

刘紫瑶又连忙跑回宿舍,把几件换洗衣服装进包里,对秦晓青说,晓青,我回东海了,暑假后开学再来。秦晓青说,知道了,快走吧,天亮人多不好走。刘紫瑶提着包拉开房门,转头看了一眼秦晓青,见秦晓青摆手叫她快走,便匆匆离开宿舍,离开校园。

刘紫瑶上了一辆黄包车,直奔下关码头客运站。刘紫瑶去买票时,看见检票口侦缉队的人一个一个仔细地盘查乘客。刘紫瑶哪里见过这场面,心跳得像怀里揣了个乱蹦乱跳的小白兔似的。买了下一班轮渡的票后,她便在候船室一角的长椅上坐下来。这时她看见有侦缉队的人走进候船室,立马有些慌乱,心扑通扑通好像要跳出来似的。她想离开侦缉队的视线,便提着包朝候船室门口走。

一个侦缉队队员紧跟着走过来问刘紫瑶去哪儿,刘紫瑶随口编了一句:屋里空气不好,我到外面透透气。侦缉队队员说,我怎么看你像个学生?我不是学生,我过江到我姑姑家去。刘紫瑶边说边朝外走。侦缉队队员说,你站住!我的话还没问完哪!刘紫瑶出了候船室撒腿就跑,侦缉队队员一看人跑了,随即大喊"站住!站住!"刘紫瑶使出洪荒之力拼命地跑,侦缉队队员边追边举枪大喊,再不站住我开枪了。"啪"一声响,侦缉队队员真开枪了。刘紫瑶听头顶刺啦一声,她下意识地摸摸头,头顶被子弹穿了一道沟,接着闻到一股毛发的焦煳味,吓得小脸煞白煞白的。

侦缉队队员正追着刘紫瑶,不料脚下一绊,一个前趴摔了个嘴啃泥,爬起来再看刘紫瑶，人早跑没影了。他忽然觉得嘴里有股咸腥，吐出一口血水，跳着脚喊，谁把老子绊倒的？他觉得说话有点儿漏风，看见地上刚才吐出来的血水里有颗门牙，随即两手捂着嘴号叫起来。

刘紫瑶一边拼命跑一边想，千万不能给侦缉队抓住啊，我要回家，我要回东海。这时忽听身后扑通一响，她吓得头也没敢转，一个劲地朝前猛跑。

刘紫瑶正朝前猛跑，被一个人一把拉进街边巷子里，刘紫瑶定睛一看，拉她的人竟是吴天昊。她把包一扔，一把抱住吴天昊说，吓死我了。吴天昊拍拍刘紫瑶的头说，别怕，有我呢。刘紫瑶一脸泪水肆意横流。吴天昊用衣袖擦了擦刘紫瑶脸上的泪，说，跟我走。刘紫瑶说，天昊，要不是遇到你，我就让侦缉队抓去了。吴天昊说，我跟兴义大哥在码头干活，你怎么走得这么急？刘紫瑶把听秦晓青说卫戍队夜里来学校抓人的事说了一遍，说，本来想和你说一声的，我到学校门口找你，你早走了。

这时，陈兴义也赶了过来。刘紫瑶叫了声"兴义大哥"。吴天昊说，我和兴义大哥两人去上工经过这里，正好看见侦缉队的人追你，兴义大哥使了绊子，你才逃脱了侦缉队的抓捕。刘紫瑶说，谢谢兴义大哥。陈兴义说，紫瑶，码头盘查得这么紧，浦口车站也不会松，你连江都过不去啊。刘紫瑶说，那怎么办？陈兴义想了想，说，这样吧，天昊，你先把紫瑶送到我们工棚里躲一躲，我去跟徐大鞭子说你肚子不好，晚一会儿再来上工，夜里送紫瑶过江。

陈兴义去码头仓库了，吴天昊提着刘紫瑶的包，把刘紫瑶带回了工棚。吴天昊指着一个床铺说，这是我的床铺，你在这儿休息，等我回来，如果有人问你，你就说是我表妹，来找我的。吴天昊走到工棚门口时转头说，我和兴义大哥回来之前，你哪里都不要去。刘紫瑶说，天昊，我听你的。吴天昊去码头仓库干活儿去了，工棚里只有刘紫瑶一个人，想想刚才客运码头那惊险的一幕，让她不寒而栗，吓得不敢走出工棚一步。

刘紫瑶躺在吴天昊的床铺上。她昨天夜里和吴天昊彻夜长谈，刚才又使出洪荒之力拼命地跑，这会儿有点儿累了。她迷迷糊糊刚要睡着，有人用脚把工棚门"砰"一声踢开了，看见床上有人，大声说，吴天昊你还在这睡觉？还不快去干活儿。刘紫瑶惊醒过来，看着来人问，你找谁？那人吃了一惊，说，咦，怎么是个女的？吴天昊呢？刘紫瑶说，我表哥干活儿去了。那人问，你是谁，怎么在这里？刘紫瑶说，我是吴天昊表妹，今早刚从江北过来。那人看看刘紫瑶说，我怎么看你像个学生？刘紫瑶说，我不是学生，我是吴天昊表妹。那人说，我看你是想往江北跑的学生吧？刘紫瑶有些急了：我真是吴天昊的表妹，我妈是他姑姑。那人说，不承认是不是？我找人来问一问就知道你是不是学生了。那人一手拿着鞭子，在另一只手上掂了几下，说，你等着啊，我一会儿就回来。那人说完走了。

刘紫瑶哪里知道，这个人就是码头仓库的监工徐大鞭子。她看着徐大鞭子一摇一晃的背影想，他是不是去找吴天昊了？这时的刘紫瑶多么希望吴天昊立马就在眼前啊。

徐大鞭子年龄不大却是老江湖了，他一眼就看出来刘紫瑶不是个乡下姑娘，而是个学生，她穿着女学生装，还说是乡下来的。徐大鞭子笑道，又能弄两块大洋花花了。徐大鞭子没有去找吴天昊，他要找侦缉队余队长。

徐大鞭子正走着，碰到了回来的吴天昊。吴天昊见徐大鞭子从工棚那边过来，心里明白，徐大鞭子准是发现刘紫瑶了，连忙掏出一包烟塞在徐大鞭子手里，说，徐老大见过我表妹了？徐大鞭子说，她是你表妹？我怎么看像个学生，想离开南京的学生。徐老大，她妈是我亲姑姑，她是我表妹，这还能有假？吴天昊一边说话一边在身上衣兜里乱摸，半晌啥也没摸出来。吴天昊要徐大鞭子等一下，撒腿就朝工棚跑，片刻又气喘吁吁地跑回来，把一块大洋塞进徐大鞭子的口袋里。徐大鞭子接过大洋说，好吧好吧，就算是你表妹。吴天昊说，徐老大，哪能说就算是我表妹，本来就是我表妹嘛。吴天昊说完跟在徐大鞭子身后一起回了码头仓库。整整一上午，吴天昊有意无意地总是盯着徐大鞭子，看见徐大鞭子跟侦缉队余队长打招呼，都心惊肉跳的。

中午吃饭的时候，吴天昊跑回工棚，给刘紫瑶带了两个烧饼，又对刘紫瑶说，兴义大哥找人去了，夜里送你过江。刘紫瑶说，天昊，你可要早点回来啊。吴天昊说，没事，我盯着徐大鞭子呢。吴天昊回到码头仓库时见到陈兴义，两个人在麻包后面叽叽咕咕说了半天话。

漫长的一天总算熬过去了，徐大鞭子收了吴天昊孝敬的烟和大洋，再也没有到工棚去找刘紫瑶的麻烦。

下工的时候，徐大鞭子见了吴天昊笑嘻嘻地说，吴老弟，回去好好陪表妹玩玩啊。吴天昊也点着头说，徐老大你是我亲哥哪，我以后会好好孝敬你的。徐大鞭子嘴角叼着烟说，我就喜欢吴老弟这样的明白人。徐大鞭子走了，吴天昊咬着牙想，你喜欢我这样的明白人？你是喜欢我的大洋吧？吴天昊看见陈兴义在远处向他招手，连忙跑过去。吴天昊对陈兴义说，我看徐大鞭子没安好心，要不是我见机行事给了他一块大洋，说不准他会去找侦缉队余队长。陈兴义说，现在南京的形势十分恶劣，今天国民党在南郊又枪杀了一些我们的同志。吴天昊说，要尽快把刘紫瑶送过江去。陈兴义说，我联系好了，夜里送紫瑶过江。

　　两个人一边走一边说着话，回到了工棚，刘紫瑶一见吴天昊和陈兴义回来了，悬在喉头的心终于落了下去，对吴天昊和陈兴义说，天昊、兴义大哥，你们可回来了。

　　吴天昊给刘紫瑶带回来两个烧饼，刘紫瑶喝着白开水吃了一个，把另一个烧饼装进包里。吴天昊说，紫瑶都吃了吧。刘紫瑶说中午吃了两个，晚上吃不下了。陈兴义说，紫瑶，夜里要过江，明天还不知道什么时候吃饭呢。刘紫瑶看看陈兴义，又把另一个烧饼掏出来吃了。陈兴义看着刘紫瑶吃完烧饼，对吴天昊和刘紫瑶说，我到江边去看看，你们两个等我回来。

　　一直等到快半夜的时候，陈兴义才从外边回来。吴天昊拿起刘紫瑶的包，刘紫瑶也连忙站起来，两个人跟着陈兴义走出工棚，走到江边，沿着岸边朝东走去。

　　三个人走了很长一段路，感觉到离南京越来越远了。这时候，陈兴义手指含在嘴里打了个呼哨，不一会儿，芦苇荡里划过来一只小船。小船儿划得很轻，几乎听不到船桨划水的声音，只见水光朦胧的江面上有一黑影慢慢地移到了岸边。艄公说，来了？陈兴义说，来了。刘紫瑶一把握着吴天昊的手，吴天昊把包递给刘紫瑶说，兴义大哥都安排好了，你过江吧。刘紫瑶说，天昊，你能不能跟我一起回去？吴天昊说，听话，我回东海一定会去找你的。刘紫瑶说，我想让你跟我一起回去。艄公说，快走吧。陈兴义说，紫瑶你放心过江，艄公是我们自己人。吴天昊说，到了北岸，你不要去浦口车站，那边查得很严；你到村里租个车，坐车回东海。刘紫瑶说，天昊、兴义大哥，暑假后开学我就回来。

　　江风掠过，岸边的芦苇晃来荡去唰唰响。刘紫瑶朝西边南京城的方向张望了一下，黑乎乎的什么也看不见，又看看吴天昊和陈兴义，说，天昊、兴义大哥，我会回来和你们一起战斗的。陈兴义说，紫瑶，现在南京在白色恐怖之中，国民党到处抓捕共产党员和进步学生，南京党组织受到严重的破坏，不少人被捕牺牲了，有些人已经不干了，还有一部分人联系不上了。你回到东海，要坚持斗争啊。刘紫瑶说，我会坚持下去的。陈兴义说，暑假后，如果形势好转，希望你能回来。吴天昊说，我会去学校找你的。艄公说，别说了快走吧。

刘紫瑶提着包上了船，艄公跳上船，小船晃来晃去，吓得刘紫瑶连忙蹲下抓着船舷。待船稳了些，刘紫瑶一手抓着船舷一手朝吴天昊和陈兴义挥舞。吴天昊摇摇手说，走吧。陈兴义也摇摇手说，一路平安！刘紫瑶向他俩说"再见"，吴天昊和陈兴义异口同声地说"再见"。

艄公划动双桨，小船离开岸边，晃晃悠悠地朝江北驶去，不一会儿连黑乎乎的船影儿也看不到了。吴天昊的心好像被小船带走了似的也随着晃动起来，他一把抓住陈兴义的手说，兴义大哥。陈兴义用劲握了握吴天昊的手，说，天昊，我们回吧。吴天昊和陈兴义走了几步，又转回头看看水光朦胧的江面，只见东去的大江泛着白光，却看不到载着刘紫瑶的小船了。吴天昊心里空荡荡的，好像丢失了什么似的紧紧抓着陈兴义的手。陈兴义握着吴天昊的手说，天昊，人有悲欢离合，月有阴晴圆缺，此事古难全，你要坚强些。吴天昊说，兴义大哥，你放心，我会坚强的，一直到胜利！

一阵江风吹来，波涛一浪一浪地扑过来，芦苇猛一下扑倒身子，又猛一下挺起来，然后又猛一下扑倒身子，再猛一下挺起来，荡来荡去一片哗哗响。呜咽的江风、哀号的江涛、呐喊的苇荡，好像要把吴天昊的心揉碎似的。他再次回头看了一眼水光朦胧的江面，擦了一下眼睛，这才和陈兴义一起回码头。陈兴义抓着吴天昊的手，两个人的手使劲地握在一起，脚步声隐在一浪高过一浪的涛声里。

2

这天晚上，在码头工人的工棚里，十几个工友围在一张小桌旁，全神贯注地听陈兴义念《共产党宣言》。忽然，在外面路口望风的吴天昊推门进来，压低嗓门说侦缉队来了。陈兴义急忙把《共产党宣言》塞进桌下的小木箱里，"哗啦"一声推开桌上的麻将，紧接着几个工友吆五喝六地搓起麻将来，有的指指点点，有的交头接耳，这个说不该这么打，那个说要么么打，吵吵嚷嚷差点儿动起手来。

不一会儿，徐大鞭子果然带着侦缉队的人闯了进来，歪着头把工棚里的十几个人仔细看了一遍，又盯着吴天昊看了半晌说，看样子白天没累着，还有精神打麻将，明天有多少活儿给我干多少活儿，我就不信累不死你们。陈兴义一边将麻将推得哗哗响，一边对徐大鞭子说，老大来搓两把，你的手气总是好。徐大鞭子搓着手说，今天不搓了，改天赢得你喝西北风去。陈兴义顺手抓了一把纸币塞在徐大鞭子手里，说，给弟兄们买瓶酒喝解解乏。吴天昊随手掏出一支烟，塞到徐大鞭子嘴里，又点上火。徐大鞭子歪着嘴抽了口烟，甩甩手里的票子，带着几个侦缉队队员喝酒去了。徐大鞭子走到工棚门口，又转回头问吴天昊，怎么没看到你表妹？

吴天昊正朝外送徐大鞭子，听徐大鞭子一问，猛一惊，连忙推着徐大鞭子走到门外，又塞给徐大鞭子一块大洋，说，我表妹当天晚上吃过饭就回乡下去了。再说这工棚里住的都是大男人，我表妹一个女孩没地方住。徐大鞭子"噢"了一声，说，要是学生共产党，我可饶不了你。吴天昊说，我姑姑家就这么一个闺女，宝贝似的，在家里什么活都不干，天天绣花，还给我带来一双绣花鞋垫呢，我拿给你看看？吴天昊说着要去拿绣花鞋垫。徐大鞭子摆摆手说，算了算了，要是共产党你可得向我报告。吴天昊说，老大放心，要是共产党她也不会来的。吴天昊看着徐大鞭子带着侦缉队的人拐到街上去了，这才转身回到工棚里。

吴天昊心里十分反感徐大鞭子这个人，有事没事老到工棚瞎转悠，找工友们的碴。徐大鞭子那天在工棚里发现刘紫瑶后，虽然吴天昊说刘紫瑶是他姑姑家的女儿，是自己的表妹，但徐大鞭子心里断定刘紫瑶是个学生。让他没想到的是，吴天昊塞给他一块大洋，徐大鞭子便装作刘紫瑶真是吴天昊的表妹了，心里有数嘴上谁也没说。后来吴天昊又塞给他一块大洋，他高兴得不得了，心里想着要把这出戏好好演下去，让吴天昊兜里的大洋都进自己兜里。哪想到那女子当天晚上就走了。鬼知道那女子是回乡下去了还是去了江北？徐大鞭子心里有点不太爽。

吴天昊心想，徐大鞭子这个狗东西一肚子两肋巴的数，只是被大洋封了嘴没有说。兜里的大洋什么时候没有了，徐大鞭子的嘴就封不住了，肯定会对自己下手的。吴天昊心里十分恼火，觉得徐大鞭子这个家伙贪得无厌像个瘪皮虱子，见了血不要命地吸。

这天傍晚下工后，陈兴义有事出去了，吴天昊自己回工棚，刚刚拐过棚角，忽然看见徐大鞭子正带着侦缉队余队长一伙人朝三号工棚走去。吴天昊立马躲到拐角处，心想坏了，徐大鞭子带着余队长是去抓人的。这样一想，吴天昊拐个弯，从旁边一栋工棚后面朝三号工棚飞快跑去，他想给工友们报个信，可还是晚了一步。当吴天昊来到三号工棚后墙时，听到前门已经被踹开了，工棚里脚步声人声乱了一阵，工友大刘被抓走了。

陈兴义和吴天昊的活动因为工友大刘被抓捕更加秘密了，徐大鞭子因为带着侦缉队余队长抓捕大刘，成了码头上人人皆知的侦缉队探子，工友们恨不得一把掐死徐大鞭子。

一天下午，陈兴义和吴天昊两人抬着麻包放在一个叫马大鹏工友的背上，不料马大鹏被麻包一下子压趴在地上。陈兴义和吴天昊连忙把麻包抬到一边，把马大鹏扶起来。马大鹏笑笑说，没事，再来。陈兴义和吴天昊两人又把麻包抬起来放在马大鹏背上。

徐大鞭子看见了，在马大鹏腿上踹了一脚，骂道，不能干就滚蛋。马大鹏扛着大包，不经意间被人猛踹了一脚，腿弯了一下，踉跄了几步差点儿摔倒。他一边喘着粗气，一边说，我能干我能干。徐大鞭子举起鞭子抽马大鹏的腿，恶狠狠地说，能干就快干。马大鹏扛着麻包连忙走了。吴天昊看见徐大鞭子又举起鞭子，一个箭步蹿上去，一把抓住徐大鞭子的手说，老大手下留情。徐大鞭子眼一瞪，说，想造反？陈兴义连忙走过去把吴天昊拉到身后，对徐大鞭子说，老大你说笑了，叫他造反他也不敢哪。徐大鞭子翻了翻白眼对陈兴义说，那女子细皮嫩肉的，我一看就是个学生，哪里是他什么表妹。我没有报告余队长，这个瘪三还不领情。陈兴义说，老大，那个女孩还真是吴老弟的表妹，这个我知道。徐大鞭子说，你知道个锤子！那女学生肯定是共产党，让他放跑江北去了。陈兴义说，这个我真知道，吴老弟的姑姑就在江北。徐大鞭子说，余队长要是知道了，恐怕就没这么好说话了。陈兴义朝吴天昊递个眼色，吴天昊在兜里摸了半晌掏出几张纸币，陈兴义接过来递给徐大鞭子说，老大消消气，买包烟抽，说着把纸币塞进了徐大鞭子兜里。徐大鞭子放下脸来，嘴里叼了一支烟，不耐烦地说，干活儿去吧。陈兴义连连点头说"是是是"，然后拉了一把吴天昊，两个人去扛大包了。等徐大鞭子走了，吴天昊小声对陈兴义说，这家伙是侦缉队的眼线，早晚是个祸害。陈兴义头也没转地小声说，这个人不能留。吴天昊说，找机会把他除了。陈兴义点了点头。

马大鹏扛包回来，见了陈兴义和吴天昊，说，谢谢陈老弟，谢谢吴老弟，我要是不干了，我老婆孩子明天就得饿肚子了。陈兴义扛着大包仰着头说，好好干活儿吧。马大鹏答应一声朝旁边让了让,看着被大麻包压得抬不起头的陈兴义和吴天昊走过去,心想,都是好人啊。

这时,徐大鞭子看见三个人在那儿说话,又加上刚才没有从吴天昊手里拿到大洋,只拿了几张纸币,对吴天昊一肚子两肋巴的气,举起鞭子狠抽吴天昊,嘴里骂道,快干活儿,磨什么洋工?

陈兴义见徐大鞭子举鞭抽打吴天昊,心里疼得一抽一抽的。他抬头看看仓库里没有其他人,一耸肩,肩上的大麻包一下子砸在徐大鞭子头上。徐大鞭子只顾举鞭子抽吴天昊解气,没想到大麻包突然砸在头上一下子倒在地上。吴天昊立刻甩掉麻包一把掐住徐大鞭子的脖子,咬着牙说,我叫你找余队长,我叫你找余队长。陈兴义抱着徐大鞭子的头使劲一拧,只听"咔嚓"一声,徐大鞭子的脖子被拧断了。马大鹏蹿上前朝徐大鞭子狠踹两脚说,大刘啊,陈老弟、吴老弟给你报仇了。陈兴义说,快装麻包里。吴天昊拆开麻包倒出一些粮食,三个人把徐大鞭子塞进麻包里,又赶紧将倒在地上的粮食装进麻包。马大鹏问扔哪里,陈兴义看看粮堆说,先扛到粮堆上去。陈兴义和吴天昊抬起麻包放在马大鹏肩上,马大鹏踏着跳板一溜小跑将麻包扛上粮堆,码放在墙角的粮食堆里。陈兴义和吴天昊也扛着麻包上了粮堆,将两只麻包压在装人的那只麻包上,三个人这才松了口气。马大鹏紧张得脸色苍白,心扑通扑通狂跳不止,怔怔地看着陈兴义和吴天昊。陈兴义说,大鹏怕吗?大鹏说,不怕,就是心里乱跳。陈兴义说,那还是怕。马大鹏胸一挺,说,我不怕,这个人不是好东西,那天侦缉队余队长带人抓大刘,就是他带去的。陈兴义拍拍马大鹏的肩膀说,不怕就好,只要咱码头工人团结起来,谁都不怕,是不是?马大鹏说,陈老弟说得对,只要咱们团结起来谁都不怕!吴天昊说,兴义大哥,再扛几只麻包上去,把这个龟孙压在底下。陈兴义和马大鹏齐声说"好"。三个人又开始朝粮堆上扛麻包。

第二天,侦缉队余队长来码头找徐大鞭子,里里外外找了好几遍也没找到,发火说,这个大鞭子上哪儿去了?工人们只顾扛大包,谁也没有回答侦缉队余队长。余队长见没人答话,踹了身边扛包工人一脚,大声说,都给我找去。工人们听了余队长的话,不扛大包不干活儿了,都去找徐大鞭子。可是,找遍了码头上的旮旮旯旯也没找到徐大鞭子。余队长气急败坏地要侦缉队到秦淮河妓院去找。

侦缉队来到一家叫温馨港湾的妓院,一个叫翠兰的妓女拉着侦缉队的人的胳膊说，徐哥欠我五块大洋到现在也没还，你们得给我做主啊。侦缉队的人甩开翠兰的手说，他欠你大洋你找他要去。翠兰说，我不能让他白睡了，他不给钱你们给我钱。侦缉队的人说，我又没睡你，给你什么钱？翠兰说，你们是一伙的。侦缉队的人眼睛瞪得牛蛋大，掏出枪来说，我一枪崩了你信不信？翠兰见侦缉队的人掏出枪来，两腿发软，哆嗦着说，我信我信，说完吓得跑一边去了。

侦缉队找遍了徐大鞭子常去的妓院也没找到人，余队长又要侦缉队去徐大鞭子家里找。侦缉队找到徐大鞭子家，徐大鞭子老婆哭着说，老徐好长时间没回家了，有点钱就去嫖女人，你们得给我做主啊。侦缉队的人说，他又不是我们的人，我们怎么给你做主？徐大鞭子老婆说，不是你们的人你们找他干啥？侦缉队的人说，你个老娘们怎么那么多废话？他们掏出枪来吓得徐大鞭子老婆连话也不敢说。找了整整一天没找到徐大鞭子，侦缉队的人说累死了，码头工人也说找人比扛大包还累。余队长皱着眉头说，我就不信，大鞭子上天入地了？侦缉队的人说吃过晚饭再找，码头工人也说吃过晚饭再找，余队长只好说吃过饭连夜找，把仓库给我翻个遍，我就不信找不到他个人了。

陈兴义和吴天昊听说余队长晚上吃过饭要翻仓库找人，心里"咯噔"一下紧张起来。两人简单商量一下，决定利用吃晚饭的短暂时机，把徐大鞭子转移走。

吃晚饭的时候，陈兴义和吴天昊找来马大鹏，避开侦缉队的人，偷偷进了仓库，在粮堆里翻找半天，终于把装有徐大鞭子的麻包找了出来，偷偷扛出仓库，又朝麻包里塞了几块石头，麻包扑通一声沉入江里。看着麻包没了踪影，三个人才分头快速溜回码头。

吃过晚饭没多久，余队长来了，带着侦缉队和码头工人一起在库房里翻找徐大鞭子。找了半夜也没找到，工人们个个累得筋疲力尽，侦缉队的人早累得趴在麻包上睡着了。余队长生气地说，不找了，我就不信，没有杀猪匠还真吃带毛猪了？余队长带着侦缉队撤走以后，工友们才骂骂咧咧地回工棚去睡觉。

徐大鞭子一点儿动静也没有就无影无踪地消失了，工友们睡不着翻来覆去地想，昨天上午还看到徐大鞭子拿着鞭子转悠来转悠去，打那个骂这个，怎么眨眼间就消失得没了影？几个工友嘀嘀咕咕半晌，也没人知道徐大鞭子去哪儿了。一个工友说，睡吧睡吧，管他到哪儿去了呢，死了更好。工友们七嘴八舌说开了,这个人早死早好,我给他纸币他不要,他向我要大洋。我卖老婆孩子换大洋给他?我腿上被他的皮鞭抽的印子还没有消下去呢。我早想弄死他这个瘪三了。你要弄死他,我给你帮忙。好了好了睡觉。工棚里一时没人说话了,不一会儿,此起彼伏的呼噜声就响起来了。

徐大鞭子消失后,码头上又来了一个姓周的监工。

这天下工早,吴天昊突然想起那个捏泥人的手艺人,想到街上去看看他。走在街上时,吴天昊忽然看到许明新挽着一个女人的胳膊。那女人身材颀长,面容姣好,亭亭玉立,穿着旗袍,走路一扭一扭的。

许明新也是吴天昊的大学同学,"大逮捕"前是共产党员,经常和吴天昊一起参加党的活动。"大逮捕"后,吴天昊再也没有见过许明新。前几天,吴天昊还想起许明新,替许明新担忧,不知道他逃没逃过这一劫,哪想到却在街上见到了许明新。吴天昊喊一声"许明新",许明新没有停下脚步,也没有答应,仍然和那个女人有说有笑。吴天昊紧走几步,又喊一声"许明新",许明新不仅没有停下脚步,反而拉着那个女人加快了脚步,那个女人被拉扯得手忙脚乱,还说,明新你干什么?许明新仍然不说话,拉着那个女人拐进一条巷子,等吴天昊来到巷口时,许明新和那个女人早走得没影了。

吴天昊非常纳闷,明明是许明新为什么不答应我呢?吴天昊这样想着朝巷子里走走再走走,依然没有看见许明新的身影,遂叹息一声摇摇头,转身走出巷子,来到街上朝街边看了半晌,心想,不知道捏泥人的手艺人还在不在,他能不能给我捏个刘紫瑶呢?突然冒出这个念头的时候,吴天昊不由得加快了脚步。

当吴天昊拐到那条街上时,果然看见捏泥人的手艺人还在,身旁围了一群人,有大人也有孩子。吴天昊远远地看了半晌,心里想,我连刘紫瑶的照片都没有,怎么让他捏刘紫瑶呢?我说刘紫瑶长什么模样,他能捏出来吗?吴天昊一直等到没有人围观了,才走到手艺人跟前。

手艺人抬头看一眼吴天昊,又看了一眼,虽说只见过一面,他到底还是把吴天昊认出来了,说,给你捏个菩萨?吴天昊说,不捏菩萨,给我捏个女人。手艺人问,胖的瘦的老的少的什么模样?吴天昊把刘紫瑶的模样描述了一遍,再看手艺人手里的泥人,还真的有点像。吴天昊说,把头发画好一点,脚上穿的是黑布鞋。手艺人两三笔把泥人的头发画好了,然后把脚上的鞋子也画好了,说,你女朋友吧?吴天昊的脸一下子红了,有点不好意思地说,是的。手艺人说，她不在？吴天昊说，她回老家还没有回来。手艺人一边端详着泥人，一边说，祝福你们啊！吴天昊说了声谢谢！手艺人把泥人递给吴天昊，吴天昊接过来捧在手心里，左看看右瞧瞧，越看越像刘紫瑶，掏出两张纸币递给他，说，你捏得真像。手艺人说，送给你了，不要钱。吴天昊说，那怎么行？你是靠手艺吃饭的啊。手艺人说，拿去吧拿去吧，我说不要钱就不要钱。吴天昊见手艺人不收钱，深深地给他鞠了一躬，连说了好几声谢谢。手艺人说，不用谢，走吧，说完又低下头认真地捏泥人。

吴天昊捧着刘紫瑶的小泥人回到工棚，把泥人放在床头小木箱上，后退几步端详着小泥人，越端详越觉得像刘紫瑶，不禁笑出声来。

陈兴义回来的时候，吴天昊把在街上见到许明新的事说了一遍。陈兴义小声说，他不干了。吴天昊说，不干什么了？陈兴义说，他退党了。吴天昊心头一颤，看着陈兴义，半晌没有说出一个字来。陈兴义和吴天昊两个人走出工棚，来到拐角处，陈兴义说，"四一二"后，有些共产党员退党不干了，有些人脱离了党组织，有些人干脆出国了，还有些人隐姓埋名找不到了。你以后一定要小心，不要随便和过去的熟人接触。听了陈兴义的话，吴天昊点点头，心里一阵酸楚。

后来有一天，吴天昊在街上与挽着女人胳膊逛街的许明新再次撞了个迎面。许明新见躲不过去了，对吴天昊说，天昊，这是我女朋友小琪，又对小琪说，这是我大学同学吴天昊。小琪朝吴天昊笑笑并没有说话。许明新对吴天昊说，我们快结婚了，说完看着女孩又说，结完婚我们一起到南洋去，我叔叔在那边让我们过去。吴天昊说，恭喜你了，祝你们新婚愉快，白头偕老。小琪说，谢谢你的祝福。许明新说，革命我就不参加了，你忙你的吧，我有事先走了。许明新说完，挽着小琪的胳膊走了。

望着许明新和小琪的背影，吴天昊心里拔凉拔凉的。现在的许明新和"四一二"之前的许明新判若两人，原来的许明新加入共产党是多么坚决啊，积极参加革命活动，在工厂里演讲，在街头演讲，夜里上街贴标语，带领学习小组阅读进步书籍，宣传革命思想，现在却这样冷漠……望着许明新渐渐走远的背影，他不禁落下泪来，半晌才转身朝码头走去，步子有大有小，看上去有些踉踉跄跄。

暑假很快过完了，学校开学了，吴天昊却一直没有刘紫瑶的讯息。这天晚上下工后，吴天昊对陈兴义说想去看看刘紫瑶回来没有。陈兴义说，想紫瑶了？吴天昊不好意思地笑笑，说，紫瑶回去这么长时间也没给我来信。陈兴义说，"大逮捕"虽说过去了一段时间，但国民党并没有放松抓人。吴天昊说，就是去看看紫瑶回来没有。陈兴义说，那你一定要小心。吴天昊说，你放心，我会小心的。

这天晚上下工后，吴天昊悄悄来到金陵女子大学，在宿舍不远处的树下张望着，希望能看到刘紫瑶的身影，可是一直没有看到刘紫瑶，却看到了刘紫瑶的室友秦晓青。他激动地大喊一声"秦晓青"。秦晓青提着热水瓶回宿舍，听到有人喊，转脸四下环视但没看到人，又朝宿舍走。吴天昊又喊了一声"秦晓青"，秦晓青再次停下脚步转过头来，这才看见站在树后朝她招手的吴天昊。于是，她提着热水瓶，脚步轻盈地来到树下，说，天昊你来了。吴天昊问紫瑶回来没有。秦晓青说，没有哇，刘紫瑶也不知到哪里去了，开学了也没来。今天下午，我们几个同学还说起刘紫瑶呢。吴天昊心里一沉，说，紫瑶没来信吗？秦晓青说，没有，这几天，我天天到校门口传达室看看有没有刘紫瑶的来信，一直没有。吴天昊说，她怎么也不来个信呢？秦晓青，家里有事，也该给我来个信，回家才两个多月，就把我这最要好的闺蜜忘了。吴天昊说，紫瑶不会忘记你的，可能是家里有事耽搁了。秦晓青说，紫瑶说不准现在在回来的路上呢。吴天昊说，有可能。秦晓青说，过几天紫瑶来了我叫她去找你，天昊你现在在哪里？吴天昊说，我来找她。这时远处有女同学喊秦晓青。秦晓青答应一声转脸看了看，又转过脸来对吴天昊说，我先走了，过几天你再来。秦晓青说完跑走了。得知刘紫瑶既没有回学校也没有来信的消息，吴天昊心里沉甸甸的，走出校园时两腿像灌了铅似的沉重。

最近码头上的活儿比较多，吴天昊跟陈兴义白天扛大包，晚上不是秘密学习，就是秘密活动，也没时间想刘紫瑶，偶尔想起刘紫瑶时，就拿出刘紫瑶的泥人看看。待吴天昊再去学校找刘紫瑶时，已经是一个月后的事了。

吴天昊还是没有见到刘紫瑶，秦晓青却拿来一封信，对吴天昊说，你看，这是刘紫瑶家里来的信。吴天昊以为是刘紫瑶来的信，接过来一看信封，信是寄给刘紫瑶的，不禁大吃一惊。这不是刘紫瑶来的信，而是刘紫瑶家里写给刘紫瑶的信。吴天昊撕开信封，拿出信来看了一眼落款，果然是刘紫瑶大伯刘福乾。吴天昊匆匆看了一遍信，信上说刘紫瑶大伯的病已经好了，叫她不要回去了，过一段时间让家里人把学费送过来。直到这时，吴天昊才知道，刘紫瑶自打六月份走了以后直到现在，既没有回到东海，也没有回到家，人到哪儿去了？吴天昊这么一想，心里一凉，信纸从手里慢慢滑落下来，那张薄薄的信纸在小风里打了个旋飞升起来，又飘落下去。秦晓青走过去拾起信来一看，惊讶地说，天昊，刘紫瑶没有回东海，也没有回家，她去哪儿了？吴天昊摇摇头说，没有回东海也没有回家，还能走丢了不成？有人喊秦晓青，秦晓青答应一声对吴天昊说，我有事先走了，过几天你再来，有消息我再告诉你。吴天昊说，好，你去吧。秦晓青走了，吴天昊看着秦晓青的身影，看着看着，秦晓青的身影竟渐渐幻化成刘紫瑶的身影，那么青春，那么阳光，那么靓丽。吴天昊揉揉眼，刘紫瑶的身影渐渐隐去了，待两眼回到现实后，看见秦晓青的身影正在走远。而后，吴天昊忧郁地走出了校园。

吴天昊头重脚轻地走出校园后，扶着一棵合欢树的树干站了一会儿，便沿着街边踽踽而行。他一边走一边想着心事，刘紫瑶真能走丢了吗？那天晚上送紫瑶过江的艄公是我们自己的同志，他会对紫瑶说清楚回东海的路怎么走。紫瑶会不会被国民党抓去了？听紫瑶说，她回到宿舍时，同学说卫戍队的人在她的箱子里翻出来一本《进步青年》杂志……如果紫瑶没有被国民党抓去，是不是在路上遇到了坏人？不然的话，三个多月了还走不到东海……吴天昊不敢再想下去了，急得像热锅上的蚂蚁，却又一点儿办法也没有。走着走着，听到钟声，他抬头一看，竟然走到了鸡鸣寺。看看冷清的寺院，看看翘檐下在风中左摇右摆的小铃铛，他忽地想起来，春天的时候，他曾和刘紫瑶一起到寺里来玩。吴天昊一边想着一边上了台阶，走进寺院，上了一炷香，透过袅袅的香烟，望着菩萨那张和善的脸，两手合十，嘴里念叨着菩萨保佑紫瑶，菩萨保佑紫瑶。拜了菩萨，出了寺院，吴天昊忽然想，回去让兴义大哥出去打听打听，看看刘紫瑶是不是让国民党抓回来了。这样一想，吴天昊加快了脚步，走着走着竟跑了起来。

吴天昊回到码头时跑出一身汗，刚好看见陈兴义找他。陈兴义见吴天昊跑得一头汗，说，天昊，我找你，到江边去，我有话跟你说。两个人边走边说来到江边，吴天昊望着苍茫的大江对陈兴义说，兴义大哥，刘紫瑶到现在还没有回到东海呢。陈兴义吃了一惊，说，什么，三个多月了还没有回到东海？吴天昊说，她大伯给她来信了，说病好了，要她不要再回东海了。你看，这是紫瑶大伯写的信。吴天昊说完从兜里掏出信递给陈兴义，陈兴义展开信看了一遍，轻轻皱了一下眉头，而后望着滚滚东去的长江水，半响才说，会不会出什么意外呢？吴天昊说，我想让你打听一下，刘紫瑶是不是让国民党抓回南京了？陈兴义说，我一直没有听说刘紫瑶被抓去，但这件事我可以打听一下。吴天昊说，要不要找那个舢公问一下刘紫瑶走时的情况。陈兴义说，这个可以，今晚就去。吴天昊说，谢谢兴义大哥。陈兴义说，天昊你说的这是什么话？你的事就是大哥的事嘛！吴天昊说，对对对，兴义大哥你找我有什么事？陈兴义说，侦缉队没有找到徐大鞭子，他们是不会罢休的。你想想，侦缉队余队长也不是傻子，他知道徐大鞭子带着侦缉队抓捕大刘暴露了身份，工友们是不会放过徐大鞭子的。这件事他们一定会继续查下去。吴天昊说，不行的话，赶紧通知马大鹏几个人转移，不要在码头上干活儿了。陈兴义说，现在要转移的不是马大鹏而是你。吴天昊吃惊地看着陈兴义，陈兴义说，你已经被侦缉队盯上了。吴天昊的心一下子揪在了一起，说，我到哪儿去？陈兴义说，组织上决定，让你回苏北东海开展党的工作。吴天昊问，什么时候走？陈兴义说，今夜就走。吴天昊说，这么急？陈兴义说，侦缉队盯上你了，走得越快越好。吴天昊说，我服从组织安排。陈兴义说，你正好可以利用这个机会找一找刘紫瑶。吴天昊一把抓着陈兴义的手说，太好了，我回东海一要把刘紫瑶找到，二要把党的工作开展起来。陈兴义说，现在是非常时期，很多同志已经脱离了党组织，你如果找到刘紫瑶，要在工作中继续考察她。吴天昊说，兴义大哥，我相信紫瑶不会脱离组织的，但我一定会在工作中好好考察她。陈兴义看着吴天昊说，东海北接山东，东临黄海，最大的城就是海州，多是蛮荒之地，这你是知道的。我曾经和王教授到东海搞过地质调研，发现几条水晶矿脉。吴天昊说，我也听王教授讲过。陈兴义说，对了，王教授给大家讲过东海水晶石矿脉的事。天昊，在一个群众基础薄弱的陌生地方开展党的工作，肯定有困难。你要迎难而上，只要是能团结的人或是可以团结的人，你都要团结，依靠群众，积极发展党员，建立组织，壮大党的队伍。吴天昊说，兴义大哥你放心，我会按照组织要求努力开展工作的。陈兴义紧紧握着吴天昊的手。吴天昊说，兴义大哥我要回东海了，不知哪天能再见到你，还真有点舍不得呢。陈兴义说，只要信仰不变，就是到天涯海角，我们的心也是连在一起的。陈兴义和吴天昊两个人松开手，又紧紧地拥抱在一起。陈兴义拍拍吴天昊的脊背，让他回去准备一下，今夜就走。吴天昊说，好。

两个人一前一后分别回到码头，吴天昊在码头上转了一圈，看着曾经熟悉的码头，心里忽地涌出一股眷恋之情，站了半晌，看了半晌，缓和了一下心中激动的情绪，便大步朝工棚走去。

快半夜的时候,见工友们睡熟了,吴天昊背上包袱轻手轻脚走出工棚,在门外,转身又看看熟睡的工友,而后悄悄带上门,便毅然决然地离开了工棚。

来到约定地点,吴天昊看见了陈兴义,还看见了马大鹏。马大鹏扑上来,紧紧拥抱着吴天昊。马大鹏用劲大了,勒得吴天昊有些喘不过气来。半响,马大鹏才松开吴天昊。这时,江面上有一艘江防巡逻艇驶过,船上的探照灯扫来扫去,当灯光扫过来时,三个人急忙俯下身子,待巡逻艇过去后,陈兴义便带着吴天昊和马大鹏沿江而下,来到上次送别刘紫瑶的那片芦苇地。陈兴义看着远去的江防巡逻艇打了声呼哨,芦苇丛里一阵水响,驶出一条船来。陈兴义对吴天昊说,浦口车站查得严,火车上查得紧,铁路不能走,还跟刘紫瑶上次回东海一样走陆路。陈兴义说完掏出三块大洋,塞在吴天昊手里说,我知道你手里没几块大洋了,这几块大洋你带着,路上当盘缠。吴天昊把大洋又塞回陈兴义手里,说,我身上还有几块大洋,不够,要饭我也要回到东海。陈兴义把大洋又塞给吴天昊说,别说了,带着路上用。吴天昊收下大洋,塞进包袱里,对陈兴义说,兴义大哥,有事给我家里写信。陈兴义点头说好,你老家的地址我记在心里了。马大鹏抓着吴天昊的手说,天昊你这一走,不知我们何时再见面。吴天昊说,兴义大哥,大鹏哥,只要活着,我们就有见面的机会,我在东海等着你们。

艄公还是上次送走刘紫瑶的那个艄公,他悄声说,快走吧,一会儿巡逻艇又要来了。陈兴义低声对吴天昊说,江北交通站也受到了破坏,过了江全靠你自己了。吴天昊也低声说,兴义大哥放心,说完跳上船。小船在水里摇晃了一阵,还没有平稳下来,艄公就划动了船桨。吴天昊蹲在船头小声说再见,陈兴义和马大鹏也小声说再见。

小船行到江心时,巡逻艇正从远处驶过来,艄公摇桨的动作明显加快了,吴天昊俯下身子趴在船舱里,小船斜着朝北岸驶去。当巡逻艇驶过来时,小船已驶出巡逻艇探照灯的光圈,吴天昊这才长长松了一口气。

小船到了北岸,艄公将船停稳,吴天昊站起来走到船头准备上岸,忽然说,艄公大哥,我问你个事。艄公说,什么事?吴天昊说,三个多月前的那天半夜,你送走一个女学生还记得吗?艄公略微沉思了一下,说,我想起来了,那天晚上也是陈兴义和你一起来送的。吴天昊说,可是那个女学生到现在还没有回到东海。艄公听了一愣,半响才说,到现在还没有回到东海?吴天昊说，是啊，前几天她家里来信说的。艄公说，我送她上了岸，还告诉她苏北怎么走，我是看着她走的呀。吴天昊说，是不是迷路了？艄公说，如果迷路了，天亮了问问人就行。吴天昊纵身跳上江岸，两手抱拳朝艄公拱了拱，说，多谢大哥。

3

一阵江风吹来，吴天昊禁不住打了个冷战，转身与艄公再次道别，直到小船驶进夜色里看不见了，这才紧了紧包袱，听着身后江水哗哗的浪涛声，抬头找到北极星，而后大步朝北方走去。

此时已是半夜时分，满天星闪闪烁烁，夏虫的鸣叫替代了渐渐隐去的涛声，江北大地越发显得寂静。吴天昊走在星光下泛着白光的小路上，一边走一边想，刘紫瑶过江一个人走这夜路不害怕吗？刘紫瑶是暑假前走的，到现在已经三个多月了，既没有回家，也没有回学校，音讯全无，她人到哪儿去了？吴天昊看看漆黑的田野，听听远处村庄里偶尔传来的狗叫声，不由得加快了脚步，恨不能立马回到东海。

吴天昊是在机织局工会的一次会议上认识刘紫瑶的。吴天昊听刘紫瑶说话口音和自己一样，不由得多看了几眼。谁知这小小的眼神让陈兴义捕捉到了。会后，陈兴义把吴天昊拉到一边，又把那个女孩喊过来，对吴天昊说，她叫刘紫瑶，金陵女大的学生，是你东海老乡；又对刘紫瑶说，他叫吴天昊，也是东海人。刘紫瑶"噢"了一声，羞涩地看了一眼吴天昊说，你也是东海人？吴天昊说，我家是吴官庄的。陈兴义说，天昊，紫瑶刚参加我们的活动，你是老同志了，要多多帮助她。吴天昊高兴地说好。刘紫瑶矜持地笑了笑。吴天昊没想到，刘紫瑶也没想到，在党组织的活动上见到了东海老乡，两个人都很高兴。能在异地他乡见到老乡，而且是在党组织领导的机织局工会会议上见到老乡，吴天昊有种老乡见老乡，两眼泪汪汪的感觉，心里暖暖的。吴天昊对陈兴义说，我会和刘紫瑶一起进步的。陈兴义拉着吴天昊、刘紫瑶两人的手说，希望你们共同进步。吴天昊和刘紫瑶异口同声地说，一定！

吴天昊和刘紫瑶两人不仅有一种亲近感，而且还有一种亲切感，参加活动时，两个人经常在一个小组，没有活动时，星期天两人还相约一起出去玩，一边谈革命一边谈理想。吴天昊觉得刘紫瑶是个不错的女孩，刘紫瑶也觉得吴天昊是个不错的小伙子。参加小组活动时，吴天昊觉得刘紫瑶是自己的得力助手，刘紫瑶也觉得吴天昊是个有头脑有主见可以信赖的人，渐渐地，两个人彼此间有了爱慕之意。

一个星期天，两人相约来到秦淮河，寻找朱自清《桨声灯影里的秦淮河》里的大中桥，站在桥畔，情不自禁地背诵朱自清文章的片段。吴天昊说，大中桥共有三个桥拱，都很阔大，俨然三座门。刘紫瑶说，桥砖是深褐色的，表明它的历史的长久。大中桥历千年沧桑完好无缺，令人不禁赞叹它的坚美。吴天昊说，紫瑶，朱先生笔下的秦淮河多美啊！刘紫瑶说，朱先生的文章写得真好，通篇我都能背诵下来。吴天昊握着刘紫瑶的手，心想，这是一个多么聪慧的女孩啊。刘紫瑶抽出手来，扶着桥栏，望着静静流淌的河水朗诵道，在每一只船从那边过去时，我们能画出它的轻轻的影和曲曲的波，在我们的心上；这显着是空，且显着是静了。吴天昊利用刘紫瑶喘息之机，也背诵道，大中桥外，顿然空阔，和桥内两岸排着密密的人家的景象大异了。一眼望去，疏疏的林，淡淡的月，衬着蔚蓝的天，颇像荒江野渡光景；那边呢，郁丛丛的，阴森森的，又似乎藏着无边的黑暗：令人几乎不信那是繁华的秦淮河了。两个人沉浸陶醉在朱自清《桨声灯影里的秦淮河》的意境中不能自拔，他们在桥上徘徊了许久许久。直到河风吹来感到了凉意，刘紫瑶才说，天昊，天晚了，我们下周一晚上再来？吴天昊说，好，我们再一起来体味朱先生笔下的夜秦淮。

之后，两人相约着又去了夫子庙寻古觅今，吴天昊为刘紫瑶买了五香豆，刘紫瑶吃得满嘴香喷喷的。在李香君的媚香楼旧址，两人顿生无限感慨。

后来，吴天昊和刘紫瑶两人还相约到栖霞山，在桃花涧清澈的溪水里捉蝌蚪、捉小鱼儿，在寺里烧香拜佛许下自己的心愿。吴天昊问刘紫瑶许的什么心愿。刘紫瑶莞尔一笑，说，你告诉我你许的什么心愿，我再告诉你。吴天昊说，你知道。刘紫瑶脸上蓦地升起一片红云，半晌才说，我许的愿你也知道。两个人相互看着对方的眼睛，会心地笑了。吴天昊想到这里不禁笑出声来。

有一次，吴天昊和刘紫瑶相约来到江边，看着滚滚长江东逝水，畅谈革命理想。当吴天昊听刘紫瑶说是刘湾镇刘福乾的侄女时，心里蓦然一沉。刘紫瑶的父亲刘福坤，是刘福乾的弟弟。刘紫瑶父亲患病去世后，刘福乾把刘紫瑶母女俩接到自己家里，刘紫瑶是在大伯刘福乾家长大的。刘福乾是刘湾镇的大地主，方圆几十里都是他家的地。刘紫瑶人长得俊俏，又聪明伶俐，深得刘福乾喜爱，把刘紫瑶当成亲生闺女养了。刘紫瑶六七岁时，刘福乾就把刘紫瑶送去读私塾，私塾读完了，把刘紫瑶送到板浦省立第八师范学校读书，前两年又把刘紫瑶送到金陵女子大学读书。吴天昊的心仿佛被撕裂了，他怎么也没想到刘紫瑶是刘福乾的侄女。吴天昊之所以到南京读书，也与刘福乾有一定的关系。

吴天昊父亲吴祖文是东海西乡吴官庄的一个小地主，吴官庄离刘湾镇十来里地，被刘福乾的土地包围在中间，刘福乾早就觊觎吴家的那几百亩土地，要是把吴家的土地吞并过来，刘家的土地就连成片了。可是，土地都是祖上留下来的，吴祖文不可能把土地拱手让给刘福乾。因此，刘福乾千方百计地折腾吴天昊父亲，年年要吴天昊父亲缴纳保护费，吴祖文说刘福乾是大鱼吃小鱼！刘福乾气得直翻白眼，说，吴祖文说话难听，什么大鱼吃小鱼？有穷人不交租我会帮助你让他交。吴祖文说，我家的佃户年年交，没有不交的。刘福乾说，那我也不能看着你家让穷鬼们欺负。吴祖文说，我给穷人地种，他们有饭吃，没人欺负我呀。刘福乾说，我是在保护你。吴祖文说，没人欺负我，不需要你保护呀。刘福乾气得拉下脸转身走了。第二年新粮下来后，刘福乾仍然来找吴天昊父亲的麻烦，吴天昊父亲还是不交保护费。

有一次，吴天昊父亲到山东看朋友，回来走在马陵山山道上，被几个蒙面人打了个鼻青脸肿，在床上躺了十多天才好利索。

那时，吴天昊还在东海师范学校读书，吴天昊母亲安排老管家赶着驴车到海州去告诉吴天昊，吴天昊请了假跟老管家的驴车一起回吴官庄。吴天昊回家见了父亲，才知道父亲是路上被人打了黑棍，对父亲说，肯定是刘福乾这个老东西找人打的。父亲说，我估摸着也是他。吴天昊父亲把自己打算到海州去找政府告刘福乾的事说给儿子听。吴天昊对父亲说，你不要去，在家养身体，我正好在海州读书，去政府找县长告刘福乾一状。吴天昊父亲本来不想让儿子掺和进来，见儿子一定要去，只好同意了。

半个月后，吴天昊回来对父亲说，我把这事跟姚县长说了，他说要亲自到刘湾镇来调查一下。姚县长还说，不能因为离政府远就无法无天。姚县长让我回来和你说，在家好好调养，处理结果会很快告诉我们吴家的。

吴天昊父亲听儿子这么一说，心里舒坦了不少，心想，姚县长是个好人哪，便在家中安心养伤，等姚县长来东海西乡调查。谁知等了一年多，既没等来姚县长调查，也没等来姚县长回话。后来听刘湾镇的人说，姚县长确实到刘湾镇来过，住在刘福乾家，不仅吃吃喝喝，而且还有满园春头牌伺候，住了十多天才回海州。吴天昊听说这事后，再去找姚县长。姚县长说，吴天昊，你爹好了没有？吴天昊不知姚县长啥意思，半晌才说，我爹养了半个多月才好。姚县长说，好就好了嘛，你看我整天忙得东乡一头西乡一逗，放个屁的工夫都没有。姚县长要吴天昊父亲好好在家歇着，自己会抽时间到西乡去看他的。吴天昊回家来，把姚县长的话说了一遍，父亲听了什么也没说，只是长叹一声。吴天昊说，爹，你叹什么气？父亲看看儿子说，就这样吧，你回去念书。果然，这事又不了了之。

吴天昊父亲觉得这个政府没指望了，下决心让儿子出人头地，随后把吴天昊送到南京第四中山大学读书，要儿子读完书回来当个好官。吴天昊父亲哪里知道，吴天昊不仅遇到了刘福乾的侄女刘紫瑶，而且还喜欢上了刘紫瑶。

吴天昊是这样想的，刘福乾虽然是刘湾镇剥削穷人的大地主，但刘紫瑶是参加革命的清纯少女，是自己的同志，刘紫瑶和刘福乾两个人只不过是有一层亲戚关系，其实是两个本质不同的人。他爱的是革命者刘紫瑶，而不是地主刘福乾的侄女。

在思考多日之后的一个星期天，两人相约来到石头城。吴天昊在古城墙的鬼脸城上，终于敞开心扉，对刘紫瑶说出了自己喜欢她的心里话。刘紫瑶两眼含泪，盈盈欲滴，脸上升腾起一片红云，说，天昊我也喜欢你。吴天昊看着刘紫瑶，刘紫瑶看着吴天昊，两个人张开臂膀紧紧搂抱在一起……吴天昊想到这里，觉得那美妙时光因刘紫瑶的不知下落而成为美好的记忆了。

走着走着，吴天昊忽然觉得有小水滴落在脸上，仰起脸抬头看看天，那闪闪烁烁的星星不知何时没有了，头顶上像蒙了块黑布，天黑乎乎的，田野也黑乎乎的，湿漉漉的空气里飘洒着小雨点。起先小雨点像一个个小幽灵似的，一会儿落在吴天昊的额头上，一会儿落在吴天昊的左脸颊上，一会儿落在吴天昊的右脸颊上。这样走了两里路的样子，幽灵似的小雨点慢慢变成黄豆粒一样大小了，落在田里庄稼叶上哗哗响，打在路边树叶上沙沙响。吴天昊身上的衣服湿了，他走着走着大步跑起来，想找个地方避避雨。看到路边地头有个黑乎乎的瓜庵子，他一头钻了进去。

哪料到，瓜庵里呼一声响，吓得吴天昊转身朝外跑，身后瓜庵里又响起呼呼声，还有稚嫩的汪汪声。吴天昊听出来是狗叫，这才放下心。他跑了一阵停下来，转过身，站在雨里望着身后的瓜庵想，野狗在瓜庵里生儿育女安家了啊。吴天昊四下里看看，想再找个瓜庵、茅棚避避雨，但什么也看不见，只好冒雨继续往北方走，不一会儿，夜雨便湿透了他身上的衣衫。吴天昊正在雨中走着，突然想起包袱里刘紫瑶的小泥人，伸手摸摸背后的包袱，没有摸到小泥人，却摸到一摊软软的泥。他心里忽地一凉，又猛地一沉，刘紫瑶没有了。

在雨夜里，吴天昊在泥泞的小路上孤独艰难地行进着，一场不期而至的夜雨，无情地毁灭了刘紫瑶，让刘紫瑶从有形变成了无形，从三个月前的实实在在变成了现在的虚无缥缈，难道这是老天要我失去刘紫瑶吗？一想到要失去刘紫瑶，吴天昊心里一阵疼痛，他埋怨自己太粗心大意了，为了躲雨只顾自己而忘却了包袱里的刘紫瑶。他擦了把脸上的雨水和泪水，对着漆黑的雨夜高声喊道，我一定要找到刘紫瑶！东方天边发白的时候，雨停了，路上十分泥泞，吴天昊一步一滑磕磕绊绊，既费劲又艰难，但他却没有一点儿困意。

雨后的空气十分清新，喘口气，好像一下子透到心底似的。天亮以后，又饥又累浑身泥水的吴天昊，敲开了路边小村一户人家的大门。门刚刚拉开门，吴天昊便一头栽倒在院里。一个老婆子连声喊"栓柱爹快来呀"。栓柱爹一边披着衣服一边走出堂屋门，说，一大早什么事？看你大惊小怪的。栓柱爹看到大门口趴着一个泥人，连忙跑过来说，哎呀，这是谁家的孩子？老两口把吴天昊扶进堂屋，栓柱娘试试吴天昊额头，对老头子说，这孩子额头烫人，我去煮碗姜茶。老头子说，快去煮，快去煮。老婆子答应一声，去了锅屋，洗姜，添水，点火烧姜茶。老头子找了一身儿子的衣服，让吴天昊把湿透粘满烂泥的衣服换下来。吴天昊说，大叔我歇一阵还得走。老头子说，你夜里淋雨着凉了。吴天昊换好衣服，老婆子端着一碗热气腾腾的姜茶走进屋来说，孩子趁热喝了吧。吴天昊接过茶碗一边吹着一边哧溜哧溜地喝起来。老头子对老婆子说，还愣着干什么？快去做饭给孩子吃。老婆子答应一声连忙做饭去了。一碗姜茶喝下肚，吴天昊身上暖和起来，脸上红扑扑的。老头子叫吴天昊赶紧上床躺着，吴天昊说，大叔，待会儿我还得走。老头子说，那也得吃过饭再说，能走就走，我不拦你。不能走就在这儿住两天，等身子骨好些了再走。

吴天昊在床上躺下来，这才觉得浑身又酸又痛、疲惫不堪，不一会儿，意识竟迷糊起来。老婆子端来一碗粥，见吴天昊睡着了，悄悄放在桌子上。不料，吴天昊一下子惊醒过来，说，谢谢大娘。老婆子说，谢什么，看你这年纪，跟我家栓柱差不多大。吴天昊问，栓柱呢？老婆子说，下了半夜雨，天没亮就起来到地里放水去了。要是水淹了庄稼，秋粮收不上来，秋后连租都交不起了。老婆子说完看吴天昊还没有喝粥，又说，趁热喝，暖和暖和。吴天昊听了老婆子的话，慢慢喝起粥来。吴天昊喝完一碗粥，老婆子又端来一碗。吴天昊连喝两碗粥，身上渐渐暖和起来，忽然觉得头有点沉，闭上眼想静一静，不一会儿又睡着了。

吴天昊醒来的时候天已过了晌午，一个年轻人走进屋说，兄弟你醒了。吴天昊说，你是栓柱？那个年轻人点头称是。吴天昊说，谢谢你家大爷大娘。栓柱说，谢什么，谁没有个落难的时候？兄弟这是去哪里？吴天昊随口说回家看娘。栓柱问吴天昊家在什么地方，吴天昊说东海。栓柱问东海有多远，吴天昊说五六百里地吧。栓柱说，兄弟你就这样走回去？吴天昊点了点头。栓柱说，老天爷，这得走多少天才能到家啊？吴天昊说，一个月走不到，走两个月；两个月走不到，走三个月；三个月走不到，走半年。终有一天我会走到家的。栓柱伸出大拇指在吴天昊面前晃了晃，说，兄弟你是这个。吴天昊说，大哥我带的衣服全淋湿了，换了你的衣服。栓柱说，我娘把脏衣服给你洗了。吴天昊说，等衣服干了我就走。我娘说你头烫人，我试试？栓柱说着伸手在吴天昊的额头上试试，觉得不太烫人了，便说，在我家住一晚，明早再走吧。

吴天昊看看晾在院子里绳上的衣服，又见栓柱一家人热情有加，点头答应了栓柱。本来吴天昊想给栓柱讲讲共产党主张的，看见家里只有栓柱一个人，是家里的顶梁柱，一旦离开家，家里租的地就没人种了，老两口怎么活呢？再说万一走漏风声，会给栓柱家带来麻烦。吴天昊想了好久还是没有讲。

吴天昊觉得脚疼，抬起脚来看看，见脚掌上起了好几个水疱，便坐在床边挑脚上的疱。栓柱娘见了走过来说，来，大娘给你挑。吴天昊对栓柱娘说，大娘，您去歇着吧，我自己挑。栓柱娘说，自己挑不方便，我给你挑。栓柱娘不由分说夺过吴天昊手里的针，把吴天昊的脚抱过来放在自己腿上，看了一眼，吃惊地说，昨夜你走了多少路，脚上咋磨了这么多疱？吴天昊没有说自己是从江南过来的，而是说以前走路少。

栓柱娘将吴天昊脚上的疱一个个挑破，一边挑一边唏嘘再三地说，听栓柱说你要走到大北边的东海去，离这里五六百里路，这要遭多少罪呀。吴天昊说，大娘，昨夜走得有点急，往后我慢慢走，走累了就歇歇。栓柱娘看着吴天昊说，不想走了再回大娘家来。栓柱说，娘，看你说的，走两天不想走了，再走两天回咱家来。那不就快到东海了吗？栓柱娘说，你看这孩子，没大没小的，竟跟我抬杠。栓柱说，娘，你说的就不对嘛。栓柱娘说，好好好，我不说了。她对吴天昊说，走累了找个地方住下来歇歇，歇好了再走。吴天昊说，大娘，谢谢你们一家人。栓柱娘说，孩子，你能到我家，也是我家的造化呀。吴天昊说，大娘，真的感谢你们一家人。栓柱娘说，再这样说就见外了，快躺下歇歇。吴天昊答应一声，栓柱陪着娘走出屋。吴天昊一时半会儿也睡不着，又想起了刘紫瑶。刘紫瑶到底去哪儿了？回到东海，我一定要找到紫瑶……吴天昊又想，明天还要赶路，今晚要早点儿睡觉。

　　第二天吃过早饭，归心似箭的吴天昊在没有小泥人刘紫瑶的陪伴下背上包袱，栓柱娘又在包袱里塞了几个菜窝窝。吴天昊不要，栓柱娘一定要吴天昊带着。吴天昊装好菜窝窝，这才告别栓柱一家人，踏上了北归的旅途。走了好远，吴天昊回头望望，见栓柱一家三口还站在路边向他招手，也停下脚步挥手说再见——

　　吴天昊日夜兼程又走了十多天，眼前突然出现一片汪洋。朝远处看看，竟然没有看到对岸，风刮过来，水掀起半人高的浪涛咣咣地撞击着岸边。吴天昊心里一惊，是不是走错路走到大海边了？他走到水边蹲下来掬起一捧水，用舌尖试试，是淡水，不是海水，这才放下心来，俯下身子，噘着嘴贴在水面上咕咚咕咚喝了几口，抬起头，打了个饱嗝，蓦地泛上来一股野水味。吴天昊又掬起一捧水洗了把脸，觉得走路走得有些疲惫，便躺在岸边的小草地上，看头顶蓝天上飘动着的白云。

　　吴天昊躺在小草地上打了个瞌睡，醒来时看见太阳偏西了，连忙爬起来，背上包袱，一边埋怨自己睡着了，一边沿着水边朝东走，希望找到一座桥或是一个渡口。

　　看到前方远远的地方有座小房子，吴天昊兴奋起来，有人家就有办法过河。他迈开两腿，大步朝小房子走去。当吴天昊来到小房子跟前时才看清楚，小房子并不是石头垒的小房子，而是用芦苇搭起来的柴棚，院墙也是用芦苇筑起来的，芦苇小院东边有个露天灶台，灶台边上放着两个瓦罐盆，瓦罐盆里放着几个没有洗的碗和几根筷子……吴天昊一看就知道，这是个普通百姓人家。

　　吴天昊站在芦苇小院里朝柴棚里喊，有人吗？柴棚里没人答应。吴天昊又喊，有人吗？半晌，柴棚里有了响动，有人答应一声：谁啊？只见从柴棚里走出来个小伙子，吴天昊觉得小伙子没有自己大，说，老弟问个路，这河上什么地方有桥或是渡口？小伙子看看吴天昊，说，你到哪里去？吴天昊说，我到河北边东海去。小伙子说，到东海去？东海在哪里啊？吴天昊说，东海在北边，东海的北边就是山东地界了。小伙子说，我还以为在东边的大海边呢。吴天昊说，不是东边的海，是东海县。小伙子说，噢，这是洪泽湖的湖汊子叫一道河，没有桥。吴天昊说，走了十几里路还没到头呢。小伙子说，你再走半天也走不到头。吴天昊说，家里就你自己？小伙子说，还有我爹。小伙子说完抹了把眼泪。吴天昊问老人家在哪，小伙子没有说话，带着吴天昊默默地朝柴棚走，推开柴门说，我爹在这里。吴天昊看见芦席上躺着一个头发花白的老人，以为老人睡着了，拉着小伙子的手说，让老人睡吧，我们出去说话。小伙子说，我爹死了。吴天昊吃惊地看着小伙子，这才明白小伙子为什么抹泪。小伙子说，今天是第三天了。吴天昊连忙走进柴棚，跪在老人身旁咚咚咚磕了三个响头。小伙子一边拉着吴天昊一边说别别别。吴天昊说，我是晚辈，给老人家磕两个头是应该的。吴天昊磕完头，小伙子赶紧把他拉起来。两个人走出柴棚，在院子里坐下来说话。吴天昊说，贵姓？小伙子也直爽，说，我是穷人，姓也不贵，我姓严叫严仁宽。吴天昊说，我姓吴叫吴天昊，今年二十二岁。小伙子说，我比你小一岁，今年二十一岁，那我就叫你吴大哥了。吴天昊说，好哇，仁宽老弟，怎么还不把大伯下葬？严仁宽咕哝半天，吴天昊才明白，严仁宽没有钱给父亲下葬。吴天昊解开包袱，拿出两块大洋，塞到严仁宽手里说，快去附近村里买副棺材。严仁宽听吴天昊这么一说，突然一下子热泪盈眶，扑通一声跪下来，哭着说，谢谢吴大哥！吴天昊一把拉起严仁宽说，快去吧，严老伯入土为安哪。严仁宽拿了吴天昊给的两块大洋，出了芦苇大院，撒腿就朝附近的村庄跑去。

　　吴天昊看着跑远的严仁宽，心里突然有些不踏实，如果严仁宽去村里报信了呢？又一想，不会的，仁宽也不知道我是共产党呀。思来想去，他觉得还是临走时陈兴义说得对，遇事要多个心眼，不怕一万，就怕万一啊。这么一想，吴天昊急忙躲进柴棚旁边的芦苇荡里，看到严仁宽和几个村里人抬着棺材过来，才从芦苇荡里出来。

下午，严仁宽和村里人将严老伯入殓，吴天昊也跟着一起，将严仁宽父亲埋在村南的祖坟地里，与他母亲合葬在一起。严仁宽没有钱请村里人吃顿饭，只好跪谢了村里人。村里人走后，严仁宽又跪在吴天昊面前，说，吴大哥，要不是你，我爹连副棺材也没有。吴天昊一把拉起严仁宽说，仁宽老弟可别这样说，只要我能帮助的，你尽管说话。我替我爹谢谢吴大哥了。严仁宽说完，不禁又伤心地哭泣起来。

天色向晚，淡淡的雾气水汽弥漫开来，远处的湖汊子已经被雾气水汽掩起来了，白茫茫一片；严仁宽家的芦苇小院也在雾气水汽里若隐若现，看上去好似一幅山水画。严仁宽看天晚了，对吴天昊说，吴大哥今晚在这儿住一夜，明天再走吧。吴天昊说，仁宽，你这个兄弟我认了。严仁宽听吴天昊说不走了，高兴得像个孩子，到屋后水塘里拿出捞网，在网里抓了两条鱼，说，吴大哥今晚咱们吃鱼。吴天昊说，好啊，我好几个月没有吃过鱼了。

吃饭的时候，听严仁宽说，吴天昊才知道严仁宽母亲生病去世后，严仁宽和父亲把家里的房子门窗堵死后就搬到船上来了。爷俩以船为家，在洪泽湖里以打鱼为生，后来来到这个叫一道河的湖汊，在岸上用芦苇搭了两间柴棚，如果有人要过一道河到北岸去，就摆渡过去，没人过河，就在湖里撒网打鱼。

吴天昊听严仁宽说完，问道，严老伯是怎么死的？严仁宽咬着牙说，给湖防营打死的。吴天昊说，湖防营？严仁宽说，前天夜里，我爹送一个人到北岸，被湖防营发现了，硬说我爹送的人是共产党，把我爹打了一顿，小船在湖上漂了一天一夜，我才找到我爹。那时候我爹还有一口气，对我说，共产党是穷人的党，要我找共产党。吴天昊说，严老伯是共产党吗？严仁宽说不是，他是摆渡时候听乘船人说的。吴天昊说，严老伯前天夜里送的那个人是男的还是女的？严仁宽说，男的，三十多岁的样子。吴天昊又说，三个月前你和严老伯送过一个女孩到北岸去吗？严仁宽说不记得了，送过两个五十多岁的女人到北岸去走亲戚。吴天昊"噢"了一声，吐出一口气来，说，那后来严老伯……我把我爹从船上背回家，可是没钱请郎中。我看我爹睡着了，我也睡了，谁知第二天早晨喊我爹起来吃饭，我爹不答声，过去看时，我爹已经没气了。严仁宽说完抹了把眼泪，又说，要不是遇到吴大哥，我正准备砍些芦苇编张席子把我爹埋葬了。吴天昊说，这是湖防营犯下的滔天大罪啊。严仁宽说，吴大哥，听说湖防营被国民党收编了，专抓从南方跑回来的共产党，还说宁愿错杀一千，也不放过一个。就这样，湖防营硬说我爹通共。吴大哥，你说送个人到北岸就是通共，这还有天理吗？严仁宽又说，吴大哥你放心，不管你是不是共产党的人，就是被湖防营枪毙了，我都要把你送过河去。吴天昊说，仁宽兄弟，你看我像共产党吗？严仁宽歪着头看看吴天昊说，你脸上又没有标识，我看不出来你是共产党。吴天昊说，共产党是要让穷人过上好日子的党。严仁宽看着吴天昊说，共产党真的是我爹说的穷人的党？吴天昊说，严老伯说的没错，共产党是穷苦百姓的党，是要推翻旧世界的党，是要让老百姓过上好日子的党。严仁宽说，吴大哥，你知道的真多，能不能给我讲讲共产党？我爹让我找共产党，我也不知道到哪里去找。

吴天昊看着还有点孩子气的严仁宽，根据所见所闻，觉得严仁宽是个可靠的对象，心里本来也想在回东海的路上开展党的工作，没想到时机就在眼前，决定从严仁宽入手。两人说着话，天黑透了，一阵阵湖风掀起前赴后继的浪涛，芦苇丛也发出哗哗的涛声。

吴天昊要严仁宽介绍一下湖防营的情况。严仁宽说，驻扎在湖南边的湖防营叫湖防南营，在湖北边的叫湖防北营，南营北营都二十多个人，人人一把快枪。原来，湖防南营不欺负老百姓，但自从被国民党收编后比湖匪还湖匪。吴天昊问湖防北营的情况，严仁宽说，北边的情况不太清楚，前些日子跟我爹一起送人过河，听说南北两营合并成立湖防总营，国民党来了个官当营长。吴天昊说，原来是这样啊。严仁宽说，湖防营什么也不干了，专门在渡口、路口抓从南边跑回来的共产党。吴天昊说，抓到了吗？严仁宽说，前些天听说抓去一个卖肉的。吴天昊说，卖肉的是共产党？严仁宽说，不是，就是一个赶集杀猪卖肉的。吴天昊说，共产党人不屑于隐瞒自己的观点和意图，他们公开宣布：他们的目的只有用暴力推翻全部现存的社会制度才能达到。让统治阶级在共产主义革命面前发抖吧。无产者在这个革命中失去的只是锁链。他们获得的将是整个世界。全世界无产者，联合起来！

柴棚里没有灯，黑漆漆的，听吴天昊像念书一般说出这些话，虽然看不清吴天昊的脸，但严仁宽还是睁大两眼，半晌说，吴大哥，你说的是哪里的话？吴天昊说，这是《共产党宣言》的结束语。严仁宽睁大眼看着吴天昊说，吴大哥，你真的是共产党？吴天昊说，仁宽老弟，我说了你不要害怕，我真的是共产党。严仁宽从地铺上爬起来，一把抱住吴天昊说，吴大哥，你就是我爹临走前要我找的共产党哪！吴天昊说是。严仁宽说，我要加入你们。吴天昊说，欢迎你加入共产党。但是，现在到处是白色恐怖，湖防南营、北营都在抓共产党，你要考虑好了，这可不是闹着玩的，有可能是要掉脑袋的。严仁宽说，吴大哥，我爹都给湖防营打死了，我光杆一个人还有什么可怕的？我要跟你一起干。吴天昊听严仁宽这么一说，心里挺敞亮，拍拍严仁宽的手说，我相信你说的话。严仁宽说，自打你一来，我就觉得你这个人面善，还给我大洋安葬我爹，我就知道你是个好人。吴天昊说，推翻湖防营，推翻地主剥削阶级，这就是马克思、恩格斯说的革命。严仁宽说，革命？吴天昊说，无产阶级推翻剥削阶级，让劳苦大众有地种，有粮吃，有衣穿，过上好日子，这就是我们共产党人革命的目的。严仁宽说，吴大哥，听你这么一说，我心里特敞亮。半晌，严仁宽又说，吴大哥你能不能不走了，给我细细地讲讲共产党，讲讲革命？吴天昊说，今年春天，国民党蒋介石背叛革命，发动了反革命政变，到处抓捕共产党人，杀害了多少共产党人和进步学生啊。严仁宽说，蒋介石、国民党太坏了。吴天昊说，让老百姓过上好日子，这是共产党的初心啊。严仁宽说，只要穷人能过上好日子，没人骑在头上拉屎撒尿，没人欺负我们，有地种，有粮吃，有衣穿，有好日子过，我跟你走，你到哪，我到哪！

吴天昊看着柴棚外浓浓的夜色说，仁宽你忙了一下午，咱俩躺在铺上慢慢说。严仁宽说，吴大哥你等等，我烧水给你烫烫脚。吴天昊说，我来烧。严仁宽说，我来。

不一会儿，严仁宽烧好水，盛在瓦盆里，对好凉水，端过来给吴天昊泡脚，水冷了添热水，水又冷了再添热水，直到把吴天昊烫出一身汗来。吴天昊烫完脚，严仁宽自己也洗了脚，而后两个人躺在地铺上又聊了起来，直到天蒙蒙亮时才睡着。

4

天刚亮，吴天昊被一阵吆喝声惊醒，推了一把严仁宽，说，来人了。这时有人踢开柴门，踢踢踏踏走进院里，大声喊：家里有没有人？严仁宽一听声音，对吴天昊说，吴大哥跟我走。说完，他从芦苇夹的后墙上扒开一道缝，让吴天昊先钻出去，自己也跟着钻出去，然后拉着吴天昊跑进芦苇荡。严仁宽紧张地说，湖防营来搜查了，等我回来。严仁宽说完又迅速跑回去钻进柴棚，扒拉好后墙，这才懒洋洋地说，谁啊？湖防营的人说，磨磨蹭蹭干什么玩意儿？严仁宽开开门一头扑向湖防营的人，哭喊道，你们还我爹，你们还我爹。立马上来两个湖防营的人，把严仁宽拉到一边。严仁宽顺势一屁股坐在地上，大骂起来，你们把我爹打死了，你们还是不是人？湖防营的人说，你爹是共产党。严仁宽说，我爹是个大字不识老实巴交的人，天天送人过河，他怎么就成共产党了？湖防营的人说，我看你小子八成也是共产党。一个湖防营的人到柴棚里这看看那翻翻，出来说，走走走，一个穷光蛋什么也没有。严仁宽说，能拿走的都让你们拿走了，我还能有什么？一个穷光蛋你们也搜，这是人干的事吗？湖防营的人说，有没有从南边来要过一道河的学生？严仁宽说，我天天想着怎么埋我爹，光看见你们来了，没看见学生来过。我爹让你们打死了，我没有娘也没有爹了。一个湖防营的人举起枪托捣在严仁宽胳膊上，恶狠狠地说，再说，把你也当共产党抓走。严仁宽胳膊一麻，倒在地上打着滚地号。

看看湖防营的人走远了，严仁宽揉揉胳膊从地上爬起来，这才关上柴门从柴棚后墙出去，一头钻进芦苇荡，对吴天昊说，湖防营的人走了。吴天昊不小心碰了一下严仁宽的胳膊，严仁宽哎哟哎哟叫唤起来。吴天昊脱下严仁宽的褂子，见他肩膀上一片青紫，说，这些人下手太狠了。严仁宽说，吴大哥你带我走吧，我一天也不想在这里住了。湖防营的人天天来，我还能活吗？吴天昊说，好，跟我走吧。两个人回到柴棚，严仁宽从地铺下找出一个布袋，倒出一碗米来做饭，吃过饭也不敢待在柴棚里，又回到芦苇荡里。

在芦苇荡里，吴天昊给严仁宽讲了共产党的主张，讲了革命和《共产党宣言》，严仁宽从吴天昊嘴里听到了从来没有听过的话，听到了从来没有听过的道理，听到了从来没有想过的事，不光人好像洗了一次澡，而且觉得灵魂也洗了一次澡，吴天昊好像是搓澡工，让他身上轻松，心里舒服。直到天黑透了，两个人才从芦苇荡里出来。

吃过饭，严仁宽对吴天昊说，我家的船让湖匪砸漏了，这两天光想着怎么埋我爹，也没顾上找人修，我到附近村里去借条船。吴天昊说，好，你去吧。严仁宽说，吴大哥你等着我，然后去了附近的村里。吴天昊在芦苇荡里等了一个多时辰，才听到严仁宽在湖汊子里喊他。过去一看，小船停在岸边，严仁宽撑着篙正朝芦苇荡里喊他。

吴天昊跳上船，小船晃了晃，他连忙蹲下来抓住船舷。严仁宽站在船头撑了一篙，小船便朝对岸驶去。严仁宽说，吴大哥，这些天村里也被湖防营搅得不得安宁，村里人连船都不敢借。吴天昊说，谢谢仁宽老弟，没有你老弟帮忙，我真不知道怎么过这一道河呢。严仁宽说，吴大哥，都是一家人了，不用谢。湖防营的人天天到村里去，谁家送人过一道河，都盘问个一清二楚。吴天昊说，穷人就得团结起来，团结起来才有力量。严仁宽说，是的，我说我爹给湖防营的人打死了，船也让湖防营的人砸漏了，我要到北岸去给我叔叔送个信，人家才同意把船借给我。吴天昊说，你叔叔在北岸？严仁宽说，我叔叔在北岸韩家桥，是个老郎中。吴天昊听严仁宽这么一说，沉思起来，半晌没有说话。严仁宽说，吴大哥你想什么？吴天昊说，我没想什么。吴天昊嘴上这样说，心里确实是在想事情。他想把严仁宽留下来，建立一个地下交通联络站，如果有南来北往的党的人要过一道河，也好有个落脚点。严仁宽说，吴大哥，你们东海那地方靠近大海吧？吴天昊说，东乡靠海，西乡靠山。严仁宽说，乖乖，东海地儿大啊。

　　严仁宽划着小船慢慢驶近一道河北岸，两个人都不说话，严仁宽在星光下沿着黑黢黢的芦苇朝东划了一袋烟的工夫，忽地一掉船头，小船哧溜一下钻进芦苇荡里的一条水道。水道两边的芦苇在风中摇来晃去，一会儿朝这一会儿朝那，唰唰啦啦响，淹没了严仁宽撑船的水声。严仁宽说，吴大哥你放心，这地儿我跟我爹来过好多次，不会走错路的。

　　小船靠了岸，严仁宽把吴天昊送到岸边的芦苇荡里，说，吴大哥在这儿等我，我把船送回去再游过来，跟你一起去找我叔叔。如果不把船送回去，天亮了湖防营的人发现船少了，借船人家又要遭殃了。

　　吴天昊觉得严仁宽虽然年轻，但做起事来蛮仔细的，又是个说话算话的人，打心眼儿里喜欢上了严仁宽，决计把严仁宽留在一道河，建立一道河交通联络站，今后少不了要接送南来北往的共产党人。他说，仁宽我在这里等你回来，不见不散。严仁宽说了句"不见不散"，跳上小船，拿起篙用劲一撑，小船箭一般朝南岸驶去，眨眼间没了踪影。

　　严仁宽回到北岸芦苇荡里的时候，吴天昊抱着包袱倚在芦苇上睡着了，听见不远处芦苇荡里有动静，立马醒过来，低声说，是仁宽吗？严仁宽说，吴大哥是我。严仁宽走过来，吴天昊也站起来，两个人抬头看看天，见天蒙蒙亮。严仁宽说，吴大哥，咱们走吧，走晚了遇到巡堤的湖防营的人就麻烦了，到我叔叔家再睡觉。吴天昊说，我刚才打了个盹，也不困了。严仁宽说，那怎么行？还有好几百里路呢，不睡好觉不行。吴大哥在我叔叔家吃饱喝足了咱们一起走。两个人走出芦苇荡爬上岸来，看看没有巡逻的湖防营的人，迅速通过大堤，隐进了发黄的稻田里。

上午，严仁宽带着吴天昊来到韩家桥找到悬壶堂，见到叔叔扑通一声跪下来，哭着说，叔，我爹给湖防营的人打死了。严仁宽叔叔听说大哥被湖防营的人打死了，抱着严仁宽号啕大哭。严仁宽说，就剩我一个人了。严仁宽叔叔哽咽着说，仁宽，以后这里就是你的家。叔侄两人抱头又哭了半晌，哭得吴天昊心里酸酸的，泪水不知不觉流下脸颊。他抬手抹了把泪。

吃过午饭，严仁宽对叔叔说准备跟吴大哥去闯荡闯荡。严仁宽叔叔问到哪儿去，吴天昊说东海。严仁宽叔叔说，北边靠近山东的东海？吴天昊说是。严仁宽叔叔说，听人说那地方可是个蟊贼多如牛毛的地方，匪患十分猖獗，早就有传说，磨山到李埝，蟊贼一万三；磨山到苍山，蟊贼万万千。你要到东海去？严仁宽说，是吴大哥给我两块大洋，才给我爹买了口薄棺材。如果不是吴大哥，我只能用芦席埋葬我爹了。严仁宽叔叔拉着吴天昊的手说，谢谢小兄弟。他又对侄子说，仁宽，你真的要跟你吴大哥到东海去？严仁宽说，我跟吴大哥到东海去。严仁宽叔叔看严仁宽决计要跟吴天昊去东海，便说，你真要去东海，在家住两天，好好歇歇再走，还有三四百里路呢。

吴天昊在严仁宽叔叔家住了下来。夜里，吴天昊从包袱里拿出一个油纸包，打开油纸包，拿出《共产党宣言》，念给严仁宽听。严仁宽听得很激动，打断吴天昊说，吴大哥，咱们拜个把子。吴天昊说，拜不拜把子都是革命同志。严仁宽说，我要和吴大哥结为生死兄弟。吴天昊见严仁宽很诚恳便答应了。严仁宽找来香烛，两个人磕头拜了把子。严仁宽说，吴大哥，从今往后我们就是生死兄弟了，你是大哥，我听你的。吴天昊看着严仁宽说，仁宽，我有个想法想和你说说。严仁宽说，大哥你说。吴天昊说，我想把你留下来。严仁宽说，我跟大哥到东海去。吴天昊说，你留下来也是革命工作。严仁宽说，那干什么？吴天昊说，你我是兄弟，我就直说了，我想利用你叔叔家的悬壶堂建立地下交通联络站，一道河南岸、北岸的人家你都熟悉，如果有我们的人从南方来，你可以过河把人接过来，如果有人到南方去，你可以把人送过河。再说你的口音和我们那边不一样，人家一听就知道你是外地人，交通联络站由你负责。严仁宽说，交通联络站很重要吗？吴天昊说，南来北往的同志要从交通联络站中转，还有情报，是一项很危险也很重要的革命工作。

严仁宽想了想，点点头说，我听大哥的，你说重要我就留下来，在河两边跑。吴天昊说，交通联络站现在只有你一个人，千万不可粗心大意，更不能暴露自己，要克服一切困难，完成党交给你的任务。吴天昊看看严仁宽又说，我介绍你加入共产党，等我回到东海，我会报给上级党组织批准的。严仁宽激动地说，大哥你放心，我会把交通联络站的工作干好的。吴天昊说，你写个入党申请书给我。严仁宽说，吴大哥，我不识字。吴天昊想了想，说，这样吧，我把着你的手写，写好了，你再摁个手印。严仁宽说好！

在严仁宽叔叔家的悬壶堂里，吴天昊在灯下把着严仁宽的手写了一份入党申请书，又郑重地写下了自己的名字。严仁宽咬破食指在自己的名字上摁下了血手印。吴天昊也咬破手指，在介绍人名字上摁了血手印。吴天昊待血迹干了，把申请书折好，夹在《共产党宣言》书里，用油布包好放在包袱里。两个人又说了半天的话，吴天昊看看时间不早了，对严仁宽说，从昨天到今天你也累了，睡觉吧，我明天回东海。严仁宽说，大哥，我睡不着，还想听你念《共产党宣言》。吴天昊在油灯下翻开《共产党宣言》，接着上次念的地方念道，共产党人的最近目的是和其他一切无产阶级政党的最近目的一样的：使无产阶级形成为阶级，推翻资产阶级的统治，由无产阶级夺取政权……

天还没亮，严仁宽婶婶早早起来做好了饭，又蒸了两锅玉米饼，准备给两个人带着路上吃。吴天昊和严仁宽起来的时候，严仁宽叔叔也起来了。严仁宽把叔叔拉到一边，小声说了几句话，严仁宽叔叔高兴地说，天昊，听仁宽说你们拜了把子成了生死兄弟，今后有用得着悬壶堂的地方尽管盼咐。吴天昊说，谢谢叔叔。严仁宽叔叔说，一家人不用谢，你们路上要小心。严仁宽对叔叔说，我不跟吴大哥到东海去了。严仁宽叔叔听说严仁宽不去东海了，盯着严仁宽看了半晌，不知道他为什么一夜就变了卦，说，仁宽，做人要讲诚信，哪能昨天说跟你吴大哥到东海去，今天早起又说不去了？严仁宽说，大哥要我不去的。严仁宽叔叔说，我现在身子骨还行，你跟吴大哥去东海是要干大事的，别老想着家里这点事。吴天昊看严仁宽叔叔对严仁宽有些误会，又不便把严仁宽留下来的真实目的说出来，想了想，说，叔叔，是我叫仁宽留下来的，叫他跟你学医，说不准以后还用得着呢。严仁宽叔叔看着吴天昊说，仁宽，你大哥说了，你就留下来吧。严仁宽婶婶喊大家过去吃早饭，吴天昊和严仁宽于是一左一右跟在叔叔身后，一起去厨房吃饭。

吃罢饭，严仁宽婶婶听说严仁宽不去东海了，也感到很奇怪，严仁宽叔叔说，孩子的事你少打听。严仁宽婶婶把玉米饼全装在包袱里，让吴天昊带着路上吃，之后又拿了五块大洋给吴天昊。吴天昊不要，严仁宽叔叔说，带上吧，你跟仁宽成了兄弟，就是我侄子了，跟我孩子一样。过了半晌，他又说，北边有个沭阳镇，过了沭阳再往北走就是东海地界了，那边土匪多，一定要小心，千万不要走官道。到村里问问人家小路怎么走。严仁宽对叔叔说，我把大哥送出镇。严仁宽叔叔点点头。

吴天昊告别严仁宽叔叔和婶婶背上包袱出了门，严仁宽一直把吴天昊送到村北没有人家的地方。吴天昊说，仁宽回去吧，以后会有人来找你的。严仁宽说，大哥你放心，我一定会保守秘密，克服困难，完成任务。吴天昊和严仁宽拉了拉手，又在严仁宽的肩膀上拍了拍。两人互道珍重，吴天昊背着包袱再次踏上归途。吴天昊走了一阵转身看看，见严仁宽还站在那里看着他。吴天昊挥挥手，大声说"回去吧"，说罢转身朝北方走去。

吴天昊也没想到一道河交通联络站会建立得这么顺利，生怕哪个环节没有做好，会给交通联络站带来预料不到的麻烦，他一边走一边将从见到严仁宽一直到离开韩家桥和严仁宽分别的细节细细梳理了一遍，终是没有想起来哪个环节有问题，于是长舒一口气，望着蓝天白云和远方的地平线想，等回到东海以后，再向组织说明情况，上级党组织一定会支持我这么做的。吴天昊越想越高兴，走起路来格外带劲。

十天后的一个傍晚，吴天昊走进了东海地界，稻田里的稻子已经发黄了，风吹稻浪，一波赶一波、一浪赶一浪地滚到看不见的远方。吴天昊朝远处看去，见稻浪尽头有座高低起伏的山，在暮色里隐隐约约。于是，他加快脚步，想到山下找个人家借宿一晚，明天再赶一天的路，差不多就到家了。

想到家，吴天昊想起了父亲和母亲，自己到南京读书后，快两年没有回家了，不知二老是否安好？之后，他又想起了刘紫瑶。自己离开南京回东海，已经走了二十多天了，二十多天时间可以发生许许多多的变化，也许刘紫瑶已经回到学校了，也许还在东海家里。紫瑶啊，你走了好几个月，怎么连封信也不来，连个口信也不捎，你到底去哪儿了，这样叫我牵肠挂肚？吴天昊想得鼻子酸楚楚的有点想哭，他克制住自己的感情，终是没有让眼泪流下来。

夜幕降临的时候，吴天昊来到山脚下，看看离村子不远了，不由得加快了脚步，希望到前边的村里人家讨碗热水吃点饼，借宿一夜。吴天昊正匆匆地走着，不料，路旁树丛里突然跳出两个人来，拦住了去路。吴天昊心里一惊,这是遇到土匪了,二话没说拔腿就跑。两个土匪跟着就追,一边追一边喊"站住"。土匪越喊,吴天昊跑得越快,眼看快要给土匪追上了,吴天昊猛一拐弯,甩开两个土匪拼命地跑,谁知脚下一软差点儿摔倒,被两个土匪上前摁住了。吴天昊气喘呼呼地说,我是个穷学生,回家看老娘的。一个土匪也气喘呼呼地说,你说什么?你是个学生?另一个土匪说,你真是个学生?吴天昊点头说是。两个土匪不容分说,一人抱住吴天昊,另一人用黑布蒙住吴天昊的眼睛,又把吴天昊两手绑在背后,两个人架着吴天昊,磕磕绊绊朝山上走去。吴天昊说,大哥,我包袱里还有几块大洋,你们都拿去,放我回家。一个土匪说,放你回家?我们回去怎么跟大当家的交代?吴天昊说,我的大洋全给你们啊。另一个土匪说,大洋我们要,人我们也要。两个土匪说完哈哈大笑起来。吴天昊说,两位大哥,我真是个穷学生,你们高抬贵手放我回家吧。一个土匪说,小兄弟,我们大当家的要的就是穷学生啊。为了穷学生,山上的弟兄轮流下山一年多了也没遇到一个。今天巧了让我俩遇到了,大当家的还要奖赏我们呢,你说你走得了吗?吴天昊一听,真是叫天天不应,喊地地不灵。听严仁宽叔叔的话,吴天昊从韩家桥出来就没有走官道,一直是穿村过乡走小路,哪料到,走小路也走进了土匪窝。吴天昊在心里绝望地想,兴义大哥,我对不起组织对不起你啊,我的任务完不成了。吴天昊心里想着,嘴上却突然变了音地叫了起来,兴义大哥——

一个土匪听到吴天昊的叫声像狼嚎,一脚踹在吴天昊腿弯上,吴天昊扑通一声跪在山地上。另一个土匪说,你踹他?一个土匪说,我怎么不能踹他?另一个土匪说,你就是不能踹。一个土匪说,谁叫他鬼喊的。另一个土匪说,他是学生。一个土匪说,学生也是人。另一个土匪说,他是大当家的找了好几年的人。那个脚踹吴天昊的土匪不说话了,半晌才说,那我还得当爷伺候?另一个土匪说,不当爷伺候也得当爹伺候。一个土匪说,我不信。另一个土匪说,不信,回去问问大当家的。一个土匪说,咱打个赌,要是当爷伺候算我输,你叫我干什么我干什么。八喜,要是你输了,给我两块大洋,给一块大洋也行。

吴天昊听两个土匪说话,知道其中一个土匪叫八喜。另一个土匪和那个叫八喜的土匪啪地击了一下掌说,输了,你给我一块大洋。

一会儿上岗一会儿下坡,跌跌撞撞地走了老半天,吴天昊被带到山寨里的一个大堂里,八喜说,大当家的,喜事啊。大当家的说,什么喜事?八喜说，我给你请来一个洋学生。吴天昊听了心想，蒙了我的眼，绑了我的手，还说是请？真是笑死人了。大当家的听八喜说请来一个洋学生，连忙说，请来的客人还不快松绑？

吴天昊身上的绳子被解下来了，他活动活动两只手腕；蒙眼布拿下来时眼前一片昏花，什么也看不清，灯火把一个巨大的人影映在房顶上，晃来晃去像传说中的大黑怪。吴天昊身上的包袱被拿走了，不一会儿，土匪说，大当家的，真是个穷鬼，身上只有三块大洋。八喜说，什么穷鬼？这是大当家请来的客人！土匪看了一眼八喜，连忙退到一边。

大当家的盯着吴天昊看了半晌，说，老弟请坐。八喜赶紧上前引领吴天昊来到椅子跟前。吴天昊两手抱拳，对大当家的说，谢大当家的。大当家的心中一喜，高兴地说，不错，是个明白人。吴天昊说，我是个穷学生。大当家的哈哈大笑，起身走下高台，围着吴天昊转了两圈，说，你是个读书人？吴天昊说念过几天书。大当家的一拍大腿说，果然是念过书的人。吴天昊说，大当家的，我是回家看我爹，你的人把我绑到山上来这算什么？大当家的说，你念过书，是个明白人。吴天昊说，我一没大洋，二没枪炮，除了念过几天书啥也没有。大当家的说，你爹是谁？吴天昊说，吴官庄吴祖文。大当家的歪着头问八喜，听说过吴官庄的吴祖文吗？八喜说，听人说过，吴老爷人还不错。大当家的说，噢，有机会我也认识认识。吴天昊说，大当家的，听说过刘福乾吗？大当家的说，刘湾镇的刘福乾？你是这个龟孙的亲戚？

吴天昊听大当家的说刘福乾是个龟孙，本来是想说出刘福乾的名字吓唬吓唬这帮土匪，不料没吓唬住，还捅了马蜂窝，知道自己说漏了嘴，连忙说，不是，我是吴官庄的，跟他不是亲戚。吴天昊看见大当家的明显松了口气，也在心里松了口气。大当家的对八喜说，先请吴老弟去歇息，等明天二当家的回来了再说。

八喜把吴天昊带到大厅后边的一间屋子里，对吴天昊说，这屋子是我们大当家的叫人专门收拾的，还干净吧？你先在这里住一夜。吴天昊说，八喜，我要回家看我爹。八喜说，大当家的说了，要你安心住下来，有什么事交给我去办。八喜说完走出屋，转身锁上门。吴天昊过来想开门，哪里还打得开？他拍着门喊，八喜，八喜，放我回家。门外传来八喜的声音：你们两个给我把人看好了。土匪说，八喜哥你放心，就是我们跑了，也不能让这个洋学生跑了。八喜恶狠狠地说，要是人跑了，大当家的不点你的天灯？土匪笑嘻嘻地扇着自己的嘴说,你看我这张臭嘴,说话尽跑偏。八喜说,好好给我看着,要是人跑了,大当家的真饶不了你。土匪说,是是是。八喜走远了,吴天昊拍门拍得手疼,门外站岗的两个土匪像没听到一样。

　　吴天昊无望地在床上躺下来,心里像刀绞一般,自己被困土匪山寨,组织交的任务怎么完成?在山寨里到哪儿去找刘紫瑶?吴天昊越想心里越急,越急越想快点儿离开土匪窝。他跳下床再次拍响门板,大声喊"来人哪"。一个土匪说,洋学生别拍了,手拍烂了也没用。大当家的不发话,我们谁也不敢放你走。吴天昊不拍门了,从门缝里问,你们大当家的姓什么?一个土匪说,大当家的就是大当家的,你管他姓什么?另一个土匪说,我告诉你,我们大当家的姓罗。吴天昊问,这山叫什么山?一个土匪说,房山。吴天昊说,谢谢兄弟!另一个土匪说,谢个屁,谁是你兄弟。吴天昊说,谢谢小爷。一个土匪说,谁是你小爷?你这不是折我的寿嘛。吴天昊说,那我谢什么?另一个土匪说,别拽洋词了,谢什么谢?吴天昊不吱声了,过了一会儿又说,二位当家的能不能开开门让我出去解个手?一个土匪说,解什么手?吴天昊说,就是拉屎撒尿。一个土匪说,你说你一个穷学生哪那么多事?另一个土匪说,不是拉屎就是撒尿,你嫌不嫌烦?

　　这时,八喜端着饭菜来了,听了土匪的话,说,洋学生又有什么事?一个土匪说,八喜哥,这个穷学生事真多。拉个屎撒个尿还说是解手,你说笑不笑人?另一个土匪说,没吃没喝的,他哪有屎拉?土匪开了锁推开门,八喜端着饭菜进屋放在桌子上,对吴天昊说,吃吧,我看你脸都饿绿了,拉什么屎?想逃跑是真的吧?大当家的说了,不要想那些没用的鬼点子,吃饱了睡,睡好了吃,要我们好好伺候你。八喜说完转身走出屋,吴天昊喊道,我要见罗大当家的。八喜说,等明天二当家的回来了一块儿见。他关上门,啪嗒一声上了锁。吴天昊又拍门,连着喊八喜八喜。八喜像没听到一样扬长而去。

　　八喜走远了,饥肠辘辘的吴天昊看着桌上的饭菜想,就是明天上路,今天也要吃顿饱饭,做个撑死鬼,也不能做个饿死鬼。这么一想,他大口大口地吃起饭来。

　　吴天昊吃完饭,困意袭来,上床躺下来,刚开始还能听到门外土匪走来走去的脚步声,慢慢就听不到了。

　　连续多日赶路,疲惫不堪的吴天昊一觉醒来,睁眼一看,屋里黑咕隆咚。

他摸着黑悄悄起来从门缝朝外看，屋外一片漆黑，什么也看不见。他把耳朵贴到门缝上听，竟听到了门外站岗土匪的呼噜声。吴天昊回到床前，坐在床边，看看漆黑的四壁，连个窗洞也没有，真是插翅也难逃啊。

吴天昊万万没有想到，自己接受组织任务，回东海开展党的工作，家还没到，竟被房山土匪抓上山来。吴天昊冷静下来，望着漆黑的屋顶想，这样不行，得想办法离开房山土匪窝，完成组织交的任务！吴天昊把门拍得啪啪响，大喊"我要拉屎撒尿"。门外两个站岗的土匪被惊醒了，睡眼惺忪地说，你看你多少事，憋一会儿吧，天亮再拉。吴天昊说，我真憋不住了，要拉裤子里了。两个土匪没办法，嘀咕半天开开门说，你出来拉屎吧，拉完了净了身子，天亮了大当家的好送你上路。两个土匪用绳子拴了吴天昊的腿，牵着吴天昊来到屋后的草地上说，拉吧，别想跑。两个土匪牵着绳子，站在不远处看着吴天昊。

吴天昊解开裤子蹲下来，看看四周，漆黑一片，分不清哪是山哪是树，也分不清哪里高哪里低，心里拔凉拔凉的，东南西北都分不清朝哪儿跑？不如等天亮后再想办法。

吴天昊拉了一泡屎，又被土匪牵着绳子带回屋里。一个土匪说，绳子自己解吧，然后咣当一声关上门，又啪嗒一声上了锁，屋里屋外仍然漆黑一片，除了山风掠过的呜咽声，没别的声音。

吴天昊躺在床上，刘紫瑶娇小青春的身影浮现在眼前。刘紫瑶现在在哪里？是回学校了，还是回到家了？刘紫瑶如果回到家了，家里就不会给刘紫瑶写信了。既然刘紫瑶没有回到家，要么是在路上走丢了，要么是在路上出事了？这么一想，吴天昊头皮发麻，心里骤然一紧。又想刘紫瑶是不是走岔了？走到徐州方向去了？或是走到东边大海方向去了，再或是走到山东去了？这么一想，吴天昊略微松了口气，如果刘紫瑶走错路了，终归有一天会回到东海的。想着想着，吴天昊又迷迷瞪瞪睡着了。

这一觉睡得有点儿长，听到门响，吴天昊才醒过来。土匪开了门说，你真是宽心大爷啊，天都晌午了，太阳没有把屁股晒糊吗？快起来吃饭。送饭来的八喜，看着睡眼惺忪的吴天昊说，吃完饭大当家的要见你。吴天昊说，二当家的回来了？八喜说回来了。吴天昊磨磨蹭蹭起床，洗了脸，漱漱口，一阵狼吞虎咽，把两张煎饼和两盘菜吃得一干二净。

吃完饭，两个土匪带着吴天昊出了屋。这一次土匪没有给吴天昊蒙眼睛，蓝天白云，苍松翠柏，吴天昊看得真真切切。吴天昊抬头看看太阳，阳光刺得睁不开眼，心想，秋天的太阳还是这么火辣厉害啊。一个土匪说，走啊！吴天昊说，朝哪儿走？另一个土匪说，我朝哪儿走你就朝哪儿走。一个土匪说，别啰唆，快走。大当家的和二当家的要和你说说话。吴天昊说，我和土匪有什么话好说？另一个土匪说，说完话送你回老家。吴天昊说，真让我回家？一个土匪说，真让你回家，送你去回不来的老家。两个土匪说完，相互看了一眼哈哈大笑起来。吴天昊不吱声了，心想，严仁宽叔叔说得没错啊，这蟊贼真是没有人性，跟南京国民党的侦缉队、卫戍队一样狠。吴天昊又一想，是死是活随他去吧，只是完不成组织交的任务，对不起兴义大哥；没有找到刘紫瑶，对不起紫瑶啊！

　　吴天昊被带到昨天晚上来过的厅堂里，抬头一看，见厅堂后墙上悬挂着"聚义堂"三个草书大字牌匾，心里蓦然一惊，觉得自己好像到了梁山泊似的，昨天晚上见过的大当家的坐在牌匾下的主座上，左手一把椅子上坐着一个没有见过的人，心想，这个人可能就是二当家的。这时，大当家的见吴天昊来了，对二当家的说，二当家的，这人就是那个洋学生。

　　果然让吴天昊猜中了，大当家的左手椅子上坐的人就是房山土匪二当家的。吴天昊精气神十足地站在大堂中间，挺了挺腰杆，让自己站得更直一些。

　　突然，二当家的喊了一声"好精神"。大当家的哈哈大笑起来，二当家的也跟着哈哈大笑起来。大当家的指着右手边的一把椅子对吴天昊说，请坐。吴天昊没听懂，站着没动。八喜走过来对吴天昊说"请"。吴天昊说，请我坐？八喜说是。吴天昊说，大当家的，不是等二当家的来了送我回家吗？八喜说，那是弟兄们跟你开玩笑。吴天昊看看大当家的，见大当家的二十五六岁的样子，长得浓眉大眼，精精神神；二当家的二十七八岁的样子，两个人都长得挺和善，遂两手抱拳，说，大当家的、二当家的，小弟路过宝山，多谢款待。我想回家看望家父家母，还请大当家的、二当家的行个方便。大当家的见吴天昊头脑精明，说话干脆利索，一拍大腿说，好，吴老弟就留在山上给我做军师吧。我截过几十上百人，唯独缺个念过书的人。吴天昊心想，昨晚说过姓吴，大当家的还没有忘记。二当家的说，大当家的好眼力，这人我喜欢，留下了。八喜连忙对吴天昊说，军师请坐。

　　吴天昊做梦也没想到，自己成了房山土匪的军师。这时脑子里突然冒出一个念头来，不如将计就计留在山上，把这伙土匪争取过来。吴天昊也被自己突然间产生的念头吓了一跳，心想，过后要好好谋划谋划。八喜又说，军师请。吴天昊挺了挺身子，器宇轩昂地走过去坐在椅子上。大当家的朝八喜使了个眼色，八喜对门外高声喊道，拜见军师。

不知何时，聚义堂门外聚集了几十个拿着大刀、木棍的土匪，呼啦一下子涌进屋来，屋小人多，一时间门里门外都是人。大家单腿跪地，抱拳齐声高喊，拜军师！拜军师！拜军师！吴天昊叹口气，摇摇头，无可奈何地说，请起。大当家的一拍大腿高兴地说，是个明白人！二当家的抱拳对大当家的说，恭喜大当家的！聚义堂里外的土匪齐声高喊，恭喜大当家的！二当家的说，今天是大当家的喜事，晚上给军师接风！聚义堂里外的土匪一片山呼。八喜朝土匪摆摆手，土匪潮水般退了下去。大当家的走下台阶，朝吴天昊走来，吴天昊连忙站起来，大当家的说，快坐快坐，我是个大老粗，上山好几年了，一直想找个念过书的明白人做军师，今天可找到你了。

吴天昊没想到，房山土匪大当家的这么爽快，对大当家的说，我什么也不懂。大当家的说，吴老弟走南闯北，又念过书，是个明白人，什么事不懂？！二当家的也走过来说，大当家的说的都是实话，这些年就想找个念过书的明白人给我们指点指点。吴天昊听二当家的这么一说，心里豁然一亮。大当家的说，我姓罗，弟兄们都喊我罗大炮，以后你就喊我罗大哥吧。大当家的说完拍拍二当家的肩膀说，二当家的姓马，在家排行老二，你喊马二哥就行。吴天昊两手抱拳说，罗大哥、马二哥。二当家的说，这样叫才像兄弟嘛！罗大炮在吴天昊肩膀上重重拍了一下说，这听着才舒服嘛！

当天晚上，罗大炮在聚义堂里摆了七八桌给吴天昊接风，除了看山守林的土匪没来，其他人都来了。马老二对罗大炮说，给看山守林的弟兄们留一桌，让他们也高兴高兴。罗大炮说，留，留，一定要留。罗大炮和马老二高兴得还击了一下掌。

几碗酒下肚，不一会儿罗大炮就有了醉意，咧着嘴高兴地说，我罗大炮有军师了，还怕他白成银吗？吴天昊说，罗大哥，你有大炮？马老二说，没有大炮，大当家的怎么能叫罗大炮？众匪哈哈大笑起来。吴天昊也笑了起来说，罗大哥有大炮好！心里却想，我就在土匪窝里开展工作，把这帮土匪争取过来。吴天昊于是定下心来，决计留下来帮助罗大炮。

这时，一个年轻漂亮的女人在眼前一晃。吴天昊以为是刘紫瑶，揉揉眼再看，原来是自己看花了眼，那个年轻漂亮的女人不是刘紫瑶，是一个没见过的女人。二当家的说，吴老弟，这是大当家的压寨夫人林玉梅。吴天昊半响才回过神来"噢"了一声。罗大炮咧着嘴说，你嫂子给我生了个带把的大胖小子。吴天昊两手抱拳说，恭喜罗大哥！罗大炮招招手，林玉梅走过来，吴天昊没等罗大炮说话，先说了一声"嫂嫂好"。林玉梅微微一笑，腮上现出两个酒窝，楚楚动人。罗大炮对林玉梅说，过来见见军师。林玉梅轻声细语地说，见过军师。吴天昊说，以后还望嫂嫂多多关照。罗大炮说，听听，听听，念过书的人说出来的话，跟我这大老粗就是不一样。吴天昊说，罗大哥不要抬举我了。罗大炮说，我哪里是抬举你，我是真心喜欢你这样的人！

　　接风酒一直喝到快半夜才散。吴天昊也喝得有些醉意，是八喜把他送回住处的。吴天昊一看不是昨天住过的屋，对八喜说，我喝多了走错门了。八喜说，吴军师没错，大当家的给你换了住处。吴天昊听了心里一热，大当家的还真是个不错的人哪。八喜走了，吴天昊躺在床上，心里嘀咕道，紫瑶，你在哪里啊？

第二章 夜袭刘湾镇

5

吴天昊在房山待了没几天，就把罗大炮的底细摸得一清二楚。因为罗大炮的水不深，浅得没不过脚脖子。

罗大炮的真名叫罗卜章，是白塔埠人，家里是地主白成银的老佃户。罗卜章父亲病死的那年，十二岁的罗卜章就成了家里的顶梁柱，家里家外、田里地里、重活累活、春种秋收，全是他和娘两个人拼死拼活地干，七八岁的妹妹在家学着做饭，将就着把日子过下来了。罗卜章二十岁时，长得体格健壮，被白成银看中，招到家里当了长工，年底还能拿到几块大洋。罗卜章娘把白成银当成了救世主，感恩戴德，说白成银是他家的大恩人。

罗卜章到白成银家当长工时，和白成银的儿子白天亮差不多大。罗卜章心里还纳闷呢，白成银家那么富裕，天天吃白面馒头和白米饭，白天亮怎么没个弟弟或妹妹呢？罗卜章哪里知道，白成银看到穷人家的孩子一个一个地生，他也想让老婆一个接一个地生，可是老婆再也生不出来了。不论白成银怎么努力，都是白费劲，老婆的肚子就是鼓不起来。白成银后来就娶了二姨太林玉梅，想叫二姨太给他一个接一个地生一窝孩子。可是二姨太娶过来两年多，肚子也没鼓起来。白成银带着二姨太把方圆百十里内有名的老郎中看了个遍，两个人天天喝草药。家里熬药的时候，院里院外、大街上都飘荡着苦涩的草药味。草药喝了几大车，不光说话打嗝一股子草药味，就连放屁也有一股子草药味。二姨太看见草药就皱眉头，闻着药味就干哕，见了药汤就反胃，从此再也不喝了，就是被白成银打死也不喝了。白成银和二姨太亲热时，掐得二姨太大腿根又青又紫，到底也没把二姨太的肚子弄大。白成银说林玉梅是个不下蛋的老母鸡，遂又娶了三姨太邵蔷薇。三姨太才十八岁，白成银一心想让三姨太给他生个大头儿子,天天和三姨太住在一起,夜夜折腾得三姨太吱哇乱叫。

有了三姨太,白成银不再折腾二姨太了,二姨太闲下来了,整天无所事事,和用人说够了话拉够了呱,没事的时候,经常到前院后院转悠。这天,二姨太闲转到后院。后院在白家大院的最后边,以马圈为主,草垛堆得两三人高,房子里存放着黄豆、豆饼、黑豆等喂马的饲料,马鞍、马镫、马鞭、嚼口等用具也在这里。白成银骑的马,乘坐的胶皮轱辘大车也在这里。二姨太过去从来没有来过后院,转过西墙角,见后院收拾得干干净净,利利索索,心想后院的人挺勤快的。走到草垛头时,二姨太看见脱了衫子、光着脊梁铡草的罗卜章。罗卜章两手抓着铡刀柄铡草,胳膊上、胸脯上一疙瘩一疙瘩的腱子肉像小老鼠似的动来动去。二姨太心里叹了口气,嫁到白成银家好几年,也没见过白成银有这样的腱子肉哇。罗卜章胳膊上、胸脯上一疙瘩一疙瘩的腱子肉,看得二姨太眼热心跳,有点想入非非了,脸上像蒙了一块红布。罗卜章停下铡草喘气时,抬头看见二姨太在不远处盯着自己看,挂着铡刀向二姨太问安。二姨太招呼罗卜章到树荫下凉快凉快,自己却脱下身上的褂子,露出两只白藕似的胳膊。二姨太见罗卜章还挂着铡刀站在太阳地里,说,我是老虎啊,能吃了你?

罗卜章这才放下铡刀,拿起放在草上的褂子穿在身上,还没走到树荫下,二姨太身上的香味就迎面扑来。罗卜章不由得抽了一下鼻子,二姨太身上的那股香味便钻进心里去了。这时,二姨太顺手提起地上的瓦罐,倒了一碗水端给罗卜章说,天热,喝口水凉快凉快。罗卜章看了一眼白白嫩嫩的二姨太,说声"谢二姨太",便接过碗咕咚咕咚喝了下去。罗卜章喝水时,二姨太看见罗卜章脖子上的喉结也像个小老鼠似的一上一下,心想,这才是真男人啊。罗卜章喝完一碗水,二姨太又倒满一碗。罗卜章端起碗一仰脖咕咚咕咚几口又喝了下去。罗卜章刚放下碗,二姨太说,再喝一碗。罗卜章打了个嗝说喝饱了,放下碗时,蓦地看见二姨太胸前两个又大又圆的奶子在肚兜后面晃来晃去,心一下子乱了,扑通扑通跳得好像二姨太也能听到似的,连忙低下头对二姨太说,我干活去了。二姨太说,你看你看,话还没说呢,再歇会儿。罗卜章说,二姨太,我上午得把草铡完,说完头也不回地铡草去了。

后来,二姨太就和罗卜章好上了,有一天,在草垛的草窝里把事办了,干得罗卜章一身汗。真是无心插柳柳成荫,二姨太怀上了。

三姨太说自己怀上孩子之后，白成银不再去折腾三姨太了，又去折腾二姨太，发现二姨太没有激情，心里有些不快。二姨太嫁过来时，也想早早生个儿子，因为二姨太知道，在白家不生儿子是没有地位的，于是积极配合白成银，白成银叫她看先生就看先生，叫她喝草药汤就喝草药汤，再苦再涩不皱眉头。白成银心想，这是咋的了，二姨太不是想要孩子吗？白成银心里嘀嘀咕咕多了个心眼，格外注意二姨太的行踪，后来发现二姨太和罗卜章挺热乎。

白成银心里酸溜溜的，可是一想自打娶了三姨太，二姨太被冷落的时间有些长了，心想，热乎归热乎，但不一定有事啊。

一天中午，白成银又去三姨太那里，三姨太说，你不想要孩子了是吧？白成银说，哎呀我忘了。三姨太说，儿子要是掉了事就大了。其实三姨太也没有怀上，她怕白成银像折腾二姨太那样折腾自己，就说自己怀上了。白成银摸摸三姨太的肚子，肚子软软的，啥也没摸到。三姨太说，刚怀上，哪里能摸到？白成银对三姨太说，谁给我戴绿帽子，我弄死谁。

恰好二姨太从窗前走过，听了白成银的话，脊梁骨直冒冷汗，心想，自己跟罗卜章的事，白成银早晚会知道。她回屋后包了自己攒的金银细软，连忙去后院找到罗卜章，说，趁老东西在三姨太床上玩耍快走。罗卜章一脸懵懂说，上哪儿去？二姨太说，随便上哪儿去，反正不能在白家。罗卜章说，咋啦？二姨太说，我怀上了，早晚有一天老东西会知道不是他的。罗卜章听说二姨太怀上了自己的孩子，心里也吓得扑通扑通直跳，像没头苍蝇似的转着圈地说，怎么办，怎么办？二姨太说，你带我走，这个家我待够了。罗卜章问怎么走，二姨太朝马圈努努嘴说，骑马走。

罗卜章一不做二不休，从马圈里牵出一匹马，把二姨太扶上马，牵马从后门出了白家大院，随后跳上马背，快马加鞭，带着二姨太跑去了房山，从此落草为寇。二姨太成了罗卜章的压寨夫人，还给罗卜章生了个带把的。

白成银听说罗卜章带着二姨太跑了，恼羞成怒，四处寻找罗卜章的下落，扬言捉到罗卜章，要当着二姨太的面阉了罗卜章。后来，他听说罗卜章到房山当了土匪，二姨太肚子大得像个西瓜。白成银想想自己操作几年也没把二姨太肚子弄大，更是火上浇油怒上加怒，带着家丁到房山抓罗卜章。

房山是一座东西向的山，山高林密，怪石嶙峋，白成银带着人在山上转了半天，没有抓到罗卜章，气得要命，把罗卜章的老娘抓来打了个半死，还抓走了罗卜章的妹妹，要当街强暴，罗卜章妹妹誓死不从，夜里跳进了白塔河。

罗卜章听说白成银打了老娘，妹妹被白成银羞辱后跳河死了，带着山上的弟兄要下山拼命，被林玉梅拦住了。林玉梅说，君子报仇十年不晚，我给你罗卜章生了儿子，罗家有了后，还怕报不了仇？你下山把娘带上山来吧。

罗卜章想想自己刚到山上落草，要枪没枪，要炮没炮，人齐武器不齐，听林玉梅说得有道理，便带着八喜连夜跑回家，想把老娘带到房山，哪想到被白成银打得遍体鳞伤的老娘在他怀里咽了气。罗卜章天亮前埋了老娘，带着人回到房山，老娘五七过后，罗卜章又要带人下山找白成银算账。罗卜章对林玉梅说，我娘我妹不能就这样死了。林玉梅抓着罗卜章的胳膊说，白成银势力比你大，你去了，不光杀不了白成银，恐怕连命也保不住，我和你儿子就成孤儿寡母了。只要你人在，早晚有一天要报仇雪恨的。罗卜章听林玉梅一番话讲得有道理，围着林玉梅看了看说，你是我的夫人，我听你的。林玉梅说，听我的，让山上的弟兄们下山不要抢女人，不要抢穷人家的粮食。罗卜章说，不抢，几十号人吃什么喝什么？林玉梅说，我跟你虽然上山当了土匪，但你我根子上还是穷人，咱不能穷人抢穷人啊。你想想，你把穷人家的粮食抢了，他们吃什么喝什么，穷人不是更穷吗？穷人家的女人，跟你娘和妹妹不是一样吗？

从此，罗卜章对山上的弟兄约法三章：一不抢穷人家的粮；二不抢穷人家的女人；三不截穷人的道；四是要抢就抢地主老财的；五是要截就截官家有钱人家的道。谁要是犯了这五条规矩，轻者赶下山，重者不是少只胳膊就是少条腿。有的土匪说，大当家的，这也不能抢，那也不能抢，这也不能截，那也不能截，跟着你当土匪还有啥意思？还有的土匪说，上山就是想跟着大当家的有吃有喝有女人睡，没吃没喝没女人睡还当什么土匪？罗卜章听说后，立马将这几个人赶下房山，说，你们要吃要喝要睡女人，我不挡你们的路，各奔前程吧。几个土匪气呼呼地从此离开了房山。

几把大刀片子怎么能干过白成银？罗卜章寻思多日，突然想出一个主意。他带人到山里山外的村子里寻找火枪，终于找到五六杆打兔子的火枪，还找到一门早年太平军留下来的小炮和一箱子火药。小炮在罗卜章眼里成了大炮，天天让土匪把小炮擦得锃亮。

有个被罗卜章撵下山的土匪投奔了白成银，对白成银说二姨太肚子又大又圆,马上要给罗卜章生个大头儿子。白成银虽然早听说了,但听了土匪的详细介绍,心里还是像被人用刀剜了一样疼。过后想想,心里十分纳闷,二姨太在家里好几年肚子也鼓不起来,跟罗卜章偷偷摸摸干了几次肚子就大了。白成银越想越气,带着家丁二次攻打房山。

白成银带着家丁打上山时,站岗放哨的土匪立马报告了罗卜章。罗卜章听后哈哈大笑,说,还有找上门来送死的。遂令土匪抬出大炮,支在山道上,白成银的家丁攻上山时,罗卜章下令点火开炮,咚一声惊天动地响,当场炸死一人炸伤两人,白成银带着家丁呼啦啦潮水般退下山去。罗卜章没想到大炮的威力这么大,带着土匪高呼,威武!威武!威武!

白成银也被一炮轰蒙了,他做梦也没想到罗卜章有大炮,咬牙切齿地要家丁再次攻山,家丁都被大炮吓住了,谁也不敢攻山,白成银只好带着家丁垂头丧气地回了白塔埠。

罗卜章一炮成名,从此不叫罗卜章了,山上的土匪都叫他罗大炮。刚开始时,罗卜章听着有些不顺耳,后来觉得罗大炮的名字响亮、威武,又十分得意。

吴天昊了解了罗大炮的这些事,觉得罗大炮是个可以争取的对象。

这天,八喜带着吴天昊在山里转悠,看到山坳里有一片农田,稻子已经发黄了,穗头沉甸甸的,山风吹过,稻田里涌起一片金色的波浪。吴天昊吃惊地问八喜,这是山寨种的稻子?八喜说,这是大当家的带着我们种的,年成不错。吴天昊说,哪儿来的水?八喜说,山北有个水洼,大当家的带着我们挖了条沟,把水引过来了,用笆斗三级提水种的稻。吴天昊说,大当家的是种地好手。八喜说,那不是吹的,我们大当家的是种地出身,种稻、种麦、种地瓜、种花生都是一把好手。吴天昊说,大当家的本质并不坏。八喜说,你说什么?吴天昊说,我说大当家的骨子里是个穷人。八喜说,大当家的虽说是房山土匪,其实大当家的是个好人。山里吃的粮食都是我们自己种的,从未抢过穷人家的粮食。吴天昊说,大当家的是给白成银逼上房山的。八喜说,是啊,前年山里好几个月没下过雨,种的庄稼全干死了,夏粮秋粮都没收上来。弟兄们没吃的,大当家的夜里带着我们到白塔埠,抢了白成银家的粮食。吴天昊说,是吗?八喜说,大当家的说穷人都饿死了,还要给他家交租,这太不公平了,就带着弟兄们抢了,穷人也跟着一块儿抢。吴天昊说,大当家的是个好人哪。八喜说,三乡五里的穷人都说大当家的是好人,只有白塔埠的白成银、刘湾镇的刘福乾那些地主老财说大当家的是土匪。吴天昊听八喜这么一说,更加坚定了争取罗大炮的信心,对自己说,我的工作就从房山土匪窝开始。

八喜带着吴天昊来到一个山洞,叫看门的土匪开了洞门,一进洞,吴天昊觉得冷风飕飕,再往里走,阴森森的寒气逼人,借着洞口的亮光,他看见一袋一袋码起来的粮食。八喜指着一袋一袋的粮食说,这都是大当家的带着我们种的粮食。吴天昊说,大当家的挺有想法啊。八喜说,大当家的是穷人出身,他知道粮食就是命哪。吴天昊说,粮食是穷人的命,土地是穷人的命根子。八喜说,土地?吴天昊说,就是穷人租地主家种粮食的土地,那才是穷人的命根子哪!八喜有些不明白,地主老财家的地怎么会是穷人的命根子?他看着吴天昊说,地都是地主家的,穷人家哪有地?吴天昊说,听没听说过共产党?八喜说,听说过。吴天昊说,共产党的主张就是穷人要有地种、有饭吃、有好日子过。八喜说,这个主张好,穷人有地种,就有粮吃;有饭吃,就能活命;能活命才能过上好日子哪。吴天昊说,土地不就是穷人的命根子吗?八喜说,你这么一说我就明白了。吴天昊随即转了话题说,八喜,我可是从未听说过,也从未见过自己种粮食吃的土匪哪。八喜说,这回开眼了吧?吴天昊说,长见识了。

吴天昊跟八喜从粮食洞里出来,在回寨里的路上看到有的土匪围在一起打小黑纸牌,凑上前看看,一伙人只顾埋头打牌,没人看见吴天昊。八喜说,弟兄们没事打牌赌着玩。吴天昊说,赌博?八喜说,谁输了谁给赢家大洋。吴天昊说,没大洋呢?八喜笑着说,输家就给赢家踹两脚。吴天昊不说话了,边走边想心事,半响说,八喜,平时弟兄们都干什么?八喜说,反正闲着也是闲着,没事时就打牌玩。吴天昊不说话了,回到山寨里,看见罗大炮也在和几个人打牌,便喊一声"罗大哥"。

罗大炮打牌正在兴头上没听见。吴天昊又喊一声"罗大哥"。罗大炮听见有人喊,抬头一看是吴天昊,笑着说,吴老弟等我打完这把牌。八喜见吴天昊找罗大炮有事,对吴天昊说,你找大当家的有事,我先走了。吴天昊答应一声站在旁边。罗大炮打完牌,起身走过来说,吴老弟回来了。吴天昊说,八喜带我看了洞里的粮食。罗大炮说,怎么样,够弟兄们吃个一年半载的吧?吴天昊说,罗大哥,我可没见过自己种粮食吃的土匪啊。罗大炮说,我在家里就会种地,上山以后,你嫂子不让我带弟兄们下山去抢穷人家的粮食,逼着我立了规矩，要是我坏了规矩，她立马下山不跟我过了。我寻思，虽然来房山当了土匪，但那是被白成银逼的才上山当了土匪。咱也是穷人出身，不能抢穷人家的粮食，要抢就抢地主老财的。没事干，我就带着弟兄们在山里开荒种地。庄稼收了没事了，我就跟弟兄们一起打打牌。吴天昊说，罗大哥我有个想法。罗大炮说，什么想法说来听听。吴天昊说，弟兄们跟着你开荒种地，没事的时候也别闲着打牌，可以练练武啊。

　　罗大炮看着吴天昊，很认真地想着吴天昊说的话，半晌，拍了一下吴天昊的肩膀说，我说吴老弟是个明白人吧，这主意好，这主意好！吴天昊说，罗大哥，山上的弟兄有没有会武功的？罗大炮说，有啊，八喜就会，还是高手呢。吴天昊说，罗大哥，你房山里藏龙卧虎啊！罗大炮说，都是些穷弟兄，在家里受不了地主老财的气，才上山来的。吴天昊想了一会儿说，我想让八喜带着弟兄们练武功，你看好不好？罗大炮一拍大腿连声说，好，这几年弟兄们除了跟我下山抢抢地主老财弄点儿大洋花花，在山里种种地，没事的时候就打个小牌赌个钱，都快闲出病来了。吴老弟啊，你真是个明白人哪。

　　看见马老二朝这边走来，罗大炮大呼小叫地喊"二当家的，二当家的，过来，过来"。马老二听见罗大炮喊，一边快步走过来，一边说，大当家的找我有事？罗大炮一拍手说，好事好事。马老二来到跟前说，什么好事让大当家的这么高兴？罗大炮咧着嘴说，都是吴老弟这个明白人的好主意。他把吴天昊的想法说了一遍，马老二也拍着大腿连声叫好，弟兄们闲着也是闲着，练练武功，长长本事，他白成银的家丁算什么！马老二说完，在吴天昊胸前打了一拳，说，大当家的早想找个明白人来指点指点，把你截上山来，实在是高明。罗大炮说，走走走，叫你嫂子炒几个菜，咱们边喝边商量。罗大炮和马老二一边一个，把吴天昊夹在中间，有说有笑地去了聚义堂。

　　酒喝好了，事也议定了，该种地种地，该抢地主老财抢地主老财，没事的时候，让八喜当武师，带着大家练武功。罗大炮说，吴老弟，你说这几年我怎么就没想到这事呢？马老二说，大当家的你要是想到了，你就不叫罗大炮了。罗大炮哈哈大笑，一把搂着吴天昊说，吴老弟你就安心留在山上，家里有什么事，我安排人去做。马老二说，吴老弟，这事就交给你了。罗大炮朝门口喊了一声，对土匪说，把八喜找来。土匪说声好，不一会儿把八喜找来了。八喜不知罗大炮找他什么事，跑得气喘呼呼，进门就问，大当家的什么事？罗大炮把三个人商量过的事跟八喜一说，八喜也拍着大腿连声说，这个主意好！马老二说，你跟吴老弟具体商量一下，该怎么办就怎么办。罗大炮对吴天昊说，吴老弟，这事就你跟八喜两个人看着办吧。罗大炮说完叫林玉梅又拿来一只碗和一双筷子，对八喜说，来，我们共同干一碗！马老二又开了一坛酒，在碗里倒满酒。罗大炮端起酒碗说，干一碗！四只碗碰了一下，各自干了碗里的酒。

吴天昊从来没有喝过这么多的酒，走出聚义堂时头重脚轻两边乱晃，八喜对罗大炮和马老二说，大当家的，二当家的，我去送送吴军师。罗大炮喝得站不起来，抬头笑笑，也不知是笑吴天昊还是笑八喜。马老二坐在椅子上朝八喜摆摆手，八喜连忙跑上前，把吴天昊的一只胳膊搭在自己肩上架回卧房去了。八喜将吴天昊放到床上，吴天昊便呼呼大睡起来。八喜想，这也没法再商量练武的事了，拉过被子给吴天昊盖上，出了屋，轻轻关上门走了。

吴天昊醒来的时候，屋里屋外一片漆黑，觉得口干舌燥，下床来摸到盛水的瓦罐，端起来咕咚咕咚喝了半罐子水，这才觉得心里好受了一些。而后，他又回到床上躺下来，想再接着睡，却再也睡不着了。他睁着眼看了一会儿屋顶，又爬起来走到门外，心想，罗大炮虽然是房山土匪头子，但人倒是挺仁义的，看自己安心在山上住下来，早把门口站岗放哨的土匪撤了。吴天昊一边想着，一边来到屋后的山坡上，山风一吹，头脑顿时清醒了许多，看看满天的星星，觉得又明又亮，像眼睛一眨一眨的。吴天昊不由得想起了刘紫瑶，也不知道刘紫瑶现在在哪里，过段时间，一定要抽空去找找刘紫瑶。

吴天昊抬头看看天上的北斗七星，约莫已是三更天了，忽然想到了逃走。吴天昊看看山寨的聚义堂，到处黑乎乎的，灯火也没有，这可是逃走的一个大好时机啊。转念又一想，罗大炮对自己这般信任，让八喜带着他看遍了房山的防务和存放粮食的山洞，还把组织土匪练武功的事交给他来主持，自己怎好不辞而别深夜逃走呢？吴天昊算算，自己被截上山来快一个月了，整天和罗大炮、马老二、八喜在一起称兄道弟，也有了一些感情。吴天昊叹口气想，人真是感情动物啊，还不到一个月，就有点儿离不开了似的。再说罗大炮把岗哨也撤了，对自己一点防备也没有，如果一声不响地走了，怎么对得起罗大炮和马老二呢？

吴天昊在山坡的草地上坐下来，没上山之前，总以为土匪都是失去人性的人，上山后才知道，土匪跟土匪也不一样哪，哪有不抢粮食不抢女人自己种粮食吃的土匪？相处才一个月，吴天昊对罗大炮的看法在不知不觉中改变了。罗大炮是穷人，尽管落草为寇，但骨子里还是穷人，他不抢穷人不抢女人，专抢地主老财，专截官家富人的道，这不就是开展群众工作的基础吗？罗大炮要截一个明白人上山，说明他在山上这几年是迷茫的，他不知道今后的出路在哪里。我来了，要给罗大炮指出一条光明大道啊。

看看启明星升起来了，吴天昊回屋里躺在床上迷糊了一会儿，便被一阵敲门声和喊声惊醒，睁眼一看，天光大亮，连忙穿衣起床，开门一看，敲门喊他的人是八喜，连忙问他有什么事。八喜说，山后村的老王头带着村里人闹上山来了。吴天昊说，走，看看去。

吴天昊和八喜来到山寨大门时，几十个村民扛着钉耙，拿着铁锹、锄头和拿着长矛、火枪的土匪对峙着。愤怒的村民吵吵嚷嚷，把坏种交出来，兔子还不吃窝边草呢！你们土匪就没有爹娘吗？你们是石头缝里蹦出来的吗？罗大炮铁青着脸，本想让土匪把村民打回去，看看都是山下村里的穷苦百姓，有几个人原来到村里找枪时还见过，气得直跺脚，转身对土匪说，谁干的，给我站出来！人群一下子静了下来。罗大炮盯着一个个土匪看。半响，没有土匪站出来。罗大炮发狠地说，不站出来是吧？等认出来就晚了，不剥皮也得点天灯。

这时，吴天昊走上前问，罗大哥发生了什么事？罗大炮指着站在村民前面的一个老头说，你问老王头。吴天昊走到老王头跟前，老王头朝后退了一步说，你要干什么？吴天昊说，王老伯，我是山上新来的，想问问到底出了什么事。老王头盯着吴天昊看了半响，见吴天昊一副书生模样，手里也没拿家伙，说，昨天我到地里看稻子没在家，山上下来两个土匪到我家抓鸡，我家老太婆不让抓，他们把我家老太婆打得不能动，我闺女出来跟他们讲理，他们奔我闺女来了，连我闺女的褂子都被撕破了，羞得我闺女要跳河。要不是村里人救得及时，我闺女就没命了。吴天昊听完老王头的诉说，说，王老伯，是我们山规不严教导无方，让村里的百姓受惊了。老王头说，我们连炮都给你们了，你们还祸害百姓？罗大炮在身后又吼道，谁干的，还不站出来？

这时，一个土匪扔了手里的长矛，走到罗大炮跟前扑通一声跪下来，说，大当家的，我错了。罗大炮上去一脚把土匪踹倒在地，吼道，来人，把这个小龟孙给我吊起来。还有一个是谁，快站出来！上来两个土匪把倒在地上的土匪五花大绑，拉到一棵大树下，把土匪吊在了树上。

吴天昊对老王头说，王老伯我给你赔礼了，然后对八喜小声说了句什么，八喜一溜烟地朝山上跑去。吴天昊大声说，乡亲们，我们土匪是父母生养的，不是石头缝里蹦出来的孙猴子。从今往后，我们要严格遵守山规，决不再犯。大家刚才说得对，没有吃窝边草的兔子。老王头说，别光说好听话，我们不信那一套。罗大炮一听，对土匪高喊一声，给我朝死里打！一个土匪举起藤鞭，抽得吊在树上的土匪"亲爹皇娘"喊直了嗓子。

这时八喜气喘吁吁跑回来，递给吴天昊两块大洋。吴天昊把大洋放到老王头手里说，老伯，回去请郎中给大娘看看伤，不够再上山找我。一群人都不敢相信这是真的，可又真真切切地看到老王头接过了吴天昊递过来的两块大洋，迷茫地看了吴天昊半天。吴天昊说，乡亲们回吧，收拾收拾打场，过几天要收稻了。大家放心，我们会处理好这事儿的。百姓的愤怒情绪平息下来了，老王头说声"走"，一群人便跟着老王头下山回村了。

老王头带着村民走远了，罗大炮怒气未消，对土匪大声吼道，给我狠狠地打！藤条鞭子又高高地举了起来，吊在树上的土匪哭着喊冤！吴天昊走过去，对抽鞭子的土匪说，把他放下来，让他说。罗大炮问，还有一个人是谁，土匪从树上放下来，扑通一声跪在地上。吴天昊问，到底怎么回事？土匪说，是苗风池叫我跟他下山到村里抓只鸡烧了吃，我嘴馋，就跟他下山了。罗大炮朝土匪群里看了一遍，说，苗风池这个龟孙呢？没有人搭腔。罗大炮又问跪在地上的土匪，土匪说，昨天村里人追过来时，苗风池吓得朝刘湾镇跑了，我吓得跑回山了。罗大炮说，等他回来，看我不剥了他的皮。吴天昊对身边的土匪说，念你是初犯，要是再犯定不轻饶！土匪连声说，大当家的，吴军师，我再也不敢了。罗大炮说，今天不是看吴军师的面子，老子非扒了你的皮不可。土匪说，谢大当家的不杀之恩。罗大炮怒喝一声，土匪连滚带爬地走远了。马老二对罗大炮说，大当家的，今天我看了，吴老弟还真是个明白人，把这事处理得妥妥当当，有板有眼，我佩服。罗大炮也消了气，拍着吴天昊的肩膀说，吴老弟好样的，我没有看走眼，都是山规不严惹的祸啊。吴天昊说，罗大哥，马二哥，今后要严格山规，不能让弟兄们祸害穷人，兔子还不吃窝边草，是不是？罗大炮和马老二齐声说是！

事后，吴天昊找八喜了解苗风池的情况。八喜说，苗风池这个人就是有点儿吊儿郎当的，偷鸡摸狗，好赌，山上弟兄们打的小黑纸牌，就是他不知从哪里弄来的，听说他经常到刘湾镇满园春去嫖女人。吴天昊听八喜这么一说，半晌没有说话，看看天，望望山和树，然后要八喜下午带着弟兄们练功。

吴天昊看着八喜走远的背影想，山上的土匪鱼龙混杂，像八喜这样的人不多，今后说话行事还要多加小心才是。

下午的时候，八喜把土匪集中起来，除去看山守门站岗放哨的，一共五十多个人。

吴天昊把罗大炮和马老二找来，说今天下午操练开班，请大当家的和二当家的给大家讲讲话，鼓鼓士气。罗大炮说，还是你讲吧，我一个大老粗，只会训话，哪里讲过话？马老二说，大当家的，就是给弟兄们训话嘛。罗大炮看了一眼吴天昊，又看了一眼马老二，半天才说，行，那我就给弟兄们说几句。吴天昊说，大当家的训话，也是对弟兄们练武的支持嘛！罗大炮说，我讲不好，吴老弟不要笑话我。吴天昊说，罗大哥，怎么会呢？

土匪们从没有站过队，高高矮矮站得横七竖八。吴天昊说高个子站后面，矮个子站前面，十个人一排。土匪们一阵乱，终于十个人一排站成了五排。吴天昊看着参差不齐的队伍说，请大当家的训话。罗大炮挺腰凹肚走到队伍前面，转脸看看吴天昊。吴天昊说"大家欢迎"，说完带头鼓起掌来，土匪们也跟着鼓起掌来。罗大炮咳了一声，又咳了一声，说，弟兄们，你们跟着我好几年了，天天吊儿郎当闲得蛋疼，有的人还给我找麻烦。现在吴军师来了，要你们好好练武功，你就是学个三脚猫也能吓唬人，白成银再来咱怕他个蛋？说完，他转脸对吴天昊说，我讲完了。吴天昊说，你是大当家的，再多讲几句鼓鼓劲。罗大炮又咳了一声说，弟兄们学好武功，我就带着弟兄们去打白成银。白成银还有三姨太呢，要多嫩有多嫩，一掐淌白水，大洋、粮食，弟兄们要多少拿多少。罗大炮说完，看着吴天昊说，这回我真讲完了。

吴天昊点点头，把马老二推到前面。马老二说，刚才大当家的讲过了，谁不好好操练，我跟他没完。马老二对吴天昊说，我也讲完了。吴天昊说，八喜是你们的武师，他拳法精湛，刀法娴熟，希望大家不光要好好学，而且要勤学苦练，学到真本事，才能更好地保护自己。八喜问大家想学拳，还是学刀，土匪们喊，先学拳后学刀。八喜说，今天我先教大家一套大红拳。只见他提拳站好，两脚与肩同宽，握拳提拳，左腿上前一步，嘴里念念有词，上步二马分鬃，跃步登山。土匪们跟着八喜说的乱比画，口中念念有词，上步二马分鬃，跃步登山。

罗大炮笑着对吴天昊说，这些龟孙，不给他们勒个嚼口不行。吴天昊说，慢慢就会上套的。马老二说，吴老弟，你真是个见过世面的明白人哪！吴天昊说，马二哥过奖了。听着练武场上一片呐喊声，三个人都会心地笑了。

半个月后的一天早晨，吴天昊刚吃过饭，八喜说大当家的找他。吴天昊不知罗大炮找他有什么事，跟着八喜一溜小跑来到聚义堂，看见罗大炮老婆林玉梅正哄孩子玩，心里突然咯噔了一下，不是白成银家的女人不能生，原来是白成银不能生啊。吴天昊说声"嫂嫂好"，又对罗大炮说，罗大哥找我？罗大炮说，今天中午跟我一起到安峰山去吃饭。吴天昊说，到安峰山去吃饭？罗大炮说，安峰山陆大当家的听说我截来一个明白人当军师，一来想认识认识你，二来恭喜我得了个带把的。吴天昊说，陆大当家的？罗大炮说，安峰山大当家的叫陆涛。吴天昊听说安峰山匪首陆涛请客，心里一阵惊喜，这次去，正好顺便了解一下安峰山的情况，于是爽快地答应了。

上午，吴天昊和罗大炮两人骑了马，带着八喜和几个土匪去了安峰山。

6

安峰山在房山西南方向，离房山二十多里地，苍山翠岭，烟雨茫茫，吴天昊没想到，安峰山这么秀美。

罗大炮和吴天昊一行人来到安峰山，见安峰山陆大当家的带着弟兄们在山门前迎候，罗大炮和陆大当家的寒暄后，拉过吴天昊说，陆大当家的，这就是我的明白人吴军师。陆大当家的吃惊地看着吴天昊，原来罗大炮截上山的军师，竟是个和自己差不多大二十出头的小伙子，觉得十分意外。吴天昊也盯着陆大当家的看了半响，心想小伙子跟我差不多大，都成了占山为王的大当家的了？两个人相互看了半响，抱拳晃了晃。吴天昊说，见过陆大当家的，陆大当家的也说，见过吴军师。吴天昊说，陆大当家的贵庚？陆涛说，二十挂一，军师贵庚？吴天昊说，二十有二。陆大当家的抱着拳又晃了晃说，你是大哥。吴天昊说，我哪里能当得了军师，都是罗大当家的抬举我，以后，陆大当家的就喊我大哥吧。陆涛说，好，吴大哥也别叫我大当家的了，我叫陆涛，你就叫我陆老弟，听着不生分。

罗大炮见两个年轻人很快就熟悉了，一手拉着陆涛，一手拉吴天昊说，见过了，都是自家兄弟。陆大当家的说得对，这样听起来不生分。陆涛笑着对罗大炮说，我还以为罗大哥截来个戴着瓶底厚眼镜的老夫子当军师呢，没想到，是个跟我一样的年轻人，有精神。吴天昊笑笑说，我也没想到陆老弟这么年轻，我以为安峰山大当家的是个四五十岁的老江湖呢。三个人仰天哈哈大笑，八喜和几个土匪也跟在后面一起哈哈大笑起来。陆涛说，罗大哥，吴大哥，山上请。罗大炮高声大嗓地说，陆老弟请。

罗大炮和吴天昊一行人在陆涛的引领下，沿着山道一路向上，身上快冒汗的时候来到了山寨。安峰山的大堂不叫"聚义堂"叫"威武堂"，吴天昊随着陆涛和罗大炮进到大堂里，一眼看见挂在后墙上的匾牌，觉得威武堂三个字遒劲有力，有一种力破山石的劲道，不禁脱口说道：好字！陆涛听吴天昊夸奖，笑着说，吴大哥见笑了，这是小弟的习字。吴天昊心里不由得暗吃一惊，看到桌子上摆了一摞书，最上面的一本是《三国演义》，走过去拿起书本翻了翻，心里断定陆涛是个读过书的人，可他为什么会到安峰山落草为寇呢？

几个人坐下来说了一会儿话，陆涛看看吃饭时间还早，对罗大炮说，罗大哥，跟我到山上看看风景？罗大炮连声说好，又对吴天昊说，吴老弟咱们一起去。吴天昊说，我还从未来过安峰山呢。陆涛说，听口音，吴大哥也是咱东海人？吴天昊说，我是吴官庄人。陆涛想了半天，说，没去过。罗大炮对陆涛说，你听听村名吴官庄，就是没有人当过官的村庄。陆涛哈哈笑起来说，吴大哥一直在外念书，是少小离家老大回，乡音不改啊。吴天昊说，见识了，陆老弟唐诗宋词信手拈来。陆涛说，小弟读过几年书，背过几首唐诗宋词，吴大哥见笑了。罗大炮说，你们说这些洋词，我是一句也听不懂啊。陆涛说，罗大哥说笑了，你那大炮一响，可是名震四方啊！罗大炮说，陆老弟要是用得着大炮，尽管跟哥哥说。陆涛说，小弟先谢过罗大哥了。

几个人从威武堂出来，说说笑笑沿着山路朝山上走，边走边聊边看。虽是秋天了，但满山苍松翠柏，风儿在林间穿越，鸟儿在枝头啁啾，依然生机勃勃。这时，陆涛看见山坡的小路上走来个土匪，连声喊"老六老六"。那个叫老六的土匪听见陆涛喊，答应一声跑过来说，大当家的找我？陆涛说，来来来，我给你介绍一下。土匪老六说，房山罗大当家的我认识，八喜我也认识。土匪老六看着吴天昊说，就这位兄弟眼生。陆涛说，这位眼生的兄弟，可是罗大当家的宝贝啊——吴军师。土匪老六抱拳说，程老六见过吴军师。吴天昊笑着说，看样子比我大，我得喊声六哥了。程老六说，山寨里的人都喊我程老六，听着顺耳。吴天昊说，我叫吴天昊，就喊我天昊吧。程老六说，看吴老弟眉清目秀，天庭饱满，才气非凡哪。吴天昊说，六哥夸奖了，凡人一个，承蒙罗大哥厚爱。陆涛说，老六，和吴军师一起到山上转转看看。程老六答应一声，便跟在后面一起朝山上走。

吴天昊看见安峰山的土匪也和房山的土匪一样，三五成群地聚在一起吆五喝六地打麻将，打小黑牌，不禁皱了皱眉头。哪想到吴天昊这个不经意的细节让陆涛捕捉到了，陆涛说，弟兄们闲着没事，打牌搓麻将打发时光。吴天昊咧咧嘴，无声地笑了笑。

几个人正走着，看见路边有两个土匪打了起来。陆涛连忙走过去呵斥，放手，打什么打？房山罗大当家的来了，也不知道丢人现眼。一个土匪说，大当家的，他说好输了把裤子脱给我的，现在他输了不脱裤子。另一个土匪说，我就这一条裤子，脱给他我穿什么？陆涛说，你把裤子都输了，就该光腚，都给我滚！陆涛说完，在那个土匪屁股上踢了一脚，几个土匪嘻嘻哈哈地走了。陆涛对吴天昊说，吴大哥别见笑，弟兄们要下山去村里抢东西，我没让去。这不，一身劲没地方用，又赌开了。吴天昊看了一眼罗大炮，罗大炮拍了一下吴天昊的肩膀，两个人不由得哈哈大笑起来，笑得陆涛一脸懵懂。罗大炮说，吴老弟，我罗大炮真的没看走眼哪。几个人在山上转了一圈，陆涛抬头看看太阳，对罗大炮说，罗大当家的，你有吴大哥这么个军师，嫂子又给你生了个带把的大头儿子，回去咱喝他个一醉方休。罗大炮说不醉不回，说完还和陆涛开心地击了一下掌。

回到威武堂，一桌子酒菜已经摆好，野鸡野兔野猪头这些大菜都上来了，几个人推来让去半天，还是依照陆涛的安排一一坐下，推杯换盏你来我往喝起酒来。酒过三巡，陆涛红着脸说，让弟妹给几位大哥敬碗酒。他随后喊道，夫人，过来见过几位大哥。这时，从侧门走出来一个有了身孕的年轻女子，吴天昊正夹起一筷子菜，抬头一看，一筷子菜都掉在了桌子上。

从侧门走出来的女子不是别人，正是吴天昊日思夜想的刘紫瑶。他又惊又喜，激动得立马站了起来，忽然觉得自己失态了遂又坐下来，连忙偏过头装作咳嗽，迅速调整情绪。陆涛还是看到了这个细节，他看看吴天昊，吴天昊还在用劲地咳，又看看刘紫瑶，见刘紫瑶一脸绯红，半响才说，紫瑶，你和吴大哥认识？刘紫瑶正不知如何回答，吴天昊抢着说，陆老弟，我在南京上学时见过她，再说都是东海人嘛。陆涛说，你们在一个学校？吴天昊说，不在一个学校，她在金陵女大，我在中山四大，我们两人在两个学校举办的篝火晚会上见过一次面。刘紫瑶听了一愣，低头看了看吴天昊，心想，天昊可真会编啊，两个学校什么时候搞过篝火晚会？倒是让她想起在老山上两个人的篝火，她依偎在吴天昊怀里，看着眼前的火苗……陆涛听吴天昊说是在篝火晚会上见过刘紫瑶，松了口气。吴天昊又说，陆大当家的，我只知道她姓刘，叫刘什么不清楚，嗓子好，歌唱得好，好多人都听她唱过歌。听吴天昊这么一说，陆涛尽释前嫌，对吴天昊说，她叫刘紫瑶。然后，陆涛拉过刘紫瑶，说，见过吴大哥，敬两碗酒，他现在是罗大当家的军师，以后都是自家人了。吴天昊说，在南京时是他乡遇故人，没想到回到东海这方土地，在安峰山又遇到了。陆涛说，这是缘分哪，紫瑶过来，给吴大哥敬两碗酒。刘紫瑶红着脸，挺着肚子走过来，两手端起一碗酒，吴天昊一边接酒碗，一边看着刘紫瑶的眼睛。刘紫瑶不敢直视吴天昊，微微偏了偏头，吴天昊两手把酒碗举过头顶说"谢过夫人"，随后一干而尽，放下酒碗抹了抹嘴。刘紫瑶又把第二碗酒端起来，吴天昊接过来又一干而尽。

两碗酒喝下去，吴天昊站不稳了，身子晃了一下，刘紫瑶上前要搀扶吴天昊，吴天昊推开刘紫瑶伸过来的手，吐了口酒气，顽强地站稳了脚。罗大炮说，快坐下快坐下。八喜说，大当家的，吴军师喝多了。罗大炮说，才喝了两碗酒，小蚂蚁劈叉——多大事啊？今天遇见熟人了，能喝多少喝多少，叫他喝个痛快。刘紫瑶偷偷看了一眼吴天昊，见吴天昊醉眼蒙眬地偷偷看她，目光相对时，又碰撞出电光石火，两个人真想紧紧拥抱在一起。听到罗大炮和陆涛的叫好声，吴天昊虽醉但不迷糊，晃了一下头，刹那间熄灭了电光石火，抑制住自己的感情，一时间心里翻江倒海，五味杂陈。罗大炮也喝高了，端起酒碗对吴天昊说，恭喜夫人也给陆老弟生个带把的，来，我们两人敬陆老弟一碗。吴天昊端起酒碗，站起来的时候又晃了晃，碗里的酒也洒了出来。他稳了稳身子说，希望夫人给陆老弟生个大胖小子。陆涛也摇摇晃晃地站起来，端起酒碗，说，多谢罗大哥、吴大哥的喜话！这碗酒喝下去，吴天昊只觉得头晕眼花，天旋地转，再也支撑不住了，一屁股瘫坐在椅子上，两腿一软，又从椅子上滑到地上。刘紫瑶想过去搀扶吴天昊，觉得有些唐突，看着趴在桌子上呼呼大睡的陆涛和罗大炮，对程老六说，六哥，快把吴军师扶起来。程老六连忙过去，把吴天昊扶到椅子上，吴天昊也趴在桌子上呼呼大睡起来。

喝了一下午的酒，罗大炮和吴天昊都喝醉了，一直到门外天光暗淡下来时也没有醒过来。刘紫瑶看太阳从西山头落下去了，心想房山是回不去了，便叫程老六安排住房。八喜把带来的几个土匪叫过来,把罗大炮和吴天昊背到各自房间去休息。程老六把陆涛背回房间,对刘紫瑶说,等会儿夫人倒碗水给大当家的喝。刘紫瑶答应一声说,你也休息去吧。程老六谢过夫人,随后走出威武堂,觉得头晕,也一路跟跟跄跄地回去睡觉了。

半夜时吴天昊才醒过来,觉得心里好像干涸龟裂的河底,没有一滴水。他口干舌燥,火烧火燎,爬起来找水喝,开门一看,见门外站着一个人,吃惊地问道,谁?刘紫瑶说,天昊,我是紫瑶。吴天昊揉揉眼仔细一看,见刘紫瑶提着一瓦罐水站在门外,连忙说,外面风大,快进屋来。吴天昊点亮油碗里的灯捻子,微弱昏黄的灯光立时亮了起来,小屋里变得十分温馨。刘紫瑶走进屋里,拿下盖在瓦罐上的碗,倒了一碗水递给吴天昊说,快喝吧,水快凉了。吴天昊接过碗几口喝了下去,刘紫瑶又倒了一碗水,吴天昊又喝了下去。吴天昊一连喝下两碗水,心里好受了许多,喘口气说,紫瑶,你来多长时间了,水都凉得正好喝。吴天昊看着刘紫瑶,见刘紫瑶正默默地掉泪,轻声喊道,紫瑶紫瑶。半晌,刘紫瑶抬起头来,两眼含泪地说,咱们出去走走吧?吴天昊吹灭油灯,两个人走出屋子。

一阵山风吹来秋天的凉意,吴天昊顿觉头脑清醒了许多,两个人来到一片坡地坐了下来,半晌没有说话。刘紫瑶没有看吴天昊,而是看着周围黑黢黢的山林。吴天昊见刘紫瑶看着周围的山林,也抬起头来望着天上的星星,满天的星星正眨巴着眼睛。两人沉默了好一会儿,吴天昊伸手想握住刘紫瑶的手,刘紫瑶却像触电似的连忙缩回了手。吴天昊心里咯噔一下,拔凉拔凉的,他试图再次握住刘紫瑶的手,刘紫瑶却再次缩回手,说,天昊别这样,我已经不是原来的刘紫瑶了。刘紫瑶说完低低地抽泣起来,半晌,刘紫瑶抹了把泪,说,你不想知道是怎么回事吗?吴天昊说,我不想让你伤心。刘紫瑶说,我说给你听。吴天昊没有说话,只是看着刘紫瑶的脸,尽管在夜色里看不清,但他还是睁大眼睛看着刘紫瑶。在刘紫瑶的讲述中,吴天昊仿佛又回到了六月里那个漆黑的夜晚,他和陈兴义两个人把刘紫瑶送上船,目送小船驶进无边的夜色里。

那天半夜,刘紫瑶过了江,当艄公掉转船头朝江南岸划去时,刘紫瑶蓦然觉得无依无靠十分孤单,心想,要是吴天昊在身边多好啊。可是她身边没有吴天昊,有的只是无边的黑暗和陌生的土地。想想被卫戍队抓走的同学,想想在南郊外被枪杀的同学,要不是及时逃走,说不定自己也早成了鬼魂。

黑黢黢的田野，风中哗哗作响的树木，对于一个从没有走过夜路的女孩来说，都觉得十分可怕。刘紫瑶努力克服恐惧，一边背诵着朱自清先生的《桨声灯影里的秦淮河》里的经典名辞，一边在北极星的指引下朝北走：我们明知那些歌声，只是些因袭的言词，从生涩的歌喉里机械地发出来的；但它们经了夏夜的微风的吹漾和水波的摇拂，袅娜着到我们耳边的时候，已经不单是她们的歌声，而混着微风和河水的密语了。于是我们不得不被牵惹着，震撼着，相与浮沉于这歌声里了……她边走边背，嘴里念念有词，好似看到了那令人难以忘怀的秦淮河了。

　　刘紫瑶终于走到了一个镇子，敲响客栈门时已是下半夜了。从睡梦中醒来的客栈老板很不耐烦，嘟嘟囔囔老半天才起来，在门里问，住店啊？刘紫瑶说，大叔我走了半夜路，实在走不动了。客栈老板说，明天再来住吧。刘紫瑶说，好心的大叔你开开门，让我在屋里坐一坐，喝口热水行吧？客栈老板听出来是个女人，有些不忍，开开门，看了看风尘仆仆一脸疲惫的刘紫瑶说，闺女快进屋来。刘紫瑶走进屋里，客栈老板看着刘紫瑶说，闺女，这兵荒马乱的，你怎么敢自己一个人走夜路？刘紫瑶说，大叔给我弄点吃的吧，我住到天亮给你一块大洋。客栈老板看看是个十八九岁的大姑娘，说，你等着，我去把老伴儿喊起来给你做饭。客栈老板去后院半天，才把老伴儿喊起来，不大一会儿，端上来一大碗馄饨，往桌子上一放说了句"吃吧"，又回去睡觉了。客栈老板说，闺女你快吃吧，我去给你找个住的地方。

　　刘紫瑶吃完饭时，客栈老板也给她调好了房间，一个睡单人间的男人睡眼惺忪嘟嘟囔囔地说，半夜三更的还让不让人睡觉？客栈老板弯腰点头说，不好意思，我闺女回来了，没地方住，您多包涵。男人说，下次不住你家客栈了。客栈老板说，欢迎再来，欢迎再来。男人爬到大通铺上，不知咕哝了一句什么倒头又睡了。刘紫瑶一看客栈老板把自己当成闺女了，十分感动，连说谢谢。客栈老板把刘紫瑶领到那个男人让出来的单人间，说，闺女，好好睡一觉。

　　刘紫瑶也不知走了多少路，疲惫得一塌糊涂，关好房门，洗也没洗就上床睡了，快中午时才醒过来。吃过午饭，在客栈老板的帮助下，她在车马店租了辆胶皮轱辘大车。刘紫瑶生怕赶车人是个年轻火旺的年轻人，等赶车人装好草料，赶着马车过来时，见是一个年过半百的老人，这才放下心来。她告别客栈老板，坐上马车一路向北奔了东海。

刘紫瑶不知道大伯得了什么病，也不知道大伯的病情是轻是重，恨不能一步回到东海刘湾，好尽尽侄女的孝道。

日落西山天黑了，刘紫瑶要车夫连夜赶路，车夫不干，说，人要吃饭睡觉，马也得吃饭睡觉啊。刘紫瑶说，那得多少天才能到东海？车夫说，闺女，再远的路也要一步一步走，人不累，马还累呢。

经过一个村子时，车夫看到有家大门前挂着车马店的灯笼，不容分说，将马车赶进车马店，气得刘紫瑶跳下车来要自己走。没走几步，她脚下一崴，差点儿摔倒，被车夫搀扶起来。车夫说，小姐坐车都坐累了，咱们在客栈里歇歇人马，吃点饭，喂喂马，明天天一亮咱就上路好不好？刘紫瑶无可奈何，只好听从车夫的安排，在客栈里住下来。

睡到半夜的时候，睡梦中的刘紫瑶被房顶上的响动惊醒了，睁眼一看，不禁大吃一惊，怎么看到天上的星星了？还有碎土从房顶上掉落下来，这是有人在房上揭瓦。她吓得跑出房间大呼小叫，客人们都起来了，车夫也起来了，跑过来一看，见刘紫瑶又哭又喊，连忙问出了什么事。刘紫瑶哆哆嗦嗦地说房上有人揭瓦。众人有的在屋里喊，有的跑到院里喊，把蟊贼吓跑了。

刘紫瑶回到床上，看着漏着星星的房顶，再也睡不着了，盖着被子躺了一个时辰。天刚一放亮，她就跑去把车夫喊起来，两个人急急忙忙吃了点儿饭，便赶着马车上路了。刘紫瑶对车夫说，夜里吓死我了。车夫说，小姐啊，越往北走蟊贼土匪越多，不光你要小心，就是我也要小心哪，说不准马车就给土匪截去了。刘紫瑶说，大叔你走快点，咱少住店，我多给你三块大洋。车夫叹口气说，要不看你是个闺女，我早回去了。刘紫瑶说，大叔，我身上就剩三块大洋了，不然的话，你把我送到家，我让我大伯再多给你几块大洋？半晌，车夫说，就这样吧。走十天也是走，走半个月也是走，我也得养家糊口。我家闺女跟你差不多大，已经嫁人有个男娃了。刘紫瑶说，你也不容易啊。车夫说，穷人哪有容易的啊？不像小姐是大户人家的闺女。刘紫瑶不说话了，怕话说多了引起车夫的反感，把她赶下车扔在半路上。

一路风风雨雨，颠簸了半个多月，来到东海地界时，田里的麦子早收完了。车夫"吁"了一声停下马车，对车篷里说，小姐，到东海地界了，我要回去了。刘紫瑶一听急了眼，撩开门帘，央求道，大叔，你把我送到刘湾，我叫大伯给你十块大洋好不好？车夫说，从家里出来大半个月了，也不知道家里怎么样了，我老婆子是个病秧子干不了重活儿。刘紫瑶说，大叔求求你了，还有一天的路，我一个弱女子怎么走？再说，回家我才能给你大洋啊。车夫看看前面没有尽头的路，叹口气说，好吧，谁叫我这人心软呢。车夫说完喊了声"驾"，老马迈开腿，大车又叽里咕噜朝前走去。

　　大车走到一座大山边时，路旁突然跳出几个蒙面人截住了马车。车夫"吁"了一声停下马车，转头对车篷里说，小姐，遇到麻烦了。刘紫瑶撩开门帘说，什么麻烦？车夫说遇到土匪了。刘紫瑶听说遇到土匪了，一下子从头凉到脚，刚到东海地界就遇到了土匪，吓得浑身哆嗦成一团。车夫跳下车，点头哈腰地说，几位大哥行行好，我送我闺女去婆家的。土匪说，你闺女婆家是哪里？车夫说刘湾镇。有个土匪撩开窗帘一看，大声喊，六哥，还真是个小娘们呢。那个叫六哥的土匪走过来，伸头看看车篷里的刘紫瑶，笑着对车夫说，老人家跟我上山吧。车夫跪下来求那个叫老六的土匪大哥行行好，放自己和闺女一条生路。一个土匪踹了车夫一脚，呵斥道，跟六哥上山。车夫无可奈何地牵马赶车，跟着土匪上了山。一个土匪对那个叫老六的土匪说，六哥，我都快给憋死了，咱先玩玩这小娘们？土匪老六说，滚蛋，我看这小娘们长相不错，正好给大当家的当压寨夫人。那个土匪灰溜溜地走到一边去了，嘴里咕哝着说，大当家的是你爹啊。那个土匪的咕哝让土匪老六听到了，土匪老六二话没说劈脸扇了他一巴掌，说，再多说一句我撕烂你的嘴。那个土匪一边捂着脸一边吐着血水，不敢再吭声。

　　车夫把马车赶到山寨门前空场上时，天快响午了，土匪老六大呼小叫地喊"大当家的大当家的"。大当家的说，喊什么喊？土匪老六说，我给你截来一个压寨夫人。大当家的说，什么压寨夫人？土匪老六说，不光人长得俊俏，还嫩。大当家的说，在哪里？土匪老六说，在车上。

　　大当家的走过来，撩起窗帘看看吓得蜷成一团抖个不停的刘紫瑶，刚放下窗帘，又撩起窗帘看看，拍着车窗说，刘紫瑶怎么是你？听到有人喊自己的名字，刘紫瑶抬起头来看着外面的人。大当家的说，紫瑶，我是陆涛。刘紫瑶说，陆涛？陆涛说，我是你的老同学陆涛啊，快下车。陆涛说完又喊，老六，抓紧弄菜，你把我老同学请上山来了。土匪老六半信半疑地说，那小娘子是你老同学？陆涛说，什么小娘子，这就是跟你说过的我的女同学刘紫瑶。快去伙房说一声，多弄两个野味。半响，土匪老六才明白过来，答应一声连忙跑走了。刘紫瑶万万没有想到，山上土匪大当家的竟是自己师范时的同学陆涛。

陆涛在板浦镇省立第八师范学校读书时，和刘紫瑶是同班同学。因为两个人是一个镇上的人，放假回家都是一起来一起去，路上有说有笑有唱有念，陆涛心里充满了阳光。一个学期过后，陆涛竟喜欢上了刘紫瑶，开始追求刘紫瑶。刘紫瑶并不反感陆涛，但她知道大伯是不会同意的，因为大伯是刘湾镇的镇长，大伯是不会把自己的侄女嫁给一个铁匠的儿子的。陆涛的父亲是个老铁匠，在镇上开了一家铁匠铺。虽说刘紫瑶知道大伯不会把自己嫁给陆涛，但刘紫瑶并没有完全拒绝陆涛的追求，他希望有一天大伯会改变主意。然而陆涛却一无所知，一个被爱情冲昏头脑的毛头小伙子，仍对刘紫瑶穷追不舍。街上人的风言风语传到刘紫瑶大伯耳朵里，刘紫瑶大伯说，一个铁匠的儿子想娶我侄女，这不是癞蛤蟆想吃天鹅肉嘛！随后，他把刘紫瑶送到南京金陵女子大学读书去了。刘紫瑶本以为不再和陆涛一起上学了，可以阻断陆涛的追求，哪想到，从南京回来还没到家，刚进东海地界竟被陆涛截住了。

刘紫瑶也没有想到，在南京读书的两年时间里，陆涛的变化竟会这么大，他从一个内心充满阳光的学生，变成了安峰山拦路截道的土匪大当家的。刘紫瑶很是纳闷，陆涛怎么会在安峰山当了土匪大当家的？陆涛摆了一桌野味，但刘紫瑶却无心品尝。陆涛热情地把野鸡和野兔肉夹到刘紫瑶面前的碗里，一个劲地让刘紫瑶吃。刘紫瑶盛情难却，看在和陆涛同学一场的份上，又见陆涛热情有加，吃了几筷子野鸡和野兔子肉，便放下筷子说吃饱了。陆涛高兴地说，在板浦师范读书读得好好的，怎么到南京读书去了？刘紫瑶说，你应该明白。陆涛说，我被爱情冲昏了头脑，混混沌沌什么也不明白，还经常到你大伯家大门口等你，可是一直没有等到。

刘紫瑶听陆涛说经常到大伯家大门口等她，心里一热，眼睛潮乎起来，装作被辣椒呛了，咳了几声，又拿吴天昊送给他的手绢擦擦眼睛说，你是个傻子啊？陆涛说，我确实是个傻子，一连等了两个多月没见到你，我都快得相思病了。刘紫瑶说，陆涛，咱们是同学不？陆涛说是。刘紫瑶说，我有两件事要你答应我。陆涛说，说说看。刘紫瑶说，第一件事，把送我回来的大叔和马车放回去，他家里还有老伴儿和三个孩子。陆涛说可以，随即叫来土匪老六，让老六给车夫五块大洋，放车夫下山回家。刘紫瑶说，第二件事，我大伯写信给我说他病了，我要回刘湾看看大伯。陆涛看着刘紫瑶说，这个不可以。刘紫瑶说，我让大伯给你两百块大洋怎么样？陆涛听刘紫瑶说起她大伯，摇摇头，说，别说两百块大洋，就是两块大洋你大伯也不会给我的。

刘紫瑶说，你别在山上当土匪了，我可以叫大伯给你一块地，你回家去种地。陆涛还是摇摇头，说，你看看，我在这山上多逍遥自在？要吃有吃，要喝有喝，比种地强百倍。刘紫瑶说，那你要什么？陆涛说，你知道。刘紫瑶说，我知道什么？陆涛说，装傻不是？刘紫瑶说，我真不知道你要什么？陆涛说，我要你的人啊！刘紫瑶说，我有男朋友了。陆涛说，叫你的男朋友见鬼去吧！跟我一起在安峰山过神仙的日子，有什么不好？刘紫瑶说，陆涛，我没想到你会变得如此无赖。陆涛说，紫瑶，相信我，我会一辈子对你好的！

刘紫瑶躺在床上三天不吃不喝，困了睡，醒了就想吴天昊，泪水湿透了香枕。

陆涛非常有耐心，天天亲自上山采来各色各样的山花送给刘紫瑶，屋子里充满了花香。

两个月后，陆涛选了黄道吉日，山寨里张灯结彩，在洞房里掀开了刘紫瑶头上的红盖头……

山风大了，吴天昊觉得有点儿冷，脱下身上的衣服，轻轻披在刘紫瑶身上，说，真没想到会是这样。刘紫瑶抽泣着说，我原打算回家看看大伯之后，就回南京去找你，哪想到……刘紫瑶话没说完，拿下衣服还给吴天昊，说，天昊，我现在是陆涛的老婆，不值得你这样，可怜我大伯还不知道我在安峰山。两个人在山坡上说了半宿的话，看看天快亮了，听到寨子里有人走动，刘紫瑶说，回去吧，有人看到了不好。吴天昊搀扶着刘紫瑶慢慢站起来准备往回走时，突然把刘紫瑶紧紧搂在怀里。半晌，刘紫瑶挣脱吴天昊的拥抱，说，天昊别这样，要是陆涛知道了，你就走不了了。刘紫瑶说完，快步走了。

吴天昊看着刘紫瑶怀有身孕笨拙的身影，心里好像被钝刀子来来回回地切割着，生拉硬拽似的疼。自己的热恋情人，咋就成了安峰山土匪大当家的压寨夫人？真想趁陆涛熟睡之机，一刀剁了他，而后带着刘紫瑶远走高飞。

天渐渐放亮了，吴天昊朝山林里走去，山风雾岚使他的头脑冷静下来。他突然想到，虽然自己可以带着刘紫瑶远走高飞，可是兴义大哥交给自己的任务呢？自己回东海的目的，不是要带刘紫瑶远走高飞，而是要在这片土地上开展党的群众工作，把穷人组织起来闹革命，让穷人过上好日子，点燃可以燎原的星星之火，带领穷人奔向光辉灿烂的共产主义社会，千万不能因个人一时的感情冲动，误了党的大业啊。

吴天昊从山上走下来时，遇到了从山门查岗回来的程老六，心想，就是他带着土匪把刘紫瑶截上山来送给陆涛做了压寨夫人的,不由得攥紧了拳头,恨不能一拳打死这个土匪。又一想,程老六不仅自己没有祸害刘紫瑶,而且还阻止了其他土匪祸害刘紫瑶,看来,这个人本质上跟其他土匪还是有区别的。

程老六看到从山上下来的吴天昊,远远地打招呼。吴天昊回了一句早。程老六说,到山上转转?吴天昊说,半夜醒了,睡不着,在山上遛遛弯。程老六说,自打刘紫瑶上山当了大当家的压寨夫人,我怕走漏风声,每天都去查岗查哨,让弟兄们看好山门,谁也不准随便下山。要是让刘福乾知道了,他肯定会带人攻打山寨抢人的。吴天昊说,刘湾镇的刘福乾?程老六说,夫人的大伯,不光是镇长,还是个大地主。吴天昊早知道刘紫瑶大伯是刘湾镇的大地主,但他还是"噢"了一声,装作才听说的样子,对程老六说,有事你忙吧,罗大哥起来后我们就回房山了。程老六说,吴老弟后会有期,吴天昊说,后会有期,两个人抱拳相互晃了晃。

程老六走了,吴天昊忽然想,能不能让刘紫瑶做做陆涛的工作,把安峰山的土匪也争取过来?这样一想,吴天昊心里不由得一阵激动。抽时间再和刘紫瑶谈谈,虽然做了压寨夫人,但不能忘了党的工作,再说,上级已经批准刘紫瑶入党了,有机会让她宣誓,真正进入党的队伍。

吴天昊回到威武堂时,罗大炮和陆涛都起来了。一见吴天昊回来了,罗大炮说,吴老弟快来吃饭,吃完饭咱们回山寨。陆涛也说,吴大哥起得早啊。吴天昊朝两位大当家的一抱拳,说见过罗大哥、陆老弟。吃早饭的时候,罗大炮把嘴凑在吴天昊耳边说,吴老弟,我想请陆大当家的到房山去转转看看。吴天昊稍稍一愣,说,我正有此意。罗大炮放下碗筷,"啪"地一拍桌子,吓得陆涛一抖。罗大炮说,陆老弟不见外的话,今天跟大哥到房山去做客!陆涛听了一愣,缓过神来笑着说,罗大哥,改天去好不好?昨天喝多了不能再喝了。罗大炮说,自从吴老弟来了,我山上模样大变,请你去看看指导指导。陆涛说,那好,我跟罗大哥去一趟。罗大炮说,把夫人也带上哦,我吴老弟和你夫人在南京见过面,让他们没事时也拉呱拉呱嘛!陆涛把刘紫瑶从屋里喊出来,说,罗大哥让我们去房山看看,我怕你身子不方便,去不去?刘紫瑶看了一眼陆涛,又看了一眼吴天昊,见吴天昊正看她,脸一红,低声说,听你的。陆涛说,吃过饭一起去房山。老六呢?程老六在门外答应一声。陆涛说,给夫人备车,你也一起去房山,今天罗大哥请客!罗大炮叫过来八喜,要八喜先走一步，回山准备准备。八喜草草吃了饭，骑上马直奔房山而去。

几个人吃过早饭，待陆涛和刘紫瑶收拾好出来，太阳已经三竿子高了。陆涛小心翼翼地把刘紫瑶扶上马车，自己这才骑上马，带着程老六，跟罗大炮和吴天昊一起去了房山。

7

打死吴天昊也不会想到，自己做梦都在苦苦寻找的心上人竟成了别人的老婆，而且还怀上了孩子。对于吴天昊来说，这无异于万箭穿心，破碎的心翻滚着血沫子汨汨流淌，世界上还有比这更令人难以忍受的痛苦吗？吴天昊仿佛掉进了情天恨海的泥淖，安峰山还死死地压在身上。

车马下了山，吴天昊看着头发梳得光亮整齐兴高采烈的陆涛想，就是这个男人抢走了自己的恋人，强娶了刘紫瑶，让刘紫瑶变成了自己的梦中情人……吴天昊恨不能把陆涛从马上扑下来，拼个你死我活，夺回刘紫瑶，然后带着刘紫瑶远走高飞……他看看马车，想看看自己曾经心爱的女人刘紫瑶，可是车篷门上挂着布帘，车篷左右的小窗上也挂着布帘，他连刘紫瑶的身影也看不到，只能想象着刘紫瑶的模样。一时间，吴天昊连死的心都有了，他看看四周，见是一片平地，连个坑洼也没有，如果有处悬崖，他会毫不犹豫地跳下去，了断这段情缘。

骑在马上的吴天昊一直沉默着没有说话，身子随着马的行走一颠一颠的。陆涛对罗大炮说，罗大哥，我那小侄子快会走路了吧？罗大炮一听陆涛提起自己的儿子，嘴咧得像个棉裤腰似的，喜滋滋地说，快会走了。陆涛感叹了一句，时光如梭啊，上次到房山来喝满月酒，眨眼间都快一年了。罗大炮说，你不也快当爹了嘛！陆涛高兴地说，快了快了，再有几个月，紫瑶也会给我生个大胖小子的。罗大炮说，到时候别忘了请我喝满月酒哦。陆涛说，忘了谁也忘不了你罗大哥啊。陆涛说完，转脸对吴天昊说，吴大哥也一起来，我们再喝他个一醉方休。

吴天昊被撕裂的心还在流着血，没有听到陆涛跟他说话。陆涛又说，吴大哥想什么呢？吴天昊蓦然一惊，目光呆滞地看着陆涛。罗大炮说，吴老弟想什么呢？陆大当家的叫你一起去喝他儿子的满月酒呢。吴天昊回过神来笑笑说，什么时候？陆涛说，明年鲜花盛开的五月。吴天昊说，那可是个春暖花开的好时节啊。罗大炮说,陆老弟,到时候我把山上的弟兄们都带来给你捧场。陆涛说,好啊,人多热闹。罗大炮仰脸哈哈大笑,陆涛也跟着哈哈大笑起来。

听着罗大炮和陆涛两人的笑声,吴天昊不禁打了个冷战,起了一身鸡皮疙瘩。他不由得又看了一眼大车,便转头看着远处的田野。

一个多时辰后,可以看到影影绰绰的房山了。毕竟是秋天了,一山的苍松翠柏,在秋阳下显得有些陈旧,路边田里的稻子正在收割。陆涛勒了一下马缰绳,马儿走到大车边,陆涛掀开车篷上的门帘,伸头跟车里的刘紫瑶不知说了句什么,听到刘紫瑶的回答后,他放下门帘,骑着马陪伴在车旁。陆涛对刘紫瑶说了些什么,吴天昊没有听清楚,但陆涛对刘紫瑶的关爱,又一次把他的心撕裂开来。他皱皱眉头,赶紧转过脸,看着收割的田野。

吴天昊这样一边走一边想,抬起头来朝前看看,快到房山脚下了。一只在空中盘旋的老鹰引起了吴天昊的兴趣,他目不转睛地盯着老鹰,见老鹰忽而直上云天,忽而俯冲下来,眼看快要撞到地面上了,他的心猛一下提在喉头,却见老鹰划了一道弧线化险为夷,再次扶摇直上,看得吴天昊惊心动魄。老鹰飞上天空成了一个黑点儿,吴天昊的心还在扑通扑通地跳。半晌,吴天昊在马背上一颠一颠地想,我回东海,不是要寻找刘紫瑶,更重要的是要开展党的工作,在东海大地上点燃革命的星星之火,怎么能陷在情天恨海的泥淖里不能自拔?吴天昊决计忘掉刘紫瑶,把刘紫瑶从心中抹去,从记忆中抹去,一点儿痕迹也不留,像头顶上一望无垠的蓝天那般干净。吴天昊这样一想,舒了口气,直了直腰,看上去比刚才精神了许多。吴天昊看着陆涛的背影又想,昨夜听刘紫瑶说,陆涛是铁匠的儿子,在学校里时恋上了她,刘紫瑶大伯不同意,陆涛完全可以另觅她人,跟着爹爹学做铁匠活,可他为什么会在安峰山落草为寇?这里面肯定有原因,如果有机会再和刘紫瑶聊聊,一定要打听打听陆涛的情况。吴天昊看着马车,虽然隔着窗帘,他依然能看到刘紫瑶的身影,因为刘紫瑶已深深地烙在了他心里。吴天昊本来想把刘紫瑶从心里干干净净地抹去,看来,一时半天是抹不去了。吴天昊叹口气,咽了口唾沫又想,要唤醒刘紫瑶,让她振作起来和自己一起开展工作,把罗大炮和陆涛争取过来,奠定开展群众工作的基础。

吴天昊在马背上一路走着一路想着,罗大炮喊了一声"陆老弟到了"。喊声惊醒了沉思中的吴天昊,他抬头一看,果然到了山寨大门,看山的土匪喊

"大当家的回来了",几个土匪连忙搬开路障,让一行人马上了山。

马车在聚义堂门前的空场上停下来,陆涛跳下马来,将缰绳交给身后的程老六,连忙跑到车前,撩开门帘说,紫瑶,罗大哥的山寨到了。

刘紫瑶与吴天昊在山坡上聊了小半夜,在路上补了一大觉,陆涛一喊,醒过来说,到了?陆涛说,你哪里不舒服?刘紫瑶说,没有,伺候你一夜困了,在车上睡着了。刘紫瑶说完撩开门帘,弯腰从车篷里出来,陆涛将刘紫瑶从车上轻轻地抱下来。刘紫瑶两脚落地时身子晃了一下,陆涛又连忙扶着刘紫瑶问,你怎么了?刘紫瑶说坐车时间长了,脚有点儿麻。陆涛见刘紫瑶站稳了,这才松开手。

陆涛抱刘紫瑶下车的情景,还有陆涛关爱的言语,都让吴天昊看在眼里,听进耳朵里了,他觉得陆涛对刘紫瑶的关怀真是无微不至,细心到了极致。自己曾经这样照顾过关怀过刘紫瑶吗?

吴天昊正想着,罗大炮高声大嗓地朝屋里喊,玉梅,玉梅,陆大当家的和夫人来了,快来见见。罗大炮老婆林玉梅抱着儿子从聚义堂里笑盈盈地走出来,见了刘紫瑶说,妹妹来了,快到屋里坐。刘紫瑶跟着林玉梅进了聚义堂,两个女人便到里屋说话去了。罗大炮对陆涛说,陆大当家的,请喝口我房山的毛尖茶。陆涛一伸手说,罗大哥请,又对吴天昊说,吴大哥请。几个人坐定下来,有说有笑地喝着房山毛尖茶。陆涛说,罗大哥,这是明前茶,好茶。罗大炮说,还是陆老弟行,一口就品出来是明前茶了。我这明前茶只留给贵客喝。陆涛说,罗大哥,我哪里是什么贵客?我是你的兄弟嘛!罗大炮一听哈哈大笑。喝了一杯茶,罗大炮见菜还没有上来,对吴天昊说,吴老弟,请陆老弟到山上去看看?吴天昊心里有数,罗大炮是想显摆显摆,让陆涛看看山上弟兄们的操练,随后站起来说,陆老弟,请。

一行人从聚义堂出来,听到聚义堂西边一阵喊声。陆涛立马说,罗大哥有人打山?罗大炮哈哈大笑,拍拍陆涛的肩膀说,看看就知道了。几个人转过聚义堂一看,八喜正带着弟兄们练拳,上步二马分鬃,上步二马分鬃,跃步登山,跃步登山……罗大炮对陆涛说,这是哥哥的练武场。

练武场上的土匪们一看罗大炮陪着安峰山大当家的来了,精神抖数,练得更加起劲,出拳踢腿,跳跃腾挪,虎虎生风,看得陆涛目瞪口呆,不禁大喊一声"好精神"。罗大炮得意地哈哈大笑。陆涛说,罗大哥,士别三日,刮目相看哪。罗大炮说,这都是吴老弟的主意。吴天昊连忙说,都是罗大哥的高见，我初来乍到，哪里能号令弟兄们。陆涛对吴天昊说，吴大哥你不得了，上山才几天，山上的弟兄们就变了样，人人学拳练武，个个精神抖擞。吴天昊连忙说，陆老弟夸奖了，这都是罗大哥的功劳啊，他不支持我，我也干不起来。吴天昊说完对罗大炮说，罗大哥是不是？罗大炮喜滋滋地炫耀道，我跟你说，陆老弟，我吴老弟在山上转了一圈，看见弟兄们不是喝得醉了不醒，就是三五成群在一起打纸牌赌博，一身劲没地方用，闲得蛋疼，就给我出了这么个主意。陆涛说，吴大哥好主意啊，你怎么不早对我说？吴天昊说，今天不是和陆老弟说了嘛！陆涛说，罗大哥，吴大哥，今天老弟我开眼了，回去也让弟兄们学拳练武，耍耍大刀片子，刘福乾算什么东西？陆涛说完，转脸看看聚义堂，见刘紫瑶没有出来，又说，刘福乾是刘紫瑶的大伯，我怕紫瑶听见了不高兴。罗大炮说，老娘们正在屋里说话呢，听不见。陆涛说，刘福乾这个老东西，还不知道他侄女在安峰山做了我的压寨夫人呢。几个人一起大笑起来，惊飞了近处树上的鸟儿。

　　罗大炮高兴得手舞足蹈，对陆涛说，再去看看哥哥的大炮？陆涛说，听说罗大哥弄了门大炮，早想来看看了。罗大炮说，那怎么不早来？我这儿没有酒喝吗？陆涛说，早想来了，谁知道程老六在山下给我请来了刘紫瑶，这不又怀上了，没时间来嘛。罗大炮说，这回来了，好好看看。罗大炮带着几个人来到一个小山洞，叫土匪从洞里抬出大炮，陆涛急忙走上前，抚摸着油光锃亮的大炮说，乖乖，威武，你看这炮擦得能照出人影儿。罗大炮说，陆老弟，这也是吴老弟的主意啊。他上山后，听说我有大炮，过来一看，炮膛里生了锈，火药铁砂打不出去，要是炸了膛，那不把自己弟兄炸死了吗？我听吴老弟的话，叫弟兄们天天擦炮，把大炮擦得滑溜溜光亮亮的，炮膛都能照出人影。陆涛看了看吴天昊说，吴大哥别见笑，我改一句唐朝王昌龄的诗哈，房山宝寨飞将在，不教胡马渡阴山。罗大炮不知陆涛说的啥意思，看着吴天昊。吴天昊说，陆老弟夸我呢，山寨有我在，白成银不敢来。罗大炮一听，哈哈大笑说，吴老弟要不是个明白人，我怎么能请他上山当军师？吴天昊说，罗大哥羞煞我了。罗大炮又是一阵开怀大笑，说，你们两人都念过书，说话老和尚蛋皮——文绉绉的，不错，有意思。等我家柱子长大了，叫他跟你们学学。

　　回聚义堂喝酒的路上，陆涛对罗大炮说，能不能叫吴大哥到我山寨住几天，也给我指点指点？罗大炮没有看陆涛，而是看着四周的苍松翠竹，打着哈哈说，吴老弟上山没几天，山上山下还不熟悉，我想叫他再到山上山下转转。陆涛说，罗大哥还是舍不得啊。罗大炮说，陆老弟不要见外，以后常来坐坐嘛。陆涛说，好，有事我会来找罗大哥的。

罗大炮在陆涛跟前露了脸，精神焕发，陆涛觉得比罗大炮矮了半截有些垂头丧气，两个人心情一喜一悲，一好一坏，酒又喝大了。八喜把罗大炮送回屋里去睡觉，陆涛喝得站不起来趴在桌子上睡着了。吴天昊看看太阳快落山了，便安排陆涛和程老六在山寨里住下来。

一切都和昨天喝完酒一样，罗大炮和陆涛两个人都醉成了一摊泥，不一样的是吴天昊这一次没有喝醉。吴天昊对林玉梅说，嫂子，罗大哥高兴喝多了，你睡觉时注意点，别让罗大哥把被子蹬了受凉。林玉梅说，吴老弟，你罗大哥就交给我了。吴天昊说，罗大哥是个爽快人，今天高兴才喝多了。

吴天昊离开罗大哥的卧房，来到聚义堂后面自己刚上山时的住屋，还没敲门，门却嘎吱一声开了，刘紫瑶对吴天昊说陆涛睡着了。吴天昊走过去给陆涛掖掖被子，说，有热水吗？刘紫瑶说，八喜刚才送过来了。吴天昊伸手在瓦罐上试试，说，倒一碗出来凉着，等会儿陆老弟要喝水正好喝。刘紫瑶答应一声要弯腰倒水，吴天昊一看刘紫瑶挺着肚子不方便，连忙提起瓦罐倒了一碗水，放在床头的小桌上。

两个人在陆涛的呼噜声里对视了一下，很快都将目光移到了别处。吴天昊说，紫瑶，你叫程老六来照看一下陆涛，我和你到外边去说说话。刘紫瑶点点头，来到门外，喊过程老六来，说，我和吴军师到外边说说话，你在门口听着你大哥的动静，水在床头小桌上凉着呢。程老六走过来，从屋里端出个树墩凳子，在门旁坐下来，对刘紫瑶说，夫人，你和吴老弟说话去吧。

刘紫瑶跟着吴天昊来到屋后的坡地上。吴天昊见刘紫瑶走路一摇一摆的，说，紫瑶，我们就在这儿坐会儿吧。刘紫瑶说好。吴天昊找了一个高点的地方，扶着刘紫瑶坐下来，而后自己也在一旁坐下来。这时候，西边的太阳才慢慢滑进西山里。

吴天昊望着山林里氤氲的暮色说，紫瑶，我要告诉你一个好消息，离开南京时，兴义大哥要我找到你后告诉你，上级组织已经批准你的入党申请了。听到上级批准自己入党的消息，刘紫瑶没有吴天昊想象的那样兴奋不已，而是轻轻叹了口气说，谢谢兴义大哥，谢谢你，天昊。吴天昊说，听兴义大哥说，那次在机织局工会开会，本想给你们几个新党员举行宣誓仪式的，没想到让侦缉队给搅了。沉默了半晌,刘紫瑶说,天昊,我现在这样子,不想再掺和你们的事了。吴天昊一把抓住刘紫瑶的手,感觉到刘紫瑶的小手冰凉。刘紫瑶想抽回手,却被吴天昊紧紧握住没有抽回去。刘紫瑶把手放在了吴天昊手里。吴天昊握着刘紫瑶的手,半晌才说,紫瑶,这一切不是你的错。刘紫瑶低声抽泣起来,说,都是我命不好,在板浦读书时,陆涛就追我,没办法,大伯才把我送到南京读书的。哪想到,回东海路上又遇到了他。刘紫瑶抬起泪脸,看着吴天昊说,是不是命里注定我就是他的女人啊?吴天昊说,紫瑶,我也不想这样啊。可是,可是,我们无法逃避这个现实,只能坚强面对。吴天昊说完,怕眼里的泪水流出来,抬头望着星空,把泪水强忍回去又说,你原来是多么坚强的一个人,现在怎么变得这样脆弱了?我希望你振作起来!刘紫瑶倒在吴天昊怀里哭出声来。半晌,吴天昊拍拍刘紫瑶的背,轻声说,别哭了,紫瑶。刘紫瑶说,天昊,我们俩逃走吧?吴天昊猛然一惊,说,紫瑶,我们两人私奔?刘紫瑶说,这两天我想了好多,只要有机会,我想和你私奔,就是到天涯海角,我也要跟着你。吴天昊有些激动,不顾一切地说,紫瑶,我们这就走。刘紫瑶站起来,吴天昊牵着她的手,高一脚低一脚地朝山下走去。刘紫瑶脚下一绊,吴天昊一把抓住刘紫瑶的胳膊,刘紫瑶才没有摔倒。吴天昊说,紫瑶我背着你走。他说着蹲下身来,半天没看到刘紫瑶趴到身上,转脸一看,见刘紫瑶站着一动不动,顾自哭泣。吴天昊说,紫瑶我们走啊!吴天昊站起来的时候,刘紫瑶又扑进他怀里哭着说,天昊,我肚子大了,你怎么能背得了我?吴天昊一下子沉默下来,睁大眼看着刘紫瑶。刘紫瑶依偎在吴天昊怀里哭了一阵,抬起头说,天昊,我们回去吧。刘紫瑶的话好像一瓢凉水兜头泼了下来,吴天昊顿时冷静下来,想想刚才自己的举动,也觉得自己失去了理智,不好意思地说,紫瑶,我们回去吧。

两个人重新回到刚才的小草地上坐下来。吴天昊心里扑通扑通跳了半晌也平息不下来,想想刚才,如果冒冒失失带着刘紫瑶私奔了,这算什么?陆涛知道了,一定会跟罗大哥翻脸成仇。多亏刘紫瑶提醒了自己。这么一想,他一把抓住刘紫瑶的手说,紫瑶,刚才是我太冲动了。刘紫瑶说,我也冲动啊,因为从南京回来,没有一天不想你。吴天昊说,我也是啊,你走了以后,我就像丢了魂似的。两个人相拥着默默地坐着,谁都不说话。半晌,吴天昊抬头看着夜空的星星,咽了口唾沫,说,紫瑶,给我说说陆涛的情况好吧?刘紫瑶从吴天昊怀里坐起来,点了点头。

陆涛的爹是刘湾镇有名的铁匠，陆铁匠老婆一连生了三个女儿，陆铁匠不死心，老婆最后才生了陆涛这么个儿子。

陆铁匠一心想让儿子出人头地，七岁的时候，就送陆涛到镇上读私塾，读了几年私塾，又把他送到板浦省立第八师范学校读书，和刘紫瑶是一个班的同学。两个人就显得格外亲，有人欺负刘紫瑶，陆涛就攥着拳头上去跟人家拼命，有一次还把一个同学的鼻子打出了血。班里的同学都知道陆涛是保护刘紫瑶的拼命三郎，没人敢惹。有陆涛罩着，也没人敢欺负刘紫瑶。有一次回家，刘紫瑶大伯派家里的马车来接刘紫瑶，刘紫瑶一定要把陆涛带上。车夫说，老爷只让我接你回家，没让我带人。刘紫瑶没有说话，也不上车，看见陆涛要走，一把拉住陆涛的衣服。车夫没办法，只好让陆涛也上了车，两个人一路有说有笑，到了刘湾镇东门口，车夫停下车，说，小姐，让你同学下车吧，别人看见了告诉老爷，我也没个好。陆涛下了车，刘紫瑶撩开窗帘对陆涛说，后天回去你在镇外等我，一起坐车走。陆涛心情很好，一路哼着歌回到家。还有一次，车夫赶着马车到学校没接到刘紫瑶，问遍了老师，都不知道刘紫瑶去哪儿了。问一个同学才知道，刘紫瑶跟陆涛一起走了。车夫马不停蹄地赶车回去，刘福乾一见车夫没接到侄女，气得抽了车夫两鞭子。刘紫瑶和陆涛两个人足足走了一天，吃晚饭的时候才回到刘湾镇。

后来，刘紫瑶大伯刘福乾听说陆铁匠的儿子跟自己的侄女好了，回家时顺道拐进铁匠铺，对正在叮叮当当打铁的陆铁匠说，好好管管你儿子。埋头叮叮当当打铁的陆铁匠没听到刘福乾的话，见刘福乾走进屋来，连忙放下锤子说，哎呀，刘镇长来了。刘福乾阴沉着脸，看着炉膛里红红的炭火说，管好你儿子。陆铁匠听刘福乾说要他管好儿子，一脸茫然地说，刘镇长，我儿子在板浦学堂念书，他不会做什么坏事的。刘福乾说，我叫你管好儿子。陆铁匠说，我儿子犯了什么错？刘福乾见陆铁匠一问三不知，便说，你让他早点放手，说完气哼哼地走了。刘福乾走了半天，陆铁匠还是一头雾水，不明白叫儿子放什么手。老伴儿说听街上人说，咱家涛儿看上刘镇长侄女了。

陆铁匠一脸懵懂地看着老伴儿，半晌没说话。老伴儿指着他的额头说，你个死脑壳，你家涛儿看上人家刘镇长侄女了。陆铁匠这才明白过来，顿时出了一身冷汗，连说，这可怎么办，这可怎么办？老伴儿说，怎么办？刘镇长不是叫他放手吗？陆铁匠说，对对对，等这个小东西回来，我得好好说说他，谁家的闺女不好找，非找刘镇长的侄女？陆涛回家后，陆铁匠把刘福乾来家找麻烦的事说了，对陆涛说，咱要个有个，要人有人，哪家闺女不好找？陆涛脖子一梗说，刘紫瑶是刘紫瑶，刘福乾是刘福乾，我跟刘紫瑶好又不是跟他刘福乾好，两回事嘛。陆铁匠说，你放手吧。陆涛说，不放，我看好她了，想娶来给你当儿媳妇。陆铁匠说，涛儿，人家是镇长侄女，说叫你掉脑袋，你脑袋就得搬家。陆涛说，我不怕。小东西你不听话，我打死你！陆铁匠举着手里的铁锤吓唬陆涛。陆涛转身逃出去，朝屋里喊，我死也不放手。陆铁匠咕咚一声扔了手里的锤，叹口气对老伴儿说，都是你惯的，我不管了。老伴儿说，你是一家之主，你不管哪个管？陆铁匠说，儿大不由爷，我哪里管得了？老伴儿说，反正这门亲事做不成，要不找媒人给涛儿说门亲事断了他的念想？陆铁匠一想，这是个办法，对老伴儿说，你明天就去找媒人，看看有没有合适的，抓紧说门亲事，叫这个小东西断了念想。

半个月后的一天上午，媒婆领来一个叫祎兰的女孩，高声大嗓地说，这是镇北老史家的二闺女，叫祎兰，不光生辰八字合，这闺女还早看上你家陆涛了呢。陆铁匠和老伴儿看着亭亭玉立、两只大眼扑闪扑闪的老史家二闺女，两个人相互对了一下眼，老伴儿喜滋滋地对媒人说，他婶子快坐，又招呼祎兰说，闺女到我这来坐。懂事的祎兰连忙给媒人搬了个凳子，媒人坐下来后，自己才坐到陆涛娘身边。陆铁匠笑着说，别走了，我去买肉，中午在家里吃饭。媒人也笑哈哈地夸赞祎兰，你看这闺女要多俊有多俊，要多嫩有多嫩，要多懂事有多懂事。陆铁匠老伴儿高兴地握着祎兰肉乎乎的小胖手。

两个月后，陆涛跟刘紫瑶从板浦回来，两个人在东门外分了手，相约两天后的早晨在东门外二里远的地方相会，一起回学校。

看见儿子回来了，陆铁匠赶紧叫老伴儿去找媒人，要媒人把祎兰带过来，让两个孩子见见面。谁知，陆涛听说家里给他说了门亲事，要他相亲，看也不看，掉头就走，在从小光屁股长大的朋友家里住了两天，后来和刘紫瑶一起回了学校。老伴儿埋怨陆铁匠，说，都是你送他出去念洋学念的。陆铁匠说，我整天打铁打得浑身都是汗，攒两块大洋，让他出去念书，是想让老祖坟上冒冒烟，哪想到这个小东西变成这样了？我看祎兰这闺女不错，明事理，勤快。老伴儿看着陆铁匠说，要不，涛儿这书别念了。陆铁匠说，不念了，叫他回来成家。老伴儿说，我早想抱孙子了。陆铁匠说，就这么定了，我不给他大洋，断了他的生活，我看他回不回家？老两口商量半天，就这么决定了。

刘福乾听说陆铁匠儿子还和侄女有来往，派丁管家再次到陆铁匠家恫吓陆铁匠，陆铁匠对丁管家说，丁管家，我们老两口商量好了，不让这个小东西念书了，念了两年洋学，脑子都念出毛病了。老伴儿说，我们给涛儿说了门亲事，过些日子就办喜事。丁管家一听，陆铁匠老两口已采取措施阻止儿子和刘紫瑶来往，便回去给刘福乾回话。

就在陆铁匠家忙着给儿子陆涛办喜事时，为了不让侄女刘紫瑶和陆铁匠儿子走得太近，刘福乾也想好了办法，把刘紫瑶送到南京金陵女子大学去念书。

……

刘紫瑶对吴天昊说，我到南京读书的事，只有丁管家和我大伯两个人知道，连我娘和大娘都不知道，家里其他人更不知道我到南京念书去了。吴天昊说，后来呢？陆涛没有再找过你吗？刘紫瑶说，后来的事，是陆涛给我讲的。

刘福乾派丁管家到学校接刘紫瑶，在板浦重新租辆马车，连夜把刘紫瑶送去南京。陆涛第二天，第三天，一连等了半个月没有见到刘紫瑶，这才发现刘紫瑶无声无息地消失了。一时间，陆涛像没头的苍蝇，东一头，西一头，四处寻找刘紫瑶，在学校里没找到，学也不上了，又跑回家找，在刘福乾家大门外转来转去一两个月，仍然没有看到刘紫瑶的身影。他心里十分纳闷，刘紫瑶到哪里去了？

有天夜里，为了发泄气愤，陆涛朝刘家大院里扔了几块石头。虽然没砸到人，但咕咚咕咚一阵乱响把刘福乾家人吓得不轻，觉也不敢睡了，老老少少大眼瞪小眼地盯着院子，生怕有人蹿房越脊进来图财害命。刘福乾安排家丁夜夜轮岗，家人这才敢睡个囫囵觉。刘福乾听家丁说，陆涛天天在街上转来转去，走过大门口时，死盯着院里看，不知有什么事。刘福乾知道陆涛心不死，认定石头是陆涛扔的，要家丁捉拿陆涛。

一天傍晚，陆涛又转到刘福乾家大门口，两个家丁见了陆涛，蹿上来要抓人。陆涛一看形势不妙撒腿就跑。两个家丁没抓到陆涛，去铁匠铺要人，陆铁匠两手一摊说，找吧，找到人你们立马带走，我没一句话。陆铁匠老伴儿也说，涛儿根本没来家。陆铁匠说，小龟孙要是来家了，我非砸断他的腿不可。家丁把铁匠铺翻了个遍，也没找到人，只好空着两手回了刘家大院。

刘福乾听说没抓到陆涛，气急败坏地派家丁到板浦师范抓人。校长看来了一帮土匪似的人要抓陆涛，对家丁说，陆涛最近没来上学，不知家里出了什么事，学校里正准备派老师到家里去找他。家丁不听校长说话，也不管学生们上课不上课，在教室里外、校园里外搜了一遍，还是没有找到陆涛。

镇上人都知道陆铁匠儿子陆涛看上刘福乾侄女捅了马蜂窝，刘福乾抓不到陆涛不罢休，在街上贴了告示，凡乡民发现、报告抓到陆涛的，不论男女老少，一律奖十块大洋，一时间轰动了刘湾镇，大街小巷的人都在传。不光如此，刘福乾还派家丁在铁匠铺门口站岗放哨，吓得陆铁匠家人连门都不敢出，铁匠活也没法做了，只好关门歇业。

一天夜里，陆涛翻墙头进了家，陆铁匠老两口一见儿子回来了，吓得老脸焦黄，在黑咕隆咚的屋里，上上下下把陆涛摸了一遍，见儿子一块皮没破，一块肉没少，这才放下心来。听到家丁在大门外咳嗽，老两口刚放下的心又提到了嗓子眼，这要是让家丁发现，一家老少都没命了。

陆铁匠老伴儿想点灯看看儿子，陆铁匠压低嗓门呵斥道，不要命了？老伴儿吓得手一哆嗦打翻了油灯。陆铁匠小声对陆涛说，儿子你走吧，只要别让刘福乾抓住，走得越远越好。老伴儿哭哭啼啼地说，涛儿，刘福乾抓住你，会要你命的。听你爹的话，走得远远的，别让刘福乾抓到你。陆涛扑通一声跪下来，磕了三个头说，爹、娘，我给你们惹祸了，我走了，你们要多保重。陆铁匠说，镇里待不下去了，过几天，刘福乾撤了岗，我和你娘也要走。陆涛说，爹，你和娘准备到哪儿去？陆铁匠说，老虎墩。陆涛说，如果有空，我会去老虎墩看望你们的。爷儿俩说着话，陆涛娘找出两件衣裳，又从柜子里摸出几块大洋，包了一个小包袱递给陆涛，哭着说，涛儿快走吧。陆涛接过包袱系在腰里，抹了把眼泪，咬着牙说，爹、娘，这辈子我非娶刘紫瑶不可，她就是跑到天涯海角，我也得找到她。老两口深深地叹口气。陆铁匠说，儿子，就看你有没有那个命了。这时，三个人又听到大门外家丁的咳嗽声，陆涛娘催促道，涛儿走吧走吧。陆涛告别老爹老娘，翻出墙头，消失在夜幕里不知去向。陆铁匠跟老伴儿说，儿子中邪了，没治了。老两口围着被子一直坐到天亮。

半个月后，刘福乾没有抓到陆涛，也没有发现陆涛回家，便撤了铁匠铺的岗。

陆铁匠的大闺女和二闺女嫁给了镇上人家，见刘福乾撤了铁匠铺的岗，回家来看看爹娘。老伴儿想把搬到老虎墩的事儿跟两个闺女说，陆铁匠瞪了一眼，吓得老伴儿话到唇边留了半句。等两个闺女走了，陆铁匠说，老伴儿，咱们搬到哪儿去，知道的人越少越好。如果大妮二妮知道了，万一刘福乾找事，找不到我们他就会找大妮二妮的，那还有个好？老伴儿吓得嘴哆嗦了半天，一个字也没有说出来。就在刘福乾撤了铁匠铺门岗的第三天夜里，陆铁匠带着家什，领着老伴儿和三闺女小英子连夜离开刘湾镇，到二十里外老虎墩一个未出五伏的亲戚家里住下来，在亲戚的帮助下，开了一家铁匠铺……

刘紫瑶说，我从南京回来，路过安峰山被土匪截上山，做梦也没想到陆涛在安峰山当了土匪大当家的。吴天昊说，真没想到，陆涛对你一片痴情啊。刘紫瑶说，因为我心里有了你，陆涛要娶我当压寨夫人，我誓死不从。有一天，我趁看门人没注意跑出来，想跳崖一死百了。可是陆涛追上我，一把将我拉了回来。吴天昊抓住刘紫瑶的手紧紧地握着。刘紫瑶说，陆涛说，为了我，他被我大伯追杀逃到安峰山拉绺子当了土匪，他爹娘也被逼得离开了刘湾镇，但他心里始终有个念想，这辈子，他一定会遇到我，而且会一辈子疼我。吴天昊望着天说，海枯石烂不变心哪。刘紫瑶说，陆涛还说，只要我嫁给他，他一切都听我的，不去祸害百姓。但他唯一的要求是，不让我大伯知道。吴天昊说，这个我想到了。刘紫瑶说，后来我就留在了山上。天昊你把我忘了吧，重新去找一个好女人。吴天昊紧紧握着刘紫瑶的手说，紫瑶，你烙在我心上了，永远也忘不了啊。半晌，刘紫瑶说，我大伯如果知道我在安峰山，一定会来打山救我的。

两个人正说着话，忽然看到聚义堂灯火通明，吆吆喝喝一片嘈杂，不知寨子里发生了什么事。刘紫瑶说，时间不早了，陆涛可能醒酒了。吴天昊搀扶着刘紫瑶慢慢站起来，走下山坡，来到聚义堂，看见陆涛坐在大堂里，正在训斥程老六，你怎么能让他们两个跑了呢？罗大炮也起来了，正张罗着要八喜带人下山：就是追到天边，也要把吴老弟和我弟妹追回来。

吴天昊和刘紫瑶立马明白了是怎么回事。吴天昊喊一声"罗大哥、陆老弟"。刘紫瑶也喊了一声"陆涛"。陆涛见吴天昊搀扶着刘紫瑶回来了，连忙上前扶着刘紫瑶，尴尬地说，你们到哪里去了，叫我好找。罗大炮说，陆老弟就是大惊小怪的，我说吴老弟不会把你夫人拐跑的，这不回来了嘛！看着到了三更天，刘紫瑶对陆涛说，还不快去睡觉？陆涛说，走走走，睡觉去。罗大炮也吆五喝六地对八喜说，天亮还有一阵子，叫弟兄们都去睡觉吧。

聚义堂里外一时安静下来，吴天昊躺在床上仍然难以入睡，在刘紫瑶的诉说中，更加坚定了自己的想法，一定要把陆涛争取过来。

吴天昊本想早起到山上转转，谁知天快亮时又睡着了。

8

陆涛带着刘紫瑶和程老六离开房山回安峰山不到一个时辰，房山二当家的马老二骑着一匹黑马，从刘湾镇朝房山方向飞奔而来。那马一身炭黑，只有四只蹄子是白的，马老二快马加鞭，黑马四蹄翻飞，蹚起一溜白色浪花。

马老二一头大汗，黑马也一身大汗。来到山上，他看见八喜正带着弟兄们练武，便翻身下马，喊道，八喜，大当家的在哪？八喜收了式，说，大当家的在聚义堂。马老二一边将缰绳交给八喜，一边大步朝聚义堂跑去，见了罗大炮说，大当家的，大当家的。罗大炮见马老二神情慌张一头大汗，说，二当家的什么事？马老二说，陆大当家的回去没有？罗大炮说走了。马老二说，哎呀，那快去追。罗大炮说，追陆大当家的干什么？马老二说刘福乾要打安峰山。罗大炮一惊，说，什么？马老二说，不知谁走漏了风声，刘福乾知道侄女在安峰山当了陆大当家的压寨夫人，气得要打安峰山。罗大炮说，哎哟，估计追不上陆老弟了。马老二说，那怎么办？罗大炮说，快叫人把吴老弟找来，看看他有没有什么办法？

吴天昊听马老二说刘福乾要打安峰山，也一下子紧张起来，急忙说，消息可靠吗？马老二说，昨天有人带话给我，说我姑姑病了，要我回去看看。今天一早我去看我姑姑，我姑父到刘湾镇济世堂抓药，听看病人说刘福乾要打安峰山。吴天昊说，看来刘福乾要对陆老弟动手了。马老二说，我姑父还听人说，刘福乾是听说他侄女在安峰山当了压寨夫人后才要打安峰山的。罗大炮说，他个老龟孙是怎么知道的？昨天陆老弟两口子刚到我们这儿来，消息就传出去了？马老二说，陆大当家的昨天又是看练武，又是看大炮，山上很多弟兄都知道。罗大炮说，查出来谁干的，我剥了他的皮。吴天昊说，大当家的，事不宜迟，我这就去告诉陆大当家的，让他有个思想准备。罗大炮说，好，骑我的马，让八喜跟你一块儿去。吴天昊抱拳说，我代陆老弟谢过罗大哥、马二哥。罗大炮说，不能让陆老弟吃亏，你跟陆老弟说，需要我帮忙，尽管说话。吴天昊说，谢罗大哥！罗大炮说，快去吧。

吴天昊喊了八喜，两个人骑马下山，直奔安峰山而去。路上，吴天昊把刘福乾要打安峰山的事跟八喜说了一遍，问八喜昨天夜里有没有人下山。八喜说，这个不太清楚，我回来查查。吴天昊说，不要太张扬，你说你要查下山的人，谁还敢说下过山？八喜说，吴大哥我心里有数。两个人说着话，抬头望望，可以看到远处的安峰山了。吴天昊"驾"了一声，八喜也"驾"了一声，两匹马箭一般射向安峰山。

这时候，陆涛一行人刚刚回到安峰山。陆涛把刘紫瑶搀下车，扶进威武堂喝了一杯水，程老六就带着吴天昊和八喜气喘吁吁地来了。陆涛一愣，心想自己前脚刚到山寨，吴天昊后脚就跟来了，肯定有事。陆涛说，吴大哥什么事？吴天昊看看刘紫瑶，陆涛对刘紫瑶说，你先到里屋去歇歇，我和吴大哥出去说点儿事。陆涛跟着吴天昊、八喜走出威武堂，来到后山坡上。陆涛说，吴大哥什么事这么急？吴天昊说，陆老弟，刘福乾知道刘紫瑶在山上，要打安峰山抢人。陆涛一愣，说，哪来的消息？吴天昊说，今早我们二当家的去尹湾村看他姑姑，听他姑父说的。二当家的马不停蹄地赶回山寨想跟你说一声，谁知你们刚走没多会儿。陆涛说，多谢二当家的。吴天昊说，罗大哥派我和八喜来给你报个信，让你好有个准备。陆涛说，谢两位哥哥，走，到堂里喝茶歇歇。吴天昊说，这事最好不要让刘紫瑶知道。陆涛说，也是，刘福乾个老龟孙毕竟是紫瑶的大伯。吴天昊说，罗大哥说需要帮忙，你尽管说话，要人有人，要炮有炮。陆涛说，罗大哥是我的真兄弟啊！陆涛看了看威武堂说，两位哥哥跟我到南山崖洞去，那里没人。吴天昊和八喜跟着陆涛去了南山，路上看到程老六，陆涛把程老六叫过来，一块儿去了南山。

几个人来到南山崖洞里，围着石桌坐下来。程老六问，刘福乾哪天来？吴天昊说，听二当家的说，刘福乾要打安峰山抢人，没听说哪天来，说不定今天来，也说不定明天后天来。陆涛说，刘紫瑶到山上五六个月了，刘福乾也不知道，昨天你们来，今天我们又到房山去，消息这么快就传出去了？吴天昊说，我叫八喜回去查查，看看是谁嘴上没有把门的走漏了消息。陆涛点点头看着吴天昊说，吴大哥你说怎么办？吴天昊想了想，说，我看坐等刘福乾打山抢人，不如主动出击，先打他刘福乾一家伙，让他不敢来抢人，你看怎么样？陆涛一拍大腿说，吴大哥，你这招是先下手为强。吴天昊说，你那几杆打兔子的火枪恐怕不行。陆涛思忖半天，说，罗大哥的大炮能不能借我一用？他刘福乾要是敢来打山抢人，我一炮轰死他。吴天昊说，罗大哥说过，要人有人，要炮有炮，我看可以。陆涛立马站起来说，吴大哥，我带人跟你去房山，找罗大哥借炮。程老六说，大当家的，我找几个弟兄跟你一起去。吴天昊说，陆老弟，我看这事宜早不宜迟，要打干脆今夜就打。陆涛说，好，叫他刘福乾知道我也不是好惹的。陆涛说完后又对程老六说，找几个身手好的，能跑的，带上火枪，带足火药、铁砂、钢蛋，再带上大刀、长矛，先下手为强，打他刘福乾一个措手不及。吴天昊说，这事要绝对保密，千万不能让刘紫瑶知道。如果刘紫瑶知道你去刘湾镇打她大伯，她是不会同意的。虽说她不是刘福乾亲生闺女，但刘福乾毕竟是她亲大伯，把她养大的。陆涛说，吴大哥说得对，再说紫瑶怀孕了，也不能动了胎气。

程老六去找人了，陆涛让吴天昊和八喜在山下等他，然后回到威武堂，见刘紫瑶坐在椅子上打瞌睡，想把刘紫瑶抱到屋里床上去。刘紫瑶惊醒过来，推开陆涛，说，别挤着我肚子。陆涛说，我怎么忘了呢。说着，他把刘紫瑶搀扶到屋里床上躺好，又盖好被子，这才说，紫瑶，你夜里跟吴大哥彻夜长谈没睡好，在家好好睡一觉歇歇。听陆涛一说，刘紫瑶感动得差点儿掉下泪来。陆涛说，我跟吴大哥去房山找罗大哥有点儿事。

刘紫瑶生怕陆涛避着她下山去祸害平民百姓，听他说跟吴天昊去房山找罗大哥，这才放下心来，但还是说，什么事儿在山上的时候不说，回来了又追过来说？陆涛说，听吴大哥说，罗大哥也是我们走了以后才想起有事的，要我去帮个忙。刘紫瑶信以为真，看着陆涛说，你也是快当爹的人了，做什么事都要小心点。我知道，紫瑶！陆涛说完在刘紫瑶脸上亲了一口。刘紫瑶脸上升腾起一团幸福的红云。

陆涛又给刘紫瑶掖了掖被角，而后走出威武堂，见程老六牵着马在下山的路上等他，快步走了过去。陆涛说，弟兄们呢？程老六说，我叫弟兄们带着家伙先去房山了。陆涛说声好，接过缰绳，纵身上马，两匹马一前一后下了山，与吴天昊和八喜汇合后，四个人扬鞭策马，直奔房山而去。

陆涛的身影走出威武堂看不见的时候，刘紫瑶掉下一颗泪珠。刘紫瑶曾多次设想过，趁陆涛不在山上时悄悄溜下山，回刘湾镇去看看大伯，可是，陆涛一直守在身边，无微不至地照顾和伺候她，她一直没有下山的机会。现在陆涛下山了，机会来了，她可以下山到刘湾镇看望大伯了，可是她怀了孩子，怎么好挺个肚子去看大伯？再说大伯看见她这个样子还会要她吗？希望下山的想法连个火星子都没有碰撞出来，便无声无息地熄灭了。刘紫瑶长长地叹了口气，闭上眼，想把夜里和吴天昊彻夜长谈的事从头到尾捋一遍，捋着捋着竟睡着了。

陆涛和吴天昊几个人追上山上的弟兄们时，看见土匪们正拉着一辆破大车跑，不禁皱了皱眉头，骑马到跟前一看，见车上装的全是火枪、火药、铁砂还有大刀、长矛，这才舒展眉头，叫弟兄们加快速度赶往房山，自己和吴天昊几个人骑马先走了。

罗大炮听到聚义堂外人喊马叫，出来一看，吴天昊把陆涛带来了，说，陆老弟快来。陆涛说，罗大哥，小弟我今天借炮来了。罗大炮说，屋里说，屋里说。几个人来到聚义堂，吴天昊把想法和罗大炮一说，罗大炮连声叫好。吴老弟说得对，先下手为强，打他一炮，叫他个老龟孙知道知道厉害。吴天昊说，我就是这个意思，先灭灭刘福乾的威风。罗大炮说，陆老弟，别说不够意思啊，我借大炮给你使，但我不派人去。陆涛听了一愣，着急地说，罗大哥你有话在先，要炮有炮，要人有人的，我山上的弟兄大都来了，你不能光借炮不派人哪。罗大炮不说话，只是嘿嘿地笑。吴天昊说，陆老弟，罗大哥不是不帮人，我们的人在半路上接应你。如果刘福乾的人追出来，我们再打他个措手不及。罗大哥是不是这个意思？罗大炮听吴天昊一说，点着头说，吴老弟就是哥哥肚子里的蛔虫啊，我咋想的他都知道。陆涛听了两眼放出光来，抱着拳说，谢罗大哥，谢吴大哥。吴天昊看着陆涛说，千万不要恋战，打一炮就跑，把刘福乾吓成缩头乌龟，我们的目的就达到了。罗大炮拍着吴天昊的肩膀说，吴老弟高人哪，我就是这么想的啊。吴天昊笑着对罗大炮说，咱不能让陆老弟吃亏，这是你说的啊。罗大炮说，对对对，是我说的，决不能让陆老弟吃亏。陆涛听了，一手拉着罗大炮一手拉着吴天昊说，你们两个真是我的好大哥啊。

夜袭刘湾镇的事儿就这么说定了。

天快晌午了，罗大炮要陆涛喝了酒吃了饭下午再细说，陆涛一直在心里盘算着如何夜袭刘湾镇，听罗大炮要他去喝酒，说，罗大哥，昨晚喝大了，今天不喝了，等我炮轰刘福乾以后再喝，带我去看看炮吧。罗大炮说，走，看大炮去。说完，他们带着几个人出了聚义堂，看见安峰山的土匪拉来一辆胶皮轱辘大车，车上装满了火药、铁砂、钢蛋。罗大炮来了兴趣，围着大车左看看右瞧瞧，拍着胶皮轱辘说，陆老弟，你这个大车拉来得好。程老六说，我怕弟兄们背着枪，再带着枪药、铁砂、钢蛋跑到房山太累了，叫他们用山上的破大车拉，晚上从这儿走时，再把这些家伙带在身上。罗大炮说，破大车拉来得好，正好派上用场。吴天昊听罗大炮一说，立马明白了罗大炮的心思，对陆涛说，听罗大哥的。罗大炮说，我那大炮死沉，四个壮汉都抬不动，想挪个地方费老大劲了，你这个大车虽说破了点，但车轱辘很好，大炮要是有了腿，不是想上哪就上哪吗？吴天昊说，罗大哥好主意！罗大炮仰脸哈哈大笑。陆涛想想昨天见过的大炮说，罗大哥说得对，我昨天看大炮蹲在那里，没想到挪起来费劲。这车还是夏天的时候在官道上截的刘福乾家的车呢，大炮没有腿，我就是借了，也没法去刘湾镇打刘福乾啊。罗大炮笑着对吴天昊说，吴老弟，你想想办法把大炮安上轱辘，这样陆老弟才好用。吴天昊说，好，我来想办法，无论如何要让大炮长上腿，让死大炮变成能跑的活大炮。罗大炮说，刘福乾做梦也想不到，大炮会跑到镇上去。他又对陆涛说，陆老弟，你这一炮非吓尿这个老龟孙不可。土匪们七手八脚卸下车上拉来的枪药、铁砂、钢蛋、大刀、长矛，把破大车交给了吴天昊。吴天昊和八喜将破大车拉到后山的大炮前，两个人围着破大车转来转去，合计半天，找来会木匠的土匪，拆了破大车，开始改造炮车。

几个人忙得连午饭也没吃，捣鼓了半下午，太阳落山前，终于把生铁铸造的大炮固定在破大车上，前拉后推一试，大炮果然跑了起来。罗大炮听说炮车弄好了，带着陆涛跑去看大炮，看见大炮威武地蹲在车上，两个人笑逐颜开，罗大炮拉着大炮跑了几步，高兴得咧着大嘴笑着说，我的大炮能跑了，我的大炮能跑了。陆涛也拉着大炮转了一圈，对吴天昊说，吴大哥你帮了我的大忙啊。罗大炮说，前年白成银来打山寨，是弟兄们把大炮抬到山口去的，费老大劲了。这回可好了，吴老弟你是山寨第一大能人啊！吴天昊说，罗大哥，我原来也没想到大炮动起来费劲，是陆老弟借炮，才有了会跑的炮哪。罗大炮说，你听听吴老弟多会说，我还得感谢陆老弟不是？几个人围着大炮说笑半天，罗大炮对陆涛说，叫弟兄们去吃饭，吃饱了好下山。陆涛高兴地答应一声，对程老六说，老六，叫弟兄们去吃饭，吃饱了好炮打刘福乾。程老六说声"好嘞"，随即招呼弟兄们去吃晚饭。

几个人正走着，罗大炮突然对吴天昊说，吴老弟，炮车要是套上马拉着，跑得不是更快吗？吴天昊说，罗大哥的主意好，你和陆老弟先去吃饭，我再去琢磨琢磨。陆涛说，吴大哥辛苦了。吴天昊说，不光解决了你的问题，也解决了我们的问题啊。罗大炮说，就是就是，我们以后用炮也省劲了。

吴天昊叫八喜找来两个马夫，几个人一起围着炮车琢磨起来。半晌，吴天昊叫八喜骑马下山，到村里去借牛缰。罗大炮和陆涛还没吃完饭，八喜就跑来报喜说，罗大哥，马套上了，马套上了。罗大炮和陆涛一听，炮车套上马了，筷子一放，跑出门一看，吴天昊牵着马已经把炮车拉到聚义堂门前的空地上。罗大炮接过吴天昊递过来的马缰绳，牵马拉车转了一圈，拍着炮筒说，陆老弟，这回马拉大炮天也能上。陆涛笑着对罗大炮说，罗大哥有了吴大哥这个明白人，如虎添翼呀！罗大炮笑着拍拍吴天昊的肩膀说，吴老弟你不光是个明白人，还是个大能人！吴天昊说，罗大哥过奖了，都是和弟兄们一起商量的。罗大炮说回去喝两碗。几个人重新回到聚义堂，倒上酒，罗大炮端起酒碗说，为大炮车干一碗。几个人喝了一碗酒，罗大炮还要喝，吴天昊说，罗大哥，陆老弟晚上要夜袭刘湾镇，我们还要去做接应，喝一碗就行了，不要误了大事啊。罗大炮说着自己又喝了一碗，说，吴老弟说得对，不喝了，等陆老弟打完刘福乾，咱们再喝个一醉方休！

　　看看天黑透了，陆涛带着人马准备下山，吴天昊叮嘱陆涛说，打完就跑，千万不要恋战，打完来房山，不要回安峰山。陆涛说，我用我山寨里一匹最好的马拉炮车，跑得快。吴天昊点点头，陆涛说，吴大哥，咱兄弟什么话也不说了，我走了。吴天昊和陆涛紧紧地握了握手，看着陆涛的马拉大炮下了山，人马隐进浓浓的夜色里，心想，陆涛老弟，我一定要把你带进共产党的队伍里。

　　罗大炮看见大炮给陆涛拉走了，心里突然有点空落落的。吴天昊喊他时，罗大炮才回过神来。吴天昊说，罗大哥，晚上你就不要去了，我带弟兄们去接应陆老弟。罗大炮说，你去？吴天昊说，罗大哥信不过我？罗大炮说，哪里哪里，我怕你没经历过这阵仗。吴天昊说，罗大哥放心，刘福乾的人如果追出来，我们再动手，刘福乾的人如果吓得不敢追，我们就不用动手，是不是？罗大炮说，对对对，不过刘福乾这个老龟孙很狡猾，你要多个心眼。吴天昊一把抱住罗大炮，两个人拥抱了半天，吴天昊说，多谢罗大哥。罗大炮拉着吴天昊的手，说，我等你回来。回来咱们再喝一碗！吴天昊两手抱拳，说，罗大哥，我带人下山了。罗大炮说，去吧。吴天昊带着八喜和二十多个精壮弟兄，扛着火枪，拿着大刀、长矛，悄悄下了山。

　　陆涛带着人马拉着炮，快半夜的时候，来到刘湾镇外一片树林里。陆涛借了罗大炮的大炮，程老六和弟兄们高兴得直搓手，吵吵嚷嚷要进镇炮轰刘福乾，让他听听大炮响，见识见识大炮的威力。陆涛很激动，想立马进镇轰上一炮,但想想临走时吴天昊的话,冷静下来对程老六说,等过了子时,老家伙睡着了,我们突然进镇轰他一炮,吓破老龟孙的胆!陆涛将程老六和弟兄们的激动情绪平息下来,大家静静地在树林里等待着。

陆涛看看天上的星星,约莫过了子时,低声说,弟兄们进镇,好好给我打一炮,不光弟兄们听个响,也让刘福乾个老龟孙听个响。随后,他带着人马和大炮进了刘湾镇。

陆涛原来是刘湾镇人,不光知道几条街几条巷子,就是街上哪个地方有块石头,有几棵树都熟悉得不能再熟悉了。拉炮的马蹄在镇外就用棉花包好了,马走起路来一点儿声音也没有。快到刘福乾家时,陆涛停下来,自己先过去看看,见刘福乾家大门前没有站岗的,挥挥手,土匪们这才把炮车拉到刘福乾家的大门对面。

刘福乾家的红漆大门两旁,坐着两个嘴里含着石球的石狮子。陆涛在大门对面的黑影里,炮口对准刘福乾家的红漆大门,亲自点燃炮捻子,呲呲一溜火星过后,就听砰咚——咣——惊天动地一声响,刘福乾家关得紧紧的红漆大门被一炮轰开了,两个家丁捂着脸倒在地上亲爹皇娘地号。陆涛这才明白过来,原来两个站岗的家丁躲到大门里睡觉去了。陆涛没想到大炮的威力这么大,本来是想放一炮吓唬吓唬刘福乾的,没想到一炮把大门轰开了。他说声"弟兄们上",土匪们一窝蜂地冲进刘家大院,不管三七二十一,端起火枪朝黑黢黢的门窗咚咚放了几枪,没有枪的土匪拿着大刀、长矛在门窗上乱砍乱戳。忽听打更人一边敲木鱼一边喊土匪来了"快来人哪——土匪来了快来人哪——"听到喊声,院子里的土匪们一下子乱了,陆涛虽说没乱,但心里也一阵紧张。一个土匪点着火把朝一扇窗子里扔去,也不知火着没着起来。陆涛连忙说"快跑",然后三步并作两步跑出刘家大院,见留下看炮的土匪早已套好了马,说声"跑",几个土匪打着马屁股连喊"驾驾",马拉大炮跟着陆涛一起朝镇外跑去。土匪们一看大当家的跑了,也纷纷蹿出刘家大院,没命地追炮车。

土匪们跑到镇东门口,刚想缓下脚步喘口气,忽听身后一阵锣响,响起一片呐喊声,还有咚咚的火枪声,陆涛朝马屁股上抽了一鞭,那马拉着炮车忽地快了起来,挣脱土匪手里的缰绳,越跑越快,越跑越快,陆涛和土匪们死命追炮车,那马拉着大炮一个劲地狂奔。陆涛只好带着人跟着马跑。一袋烟的工夫,马拉炮车就离开了刘湾镇。

俗话说老马识途，那马拉着炮车径自朝安峰山方向飞奔而去。身后的喊声、火枪声一阵紧一阵，陆涛带着弟兄们拼命朝前跑，生怕被追上来的家丁抓住。程老六追上陆涛，一边跑，一边气喘吁吁地说，大当家的，马疯了。陆涛说，快追。程老六跟着陆涛一起拼命追炮车，不知跑了多长时间，反正已经听不到身后的锣声和呐喊声、火枪声了，想停下来喘口气，看看那马，拉着大炮还朝前猛跑，眼看追不上了，忽听"咔嚓"一响，车轴断了，炮车的一个轱辘叽里咕噜滚到路边，那马拉着另一个车轱辘还吱吱嘎嘎地朝前跑。

　　陆涛带着土匪只顾追炮车，黑灯瞎火的什么也看不见，被停在路边的车轱辘绊了一下，人一下子好像飞了起来似的，啪嗒一声摔趴在地上，哎哟大叫一声失去了知觉。程老六一看陆涛摔倒了，连忙过去抱着陆涛喊，大当家的大当家的。他摸到陆涛的嘴，用大拇指掐陆涛人中。程老六掐了半天，也没见陆涛醒过来，对身边的土匪说，路边沟里有没有水？弄点水来，给大当家的洗把脸。有个土匪下到沟里说，六哥，沟底是干的没有水。程老六使劲掐陆涛人中，也不见陆涛醒过来。一个土匪说，六哥，有尿也行。程老六问，谁有尿过来。一个土匪解开腰带，掏出家伙正要朝陆涛脸上撒尿，躺在程老六怀里的陆涛，长舒一口气醒了过来，大口喘着气说，大炮呢？程老六说，大炮在前边。陆涛说，还不快追。程老六说，大当家的我背你走。程老六蹲下身来，几个土匪把陆涛扶到程老六背上，程老六背起陆涛不顾一切地朝前跑，一群土匪跟在程老六身后跑了半晌，看见马停在路上。陆涛从程老六身上下来，围着马转了好几圈仔细一看，只看到马拉着半个车轱辘，没看到大炮。陆涛心里一沉，说，大炮呢？土匪们都愣了，围着马转了一圈又一圈，大炮呢？一个土匪说，大当家的，刚才马还拉着大炮呢。陆涛说，刚才拉着大炮，现在大炮怎么没有了？程老六在陆涛耳边低声说了句什么，陆涛说，都给我回去找大炮。

　　土匪们看看刘湾镇方向，听听没有锣声，也没有呐喊声和火枪声了，这才跟着陆涛沿路回去找大炮，在刚才陆涛摔倒的地方不远处，看见一个车轱辘和半个车架子，一个土匪喊，大当家的，大炮掉沟里了。陆涛连忙过去一看，大炮果然掉在了沟里。虽然炮车被马拉成两半了，但毕竟找到了大炮。陆涛一屁股坐在地上大口小口地喘，土匪们一看陆涛坐在地上喘，也一个个坐在地上大口小口地喘。喘了半天，一个土匪爬起来，气得朝大炮上狠踹一脚，大炮纹丝不动，土匪却抱着脚一屁股坐在地上号叫起来。陆涛生怕叫声把刘福乾的家丁招来，呵斥道，号什么号？爹死了娘死了？土匪坐在地上抱着脚说，大当家的，我脚脖子断了。陆涛踢了土匪一脚说，跟着马跑，还把脚脖子跑断了？另一个土匪说，大当家的，他脚脖子不是跑断的，是刚才踢大炮踢断的。陆涛说，你踢大炮干什么？那铁玩意儿能知道疼吗？一点用也没有的东西。一个土匪对陆涛说，大当家的，还是这铁玩意儿厉害啊，一炮把刘福乾家大门轰开了。土匪们接上话茬，你一言他一语地说开了，乖乖，那响声叫个惊天动地啊。我敢肯定，全镇人都听到了，非吓死刘福乾个老龟孙不可。陆涛喘匀了气，缓过劲来说，下去几个人，把大炮抬上来。土匪们从地上爬起来下到沟里，哼唷哼唷半天才把大炮抬上来。

这时，有个土匪跑到前边，把拉着半个车架子的马牵了回来，那马秃噜秃噜打着响鼻，蹄子不停地刨着地。

陆涛看看大炮，又看看马拉的半个车架子，指挥土匪把大炮抬到半边车架子上，让几个人扶着炮，土匪牵马拉炮，那马一用劲，大炮在半边车轴上一歪，几个土匪连忙上前扛住，大炮才没有掉下来。陆涛呵斥牵马的土匪：你不能走慢点？程老六走上前说，我来，接过马缰绳，牵着马慢慢地朝前走。陆涛带着土匪走了半天，有个土匪说，大当家的，路不对啊。陆涛问怎么了，土匪说走错了。陆涛说，走错了？看看四周，一片黑乎乎的，分不清东西南北。一个土匪说，罗大当家的不是叫我们去房山吗？这是往安峰山方向走的啊。陆涛说，到前边看看有没有路，朝房山拐。又走了一阵，看见一条岔路，陆涛领着人马斜刺里拐向东南方向。

吴天昊带着人埋伏在大路两边，等了两个时辰也没见到陆涛的人马回来，心想是不是坏事了，正准备带着人马赶往刘湾镇去营救陆涛，忽听马蹄声急，有人喊"军师——军师——"吴天昊问什么事，快马在吴天昊跟前站住了，土匪说，大当家的要我来告诉你，陆大当家的人马已经回到山寨了。吴天昊说，我说等这么长时间也没等到人，他早回山寨了。土匪说，是的。吴天昊说，陆大当家的走哪条路回去的？土匪说，不知道，反正带人回去了。吴天昊招呼一声，一群土匪便跟着他回了山寨。

吴天昊回到山寨聚义堂时，屋里屋外火把通明，罗大炮和陆涛看见吴天昊回来了，两人连忙迎出门来。罗大炮对吴天昊说，陆老弟走错路了，马拉炮车朝安峰山去了，走了半路又拐到咱们房山来的。

正在这时，听外边一片吆喝声，不知出了什么事，三个人走出聚义堂，看见安峰山土匪正喊着号子把大炮朝山上抬，还有土匪把断了轴的两个胶皮轱辘朝山上抬。吴天昊说，陆老弟，炮车散架了？陆涛说，马跑得太快了，追也追不上，跑散架了。罗大炮看了心里有些不高兴，但也不好说什么，毕竟是自愿将大炮借给陆涛的。陆涛说，罗大哥，你的大炮真厉害，一家伙把刘福乾家大门轰开了，没开第二炮。罗大炮听陆涛夸奖大炮，心里又高兴起来，咧着嘴说，大炮就是大炮嘛，当然要比你那打兔子的火枪厉害了。陆涛说，炮声一响，震得我耳朵都听不到人说话了，光听轰轰响，非把刘福乾个老龟孙吓死不可。陆涛连吹带嘘虽然言过其实，但罗大炮听了还是笑开了怀。陆涛又说，罗大哥，你这大炮死沉，掉沟里好几个人抬了半天才抬上来。罗大炮说，大炮不沉，还叫大炮吗？就你那几杆打兔子的火枪，能把刘福乾家大门轰开？几个人听了哈哈大笑起来。吴天昊想了半天对罗大炮说，罗大哥，咱得想办法造个铁轴，不然的话，打完炮人跑了，炮跑不了啊。罗大炮说，吴老弟你说得不错，咱得造个铁轴。陆涛说，吴大哥说得对，造个铁轴，打完炮就跑，马拉着不散架。罗大炮说，吴老弟，人我给你找，怎么造，你想办法。

虽说炮车被马拉散了架，但毕竟一炮把刘福乾家的大门轰开了，罗大炮还是非常开心的。罗大炮看看天快亮了，对陆涛说，陆老弟累了，先去睡觉歇歇。陆涛说，罗大哥，我想带弟兄们回安峰山。罗大炮说，你先去睡觉歇歇，明天中午喝过了再回去。罗大炮对八喜说，叫陆老弟的弟兄们跟山上的弟兄睡上一觉歇歇，明天中午吃过饭再走。八喜说声"好嘞"，随后去安排安峰山的弟兄和自己山寨的弟兄睡觉去了。

陆涛带着人马来来回回折腾了一夜，累得筋疲力尽，躺在床上还想着大炮的威力，心想，早晚也弄一门大炮，想着想着便呼呼大睡起来。

陆涛一直睡到快中午才醒过来，起来洗了脸，见到罗大炮说，罗大哥，你怎么也不喊我一声？罗大炮说，我看你累了，叫你多睡会儿。陆涛说，我去看看弟兄们起来没有。罗大炮说，都起来了，看我的弟兄们操练呢。

中午的时候，罗大炮又摆了一桌，请陆涛喝酒，还给安峰山的弟兄们加了菜，上了酒。陆涛说，罗大哥，吃过饭我带弟兄们回山，不能多喝。罗大炮说，吴老弟早跟我说了，这回不叫你多喝，只喝两碗好不好？

练武场散场了，吴天昊也回来了，对陆涛说，陆老弟这一炮，我估计刘福乾一时半会儿不敢轻举妄动了。陆涛说，还是罗大哥的大炮厉害啊，一炮

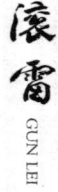

把白成银打得到现在也没敢再来。昨天夜里这一炮，又把刘福乾个老龟孙炸成了缩头乌龟，过瘾哪。罗大炮高兴地说，什么时候用炮，跟大哥说一声。陆涛说，罗大哥，你是我的好大哥，以后我听你的。罗大炮说，都是吴老弟的计谋好，听吴老弟的。陆涛对吴天昊说，罗大哥都说了，我以后听你的。陆涛说完又对罗大炮说，需要小弟帮忙尽管说，小弟我义不容辞。罗大炮拉着陆涛的手说，有兄弟这话，我没话说了。走，喝酒去。陆涛喝了两碗酒，吃过饭便带着人马回安峰山去了。

罗大炮和马老二、吴天昊一起把陆涛送下山，回山的路上，八喜跑来说，罗大哥，吴老弟，有个事昨天就想和你们说，陆大当家的人来了就没说。吴天昊问什么事，八喜说，昨天我见我七哥了。罗大炮告诉吴天昊，他七哥叫七喜。八喜说，七哥跟我说，看见咱山上的苗风池从满园春里出来。罗大炮眼一睁，说，这个龟孙怎么到满园春去了？八喜说，听七哥说，他经常去。马老二说，我也听弟兄们说，苗风池经常偷偷下山去逛窑子。罗大炮说，这个龟孙哪有大洋去逛窑子？

吴天昊听了心里咯噔一沉，到房山两个多月了，山上的土匪还有的叫不上名来，这个叫苗风池的土匪，他哪来的大洋逛窑子？这么一想，吴天昊说，罗大哥，马二哥，八喜，要多多注意这个叫苗风池的人。几个人点点头，一边说着一边进了聚义堂。

第三章　潮起牛眼洞

9

　　这天是冬日里少有的好天气，天上一片云也没有，蓝得像大海。吃过午饭，吴天昊躺在小草地上晒着太阳想心事，从南京回到东海被土匪截上山已经两个多月了，他不仅摸清了房山和安峰山两山土匪的情况，而且也找到了刘紫瑶的下落。想想有了身孕的刘紫瑶，他心里波翻浪滚，失落的痛苦弥漫全身，浑身没一点儿好受的地方。他闭上眼，不再想刘紫瑶，但两眼还是湿润了，泪珠儿从眼角滚落下来。吴天昊努力平息自己内心的情绪，想到了父亲和母亲，已经两年多没有回家看望过父亲母亲了，二老身体还好吗？他突然想回家看看父亲和母亲，而且非常非常想回家，有些急不可耐，恨不能立马看见父亲和母亲。他擦干眼角的泪，起身去找罗大炮。他要跟罗大炮说一声，回一趟吴官庄，看看父亲和母亲。

　　吴天昊来到聚义堂，罗大炮正牵着儿子教他学走路。看见吴天昊来了，说，吴老弟，快来看看，柱子会走路了。罗大炮牵着儿子一只小手，小柱子果然摇摇晃晃地朝前走。吴天昊拍拍手说，柱子，到叔叔这儿来。罗大炮松开手，小柱子跟跄几步扑到吴天昊怀里，罗大炮哈哈大笑，朝屋里喊，玉梅，玉梅，柱子会走路了。林玉梅手里拿着正在缝制的小棉袄，笑盈盈地从屋里走出来。罗大炮拍着两手说，柱子，到爹爹这儿来。吴天昊牵着柱子胖乎乎的小手朝前送了两步，松开手，小柱子又跟跄几步扑到罗大炮怀里。

　　几个人看着蹒跚学步的孩子大笑起来。罗大炮抱起儿子举过头顶，高兴地喊，噢——我儿子会走路了，噢——我儿子会走路了。林玉梅笑着说，大炮，别吓着孩子。罗大炮这才将儿子放下来，交给林玉梅，转身对吴天昊说，吴老弟有事吗？吴天昊说，罗大哥，我上山两个多月了，想回家看看家父家母。林玉梅说，大炮，吴老弟上山两个多月了，你也没叫他回家看看爹娘。林玉梅说完看着罗大炮又说，你爹娘不在了，吴老弟爹娘还都在哪。罗大炮满脸通红地说，吴老弟，是大哥不对，你回家看看吧。罗大炮看一眼吴天昊，问他什么时候走。吴天昊说，我想现在就走。罗大炮说，吴老弟，你是山上的主心骨，我这里不能没有你啊，你回去看看早点儿回来。吴天昊说，大哥放心，我回去住两天就回来。罗大炮说，一定代我向二老问好，有时间我也去看看他们。

这时，林玉梅从屋里拿来一只野兔和一只野鸡说，山里没啥好东西，带只兔子和鸡回去给二老尝尝。罗大炮咧着嘴说，你看看，还是你嫂子心细，想得周到。吴天昊接过野兔和野鸡说，谢谢罗大哥和嫂嫂。林玉梅说，自家兄弟不谢，大爷大娘以后想吃了，叫八喜送过去。吴天昊听林玉梅一说，心里暖暖的一阵感动。罗大炮说，要不要八喜跟你一起回去？吴天昊说，不用，我回家看看就回来。罗大炮说，那好，我不多说了，你一个人要灵光点。吴天昊听了罗大炮的话，心中一暖，虽然来山上两个多月了，但一说要离开山寨，竟然还有点儿舍不得。

罗大炮用绳子拴了兔子腿和鸡腿，挂在肩上，胸前一只兔，背后一只鸡，要送吴天昊下山。吴天昊说，大哥，不要送了。罗大炮说，你上山两个多月了，我都没想起来叫你回家看看大爷大娘，是大哥的不对，大哥一定要送你下山弥补过错。吴天昊知道罗大炮不是个说假话的人，也就没多说，对林玉梅说，嫂嫂，我走了。说完，他和罗大炮走出聚义堂。林玉梅抱着孩子送到聚义堂门外，吴天昊说，天冷，嫂嫂回吧。

西边的空地上，传来一阵阵操练的喊杀声。

罗大炮把吴天昊送出山门，然后从肩上拿下兔子和鸡，挂在吴天昊肩上，说，吴老弟，我等你回来。吴天昊说，最多三五天我就回来。吴天昊说完转身就走了，走了好远，转身看看，见罗大炮还没走，挥挥手道别，而后转身快步走去。

吴天昊正走着，听身后的罗大炮喊他，转脸一看，见罗大炮气喘吁吁地追上来，有些不好意思地说，吴老弟，你看我怎么忘了，你骑马回去。吴天昊说，罗大哥，你的心意我领了，我骑马回去太惹人眼了。罗大炮说，行，那你走吧，走累了就歇歇。吴天昊两手抱拳说，谢谢大哥。罗大炮说，走吧走吧，到家天黑了。

傍晚的时候,吴天昊回到了吴官庄,看看村子和走时没什么变化,一切还是老样子,房子还是那些房子,树还是那些树,家门口还是那样干净利落、宽敞亮堂。他停下脚步,门前那棵老榆树尽管落光了叶子,但依然健壮,透过落光叶子的枝干,好像看到了老榆树枝繁叶茂郁郁葱葱的样子和那随风摇来晃去的一串串榆钱。老榆树是吴天昊的曾祖父栽的,已经陪着吴家四代人了。吴天昊记得小时候下小雨时,会躲到树下;春天,他会偷偷爬到树上摘榆钱。有一次,他扔石子玩,砸碎了村里人家的瓦盆,父亲要打他,他知道错了,站着不动接受父亲的惩罚。马管家把他拉到身后说,你这孩子,你爹打你,你还不快跑?听了马管家的话,他才跑出大院,爬到老榆树上躲起来,一直到马管家赔了村里人家一个瓦盆,他才从树上下来,来到父亲跟前,对父亲说,爹,我错了。父亲抚摸着他的头说,我打你,你站着不跑,我就知道你知错了。吴天昊盯着老榆树看了半晌,才跨进大门,走进了熟悉的大院。

听到大门咯吱一响,屋里有人问,谁呀?吴天昊听声音知道是马管家,喊了一声,马叔,是我。马管家跑出来一看是吴天昊,一边小跑着一边喊,老爷,少爷回来了,少爷回来了。家里的用人听到马管家喊少爷回来了,都跑出来跟吴天昊打招呼。父亲听到马管家喊,连忙走出屋,一眼看到儿子,转身朝屋里喊,天昊娘,天昊回来了。

吴天昊母亲挪着一双小脚急匆匆走出来,吴天昊连忙迎上前说,爹、娘,我回来了。母亲一把抓着吴天昊的手,从头到脚看了一遍,说,儿啊你可回来了。家里好长时间没接到你的信,你爹还托人给你带信去,也没找到你,你到哪儿去了?说着说着,她不顾家里的用人都在场,竟呜呜地哭了起来。父亲说,好了好了,人回来了还哭什么?他对马管家说,叫厨子多炒几个菜,少爷回来了。马管家答应一声刚要走,吴天昊喊一声"马叔",拿下挂在肩上的野兔和野鸡,说,叫厨子做了,让我爹我娘尝尝野味。马管家说,老爷,你看天昊这孩子多孝顺,我叫厨子做了给你下酒。说完,马管家一溜小跑去了厨房。

吴天昊搀扶着母亲,跟在父亲身后走进堂屋客厅,扶着母亲在椅子上坐下来,见父亲也坐下来了,扑通一声跪下来给父亲母亲磕了头说,儿子让爹娘担心了。刚坐下来的母亲又站起来,吴天昊不知母亲要干啥,连忙起来要搀扶母亲,母亲却抓着他的手,这里摸摸,那里捏捏,半天才放心地再次坐下来。

父亲把水烟袋抽得呼噜呼噜响。母亲说，儿啊，咱家让刘福乾欺负死了。接着，吴天昊母亲把刘福乾派人来要保护费的事说了一遍。吴天昊说，刘福乾还来要保护费？咱要他保护什么？母亲说，刘福乾说匪患猖獗，害怕咱家给土匪欺负，只要交了保护费，他可以保咱家平安。父亲说，听说前几天他家大门被土匪一炮轰烂了，他连自己家都保护不了，还要保护我们？吴天昊说，爹，你们也听说炮轰刘福乾家大门的事了？父亲说，轰隆一声响，东海西乡十里八村都知道。母亲说，怎么没把刘福乾个老东西一炮轰死。父亲看了一眼吴天昊母亲说，你少说两句好不好？母亲白了吴天昊父亲一眼，说，就你是个软皮蛋，我都给憋死了。父亲说，你看儿子刚回来，说点别的不行吗？母亲不再说话了，生怕儿子跑了似的盯着儿子看。父亲问，天昊，你怎么现在回来了，不念书了？吴天昊一愣，没想到父亲会问他读书的事，刚要编瞎话，父亲又说，你是不是参加共产党了？听说去年春天的时候，蒋介石和共产党翻了脸，到处抓捕枪杀共产党，你是不是跑回来的？吴天昊说，我不是共产党。父亲有点不相信吴天昊的话，说，你不是共产党，那怎么不好好念书，跑回家来干什么？吴天昊说，我就是回家来看看二老的。父亲说，不年不节的回来看什么？缺吃少穿的，你来个信我让人给你捎过去，你只管把书念好就行。

自打蒋介石发动"四一二"反革命政变后，国民党到处抓捕共产党，枪杀共产党，吴天昊整天东躲西藏，再也没有念过书。马管家进来说，老爷，太太，少爷，饭做好了。吴天昊父亲高兴地说，马管家，少爷不是带回来野兔野鸡嘛，一起喝一盅。马管家说，老爷，我就不上桌了。吴天昊父亲说，你看看，你在我家几十年了，少爷是你看着长大的，一起喝一盅。吴天昊母亲也说，少爷不是还喊你叔吗？吴天昊说，马叔一起去吧。马管家连说，谢老爷，谢太太，谢少爷。吴天昊父亲说，你看你这老家伙多啰唆，走走走。吴天昊搀扶着母亲，几个人一起去餐厅吃饭。

父亲品尝了吴天昊带来的野兔野鸡，喝了两杯酒，兴致很高，吃罢饭，还要和吴天昊到客厅里说话。母亲说，老爷，天昊走了一天的路，叫他去歇歇，有什么话，明天再说嘛。父亲对吴天昊母亲说，我想跟儿子说说话呢。好好，说吧说吧。吴天昊母亲说完，对吴天昊说，儿子，你要累了就去睡觉，你不在家，屋里也天天有人打扫，被子刚晒过。父亲说，叫你娘先去歇着吧。母亲说，我走我走，别碍着你爷俩说话。

吴天昊送走母亲，给父亲倒了一杯茶，也给自己倒了一杯，又给父亲点上水烟袋，这才坐下来跟父亲说话。父亲说，你娘刚才要说，我没让说，刘福乾这人没安好心，他就是收了保护费，也不会保护我们的。这人不知是不是有精神病，最近经常来家里翻东西，还说，不交保护费拿东西抵也行。他想要什么？咱家就有点地，有点粮食。吴天昊脑子一转，说，爹，他是不是想要咱家的地？父亲说，我估计他可能有这个打算。吴天昊说，咱家的地要是归了他，这方圆几十里的地可都是他家的了。父亲说，这人大鱼吃小鱼，野心不小啊。

吴天昊趁父亲抽水烟的空，给父亲的杯子里续上水，说，这人真是坏透了。父亲说，镇里人没有不恨他的，可是谁也不敢吱声。谁要在他跟前龇龇牙，全家都跟着遭殃，没好日子过。前段时间，他家大门让土匪一炮轰烂了，听说土匪还放了火，好在没有烧起来，不然的话，他家早烧没了。吴天昊装作不知道，一副天真的样子听父亲说。父亲说，先说是房山土匪炮轰的，后来又说是安峰山土匪炮轰的，也不知道到底是房山土匪轰的还是安峰山土匪轰的，反正就是土匪干的。吴天昊说，我听说一炮把老龟孙轰成缩头乌龟了？父亲说，刘福乾这人狡猾，早晚会对房山、安峰山土匪下手的。吴天昊说，爹，你说得有道理。父亲说，你不在南京上学，跑回来干什么？跟爹说实话，你是不是从南边跑回来的共产党？吴天昊说，爹，共产党是想让穷人过上好日子的党，有什么不好吗？父亲听吴天昊这么一说，盯着吴天昊看了半晌，断定了自己的想法，呼噜呼噜抽了一气水烟，说，跟爹说实话，你现在藏在哪里？吴天昊看瞒不了父亲了，就说，房山。父亲看着吴天昊，吃惊地说，那不是土匪窝吗？吴天昊说，是。父亲不说话了，又呼噜呼噜抽了几口水烟，说，现在到处抓共产党，你可得小心点。

吴天昊把安峰山陆涛炮轰刘福乾家的事说了一遍，吓得父亲哆嗦着嘴说，你门清？吴天昊说，这是我的主意。"咣当"一声，父亲手里的水烟袋掉在了地上，刚要弯腰去捡水烟袋，吴天昊连忙捡起来，用衣袖擦擦，双手递给了父亲。父亲接过水烟袋，看看儿子，说，刘福乾要是知道你回来了，咱家人可都没命了啊！吴天昊说，我会小心的。父亲说，你是共产党这事儿，可不能让你娘他们知道。吴天昊说，只有咱爷俩知道。父亲点点头。

爷俩说了一个多时辰的话，父亲看天不早了，说，你走了大半天的路累了，睡觉去吧。吴天昊说，爹，我弄盆热水给你烫烫脚，你也早睡觉。父亲说，不用，我自己烫，你自己去洗洗，把脚好好烫烫。父亲说完喊了一声，用人端了一盆热水进来，吴天昊烫好脚，洗了脸，回屋睡觉去了。

吴天昊关房门的时候，看见父亲还在那儿抽烟，心想自己让父亲担心了。他关上房门，点上灯，看看自己曾经住了十几年的屋还是原来的样子，还是那样干净利落，桌子抹得一尘不染，被子叠得整整齐齐，心里不禁一酸。躺在床上，他本想趁睡觉之前再想一会儿事，不想走路走得浑身疲乏，又喝了几杯酒，不一会儿便睡着了。

吴天昊一觉睡到第二天太阳两竿子高，洗过脸，想开门出来，门没拉开，再拉，还是没开，从门缝里一看，门外挂了一把锁，心想，这肯定是父亲安排的。听到门响，门外有人说，少爷，你起来了？吴天昊一听是家里的长工耿三，说，耿三开门放我出去。耿三说，少爷，这是老爷安排的，我叫人把饭给你端来。吴天昊说，我得上茅房。耿三说，那我去问问老爷。

门外的脚步声走远了，不一会儿脚步声又回来了，耿三一边开门一边说，少爷，老爷叫你上完茅房就回屋。吴天昊说，知道了。耿三开开门说，老爷吩咐，要我跟着你。吴天昊说，我上茅房你也跟着啊。耿三说，是的，你上茅房我在茅房外等你。吴天昊说，走走走，跟我一起去吧。耿三陪着吴天昊来到后院墙角的茅房，吴天昊进了茅房，耿三就在茅房门口等吴天昊。

吴天昊净完手回到屋里吃了饭，碗筷收拾走后，门又被耿三锁上了。耿三从门缝里说，少爷，有事喊我。吴天昊父亲没想到，快中午的时候，刘福乾坐着胶皮轱辘大车带着一帮家丁来了，大门里外立马站满了刘福乾的人。

吴天昊父亲看见大门里站了端着火枪的人，大门口也站了端着火枪的人，不知出了什么事，在屋里问，干什么的？一个端火枪的人说，吴祖文，刘镇长来了，你还不出来迎接？

吴祖文是吴天昊父亲的名字，家里和村里从来没人叫过，只有外人才叫他的名字。

吴祖文一听刘福乾来了，以为又是来要保护费的，在屋里连声咳嗽起来，耿三赶紧给他捶背。看到刘福乾身后跟着两个手提短火枪的家丁走进院来，吴祖文这才放下水烟袋，扶着耿三一边咳一边走出客厅。这时，刘福乾已经走到院里，一看吴祖文病病歪歪的样子，连忙上前说，吴老爷，怎么这样不注意身体呢？吴祖文说，刘镇长，客厅说话。说完，他转身引领刘福乾进了客厅。

待刘福乾坐下来,两人一番寒暄后,吴祖文又咳嗽一阵,这才喘口气说,刘镇长有事?刘福乾说,最近县府下令了,要各地严防南方逃回来的共产党,我是一镇之长,不能不管啊。刘福乾说完看看吴祖文的脸,过了半天又说,抓捕南方逃回来的共产党,是我这个镇长的天职啊。吴祖文心里猛一抖,对耿三说,给管家说一声,中午请刘镇长在家里吃饭。说完,他不经意间给耿三递了个眼色。耿三答应一声出去传话了。刘福乾看着吴祖文说,弟妹怎么不在?吴祖文转头朝卧房里喊,老婆子,刘镇长看你来了。半响,吴天昊母亲挪着一双小脚从卧房里出来,见了刘福乾说,见过刘镇长。刘福乾看着吴天昊母亲说,天都响午了,弟妹还在睡觉?吴祖文接过话说,人老了,受点风寒就不行了。刘福乾说,哎哟,快回屋歇着吧。吴天昊母亲没有再回卧房,而是在旁边的椅子上坐了下来。刘福乾看看吴祖文,又看看吴天昊母亲说,听说令郎回来了?吴祖文心里不由得倒抽一口凉气,天昊昨天晚上才到家,这人这么快就知道了?心里这么想着,嘴上却说,刘镇长说笑了,小儿在南京读书呢。刘福乾"嘿嘿"冷笑一声说,祖文老弟,昨天晚上有人看到令郎回来了啊。说完,他哈哈大笑起来。刘福乾的冷笑,笑得吴祖文心里一抽一抽的,连吴天昊母亲也一愣,见老爷盯着她看,这才放松下来,一脸迷茫地说,天昊没有回来啊。

刘福乾和吴祖文老两口在屋里说话的工夫,耿三告诉厨房刘福乾在家里吃饭后,便跑到吴天昊的卧房,开开门,对吴天昊说,少爷,刘福乾来了,快藏起来。吴天昊听说刘福乾来了,心里也吃了一惊,自己前脚刚进家,他后脚就跟来了。耿三说,少爷跟我走。吴天昊跟着耿三来到后院,耿三挪开菜窖的挡门,让吴天昊钻进去,耿三又把挡门挡好,便悄悄溜走了。

吴祖文被水烟呛了,一阵接一阵地咳嗽,半响才喘上一口气来,对刘福乾说,刘镇长说笑话呢,小儿在南京念书,走上十天半个月也回不来啊。刘福乾笑笑,看着吴祖文不说话。吴祖文说,小儿就是回来了,他也不是共产党,你抓他有什么用?刘福乾说,县府官令上说,只要发现从南方跑回来的人,不论男女一律抓走枪毙。吴祖文说,天凉的时候,他娘还叫家人给他送棉衣去。刘福乾盯着吴祖文的眼睛看了半天,没有看出一丝惊慌,笑着说,没回来最好,要是回来了可就不好了。吴祖文听刘福乾这么一说,松下一口气,心想,这个老东西诈我。吴祖文说,刘镇长不相信的话,我这院里院外你随便找,找到人你带走,我一句话不会多说。刘福乾说,找到人我可就真带走了。吴祖文说，找到人你带走，我没二话。刘福乾说了一声"好"，又伸头朝院里大声喊，屋里屋外都给我找一遍。

院里院外的家丁一片忙乱，不一会儿，传来一阵咣咣的踹门声。吴天昊在菜窖里听着外面的动静想，真是奇怪了，刘福乾怎么知道我回来了？听到有人朝菜窖走来，吴天昊连忙躲到菜窖里边，把萝卜白菜高高地堆起来，只在窖顶留了一道缝。果然，菜窖的挡门被搬开了，有人伸头朝菜窖里看看，又缩回头说，黑咕隆咚的一股子白菜、萝卜味。正在这时，耿三挎着柳条筐来了，对家丁说，我下去拿几棵白菜和萝卜，中午给你们炖羊肉吃。一个家丁说，这还不错，快下去，快下去。菜窖洞口小，耿三穿着棉袄，挤了半天，终于下到窖里，拿了白菜和萝卜送到洞口外。一个家丁看耿三拿上来的全是白菜和萝卜，说，走走走，等着吃羊肉去。家丁走了，菜窖外静了下来。耿三小声说，少爷，你千万不要出来，刘福乾要在家里吃饭。说完，他爬出菜窖，挡好洞口，把白菜、萝卜装在筐里送到厨房去。

刘福乾的家丁把吴家院里院外查找了一遍，连柴屋都翻过了，也没找到吴天昊。

吴祖文有些纳闷，刘福乾到底要找什么呢？看来不像是找人的，好像要找什么东西。他找什么东西呢？难道是找它？吴祖文笑了笑，心里想，刘福乾你找吧，就是把我家院里院外挖地三尺也找不到哇。吴祖文的心放了下来，但脸仍然苦成一小把，跟在刘福乾身后。

家丁在院里院外查找一遍，什么也没找到，先后跑来报告刘福乾，这个说"镇长，没找到"，那个说"镇长，没有"。

刘福乾两手背在屁股后，在院子里转了一圈，然后对吴祖文说，祖文，看来天昊是真的没有回来。吴祖文说，镇长，我早说过了，小儿在南京念书，怎么可能是共产党跑回家来？刘福乾说，我也不希望你儿是共产党跑回来啊，他在南京念书多好。吴祖文说，镇长，你要还是不相信，可以派人到南京去查查啊？刘福乾说，祖文，这话我就不爱听了，你儿要是跑回来，我敢肯定他就是共产党；没跑回来，说不定也是共产党给抓起来枪毙了呢！听刘福乾说话不好听，吴祖文的脸色也不好看，半响没说话。刘福乾也觉得自己刚才的话说得不好听，又说，祖文哪，回去我给徐县长回个话，就说天昊没回来。吴祖文说，镇长，不是就说天昊没回来，天昊就是没回来。

耿三跑来对吴祖文说，老爷，饭做好了。吴祖文点点头，对刘福乾说，镇长喝一盅再走？刘福乾听吴祖文的话有点赶他走的意思，心里有点儿憋气，板下脸说，回镇里喝。吴祖文见刘福乾脸色不好看，也不知道是哪句话惹恼了刘福乾，看着天，说，回镇里喝在这儿喝不一样嘛。刘福乾气哼哼的一句话也没说，带着家丁出了吴家大院，上了胶皮轱辘大车，扬长而去。

吴祖文站在大门口老榆树下目送刘福乾的马车和家丁走远了，"呸"地吐了一口，心想，有饭给狗吃也不给你吃。他看看平静下来的吴家大院，对耿三说，叫少爷出来吃饭。耿三答应一声，跑到后院菜窖去喊吴天昊。耿三来到菜窖跟前，一边挪挡门一边喊，少爷，老爷叫你出来吃饭。挪开挡门后，吴天昊从菜窖里朝上爬，爬了半天没爬上来。耿三说，少爷手给我。吴天昊伸出手来，耿三抓住吴天昊的手把吴天昊拉上来。爬出菜窖的吴天昊，看着天长长出了口气，跟在耿三身后，一边拍打着蹭在身上的泥土一边说，刘福乾走了？耿三说，走了，连饭也没吃就走了。

吴祖文见儿子来了，对吴天昊母亲说，你看儿子来家吃顿饭都吃不安稳，总算有惊无险，吃饭吧。他又对吴天昊说，儿子，喝一杯压压惊？吴天昊说，好，我陪您喝一杯压压惊。爷俩正美滋滋地喝着小酒，耿三又跑进来说，老爷，刘福乾又回来了。

吴祖文一听刘福乾又回来了，急忙给耿三递了个眼色。耿三带着吴天昊急急忙忙朝后院菜窖跑去。吴祖文一看桌上的碗筷酒杯说，快收拾起来，这个老龟孙看到了没有好。吴天昊母亲连忙把儿子的碗筷酒杯收拾起来，碗里的半碗饭，倒进狗食盆里，收拾好碗筷，抹干净桌子，见吴祖文点点头，这才坐下来，老两口一起吃饭。

吴祖文老两口吃完饭，也没见刘福乾进院来，却听见大门外一片吵嚷声。吴祖文出来一看，刘福乾正指挥人刨门前的那棵老榆树，连忙上前说，不能刨，不能刨。家丁刨树刨热了，脱了棉袄刨。吴祖文说，不能刨啊，这是我祖上留下来的树。家丁只顾刨树，没人听。吴祖文跑到马车跟前，对刘福乾说，刘镇长，你不能叫人刨我家祖树啊。刘福乾说，吴老爷，你家的树，镇上征用了。吴祖文听说祖树被征用了，说，镇上征用我家的老榆树，谁说的？刘福乾说，我说的。吴祖文说，你说征用就征用了？刘福乾看了吴祖文一眼说，我是镇长，我说征用就征用。吴祖文看着刘福乾，生气地说，刘福乾，你这不是跟刨我家祖坟一样吗？刘福乾缓下语气说，吴祖文，你看你这话说得多难听，这棵树是你家祖坟啊？吴祖文说，树是我祖上栽的。刘福乾说，你祖上栽的也就是一棵树嘛，我看树干不弯不拐直溜溜的，镇里盖祠堂，正好做大梁用。吴祖文说，刘福乾，这是我爷爷栽的树，你说征用就征用了？你不能刨。刘福乾说，我说征用不行，那说徐县长征用可以吧？吴祖文见刘福乾把徐县长抬出来了，说，徐县长在海州呢，他哪里知道我家门前有棵老榆树？刘福乾说，我说徐县长征用就是徐县长征用，不信你可以到海州去问问徐县长。刘福乾说完，对刨树的家丁说，给我刨。

　　吴祖文跑过去拉家丁，被家丁甩得跟跟跄跄差点儿跌倒，耿三急忙上前一把扶住才没有摔倒。吴祖文站稳脚，还要上前去拉家丁，刘福乾呵斥道，吴祖文，你不要妨碍我执行公务。吴祖文说，呸，狗屁公务，你这是欺负人。刘福乾睁着两只牛眼说，吴祖文，我不是跟你说着玩的，徐县长说征用你家的树盖祠堂，我来刨树就是公务，你要妨碍我执行公务，我可以把你抓起来送到海州大牢里去，信不信？吴祖文一屁股坐在地上哭喊道，我家的大树倒了，我家的大树倒了。他身子一挺，竟背过气去。马管家连忙跑上前，用大拇指狠掐吴祖文的人中，半晌，吴祖文才缓过气来，抬起手，哆哆嗦嗦地指着老榆树说，不能刨。家丁停止刨树，都看着躺在马管家怀里的吴祖文。刘福乾在马车上大声呵斥道，谁让停下来的？给我刨！

　　老榆树根部的土被掏空了，树根被铲断了，几个家丁一齐上，把老榆树推得摇来晃去，马管家怕树倒了砸着吴祖文，赶紧叫耿三把吴祖文背到屋里去。

　　老榆树摇来晃去就是没有倒，刘福乾的家丁用牙咬着牛缰爬到树上，把绳子拴在树杈上，十几个家丁抓着牛缰一起拉，老榆树摇来晃去还是没有倒。刘福乾叫喊道，用马拉，我就不信，拉不倒一棵树？车夫赶紧把马车赶过来，将牛缰拴在马车后，"驾"一声喊，两匹马朝前一用劲，老榆树终于被拉倒了。家丁从马车上拿来锯子锯树，个个汗流浃背，换着班把树梢锯下来，又把树根锯下来，一棵曾经根深叶茂的老榆树，只剩下中间一段直挺挺的树干，家丁用牛缰一头拴在树干上，一头拴在马车上，把树干拖走了。吴祖文听说树干被刘福乾拉走了，气得浑身乱抖，嘴哆嗦半天一句话也没说上来。马管家说，老爷，刘福乾是有备而来。耿三说，老爷，我看那些刨树的家伙是车上带来的。半晌，吴祖文叹了口气，有气无力地说，这个老东西，把我吴家欺负死了。说完，他噗地喷出一口血来。马管家一边给吴祖文擦嘴，一边对耿三说，你去看看刘福乾走了没有？走了，去把少爷叫出来吧。耿三答应一声跑到大门外，朝路远处望望，看不到马车的影子了，这才跑到后院，挪开挡门，把吴天昊从菜窖里拉上来。

吴天昊听耿三说，刘福乾二次回头把家里门前的老榆树刨走了，跑到大门外一看，遍地狼藉，抱着老榆树粗壮的根号啕大哭。吴天昊哭了半晌，被耿三拉回屋里，吴天昊跪在父亲跟前哭着说，爹，儿子无能，连祖上的大树都护不住。吴祖文摸着吴天昊的头说，儿子，快起来，不是你的错，是刘福乾这人想要我的命哪。

马管家把吴天昊拉起来，吴天昊坐在父亲的床头，接过马管家端过来的水，一勺一勺地喂给父亲喝。

吴祖文和吴天昊都明白，刘福乾这是杀的回马枪。

吴天昊见爹气得吐了血，要马管家去刘湾镇请济世堂的钟郎中来给父亲看病。马管家连忙去了后院，叫车夫唐根柱套了驴车去刘湾镇请钟郎中。

天黑的时候，马管家请来了济世堂的钟郎中，钟郎中给吴祖文号了脉，看了舌相，对吴天昊说，少爷，吴老爷没大碍，休养几天就会好的。吴天昊说，不要抓药吃？钟郎中说，不用。吴老爷是气的。听吴天昊说，刘福乾把吴家栽的一棵老榆树刨走了，钟郎中摇了摇头对吴祖文说，吴老爷，气大伤身哪。吴天昊拿了五块大洋给钟郎中，钟郎中把吴天昊的手推回去说，留给吴老爷买点好吃的养养身子。吴天昊把钟郎中送到大门外，搀扶着钟郎中上了驴车，又把马管家搀上车，看着驴车走了，这才回屋里，坐在父亲的床头。

吴天昊回吴官庄第四天吃过早饭没多会儿，正搀扶着父亲慢慢走路，马管家过来说，少爷，有人找你。父亲说，你去看看吧我没事。吴天昊跟着马管家出来大门一看，原来是八喜。吴天昊说，八喜，你怎么来了？八喜想说什么，看看马管家又没说。马管家连忙说，少爷，我去看看老爷。马管家走了，吴天昊问八喜什么事，八喜说，昨天晚上大当家的带人下山从老虎墩绑来一个铁匠。吴天昊说，罗大哥下山绑铁匠来干什么？八喜说造炮。吴天昊说，罗大哥要造炮？八喜说，是的，今早我越想越觉着这事得跟你说一声，就来请你回山。

吴天昊准备动身回房山，对父亲说，爹，如果南京来信，一定派人送给我。吴祖文点点头，对吴天昊母亲说，儿大不由娘，随他去吧。吴天昊母亲拿着布巾擦眼泪，吴祖文说，又哭又哭，天昊又不是不回来了。吴天昊母亲的眼泪止不住地从脸上滚落下来，打湿了胸前的衣襟。

吴天昊跪下来给父亲母亲磕了头之后,便跟八喜一起走了。

出了村,小风不一会儿就吹透了身上的棉袄。吴天昊解开勒腰布带,把棉袄重新勒好,八喜也紧了紧勒腰的带子,两个人走进地光场净的田野里,一眼能看老远。

两个人再也没有说话,朝房山方向疾速走去。

10

罗大炮送吴天昊下山回家后,回山路上想起吴天昊说要造炮车铁轴的事,心想,还是吴老弟主意多啊,我怎么就没想到给大炮造个铁轴呢?他转念一想,能造铁轴,就能造炮,干脆再造几门大炮算了。这么一想,罗大炮来了劲,接着又想,请个铁匠上山,造上十门八门炮,那才叫真正的罗大炮呢!

罗大炮越想越高兴,兴冲冲来到山上,看见八喜带着人正在练武,喊过来高兴地说,八喜,我想造几门大炮。八喜听了一愣,对罗大炮说,大当家的,你要造炮?罗大炮说,是啊,你想想,大哥手里只有一门炮,那叫什么罗大炮?起码要有十门八门炮,才配得上叫罗大炮对不对?八喜说,对还是不对,我想是不是等吴军师回来再商量一下?罗大炮笑着说,吴老弟不是回家了吗?你去把二当家的找来,我们一起商量商量。八喜看罗大炮一身劲,只好去找马老二。马老二和八喜刚进聚义堂,罗大炮就兴高采烈地说,二当家的,我想造炮。马老二说,大哥要造炮?罗大炮大着嗓门说,造他十门八门炮,你罗大哥才是真正的罗大炮嘛!马老二说,大哥,怎么早没想到呢?造,造他十门八门炮,白成银和刘福乾这两个龟孙谁要是敢来,咱拉着大炮轰到他家去。罗大炮说,二当家的,我就是这么想的。八喜说,大当家的二当家的,我看还是等吴老弟回来商量商量再说?罗大炮说,山上弟兄喊我罗大炮,山外人也知道房山有个罗大炮,可我手里就一门炮,叫什么罗大炮?我要有个十门八门炮,那才真正叫罗大炮嘛!二当家的,八喜,明天天一亮,你们两个分头带弟兄们下山,到村里给我找铁匠,找到了就给我请上山来,我要造炮。马老二对八喜说,吴老弟知道了,也会同意造炮的。听大当家的,明天一早,咱俩带着弟兄们分头下山找铁匠。八喜见二当家的也这么说,只好点头答应。

第二天天一亮,二当家的和八喜分头带着弟兄们下山。八喜觉得弟兄们一起到村里去，人多太扎眼，和二当家的商量后，把弟兄们分成两三人一伙，东西南北划片进村找铁匠。整整找了一天，半下午的时候，二当家的和八喜一前一后回到山寨，对罗大炮说没找到铁匠。罗大炮像被兜头浇了一盆凉水，没找到铁匠怎么造炮？正当罗大炮垂头丧气时，最后一组回来的土匪报告说，老虎墩有个才去时间不长的老铁匠。罗大炮一听找到铁匠了，像打了鸡血似的一下子来了精神，看看土匪不禁皱皱眉头，他没明白土匪话的意思，问土匪，什么叫才去时间不长的老铁匠？土匪说，铁匠铺是前两年才开的，人五十多岁是个老铁匠。马老二问老铁匠姓什么，土匪说姓卢，村里人都喊他卢铁匠。罗大炮听土匪说铁匠是个五十多岁的人，心想那肯定是个老铁匠，拍着大腿连声叫好，说，八喜，你带弟兄们辛苦一趟，到老虎墩把卢铁匠请上山来。八喜说，大当家的，我喘口气，等天黑了再去好吧？罗大炮说，谁叫你现在就去的？吃过饭天黑了去。

吃过晚饭，八喜身穿黑棉袄，头戴黑棉帽，棉袄上勒了根布带，棉裤脚也扎上了，看上去十分干练，带着三五个精壮弟兄，也都是黑衣黑裤一身夜行衣打扮。八喜两手抱拳，对罗大炮和马老二说，大当家的，二当家的，你们在家等我的好消息。罗大炮叮嘱八喜，跟老铁匠好好说说，是我们请他来山上帮忙。八喜说，大当家的我记下了。随后，他带着一行人在报信土匪的带领下去了老虎墩。

八喜来到老虎墩村外时快半夜了，村子里静悄悄的，连狗叫声都听不见，只有北风刮过树梢时的呼哨声。八喜一行人在土匪的带领下悄悄走进村里，忽然听到一阵叮叮当当的打铁声，三弯两拐，循声找到了铁匠铺，从门缝里看看，只有老铁匠一个人在叮叮当当地打铁。

八喜怕一下子进去好几个人吓着老铁匠，叫弟兄们在门外等着，自己咯吱一声推开门，走进铁匠铺，热乎乎的气浪迎面扑来。八喜搓着两手说，大叔还在忙啊？老铁匠刚才只顾打铁，没听到门响，这时猛听身后有人说话，吓得手一哆嗦，一锤打在了铁砧上，转脸一看，见是个年轻后生，说，三更半夜的你这是……八喜搓着手说，大叔，我们想请你去做点儿活。老铁匠说，有什么活儿拿来做。八喜说，拿不来。老铁匠说，你拿不来我怎么做？八喜说，请你去做。老铁匠说，活儿多？八喜说，不会少的，可能一年两年，可能三年四年，也可能十年八年，说不准。老铁匠停下手里的活说，到哪儿去？八喜说，房山。老铁匠吃了一惊说，房山，那不是土匪窝吗？八喜说，是大当家的让我来请你上山的。老铁匠看了八喜半晌,摇着头说,这我不能去,我去我也成土匪了。八喜说,我们大当家的从不做坑害百姓的事。老铁匠不相信地说,还有这样的土匪?从没听说过。磨山土匪杀人不眨眼,房山土匪不杀人?八喜说,大叔,你看我像要杀你的样子吗?老铁匠说,小兄弟,回去告诉你们大当家的,就是有十年八年干不完的活儿我也不去。八喜说,卢大叔,我们大当家的要我来请你,我可是走了几十里路,请不到你,我回去怎么给大当家的回话?老铁匠看着八喜说,你知道我姓卢?八喜点点头。老铁匠说,去不去是我的事,回去怎么说是你的事。八喜说破了嘴,卢铁匠咬死口就是不去,还对八喜说,我和你们土匪不是一路人。

这时,在铁匠铺门口守候的几个土匪听得火气上来了,推开门一拥而进,把卢铁匠围了起来。卢铁匠见一下子又进来三四个人,一边攥紧手里的铁锤,一边不慌不忙地对八喜说,你看看,你们的人和磨山土匪有什么两样?八喜朝几个土匪摆摆手,几个土匪退到一边,八喜说,卢大叔是不准备去了?卢铁匠说,我得给村里人打农具,开春了好种地。八喜说,那好,卢大叔你不去我也不强求。卢铁匠说,天不早了你们回吧,还有几十里地呢。

八喜只好带着弟兄们连夜赶回房山,回屋睡了一觉,等天亮罗大炮起来后,才给罗大炮回话。罗大炮听八喜说没请来老铁匠,眼一睁说,卢铁匠没请来?八喜摇着头说,没请动,他要给村里人打农具,说开春了好种地。罗大炮气得直跺脚,在屋里转了几圈子,想了一会儿,要八喜把马老二找来。不一会儿,马老二来了,见了罗大炮说,大当家的,我听八喜说没把卢铁匠请来?罗大炮阴沉着脸没吱声。马老二看看罗大炮的脸,又看看八喜的脸。八喜连忙说,二当家的,我请不动。马老二撸了撸袖子说,还有请不动的?罗大炮想了半晌说,这样吧,二当家的,你带几个弟兄去请,下午就走。马老二说,我去请,我就不信,他卢铁匠多大的架子。

下午的时候,马老二带着几个弟兄下山又去了老虎墩。几个人来到老虎墩时,天已经黑透了,马老二按照八喜说的方位很快找到了铁匠铺,老远就听到叮叮当当地打铁声。马老二走进铁匠铺见了卢铁匠,两手抱拳说,老人家好。卢铁匠抬头看了一眼马老二没说话,只顾埋头打铁,打了半天的铁,用铁钳夹起来,将铁块塞进炉膛里,培好煤渣,呼哒呼哒拉风箱,炉膛里蓝色的红色的黄色的火苗朝上一蹿一蹿的。马老二给身边一个土匪递了个眼色,土匪跑上前要拉风箱,卢铁匠不让,两个人夺了半天,风箱拉杆还在卢铁匠手里。卢铁匠说，我知道你们是房山土匪，回去跟你们大当家的说，我不去。马老二笑笑，一团和气地说，老人家，大当家的请你上山不是打刀，也不是打矛，想请你去造炮。那炮老厉害了，轰隆一响，炸倒一大片。

卢铁匠听完马老二的话，吓得一哆嗦，心想我要是给土匪造大炮，土匪再用大炮去轰村里人，那我不就成了不是土匪的土匪吗？卢铁匠想了半天说，我打了几十年铁，打的都是镰刀、锄头、铁锹、镢头，再就是驴掌、马掌、牛掌什么的，最大的物件不过是铁犁，哪里造得了炮啊？马老二说，铸过犁就能造炮嘛。卢铁匠说，没有金刚钻，揽不了瓷器活儿啊，你们还是请别的铁匠去吧。

马老二见老铁匠油盐不进，心里的火直往头上蹿，手在后裤腰上摸了好几次短火柄，想一枪崩了老铁匠。几个土匪也把刀拿在手里，只要二当家一个眼色，他们立马动手砍了老铁匠。马老二毕竟是房山二当家的，想想来时罗大炮千叮咛万嘱咐，不要杀人，方圆百十里内没有第二个铁匠，想方设法也要请老铁匠上山。半晌，马老二终是没有把短火掏出来。他怕真把短火掏出来吓着卢铁匠，那就更请不动了。马老二牙咬得咯吱咯吱响，两手抱拳，压住火说，老人家，你忙吧，我们回了。老铁匠头也没抬地说，不送。

马老二也没请动卢铁匠，罗大炮的火就蹿上头了，两眼通红，刺刺冒火，想想自己好歹也是占山为王的一方霸主，三番两次请不来一个铁匠，今后在山上怎么混？山上的弟兄哪个还瞧得起我？罗大炮越想越气，窝了一肚子两肋巴的火，咬着牙说，我倒要看看，这个卢铁匠到底有多大的架子。马老二说，大当家的，我再去一趟，来个干脆的……马老二手在下巴颏下比画着做了个抹脖子的动作。罗大炮眼一瞪，说，把老铁匠抹了，你给我造炮？马老二看着罗大炮不说话了。半晌，罗大炮说，老铁匠也是穷人对不对？不是穷人，他就不会开铁匠铺给穷人打农具是不是？杀富济贫，不杀穷人，不抢穷人，不抢女人，这不是咱当年拉绺子上山时定的规矩嘛！马老二知道自己一时冲动，差点儿坏了规矩，连忙说，大当家的说得对，我错了。罗大炮又说，你也没有错，请不来老铁匠心里上火嘛。马老二笑笑说，是是是，我就是看请不动老铁匠心里才上火的。罗大炮说，今晚我亲自下山去请，看能不能把老铁匠请来。马老二说，大当家的亲自去？罗大炮说，你和八喜去了两趟也没请来，我亲自去，看看这个卢铁匠到底有多大架子。马老二说，大当家的我跟你一块儿去。罗大炮说，二当家的在家看山，八喜跟我去。八喜说，听大当家的。

当天晚上，罗大炮和八喜几个人早早吃了饭，骑了马，带着马车去了老虎墩，来到铁匠铺门外时，听卢铁匠还在叮叮当当地打铁。罗大炮进了铁匠铺，两手抱拳朝老铁匠拱了拱说，老人家打什么？卢铁匠用眼角余光看了眼罗大炮，心想今天又换了一个人，这人看上去有些粗，但面相和善，说话还中听，一边打铁一边说，给村里人抻抻镢头、铁犁什么的，开春了好用。罗大炮说，老人家辛苦了。卢铁匠一边叮叮当当地打铁一边说，不辛苦，有这点手艺，能帮穷人做点事，心里安稳。罗大炮呱唧呱唧拍了两下巴掌说，老人家说得好，为穷人做点事，心里安稳哪。八喜听罗大炮拍了两下巴掌，觉得有点奇怪，大当家的今天是咋了？说话跟往常不一样，文绉绉的。八喜忽然明白过来，心里说，大当家的这都是跟吴老弟学的啊。卢铁匠停下打铁说，没有你们活得自在啊。罗大炮往卢铁匠跟前凑了凑，说，老人家，说真的，我们也是被逼上梁山哪。你想想没人逼，谁想到山上当土匪？卢铁匠说，你说的比唱的还好听。罗大炮说，老人家，我这个人不说瞎话，不说假话，不信你问问我这些弟兄们。罗大炮指了指八喜，然后又对老铁匠说，当年是白成银逼我上山当了土匪，现在是你逼我抢人哪。卢铁匠说，你要抢我上山当土匪？我告诉你，你抢我也不去。请大当家的回去吧。罗大炮说，老人家，我不是抢，是请你跟我一起上山。罗大炮说完，挥了一下手，几个土匪不容分说，夺下卢铁匠手里的锤，绑了卢铁匠。卢铁匠仰着头对罗大炮说，这是请吗？罗大炮说，是，对不听话的人，我们山上都是这样请的。罗大炮又对八喜说，先请老人家上车，再把铁匠家什收拾收拾装车，一块儿回山。卢铁匠大喊大叫，你们这帮杀人不眨眼的土匪，我就是死，也不会跟你们上山的。罗大炮说，把嘴堵上，话太多了，嗓门又大，叫村里人听到了不好。八喜找了块破布，揉成一团塞进卢铁匠嘴里，把卢铁匠的嘴撑得圆圆的鼓鼓的。卢铁匠虽然说不出话来，但嗓子里呜呜直叫，也不知道说什么。罗大炮说，老人家，外边冷，车里暖和，你坐车里。几个土匪连拉带拽把卢铁匠塞进马车篷里，土匪还拿了带来的被子盖在卢铁匠腿上。罗大炮骑上马说声"走"，带着人马连夜回了房山。

过了子时，罗大炮的人马才回到房山。罗大炮跳下马，赶紧撩开门帘说，到了，请老人家下车。八喜搀扶着卢铁匠下车，松开卢铁匠身上的绳子。罗大炮说，老人家，山上已备好薄酒，请。卢铁匠不走，一个土匪在身后推了一把,说,大当家的请你喝酒还不去?卢铁匠跟跄几步,站稳了,罗大炮连拉带拽,卢铁匠才跟罗大炮一起进了聚义堂。人刚刚坐下,桌子上就摆上了热气腾腾的菜,还有土匪正往桌上端菜。

罗大炮先给卢铁匠碗里倒满酒,再给自己碗里倒满酒,端起来,请卢铁匠喝。卢铁匠一看,人是走不了了,心想该吃吃该喝喝,不吃白不吃,不喝白不喝,明天再做打算。这么一想,卢铁匠端起酒碗,一口喝干了碗里的酒。罗大炮见卢铁匠喝干了碗里的酒,也连忙喝干了碗里的酒,放下酒碗心想,老铁匠好酒量。

三碗酒喝下肚,卢铁匠两眼发花,头发晕。罗大炮再敬卢铁匠酒时,卢铁匠端碗的手哆哆嗦嗦晃来晃去。罗大炮一看卢铁匠喝多了,连忙叫人送卢铁匠去休息。八喜和罗大炮一人架着卢铁匠一只胳膊,把卢铁匠送到后屋睡觉去了。

罗大炮带着人马去老虎墩后,马老二在家按照罗大炮的吩咐,早早为卢铁匠收拾好了床铺。

罗大炮和八喜把卢铁匠放在床上,帮卢铁匠脱下鞋子,盖上被子,这才出来屋。关门的时候,罗大炮突然想,千万别让卢铁匠跑了,如果让卢铁匠跑了,那不是白忙活了嘛。他要八喜找两个土匪守门,罗大炮对两个土匪说,人要是跑了,你俩的命也就没了。一个土匪说,大当家的放心,另一个土匪也说,大当家的,我一夜都不睡觉。别管两个土匪说的是真话还是假话,罗大炮听了还是高兴地说,给我看好了。

罗大炮和八喜回到聚义堂,马老二说,还是大当家的厉害,我看老铁匠也没多大架子嘛。罗大炮哈哈大笑说,八喜,没有你大哥办不成的事啊,是不是?罗大炮请来了老铁匠,心里很高兴,有了铁匠,就能造炮,有了铁炮,还怕他白成银!罗大炮一高兴,几个人又坐下来接着喝,八喜绘声绘色地把罗大炮请卢铁匠的事讲给马老二听,最后说,我上山到现在,从没听大当家的这么会说话,文绉绉的。马老二端起酒碗敬罗大炮说,大当家的,你啥时学的?抽空也教教我。八喜说,大当家的请来了造炮的铁匠,我明天一早去吴官庄请军师回山指导。罗大炮说,对对对,造炮是大事,你去把吴军师叫回来。几个人又喝了几碗酒,这才醉眼蒙眬地回去睡觉。

天快亮的时候,卢铁匠醒了,摸摸床头小木桌上有个棉囤子,囤子里有个瓦罐,试试瓦罐还温乎乎的。他坐起来,抱起瓦罐咕嘟咕嘟喝了一气水,放下瓦罐，抹了一把嘴，又在床上躺下来，看着有亮光从门缝里透进屋来，心想该走得走，该跑得跑啊，我要是给土匪造大炮，那不是污了我一辈子的清白吗？这么一想，卢铁匠悄悄起身，跐着脚走到门前，推推门，门一响，外面有人咳嗽，卢铁匠又跐着脚回到床上，心想走不了了，一把拉过被子蒙头大睡。

这一觉醒来的时候已经快晌午了。门咯吱一响，罗大炮走进屋来说，老人家睡得可好？起来吃饭吧。卢铁匠说，放我走，我不会造炮，我也不会给你造炮。罗大炮听卢铁匠这么一说，心里不由得一喜，说，老人家，这么说你能造炮？卢铁匠说，我连炮都没见过，怎么会造炮呢？罗大炮说，老人家，山上有炮，你看看我的炮，照样子就会造了。卢铁匠说，山上有炮？罗大炮咧着嘴说，没有炮，人家都叫我罗大炮？卢铁匠大吃一惊，你就是罗大炮？罗大炮说，你知道罗大炮？卢铁匠说，我听人说的罗大炮。罗大炮说，吃过饭，你跟我去看看炮，叫你老人家开开眼。

罗大炮请卢铁匠吃过午饭后，便带卢铁匠去看炮。卢铁匠一看大炮擦得明光锃亮，又围着大炮看了个仔仔细细。罗大炮说，老人家眼见为实，我不是吹的吧？罗大炮正和卢铁匠说着话，一个土匪慌慌张张跑上山来，气喘吁吁地对罗大炮说，大当家的，安峰山大当家的带人打上山了。罗大炮一惊说，安峰山大当家的打上山了？快把老人家送回屋去。说完，他带着人直奔山下，看见陆涛气势汹汹地带着一帮小兄弟，端着火枪正朝山上来，离老远就喊，陆大当家的，陆大当家的，你怎么带人打我山寨？陆涛手拿短火，看见罗大炮来了，用短火指着罗大炮说，你太不够意思了吧？罗大炮说，陆大当家的这话我就不爱听了，我咋不够意思了？陆涛说，你绑了我爹。罗大炮一听急了眼，说，天地良心，我什么时候绑了你爹？陆涛说，你把铁匠绑上山了吧？罗大炮说，我在老虎墩请的卢铁匠，怎么成了你爹？你这人也太不仗义了，我看你就是一个翻脸猴子白眼狼。陆涛说，你如果不放人，我就不客气了。说着，他抬手就是一枪，只听砰一声响，一团火星扫帚般扑过来。说时迟那时快，罗大炮一看陆涛开火了，猛地跳到树后，只听铁砂打得树叶哗哗响。罗大炮眼一睁说，陆大当家的，我看你这人不是个玩意儿，是个吃饱饭不认铁勺的东西，我借炮给你打刘福乾，你都忘了？

这时，山上的土匪把大炮抬下来，堵在了上山的路上，苗凤池举着火把高声喊道，大当家的我点炮了，送这个小龟孙上西天。陆涛手持短火，带着一帮弟兄，有的手拿长火，有的手拿大刀、长矛，红眼生生地盯着罗大炮。罗大炮这边山上的弟兄也红了眼，有的躲在山石后面，端着长火对着陆涛，有的拿着大刀和长矛，杀气腾腾。苗风池高举火把，只要罗大炮一声令下，立马点火开炮，将陆涛碎尸万段，让他有来无回。

　　正当双方紧张对峙时，吴天昊和八喜赶到了山门，见山上山下两帮人刀枪相对，互不相让，不知发生了什么事。他俩大步跑到跟前，看清了山下的陆涛，也看清了山上的罗大炮。吴天昊怎么也没想到，自己才回家几天，陆涛竟带人打上山来，到底是怎么回事？吴天昊一边想着一边迅速冷静下来，喘着粗气高声喊道，陆老弟，罗大哥，千万不要动手。陆涛听到喊声，转脸一看，见吴天昊气喘吁吁跑来，连忙跑过来说，吴大哥，罗大炮这个龟孙不是玩意儿，他把我爹绑上山了。吴天昊说，陆老弟，我找罗大哥再了解一下，看看是怎么回事。陆涛说，我爹不愿来，他把我爹绑上山了，还说是请来的，有这样请人的吗？吴天昊看着红了眼的陆涛，抓着陆涛的胳膊把他手上的短火插进腰里说，叫弟兄们把家伙都收起来，两天前还是好兄弟，怎么说动刀动枪就动刀动枪呢？说完，他又说，跟弟兄们说一声，把家伙都收起来。陆涛说，吴大哥，我听你的。弟兄们，把家伙都收了。

　　一个土匪对陆涛说，大当家的，山上的家伙还对着咱呢。陆涛看着吴天昊，吴天昊说，陆老弟放心，我这就叫罗大哥也收家伙。吴天昊说完，带着八喜进了山门，一边朝山上走，一边对罗大炮说，罗大哥，把家伙收了。说完，吴天昊又朝埋伏在山石后面的土匪喊，弟兄们，把家伙收了。罗大炮迎上前说，吴老弟，你说说，这个小龟孙是什么玩意儿？一点儿都不仗义，我借炮给他轰刘福乾，他却带人打我山寨。吴天昊见两边的家伙都收起来了，喊陆涛。陆涛不肯上来。陆涛对吴天昊说，吴大哥，你叫罗大炮把我爹放了。吴天昊说，陆老弟你上来，咱们到聚义堂里说话。陆涛看看吴天昊，又看看一脸懵懂的罗大炮，手一挥，带着弟兄们一起上山来。

　　吴天昊一手拉着罗大炮一手拉着陆涛和八喜一起来到山上的聚义堂，陆涛气哼哼地一屁股坐在椅子上问罗大炮，我爹呢？少一根毫毛我找你算账。罗大炮眼一睁，拍着桌子说，你叫我放人，哪个是你爹？陆涛说，老铁匠！罗大炮说，那老铁匠姓卢，你姓陆，八竿子也打不到哇。八喜也说，陆老弟，是不是你弄错了，卢铁匠怎么是你爹？罗大炮在吴天昊身旁说，我请的是卢铁匠，又不是陆铁匠，卢铁匠怎么是你爹？陆涛听罗大炮和八喜都说是卢铁匠，也一时丈二和尚摸不着头脑，对吴天昊说，吴大哥，你叫他把铁匠带过来给我看看，到底是不是我爹，一看就知道。罗大炮哼一声说，我请来的人，凭什么让你看？吴天昊一看两人你来我往争吵不休，想了半天说，罗大哥，把卢铁匠请来，让吴老弟看看，到底是不是陆老伯。罗大炮说，我派人去了两趟都请不动卢铁匠，我一气把人绑来了。虽说是绑了人，但也没亏待他，好吃好喝伺候着，我伺候亲娘老子也不过如此。罗大炮说完又对八喜说，去，把卢铁匠请来。

八喜答应一声跑去请卢铁匠，门锁一开，八喜还没来得及说话，卢铁匠以为是放他回老虎墩的，便说，我得把家什带回去。八喜说，带哪儿去？前边有人认识你。卢铁匠说，山上土匪没人认识我。八喜说，认不认识，去了就知道了，走吧。八喜带着卢铁匠下来小坡，拐过弯，来到聚义堂。

陆涛一看八喜身后的卢铁匠，连忙走过去，一把抓着卢铁匠的手说，爹你受苦了。卢铁匠惊喜地说，儿子你怎么也在这山上？陆涛说，我是来救你的。卢铁匠吃惊地说，救我？陆涛说，是啊，我早晨到老虎墩去看你，才听说你给房山罗大炮绑来了。卢铁匠说，房山土匪到老虎墩三次请我，我不来，是他把我绑来的。儿子，我跟土匪在一块儿那不也成土匪了吗？你爹我打了几十年的铁，原来刘湾镇人都知道你爹的品性，前年我在老虎墩开了铁匠铺，老虎墩人也知道你爹的品性。陆涛指着罗大炮说，爹，这个龟孙打你没有？动你一根手指头，我跟他没完。卢铁匠听陆涛说罗大炮这个龟孙，生气地说，可不能这样说话，你是上过学堂念过书的人。再说，罗大当家的因为我不来才绑了我，天寒地冻的，让我坐在马车篷里，他自己骑马在露天地里受冻。陆涛听爹一说，两眼睁得牛眼大看着罗大炮。罗大炮睁眼看着陆涛"哼"了一声。

大厅里没人说话了，一点儿动静也没有。半晌，卢铁匠对陆涛说，儿子，罗大当家的对我挺好的，来到山上大半夜了，还请我喝酒吃饭。怕我渴了，瓦罐里的水还放在棉囤子里，我起来喝水，水还是热乎的。陆涛看了一眼罗大炮，恰好罗大炮也在看陆涛，眼一睁说，我也不知道卢铁匠是你爹，我都当亲爹伺候了，少一根毫毛找我。陆涛红着脸，两手抱拳朝罗大炮拱了拱，说，罗大哥，不好意思，小弟冤枉你了。

这时，吴天昊把事情的来龙去脉搞明白了，站起来两手抱拳朝卢铁匠拱了拱，说，陆老伯，得罪了。罗大炮在一旁又是抓头又是搓手，不知说什么好，斜着眼又狠盯了陆涛一眼。

吴天昊对罗大炮说，罗大哥，快请陆老伯上座，给老人家赔礼道歉。陆涛起身要搀扶爹，罗大炮走过去一把拉开陆涛，搀扶着陆铁匠坐在椅子上，后退几步扑通一声跪下来，磕了个响头说，老人家让你受惊了，还请多多恕罪。他站起来又问老铁匠，你真是陆老弟的亲爹？陆铁匠点头说是。罗大炮有点儿不明白，仍然一头雾水，不解地说，老人家，你姓卢，他姓陆，爷俩咋不一个姓啊？陆铁匠说，大当家的别提了，这都是刘福乾逼的啊。

一屋人都张大了嘴，两眼默默地看着老铁匠。八喜连忙上前倒了一碗热水，双手递给陆铁匠说，老人家喝口水。

陆铁匠接过碗喝了口水，指着陆涛说，都是这孩子给我惹的祸啊，谁家的闺女不好找？偏偏看上了刘福乾侄女，叫什么瑶。门不当户不对，刘福乾根本不同意这门亲事，刘福乾把他侄女送到南京念书去了，他还不知道。陆铁匠又端起碗来喝口水，说，真的，镇上没几个人知道刘福乾侄女到南京念书去了。小涛回家来，还天天到刘福乾家门口转。转来转去，把刘福乾转烦了，到处要逮小涛，吓得小涛到处跑。听说刘福乾还到板浦师范学校去抓过小涛。刘福乾没逮到小涛，还不算事，三天两头到铁匠铺找我要人，说不交人要杀我们全家。我知道这个小龟孙跑哪儿去了？就是知道这个小龟孙跑哪儿去了，我也不能把涛儿交给刘福乾啊。人交给他，不是弄死了，就是打残了，刘福乾心黑着呢。陆铁匠又喝了一口水接着说，刘福乾这个人不是个好玩意儿，还派人在铁匠铺门口站岗放哨，镇上人谁敢到铁匠铺找我做活？连钉马掌、驴掌、牛掌的人也不敢来，铁匠铺没了生意。我心想还是一走了之，于是就关了铁匠铺，拾掇拾掇，带上吃饭家伙连夜走了。

罗大炮说，到老虎墩去了？陆铁匠看看罗大炮说，老虎墩有我家一个远房亲戚，我就投奔亲戚去了，在老虎墩又开了铁匠铺。村里人说话和我们有点儿不一样，有人喊卢铁匠，我听着跟陆铁匠差不多，喊来喊去就喊成卢铁匠了。小涛后来夜里回镇上，见铁匠铺关门上锁，知道我到老虎墩去了，夜里跑去看我。我问他在哪里，他死活也不说。今天才知道，这个小龟孙原来在房山当了土匪。罗大炮说，陆老伯搞错了，你儿子不是房山的土匪，他是安峰山大当家的。陆铁匠吃惊地看着陆涛说，你在安峰山当土匪还是大当家的？

陆涛没说话，吴天昊接上话说，陆老伯没错，陆老弟是安峰山大当家的。

前段时间，炮轰刘福乾，就是陆涛带着弟兄们干的。老铁匠听说是陆涛带着人炮轰刘福乾家的，两眼渐渐放出光来，说，那一炮轰得好啊，方圆百里没有不知道的，都说把刘福乾吓成缩头乌龟了。老铁匠问，陆涛你哪里来的大炮？陆涛咳了一声说，爹，我跟罗大哥借的炮。罗大炮吐了口气说，老人家，我就想请你老上山给我造几门炮。

老铁匠看看罗大炮，说，我说怎么连着三个晚上都有人找我上山，原来是为了造炮轰刘福乾啊。陆铁匠说完又看看罗大炮，说，他罗大哥，那玩意儿我从来没有造过。罗大炮笑着说，老人家，你做了几十年的铁匠活，还铸过犁，我有炮给你看，你琢磨琢磨，照样子再造几门，刘福乾他个老龟孙要是敢来房山、安峰山找事，我一炮轰死他。罗大炮说完高兴得哈哈大笑，说，老人家，你可知道刘福乾侄女现在在哪里？陆铁匠说，后来听人说到南京念书去了。罗大炮看了看陆涛，对老铁匠说，刘福乾侄女现在是安峰山陆大当家的压寨夫人，是你儿媳妇了。陆铁匠一愣，看着陆涛说，涛儿，你真把刘福乾的侄女娶了？陆涛说，爹，是真的，刘福乾的侄女刘紫瑶现在是你儿媳妇了。陆铁匠吃惊地说，我个娘，这是真的？罗大炮接过话把儿说，那还有假？你儿媳妇都给你怀上孙子了，再过几个月，你就抱孙子当爷爷了。陆铁匠说，儿子啊，你和刘福乾这个老龟孙的梁子可就永远结下了。陆涛说，结下就结下，反正他侄女是你儿媳妇，你是他亲家，这个是真的又不是假的。陆铁匠摇摇头，咧着嘴苦笑。罗大炮说，老人家，陆老弟炮轰刘福乾家跑得快，把我的炮车轴都跑断了，你得想办法先把轴给我弄好。陆铁匠点点头说，我先看看再说。

一屋子人皆大欢喜，罗大炮对吴天昊说，正好陆大当家的来了，中午我们和陆老伯一起吃顿饭。吴天昊点头赞成！

11

吴祖文心里明镜似的，刘福乾突然杀了个回马枪，没有抓到吴天昊，竟把祖上栽在门前的一棵老榆树刨走了，还说是徐县长征用的，这真是天大的笑话啊。远在海州的徐县长，怎么会知道东海西乡吴官庄吴家有棵百年老榆树？其实知道天昊回来的人没几个，除了山上的土匪，刘湾镇人和村里人都没有见过天昊，就是连天昊的影子也没见过。刘福乾来家抓天昊，又刨吴家祖上栽的老榆树，都不是他的真实目的。他带人一次次来吴官庄，来吴家找碴儿，是想找一样宝贝啊。刨老榆树，是刘福乾以为宝贝埋在了树下。

老榆树下刨了一人多深的坑，也没有找到宝贝，刘福乾要是草草收场，不光面子上不好看，还在东海西乡留下骂名，只好谎称徐县长征用老榆树，把吴家祖上留给后人的老榆树刨走了。吴祖文觉得刘福乾欺人太甚，虽然知道刘福乾要找什么，但他咽不下这口气。思来想去，他决定亲自到海州去找徐县长，一是当面问个清楚明白，是不是县长征用他家的老榆树；二是让刘福乾知道，自己没有他要找的什么宝贝，让刘福乾今后死了心。祖上留下来的老榆树被刘福乾刨走了，如果自己没有一点儿行动，不光吴官庄人瞧不起，就是东海西乡人听说了也会说他是个软蛋。

吴祖文把要去海州找徐县长的决定跟老伴儿一说，老伴儿不同意，说多一事不如少一事啊。说完，她看着吴祖文又说，如果真去找徐县长，咱吴家和刘福乾家结下的梁子就解不开了，再说不就是一棵树吗？刨就刨了吧。

吴祖文没有把刘福乾二次回头的真实意图跟老伴儿说，他怕知道的人多了会带来麻烦。他听老伴儿这么一说，生气地说，我就这样让刘福乾骑在脖子上拉屎撒尿啊？祖上留下来的树都护不住让人刨了，我还怎么在吴官庄混？还怎么在东海西乡混？那还不如死了算了！老伴儿说，老爷，你胡说什么死不死的？天昊在南京念书，今后当了官，叫天昊治治刘福乾不行？吴祖文说，他念什么书？他，他参加共产党，让人家追得跑到房山去当土匪了。你还指望他今后当官？你是不是在做梦啊？老伴儿看着吴祖文说，天昊参加共产党了？听老伴儿问他，吴祖文一愣，天昊参加共产党的事家里只有他知道。他看着老伴儿疑惑不解的样子，自知说漏了嘴，赶紧说，这事千万不能说出去，刘福乾要是知道天昊参加了共产党，咱一家人的性命都保不住。老伴儿说，老爷这是真的？吴祖文没有回答老伴儿的话，只是默默地点了点头。老伴儿说，老爷你放心，我不会再提这事的。吴祖文说，那就好，这事对谁也不能说一个字。

过了两天，吴祖文准备到海州去找徐县长，要老伴儿给他收拾收拾行囊，多带点儿大洋，说不准要待上个十天八天的。老伴儿说，你不准备回来了？吴祖文说，我怕人家县长忙，今天找不到明天找，明天找不到后天找，反正我要找到徐县长，最好能请徐县长到咱吴官庄来看看。老伴儿说，我和你一起去吧？吴祖文说，你去干啥？我走了你看家。老伴儿说，那叫马管家跟你一起去，遇事也好有个人商量不是？吴祖文想想，点了点头说，那就叫马管家和我一起去吧。

第二天天没亮，车夫唐根柱备好草料，套好驴车，等马管家扶着吴祖文出来，先把吴祖文扶上驴车，又把马管家扶上驴车，这才抖抖缰绳说声"驾"，驴往前迈动步子，木轱辘大车咕隆咕隆朝前滚动起来。吴祖文老伴儿站在大门口，看着咕隆咕隆走远的驴车，心想，老爷就是找到徐县长，徐县长说没有征用吴家的祖树，又能把刘福乾怎么样？谁不知道刘福乾是东海西乡一霸？这么一想，看着越走越远的驴车，她不禁抹了把眼泪。

半下午的时候，吴祖文的驴车咕隆到驼峰东边的一片黑松林，突然从黑松林里跳出来几个黑衣蒙面人，有的拿刀，有的拿棍，还有的拿着三节棍、九节鞭。唐根柱一看来者不善，抖抖缰绳，扬鞭策驴想加快速度冲过黑松林。那驴刚吃过午料时间不长，猛听一声吆喝，迈开四蹄朝前狂奔。唐根柱忽然觉得背上被什么家伙重重捣了一下，一头从车辕上掉下来，刚好大车的一只木轱辘从身上碾轧过去，驴跑着跑着不见有人催，刚要小步慢走，不料嚼口被人猛地勒住，仰天一声长啸，两条前腿抬了起来，停下车来。

几个黑衣蒙面人举刀拿棍朝车篷里又砍又捣，三节棍、九节鞭抽得车篷哗哗响。躺在血泊里的马管家，蒙眬中听人说了一句"叫你找县长"，便昏死过去。不一会儿，车篷里的人便一点儿动静也没有了。

黑衣蒙面人呼啦一下子散去，蹿进黑松林，瞬间无影无踪。

太阳快落山的时候，唐根柱被冻醒过来，爬起来一看，驴正在路边啃着贴地皮的干草茬，连忙跑过去，爬上车一看，见吴老爷和马管家还在昏睡，连哭带喊地喊着吴老爷和马管家。听到喊声，吴老爷醒过来，想睁开眼，眼被血糊住了，睁了几睁没睁开；马管家张张嘴想说话，嘴被血粘住了。唐根柱给吴祖文擦了半天眼，吴祖文才睁开眼，马管家狠劲吐出一口血水，两个人这才大口喘着气活转过来。

吴祖文腿断了，躺在车上不能动，动了动嘴说，马管家，咱们遇到歹人了。马管家一只胳膊断了，另一只手托着断胳膊说，老爷，是不是刘福乾派人干的？吴祖文看着马管家，马管家又说，我听他们说"叫你找县长"。吴祖文虽然没有说话，但心里已有了答案，这肯定是刘福乾派人干的。

唐根柱要扶吴祖文坐起来，吴祖文摆摆手，然后又朝唐根柱摆摆手。唐根柱明白了，套上车，牵着驴慢腾腾地回了吴官庄。

躺在车上的吴祖文想，刘福乾这是要把我往死里整啊！正想着，木轱辘大车在车辙沟里猛一颠，吴祖文心里一疼又昏死过去。吴祖文的驴车回到吴官庄时，已经快半夜了。

听说吴老爷去海州找县长，半路上让人打了黑棍，躺在车上不能动，吴祖文老伴儿连哭带喊惊动了半个村子。村里人听说后都跑来帮忙，看了血头血脸的吴老爷和马管家，都说刘福乾下手太狠了。

吴祖文老伴儿叫耿三赶紧去刘湾镇济世堂请郎中，耿三骑了驴，急急忙忙去了刘湾镇。

耿三骑驴到刘湾镇济世堂请郎中时，刘湾镇刘家大院里的刘福乾也没有睡着，傍晚时听手下人回来说吴祖文找不成县长了，吐了一口气，晚上喝了半瓶桃林大曲。刘福乾想，吴祖文啊吴祖文，你要是把家里的宝贝早给我，我还去抓你家吴天昊，还刨你家祖上栽的树吗？都是你不听话惹的祸，别怪我啊。留你一条老命，我是敲山震虎杀鸡给猴看，我看东海西乡今后哪个还敢再去找县长？

刘福乾到吴官庄吴祖文家抓吴天昊，的的确确是有人告诉他吴天昊回来了，这给了刘福乾去吴官庄吴家一个由头，一是抓吴天昊，二是找宝贝。其实找宝贝是真，抓吴天昊是假，能抓到人更好，抓不到人下次再来抓。不过刘福乾没见过这个宝贝，只是听人说像锥子一样，通体透亮。自打刘福乾听说吴祖文家地里挖出宝贝后，就一直惦记着，想占为己有。过去是以收取保护费的名义去吴家找宝贝，现在是以抓捕吴天昊的名义去吴家，里里外外东翻西找，人没抓到，宝贝也没找到。刘福乾一肚子两肋巴的气，带着人回刘湾镇时突然想，吴家的宝贝是不是埋在门前老榆树下了？遂带人杀了个回马枪，刨倒了吴家门前的老榆树也没找到宝贝，一不做二不休，把老榆树锯成树段拉回去了。

刘福乾想想，也埋怨自己，为什么不先下手为强？东海县县长早就换成了徐县长，自己不光没有专程去看望过徐县长，还坐在家里等着徐县长来刘湾镇视察？大错特错，真是昏了头啊。县府换了徐县长，自己早该去祝贺，再请徐县长到刘湾镇来视察，不去请，徐县长怎么可能到刘湾镇来？徐县长怎么可能知道东海西乡刘湾镇有个刘福乾？还差点儿让吴祖文这老东西抢先告了状。这么一想，刘福乾决定第二天就去海州找徐县长，无论徐县长多么忙，也要请徐县长来刘湾镇视察视察，一起喝杯酒，吃顿饭，给自己长长脸，

滚雷

长长威风。

刘福乾越想越睡不着，越想越觉得应该立马去海州找徐县长。下半夜的时候，他叫醒丁管家，要丁管家抓紧备车。丁管家有点丈二和尚摸不着头脑，说，老爷准备去哪儿？刘福乾说，海州。丁管家说，天没亮去海州？刘福乾说，县府换徐县长了，我还没有见过他。丁管家"噢"了一声说，老爷，你早该去看看徐县长了。刘福乾看了一眼丁管家说，所以啊，我要抓紧去。另外，再请徐县长到刘湾镇来视察视察。徐县长还没到咱东海西乡来过呢。丁管家见刘福乾心急火燎的，说，老爷，我这就叫人去备车。刘福乾说，快去吧，天亮前走。丁管家一溜小跑去叫车夫马路了。

刘福乾见丁管家一溜小跑叫车夫去了，焦急地走来走去，恨不能天一亮就到海州，把徐县长请到刘湾镇来给自己长威风。

丁管家敲敲门小声喊"马路马路"，而后歪着头听听屋里没动静，又一边敲门一边喊"马路马路"。丁管家再听听，屋里还是没有动静，心想老爷在前院里等着，怎么就没人搭腔呢？他"咚咚咚"大声敲门，这回屋里有人说话了，天没亮喊什么魂？丁管家粗声粗气地说，我喊的。屋里一时间没了动静。半晌，丁管家听听屋里还是没有动静，大声喊，马路起来套车，老爷要到海州去。屋里有人喊，马路，老管家喊你起来套车跟老爷到海州去，你个龟孙睡死了？屋里又有人喊，哎哟，哪个龟孙把我被子掀了？这就来，这就来。房门终于打开了，马路睡眼惺忪地说，老管家，天还没亮，你睡不着觉，也不让人睡觉？真是的。丁管家说，什么真是的假是的？套车跟老爷去海州。马路一边答应着一边用布带勒了腰，一边揉着眼一边慢腾腾朝马厩走去。

丁管家在马路身后说，你快点儿，老爷在前院等着呢。马路一边扣着纽扣一边说"知道了"。丁管家转身小跑着去了前院。刘福乾见丁管家来了，说，车呢？丁管家说，马路睡死了，我喊了半天才喊起来。套车去了，马上来，马上来。过了半天，刘福乾见车还没有来，对丁管家说，你去叫他快点。丁管家答应一声正要去后院，见马路赶着胶皮轱辘大车过来了，马脖子上的铃铛丁零当啷响。丁管家说，你快点好不好？

这时候的马路完全醒过来了，听丁管家催他，连忙说，这就到，这就到。马车刚停下，马路还没有把凳子拿下来，刘福乾就要上车。丁管家一把拉住刘福乾的衣襟说，老爷，你不带两个人去？刘福乾一愣，说，快去喊，快去喊，带两个人就够了。丁管家连忙跑到家丁住的屋去喊人，敲了半天门，喊了两个人名字，又过了半晌，才听见门响，出来两个人。家丁说，老管家，天没亮这是到哪儿去？丁管家说，跟老爷去海州。家丁说，哎哟老管家，我还不能去。丁管家说，怎么回事？家丁说，我腿上长了个大疮，这两天疼得要命，腿不好走路了。丁管家说，你看你多啰唆，怎么不早说？家丁说，我哪里知道你喊我是什么事？家丁的话还没说完，丁管家又跑回去重新喊了一个家丁起来。

啰里啰唆半天，丁管家才带着两个家丁急急忙忙跑过来，一看，刘福乾早坐在车篷里等着了。丁管家对着车篷窗户说，老爷，人来了。刘福乾在车篷里说声"走"，马路"驾"一声，马车丁零当啷走起来。丁管家松了口气，抬头看看东天，见启明星已经升起来了，天快亮了。两个守门的家丁正在开大门，忽听院子里有女人连哭带喊地追过来喊，老爷，我跟你一起去海州。

女人是刘福乾的大太太王翠花，不容分说就往车上爬。刘福乾说，回去睡觉。王翠花说，我就跟你去。刘福乾说，我去找徐县长，你去干什么？刘福乾知道王翠花的心思，怕他到海州去找二姨太寒菊不回来了，对丁管家说，管家，把她给我拉下去。丁管家拉着王翠花的腿说，大太太，回去睡觉吧，老爷到海州是找徐县长的。王翠花哭着说，他找什么徐县长？哄鬼去吧。丁管家说，大太太，老爷真的是到海州找徐县长的。王翠花抹了把眼泪说，找徐县长？说得好听。他早就不到我屋里去过夜了，就是想到海州去找二姨太。刘福乾一听王翠花胡言乱语，来火了，撩开车篷门帘，一脚把王翠花踹下车去。王翠花咕咚一声从车上摔下来，躺在地上两腿乱踢乱蹬哭号起来。刘福乾对丁管家说，把她送回屋去，我们走。王翠花爬起来朝大车扑过去，死死抓着车轱辘不让走，丁管家连忙跑过去，一把抱住王翠花，两个家丁也上来帮忙，掰开王翠花的手，马车这才丁零当啷地驶出大门，上了大街。

刘福乾说"快走"。马路甩了个响鞭驾了一声，马儿拉着胶皮轱辘大车跑了起来。待刘福乾的胶皮轱辘大车跑出刘湾镇时，天光大亮了。

原来王翠花起来小解，听到丁管家喊马路套车去海州，这才又闹了一出。

半上午时，刘福乾的胶皮轱辘大车来到驼峰东边的黑松林，马路赶着马车正跑着，突然右边车身一歪，走不动了。马路跳下车，看看胶皮轱辘，摸了摸，摁了摁，见大皮轱辘没气了。马路苦着脸对车篷说，老爷，车没法走了。刘福乾撩开窗帘说，又怎么了？马路说，大皮轱辘没气了。刘福乾一听大皮轱辘没气了，破口大骂，你这个小龟孙，我要你干什么的？回去你就不要干了，给我滚回家去。马路带着哭腔说，老爷，不是我……刘福乾说，不是你是谁？一直跟着车跑的两个家丁也说，老爷，不是马路。刘福乾说，那是谁？家丁说是土匪。刘福乾说，你个小龟孙睁眼说瞎话不是？这朗朗乾坤哪里来的土匪？家丁说，老爷你下车看看就知道了。刘福乾撩开门帘弯腰从车篷里出来，马路连忙搬过凳子，一只手举起来，让刘福乾扶着。刘福乾踩着凳子下车来一看，大皮轱辘上什么也没有，正要发火，马路牵着马朝前走了两步，车轱辘转了大半圈，刘福乾看清了，车轱辘上扎了个马刺。一个家丁使劲把马刺拔下来，拿给刘福乾说，老爷你看，这是土匪常用的马刺。马路说，老爷，我把车轱辘扛到前边白塔埠去补胎。刘福乾朝前边看看，又朝后边看看，见大车坏在前不着村后不着店的黑松林里，不补胎打气没法走。他听马路说要去补胎，想了想说，也不知道白塔埠有没有补胎的。马路说，老爷，我先扛到白塔埠看看，没有补胎的再回镇里补。

　　刘福乾气得脸铁青，从家丁手里夺过马刺狠劲朝地上一摔，三齿马刺在地上翻了几滚不动了，还有一个齿朝天竖着。刘福乾拾起马刺想，这都是土匪作的孽啊。他恨得牙根疼，随手狠劲一攥，连声"哎哟"，血从手心里流了下来。一个家丁说，老爷手扎破了。另一个家丁撕下一块褂襟说，快把老爷手包起来。刘福乾松开手，把马刺换到另一只手上，伸出手来，让家丁拿着布条在手掌上缠了好几道。

　　包好手，刘福乾见马路还在等他指示，就说，你先去白塔埠看看，不行再回镇里补。马路把车轱辘卸下来，对刘福乾说，老爷，外边冷，你在车里等着，补好胎打好气我就回来。说完，他把大皮轱辘扛在肩上，到白塔埠补胎去了。

　　刘福乾气鼓鼓地爬进车篷里，歪在倾斜着的车座上，看看被马刺扎伤的手，又看看另一只手里的马刺，咬牙切齿地说，早晚我得灭了这些土匪。家丁听刘福乾在车篷里咕咕哝哝，也不知道说的什么，说，老爷你先睡一觉，马路回来了我们喊你。也不知刘福乾答应没答应，两个家丁拢着手走到路边的沟里避风去了。

　　天清冷清冷的，太阳出来了也白沙沙的，没一点儿火力，恹恹的。约莫快晌午了，刘福乾掀开窗帘伸出头来看看太阳，问蹲在沟底避风的家丁，马路回来没有？两个家丁听刘福乾问话，赶紧从沟底爬上来，伸着脖子朝前边看，路上连个人影儿也没有，对车篷里的刘福乾说，老爷，马路还没回来。

家丁也饿了，肚子里咕噜咕噜响。一个家丁说，老爷，要不我到驼峰给你弄点吃的来？刘福乾在车篷里瓮声瓮气地说，再等等。两个家丁答应一声，又下到沟底避风去了，两个人在路沟里拉呱，一个小声说，带点吃的就好了。另一个说，要不是车轱辘给马刺扎了，这会儿也快到海州了。刘福乾没听清两个家丁说了什么，肚子里也咕噜咕噜一阵响，夜里临时起意到海州看徐县长，走得又急，一点儿吃的也没带，本想赶到海州吃饭的，谁知半路上车胎扎透气了不能走，只好忍饥挨饿，等马路补胎回来。

太阳偏西了，马路还没有回来。刘福乾和两个家丁都饿得有气无力，没人再说话了。

一直等到傍晚的时候，马路才一路滚着车轱辘回来，还给刘福乾和两个家丁带来几张煎饼和大葱、黑咸菜。

饥肠辘辘的刘福乾也顾不上身份了，坐在路边和两个家丁连忙在煎饼里裹上黑咸菜和大葱，卷起来咔嚓咔嚓就吃。

刘福乾吃急了，被一口煎饼噎得直翻白眼，大半天没喝水，嗓子眼里干得冒火，一连咽了几口，硬是把煎饼咽了下去。

刘福乾和两个家丁狼吞虎咽地吃煎饼，马路急急忙忙安装车轱辘，对刘福乾说，老爷，我找了一个村也没有补胎的，问村里人，说白老爷家有胶皮轱辘大车，知道哪里能补胎。我又去找白老爷，白老爷也不在家，上哪儿去了也不知道。管家带我去找补胎的，补胎人娘死了，正在家里办丧事，等他老娘下地入了土，才回来给我补的胎。白老爷回来时胎还没补好，听说你来了，要来看看你，我没让来。我说换好轱辘，一会儿就到白塔埠了，让他在家里泡好茶等着你。刘福乾咽下一口煎饼说，我说怎么这么长时间，事全赶一块儿了。

马路安好车轱辘，收拾收拾车篷，对刘福乾说，老爷，吃好了咱们走？刘福乾看看太阳都快下山了，说不去了。马路说，不去海州了？刘福乾说，回刘湾。等刘福乾吃完煎饼，马路牵马掉转车头，拿下凳子，两个家丁把打着饱嗝的刘福乾扶上车，马路"驾"一声赶着马车，一行人又回了刘湾。

刘福乾的胶皮轱辘大车回到刘湾镇时已是小半夜了，丁管家打开大门，见刘福乾回来了，说，老爷这么快就回来了？刘福乾没好气地说，没去成。丁管家看着刘福乾铁青的脸，又看着两个家丁，再看着马路说，天没亮就走了，咋没去成海州呢？马路说，车轱辘让马刺给扎了，补了大半天的胎。丁管家"噢"了一声没再说话,一溜小跑去叫厨子赶紧起来给刘老爷做饭吃。

喝了半瓶酒,吃罢饭,刘福乾躺在床上想,今天这事一是怨土匪的马刺,二是怨自己没有做好充分的准备,如果带上吃的喝的,哪里会遭这样的罪?下次去不光自己要带上干粮,还要给徐县长带点儿礼物……

第二天上午,刘福乾就让丁管家准备礼物。刚吃过午饭,丁管家来对刘福乾说,老爷,准备好了。刘福乾听丁管家说准备了花生、两只野兔、两只野鸡,觉得礼有点儿轻,要丁管家把家里的那块狗头大小的水晶景石也带上。丁管家说,老爷,那块水晶景石得来不易啊,东海西乡没有第二块。刘福乾说,你的意思我明白,没有第二块才珍贵啊。没有稀罕的礼物,能请徐县长到咱刘湾镇来?丁管家听了直点头。刘福乾说,去拿来吧,舍不得孩子套不住狼啊。丁管家这才极不情愿地去拿水晶景石。

第三天早上,刘福乾要去海州看望徐县长,生怕路上再出什么意外,叫丁管家包了一包菜和饼,带上礼物和两个家丁,坐上胶皮轱辘大车丁零当啷第二次去了海州。

刘福乾去海州看望徐县长,把东海西乡独一无二的一块水晶景石也带走了,虽说不是自己的,但丁管家心里还是疼得不得了。大太太出来站在丁管家身旁说,这个老东西要败家啊。丁管家看了一眼大太太说,那有什么法子?老爷说舍不得孩子套不住狼,送礼没个硬货,徐县长能到西乡来?丁管家拉了把大太太说,回去吧。大太太这才跟着丁管家回到院里。

马车走到黑松林时,刘福乾叫两个家丁走在马车前仔细看路。马路小心翼翼地牵马赶车,过了黑松林,刘福乾才长舒一口气,要马路走快点。

马路抖抖缰绳"驾"了一声,那马听了号令"嘚嘚嘚"小跑起来,马脖子上的小铃铛有节奏地丁零当啷响。

半下午的时候,刘福乾的马车进了海州,直奔县府而去。刘福乾对县府不陌生,换一次县长,他来一次海州;换一次县长,来一次海州,县府在哪条街哪条路,他都一清二楚。马车在刘福乾的指挥下,三弯两拐来到县府门前停下来,刘福乾想把马车赶进县府大院,站岗的不让进,刘福乾只好叫马路把车停到街边和两个家丁一起等他,他一个人去见徐县长。

刘福乾大大咧咧要进办公室,被秘书拦住了,秘书到屋里给徐县长通报后,半响才出来,让刘福乾进去。

刘福乾白了秘书一眼,大摇大摆地走进屋里,见大桌子后边有个戴眼镜的人正在看文件，连忙抱拳说，西乡刘湾镇镇长刘福乾见过徐县长。听到有人说话，徐县长抬起头来，看着刘福乾说，你看你看，鄙人上任后，一直忙于公务，本该早去西乡看望刘镇长的，拖到现在也没去，还让你跑这么远的路来看我，失敬失敬。刘福乾说，徐县长为民操心，日理万机，我本该早过来给你道声喜，无奈脱不开身，直到今天才来，请徐县长海涵。徐县长说，请坐请坐。刘福乾手一伸说，县长你也请坐。两个人寒暄一番便聊了起来，一直到天黑的时候，刘福乾才从县府里出来。

晚上，刘福乾在海州最有名的海鲜大酒楼请徐县长吃饭。出了县府大门，刘福乾看见马车停在县府大门外石狮子旁边，跟徐县长说了一声什么连忙走过去，叫马路从车篷里拿出花布包着的水晶景石，刘福乾接过来提着和徐县长一起去了海鲜大酒楼。

菜还没上齐，刘福乾趁这工夫，打开花布包袱，两手捧着水晶景石让徐县长看稀奇。徐县长接过宝贝左看看右瞧瞧，大惊小怪地说，这是什么宝贝，剔透明亮的？刘福乾故意卖了个关子，说，徐县长猜猜看。徐县长捧起水晶景石，见里面有个水滴左摇右晃，不禁大吃一惊，睁大眼睛连说，你看你看，里面的水滴还在动呢！刘福乾接过水晶景石，指着里面说，徐县长，里面这个水滴叫水胆。你再看看，里面这条曲里拐弯的线像不像条龙？徐县长又接过水晶景石，举起来在灯光下看了半天，又吃惊地张大嘴说，还真是条龙呢。刘福乾又指着景石里龙上边的几块白色斑块说，徐县长，这是不是几片云？徐县长连连称是。刘福乾说，徐县长你是条龙，要青云直上啊！徐县长听刘福乾说这块水晶景石比喻他要青云直上，说，哎呀刘镇长，你过奖了。徐县长放下景石用布包好，说，刘镇长你收起来。刘福乾说，徐县长，这块水晶景石在东海西乡可是独一无二的啊。徐县长说，不得了，这可是宝贝啊。刘福乾说，如果徐县长不嫌弃，请收下我的心意。徐县长好像被针扎一样，哎哟一声说，我哪能夺刘镇长所爱啊？刘福乾说，我这把年纪了，能把东海西乡的事儿做好就行了，留在我手里也没什么用。徐县长推让着说，不不不，这么贵重的东西我不能要。刘福乾说，看来，还是徐县长嫌弃了。徐县长说，哪里哪里，我是爱不释手啊。刘福乾说，既然徐县长爱不释手那就请收下吧。徐县长笑了起来，刘福乾也跟着笑了起来。徐县长将水晶景石放在一边，然后两个人推杯换盏喝起酒来。

三杯酒下肚，徐县长兴高采烈地说，鄙人任职后，听说西乡刘湾镇被刘镇长治理得不错，正打算忙过这段时间到刘湾镇去看看。刘福乾没想到，自己还没说的话，让徐县长说了，正合心意，顺坡下驴地说，欢迎徐县长到刘湾镇视察！我明天回去就安排。徐县长听刘福乾说明天回去就安排接待事宜，心里有些懊悔，本来没打算到西乡刘湾镇去，三杯酒一喝，嘴上没把门的，一高兴，什么玩意儿都说出来了。自己是一县之长，说出来的话，就是泼出去的水，收不回来的，只好顺坡下驴地说好。刘福乾又把徐县长的酒杯斟满，也把自己的酒杯斟满，端起来说，为徐县长西乡行干一杯。徐县长端起酒杯说，来，干一杯。两只酒杯叮当一碰，两个人又把杯里的酒喝干了。刘福乾说，我派车来接徐县长？徐县长说，不用麻烦，我有车。两个人称兄道弟地喝起来。徐县长喝多了，刘福乾也喝多了。

　　刘福乾让马路赶着胶皮轱辘大车把徐县长送回家，马路在回来的半路上一看，花生、野兔和野鸡还在车上，对刘福乾说，老爷，花生、野兔、野鸡还没给徐县长。刘福乾正在车篷里打盹儿，听说东西没送给徐县长，说，我要你干什么的？你也不提醒我？马路说，我光忙着把徐县长架到家里去了，你没说我也忘了。刘福乾说，赶紧回去，送给徐县长。马路掉转马车，又去了徐县长家，敲开门，把花生、野兔、野鸡给了徐县长老婆。

　　一直到第二天大半上午，刘福乾才醒酒，简单吃了点饭，就急着回刘湾镇了。回到刘湾镇的当天晚上，镇上人都知道徐县长要来了。

　　第二天，刘福乾为徐县长的即将到来做了精心安排，吃饭安排在刘湾镇最好的鸿运大酒楼，住宿安排在自家的东厅大客房。找不找个女人陪一下？刘福乾犯了难，找吧，怕徐县长说他不检点；不找吧，又怕徐县长怪罪他。自己毕竟跟徐县长只有一面之交，不知道徐县长好不好这一口。忽然想，徐县长来也不会是一个人来，等徐县长来了，问问徐县长秘书。又一想，不能光给徐县长找女人，也得给秘书找一个。想来想去，刘福乾决计先和满园春的老鸨打个招呼，找两个漂亮的年轻女人来陪酒，徐县长怎么做，那是他的事。

　　刘福乾以为徐县长过两天来刘湾镇，谁知两天过去了，徐县长没有来。刘福乾心里想，不是酒桌上说好的吗？他天天眼巴巴地盼望着徐县长到刘湾镇来，一连等了半个多月，徐县长还是没有来。刘福乾心里有些急，镇里人可是早就知道徐县长要到刘湾镇来的，如果徐县长不来，不是自己打自己的脸嘛。他想想又给自己宽心，县长日理万机，哪能说来就来？

刘福乾等了快一个月，徐县长还是没有来，只好再次去海州请徐县长，这都是后来的事了。徐县长见了刘福乾，好像不认识刘福乾似的。刘福乾说，徐县长你不认识我了？徐县长看着刘福乾，就是不说话。刘福乾说，徐县长，我是西乡刘湾镇刘福乾。徐县长听刘福乾自我介绍后，这才笑着说，知道知道，刘湾镇的刘镇长嘛！半响又问刘福乾有什么事。刘福乾说，徐县长忘了？上次你说要到刘湾镇去视察的。徐县长说，鄙人任职以来，一直都在熟悉情况，体察民情。徐县长说完喊来县府秘书，要秘书安排一下到西乡刘湾镇去视察。

这时的徐县长突然想起了水晶景石，还有花生、野兔、野鸡，心里想，那些玩意儿都是刘镇长上次来送的啊。随后两人热络起来，徐县长请刘福乾到会客厅坐下来，两个人说了一会儿话，秘书过来对刘福乾说，县府安排徐县长后天到西乡刘湾镇去视察。秘书看看徐县长，又交代刘福乾说，徐县长去视察不要大张旗鼓，不要搞欢迎仪式，不要大吃大喝。刘福乾点头哈腰地说，好的好的。等秘书走了，刘福乾说，徐县长，我这就告辞了。徐县长说，怎么走得这么急？刘福乾说，我回去安排一下。徐县长说，既然留不住，那就请回吧。徐县长亲自把刘福乾送到县府大门外，看着刘福乾上了马车挥挥手。刘福乾也摇了摇手，回头对马路咕哝了一句，马路便赶着马车丁零当啷地回刘湾镇了。

第三天半下午的时候，一辆敞篷吉普车，一路鸣着喇叭来到刘湾镇。刘福乾带着人在镇府大门前等了大半天，终于等来了徐县长。看看徐县长的脸色，觉得不太对劲，他心里打鼓，不知徐县长为何不高兴。秘书在刘福乾耳边小声说，怎么连个欢迎的人也没有？刘福乾说，你说不要大张旗鼓，不搞欢迎仪式。秘书摇摇头。刘福乾愣在那里，像个大冬瓜似的。

晚上吃饭的时候，刘福乾从满园春找来两个年轻漂亮的女人陪徐县长和秘书吃饭。一个女人坐在徐县长身边，一个女人坐在秘书身边。刘福乾见徐县长和秘书两个人眉开眼笑，心想，秘书说的"三不"政策原来都是骗人的啊。

酒过三巡，徐县长对刘福乾说，省府要我们严防南方的共产党流窜到东海地区，你是西乡刘湾镇的镇长，要切实负起责。不论是南方逃回来的，还是外地流窜来的共产党，只要发现，一要及时抓捕，二要及时报告县府，搞好西乡的社会治安。刘福乾说，徐县长放心，蒋主席说了，宁可错杀一千，绝不放过一个！刘福乾端起酒杯，跟徐县长和秘书叮当一碰，一仰脖干了杯里酒。小酒喝到快半夜的时候，刘福乾才送徐县长和秘书去休息，顺便一块儿把满园春两个年轻的陪酒女人带过去陪夜。

第二天午饭前徐县长才起床，在酒楼吃过饭，下楼时脚步有些踉跄，出了酒楼大门，在刘福乾耳边小声说，西乡的女子太厉害了。徐县长说完，爬上敞篷吉普车，呜一声开走了。

12

罗大炮趁吴天昊不在山上，误绑了陆铁匠上山，陆涛带人打山救爹，幸亏吴天昊及时赶回来，化干戈为玉帛，解除了一场误会。

喝完酒，吃过饭，吴天昊让陆铁匠跟陆涛去安峰山，陆涛对陆铁匠说，爹，有吴大哥、罗大哥，你在房山安心研究多造几门炮。罗大炮对陆涛说，陆老弟，陆老伯在我这里你一百个放心，多造几门炮，咱再轰刘福乾个老龟孙。吴天昊还是坚持让陆铁匠跟陆涛回安峰山，陆涛坚决不让，说，吴大哥，我山上又没有炮，我爹在罗大哥这里还有炮研究，多造几门炮，给我两门就行。吴天昊对陆铁匠说，陆老伯，你看呢？陆铁匠看看陆涛，又看看吴天昊，说，涛儿说得对，我在这里有炮照着做。吴天昊只好把陆铁匠留下来。送走陆涛，罗大炮不好意思地对吴天昊说，吴老弟，大哥这事做得有点儿那个，你多担待。今天要不是你回来了，非跟陆大当家的干起来不可。吴天昊说，罗大哥，以后做事要细思量。罗大炮说，我是个粗人，心里又急着造炮。再说，我哪里知道卢铁匠就是陆铁匠，还是陆涛老弟的亲爹哎？吴天昊笑着拍拍罗大炮的胳膊说，罗大哥，都是误会，过去了还是好兄弟。罗大炮咧着嘴说，吴老弟说得对，今后咱们是好兄弟。

其实，吴天昊看到陆涛就想起了肤色白皙，身材苗条，剪着齐耳短发，穿着湖蓝色上衣黑裙校服的刘紫瑶，心里又像有钝刀子割一样。在南京时，形势虽然严峻，但有刘紫瑶，心里也有个念想。现在找到刘紫瑶了，她却已为人妻，心里连个念想也没有了，这让吴天昊苦不堪言。

这天上午，吴天昊独自一人朝后山走，他想找个地方大哭一场。吴天昊正走着，忽听身后有人喊"天昊老弟"。吴天昊停下脚步，回过头来一看，见八喜跑得一头大汗来找他。吴天昊对八喜说，有事找我？八喜说，你家里来人了,大当家的要你快去。吴天昊听说家里来人了,就知道家里有事,但不知道是什么事儿。跟着八喜回聚义堂时,吴天昊突然想,是南京来信了吗?我爹派人给我送来了?这么一想,他走着走着便小跑起来。当吴天昊气喘吁吁地回到聚义堂时,一眼看到来人是家里的长工耿三,耿三一见吴天昊便哭着说,少爷,你快回家看看吧,老爷让人打伤了。吴天昊倒了一碗水,端给耿三说,喝口水慢慢说。耿三接过碗咕咚咕咚一口气喝完水,抬起胳膊抹了一把嘴接着说,刘福乾刨了家里的老榆树,老爷心有不甘,前几天让马管家陪着到海州去找徐县长,半路上让蒙面人打了,老爷腿断了,马管家胳膊断了,唐根柱后背上一片青紫,是太太要我来找你的。吴天昊还没说话,罗大炮眼一睁说,吴老弟,是不是刘福乾这个老龟孙干的?我带人去把刘福乾给灭了。吴天昊说,罗大哥,千万不要莽撞,是不是刘福乾干的,我回家看看情况再说。罗大炮说,让八喜跟你一起回去?吴天昊说,罗大哥,我一个人回去看看就行。罗大炮说,带个人回去,遇事也好有个帮手,有事你说话,要人有人,要炮有炮,咱兄弟谁跟谁?吴天昊看看罗大炮,两手抱拳说,谢大哥!罗大炮说,自家兄弟,你的事就是我的事。罗大炮喊来八喜交代一番,又对吴天昊说,吴老弟骑我的马去。吴天昊说,你要是有事没马骑怎么行?罗大炮说,我叫你骑你就骑,马厩里不是还有马吗?

吴天昊和八喜牵马下了山,耿三牵了匹老驴跟在后面。三个人正朝山下走,恰好碰到巡山的苗风池。苗风池看见吴天昊一行牵着驴马下山,说,吴军师去哪儿还骑马?八喜说,天昊家里有事,回吴官庄一趟。苗风池问什么事,八喜说吴老爷让人打了。苗风池"哦"了一声,说,军师,我也跟你一起去。吴天昊说,八喜跟我去就行了,你好好巡山吧。苗风池答应一声巡山去了,还不时朝山下看看。

来到山下,吴天昊和八喜两人骑上马,耿三骑上驴,十二只蹄子敲击着苏北大地,发出呱嗒呱嗒清脆的响声。

中午时分,吴天昊和八喜、耿三一起回到吴官庄。一进吴家大院,吴天昊母亲看见儿子回来了,就挪着一双小脚迎出来,一把抓着儿子的手哭着说,儿啊,这是哪个该天杀的干的啊?吴天昊扶着母亲说,娘你别哭,我去看看爹。吴天昊走进里屋,看见父亲躺在床上直哼哼,连忙走上前小声喊"爹爹"。半响,吴祖文听到喊声睁开眼来,看见儿子回来了,说,天昊,你爹我咽不下这口气啊!吴天昊扶起父亲,让父亲倚在被子上,喂了几口水,说,爹，我去看看马管家。吴祖文点了点头。

吴天昊去看马管家，马管家一手托着胳膊说，少爷回来了。吴天昊急忙上前，让马管家躺在床上别动，向马管家问了一些情况。马管家把详细经过跟吴天昊讲述了一遍，说，我估计是刘福乾派人干的。你想想，你上次回来，他来家没找到你，回头就把祖上栽的一棵老榆树刨走了，吴家这是让刘福乾盯上了。听了马管家的话，吴天昊点点头说，马叔，我知道了，你好好休息，晚上我到镇上去请接骨匠。马管家眼圈红了，泪在眼圈里打了半天转转说，少爷，让你费心了。

看完马管家，吴天昊又到唐根柱家去看望唐根柱。唐根柱见少爷来看他也哭了起来。半晌，他脱了棉袄，让吴天昊看了后背，然后说，少爷，这事没有别人，就是刘福乾干的。吴天昊掏出几块大洋说，根柱哥，到镇上药房抓点药熬了喝，在家多养几天。

吴天昊从唐根柱家回来，又到吴祖文房里，见父亲睡着了，便轻轻在父亲床头的椅子上坐下来，看着父亲那张饱经沧桑的脸。他坐了一会儿，又轻手轻脚走出屋，找来八喜商量一下，晚上到镇上去请接骨匠。耿三说，少爷，根柱被棍捣伤了，我赶车。吴天昊看着耿三说，辛苦你了。耿三说，平时老爷待我像儿子一样，老爷受伤了，连一点忙都不帮，我还是人吗？吴天昊拍拍耿三的肩膀说，好兄弟。耿三有点受宠若惊，少爷怎么能和我这下人称兄道弟？他连忙说，少爷，可别这样说，我是下人。吴天昊说，去准备吧，吃过饭天黑了走。耿三爽快地答应一声，去准备驴车了。

夜幕降临时，吴天昊和八喜上了车，耿三便赶着驴车去了刘湾镇。走了一个多时辰，车子到了刘湾镇。镇上人都睡下了，只有戏院里灯火通明，传来阵阵锣鼓声、胡琴声。满园春门口挂着的红灯笼，在风中摇来晃去。为防止意外，吴天昊让耿三赶车在一条僻静的小巷里等候，自己带着八喜一起去了接骨匠家。

吴天昊好长时间没到镇上来了，凭着曾经的记忆，带着八喜拐了几个巷子，找到了接骨匠家。吴天昊让八喜在门口等着，待接骨匠家人打开大门时，一个人进了接骨匠家。

接骨匠已经睡下了，听说有人来找，连忙穿上衣服出来。听说要到吴官庄给吴祖文吴老爷接骨，接骨匠又摇头又摆手，说，吴少爷，你还是请别人去吧。吴天昊见接骨匠不去，扑通一声跪下来，说，老人家，我爹在床上躺了两天了，如果再不接骨人要残了。接骨匠扶起吴天昊，吞吞吐吐半晌只是叹了口气什么也没说。吴天昊说，老人家，救救我爹吧。接骨匠点上烟袋抽了几口烟说，吴少爷，不是天黑我不去，也不是天冷我不去，是昨天刘福乾派人来，叫我不要去给吴老爷接骨。我要是去了，家里人没个好。这你是知道的。听了接骨匠的话，吴天昊心里倒抽一口凉气，果然是刘福乾派人干的。

接骨匠又抽了一袋烟，叹口气说，吴少爷，我给你指个人，你连夜去找，别耽误给吴老爷接骨。吴天昊一听，一把抓着接骨匠的胳膊说，老人家，人在哪里？接骨匠小声说，马陵山里的七岩村，叫梁友福。吴天昊跪下来给接骨匠磕了个头说，你老不去为我爹接骨，是为了一家人的性命，我不怨你。你老给我指了个人让我去找，我要谢你！接骨匠拉起吴天昊说，吴少爷，我也是被逼无奈啊，换一个人家，别说坐车，走，我也要去啊。老朽实在是对不住吴老爷了，惭愧惭愧。说完，见吴天昊还站在那里，他催促道，快去吧。

吴天昊从接骨匠家出来，八喜朝吴天昊身后看看，没看到人，说，接骨匠呢？吴天昊小声说，快走，路上说。两个人来到巷子里，耿三听到脚步声从车上跳下来，见只有吴天昊和八喜两个人，说，少爷，接骨匠呢？吴天昊还是说，快走，路上说。耿三带着哭腔说，少爷，找不到接骨匠，我没法回去见老爷。吴天昊说，别啰唆，去马陵山里的七岩村。八喜和耿三都睁大眼睛看着吴天昊，虽然夜色浓黑看不清吴天昊的脸，但两个人依然看着说话发出声音的地方。吴天昊说，快走，不然天亮回不来了。八喜不说话了，耿三牵着驴，压低嗓门"驾"了一声，驴儿便嘚嘚地跑起来。

太阳两竿子高时，吴天昊从马陵山七岩村接来一位白发白眉白须的老人。梁友福在吴天昊搀扶下下了驴车，见过吴天昊母亲。两个人正说着话，王妈端来一盆温水，老接骨匠连忙洗了手，跟着吴太太走进吴老爷屋里，查看完吴老爷的腿伤，让人拿来一条布巾，要吴老爷咬着，然后运足气为吴老爷接骨。

吴天昊搀着母亲来到外屋，娘俩在外屋等着。不到一个时辰，梁友福从里屋出来，净了手擦了汗，坐下来一边喝茶一边对吴天昊和吴太太说，吴老爷的腿不碍事。吴天昊说，谢谢老人家。吴天昊母亲也说谢谢。梁友福说，太太、少爷不用谢。吴天昊说，你老人家如果不来为我爹接骨，我爹的腿就要残了。梁友福放下茶碗对吴天昊说，你不是说还有一个人胳膊断了吗？快带我去看看。吴天昊说，老人家歇歇再去吧。梁友福说，不歇了，治病救命。

骨头也是这样,早接一天是一天。吴天昊见老接骨匠如此敬业,便引领梁友福到马管家住的屋里去。

　　一直忙到中午,梁友福接完吴祖文的腿,又接了马管家的胳膊,这才坐下来歇息。王妈把沏好的云雾茶端上来,吴天昊请接骨匠用茶,接骨匠端起茶碗喝口茶,放下杯子,从带来的包里拿出十几服草药,拿出十几贴膏药给吴天昊,又交代了怎么熬药贴膏药。吴天昊把唐根柱背上的伤跟接骨匠说了一遍,接骨匠说,药在家里没带药来。吴天昊喊来耿三,要耿三把梁老接骨匠送回七岩村,回来时,把治根柱伤的草药带回来。

　　王妈去熬汤药了,不一会儿,吴家院里院外便飘荡着一股苦涩的草药味儿。

　　请接骨匠梁友福吃过午饭,吴天昊要接骨匠午休后再走,接骨匠坚持要走,吴天昊拿来十块大洋给接骨匠,接骨匠推辞再三,只拿了两块,多一块也不拿。吴天昊跟着驴车,一直把梁友福送到庄西头。

　　吴天昊送走接骨匠刚刚回到客厅,八喜突然跑来说,天昊,镇里来人了。吴天昊说,镇里谁来了?八喜说是镇府的赵秘书。吴天昊"哦"了一声,心想,他来干什么?八喜说,有事找老爷。吴天昊给八喜使了个眼色,自己快步走到里屋躲了起来。

　　在八喜的引领下,一个头发梳得油光锃亮,手里提着包的人走了进来。那人一进吴家大院,被苦涩的草药味儿呛了鼻子,连打了几个喷嚏。他跟着八喜来到屋里,见吴祖文躺在床上,捏着鼻子掀起被子一角说,吴老爷,鄙人是镇府的秘书,姓赵,你就叫我赵秘书好了。受刘镇长委托,我给你送委任状来了。八喜说,吴老爷腿被人打折了,又不是瘟病,你捏什么鼻子?赵秘书朝八喜翻翻白眼说,你们又没说,我以为吴老爷卧床不起得了什么瘟病呢。他大声对吴祖文说,吴老爷,是刘镇长叫我给你送委任状来的。吴祖文说,送什么玩意儿?赵秘书说,委任状。吴祖文说,什么委任状?赵秘书说,这么说吧,就是刘镇长叫你做吴官庄的保长。刘镇长叫你做保长,得有个证明吧?这个证明就叫委任状,我就是给你送委任状来的。赵秘书从包里掏出一张纸递给吴祖文说,祝贺吴老爷平步青云啊,一下子就当上了保长。吴祖文看看委任状,又递给赵秘书说,谢谢你跑了这么远的路,回去跟刘镇长说,我当不了这个保长。吴老爷说声"送客",八喜站在旁边,手朝门外一伸说,请。赵秘书说,吴祖文,你不能这样对我,我跑十几路给你送委任状,没有功劳还有苦劳吧？你连杯水都没叫我喝，连个座也不让我坐，我回去是要跟刘镇长详细汇报的。八喜又说了一声"请"。赵秘书只好把委任状放在包里，夹着包走到门外，转过身朝屋里说，吴祖文你等着。八喜接了一句话，吴老爷腿断了哪里也去不了。赵秘书看了一眼八喜，恶狠狠地哼了一声。没有人送，赵秘书自己走到门外，气呼呼地牵过马，脚还没有套进马镫就往马背上爬，掉下来又爬了一次才爬上马背，抖抖缰绳，骑马走了。

赵秘书走了，吴天昊从屋里出来，吴祖文说，刘福乾还委任我做吴官庄的保长呢。吴天昊说，爹，我都听到了，鳄鱼的眼泪假惺惺。吴祖文说，他不光整治我，还要我整治全村的百姓哪。吴天昊说，爹，你做得对，儿子支持你。吴祖文说，儿子啊，你爹以后可有罪受了。吴天昊说，爹怕他什么？有我呢。爷俩在屋里说起话来。

赵秘书快马加鞭，不到半个时辰就回到刘湾镇的刘家大院，见了刘福乾，从包里掏出委任状说，那个老东西不要。刘福乾一看赵秘书把委任状又拿回来了，大发雷霆，一把夺过委任状说，我就不相信那个老家伙能犟过我？随后，他带着人亲自到吴官庄兴师问罪。

八喜见村头尘土飞扬，急忙回来对吴天昊说，又来人了，你快躲起来。说着话，人马已经到了大门外。吴天昊急忙走出屋，三两步走过长廊，拐到后院，藏到了菜窖里。

就在吴天昊藏进菜窖里时，刘福乾也进了吴祖文的屋，见了躺在炕上的吴祖文，嘘寒问暖地说，听赵秘书说，吴老爷生病卧床不起，我专程赶过来探望。心里却说，打得好，我叫你再去找县长？半晌，吴祖文睁开眼看着刘福乾说，谢谢刘镇长的关心。心里却说，装什么装？果然，刘福乾对吴祖文说，祖文，听说你儿子天昊回来了？吴祖文说，没有啊。刘福乾看着吴祖文笑着说，你病了，他能不回来？说着，他掀开被子一角，见吴祖文腿上上了夹板，故作吃惊地说，祖文，腿咋了？吴祖文说，给你的人打断了。刘福乾沉下脸来说，这话怎么说的？你是吴官庄的老人了，可不许胡说啊。吴祖文说，我没有胡说，就是你的人打断的。刘福乾说，你看看，越叫你不要胡说你偏要胡说，我的人这几天都忙着抓共产党，哪有人见过你？吴祖文转过脸去，不再看刘福乾那张胖脸。刘福乾说，祖文，你儿子要是回来了，一定得告诉我，省府下令要清查南京漏网的共产党。你儿子如果是共产党，要是落到别人手里就没命了。你告诉我，我可以保他一命啊。吴祖文说，天昊真的没回来，不信你去找。刘福乾见吴祖文脸都不转过来，觉得无趣，把委任状扔在被子上说，祖文，这保长你干得干，不干也得干；干不干，由不得你了。刘福乾说完气哼哼走出屋，出了大门，带着人马走了。

八喜一直跟到村头，看见刘福乾的人马走远了，这才回到吴家大院。刘福乾走了，吴祖文气得颤抖着手，拿起被子上的委任状，几把撕成碎片，气愤地说，我干个屁！见吴天昊过来了，他从枕头下拿出一封信递给吴天昊说，这是昨天家里收到的你的信。吴天昊连忙接过来一看信封，认出是陈兴义的字，心里明白了大半。他撕开封口，掏出信纸仔仔细细看了一遍，然后把信用父亲床前的油灯烧了。吴祖文明白了大半，对吴天昊说，天昊，你有事就走吧，家里有你娘和王妈。

当晚，吴天昊告别爹娘，又去跟马管家告了别，感动得马管家老泪纵横。吴天昊带着八喜翻身上马直奔房山而去。八喜说，天昊，你真是从南京回来的共产党？吴天昊笑笑说，你别听刘福乾瞎说，他那是找我爹的碴儿。八喜说，你这人讲义气够朋友，不管你是不是共产党，我都跟定你了。吴天昊与八喜相视一笑，在马屁股上拍了一巴掌，那马四蹄翻飞，箭一般射向房山。

回到房山后，罗大炮听八喜说，吴天昊父亲确确实实是被刘福乾派人打伤的，立马要带人下山炮轰刘福乾，被吴天昊阻止了。吴天昊说，罗大哥，君子报仇，十年不晚啊。八喜接着把赵秘书送委任状被吴老爷赶走，刘福乾又亲自去送委任状，被吴老爷撕碎的事讲了一遍，说，吴老爷那叫一个有骨气，给他刘福乾当保长？那不成了刘福乾欺负老百姓的帮手了吗？罗大炮连声叫好，说，过段时间，我要去看看吴老爷子。

农历三月初四晚上，吴天昊对罗大炮说，想到海州集上去转转。

吴天昊上山已经半年了，所作所为深得罗大炮喜爱。罗大炮听吴天昊说想到海州集上去转转，高兴地说，吴老弟，你回来也没到处转转，天天在我这山上操心，明天叫八喜陪你去？吴天昊说，多谢罗大哥，八喜这小伙子不错。罗大炮说，吴老弟你说对了，我这山上的人哪有错的？吴天昊说，都是罗大哥待人实诚，弟兄们才跟着你的。罗大炮说，哎呀，吴老弟就是会说话，夸奖大哥了。吴天昊说，路远，我想天不亮就走，明天晚上在海州住一夜。罗大炮说，骑马去快。吴天昊说，我和八喜走着去，这样不招人眼。罗大炮说，也好，那你快去睡觉，明早早点儿走。吴天昊说，谢谢罗大哥。罗大炮说，都是自家兄弟，谢什么谢？快去睡觉。

吴天昊回到自己屋里，灯也没点，摸黑在床沿上坐下来。想想自己从南京回来，一直盼着兴义大哥的来信，虽然兴义大哥信上的内容只有一句话，但总算与组织联系上了。他心里格外激动，一点儿困意也没有。

吴天昊在屋里坐了一会儿，想到外边走走，出了门，一股山风吹来，他不由得打了个冷战。他抬头看看天上的星星，觉得像刘紫瑶看他的眼神一样躲躲闪闪。吴天昊心里蓦然一酸，觉得天冷冷的，星光冷冷的，风冷冷的，山冷冷的，寒气逼人。吴天昊来到后山，见山上十分清爽，已是早春气候，山上的树一片黑乎乎的。

吴天昊不去想刘紫瑶，但禁不住还是想到了刘紫瑶那双水汪汪的大眼。在南京鬼脸城前的镜子塘里，刘紫瑶那双眼睛是多么纯洁、多么清亮啊。刘紫瑶那双纯洁清亮的大眼，在吴天昊眼前渐渐变得混沌模糊起来，他对着大山和夜空，用尽力气大声喊道，紫瑶，紫瑶——

山风在树上走过，咔嚓一声折下一根干枯的树枝。

几个月来，吴天昊只是在心里一遍遍默默地呼喊着刘紫瑶的名字，从没有大声呼喊过，今夜终于对着沉睡的大山喊了出来。他长出一口气，抹了把眼泪，不再想刘紫瑶，转身回屋睡觉，明天天不亮，他要和八喜一起到海州城去。

三更天时，八喜喊醒了沉睡的吴天昊，两个人洗了脸，带上干粮上了路。天阴沉沉的看不到太阳，约莫快中午时，两个人来到蔷薇河边。不光腿走累了，肚子也饿了，两人在岸边找个避风的地方歇歇脚，掏出煎饼卷上大葱，大口大口吃起来，而后在蔷薇河边掬两捧水喝。歇息了一会儿，两人找到渡船过了河，半下午时来到了海州。

吴天昊带着八喜在街上闲逛，看见门脸大点儿的店铺都要进去转转，好像真是来海州城闲逛的。八喜说，天昊，我是第一次来海州，你呢？吴天昊说，小时候跟我爹来过一次，还记得我爹买了一根大油馃子给我吃呢。八喜说，吴老爷的腿不知咋样了。吴天昊说，梁老先生接骨接得既仔细又认真，应该不会有问题。八喜说，刘福乾这人真不是个玩意儿，打吴老爷黑棍。吴天昊说，刘福乾把我家祖上栽的老榆树刨了，刨就刨了呗，还说是县府徐县长征用的，我爹咽不下这口气，才遭了刘福乾的罪。八喜说，吴老爷是个有骨气的人，我佩服。吴天昊说，你也要做个有骨气的人哦。八喜说，那一定。吴天昊指了指另一条巷子说，走，到那边去转转。

两个人说着话朝山边转去。吴天昊指着山说，这个山叫百虎山。八喜说，早听说海州有个百虎山，真的有一百只老虎吗？吴天昊说，只是个山名而已，哪里有一百只老虎？八喜说，我以为真有一百只老虎呢，早想来看看老虎了。吴天昊说，说不准以后还真会有一百只老虎呢！正走着，八喜觉得脸上落下了雨星，仰起脸来，又有几个小雨滴落在脸上，对吴天昊说，下雨了。吴天昊也仰起脸来说，还真下雨了。看看天也晚了，两个人转到城边，寻了一家客栈住下来。

　　吴天昊逛街时看见大戏园子的海报，晚上唱的是拉魂腔《皮秀英四告》。吃过晚饭，吴天昊便带着八喜去听戏。八喜说，天昊，下雨了我不去听。吴天昊说，来一趟海州城，不逛逛街不听听戏，那还不如在房山看蚂蚁上树呢？八喜说，这要花你多少大洋啊？吴天昊说，跟我出来不要管这些，只管玩得高兴。吴天昊说完拉着八喜去了大戏园。

　　雨比原来下得大了许多，街上湿漉漉的，房子上湿漉漉的，但街上的人比下午的时候好像没见少。八喜说，天昊，到底是海州，人比咱房山人多。吴天昊笑笑没有说话。两个人进了大戏园子坐下来，要了茶水和瓜子，便悠闲地四处看着。戏园里一片嘈杂，嗑瓜子声、喝水声、说话声嘤嘤嗡嗡。一阵锣鼓响过，八喜抬头看着前面的舞台，幕没有拉开。过了一会儿，又一阵锣鼓响，八喜以为开演了，伸头看着前面的舞台，还是没有开演。吴天昊说，敲过三遍锣鼓以后才正式开演。正说着话，锣鼓又响起来，八喜再看前面舞台，大幕果然徐徐拉开了……听了一会儿戏，吴天昊见八喜两眼盯着舞台，竖着耳朵听得十分认真，对八喜说，我到外面去透透气，再去看个朋友。八喜脸也没转地说，你去你去。吴天昊见八喜听戏听入了迷又说，我要是回来晚了，戏散了你先回客栈睡觉。八喜说好。

　　吴天昊出了大戏园子，见雨比原来下得大了许多，不顾一切地走进雨幕，脚步匆匆地朝城东方向的百虎山走去。

　　来到百虎山，因为下了雨，加上冷风一吹，坡上滑溜溜的。吴天昊上山时滑倒好几次，有一次劈了腿，坐在地上半天才爬起来，一瘸一拐还往山上爬，看到那块翘起来的大石头时，吴天昊才放下心来。

　　吴天昊在翘石旁边转来转去，终于找到了翘石下面的牛眼洞，刚刚爬到洞口，眼前突然亮光一闪，一把大刀片子横在胸前。吴天昊说，我是来开会的吴天昊。那人说，是西乡的吗？吴天昊说是。大刀片子收回去了，吴天昊爬进牛眼洞，豁然开朗，眼前是一个可以容纳二三十人的山洞。两眼适应过来后，吴天昊看见洞里点了盏油灯，昏黄的灯光把人影儿照射在洞壁上。

吴天昊还在兴奋中，有人说，是不是西乡的吴天昊来了？吴天昊赶紧说是。吴天昊小声问身边的人，这是谁？身边的人说，县委李书记。吴天昊刚坐好，就听李书记说，人到齐了，下面我们开会。今天是东海县特别党支部扩大会议，只许听不许记录……会议开了一个多时辰，李书记说，我最后再强调一次，要按照创立共产、为党工作、铁的纪律、死不叛党四项要求发展党员，壮大我们的党员队伍，散会。

当热血沸腾的吴天昊从牛眼洞里爬出来时，雨已经停了。参加会议的人默默下山来，眨眼间走进夜幕四散而去。

吴天昊十分兴奋，回到大戏园时，见戏早散了，便转身回了客栈。到客栈门口时，客栈老板正在关门，吴天昊急忙推门进去。客栈老板说，逛窑子去啦？像你这样的小白脸，窑姐可喜欢呢。吴天昊含含糊糊不知说了句什么，一头钻进客房。客栈老板关好门，说，婊子都比家里的老婆会玩哪。

八喜还沉浸在《皮秀英四告》的剧情里，皮盾不顾兄妹之情下毒手，皮秀英大难不死，真是好人有好报，恶人有恶报啊。看见吴天昊回来了，八喜从剧情里回过神来说，天昊，你回来了，我正准备出去找你呢。吴天昊见其他客人都睡了，手指竖在嘴上轻轻嘘了一声，八喜才放低了说话声音。吴天昊上了大通铺和八喜头靠头，八喜还想着剧情，翻过来转过去睡不着，突然小声说，天昊，你说皮盾像不像刘福乾，尽给人下黑手？

吴天昊回到东海后第一次参加东海地区党的扩大会，还沉浸在会议里，把李书记的讲话细细地捋了一遍，越捋越高兴，越捋越兴奋，听八喜说皮盾心黑手狠，趴在八喜耳边小声说，八喜，皮盾这样的人你恨不恨？八喜说，皮盾跟刘福乾一样坏透了，我当然恨了。吴天昊说，那你想不想参加共产党？八喜说，天昊，你真是共产党？吴天昊说，你看我像共产党吗？八喜说，我早看你像了。吴天昊说，共产党是无产阶级的政党。八喜说，无产阶级是什么？吴天昊说，无产阶级就是像你这样没有生产工具，没有地种，种地还要给刘福乾交租，想过好日子的人。八喜说，天昊，你讲给我听听。吴天昊说，天不早了睡觉吧，有时间我讲给你听。八喜说，天昊，我听你的，睡觉。吴天昊说，睡觉，明天回房山。

身边的八喜不一会儿就睡着了，吴天昊还是兴奋得睡不着，心里掂量掂量，八喜是个不错的人，罗大炮、陆涛、程老六、耿三都是不错的人，想着想着不知啥时候也睡着了。

　　吴天昊和八喜在海州客栈的大通铺上，睡到天光放亮，是早起的人惊醒了他们。两个人起了床洗过脸，在街边小吃摊上吃了饭，精神抖擞地回了房山。

第四章 生死大对决

13

刘紫瑶在安峰山做了土匪压寨夫人的消息，还是传到了刘福乾耳朵里。

去年五月，刘福乾背上长了个大疮，天天朝外流黑水，半个背青紫乌黑，喝了几十服草药也没喝好，刘湾镇半条街都飘荡着草药味。后来刘福乾闻着草药汤味就干哕，一口也喝不下去。镇上行医几十年的老郎中也没有办法，被刘福乾派人砸了牌子赶出了刘湾镇。

刘福乾背上生疮不能躺着睡觉，睡觉时不是侧着身子睡，就是趴着睡，总有一种时日无多的感觉。病中的刘福乾十分想见侄女，写了一封信寄到南京学校，要刘紫瑶回来一趟，让他再看上一眼。刘福乾眼巴巴等了个把月，既不见刘紫瑶回家，也不见刘紫瑶来信，心里结了个大疙瘩。当年刘福乾弟弟刘福坤患了不治之症早早走了以后，是刘福乾把弟弟留下的唯一血脉刘紫瑶当成亲闺女抚养长大的。现在可好，自己也得了不治之症，想看一眼也看不到，气得大骂刘紫瑶是个忘恩负义的白眼狼。谁也没想到，刘福乾气崩了背上的无名大疮，淌了半海碗黑血水，竟渐渐地好转起来，一个月后，他又精神十足地出现在镇府里。随后，刘福乾给南京学校里的刘紫瑶又写了一封信，说自己的病好了，要是学习忙就不要回来了。可是，刘福乾依然没有接到刘紫瑶的回信。

一晃，刘紫瑶失联快一年了，刘福乾曾派人专程到南京学校去找，学校说刘紫瑶去年六月请假回东海，开学后一直没来上学。一个寝室的同学秦晓青也说，刘紫瑶去年六月接到家里的一封来信，说要回家看望生病的大伯，请假走了以后到现在也没有回学校。刘福乾听回来的人说刘紫瑶从去年六月请假回东海到现在也没回学校，心里沉甸甸地想，活不见人死不见尸，紫瑶这是到哪里去了？是走错路了还是走丢了？如果走错路了，快一年了也该走回来了吧？也可能在回来的路上遇到了不测？可他万万没有想到，刘紫瑶被安峰山匪首陆涛截上山当了压寨夫人。得知这个消息后，刘福乾气得火冒三丈暴跳如雷，当即写了一封亲笔信，派丁管家送到安峰山，要陆涛立马放人，如果不放人，要打山抢人，踏平安峰山。

丁管家坐着马车，叽里咕噜风尘仆仆来到安峰山山门时，立马被几个土匪团团围住，叫喊着要绑丁管家。丁管家说，别动，我是来送信的，两国交战还不斩来使是不是？土匪说，什么是不是？大当家的规定，凡是外边来人上山的一律绑上。丁管家说，把你们大当家的叫出来说话。土匪说，这老家伙口气不小，大当家的是你说见就见的吗？丁管家一看，还真是秀才遇见兵，有理说不清呢，心里气鼓鼓的，却也无可奈何，只好让土匪绑了，眼上蒙了黑布，一路磕磕绊绊被带到山上的威武堂。丁管家也不知道到哪里了，反正是停下来不走了，眼上的黑布还没有解开就说，我是刘湾镇刘镇长派来给陆大当家送信的。

陆涛认出来老头是刘福乾家的丁管家，连忙叫土匪松了绑，解下蒙眼黑布。丁管家年纪大了本来眼就花，刚解下蒙眼黑布，两眼见光一时不适应，头晕目眩，脚下一踉跄，土匪连忙上前一把扶住才没有跌倒。陆涛说，给老管家赐座。一个土匪连忙搬了把椅子过来，让丁管家坐下来。丁管家到底是大户人家的管家，喘口气，掸掸衣襟，大大方方地坐下来，看清确是陆铁匠儿子陆涛后，不慌不忙从怀里掏出一封信来说，大当家的，这是刘镇长给你的信。土匪接过丁管家手里的信递给陆涛，陆涛看看，大笑一声，把信撕个粉碎，随手一扬，撕碎的纸片雪花一样飘落一地，说，刘紫瑶是我的压寨夫人，怎么可能随便送她下山？还要送回刘湾镇刘家大院？过了一会儿，他又对老管家说，你老说刘福乾是不是痴人说梦？丁管家在刘福乾家做了几十年管家，不光陆涛认识，就是刘湾镇三岁小孩都认识。陆涛说，给老管家看茶。有土匪答应一声沏茶去了，陆涛又说，老管家身子骨可好？土匪端上茶来，丁管家端起茶碗闻闻，然后喝了一小口品品，说，上等云雾茶！陆涛说，老管家好功夫。丁管家放下茶碗对陆涛说，大当家的，我把信送到了，放不放紫瑶回去那是你的事。陆涛说，老管家你回去告诉刘福乾，人在我这儿好着呢。丁管家说，那我回去了。陆涛说，老管家喝碗茶再走嘛。丁管家刚站起身，听陆涛说让他喝碗茶再走，又坐下来端起茶碗啜了两口，放下茶碗说，大当家的告辞。陆涛说，我要厨子中午多做几个菜，老管家吃过饭再走。不管怎么说，你只是给刘福乾当管家，跟我家没有仇。丁管家说，涛子，不用不用，老朽身子骨还撑得住。陆涛见丁管家执意要走，只好起身相送，一直送到山下，土匪赶过马车，陆涛扶着丁管家坐在车辕上，这才两手抱拳拱了拱，说，老人家一路走好。丁管家转过脸来对陆涛说，我回去如何告诉刘镇长？陆涛说，如实相告，与你没有关系。丁管家说，回头见了你爹，叫他多保重，有些事我也无能为力。陆涛说，谢过老管家。丁管家抖抖缰绳"驾"了一声，老马迈开四蹄嘚嘚地走了。

丁管家和陆涛父亲陆铁匠原来是光屁股一起长大的小伙伴，只是后来丁管家被他父亲送到海州一家货栈当了学徒，后来又跟货栈的老会计学会了珠算，丁管家娶媳妇后就没有再去海州，三十多岁的时候，被刘福乾看中请去当了管家，在刘家大院已经待了二十多年了。丁管家被送到海州当学徒时，陆涛父亲也跟父亲学会了打铁，再后来继承了铁匠铺，成了刘湾镇方圆几十里有名的铁匠。

丁管家赶着马车越走越远，陆涛不禁想起在房山造炮的父亲，心里蓦然一酸，人家丁管家大半辈子轻闲，爹爹却劳累了大半辈子。陆涛想，哪天带着刘紫瑶到房山去看看爹。刘紫瑶虽然是刘福乾的侄女，但更是爹的儿媳妇啊。不然的话，过一段时间把爹请到安峰山来住，在安峰山不是一样造炮吗？再说刘紫瑶快要生了，到房山去也不方便。忽然一想，刘紫瑶生了，自己不就当爹了吗？陆涛心里甜丝丝的，朝山上喊了一声，爹，你要做爷爷了——

陆涛还没来得及带刘紫瑶到房山去看爹，刘继业却找上山来了。

这天吃过午饭，陆涛搀扶着刘紫瑶到屋里床上休息，忽听山下传来一阵吵闹声，不知咋回事，怕影响刘紫瑶休息，连忙走出威武堂，低声呵斥道，什么人这样大胆？门外远远的有人喊，陆涛，你还我妹妹！陆涛说，这是哪个，敢在我山上这样说话？门外人又喊，陆涛，你还我妹妹！陆涛随手抽出腰后的短火，带着几个土匪冲下山去，快到寨门时，见几个土匪正围着一个人，一边吵吵嚷嚷一边朝山上来。陆涛见离威武堂远了，大喊一声，闪开，我看看是哪个龟孙在这儿闹。土匪立马闪到一边，陆涛手提短火走过去。门外人大声说，陆涛你个小龟孙，是你爷爷我——刘继业！陆涛一看来人胖胖的，五大三粗，正是刘福乾的儿子刘继业。两个人原来都在刘湾镇上住，彼此都认识，陆涛连忙把短火别在裤腰上，两手抱拳说，原来是继业大哥，快屋里说话。刘继业说，奶奶个熊，谁是你大哥？还我妹妹来！陆涛说，你是我大哥。刘继业说，看清楚了，谁是你大哥？陆涛说，看清楚了，你是我大哥！刘继业"呸"地吐了一口。陆涛说，你不光是我大哥，还快要当我儿子的舅舅了。刘继业一听，心里的火一下子蹿上头顶，一边说"我非打死你个小龟孙不可"，一边朝陆涛扑去。

　　陆涛见刘继业扑过来，转身朝后山跑，刘继业跟着就追。土匪们也跟着一起朝后山跑，跑到后山一看，两个人早在后山坡上四把搂花腰滚在了一起。也不知是谁把谁摔倒了，两个人翻过来滚过去，滚过去翻过来，一会儿陆涛在上面，一会儿刘继业在下面，一会儿刘继业在上面，一会儿陆涛在下面。土匪们不知道怎么帮陆涛，就当两个人摔跤玩，围了一圈看景，还有土匪跟着喊好。陆涛个高人瘦，刘继业人矮敦实。刘继业一把将陆涛抱起来摔到一边，忽听一声枪响，插在陆涛后腰上的短火响了，铁砂哗哗带响扫帚般扑向草地。刘继业吓得跳了一下脚喊，你开枪打我？陆涛说，我没开枪，是你把我短火摔响了。刘继业说，你还犟嘴？陆涛本来没开枪，刘继业却硬说是他开的枪。陆涛心想，不是自己打的枪也是自己打的，狗皮帽子已经没有反正了。他干脆一不做二不休，从腰后拔出短火，朝天上指指戳戳说，信不信，我一枪打死你！其实陆涛知道短火里没有枪药了。刘继业一看陆涛拿着短火指指戳戳，怕陆涛真的开枪，一边朝寨门跑一边说，你给我等着，看我怎么收拾你。陆涛撒开两腿去追刘继业，一边追一边喊，大舅子你跑什么跑？晚上我请你喝酒。见刘继业越跑越快，越跑越远，陆涛停下来不追了，大口小口地喘。刘继业见陆涛不追了，也放慢脚步停下来，转过身朝陆涛喊，陆涛，你等着，看我不踏平你的山寨！陆涛说，大舅子，你要是再来安峰山，看我一枪不打死你！刘继业说，你等着。陆涛说，我等着。刘继业跑到寨门外，翻身上马，跟两个家丁一块儿下山回刘湾镇了。

　　陆涛回到卧房时，见刘紫瑶挺着大肚子正要下床，赶紧搀扶刘紫瑶在椅子上坐下来，说，你不躺着歇歇，这是要到哪儿去？有事你说一声嘛。刘紫瑶说，我听外边又吵又闹的，还有枪响，咋回事？陆涛松口气对刘紫瑶说，几个臭小子在后山坡摔跤玩，不小心走火了。刘紫瑶也松口气说，我好像听到我哥的声音，我哥来了吗？陆涛说，没有没有，你哥怎么会到我这土匪窝来？陆涛说完走到刘紫瑶身边，握着刘紫瑶的手又说，你快生了，躺下歇歇吧，下午我派老六到山下村里请个接生婆来。刘紫瑶说，过几天才能生。陆涛说，请接生婆来陪着你，如果要生了，我临时到哪里去找人？刘紫瑶见陆涛知冷知热一往情深，头靠在陆涛肩膀上一脸的幸福。陆涛摸摸刘紫瑶的脸说，小乖乖来，躺下歇歇。刘紫瑶顺从地重新躺在床上，陆涛拉过被子给刘紫瑶盖上说，我去找几个人，让他们烧点儿木炭，过几天你生孩子时好用。虽然开春了，但夜里还是冷，别冻着你和我儿子。刘紫瑶含情脉脉地看着陆涛，不禁想起在板浦师范读书时的情景。

那年春天的一天下午，刘紫瑶接到家里来信说大娘病了，要回家看望大娘。同学们听说刘紫瑶要回几十里外的刘湾镇，都劝她明天早晨再回去。一个小姑娘，单身一人半夜也走不到家。刘紫瑶不听同学们的劝阻，跟老师请了假，毅然决然地踏上了回乡之路。刘紫瑶想，父亲去世后，是大伯、大娘把自己当亲生女儿一样养大，又把她送到省立师范读书，现在大娘病了，她怎么能不回去看看？路就是再远，天就是再黑，也要回去啊。刘紫瑶走得很快，她希望早点儿回到家看望大娘，不一会儿就出了板浦镇，沿着大道急匆匆地朝前走。走着走着，天色暗淡下来，她想走近路快点儿到家，便岔上一条小道。走了一会儿，她总觉得身后有人跟着，停下来转脸看看，身后走过的小道白亮亮的，人影儿也没有。

刘紫瑶紧走慢走，暮色还是扑落下来了，远远近近的村舍，都隐在渐渐浓郁起来的雾霭里。看看前边没有尽头的小路，刘紫瑶突然产生一种从未有过的孤独感。此时此刻的刘紫瑶，多么需要一个同伴，需要一个依靠啊，哪怕是一个陌生人，也可以一起搭伴走路，一起说说话，打发路上的寂寞和恐惧。万一遇到狼或是土匪怎么办？刘紫瑶心里一紧，转身看看，见后面不远处有个人慢腾腾地走着。刘紫瑶故意放慢脚步，半响也没见身后那人赶上来。她停下来转脸看看，见那人也停下不走了。她又往前走了几步，冷不丁站住转脸看看，那人也冷不丁站住不走了。刘紫瑶心里咚咚敲起了小鼓，这人是干什么的？怎么我走他也走，我停他也停？他是不是也到刘湾镇去？刘紫瑶本想喊一声，叫那人快点儿走过来，又怕那人是坏人，一个小姑娘怎么能和一个坏人一路同行呢？想想又没喊。刘紫瑶心里急得上火，默默地说，你快点儿走啊！看看那人还是不远不近地跟在后面，急得刘紫瑶直跺脚，直到他认出身后那个人好像是陆涛时，才大声喊"陆涛、陆涛，快点儿来"。

后边的人听到刘紫瑶喊，三步并作两步地走上前来。刘紫瑶一看果然是陆涛，举着小拳头在陆涛胸前一连捶打了好几下，哭着说，你怎么不早来，都快吓死我了。陆涛掏出手帕递给刘紫瑶。刘紫瑶接过手帕抹了抹眼泪，然后把手帕还给了陆涛。陆涛把带着刘紫瑶泪水的手帕，轻轻折叠好，他没有装在裤兜里，而是轻轻地装进了胸前的上衣口袋里。陆涛把手帕装进胸前口袋后，生怕手帕长翅膀飞跑了似的，还用手使紧摁了摁。这一切，都被刘紫瑶看得真真切切。暮色里，刘紫瑶的脸微微一红。两人相差一个身位，一边说话一边一前一后地朝前走。天黑透了，陆涛说，紫瑶你走了半下午，歇会儿再走吧，有我陪着，走到半夜也不怕。刘紫瑶说，你一说还真的有点儿累了。

两个人在小路边的田埂上坐下来，身边是浓浓的夜色，头顶是璀璨的星星，他们倾听着玉米地里春虫的歌唱，寻找着北极星，寻找着天河，寻找着牛郎织女星……多么美妙的春夜啊。两个人走到一条浅水河时，陆涛二话没说，脱下鞋子递给刘紫瑶说，紫瑶拿着，我背你过河。

……

刘继业狼狈地回到家，对刘福乾说，爹，我被陆涛打了一枪。刘福乾的火噌地一下上了头说，什么，这个小龟孙敢开枪打你？胆子还真大了！刘继业说，爹，气死我了。刘福乾说，见着你妹了吗？刘继业说，陆涛不给见。刘福乾说，老子不出面，看来这人是要不回来了。刘福乾说完带上几个家丁，刘继业带路，蹚一路烟尘直奔安峰山。

陆涛坐在床头陪着刘紫瑶说话，程老六一边喊着大当家的，一边气喘吁吁地闯进屋来，上气不接下气地说，大当家的……程老六话没说完，陆涛急忙上前把他推到门外，走出威武堂，来到威武堂后的坡地上。陆涛问什么事，程老六说刘福乾来了。陆涛说，这个老东西带人来了吗？程老六说带了。陆涛问几个，程老六说，五个，刘继业又来了。陆涛说，喊上弟兄们，带上家伙跟我走。程老六一声吆喝，立马来了一二十个手拿长火、短火、大刀、棍子的弟兄。陆涛把短火别在裤腰上，对程老六说，看我眼色行事。程老六说，听大当家的。

陆涛带着一群土匪直奔山门，见刘福乾带着人正朝山上来，手一挥，程老六带着人立马隐蔽到路两边的杂树丛、石头后面去。刘福乾看见山上下来一个高个子青年，知道这个人就是匪首陆涛，二话没说，掏出短火朝陆涛开了一枪。陆涛眼疾手快，一个箭步蹿到路边大树后，躲过了射过来的枪砂。

这一枪打完，陆涛知道刘福乾枪里没有火药了，从树后出来，站在路中间，两手抱拳，说，老丈人，几年不见身子骨可好？小婿给你问安了。刘福乾说，谁是你老丈人？把紫瑶交出来。陆涛说，紫瑶有我照顾一切安好，请老丈人放心。刘福乾说，滚蛋，你个小龟孙把紫瑶交出来。陆涛说，紫瑶是我的压寨夫人，我能随便把人交给你吗？刘福乾说，我一枪打死你个小龟孙。陆涛说，哎哟，老丈人太狠了，你要一枪打死我，剩下紫瑶一个人怎么办？哦，忘记告诉老丈人了，你快当舅姥爷了。刘福乾听陆涛说他快要做舅姥爷了，气得脸色铁青，浑身发抖，拿着短火指着陆涛，哆嗦着嘴说不出话来，嗓子眼忽地泛上一股血腥，嘴一张，喷出一口血来，两腿一软，身后的家丁急忙上前扶住才没有倒下。刘继业抱住刘福乾连声喊爹，见刘福乾睁开眼来，对陆涛说，你个小龟孙想气死我爹？陆涛说，要是不费一枪一弹气死老丈人，那是我的本事。说完，他仰脸哈哈大笑。刘继业擦干净刘福乾嘴角的血，刘福乾又"呸呸"吐了几口，说，我要见紫瑶。刘继业朝陆涛喊，我爹要见紫瑶。陆涛说，好，我也不难为你了，就让你见见紫瑶吧，不要死了以后见不到。陆涛转身要程老六把夫人请来。程老六答应一声，带着两个土匪朝山上跑去。不一会儿，程老六陪着刘紫瑶，两个小匪抬着一把椅子下山来。

　　刘紫瑶一见刘福乾，一边哭喊着"大伯"，一边朝山下奔去，被陆涛一把抱住了。刘紫瑶一边哭一边说，让我过去看看大伯，让我过去看看大伯。陆涛说，夫人你身子不方便，就在这儿看看吧。两个土匪连忙把椅子搬到刘紫瑶身后，陆涛让刘紫瑶坐下来，然后对刘福乾说，老丈人，看到了吧，你快要做舅姥爷了，这是真的，我没有说假话。刘福乾见刘紫瑶果真挺着个大肚子，撕心裂肺地喊："紫瑶——"刘紫瑶也哭着喊："大伯——"刘继业也声嘶力竭地喊："小妹——"刘紫瑶看见刘继业大喊："大哥——"刘福乾说，陆涛你个小龟孙把人给我放了。刘继业说，陆涛你把我妹妹放了。陆涛对刘紫瑶说，紫瑶站起来，让你大伯好好看看。陆涛搀扶着刘紫瑶慢慢站起来。刘福乾手朝前一挥，两个拿长火的家丁刚要开枪，刘继业连忙说，不能开枪，开枪会打伤紫瑶的。陆涛站在刘紫瑶身旁说，打吧，谁要伤了夫人和我儿子，我不会放过他全家的。刘继业气得直跳脚，两个拿着长火的家丁连忙退到后边。陆涛朝后挥挥手，程老六连忙过来搀扶着刘紫瑶起身回山上，刘紫瑶一边走一边转头喊："大伯——大哥——"两个土匪搬了椅子就朝山上跑。刘继业说，紫瑶你跟我们回家。陆涛说，大舅子别忘了，夫人的家在我山上。刘继业掏出短火冲陆涛开了一枪，说时迟那时快，陆涛闪身跳到树后喊，大舅子你还真打啊？手一挥，躲在路边树后的土匪连开两枪，打完短火的土匪立即退到后边，又上来两个端着长火的土匪开了两枪。

刘继业怕刘福乾被陆涛这个愣头青伤着，连忙搀着刘福乾，带着家丁下山去了。

陆涛带着土匪朝天上放了几枪，见刘继业搀着刘福乾狼狈地逃下山去，在后边又是敲锣又是"噢噢"地喊叫。

刘继业搀着刘福乾和家丁头也没回，来到山门外，急忙把刘福乾扶上马，带着家丁一路狂奔回了刘湾镇。

刘福乾带人到安峰山要侄女，侄女没要来，被安峰山土匪打了两排火枪，吓得屁滚尿流狼狈逃窜的故事，不仅镇上人到处传讲，而且风一样传遍了十里八村。

刘福乾气得三天水米没沾牙。刘紫瑶失联后，刘福乾曾做过种种设想，就是没想到刘紫瑶会成为安峰山土匪的压寨夫人，而且肚子大了，眼看就要生了。刘福乾说，福坤，我没有照顾好紫瑶，对不起你啊。刘福乾的心仿佛被陆涛剁碎了。

都是陆涛这个小龟孙惹的祸啊！想起陆涛，刘福乾恨得牙根疼。当年听说陆铁匠儿子看上了侄女刘紫瑶，刘福乾心想，紫瑶虽说不是自己亲生的，但是自己一手抚养长大的，那也是千金小姐，一个铁匠的儿子怎么连这点自知之明也没有呢？后来听家里人说，铁匠儿子还一个劲儿地纠缠刘紫瑶，刘福乾便派人到处抓铁匠儿子，虽说没抓到，但吓得铁匠儿子东躲西藏跑得没了影，后来老铁匠也不知去向了。原以为这事就这么过去了，哪想到，铁匠儿子竟跑到安峰山当了土匪，还把回家路过安峰山的刘紫瑶截上山当了压寨夫人，自己眼看就要当舅姥爷了，今后还怎么在刘湾镇混？

刘福乾在床上整整躺了三天，第四天早上刚穿衣服，丁管家匆匆来到他的卧房说，老爷，房山土匪截了一车布料。刘福乾问什么时候，丁管家说天没亮的时候，进货车走到房山时被土匪截了。刘福乾一听，身子朝后一仰，晕倒在床上。丁管家连忙喊人来，一边狠掐刘福乾人中一边用冷水布巾敷在他额头上，见刘福乾牙咬得铁紧，怕咬断了舌头，又赶紧撬牙，塞了个布团在嘴里。几个人折腾忙活半晌，刘福乾终于缓过气来，抬手指了指，一屋人也不知道他要干什么。丁管家后来见刘福乾指指衣服，连忙给刘福乾穿衣起床。用人端来水，刘福乾洗了把脸，完全清醒后，抬腿要走，脚下不禁踉跄一下，亏得丁管家一把抓住才没有摔倒，几个人连忙搀扶着刘福乾坐在椅子上歇息。丁管家说，老爷你三天没吃东西，身子太虚弱了。半晌，刘福乾说，我哪里吃得下啊，继业呢？丁管家说，继业一大早去镇府了，你躺下了，有些事他得去处理。刘福乾说，去，把继业给我叫回来。

丁管家派家丁到镇府把刘继业叫了回来。刘继业听家丁说，家里到南方进货的一车布料让房山土匪给截了，咬牙切齿地想，非灭了两山土匪不可。一进刘福乾的卧房，刘继业就说，爹，你说咋办？刘福乾说，通知白塔埠的白成银、贯庄的万贯金、鲁兰村的鲁天成和吴官庄的吴祖文四个保长来镇里开会，商量商量，集中力量把两山土匪灭了。刘继业说，开会？刘福乾说，开会！你想想，咱家就十来条长火、短火，房山不光有大炮，也有长火、短火，安峰山也有长火、短火，我怕咱一家势力单薄灭不了这帮蟊贼啊。刘继业说，爹说得对。刘福乾说，这几天快要气死我了，不打安峰山陆涛个小龟孙我誓不为人，不打房山罗大炮我誓不罢休。刘继业说，我这就派人分头去通知。刘福乾说，去吧，就说我要开会。谁不来，让他们走着瞧。刘继业找来三个家丁，吩咐一人去贯庄，一人去鲁兰村，一人去吴官庄，自己去了白塔埠。

其实，刘福乾在床上躺了三天，人闲着，脑袋瓜子没闲着，一直想着怎么攻打安峰山，把侄女刘紫瑶救回来，哪想到，家里进货的一车布料又让房山土匪给截了。他想想到海州看望徐县长，半路上被土匪的马刺扎了车胎，新仇旧恨涌上心头，下决心要灭了两山土匪。

刘福乾吃过饭，觉得身上有了点儿力气，要去镇府。丁管家见刘福乾身子虚弱，派家丁伺候着刘福乾。

白塔埠保长白成银、贯庄保长万贯金、鲁兰村保长鲁天成听说刘镇长请他们开会商量事儿，觉得这是刘镇长瞧得起自己，二话没说，都屁颠屁颠坐着马车来了。

天快晌午时，三个人到了镇府，刘福乾见吴官庄吴祖文保长没有来，叫儿子刘继业再去请一次。刘继业问那个去吴官庄通知吴祖文来开会的家丁，吴祖文怎么没来？家丁说，吴老爷说腿还没好，不来。刘继业本来就一肚子两肋巴的气，听刘福乾叫他再去吴官庄找吴祖文来开会，便骑上马，带着几个家丁直奔吴官庄。等了大半个时辰，见吴祖文还没来，刘福乾对三个保长说，我在鸿运大酒楼请诸位保长吃饭。保长们说，刘镇长太客气了，等你身体好了再喝吧。刘福乾说,我是给这帮土匪气的,身体啥毛病也没有,棒着呢,别说三天没吃饭,就是十天八天不吃饭也撑得住。既然刘福乾自己这样说了,三个保长又是喝不花钱的酒,哪有不高兴的?一行人有说有笑来到酒楼,酒过三巡,刘福乾把想法说了一遍,最后说,我们几家联合起来,把两山土匪灭了。万贯金说,刘镇长,土匪太猖狂了,抢过我家三次了。白成银说,我家的一车海鲜半路上也让抢了。鲁天成说,谁家没给土匪抢过、截过?有刘镇长带领,这次一定要把两山土匪灭了,还我们一个太平。

刘福乾和三个保长一边吃饭一边商量攻打两山土匪时,刘继业带着家丁快马加鞭也到了吴官庄。

吴祖文断腿没好利索还躺在床上,见刘继业气哼哼地走进屋,知道又是来叫他去镇上开会的,没等刘继业开口,先说,继业,我不当保长,也不去镇里开会。刘继业说,当不当保长,开不开会不是你说了算。吴祖文说,谁说了算?刘继业没有回答吴祖文的话,对家丁说,把吴老爷抬走。家丁把吴家偏房的门板卸下来一扇,将吴祖文连人带被子拖到门板上,怕吴祖文滚下来不去,用绳子把吴祖文捆在门板上抬起来就走。吴家人哭哭啼啼拉着门板不让走,被刘继业推到了一边。

吴祖文被抬上酒楼时,刘福乾和三个保长仍然在商量攻打两山的细节。

刘福乾见刘继业用门板把吴祖文抬来了,佯装生气地说,继业怎么这样对待吴保长?没等刘继业说话,他又假惺惺地问吴祖文,吴保长腿好了没有?小孩子做事就是毛糙。刘福乾要家丁把吴祖文请到椅子上,亲自给吴祖文端了一杯酒,说,吴保长大事小事,喝了这杯酒,什么事也就没有了。三个保长都劝吴祖文说,吴保长喝了吧。白成银说,一杯解千愁嘛。万贯金说,刘镇长亲自端酒你也不喝?吴祖文说,我腿伤还没好,哪里能喝酒?万贯金说,看看,看看,我都把吴保长这腿给忘了。刘福乾问吴祖文家有几条长火,吴祖文说,刘镇长,我不是保长,我家也没有长火。白成银说,没有长火有短火也行。吴祖文说,我家长火、短火一条也没有。几个人正说着话,忽听酒楼大门外噼里啪啦响起一阵鞭炮声,刘福乾问,什么事还放鞭炮?

这时,丁管家手拿红喜帖上楼来,急匆匆走进包间,挤到刘福乾跟前,把嘴贴在刘福乾耳边说,老爷,安峰山派人送来的。丁管家说着把红喜帖递给刘福乾。刘福乾接过红喜帖说,安峰山送来的,什么玩意儿?打开喜帖一看,脸顿时涨得通红,头往后一仰闭过气去。丁管家对白成银说,掐人中,掐人中。丁管家又连声喊，老爷醒醒，老爷醒醒。白成银问丁管家什么是人中，丁管家翻了白成银一眼，用大拇指指甲盖狠掐刘福乾人中。半晌，刘福乾睁开眼来，丁管家连忙倒了杯水让刘福乾喝下去，刘福乾才缓过气来。

白成银看见刘福乾是看完手里那张红纸片昏死过去的，那张红纸片从刘福乾手里掉下来时，还在桌子上转了一圈才掉到地上。他弯腰捡起地上的红纸片，心想这是什么玩意儿，把刘镇长都气死过去了？白成银展开纸片，万贯金和鲁天成也伸过头来，三个人都看清楚了，原来刘紫瑶生了个大胖小子，是陆涛派人送来的报喜帖子。白成银放下手里的红纸片，两手抱拳，说，恭喜刘镇长，你当舅姥爷了。万贯金也两手抱拳，说，恭喜刘镇长有外孙了。鲁天成两手抱拳拱了拱，说，恭喜刘镇长，晚上我们接着喝啊。刚缓过气来的刘福乾，听三个保长不知是真是假说了一番喜话，嗓子眼里一阵咸腥，"噢"地叫了一声，一口血喷在了一桌子菜上。刘继业蹿上去抱着刘福乾连声喊爹，见刘福乾睁开眼来，随即叫家丁把刘福乾抬回家，又叫家丁到镇上济世堂去请郎中。

刘福乾被家丁抬回家了，刘继业对白成银、万贯金、鲁天成说，各位前辈对不住了，等我爹好了我们再商量，灭了两山土匪，为民除害。三个保长面面相觑，连连点头说好，然后出了酒楼，各自坐马车回去了。一个家丁见吴祖文还呆坐在椅子上，对刘继业说，少爷，吴老爷怎么回去？刘继业看看呆痴痴的吴祖文不耐烦地说，把老家伙扔到街上去，自己想怎么回去就怎么回去。

吴祖文被刘继业的家丁抬下楼，扔到大街拐角处的一块大石头旁，周边围了一圈人。一个家丁说，吴老爷，这是少爷安排的，我们也没办法。过会儿我找人给你家里送个信，让家里人来接你，说完也跟着刘继业走了。刘继业的人走了以后，围观的人把吴祖文围了起来，都说刘福乾太不仁义了，哪能这样把吴老爷扔在大街上不管不问？有人要去吴官庄跟吴老爷家里人说一声，有人说干脆找车把吴老爷送回吴官庄。人们正说着，耿三赶着驴车从巷子里走过来，众人闪开一条道，耿三对吴祖文说，老爷咱们回家。这时有人过来和耿三一起把吴祖文抬起来放在驴车上，盖好被子。耿三谢过众人，"驾"一声，赶着驴车把吴祖文拉回了吴官庄。

原来，耿三从地里干活回来，听太太说吴老爷被刘继业抬到镇上来了，随后赶着驴车也到了镇上，在镇府和刘家大院都没找到老爷，听丁管家说在酒楼喝酒,这才把车赶到酒楼旁边的巷子里等着吴老爷。

当天晚上,耿三骑驴赶到房山,把吴祖文的遭遇跟吴天昊讲了一遍,说,少爷,老爷可遭罪了。刘福乾还问老爷家里有没有长火、短火,不知道什么意思。吴天昊说,家里长火、短火都没有。耿三说,老爷就是这样说的。罗大炮大骂刘福乾不是玩意儿,要带人下山炮轰刘福乾。吴天昊说,罗大哥,千万不可莽撞。耿三说,少爷,我回去了。吴天昊说,在山上住一夜,明天天亮再走吧?耿三说,老爷、太太在家如果有点事儿,我也好照看一下。耿三悄悄对吴天昊说,少爷,老爷说安峰山土匪给刘福乾报喜去了。吴天昊说,报什么喜?耿三说,我接老爷回家时,在街上听人说的,安峰山大当家的生了个儿子。吴天昊心里咣当一响,好似什么东西摔碎了。半晌,他握着耿三的手说,那你回去吧,路上小心,不管遇到哪路人,你就提罗大哥的名字。耿三点点头,告别吴天昊和罗大炮,骑着驴走进浓浓的夜色里。老半天,吴天昊还能听到嘚嘚的驴蹄声。

14

吴天昊听说刘紫瑶生了个儿子后,心海再一次掀起滔天巨浪,那正在愈合的伤口,也再一次被撕裂开来……他头重脚轻地出来聚义堂朝后山走去,步子乱了,脑子乱了,心乱了,神也乱了,一路跟跟跄跄,几次差点儿跌倒,急忙扶着树干才站稳。他两手扶着树干,头埋在胳膊间,心里问自己,老天为什么如此捉弄人?之后,他用两只拳头不停地捶打着树干,直打到两手血肉模糊。

半晌,吴天昊倚着树干慢慢坐在地上,两眼呆呆地望着远处的山和树,思维却向那高天飞升起来,王母娘娘啊,你为什么要划那道天河,无情地分开牛郎和织女,让有情人不能终成眷属?吴天昊仿佛听到了胸腔里的血翻滚着汩汩流淌的声音。半晌,他收回呆滞的目光,让思维回到了现实。应该承认刘紫瑶是陆涛的初恋情人,陆涛也是刘紫瑶的初恋情人。刘紫瑶虽然是自己的初恋情人,但自己却不是刘紫瑶的初恋情人,这一点是无可非议的事实。是谁造成了这个结果?吴天昊立马想到了刘福乾。如果刘福乾同意陆涛对刘紫瑶的追求,同意刘紫瑶嫁给陆涛,刘福乾就不会棒打鸳鸯送刘紫瑶到南京去念书,刘紫瑶不到南京念书,自己这辈子也不会遇到刘紫瑶,遇不到刘紫瑶，爱上刘紫瑶就成为无稽之谈，没有爱上刘紫瑶，就没有今天的痛苦……是刘福乾拆散了陆涛和刘紫瑶的姻缘，是刘福乾到处追杀陆涛，逼得陆涛在安峰山落草为寇，逼得陆铁匠一家迁徙他乡……如果刘福乾没有生病，刘紫瑶还在南京读书，虽然是在白色恐怖下，但是能和自己恋人一起参加革命活动，秘密贴标语、开会、到工厂演讲、发动工人……可是……吴天昊自从在安峰山见到刘紫瑶后，曾多次设想把刘紫瑶从心中、从记忆中一点不剩地全部抹去，让自己的心中像雨后的蓝天那样纯洁、干净。然而，他无论如何也做不到，他一次次的设想，却一次次化为泡影。因为他忘不了刘紫瑶，也抹不去刘紫瑶，刘紫瑶好像镌刻在他心里了……

泪水模糊了吴天昊的双眼。这时他又想到了罗大炮，如果不是罗大炮把自己截上山，如果罗大炮和陆涛不相识，自己怎么会再次遇到刘紫瑶呢？如果今生今世找不到刘紫瑶，刘紫瑶就会成为心中永远的念想，刘紫瑶的身影就会经常出现在阳光下、草地里、花丛里，那是多么美好啊，或许在以后的哪一天，会有另外一个女孩走进心里……吴天昊想着、憧憬着，嗓子里忽地涌出一股酸水，他倚着树干吐出一口，又吐出一口。那滚滚长江东逝水，那泛着涟漪灯影桨声的秦淮河，那石头城上流淌着乳汁样月光的下弦月，那凄清如许的镜子塘，那清凉寺幽灵般的晨钟暮鼓，都成为过去，成为历史，烟消云散地成为永远的记忆了……

吴天昊心里好像苦胆破了似的苦不堪言，又好像在翻滚的油锅里煎炸一般，深深陷在万般痛苦的深渊里。他抹了把眼泪，看看脚下冰冷的山石，瞧瞧近处的苍松翠柏，望望远处的峰峦，慢慢抬起目光，看着头顶的蓝天，看着飘动的白云，看着树的缝隙间投射下来的那一缕缕光柱，半晌才让翻滚的心海平静下来……

耿三走了以后，罗大炮多次催促吴天昊回家看望父亲。由于心烦意乱，他推说要去看看陆铁匠就没有回去。当他翻滚的心海平静下来以后想，是该回家看看父亲了。随后，他振作精神回到聚义堂，对罗大炮说要回家看看父亲，罗大炮说，我早叫你回去你不回去，抓紧回去看看，给我代问个好。吴天昊说，谢谢罗大哥。罗大炮说，吴老弟，如果刘福乾还天天去找碴，干脆把吴老爷和太太都接到山上来。吴天昊说，罗大哥，人老了故土难离啊。罗大炮说，这是实话，可是话又说回来，那么大个家业，人走了，不就等于让给刘福乾了吗？吴天昊说，如果没有什么大碍，我看看就回来。罗大炮说，你放心在家照看吴老爷，山上有我，有二当家的。我叫八喜跟你去，有事好商量；山上有事，我再派人去找你。你快点走吧，早点到家看看吴老爷，好放心。

吴天昊和八喜回到吴官庄时，没有看到门前的老榆树，一片地光场净。老榆树虽然被刘福乾刨走了，但祖上留下来的老榆树仍然枝繁叶茂地生长在吴天昊的心里。

母亲见儿子回来了，抓着儿子的手，哭天抹泪地说，儿啊，老爷让刘福乾欺负死了。吴天昊安抚了半天母亲，这才搀扶着母亲一起到屋里去看望父亲。父亲躺在床上，听见脚步声，抬头看见儿子回来了，喊了声儿子，不禁老泪纵横。吴天昊坐在父亲床头，拿了布巾给父亲擦干眼泪，把父亲的一只手拿过来放在自己手里握着。

这时，王妈进屋来喊吴天昊母亲，吴天昊母亲便与王妈一起走出老爷的卧房。父亲见老伴儿出去了，对吴天昊说，你怎么知道的？吴天昊说，耿三前天去告诉我的。父亲说，要不是耿三去得及时，你爹就给刘福乾扔在刘湾镇大街上了。吴天昊咬着牙说，刘福乾这个老东西。父亲说，刘继业的人把我扔到大街上后，有个家丁模样的人临走时跟我说，他会给家里送个信，叫我家里人把我接回来。吴天昊说，这个人叫什么？父亲说，不知道，他可能是看我被扔在大街上可怜。吴天昊说，爹，你让刘福乾这个老东西害苦了。父亲说，当时我想，我儿子千万不能来啊。你要在刘湾镇街上一露面，刘福乾的人就会把你抓起来。吴天昊心里一阵揪心地痛，被刘福乾扔在大街上的父亲没有想到自己，首先想到的却是保护自己的儿子，心里蓦然一酸，眼泪跟着就淌下来了。父亲说，儿子哭什么，爹不是好好的嘛。吴天昊说，爹，你不要多想，安心调养身体。父亲没有说话，只是点点头。

吴天昊和父亲正说着话，母亲进来说，老爷，耿三听说天昊来了，要来看看天昊。父亲说，快叫耿三进来。耿三走进老爷的卧房说，天昊哥，你回来了。吴天昊连忙站起来说，三，我爹多亏你了。父亲也说，要不是三，我就在刘湾镇的大街上喝西北风了。耿三说，老爷，天昊哥不在家，我就是你儿子，我伺候你。父亲要耿三站到床前，拉着耿三的手对吴天昊说，儿子，就把三当成你兄弟吧。耿三扑通一声跪下来，给吴祖文磕了个头说，谢老爷。吴天昊拉起耿三说，好兄弟。吴老爷咳嗽几声，两个人不说话了。吴天昊拉被子给父亲盖好。

吴天昊看看已经半夜了，见父亲没什么大碍，叫父亲好好养伤，安慰了一番母亲，又对王妈和用人交代了一番，要她们好好照看老爷，等有机会，他会再回来看望父亲的。吴祖文在床上说，天昊回家来的事，谁也不能说出去。说完，他喘口气又说，有人问起来，就说天昊在南京读书从未回来过。王妈和用人都说，听老爷的话，我们不会乱说的。吴祖文朝吴天昊摆摆手说，我不留你了，天不早了快走吧。

吴天昊给父亲和母亲磕了头起身要走，母亲站起来要送儿子，吴天昊说，娘，天不早了，你歇着吧。母亲不听，亲自把儿子送到大门外，看着吴天昊和八喜骑上马走了，虽然只能听到嘚嘚的马蹄声，但母亲一直朝儿子走的方向张望着。村路拐弯的时候，吴天昊回头看了一眼，月光下，见母亲还站在路口张望着没有回家，心里一酸，咬着牙说声"驾"，马儿跑了起来，八喜也连忙抖抖缰绳，紧紧跟了上去。

出了村，两匹马慢下来，吴天昊一直没有说话。八喜说，天昊，刘福乾仗势欺人，就是一个老浑蛋，东海西乡没人不骂他！八喜说完又说，当面不敢骂，都是背地里骂。吴天昊说，你说这样的人是不是要推翻他？八喜说，天昊，你来到山上后，我也明白了不少，连罗大哥都夸你呢。吴天昊说，你跟我说过，你有个表哥在刘福乾家，是当家丁还是当长工？八喜说，当长工，人手不够时，也跟着干别的。吴天昊低头沉思了一下，说，那在刘湾镇街上对我父亲说要捎信给家里人的是不是他？八喜说，可能是，我表哥是我大爷家的儿子，叫七喜。吴天昊"噢"了一声，两个人沉默着，都在听马蹄的嘚嘚声。半响，吴天昊说，找个时间，我和七喜见见面。八喜说好。吴天昊说，我得感谢他，虽然没有告诉我家里人，但也得感谢他。八喜说，不用谢他，我表哥是个老实人。两个人同时说了声"驾"，两匹马又快跑起来，天放亮的时候，就看见房山的影儿了。

罗大炮听到聚义堂前有马叫声，知道是吴天昊回来了，起床刚出屋就说，吴老弟回来了，我不是叫你在家多住几天吗？吴天昊把父亲的情况给罗大炮说了一遍，说，没什么大碍，我回家看看就行。罗大炮气愤地说，刘福乾这个老龟孙还是个人吗？做这缺德事？吴老弟，你要不上山跟我当土匪，刘福乾这个老龟孙也不会天天盯着你，盯不着你，可不就盯着吴老爷了？吴天昊说，罗大哥别这样说，你不截我上山，说不准哪天我也会来投奔你呢。再说刘福乾欺负我爹，也不是一天两天的事了。罗大炮说，这笔账，总有一天我要跟刘福乾这个老龟孙算。吴天昊看着罗大炮，又想到八喜、耿三和陆涛，决心好好做做工作，让他们尽快加入组织，到革命队伍里来。

吃过早饭，吴天昊对罗大炮说，罗大哥，我想去后山看看陆老伯。罗大炮说，我正好也想去看看陆老伯，我们一起去。我得把陆涛媳妇生了个大胖小子的消息告诉陆老伯，让陆老伯也高兴高兴。

两个人一起到后山看望陆铁匠。陆铁匠见罗大炮和吴天昊两人一大早就来了，以为有什么事儿，停下手里的活儿说，大炮、天昊，有事儿？吴天昊说，没事儿，就是过来恭喜陆老伯……罗大炮两手抱拳接过话来说，恭喜陆老伯当爷爷了！陆铁匠放下手里的锤，一把抓着罗大炮的手说，我有孙子了？罗大炮笑而不语。陆铁匠说，真的？吴天昊说，陆涛媳妇给你生了个大胖孙子。陆铁匠一边跳一边喊"我有孙子了——我有孙子了——"陆铁匠的喊声在山里久久地回荡着……之后，陆铁匠对罗大炮和吴天昊说，我要多造几门炮，下次叫陆涛把刘福乾个老龟孙一炮轰死算了。陆铁匠看着吴天昊和罗大炮又说，当年陆涛要是被刘福乾抓住了，我今天哪里还有孙子啊？吴天昊点点头说，有情人终成眷属啊。陆铁匠说，多亏大炮把我请上山来。如果我不来，涛儿也不会来救我，涛儿不来救我，我怎么能见到涛儿？罗大炮听陆铁匠这么一说，有些不好意思地说，陆老伯，你就别说了，都是我不好。陆铁匠说，大炮啊，我说的都是大实话，多亏了你把我请上山来。罗大炮摸着头嘿嘿地傻笑。

几个人正说着话，八喜气喘吁吁地跑来说，大当家的，天昊，陆大当家的来了。罗大炮一听陆涛来了，咧着嘴对陆铁匠说，陆老伯，陆涛来给你报喜了。陆铁匠说，我都知道了，还来干什么？吴天昊说，他有了儿子，你有了孙子，肯定要过来和你说一声的。陆铁匠摸着头笑笑。几个人说着话，看见陆涛和程老六朝铁匠炉走来，还没打招呼，陆涛高声说，爹，刘紫瑶生了个大胖小子，你当爷爷了。罗大炮对陆铁匠说，你看看，我说是来给你报喜的吧？陆铁匠的老脸笑成了一朵菊花，嘿嘿笑着说，我孙子还好吧？陆涛说，好着呢，又白又胖，我娘和小英子姐两个人伺候。陆铁匠笑着点点头，对罗大炮说，还是大炮想得周到，早把涛儿他娘和小英子接过来。罗大炮也笑着说，要是现在去接，那不晚了吗？

四个月前，卢铁匠前一天夜里被罗大炮绑着请上山来，陆涛第二天就来打山救爹。当卢铁匠和陆涛见面以后，罗大炮才知道卢铁匠就是陆铁匠。听吴天昊说刘福乾的侄女刘紫瑶和陆涛终成眷属成了自己的儿媳妇,心里既喜又悲。喜的是儿子到底娶到了心上人,悲的是刘福乾不会放过陆涛。吃过饭,吴天昊和罗大炮竭力劝说陆铁匠跟儿子去安峰山,但陆铁匠没有走,他执意留在房山造炮。他知道,如果刘福乾知道他侄女成了陆涛的媳妇,刘福乾是不会放过陆涛的。早一天晚一天,刘福乾和安峰山必有一战。

砌好铁匠炉后,陆铁匠一天到晚盯着大炮琢磨来琢磨去,终是琢磨出一些道道来,在地上挖了糟子,开炉烧铁化水,为炮车浇铸了一个铁轴。他又开动脑筋想方设法把大炮底座固定在车轴上。他让罗大炮找来两个轮子安在轴头上,几个人拉着大炮叽里咕噜跑起来。罗大炮高兴地说,陆老伯手艺好,是高人。陆铁匠咧着嘴说,大炮,这回你撑我,我也不走了,我要造大炮,轰死刘福乾个老龟孙。罗大炮听陆铁匠这么一说正合心意,高兴地说,陆老伯,你是我亲爹啊。罗大炮一高兴,立马安排土匪到北乡靠近山东地界的老虎墩,把陆涛母亲和小英子都接到山上来。陆铁匠说,叫他们来干什么?又帮不了我的忙,山上还多添两张吃饭的嘴。罗大炮说,陆老伯,我叫大娘和妹子过来,是准备让她们去安峰山伺候月子的。

陆涛母亲来到房山后,听老头子说儿媳妇快要生产了,心里那个急啊,一天也不能等了要去看孙子,对吴天昊说,天昊,让大炮派车送我们娘俩到安峰山去。吴天昊说,大娘这就去安峰山?陆涛母亲说,我得去带孙子。吴天昊哈哈大笑说,大娘你心太急了啊,孙子还没生出来呢。陆涛母亲说,那我也得去,伺候媳妇月子。老头子,你在这造炮吧,我去安峰山带孙子了。陆铁匠也喜得合不拢嘴连说,去吧去吧,小英子跟你一块儿去。

吴天昊跟罗大炮一说,罗大炮当即叫人套车,把陆涛母亲和小英子送去了安峰山。罗大炮说,陆老伯,你跟着一起去吧。陆铁匠说,我等喝满月酒时再看孙子。陆涛说,到时,罗大当家的、二当家的,还有天昊哥、八喜哥跟我爹一起去喝满月酒。几个人齐声说好。陆涛说,几位大哥别说我啊,我先给刘福乾报过喜了。罗大炮说,听说刘福乾气得在床上躺了三天。陆铁匠说,要是能气死刘福乾个老龟孙才好呢。罗大炮说,陆老伯放心,就是气不死他,也能气他个半死。陆铁匠感慨地说,时间真快啊,这才几个月?我就当爷爷了!罗大炮说,陆老伯别干活了,正好陆大当家的来了,中午我们一块儿喝一盅,咱们先庆祝庆祝你当爷爷了!陆铁匠说,你们先去忙,我做完活儿就过去。今天你不让我喝,我也要喝。罗大炮说,好,中午的时候这去,我们等你。吴天昊说,陆老伯累了就歇会儿,别累着。陆铁匠答应着,心里一热,泪水模糊了双眼。想想自己有了孙子,而且孙子是刘福乾侄女刘紫瑶生的,心里那个高兴劲就甭提了。陆涛说,罗大当家的,听说大炮安上轴了?罗大炮说,你要不说,我还忘了呢。走,看大炮去。

来到聚义堂前的空地上,陆涛和程老六两人拉着大炮,在空地上跑了三圈,高兴地说,罗大当家的,上回要是有这炮,也不会叫刘福乾的人追着跑了。罗大炮哈哈大笑,趁着激情,拉着陆涛和吴天昊当即烧香磕头,喝鸡血酒,歃血为盟,结拜成生死兄弟。罗大炮比吴天昊大四岁,排行老大;吴天昊比陆涛大一岁,排行老二;陆涛最小,排行老三。

中午的时候,陆铁匠听说陆涛和罗大炮、吴天昊拜了把兄弟,高兴得合不拢嘴,心里想,这回好了,陆涛有了好兄弟。

陆涛看见爹手里拿着个短铁管子,说,爹,你拿铁管子干什么?陆铁匠说,我想给你大炮哥造把短火。陆涛拔出自己腰里的短火,递给爹说,你看看,照样子给我大哥和二哥一人造一把。陆铁匠接过短火,反反复复、仔仔细细看了一遍,便把短火还给了陆涛。罗大炮说,我有大炮,还造短火?陆铁匠说,用不着大炮的时候,用短火顺手。罗大炮对吴天昊说,你看看,老爹跟我就是不一样,想得周到。陆铁匠说,你要看着好使,我再给你多造几把。无缝管子不多,我多造几把短火吧。罗大炮高兴地把陆铁匠抱起来转了一圈说,我个亲爹,你真行。陆铁匠说,过两天我送给你试试。罗大炮说我个亲爹哎,不光给我造大炮,还要给我造短火。

几个人不光祝贺陆涛生了个大胖小子,而且也祝贺陆铁匠当了爷爷,小酒一直喝到半下午时才散伙。

陆涛要回安峰山了,吴天昊对陆铁匠说,爹,你也跟三弟去安峰山先看看孙子吧。陆铁匠说,我早上就说过,等喝满月酒时再去看孙子。吴天昊对罗大炮说,大哥,那咱们送送三弟,别耽误老人家的时间。陆涛说,好好好,让我爹抓紧时间造短火。几个人有说有笑地走了。陆铁匠看着吴天昊和罗大炮走远的身影,自言自语地说都是好孩子啊,接着又忙活起来。

自打老伴儿和女儿去了安峰山,陆铁匠一门心思扑在造炮上。他研究大炮,不光把上次跑散的大炮修好了,而且还根据手里的家伙,打了鬼头大刀、三角枪刺、三节棍、九节鞭,房山的土匪人手一样家伙。

这天上午,陆铁匠把造好的一把短火送到了聚义堂,罗大炮看了短火连声叫好，带着人到后山坡试枪。罗大炮装上火药铁砂，一扣扳机，一声响，只见一团火星蹿出枪口，铁砂打得树叶哗啦啦一片响。土匪们跑过去一看，见树叶上穿了上百个洞眼，齐声叫好。

罗大炮看看还冒着烟的枪口，高兴得直拍大腿连声叫好，对吴天昊说，二弟咋样？吴天昊竖起大拇指说，大哥这个！罗大炮说，要是多造几门大炮，我就成真正的罗大炮了！吴天昊说，大哥现在也是罗大炮哎。罗大炮说，二弟别抬举我了，只有一门大炮，我叫什么罗大炮？吴天昊看着陆铁匠说，你老人家就多造几门炮吧。罗大炮说，就是嘛，造个十门八门炮，那叫一个威武，十个刘福乾我都不怕。罗大炮说着，提着短火走到陆铁匠跟前，扑通一声跪下磕了个响头。陆铁匠连忙拉起罗大炮说，孩子，这是干什么？有话说话。罗大炮说，爹，你多给我造几门炮！陆铁匠沉思半晌说，上山这些天，我修好了原来的大炮，也把大炮看透了，我来试试。罗大炮说，你能造？陆铁匠说，能造！罗大炮两手拍着屁股说，这回好了，我有大炮了！这回好了，我有大炮了！陆铁匠看着孩子一般的罗大炮说，孩子，你想过没有，造炮需要铁啊。罗大炮说。这好办，我给你弄铁。

罗大炮连夜安排土匪下山进村收铁。但吴天昊下了死命令，一不准杀人，二不准抢，三不准祸害百姓。除去百姓家里做饭的铁锅，只要是没用的铁家伙，统统都可以收来。

不到半个月，铁匠炉里里外外堆满了土匪们收来的铁器，有门吊子、门环、铁钉，还有裂了口不能烙煎饼的鏊子。吴天昊和罗大炮不知土匪们都收了些什么铁器，一起到铁匠铺来看看。吴天昊看见有根拇指粗的铁钉，捡起来看看，原来是钉棺材板用的大铁钉，心里不由得犯了惆怅，这堆破铜烂铁能造出大炮来？

陆铁匠见吴天昊和罗大炮来了，高兴得手舞足蹈，说，有了这些铁，炮咱就慢慢造吧。罗大炮说，爹，你要的铁我给找来了，剩下就看你的手艺了。陆铁匠信心满满地说，孩子，你放心，只要有铁，爹就能造出炮来。罗大炮对吴天昊说，你看咱爹，比我亲爹都亲哪。陆铁匠说，你得找两个人给我当帮手，拉风箱、打铁，都得用人。罗大炮立马要八喜找两个靠得住的弟兄，到铁匠炉前听陆铁匠吩咐。八喜答应一声找人去了。

铁匠炉叮叮当当的打铁声，天天都响到半夜，天一亮又接着响起来。

巡山的土匪们也鸟枪换炮了，有的拿鬼头大刀，有的拿九节鞭，有的拿长矛，觉得自己越来越像个土匪了，很神气。

罗大炮也高兴得把短火别在腰上，整天神气地在山上山下走来走去。

斗转星移，日月穿梭，一天一天过得像短火里射出来的铁砂一般快。这天上午，陆涛差程老六送来请帖，三天后请各位当家的和众弟兄前往安峰山喝儿子满月酒。程老六临走时对罗大炮说，陆大当家的说了，别忘了把他老爹带上。罗大炮说，回去跟你大当家的说，就是我忘去了，也不会忘了他老爹。

罗大炮心里自挠挠的，有了陆铁匠，不光有了刀枪剑戟，有了三节棍、九节鞭，还有了短火、大炮，对付白成银那些拿着大刀、棍棒的家丁绰绰有余，不由得信心满满，对吴天昊说，二弟，三弟有儿子了，陆铁匠当爷爷了，这回去安峰山，我把大炮带去放个炮，听个响，庆贺庆贺？吴天昊说，按大哥的意思办，陆老伯上山来后，兄弟们手里都有了铁家伙，放个炮，听个响，让陆老伯也高兴高兴。罗大炮说，咱们高兴，把刘福乾个老龟孙气死算了。

罗大炮接到三天后到安峰山喝陆涛儿子满月酒喜帖的当天中午，刘福乾也得知了这个消息。当时刘福乾正在家里吃饭。丁管家匆匆走进来，趴在刘福乾耳边嘀咕了几句什么，刘福乾放下碗筷随丁管家一起出来了。

丁管家引导刘福乾来到偏房里，一进屋就有人喊了一声"刘爷"。刘福乾见来人是房山土匪苗风池，压低嗓门说，你怎么到家里来了？苗风池说，这事我必须得亲自跟刘爷说。刘福乾说，昨天下午你不是说过了吗？刘福乾有些不耐烦地喊丁管家。站在门外的丁管家答应一声走进屋里。刘福乾说，再给他一块大洋，然后对苗风池说，你快走吧。苗风池凑到刘福乾跟前说，刘爷，我有话说。刘福乾朝丁管家摆摆手，丁管家走到门外，转身带上门。刘福乾对苗风池说，还有什么话快说。苗风池小声说，听二当家的说，刘福乾有些不耐烦地说，你大点声。苗风池咳一声，提高声音说，罗大炮后天要带大炮去安峰山给陆涛儿子贺喜。刘福乾点点头说，知道了。他走出偏房，朝丁管家伸出两个指头。丁管家会意地说"老爷走好"，然后走进屋对苗风池说，稍等片刻。丁管家出了屋，一溜碎步到账房支了两块大洋，又颠颠地回来，关好门，将在手心里攥得热乎乎的两块大洋递给苗风池。苗风池说，老管家，刚才刘爷不是说还有一块嘛。老管家看着苗风池那个贪婪相，笑笑，嗓子眼里好像被什么东西堵上了似的，一点儿声音也没发出来。然后又颠颠地去了账房，拿来一块大洋给苗风池。苗风池在大洋上吹了吹，又在耳边听听，这才心满意足地走了。

刘福乾没有再回去吃饭，他去了镇府，安排几个家丁带着长火隐蔽起来，如果安峰山来人送喜帖，叫送喜帖的人当场毙命。谁知，刘福乾等了整整一个下午，也没等到安峰山的人来送喜帖。刘福乾以为陆涛派人把喜帖送到家里了，晚上回家问大太太，安峰山有没有送帖子来？大太太说，谁要送帖子来？刘福乾说，我问你安峰山有没有人送帖子来？大太太说，安峰山谁给你送帖子？刘福乾恨恨地说，陆涛。大太太想了半晌说，噢，我想起来了，就是你那个土匪头子女婿。刘福乾瞪了大太太一眼，说，再胡说八道我撕烂你的嘴。大太太说，老爷，我说的都是实话，你不愿意归不愿意，但事实上那土匪头子就是你女婿嘛。刘福乾说，这个小龟孙要办满月酒，连个帖子也没送来？大太太说，要是给你送个喝满月酒的帖子来，你还有命吗？刘福乾说，我怎么没有命了？大太太说，你非气死不可。刘福乾说，你这个老娘们会不会说话？大太太说，本来就是嘛！刘福乾说，到底送没送帖子来？大太太说，没有！刘福乾以为陆涛会送个喝满月酒的帖子来气气他，其实陆涛根本就没有给他送帖子。

刘福乾呼噜呼噜抽足了水烟，心里也有了主意，站起来对大太太说去找继业商量点事儿，便匆匆走了。大太太王翠花看着刘福乾的背影，撇撇嘴说，老龟孙又不知到哪里打野食去了。

刘福乾不是去打野食的，他的确是去找刘继业。刘福乾见了刘继业，要刘继业立马去通知白保长、万保长和鲁保长，明天一早到家里来开会商量事儿。刘继业说，爹，商量什么事儿？刘福乾说，你妹生孩子要喝满月酒了。刘继业一惊，说，我妹生孩子快满月了？刘福乾说，吃中饭时，有人给我报信。刘继业问是谁，刘福乾笑笑，没有回答，然后说，去吧，天晚了，路上小心点。刘继业说，我叫人分头去。刘福乾说，你一个人去。刘继业闷闷地答应一声，心想从白塔埠再到鲁兰、贯庄，这一圈子骑马少说也得跑半夜。

第二天一大早，白塔埠地主白成银第一个来到刘福乾家，进了刘家大院，见人就点头打招呼。

刘继业连夜去通知白成银、鲁天成和万贯金后，刘福乾也没有睡觉，想了半夜，上床睡了一觉，天亮就醒了。他起床洗把脸，站在客厅门后，透过门上的玻璃看见白成银来了，心想，昨晚才叫继业去说一声，你看你看，成银就第一个来了，这是真兄弟啊。刘福乾连忙开了门，热情地说，成银来了？

快屋里坐。白成银一愣，刘福乾不喊保长喊成银了，像喊自己兄弟一样，听起来十分亲切。白成银笑脸相迎地说，刘镇长一句话，就是有天大的事我也得来。刘福乾说，这才是自己兄弟哪。白成银受宠若惊地说，刘镇长，你是东海西乡的镇长，我……刘福乾说，我什么我，我是镇长也是你哥是不是？白成银说，是是是，刘镇长是我哥，是我大哥。

两个人正喝着茶，贯庄的万保长来了，寒暄一阵后，坐下来一起喝茶。

鲁兰村的鲁保长来得最晚，鲁保长来到刘家大院时天快中午了。一进门，鲁保长对刘福乾三个人说，真倒霉，去年村里有个人借了我十块大洋看病，管家去催债，欠债的那人夜里吊死了。天一亮，我家院子门口围满了人，说人是给我逼死的，吵吵闹闹一上午。我还是从后门出来的，不然的话还来不了了。刘福乾说，鲁保长来了就好，快坐下喝碗茶压压惊。鲁天成也不客气，一屁股坐在椅子上，端起茶碗就喝，水太烫，又连忙吐出来说，刘镇长家的茶是木柴烧的，还是炭烧的？刘福乾说，炭烧的。鲁天成说，我说怎么那么热，嘴里皮都烫掉了。几个人笑了起来。刘福乾说，你不能慢点喝？鲁天成笑笑说，折腾一上午，一口茶也没喝，又跑了十几里路，快渴死我了。然后，他拿起茶碗，慢慢喝茶。刘福乾说，找你们几个来，是安峰山匪首陆涛要办儿子满月酒。鲁天成插嘴说，他喝他的，咱喝咱的。刘福乾白了鲁天成一眼说，我想趁这个机会，灭了这帮土匪。鲁天成说，早该灭了。白成银说，灭了也不解我心头之恨哪。刘福乾说，大家都同意灭匪是吧？那好，把各家的人集中起来，我们一起打。白成银歪着头想了半天说，刘镇长，你看这样好不好？咱一个一个打，先打房山罗大炮怎么样？刘福乾看看白成银，半天没有说话。白成银不敢大声说话了，小声说，刘镇长，我是这样想的，陆涛给儿子办满月酒肯定有防备，如果罗大炮去喝满月酒，这房山不就空了吗？咱打完房山，下一步再收拾安峰山陆涛，那不就是腿裆摸雀嘛！说完，他得意地看着刘福乾。刘福乾思量半响一拍大腿，吓得白成银一哆嗦。刘福乾说，成银这个主意好，打房山，先报罗大炮借炮一仇；再打安峰山，解我心头之恨。白成银说，刘镇长这个主意好。鲁天成说，不光报了罗大炮借炮的仇，还帮成银报了夺妻之恨。白成银一听，这不是揭自己的老底朝心窝里捅刀子吗？老脸顿时像蒙了块红布。

陆涛儿子满月这天一大早，罗大炮跟二当家的骑上马，吴天昊陪着陆铁匠坐上马车，土匪们套马拉炮去了安峰山。

一路人马浩浩荡荡正走着，八喜骑马从后面一路追赶上来，一边喊大当家的一边紧勒马嚼口，那马抬起两条前腿站立起来咴咴一阵嘶鸣。罗大炮见八喜急匆匆快马赶来，说，八喜有事？八喜说，大当家的有事。听八喜说有事，罗大炮和二当家的骑着马跟着八喜来到路边。吴天昊见车不走了，撩开门帘一看，原来是八喜来了。八喜是留下看山的，来了就是有事。吴天昊随后跳下马车。罗大炮、二当家的、八喜见吴天昊从车上下来，也都翻身下马。几个人围在一起，罗大炮问八喜什么事。八喜说，大当家的、二当家的、天昊，坏事了。然后，他把七喜送来的消息说了一遍说，我七哥没走，现在还在聚义堂里等着呢。

罗大炮听到八喜传来的消息，眼珠子都快瞪出来了，当即准备自己带大炮回房山，叫二当家的和吴天昊去安峰山喝酒。吴天昊说，大哥你带人和陆老伯去喝酒，我跟二当家的带大炮回房山。罗大炮说，二弟你不光认识老三媳妇，还是南京同学，无论如何你得去。吴天昊说，大哥，这样吧，我回去安排完再去找你。罗大炮说，这样也好，快点哦，别耽误喝酒。吴天昊说，好，大哥快走吧。罗大炮带着马车和十几个人按原计划前往安峰山去喝满月酒，吴天昊却带着二当家的和大炮原路返回了房山。

回到聚义堂，吴天昊和二当家的看见了八喜的表哥七喜。七喜将前天中午看见苗凤池从刘家大院出来的事儿说了一遍，又把早上听说刘福乾带人先打房山后打安峰山的事儿说了一遍。七喜看着吴天昊说，刘福乾这两天看得紧，没事不让出镇子。吴天昊握着七喜的手说，七哥多保重。

送走七喜，吴天昊和二当家的商量后，立马做了安排部署，大炮置中，左一排长火、短火，右一排长火、短火，又安排二十多个拿着大刀片子、三节棍、九节鞭的弟兄，藏在山石后面，只要刘福乾的人靠近山门，先放上一炮杀杀威风。

安排好山上的事，吴天昊骑上快马去追罗大炮，走到半路时，就听房山方向炮声、枪声响作一团……

酒宴十分热闹，陆涛端着酒碗给罗大炮和吴天昊敬酒，陆铁匠高兴地抱着孙子不松手。猜拳声、吆喝声、叫喊声响彻威武堂里里外外，陆涛母亲怕吵着孙子，从陆铁匠手里夺过孙子，抱进屋里去了。屋里屋外的人正喝着，听威武堂外咴咴一阵马鸣，吴天昊伸头一看，是八喜来了。八喜进了威武堂，站在门口找吴天昊和罗大炮。吴天昊站起来喊八喜，八喜看到吴天昊急忙走过去，趴在吴天昊耳边大声说，刘福乾被大炮打退了。见罗大炮也伸过头来，八喜又对罗大炮说，刘福乾给打回去了。罗大炮对陆涛说，三弟，刘福乾个老龟孙给大炮打回去了。为庆祝房山大捷，几个人连喝了两碗酒。八喜说，大当家的、天昊、陆大当家的，我还有喜事呢。罗大炮说，那你还不一块儿说？八喜说，刘继业的一只眼被打崩了。

听说房山大炮不光打跑了刘福乾，还打崩了刘继业的一只眼，罗大炮、吴天昊、陆涛都高兴地举着酒碗说"干、干"。陆涛对罗大炮说，大哥打得好！罗大炮说，都是我二弟的功劳。罗大炮说完，对吴天昊说，二弟，我没有找错人，也没有看错人！罗大炮又歪过头来对陆涛说，三弟，大哥今天借你的喜酒说一件大事。陆涛说，大哥别卖关子了，有什么大事你快说。

罗大炮端着酒碗站在凳子上，场面一下子静下来。罗大炮说，房山、安峰山两山兄弟，大家都听好了，我二弟吴天昊从今天起，就是我房山三当家的。

不论是安峰山的土匪，还是房山的土匪，都两手端着酒碗举过头顶，齐声高喊"拜过三当家的"。吴天昊端着酒碗站起来大声说，谢过大当家的，谢过两山兄弟！他脖子一仰，喝干了碗里的酒。

威武堂里外欢呼声、叫好声不绝于耳。

15

刘福乾本想一举端了房山罗大炮的匪窝，砸了大炮，然后再去荡平安峰山陆涛的匪巢，救出侄女刘紫瑶。没承想，先打房山，不仅没有伤到土匪一根毫毛，而且还让大炮打崩了儿子的一只眼。刘福乾心里那个恨哪，牙都要咬碎了，就是一把抓过来罗大炮和陆涛，生吞活剥了也难解心头之恨。骂完罗大炮和陆涛，又破口大骂白成银，要不是这个龟孙想出个先打房山的馊主意，继业的眼怎么会……骂了半晌，喊了半天，看看白成银不在，骂了也没人听，不骂了，喝口水，喘口气，叫丁管家赶紧到回春堂请贾郎中来给继业看眼。

最多两袋烟工夫，丁管家带着贾郎中一路小跑来到刘家大院。镇上有济世堂和回春堂两家药铺，济世堂以接骨为主，回春堂以看百病为主。回春堂贾郎中的脸在白须、白眉、白胡子的映衬下更加红润，精神抖擞，怎么看也不像八十岁的人。

刘福乾见贾郎中来了，点点头打了招呼，朝丁管家努努嘴，丁管家便把贾郎中引领到偏房，推门一看，见刘继业两手捂着眼正在床上哼。

贾郎中赶紧放下药箱，怕刘继业怕疼乱动，叫丁管家喊来两个家丁，让人摁住刘继业，扒开刘继业的手看看眼，然后让人松开手，刘继业又连忙两手捂着眼，疼得翻身打滚直叫唤。贾郎中提着药箱走进厅堂，对焦急不安的刘福乾说，刘镇长，这眼我看不了。刘福乾两眼睁得鸡蛋大，说，你是镇上的老郎中哦。贾郎中说，眼珠子淌了，得找西医摘除。刘福乾说，摘了眼珠子，我砸了你回春堂的牌子！贾郎中说，刘镇长，你就是砸了我回春堂的牌子，眼珠子也得摘，要是发炎连累了另一只眼就不好了。我看，还是去海州找洋人医院看吧。刘福乾说，你、你没办法了？贾郎中说，刘镇长，老朽无能为力，告辞。

丁管家送走贾郎中，刘福乾安排两个家丁和刘继业连夜坐胶皮轱辘大车去海州义德医院看眼。刚安排完，大太太王翠花连哭带喊一头撞进门来。见了刘福乾又抓又挠，让刘福乾赔她儿的眼珠子。

刘福乾大太太王翠花，是山东石门镇人，一个月前娘家人带话来，说王翠花母亲病了，想闺女了，要王翠花回石门一趟。王翠花听说母亲病了，带了几件换洗衣服，连夜回老家看望母亲。她刚刚回来，听说儿子刘继业的眼珠子让房山土匪的大炮打崩了，不顾舟车劳顿，下车直奔厅堂要刘福乾还儿子一只眼。王翠花又抓又挠，刘福乾躲来闪去，脸上还是被王翠花抓了几道血绺子。刘福乾用手抹了一把脸，厉声喝道，你个老娘们想干什么？大太太说，你还我儿眼珠子，你还我儿眼珠子。一听这话，刘福乾软了半截，抓着王翠花两只胳膊，王翠花挣了半天也没挣脱。刘福乾说，别闹了，我要赶紧送继业去海州洋人医院看眼。

王翠花清醒过来，连忙去偏房里看儿子，见刘继业两手是血捂着一只眼，扒开儿子两手一看，见儿子左眼里还有又红又黑的水流出来，不禁大叫一声晕倒在地。家里人一片慌乱。刘福乾问什么事，丁管家说，大太太昏过去了。刘福乾气得直跺脚，叫家人赶紧把王翠花抬到卧房去。家里人七手八脚还没抬起来王翠花，王翠花身子一挺醒过来了，缓过一口气对刘福乾说，你得给我儿报仇啊！刘福乾说，我这就去海州。

王翠花听刘福乾说要去海州，以为刘福乾借故去海州找二姨太寒菊，顿时又号啕大哭起来，儿子眼珠子给大炮崩淌了，还有闲心思，她大骂刘福乾没良心。

刘福乾看王翠花打翻了醋坛子，说，我一是去给继业看眼，二是去请徐县长派兵剿匪，你怎么那么多事儿。王翠花听说刘福乾去海州不光给儿子看眼，还要请徐县长派兵剿匪，这才不说话了，低着头呜呜地哭。

刘福乾看看王翠花一耸一耸的肩，心里酸酸的对王翠花说，继业眼珠子给大炮打崩了，我去请徐县长派兵，叫他派兵来灭了罗大炮个龟孙。王翠花说，那你快去，叫徐县长多多派兵，把房山土匪罗大炮灭了，把安峰山土匪也灭了。刘福乾拍拍王翠花的肩膀说，这就对了，我现在就走，先送继业去医院看眼，再去县府找徐县长。

说着话，马车和两个家丁已到了厅堂门外，丁管家在门口喊老爷，刘福乾和王翠花一边一个搀扶着刘继业上了马车，待刘福乾上了马车后，马路喊了一声"驾"，马车丁零当啷出了刘家大院，拐上大街。马路抖抖缰绳，马儿小跑起来，待出了镇子，马路在马屁股上连抽三鞭，那马儿放开步子朝海州方向一路狂奔。

几十里路跑过去了，马车来到海州时已是黄昏时分，刘福乾还一个劲催马路。马路看看马儿一身汗直喘粗气，心疼地说，老爷，马累了。刘福乾说，快，马路在马屁股上又抽了一鞭，刚刚慢下来的马儿又放开蹄子跑，马路站在车头上高喊"闪开闪开"，吓得街上行人急忙朝街两边躲，看看跑过去的马车，街上人都瞪大了眼，不知道是人疯了还是马疯了。

马路勒住缰绳半天，马儿脖子都弯过来了车才停下来，呼呼喘粗气，刘福乾顾不上踩着板凳下车，从马车上跳下来，腿一打软"哎哟"一声，连忙站起来，指挥两个家丁搀扶刘继业，自己也一瘸一拐地跟进了医院。

马路把马车赶到医院大门旁边，心疼地看着一身汗水的马儿，拿出草料袋喂马，提着小桶去找水给马喝。

穿着白大褂戴着白口罩的洋医生见进来个急诊病人，连忙过来看看刘继业的眼。刘福乾说，先生，我儿的眼能看好吧？洋医生摇摇头，让去办住院手续。刘福乾叮嘱一声，一个家丁跑着去办住院手续了。刘福乾对洋医生说，不管花多少钱，你要把我儿的眼珠子保住。洋医生听了刘福乾的话，怔怔地看着刘福乾摇摇头，然后用半生不熟的中国话说，眼珠子都淌了，没法保住。刘福乾说，你一定要保住我儿的眼珠子。洋医生耸耸肩，然后两手一摊，说，这样的眼珠子是保不住的，只有摘除。摘除你知道不知道？摘除就是把碎眼珠子彻底拿掉。刘福乾说，只要能保住我儿眼珠子，要多少钱给多少钱。洋医生说，不是钱多钱少的事，钱再多也保不住你儿的眼珠子。刘福乾说，那怎么办？洋医生说，一定要先摘除，不然的话，万一有了炎症，殃及另一只眼，两只眼恐怕都保不住。

刘福乾听洋医生说的跟镇上回春堂贾郎中说的一样，这只眼不摘除，另一只眼也可能保不住，两腿一软瘫下来，家丁连忙架住才没有瘫在地上。两个家丁怕刘福乾再次瘫倒，一直架着刘福乾。半晌，刘福乾叹口气对洋医生说，你们看着办吧，但一定要保住我儿的另一只眼。洋医生点点头说，没问题，我们会尽最大努力保住病人的另一只眼。刘福乾说，保不住，我带人砸了你们医院的牌子。洋医生说，你要是砸医院的牌子，我们会送你去南京法庭的。刘福乾还要说什么，洋医生手一摆说，请回吧，我们要工作了。两个家丁搀扶着刘福乾一瘸一拐走了几步，刘福乾转身突然朝洋医生扑通一声跪下了，说，医生求求你了。洋医生听到响声，转脸一看说，放心，一个月后，我会给你儿装一只眼珠子的。刘福乾跪着连连道谢。洋医生说了声拜拜，就去了手术室。

两个家丁架着刘福乾一瘸一拐地走出医院，又搀扶着刘福乾上了马车，刘福乾留下一个家丁伺候刘继业，对另一个家丁说，你跟我走，到县府找徐县长去。马路"驾"了一声，马车一路丁零当啷地去了县府。

来到县府门口，马路要把马车朝县府院里赶，被站岗的拦住了。马路说，我们老爷要找县长。站岗的说，你也不看看天，月亮都出来了还找县长？县长早下班回家了。马路转脸对车篷里说，老爷，站岗的不给进，说县长下班回家了。刘福乾说，去徐县长家，你上次来过的。

马路正在掉转马车，县府里做饭的老伙夫刚好从大门里出来，听了刘福乾的话说，别去找了，徐县长不在了。刘福乾一愣说，徐县长死了？老伙夫说，不是死了，是徐县长不在这儿干了。刘福乾说，他到哪儿去干了？老伙夫说，听说到洪泽那边当县党部书记去了，你到洪泽去找吧。

刘福乾听老伙夫这么一说，心里拔凉拔凉的，请徐县长到西乡刘湾镇去视察，请客吃饭送礼找女人花了那么多钱，一件事没办，拍拍屁股走了，这叫什么事啊？那洪泽又不是东海地，离海州好几百里路，怎么找？找到他，他能派兵到东海西乡来剿匪？刘福乾坐在马车上心如刀绞，苦不堪言。半晌又想，县官不如现管哪，对家丁说，问问谁当县长了？家丁朝街上看看，又朝前跑了几步，不一会儿回来了，对刘福乾说，老爷，人走得没影了。刘福乾说，那还不快去追。家丁再次顺着老伙夫走的方向找了半天，也没看见老伙夫的人影儿，转回来对刘福乾说没找到。刘福乾说，废物，我要你们干什么？家丁说，老爷，街上全是人，找了半天没找到。刘福乾说，你不能去问问县府门口站岗的？家丁急忙跑到县府门口问站岗的，回来对刘福乾说，老爷，门岗说现在是梁县长。刘福乾憋闷半晌没有说话。马路对刘福乾说，老爷，天黑了，是回去还……刘福乾说，找家客栈住下来，明天找梁县长。马路说，我把你送二姨太那里去，明早去接你。刘福乾说，脚肿得路都不能走了，跟你们一起住客栈。过了一会儿，刘福乾又说，先去义德医院，看看继业的手术做完没有。

马路赶着马车，又一路丁零当啷地去了义德医院。家丁搀扶着刘福乾走进病房时，刘继业的手术已经做完了，眼上缠了一圈绷带。刘福乾一看，不禁抱着继业的头号啕大哭。爷俩哭了半晌不哭了，说了一会儿话，刘福乾才带着马车去找客栈。

马车在海州转了几条街，家家客栈门旁挂着客满的牌子。转来转去，快半夜的时候，终于在一个巷子里找到一家客栈住下来。

刘福乾从马车上跳下来时崴了脚，家丁找老板要热水，老板刚刚脱光衣服钻进被窝，听到有人喊，不耐烦地说，都住下来了，还要干什么？家丁说，找点热水给我家老爷烫烫脚。老板说，你家老爷是金脚还是银脚？外面缸里有凉水，洗洗睡吧。再啰唆，天就亮了。家丁回来跟刘福乾说，刘福乾眼一睁说，你跟老板说，烧一锅开水，给一块大洋。家丁又去敲老板的门说，你烧一锅热水，老爷说给你一块大洋。老板听说烧一锅热水给一块大洋，尽管困意未消，但还是立马穿衣起来烧水。

刘福乾烫了脚，这才在大通铺上躺下来，闻着屋里的汗臭味、臭脚味、尿骚味，听着屋里的呼噜声、磨牙声、梦呓声，一直到天快亮时才睡着。好像睡了不大一会儿，就有人穿衣起床了，咳嗽声、吐痰声、放屁声不绝于耳，刘福乾再也睡不着了，想穿衣下铺，一看，脚肿得红里发紫，比狗头还大，鞋也穿不进去了，气得直拍大腿，咬牙切齿地说，我非灭了房山罗大炮不可。家丁说，老爷小点声。刘福乾说，怕什么？我就是要灭了罗大炮和陆涛这两个小龟孙。马路看了看刘福乾肿得发亮的脚说，昨天晚上要是听老板的话用凉水洗脚，老爷的脚也不会肿成这样。家丁说，你要给老爷用凉水洗脚？马路说，我小时候脚崴了，是爹带我去看郎中的，郎中叫我爹用凉水给我洗脚，说热水洗脚脚会肿。家丁说，那你不早说？马路说，我不是才想起来嘛。

　　刘福乾的脚肿得不能走路了，家丁和马路架着他一蹦一蹦地走。三人在小吃摊上吃过早饭，歇了一会儿，看看天不早了，家丁和马路把刘福乾架到车辕上坐着，马路在前面牵马，一路丁零当啷地去了县府。

　　刘福乾的马车刚到县府门口，忽听有人喊，刘镇长，刘镇长。刘福乾没想到海州还有认识他的人，转脸一看，见白成银跳下马车，三步并作两步跑上前来说，刘镇长，我可找到你了。刘福乾说，成银，你怎么来了？白成银说，昨晚我去找你，丁管家说你到海州来找徐县长了，我连夜赶来，找了半夜也不知道二姨太家在哪里。刘镇长你得给我做主啊。刘福乾说，做什么主？白成银说，罗大炮打死我两个人。刘福乾说，我家继业的眼珠子都让大炮打崩了，你不知道？白成银说，我昨晚才听说，少爷呢？刘福乾说在义德医院。白成银说，我去看看少爷。刘福乾说，跟我一块儿去找县长吧。白成银说，你昨天来没见到徐县长？刘福乾说，别提了，徐县长走了，现在换了个梁县长。白成银"哎哟"一声，你认识梁县长？刘福乾说，我认识他个锤子，你来了正好，跟我一块儿去找梁县长。我就不信，他能不派兵？白成银说，好好好，我跟你一块儿去找梁县长，只要梁县长派兵，粮草我包了。刘福乾拍拍白成银的肩膀说，好兄弟，咱们找梁县长去。

　　马路在街边停好马车，过来和家丁一起架着刘福乾，一蹦一蹦地来到县府门口，刘福乾掏出两块大洋，要家丁给两个门岗。门岗拿了大洋，向梁县长报告后回来说，梁县长正在办公，让刘镇长先到院里等一会儿，梁县长叫你，你再进去。

　　家丁和马路架着刘福乾，白成银跟在身后，几个人进了县府大院，在院里的一个石桌旁坐下来。等了大半个时辰，秘书出来喊，哪个是刘福乾刘镇长？梁县长请你进去。刘福乾连忙说"我是我是"，站起来抬腿就走，"哎哟"一声摔倒在地，家丁和马路连忙扶起刘福乾，白成银连着喊"刘镇长刘镇长"……家丁和马路架着刘福乾慢慢走到门口，要进县长办公室，被秘书拦住了。秘书说，你们两个不能进。刘福乾说，小兄弟，你看我这脚连路都不能走，他们两个不架着我，我怎么进得去？说着，他递上一块大洋又说，小兄弟多多关照。秘书把大洋装进兜里，这才说，进去吧。白成银也要跟进去，秘书说，你不能进。白成银冲刘福乾喊，刘福乾转头对秘书说，他是我兄弟，被土匪打死了两个手下。秘书见刘福乾说话了，才放白成银进去。白成银连连点头说，谢谢小兄弟，谢谢小兄弟。

几个人进到屋里，看见徐县长坐过的那张大办公桌后面有个人，知道那人就是梁县长了。刘福乾说自己是西乡刘湾镇镇长刘福乾。刘福乾报完名号，白成银也跟着报了名号，说自己是西乡刘湾镇白塔埠白保长。两个人报完名号扑通一声跪下来，齐声喊道"梁县长"。梁县长说，二位贤达快起来，快起来。

家丁和马路把刘福乾架到一边的椅子上坐下来，这时，秘书用托盘端了两杯白开水进来，一人面前放了一杯。刘福乾带着哭腔喊了一声梁县长，又要跪下来，家丁和马路连忙要搀扶刘福乾，看见梁县长摆了摆手，这才把刘福乾搀扶起来坐在椅子上，然后两个人退到门外候着。梁县长说，两位贤达大老远地来县府有何事？刘福乾说，西乡房山、安峰山两山土匪猖獗，搅得民不聊生，夜不能寐，人心惶惶，社会动荡不安。白成银插话说，土匪一日不灭，百姓一天不安生。白成银说完看看刘福乾，刘福乾点点头说，前几天，我和几个保长商量后，决定灭了两山土匪为民除害。梁县长听刘福乾和白成银说联合起来上山剿匪，激动地站起来说，两位贤达主动为政府分忧解难，精神可嘉啊。刘福乾说，哪想到，我儿的眼珠子让房山土匪罗大炮一炮打崩了。他边说边扯起衣袖擦眼泪。白成银也说，我的人让罗大炮一炮轰死两个，轰伤三四个。梁县长猛一拍桌子说，简直无法无天，太嚣张了。刘福乾说，我们想请梁县长派兵，灭了两山土匪。白成银说，梁县长派兵，粮草我全包了。刘福乾说，梁县长，你派兵剿匪，粮草白保长全包了。梁县长半天没有说话。刘福乾说，梁县长，你还有什么要求尽管说。只要我们能办到的，一定办。半晌，梁县长说，两位贤达喝水，喝水。

刘福乾端起茶杯咕咚喝了一口，白成银也端起茶杯咕咚喝了一口。刘福乾和白成银放下茶杯看着梁县长。梁县长吐了口气说，两位贤达，你们为县府分忧解难，亲自带人剿匪，是我大东海的楷模，令鄙人十分仰慕。梁县长停了片刻又说，不过，政府眼下派不出一兵一卒。刘福乾一听梁县长说派不出一兵一卒，着急地说，梁县长，我儿眼珠子都让土匪大炮打崩了，你也不派兵剿匪？梁县长说，不瞒二位贤达，我实话实说，县府就我一个县长，还有一个秘书，哪里有兵派去剿匪？刘福乾心里一沉，白成银心里也一沉，两个人十二分的失望，相互看了一眼，都觉得这个梁县长没指望了。

半响无话。刘福乾起身对梁县长说，梁县长你忙吧，我们回了。白成银也站起来说，不打扰梁县长，我们回了。梁县长听说他们要走，摘下眼镜，说，两位剿匪楷模，县府虽无兵可派，但饭还是有得吃，吃过中饭再走吧？刘福乾和白成银一边道谢，一边退下。家丁和马路从门外进来，架着脸色铁青的刘福乾和垂头丧气的白成银，脚步沉重地走出县长办公室。到了院里，刘福乾狠朝地上吐了一口唾沫，在家丁和马路的搀扶下，一瘸一瘸地走出县府。

家丁在车上拉，马路和白成银在车下往上推，好半天才把刘福乾弄上马车，刘福乾窝在车厢里喘了半响，拍拍车窗，马路抖抖缰绳喊声"驾"，马打了个秃噜，尾巴一翘，拉车走了。刘福乾的马车走在前面，白成银的马车跟在后面，两辆马车一前一后丁零当啷地离开县府，离开海州回西乡了。

中午时分，马车到了白塔埠。白成银的马车停下来，白成银也怕崴了脚，小心地从车上下来，一边喊着"停停停"，一边追上刘福乾的马车说，刘镇长，晌午了，到家里吃过饭再走。刘福乾撩开门帘看看太阳，又看看白成银说，好吧，坐车也坐累了，到白保长家歇歇脚。白成银说，我给你找个郎中来看看，弄块膏药贴贴，再弄点草药包包，好得快。白成银说完，又回身朝自己的车夫招招手说，请刘镇长到家里吃饭歇歇脚。车夫连忙牵马拉车走到前面，白成银上了车在前面带路，两辆马车一前一后进了白塔埠，去了白家大院。

家丁和马路搀扶着刘福乾在白家大客厅里坐下来，用人把沏好的茶端上来，刘福乾端着茶碗把客厅打量一番，白成银这才一溜小跑地从外面回来，要刘福乾喝茶，说饭一会儿就好，郎中一会儿过来给刘镇长看脚。刘福乾一边拿着茶碗盖荡着碗里的茶叶一边点点头。白成银松了口气，坐在八仙桌另一边，刚端起茶碗想喝口茶，刘福乾放下茶碗说，白保长，你派人去通知鲁保长和万保长，叫他们两人到白塔埠来，我有要事和大家商量。白成银听说刘福乾有要事和几个保长商量，放下茶碗，立马安排儿子白天亮骑马去通知鲁天成和万贯金来白塔埠。忙活完，白成银一屁股坐下来，端起茶碗咕咚咕咚几口喝个精光，抹了一下嘴，才和刘福乾说话。

万贯金和鲁天成接到通知，听说刘福乾和白成银去海州搬兵回来了，等他们到白塔埠白成银家商量要事，也不知道是什么要事，都认为这是刘福乾眼里有自己，欣喜若狂，连忙套了车，朝白塔埠一路狂奔。太阳歪头的时候，万贯金和鲁天成两人在白塔埠村西大道相遇了。万贯金下车坐到鲁天成车上说，鲁保长，这回非灭了两山土匪不可。鲁天成说，到底是刘镇长，鼻子比我们脸都大啊。万贯金说，你伤了几个人？鲁天成说，伤了一个，你呢？万贯金说，一个没伤。鲁天成看了看万贯金说，你的人胆小不上前。万贯金说，鲁保长，话可不能这样说，我的人是藏在树后才没伤到的。说着话，车进了白家大院，两人下了车，急急忙忙去客厅见刘福乾。万贯金说，刘镇长舟车劳顿辛苦了，鲁天成也说，刘镇长为民造福，西乡百姓是不会忘记的。两个人说完话，见刘福乾板着脸一直没有开脸，看着坐在旁边的白成银也阴沉着脸，一时间丈二和尚摸不着头脑，一脸茫然。

半晌，刘福乾说，两位保长辛苦了，坐吧。白成银喊一声"看茶"，用人给万贯金和鲁天成送来茶水。万贯金端起来闻闻茶香说，好茶，明前茶。鲁天成端起茶碗抿一口，品了品也说，好茶，上等的好茶。两个人夸完茶，万贯金兴高采烈地说，刘镇长，县长什么时候派兵剿匪？鲁天成也说，早来早打，一天不灭两山土匪，我这心里就一天刺刺歪歪的不好受。刘福乾喝口茶，把茶碗朝桌子上猛一顿，茶水都溅出来了。万贯金和鲁天成两人一愣，张大了嘴看着刘福乾。鲁天成说，刘镇长，县长到底怎么说？白成银看了一眼刘福乾，对万贯金和鲁天成说，梁县长说了，他一兵一卒都派不出来。万贯金和鲁天成不约而同地说，梁县长？徐县长呢？刘福乾举起茶碗狠劲朝地上一摔，茶水和碎瓷四处飞溅，气愤地说，徐县长到洪泽当县党部书记了，不管我们的事了。刘福乾又说，他吃我的，喝我的，睡我镇上的女人，一点儿事不办，拍拍屁股走人了，真不是个玩意儿。万贯金和鲁天成面面相觑，刚才路上两个人的想法立马成了泡影。万贯金说，那现在是……刘福乾说，现在是梁县长了。鲁天成说，县府换人了，不认刘镇长了？用人进来又给刘福乾换了一盏茶碗，给几位保长续上茶水。刘福乾说，找你们两个来，就是想商量商量下一步怎么办。几个人你看看我，我看看你，然后都看着刘福乾，不知说什么好。刘福乾喝口茶说，灭两山土匪也不是我刘福乾一个人的事，大家都想想办法。这时，用人进来对白成银说，老爷，饭好了。白成银对刘福乾说，刘镇长，咱边吃边喝边商量，好不好？

刘福乾气了一上午没觉着饿，听白成银用人说饭好了，肚子里咕噜咕噜一阵响，想站起来，脚疼得不能挨地。一直在门外等候的家丁见刘福乾要起来，连忙过去要搀扶刘福乾，刘福乾刚站起来，白成银家的老管家带着郎中来了。

刘福乾又一屁股坐下来，一只脚跷起来放在郎中腿上，郎中左捏捏右摸摸，疼得刘福乾龇牙咧嘴直吸凉气。郎中把刘福乾那只肿得发亮的脚拄了半晌才放下来，从包里掏出来几贴膏药，围着刘福乾的脚脖子贴了一圈，然后又掏出几贴药膏，要家丁过两天再重贴一次，嘱咐道，经常用冷水敷，万万不可用热水烫脚。

老管家送走郎中，家丁这才架着刘福乾去吃饭。白成银说，刘镇长，喝杯酒活活血？万贯金说，刘镇长，县府不派兵，咱该吃吃该喝喝，再想办法嘛。鲁天成也说，万保长说得对，咱再想办法。没有杀猪匠，还真吃了带毛肉不成？在几个人的劝说下，刘福乾这才端起酒杯喝起酒来。

三杯酒下肚，刘福乾看鲁天成有话想说，对鲁天成说，鲁保长，有屁就放，有话就说嘛。鲁天成说，既然刘镇长叫我说，我就说了。我说了刘镇长看行不行，不行就算我没说，如果行也算我为剿匪立了一功。刘福乾说，你看你脱裤子放屁真啰唆，快说出来听听。鲁天成端起酒杯说，我借白保长的酒，先敬刘镇长、白保长、万保长一杯。看刘福乾端起酒杯，白成银和万贯金也端起酒杯，四只酒杯叮当一碰，各人喝干了杯里的酒。鲁天成吃口菜，抹了一下嘴，说，刘镇长，咱不如到山东去请兵。刘镇长和白成银、万贯金都睁大眼看着鲁天成的嘴。刘福乾说，你认识山东那边的人？鲁天成说，我认识山东蓝山县吕咨政。刘福乾说，鲁保长认识吕咨政？那你不早说？鲁天成说，刘镇长，你说到海州请徐县长派兵，哪里用得着我说话啊？刘福乾说，徐县长不是走了吗？梁县长又没兵派。鲁天成说，那我现在说了也不迟嘛，来，再喝一杯。鲁天成说认识山东蓝山县的吕咨政，好像瘪轮胎充足了气似的，刘福乾当即来了精神，酒桌的气氛忽然热烈起来，几个人推杯换盏喝起酒来。

几个人边吃边喝商量了半下午，最后决定到山东蓝山县请吕咨政派兵剿匪，灭了房山和安峰山两山土匪。

空口说白话，蓝山吕咨政会派兵来东海西乡剿匪？那不是天大的笑话嘛！鲁天成酒喝得有点高，拉着刘福乾的手说，刘、刘镇长，有句话我不知道该不该说？刘福乾拍拍鲁天成的手说，这事全靠鲁保长了，有话你说，大家一起商量嘛。鲁天成嘴里呜呜噜噜半晌说，咱不能空手去请吕咨政派兵。万贯金说，那是当然，你空手去，老鬼给你派兵？刘福乾看看鲁天成，看看万贯金，又看看白成银，思谋半晌说，我看这样，咱们四家，一家出一百块大洋，再带上海鲜、土特产，大家看行不行？白成银拍着巴掌说，刘镇长这主意不错，我看行。刘福乾说，鲁保长、万保长呢？鲁天成和万贯金也都说这个主意好，反正剿匪也不是哪一家的事，是东海西乡的事。东海西乡的事就是大家的事，大家的事就要大家一起办嘛。刘福乾一拍桌子，桌子上的碗、碟、酒杯都跟着跳了起来，刘福乾跟前的茶碗碗盖一下子跳到了桌面上。几个人吓了一跳，以为刘福乾发火了，谁知刘福乾说，就这么定了，一家一百块大洋，白保长准备海鲜，万保长准备花生、野兔、野鸡，都送到鲁保长家去。鲁天成说，刘镇长，你是东海西乡一镇之长，到时候你得跟我一块儿去。刘福乾说，等我脚好了咱们一起去。白成银看着刘福乾兴奋地说，继业给大炮打崩了眼，刘镇长不用出大洋，出人就行。我出两百块大洋，大家看这样行不行？万贯金和鲁天成两人睁大了眼看着白成银，见白成银一脸的真诚，又看看刘福乾，然后点着头说"行"。天黑的时候，事情定下来了。

刘福乾像打了鸡血似的精神抖擞，要立马回刘湾镇。白成银再三恳请刘福乾在白塔埠过一夜，刘福乾坚持要回去。鲁天成说，刘镇长，你干脆在我鲁兰过两夜，有些事我们好再仔细商量一下，白天视察视察村子散散心。刘福乾一想这样也好，晚上再跟鲁天成仔细商量一下。刘福乾答应鲁天成到鲁兰过两夜，脚好了再即刻前往山东蓝山面见吕咨政请兵剿匪。

白成银要刘福乾喝碗水等等再走，随后喊来管家，要管家放下手里的事，立即准备两百块现大洋给鲁天成带回去，又对刘福乾说，海鲜我得派人到东乡墟沟去一趟，后天送过去。万贯金一看白成银把刘福乾的计划任务迅速落到实处，也急忙说，刘镇长，我明天先把大洋送去，土特产什么的后天送过去。要不是野鸡野兔得现打，我明天就一块儿给你送去了。

家丁搀扶着刘福乾上了马车，万贯金和鲁天成也各自上了车，三辆马车丁零当啷地离开白塔埠。刘福乾跟鲁天成去了鲁兰，万贯金回了贯庄。

刘福乾在鲁天成家住下来，两个人叽里咕噜商量了半夜，鸡叫三遍的时候才上床睡觉。

刘福乾一连在鲁天成家住了三天，白成银家的海鲜送来了，万贯金家的大洋和花生、野兔、野鸡等土特产也送来了。刘福乾的脚贴了白塔埠郎中的膏药，脚面肿得不亮了，就是走路还有点一瘸一拐的。这天晚上喝过酒，刘福乾对鲁天成说，鲁保长，明天去找吕咨政。鲁天成见刘福乾走路一瘸一拐的，说，刘镇长，等你脚好利索了再去也不迟嘛。刘福乾说，天成，我恨不能吕咨政现在就派兵来，灭了罗大炮和陆涛两个小龟孙。鲁天成说，刘镇长，心急吃不了热豆腐啊。刘福乾说，早一天去见吕咨政，还不知道哪天能派兵来。鲁天成说，刘镇长，你坚持带伤去山东请兵剿匪，精神可嘉，让鄙人仰望。刘福乾说，为求一方平安，这点伤算什么？鲁天成说，好，那我们明天就去山东请兵。刘福乾说，明天天一亮就走。

刘福乾为明天的蓝山行彻夜难眠，他希望这次蓝山行不会落空，希望吕咨政立马派兵来东海一举剿灭房山、安峰山土匪，解解心头之恨。他想心事想得有些激动，一会儿上一趟茅房，一会儿上一趟茅房，回到床上刚躺下来想睡觉，忽又觉得有了尿意，再次起床上茅房，如是三番折腾到鸡叫三遍，干脆不睡了，起床来到院子里看天。忽然，鲁天成住屋的灯亮了，不一会儿鲁天成咯吱一声开门出来，见刘福乾站在院子里说，刘镇长起这么早。刘福乾说，睡好了睡好了。因为昨天晚上鲁天成对伙房厨子交代过，伙房里灯火通明，厨子早起来做饭了。鲁天成伺候刘福乾洗了脸，两个人到堂屋里等着吃饭。不一会儿饭菜上来了，两人草草吃了饭，便急急忙忙上了路。鲁天成和刘福乾坐一辆车，鲁天成的车专拉海鲜土特产。

刘福乾送刘继业到海州义德医院看眼，顺便找县长派兵剿匪的消息，七喜是晚上才听说的，当夜就去房山找八喜。八喜见表哥七喜夜里来找他，立马带着七喜找到吴天昊和罗大炮。见过吴天昊和罗大炮，七喜把刘福乾到海州找县长派兵剿匪的事说了一遍。罗大炮眼一睁说，我那大炮是铁的，怕什么！吴天昊说，大哥，我们还是要慎重，要好好算计算计。罗大炮说，二弟放心，有大哥在房山就在。吴天昊说，一炮轰瞎了刘继业的眼，刘福乾不会放过房山的。罗大炮嘴一撇，叫他来，我把他个老龟孙一炮轰死算了。

吴天昊见罗大炮对刘福乾去海州搬兵不以为然，还有点骄傲自满，转脸去找二当家的，他要和二当家的说说刘福乾去海州搬兵的严重性，让罗大炮重视起来，让山上的弟兄们提高警惕做好打仗的准备。

大炮轰瞎刘继业的一只眼，是二当家的上次领着人干的，二当家的听了吴天昊的话，也满不在乎地说，再来？我一炮把刘继业那只好眼也轰瞎算了。吴天昊看着二当家的说，马二哥，你是山上的二当家的，我们不打无把握之仗啊。马老二说，只要刘福乾的人敢来，我就敢轰，信不信，三当家的？吴天昊说，陆铁匠还没造出来大炮，你手里就一门炮，可不能沾沾自喜啊。马老二说，不是沾沾自喜，我有把握，一门炮不是轰得刘继业满地找眼珠子吗？二当家的和罗大炮一样，因为一炮轰瀫了刘继业的眼珠子而沾沾自喜，对刘福乾去海州搬兵不屑一顾。吴天昊见话没法再说下去了，对马老二说，马二哥，我去后山看看陆铁匠。马老二说，你跟陆铁匠说说，就是造个十门八门炮都不嫌多。说完，他哈哈大笑。吴天昊便去后山看望陆铁匠。

　　一个月后，刘继业在空洞洞的眼窝里装上一只瓷眼珠子回到刘湾。镇上人一开始不知道，看刘继业两个眼珠子跟原来一样，还以为刘继业的眼在海州医院治好了。镇上人私下里都说，海州医院不得了，有高手，眼珠崩瀫都治好了。后来，有人发现刘继业的一个眼珠子不动，死鱼眼一样，才知道是换了个瓷眼珠，镇上人都叫刘继业独眼龙。

16

　　安峰山方向响起枪声时，吴天昊和罗大炮还有二当家的一起跑出屋，站到聚义堂前场地边的一块大龟石上，朝安峰山方向翘首张望，侧耳聆听。

　　聚义堂前场地边的这块大石头，罗大炮来山上安营扎寨好几年也没看出个道道，吴天昊来了以后，没事的时候在山上四处转悠，一天从山下上山来，抬头一看，这块石头极像一只趴着不动的大老龟。他喊来罗大炮一看，还真像个大老龟趴在那儿呢。罗大炮有些不高兴，聚义堂前趴个大老龟，要是让山外人知道了，岂不说他是缩头乌龟，喊他罗大龟，谁还喊他罗大炮？罗大炮沉着脸，立马要小匪把大炮抬来，一炮把大龟石轰了。吴天昊连忙说，罗大哥，轰它干什么？罗大炮说，门前有个大老龟，说出去不好听。吴天昊说，有什么不好听的？罗大炮说，这事传出去，不光山上的弟兄们说，就是山外的人知道了也要说我是缩头乌龟了。吴天昊说，罗大哥，错错错。罗大炮说，我错了？吴天昊说，罗大哥，这可是万年龟啊。罗大炮看着大龟石说，这是万年龟？吴天昊说，就是万年龟，它不光预示着你长寿，而且还预示着山寨长长久久啊。罗大炮听吴天昊这么一说，露出笑容说，还是吴老弟会解啊。好，留着这块大龟石，让山寨长长久久。罗大炮这才没有叫弟兄们炮轰山石，大龟石才得以留在了门前的场地边。

　　现在罗大炮和吴天昊还有二当家的一起站在大龟石背上，山上山下雾气腾腾，好像大老龟驮着几个人云游四方似的。

　　土匪们听到安峰山方向响起枪声也纷纷跑出来，有的爬到树上，有的站在山坡上，伸长脖子朝安峰山方向眺望。山里山外云腾雾绕，一片白茫茫什么也看不见，只听见安峰山方向传来的枪声一阵紧似一阵。

　　罗大炮连声问，怎么回事，怎么回事？虽然没人回答，但罗大炮还是一个劲地问。吴天昊神情严肃地对罗大炮说，大哥，是不是刘福乾搬兵打安峰山了？不过，听枪声不像是快枪，像是长火、短火。罗大炮侧耳听听，说，刘福乾这个老龟孙，怎么不来打我房山？吴天昊说，刘继业上次吃亏长了一智嘛。罗大炮说，二弟，你把心老实放在肚子里，不管是刘福乾来，还是白成银来，我照样轰他个人仰马翻屁滚尿流，叫他哭着喊着回家找不着爹娘。吴天昊说，大哥，刘福乾可是个老狐狸，还是小心点好。马老二插嘴说，大当家的，三当家的，我们有大炮，他刘福乾再狡猾，那几杆鸟枪也打不了大炮。鸟枪要是能打大炮，那不成了天下的笑话嘛。马老二说完，对罗大炮说，大当家的，我说得对不对？罗大炮听马老二又夸大炮的威力，心里十分得意，说，那是那是，要是刘福乾的鸟枪打了我的大炮，我就不叫罗大炮了，叫罗鸟炮算了。吴天昊看看罗大炮，又看看马老二，说，大当家的，二当家的，我们还是要认真对待，切不可马虎，尤其是思想上不能马虎，一定要重视。沉默片刻，罗大炮说，二当家的，三当家的说得没错，他是个明白人。马老二也顺杆往上爬，连说，那是那是，三当家的说得有道理。吴天昊说，大当家的、二当家的听我的？罗大炮说，听你的，你是房山三当家的嘛！吴天昊说，那好，听我的就赶紧回去商量一下。

　　三个人听着安峰山方向的枪声渐渐稀疏下来，半天响一枪，半天响一枪，过了一会儿，枪声就完全停下来了。罗大炮说，刘福乾这个龟孙肯定让我三弟打跑了。马老二说，打跑了好。三个人一边说着话一边回到聚义堂。罗大炮坐下来说，三当家的，我原来以为刘福乾如果搬来兵会先打房山，没想到先打安峰山了。吴天昊说，刘福乾为什么会先打房山？马老二说，大当家的说得对，上次是房山把刘继业眼珠子打崩了，还轰死白成银两个人打伤三四个。我估摸着，不光刘福乾想报仇，白成银更想报仇不是？罗大炮说，二当家的上次一炮轰得好，壮了山上弟兄们的胆，长了弟兄们的志气。

　　吴天昊想想，觉得罗大炮和马老二说得有道理，刘继业的眼珠子毕竟是房山大炮打崩的，白成银的人也是房山大炮打死打伤的。这个仇，不光刘福乾想报，白成银更想报。从这个层面分析，刘福乾搬兵极有可能先打房山。再说安峰山，刘紫瑶毕竟是他的亲侄女，而不是亲闺女，但刘福乾是把刘紫瑶当亲闺女养大的。突然，一个想法在吴天昊脑海里一闪而过，刘福乾会不会打完安峰山，再打房山呢？他心里猛一颤，想了半天，觉得还是把话说出来好。俗话说，话不说不透，理不讲不明嘛，把想法说出来，大家一起商量商量，三个臭皮匠也顶个诸葛亮嘛！这样一想，吴天昊说，大当家的，二当家的，我觉得刘福乾有可能打完安峰山再打房山。罗大炮和马老二听了一愣，两个人都看着吴天昊。吴天昊说，你看，陆涛半道截了刘紫瑶做了压寨夫人，刘紫瑶还为陆涛生了孩子，这对刘福乾来说是奇耻大辱，这是一。二呢，房山大炮打崩了刘继业一只眼，他也不会放过房山的。我想，刘福乾可能采取的是各个击破的战法，打完安峰山再来打房山。罗大炮说，三当家的，你说得有道理。马老二听吴天昊这么一分析也说三当家的说得不错。吴天昊说，大当家的，二当家的，不论刘福乾是先打安峰山还是先打房山，我们都要做好迎战准备，不打无把握之仗嘛。罗大炮看着吴天昊说，三当家的，你说怎么办？马老二也看着吴天昊说，三当家的，听你的。吴天昊说，不管是陆涛把刘福乾打回去了，还是刘福乾自己撤回去了，我们都要做好准备。罗大炮说，二当家的，我二弟说的极是。马老二没有说话，只是点了点头。吴天昊觉得马老二有点不屑一顾。罗大炮说，三当家的，山上的弟兄你来调遣，想怎么办就怎么办。吴天昊说，谢大当家的，我去安排安排。

吴天昊出了聚义堂，边走边把房山的地形地势在脑子里过了一遍，随后做了防御部署，路口放上明哨，偏僻的地方放上暗哨，山上的弟兄白天黑夜巡山，一刻不停。吴天昊还叫人在布袋里装满火药、铁砂带在身上，做好一切战前准备。

吴天昊不是和罗大炮一起巡山查哨，就是跟二当家的明察暗访。一时间，山上如临大敌，气氛十分紧张。

其实，刘福乾原本没想打安峰山，梁县长没有派兵，他心里既难过又失望，但山东蓝山吕咨政答应派兵，他又欣喜若狂，一直等着吕咨政派兵的好消息。正当刘福乾等吕咨政派兵的消息等得心焦不耐烦时，刘继业从海州回来了。刘福乾看见儿子一只眼是个不能动的瓷眼珠，想想侄女刘紫瑶为陆涛生了儿子为陆家添了香火，心里和精神上都受了刺激，新仇旧恨涌上心头，不顾一切地带着家丁去打安峰山，想一举灭了陆涛，把刘紫瑶接回家来。

哪里想到，陆涛经过几年的历练成熟了许多，带着人猛虎一样扑下山去，一排长火一排短火，一排短火一排长火，竟把刘福乾的家丁打得屁滚尿流抱头鼠窜，就连刘福乾骑的高头大马腿上也被射进几粒铁砂。刘福乾带着家丁狼狈不堪地跑回镇上，直觉得后脑勺冷风飕飕十分后怕，跑得慢一点，老命就差点儿丢在安峰山了。

刘福乾带着一千块大洋连夜又去蓝山找吕咨政派兵，这次他没有带鲁天成去，因为上次鲁天成带着他已经和吕咨政接上头了。刘福乾到蓝山后直奔吕府，可吕咨政不在家，到济南开会去了，他只好焦躁不安地在蓝山住了两天。吕咨政两天后才从济南回来，见到刘福乾惊喜地说，这次开会，我和省府说了你们饱受土匪欺凌，人心惶惶，社会动荡不安的情况，省府十二分的同情，边界匪患成灾，总有一天会殃及池鱼。要我带兵到东海剿匪，还边界百姓一个平安。刘福乾心里十分感激吕咨政，一把抓着吕咨政的手说，你就是包青天哪。吕咨政说，东海的土匪经常到山东境内骚扰百姓，告状人一波接一波。省府说了，灭了东海的土匪，还山东地界黎民百姓一方平安。刘福乾说，吕咨政，你是我的大恩人哪。吕咨政说，刘镇长，当官不为民做主，不如回家卖红薯啊。刘福乾二话没说，送上一千块大洋说，吕咨政，请笑纳。吕咨政说，刘镇长，你送来的大洋我一块也不会拿，全部用作调遣费。刘福乾对吕咨政佩服得五体投地，从蓝山回来后，一直在耐心地等待山东兵的到来。

房山吴天昊依然严阵以待，毫不松懈。这天下午，吴天昊查哨，发现苗风池不在哨位，问一个土匪苗风池哪儿去了。土匪说，风池有点事儿下山了。吴天昊听说苗风池下山了，心里咯噔一下。这关键时刻，人怎么能不在哨位呢？苗风池这个人到底是个什么样的人呢？吴天昊在山上转了一圈，找到八喜说，你去找找苗风池，看看他是不是到刘湾镇去了。八喜听天昊说苗风池偷偷下山了，心里也十分来气，对吴天昊说，找到了怎么办？吴天昊说，先别动他。八喜点头答应，一个人下了山，在刘湾镇转了半夜，也没找到苗风池，却听表哥七喜说刘福乾又去山东搬兵的事。八喜一刻不停地连夜回到房山，敲开吴天昊的房门，把刘福乾去山东搬兵的事对吴天昊说了一遍。

第二天天一亮，吴天昊把刘福乾二次去山东搬兵的事对罗大炮说了。罗大炮说，二弟，你说得没错，刘福乾这个龟孙请来山东兵，不光要打安峰山，肯定也要打房山。吴天昊说，大哥，查哨时让弟兄们警惕点，谁知道山东兵啥时来？罗大炮说，二弟，我听你的。

好像兵临山下似的，山上的气氛紧张得让人喘不过气来。天还是那样蓝，云还是那样在天上飘，山还是那样青翠，一连十多天一点儿动静也没有。罗大炮和吴天昊一起巡山时说，二弟，刘福乾个老龟孙是不是不敢来了？山东兵也不是那么好搬的嘛。吴天昊也觉得弟兄们的神经绷得太紧了，安排人换班值守寨门看大炮，其他哨位的人撤回来休息。

山上人紧绷了十多天的神经终于放松下来，一个个睡得昏天黑地，苗凤池趁机又下山到刘湾镇满园春找女人潇洒去了，这是吴天昊后来听七喜说的。

谁也没料到，半个月后，安峰山突然第二次传来密集的枪声。吴天昊和罗大炮、马老二又站在大龟石上竖着耳朵聆听枪声。罗大炮对吴天昊说，二弟，枪声不对头？吴天昊听听炒豆般清脆的枪声，不像是长火短火发出来的，断定是快枪，说，看样子山东兵来了。罗大炮说，不知三弟这回能不能顶住？马老二也说，陆大当家的顶不住，安峰山就危险了。吴天昊说，听枪声，来的人不少，三弟恐怕顶不住。罗大炮说，二弟，你带人守山寨，我和二当家的带大炮支援三弟，一炮轰死刘福乾个老龟孙。吴天昊琢磨了一下，刚想说好，一个土匪一边朝山上跑一边大声喊，大当家的，安峰山来人了，安峰山来人了。

罗大炮和吴天昊、马老二急忙从大龟石上下来，这时跟在土匪后边的骑马人老远跳下马跑上前来，单腿跪地两手抱拳说，罗大当家的，陆大当家的要你带炮快去安峰山。吴天昊认出是安峰山的程老六，说，老六慢慢说，安峰山什么情况？程老六说，今天上午，刘福乾带着山东沂防营几十号人，突然攻打安峰山，全用快枪，火力猛，看样子想攻下山寨。罗大炮对吴天昊说，二弟，就这么定了，我和二当家的带大炮去安峰山，你在家守山寨。没等吴天昊回答，罗大炮就冲土匪喊，快快，套马拉炮去安峰山。吴天昊对罗大炮说，大哥，你再带几杆长火短火，光是大刀片长矛不行。罗大炮说，好，再留十来杆长火短火，你得守山寨用。吴天昊说了声好，又对程老六说，老六，你赶紧回去对陆大当家的说，罗大当家和二当家的带炮即刻前往安峰山。罗大炮对程老六说，你跟陆大当家的说让他先顶住，房山大炮和人马随后就到。程老六说，谢过大当家的、二当家的、三当家的。罗大炮和马老二说，快走吧，啰唆什么。程老六两手抱拳晃晃，说，我先走了，后会有期。吴天昊也两手抱拳晃晃说后会有期。程老六说罢翻身上马，拍了一下马屁股，一阵风似的下山去了。

土匪们迅速套好了炮车，罗大炮和马老二骑上了马，说声"走"，二十多个弟兄手拿长火短火、鬼头大刀、长矛、棍棒，拉着大炮跟在马后一路呐喊着下了山。吴天昊冲着罗大炮的背影高喊，大哥，要当心啊。罗大炮不知道听没听到，脸也没转，带着人拉着炮猛虎一般下了山。出了山门，罗大炮抖抖缰绳加快了速度，土匪拍了一下马屁股，喊声"驾"，马拉炮车叽里咕噜跑起来，一路尘烟直奔安峰山而去，不一会儿就没了踪影。

罗大炮带着人和大炮直奔安峰山时，安峰山上的战斗十分激烈。

上次，八喜下山把刘福乾去山东请兵的消息带回来后，吴天昊连夜派人把消息传给了陆涛，要陆涛胸中有数，做好刘福乾再次打山的准备。

送走房山来人，陆涛哈哈大笑，有些不在乎。上次刘福乾带人打山，他什么准备也没有，听到枪响，还跑出威武堂问谁的枪走火了，直到土匪气喘吁吁跑上山来报告，说刘福乾带着家丁打山了，他才清醒过来，立马组织人扑下山去。长火短火几个回合，刘福乾的家丁还没攻上山来，就被打得掉头就跑。刘福乾骑在马上，陆涛看得清楚，举起短火就是一枪，打得马咴咴叫，抬起两条前腿站了起来，刘福乾差点儿从马上摔下来。待马两只前蹄落地后，刘福乾抽了马屁股一鞭，这才狼狈逃窜。陆涛带着人追了二里远，看看刘福乾和家丁跑得没了影儿，这才停止追击。陆涛手拿短火指着远处的烟尘说，再来，我叫他死在安峰山。众匪山呼"英明！英明！英明！"陆涛高兴地说，回去大块吃肉，大碗喝酒！众匪的欢呼声响成一片。陆涛在众匪的簇拥下凯旋，当即吩咐杀猪宰羊，喝了一下午的酒。

满不在乎归满不在乎，吴天昊连夜派人送信来，说明把兄弟没有白拜，像亲兄弟一样想着自己，陆涛还是十分感动的。陆涛想想刘福乾逃走时那个狼狈样，不由得又笑了，刘福乾外强中干，看样子气势汹汹很吓人，其实是只纸老虎，几个回合就打跑了。再说，刘继业上次打房山，被大炮打崩了一只眼，还轰死白成银两个家丁。陆涛这么一想，觉得刘福乾去山东搬兵，一定会先打房山，报一炮之仇，立马写了一封信，天亮后让人送给吴天昊，信上说，他估计刘福乾山东搬兵极有可能先打房山，要吴天昊和罗大炮多加小心。

陆涛还是做了一番准备，将山上的人分成两拨，白天黑夜轮换着守山，一直守了大半个月，也没见刘福乾带兵打山，不光土匪们没了心气，夜里值班睡大觉，白天躲起来摸小黑牌赌博玩，就连陆涛也打不起来精神，岗也不查了，天天在家里逗儿子玩。他认为刘福乾没有从山东搬来兵，一时半会儿不会打山的，遂放松了警惕。陆涛松下劲来，巡山的土匪也是想巡就巡，不想巡就不巡，看见陆涛偶尔来查哨，就装模作样去巡山，陆涛不来，就摸小黑牌赌博玩。

就在刘福乾打山的前一刻，陆涛还和刘紫瑶一起逗儿子玩。刘紫瑶奶水足，儿子长得又白又胖，着实逗人喜爱。陆涛的儿子叫陆家将，名字是爷爷陆铁匠喝满月酒时给起的。陆铁匠说古时有杨家将，现在有陆家将，这名字多响亮。陆涛说好，刘紫瑶说好，姑姑说好，奶奶也说好，一家人都"家将家将"地叫，逗得孩子咯咯笑，陆涛高兴得合不拢嘴。

听到山下叭叭响枪时，陆涛还以为谁放炮仗呢，怕炮仗惊吓着儿子，叫土匪传话过去，不年不节的谁也不许放炮仗。土匪传话去了，他一边逗儿子，一边对刘紫瑶说，家将越来越像你了。刘紫瑶脸上红扑扑地说，也像你。陆涛说，像你一样漂亮。刘紫瑶说，像你一样腿长。两口子正说笑着，程老六提着短火急匆匆跑来说，大当家的……他看见刘紫瑶正给孩子喂奶，急忙朝陆涛招招手，陆涛连忙跟了出去。程老六说，刘福乾打山了。陆涛说，老龟孙还敢来？程老六说，这回来的人都使快枪。陆涛心里一惊，刘福乾还真从山东搬来兵了？他转身走到门口，对刘紫瑶说，紫瑶，带着家将在屋里千万不要出来，我去看看就来。刘紫瑶问陆涛出了什么事，陆涛没听到刘紫瑶说什么，提着短火，跟着程老六急匆匆去了半山腰。

牛角号吹响了，铜锣咣咣响起来了，土匪们纷纷操起长火、短火，带上长矛、大刀、弓箭、棍棒，跟着陆涛朝山下扑去。

果然是山东沂防营的兵，人手一把快枪。

沂防营人没打过土匪，更没见过这阵势，看见土匪猛虎般扑下山来，铜锣咣咣响，喊杀声震天，长火、短火一齐响，打得树叶哗哗啦啦落下来，一支支弓箭带着响声钻进身旁的山土里，一时间也乱了阵脚，吓得掉头就跑。

陆涛带着土匪以猛虎下山的阵势，把沂防营人第一拨进攻压了下去。陆涛见好就收，重新做了部署，要土匪各自占据有利地形，前一排长火，后一排短火，再后一排是弓箭手。长火放完，退到短火后装药，短火快速上前开火，短火放完再退到长火后装药，弓箭手见人就射。安排完，陆涛站在高处说，弟兄们，只要沂防营的人上来，短火、长火轮番开火，给我往死里打。

众匪齐声呐喊："打！打！打！"陆涛一挥手，众匪停止了呐喊，陆涛大声说各自准备，众匪立即散去，有的躲在树后，有的躲在山石后，有的钻进草丛里，眨眼间没了踪影。

陆涛心里还是有数的，他见沂防营的人用的都是快枪，怕山上的长火、短火、大刀、弓箭顶不住，对身旁的程老六说，刘福乾这回是善者不来啊，形势对我们不利。程老六说，大当家的，不是打回去了吗？陆涛说，那是沂防营的人没见过咱这阵势，你快去房山，叫罗大哥带大炮和人马快速赶来。程老六说，我这就走。陆涛说，等你走到房山，安峰山早让人踏平了，骑我的马去，越快越好。

程老六走了没多大会儿，刘福乾组织沂防营展开了第二拨进攻，快枪炒豆般叭叭响。沂防营打了半天枪，没看到土匪的影儿，以为土匪给快枪吓跑了，端着枪从山路上了山。

陆涛见沂防营到了长火、短火射程之内，喊声"打"，一排长火扇子般扑过去，当场撂倒两三个人；接着又一排短火扫过去，又撂倒一两个人，只见沂防营的人哭爹喊娘。陆涛又喊一声"弓箭手"，一支支弓箭嗖嗖带响地射向沂防营的人，沂防营又倒下两三个人，其他人又退下山去。

山上山下一时间没了枪声，沂防营的人冷静下来，见土匪就这几招，半个时辰后枪声再起，沂防营呐喊着朝山上冲。眼看快到长火、短火射程范围内，他们不冲了，隐蔽在树后或是石头后面，向山上开枪射击。

陆涛指挥长火、短火又先后开了两排枪，见打不到沂防营的人，沂防营的人的快枪打得土匪抬不起头，还打死打伤好几个弟兄，只好带着人朝山上撤。沂防营一边打一边朝山上攻，陆涛眼看快要撤到威武堂了，忽听有女人喊，大伯，我是紫瑶，不要打了。陆涛转脸一看，只见刘紫瑶抱着儿子站在一块大石头上，正朝山下又是摆手又是喊，一时间也愣住了。

山上人目瞪口呆地看着刘紫瑶，山下沂防营的人也疑惑地看着刘紫瑶。山上山下一时间没了呐喊声，没了枪声。

陆涛看着抱着儿子站在石头上的刘紫瑶，大声喊，紫瑶快回去。就在这时，叭一声枪响，接着听到刘紫瑶撕心裂肺地叫喊声"家将——"听到刘紫瑶惊惶的喊声，陆涛一愣，家将怎么了？看见刘紫瑶一屁股坐在石头上，哭着喊怀里的家将。坏了，家将被枪打了。陆涛不顾一切，连蹦带跳地朝大石头跑去，身后的枪声骤然间响成一片。陆涛爬上大石头，一把抱住刘紫瑶，两个人一起喊"家将家将"。刚刚三个月大的陆家将再也不会笑了，再也哭不出声了。看见儿子张了张小嘴，刘紫瑶连忙掏出乳房，将乳头塞进儿子嘴里，可是儿子再也不能吃奶了。刘紫瑶眼一闭，歪在陆涛身上。陆涛拼命地喊"紫瑶、家将"，"家将、紫瑶"。半响，刘紫瑶醒过来，抱着儿子号啕大哭。

陆涛红了眼，大喊一声，弟兄们给我打！山上众匪一片呐喊："打！打！打！"咣咣的铜锣声再次响起来，长火短火随后也响起来，沂防营的人的快枪叭叭响成一片。一颗子弹打在陆涛和刘紫瑶身旁的石头上，碎石溅了陆涛和刘紫瑶一身。陆涛赶紧把刘紫瑶抱下大石头，要身边的土匪把刘紫瑶带走，随后掏出短火，大喊一声"弟兄们跟他们拼了"，带着人拼命朝山下扑去。一阵乱枪过后，陆涛身边扑通扑通倒下两个人。刘紫瑶抱着死去的儿子，转身大喊"陆涛"。这时叭叭又是两声枪响，陆涛晃了晃也倒下了，手里的短火枪口还冒着一缕黑烟。

这时，一个土匪冒着枪林弹雨跑过来，要背陆涛朝山上跑。陆涛一看是许万峰，做了个手势说别动。山上人以为大当家的被打死了，长火短火又打不到沂防营的人，也无心恋战，扔了手里的家伙，立马四处逃散，随后沂防营的人的快枪响成一团，不少土匪纷纷倒下。陆涛对许万峰说，你把紫瑶带到南山崖洞去，我一会儿去追你。枪声一停，陆涛又说，你带紫瑶快上南山。说完，他带着剩下的两个土匪朝山上撤。许万峰看见一个土匪被打倒在刘紫瑶身边，拉起刘紫瑶拼命朝山上跑，拐了几个弯，又拼命朝南山跑。

陆涛身边的两个兄弟一个被打死了，一个被打伤了。陆涛要背受伤的土匪，土匪说，大当家的，给我报仇啊！说完，他端着长火迎着沂防营的人朝山下冲去，"叭"开了一枪，引来一阵乱枪，土匪倒在血泊中。眼看着刘福乾带着沂防营的人就要冲上来了，陆涛顾不上去威武堂了，只好连蹿带跳一边躲着枪子，一边追赶许万峰和刘紫瑶。

刘福乾带着沂防营的人攻进山寨时，见山寨空无一人，威武堂也空无一人，叫家丁带人搜寻陆涛和刘紫瑶。家丁搬了把椅子放在威武堂前的场地上，请刘福乾坐下来歇歇。不一会儿，一个家丁跑过来说，老爷，没找到陆涛。刘福乾说，找遍了？家丁说，威武堂里外都找了没找到。刘福乾怒气难消，恶狠狠地说，陆涛你个小龟孙，抓到你，老子非点你的天灯不可。他又问，刘紫瑶呢？家丁说也没找到。刘福乾说，紫瑶，你被陆涛个小龟孙藏哪儿去了？再去给我找，挖地三尺也要把陆涛给我找出来。家丁带着人把威武堂里里外外又翻了一遍,还是没有找到陆涛,也没有找到刘紫瑶。

刘福乾听说陆涛和刘紫瑶活不见人死不见尸,咆哮道,什么威武堂,给我点了。家丁立马从柴房抱来干柴,快堆到房顶了,随后点燃了干柴。火立马烧了起来,不一会儿蹿上房顶,威武堂着了,接着偏房也着了,火借着风势噼里啪啦越烧越旺,一时间浓烟滚滚,遮天蔽日。刘福乾站起来走到场地边,指着椅子说,把椅子也给我烧了,一点儿都不剩。一个家丁搬起椅子扔进火海里。刘福乾看着越烧越旺的火哈哈大笑,随后带着人下了山,直奔房山而去,他要借沂防营的势,乘胜追击,与另一路埋伏的人马会合,全力踏平房山。

再说程老六送信后回安峰山走到半路时,看到路两边有人影晃动。停下马细看,山上山下什么也没有。程老六总觉得不对劲,突然想是不是有埋伏?程老六疑疑惑惑地掉转马头回房山,他要告诉罗大炮路上有埋伏。

就在安峰山土匪一哄而散时,房山罗大炮和马老二带着大炮和土匪,正快马加鞭朝安峰山赶。跑着跑着,罗大炮听安峰山的枪声突然停下来了,心里"咯噔"一下,连说"坏了坏了",忽听对面有人喊"大当家的,前面有埋伏"。罗大炮也没听清喊的什么,大喊一声,弟兄们快!罗大炮在马屁股上连拍两掌,带着人和大炮朝安峰山狂奔。程老六喊,大当家的,前面有埋伏。程老六刚说完话,忽听"叭"一声枪响,跑在最前面的马老二一头从马上栽下来,罗大炮看见马老二栽下马来,大喊一声"二当家的"。话音未落,突然间枪声大作,身边又有两个土匪倒在血泊中。

程老六骑着马狂奔过来,对罗大炮说,大当家的,前面有埋伏。罗大炮一看是程老六,掉转马头,大喊一声"回山寨",土匪们纷纷掉转马头,拉着大炮又拼命往回跑。罗大炮想,刘福乾这次下狠手了。小匪们径自撒腿往回跑,马拉大炮也跟着往回跑,"叭"一声枪响,马腿一弯,拉着大炮摔在了沟里。罗大炮也顾不上大炮了,在马屁股上狠抽一鞭,那马一声嘶鸣,朝山寨狂奔而去。又有两个土匪被快枪打伤了,倒在地上亲妈皇娘地喊。身后有人喊,别让罗大炮跑了,抓住赏大洋一百块。罗大炮听出来是白成银的声音。

正当罗大炮带着人往回撤时,八喜从后山小路跑上山对吴天昊说,天昊,我七哥来了。吴天昊连忙迎上前说,七哥,有事快说。七喜喘了口气,说,今天一大早,刘福乾和吕咨政决定先打安峰山,再打房山。等我知道时,刘福乾带着人已经走了。刘福乾怕罗大炮增援安峰山,兵分两路,一路打安峰山，一路打埋伏。吴天昊让八喜带七喜去休息一下再回刘湾。七喜说，我得抓紧回去，不能让刘福乾知道了。吴天昊问八喜，七哥上山有没有人看见？八喜说，没有，我听七哥说是从后山小路上来的。吴天昊点点头，握了握七喜的手说，多谢七哥，你在刘福乾家做活，一定要小心行事。八喜说，七哥，你快回吧。七喜说声好，便七拐八弯钻进后山小路下山去了。

八喜对吴天昊说，天昊，我去追大当家的。吴天昊说，骑马去，要大当家的赶快回来，路上有埋伏。八喜答应一声，正要骑马下山，忽听山下传来一阵枪声。一个土匪气喘吁吁地跑上山来，吴天昊迎上前问怎么回事，土匪说，三当家的，大当家的路上被人打了黑枪撤回来了。吴天昊说，沂防营追过来了？土匪说追过来了。吴天昊转脸对八喜说，敲锣，让弟兄们各就各位。

随后，房山的锣也一阵紧似一阵地敲响了。因为吴天昊早有防备，土匪们听到锣响，纷纷跑向各自的岗位，有的隐蔽在树后，有的趴在山石后，端着长火、短火，张弓搭箭，严阵以待。

罗大炮骑马跑到山门时，转脸看看，身后只有程老六一个人了，弟兄们死的死伤的伤，活着的人也被打散了。听到身后枪响，罗大炮和程老六打马上山，看见吴天昊在一块山石后，高声喊道，二弟，白成银带着沂防营的人打过来了。罗大炮话音刚落，沂防营的快枪在他身后又叭叭地响起来，程老六的马被打倒了，人从马上一头栽下来。吴天昊喊，罗大哥快过来。罗大炮朝山石后跑了几步，扑通一头栽倒在地。吴天昊冒着枪林弹雨跑过去，把罗大炮拖到大石后。罗大炮胳膊中了枪，血顺着胳膊往下淌。吴天昊撕下一块褂襟，急忙把罗大炮胳膊上的伤口包扎起来。罗大炮有气无力地说，二弟，我的腿也断了。吴天昊见罗大炮小腿上的裤子也被血湿透了，又撕下一块褂襟，扎在罗大炮的小腿上。

隐蔽在不远处树后的八喜见罗大炮受了伤，连喊"大当家的，大当家的"。吴天昊说，八喜，快送大当家的到后山山洞去。这时，程老六一个箭步蹿上去背起罗大炮，和八喜两个人借着树丛山石的掩护拼命朝后山跑。

吴天昊带着人打了一排长火，又打了一排短火，见一个沂防营的人也没打倒，说声"撤"，随后带着人边打边撤。撤到山寨前的大龟石后，吴天昊装好枪药，朝冲上来的沂防营的人开了一枪，立马转身又撤。他三步并作两步穿过聚义堂前的场地，跳进住房，从枕头下摸出几本书，用布包了系在身上，一脚踹开后窗木格，跳出窗外，迅速朝后山跑去。

吴天昊跑进后山树林里时，刘福乾和白成银杀气腾腾地带着沂防营的人冲进了聚义堂。

沂防营的人从聚义堂一个小房间里搜出来一个土匪，土匪灰头土脸，两腿抖得站不起来，被沂防营的人架了出来。刘福乾掏出短火，指着土匪脑袋说，罗大炮个龟孙在哪里？土匪扑通一声跪下来说，刘爷是我。刘福乾问道，你是？土匪抬起胳膊，用衣袖擦擦脸上的灰土说，我是苗凤池。刘福乾认出是苗凤池，说，你个龟孙怎么在这里？苗凤池说，大当家的，不，罗大炮这几天看得紧，谁也不让下山。刘福乾说，罗大炮个龟孙在哪里？苗凤池说，你们人打上来时，我就跑屋里藏起来了，没有看到罗大炮。

罗大炮苦心经营多年的山寨被刘福乾点着了，聚义堂房顶轰隆一声坍塌下来，一时间火光冲天，浓烟滚滚，遮天蔽日。

第五章 三元宫会议

17

吴天昊追上八喜时,罗大炮在程老六背上昏死过去了。经过铁匠炉时,吴天昊卸下一块门板,把罗大炮放在门板上,八喜和几个土匪抬着罗大炮往后山撤。奔走中,有个土匪脚下一绊,腿一软差点儿跌倒,两手连忙捧着门板。门板一歪一斜,罗大炮惊醒过来,看着身边的吴天昊,眼窝里溢出两颗泪珠儿。吴天昊准备接手抬罗大炮,那土匪一挺胸又站了起来,把门板扛到肩上,继续朝后山跑。

躺在门板上的罗大炮脸色苍白,胳膊上的伤口和腿上的伤口被吴天昊用裙襟扎起来了,早已麻木得失去了知觉,但罗大炮心里没有麻木,脑袋里没有麻木,他很清楚,这次失败,与自己麻痹大意有一定的关系。上次二当家的一炮打崩了刘继业的眼珠子,让他沾沾自喜洋洋得意,认为刘福乾也照样被大炮炸个稀巴烂,于是放松了警惕。不然的话,自己怎么会败走房山?弟兄们死的死,逃的逃,原来几十号人,现在只剩下眼前几个人了。突然,罗大炮想到了林玉梅和儿子小柱子。玉梅和柱子在哪儿?他想睁开眼睛,努力半响只是睁开一道缝,眼前人影晃动模糊不清。抬门板的土匪一脚踏进草丛里的洼坑,门板一歪,罗大炮受伤的胳膊和腿一阵疼痛,人又昏了过去。

在上坡下坡的颠簸中,罗大炮再次醒过来。接到陆涛的求援消息后,自己也没顾得上跟玉梅说一声,就带着人马拉大炮去了安峰山,没料到半路上被打了埋伏,二当家的第一个被沂防营的人打下马来,那枪响得像炒豆子一般,弟兄们被打得晕头转向,伤亡过半,只得掉头回房山。快枪子弹在身后嗖嗖追过来,沂防营的人喊杀声不绝于耳,自己和弟兄们就像被人追赶的野狗一样,能跑多快跑多快,生怕跑得慢了被子弹打倒。

罗大炮想，自己骑马也没有跑过快枪子弹啊，眼看着就到二弟跟前了，却被沂防营的子弹追上了，一颗咬住了自己的胳膊，一颗咬住了自己的小腿……想到这里，罗大炮牙咬得咯吱咯吱响，不怨天，不怨地，只怨自己没头脑……这个大当家的当得窝囊啊，以后怎么面对弟兄们？弟兄们要问谁哪去了，谁哪去了，我该怎么说？我没脸见弟兄们哪。罗大炮想到这里，泪珠儿从两只眼角溢出来……

　　在忽高忽低的门板上，罗大炮想，胳膊断了，腿也折了，我还能做大当家的吗？吴天昊念过书，喝过墨水，有头脑，看事情看得清楚，想问题也想得明白，干脆让二弟当大当家的再上房山，给死去的弟兄们报仇。想到这里，罗大炮无力地抬了抬那只没有受伤的胳膊。一直走在旁边的吴天昊看见罗大炮有话要说，连忙弯下腰，把耳朵贴在罗大炮嘴边，听罗大炮有气无力地说，二弟，把我放下来，你带着弟兄们逃命去吧。吴天昊说，大哥，你说的这是什么话？叫我把你扔下不管了，那我们还是过命的弟兄吗？罗大炮说，我拖累你了。吴天昊说，你受伤了，我们抬着你一起走，这是应该的啊！

　　两个人正说着话，身后沂防营的快枪又打中了一个抬门板土匪的小腿，门板歪了一下，土匪挺了挺身子想站起来，腿一弯，终是倒在地上。吴天昊连忙接过门板换下土匪，对土匪说，你先躲起来，等有机会再上山。受伤土匪说，三当家的，别丢下我，我跟你们走。吴天昊看着土匪坚定地说，好兄弟，咱们一起走。程老六弯下腰，二话没说，背着受伤的土匪艰难地朝后山走。

　　几个人一路跌跌撞撞，在时而清醒时而昏迷的罗大炮的引导下，终于来到后山一个隐蔽的山洞里。这个小山洞是罗大炮的备用洞，很少有人知道，就连吴天昊他也没有告诉过。脸色苍白的罗大炮躺在门板上直哼哼，吴天昊脱下褂子盖在罗大炮身上。罗大炮睁开眼看着吴天昊说，二弟，叫弟兄们都过来。吴天昊招招手，几个人围在罗大炮身边，有人喊"大当家的，大当家的"。罗大炮咬咬牙想坐起来，吴天昊连忙扶着罗大炮，让罗大炮半躺在自己怀里。罗大炮说，弟兄们，房山这次被刘福乾和白成银剿了，是我这个大当家的没当好啊。我胳膊断了，腿也折了，不能领着你们干了。我二弟三当家的是个明白人，念过学堂喝过墨水，今后就让三当家的做你们大当家的领着你们干。吴天昊说，大哥可别这样说，我会尽快送你去治伤的。罗大炮抬了抬那只好胳膊对土匪说，就这么定了，三当家的今后就是你们大当家的，你们都要听我二弟的。土匪们你看看我，我看看你，半晌没人说话。八喜说，大当家的放心，我们听天昊的。几个土匪见八喜说话了，也跟着说，大当家的放心，我们都听三当家的。然后，八喜带着几个人，单腿跪地，两手抱拳对吴天昊说，见过大当家的！吴天昊连忙拉起八喜说，弟兄们请起。这时，罗大炮用那只好手抓着吴天昊的手说，二弟，我把弟兄们都交给你了。吴天昊也紧紧握着罗大炮的手说，大哥，你放心，我会把弟兄们往好路上带的，等你伤好了回来我们一起干。吴天昊两只手紧紧握着罗大炮的一只手，罗大炮又昏死过去了。

吴天昊在狭窄的山洞里走来走去，停下来对八喜说，我有个兄弟叫严仁宽，在洪泽一道河北边的韩家桥，他叔叔是悬壶堂的老郎中，你带几个兄弟把罗大哥送去那里养伤。八喜说，大当家的，我听你的。吴天昊说，等到晚上你们连夜走，下山后到村里能借到牛车或是驴车更好，借不到牛车、驴车，借个手推车也行，再找点吃的，罗大哥的伤不能等。八喜喊来几个兄弟，围在一起商量送罗大炮去韩家桥养伤的事。

吴天昊听听洞外没有动静，从草丛里伸出头来看看四周没有人，钻出洞来，见洞外依然山清水秀，一派祥和。吴天昊心想，陆涛和刘紫瑶也不知是死是活，遂抬起头来朝安峰山方向看看，见安峰山方向升腾着一股一股的浓烟，心里一怔。蓦地，看见南山聚义堂那地方也升腾起一股一股的浓烟，弥漫了整个山头。吴天昊虽然没有说话，但心里明白，安峰山完了，房山也完了，下一步到哪里安身呢？他决定天黑后送走罗大炮，再带个人到安峰山去找找陆涛和刘紫瑶，看看陆涛和刘紫瑶是不是还活着。

太阳被西边的山头挡住的时候，山里的天就暗下来了，狭窄的山洞里更加晦暗。吴天昊和八喜守在洞口，生怕发生不测。忽听洞外传来一阵脚步声和说话声，两个人连忙趴在洞口隐蔽起来。吴天昊朝洞里人打了个手势，洞里一时间鸦雀无声。两个人仔细听听，洞外人说话声音十分熟悉，八喜压低嗓门说，这不是苗风池吗？吴天昊说，苗风池？八喜竖着耳朵听听说，没错，就是苗风池。两个人竖起耳朵，只听苗风池说，白爷，罗大炮这个龟孙没让我来过，但我知道这边有个洞，就是不知道在什么地方。白成银说，你还有什么用？苗风池说，白爷，我怎么没有用？我给刘镇长送过好几次信，放屁也添风嘛！

原来，刘福乾和白成银打散房山土匪，点了山寨，刘福乾回刘湾镇向吕咨政报喜去了。白成银带着沂防营的人没找到罗大炮，也带着沂防营下山去了刘湾镇。刘福乾听说没找到罗大炮，恨得牙根疼。安峰山陆涛和刘紫瑶是生不见人死不见尸，房山罗大炮是死不见尸生不见人，这些人留下来今后都是祸害哪。刘福乾没有看见儿子刘继业，这才想起来刘继业带着人在安峰山搜山还没有回来，立马要白成银带着家丁再次搜山，今天搜不到，明天搜，活要见罗大炮的人，死要见罗大炮的尸。白成银只好带着苗风池和家丁返回房山搜山，抓捕罗大炮。

昨天，刘福乾见山东蓝山吕咨政带着沂防营来了，清一色的快枪，心中十二分的高兴，和吕咨政商量后，决定兵分两路，一路由自己和儿子刘继业带领攻打安峰山，一路由白成银和他儿子白天亮带领打埋伏，拿下安峰山后，两路人马合成一路共同攻打房山，一天踏平两山，创造剿匪奇迹。今天一早，刘福乾和刘继业带人打安峰山，没想到两个回合，竟把安峰山拿下来了。打下安峰山后，刘福乾留下刘继业和家丁搜山，要活捉陆涛，找到刘紫瑶，随后带着沂防营与打伏击的白成银汇合后，一起打房山。没想到房山也没撑几个回合就被打下来了，罗大炮竟也活不见人死不见尸，难道真的遁地了不成？见白成银吃饱喝足，带着人去房山搜山了，刘福乾对吕咨政说，吕咨政，这几个匪首肯定还在山里。吕咨政说，一定要搜山。刘福乾说，我家继业在安峰山搜山，白保长到房山搜山去了。吕咨政说，匪首不除，后患无穷啊。刘福乾说，吕咨政放心，只要抓住两山匪首，我一个个点他们的天灯。

沂防营的人攻上山寨时，陆铁匠钻进铁匠炉后面山坡上的草丛里藏了起来，他看见吴天昊卸下门板，抬着受伤的罗大炮朝后山跑，本想跟着一起走，又怕自己年老体弱拖累吴天昊，见沂防营的人追过来了，便没有跟去。他亲眼看到刘福乾和白成银点了聚义堂……后来，他听两个搜山的沂防营的人说话，才知道安峰山早被攻破了。陆铁匠的心一下子提到了喉头，儿子、儿媳和孙子怎么样了？老伴儿和小英子呢？想起孙子家将那胖乎乎的小手，一笑腮上的两个小酒窝，他恨不能立马就去安峰山。可是到处都是搜山的人，他只好藏在草丛里，一直等到白成银和搜山的人下山走了，才从草丛里出来，在被烧成废墟的铁匠炉里找到一把小铁锤，别在后腰，挽挽裤腿，急急忙忙下山去了安峰山。

西边的太阳快要落山了，鸟儿忽而成群地飞起掠过树梢，忽而又成群地落在树上叽叽喳喳吵吵闹闹，鸟儿要归巢了。陆铁匠来到安峰山，见山寨墙

滚雷

倒屋塌一片狼藉，没有烧完的木棒还冒着丝丝缕缕的黑烟，哪里还有威武堂？门前的场地上，横七竖八地躺着十几个死去的人。陆铁匠本想把死去的人掩埋了，可是，他一个人怎能埋得了这多么人？忽然，他看见老伴儿直挺挺地躺在血泊里，胸前的褂子被血浸透了，黑乎乎一片。他大喊一声"涛他娘"，三两步跑过去拍着老伴儿的脸喊"涛他娘，涛他娘"。老伴儿闭着眼，再也不能答应他了。陆铁匠在老伴儿身边又看到了闺女，他拉着闺女冰凉的手喊道"小英子，小英子"。小英子再也没有像过去那样回答他。陆铁匠不禁老泪纵横，一边放声大哭一边喊："涛他娘，小英子，小英子，涛他娘——"撕心裂肺的哭喊声在山里回荡着。陆铁匠摸出腰后的小铁锤，咬着牙说，刘福乾，我要用你的血来祭奠涛他娘和小英子。他默默地对躺在地上的老伴儿、小英子和陆涛的兄弟们说，涛他娘，小英子，还有涛儿的好兄弟，等我找到儿子、儿媳和孙子，再来把你们埋上。说罢，陆铁匠抹了把脸上的泪，把小铁锤朝后腰里掖了掖，找儿子、儿媳、孙子去了。

陆铁匠爬到山腰那块大石头上，趁着天光看到石头下有只小鞋子，心里猛一惊，孙子家将的小鞋子怎么会掉在这里？他连忙从石头上跳下去，拾起来一看，果然是孙子陆家将的小虎头鞋。一种不祥之兆掠过心头，难道孙子也遭难了？陆涛呢？儿媳呢？陆铁匠把孙子的小虎头鞋揣进怀里，准备继续找儿子和媳妇，忽听大石头上有人喊，少爷，这底下有个人。刘继业说，是不是陆涛？他急忙跑到大石头上朝下一看，怪笑一声说，老家伙你还没死啊？陆铁匠抬头一看，原来是刘福乾的儿子刘继业，两眼冒出火来，大声说，我孙子呢？刘继业又是一阵冷笑，说，你孙子上西天了，你断种没后了。刘继业说完仰脸哈哈大笑，陆铁匠动作麻利地从后腰拔出铁锤，手一扬，朝刘继业砸去。刘继业正哈哈笑着，忽见一个黑影朝自己飞来，连忙一歪头，铁锤从耳边嗖一声擦过，刘继业两手捂着耳朵哎哟惊叫一声。就在这时，一个家丁手里的长火响了，砰一声划破山林，扑棱棱惊起一片飞鸟，陆铁匠晃了几晃倒在血泊中。刘继业听见枪响大声说，谁开的枪？我要让他生不如死。家丁走到大石头下看看，见陆铁匠一头一脸沾满了铁砂，倒在地上一抽一抽地朝外倒气，抬头对刘继业说，少爷，人不行了。陆铁匠被打死了，刘继业不解恨，恶狠狠地咆哮道，给我吊起来，让狼撕了他！几个家丁用葛藤缠在陆铁匠脖子上，把陆铁匠吊在两棵树中间，陆铁匠瘦弱的身体像纸片一样在风中摇来晃去。刘继业说，走，今天抓不到陆涛，明天再来，非把这小子碎尸万段不可。说着,他带着人下山回刘湾镇了。

刘继业带着人走后不久,不远处的一个草洞里钻出一个人来,看看吊在半空中摇来晃去的陆铁匠,立马高一脚低一脚地拼命朝南山跑去。

草洞里钻出来的人是陆涛的小兄弟许万峰,本来陆涛想自己到北山看看娘和小英姐的,许万峰见刘紫瑶一会儿活过来一会儿死过去,要陆涛照看刘紫瑶,他到北山看情况。当许万峰快到山腰大石头旁时,忽听一声枪响,他刚好看见家丁打死了陆铁匠,便藏在一个草洞里,待刘继业带人走了以后才出来。许万峰拐弯抹角来到南山一个掩藏在草木中的山洞里,把看到的情景向陆涛讲述了一遍。陆涛掏出短火,立马要找刘继业报仇雪恨,被清醒过来的刘紫瑶一把紧紧抱住了。刘紫瑶说,陆涛,刘继业想杀的人是你,你去了如果回不来,我怎么办?许万峰说,大当家的,刘继业人多,你一个人杀不了他。陆涛气得浑身直哆嗦,扑通一声跪在地上,号啕大哭道,爹啊——陆涛撕心裂肺地哭了半晌,突然说,紫瑶,我娘呢?小英姐呢?刘紫瑶说,我被万峰带着直接来了南山,娘和小英姐还在威武堂吧?陆涛又哇地一声大哭起来,说,山寨和威武堂都烧完了,我娘和小英姐还能在吗?许万峰说,大当家的别哭了,你照看嫂夫人,我去山寨看看大娘和小英姐。许万峰走了以后,陆涛抱着刘紫瑶,两个人哭得死去活来。

刘福乾带人攻上山时,刘紫瑶正在奶孩子,听着噼里啪啦炒豆般一阵紧似一阵的枪声,刘紫瑶坐不住了。她知道大伯这次带人打山,一定不会放过陆涛。她抱着孩子,一路小跑来到半山坡的大石头上,希望阻止刘福乾的进攻,阻止刘福乾对陆涛和山上弟兄们的杀戮。她抱着孩子站在大石头上时,枪声叭叭响,子弹嗖嗖从身边飞过,她没有害怕自己被枪打着,倒是怕惊吓着儿子,低头看看怀里的儿子,见儿子睁大两眼左看右瞧正听枪响呢。当儿子被子弹打中时,儿子一声没吭,那一刻,刘紫瑶只是觉得儿子抖了一下。看见儿子闭上了眼睛,她惊呆了,脑袋里刹那间一片空白。

刘紫瑶的心被撕裂了,鲜血喷涌泪汩流淌,又好像被撕碎成一片片滴血的纸片,在山风中飘荡,忽而飘飞到树梢山尖,忽而跌落进山谷深渊……虽然不是大伯亲手打死了儿子,但是大伯带来的沂防营打死了儿子,不就是大伯亲手打死了自己的儿子吗?大伯啊,你这不是要了紫瑶的命吗?紫瑶还是刘家人吗?还是大伯的侄女吗?还有大哥刘继业,一点亲情也不讲,在大哥

眼里,妹妹只是一个土匪婆……刘紫瑶脑袋瓜里忽地闪现出小时候的刘继业,有一回自己被大个子同学欺负了,刘继业知道后,虽然个头小,但为了保护她,攥着小拳头硬是跟高自己一头的大个子同学干了一架。谁能想到,现在他竟这样绝情,不保护我,不保护我儿子,还带人打死了我儿子……刘紫瑶抱着死去的儿子哭昏在大石头上……

陆涛听见刘紫瑶的喊声时,转脸一看,见刘紫瑶抱着儿子家将站在大石头上,一时间也怔住了。片刻后,他明白了刘紫瑶的用意,心里想,紫瑶你太善良了啊,刘福乾不会听你的,刘继业也不会听你的。他大喊一声"刘紫瑶",几颗快枪子弹嗖嗖打在面前的石头上,碎石溅了他一头一脸。枪响过后他又喊"紫瑶快下来"。话刚喊完,又有几颗子弹从耳边飞过,他急忙俯下身子,当他再次高喊要刘紫瑶下来时,为时已晚,山下的快枪又响了,他看见刘紫瑶抱着孩子摇晃了一下,他以为子弹打中了刘紫瑶,大喊大叫不顾一切地朝大石头跑去,三弯两拐蹿到大石头后,爬上大石头,抱着刘紫瑶朝下拖,他看见儿子掉了一只小虎头鞋,露出一只胖乎乎的小光脚丫……刘紫瑶还在拼命地喊"家将,家将——"陆涛看着已无生命体征的儿子,怒火中烧,看见刘继业正带着人朝山上攻,掏出短火朝刘继业开了一枪。刘继业连忙趴在地上喊,陆涛,你敢打我?陆涛说,刘继业,你还我儿子!不然,今天我非打死你不可!刘继业咆哮道,给我打,给我狠狠地打!

噼噼啪啪的枪声响成一片,子弹打在石头上,碎石乱崩,火星四溅。陆涛把刘紫瑶拖下大石头,对身边的许万峰说,快带紫瑶上南山崖洞。许万峰又拉又拽把刘紫瑶带走了,陆涛急忙装上枪药,朝冲上来的沂防营的人开了一枪,引来一片枪声。陆涛见已无还击之力,只好放弃山寨,躲过沂防营的子弹,追上许万峰和刘紫瑶,来到南山崖洞里……看着脸色苍白的刘紫瑶空着两手,急忙问紫瑶,儿子呢?没有人回答,崖洞里很静很静。陆涛明白儿子跑丢了,正准备出去找儿子,却见刘福乾的家丁正在搜山,他气得狠擂自己的头,一边擂一边说,我是怎么当爹的?儿子丢了都找不回来。我浑我浑我真浑啊!陆涛两手抱头,跪在刘紫瑶身边哭得呜呜咽咽。他不敢大声哭,怕哭声引来搜山的家丁。许万峰抹了把脸上的泪说,大当家的,我只顾带着夫人逃命了……陆涛踹了许万峰一脚,然后抱着瘫软在地的刘紫瑶,又呜呜咽咽地哭起来……

突然,崖洞口树枝乱动,陆涛急忙放下刘紫瑶拿起短火,许万峰也立马端着长火，两人趴在崖洞口，警惕地盯着洞外。见是一只受到惊吓的野兔，两人这才松口气放下心来。天快黑下来时，陆涛要刘紫瑶在洞里不要出来，他和万峰去把爹放下来，不能让爹在葛藤上吊一夜啊。刘紫瑶有气无力地说，陆涛，我不会回刘家大院了，他们不念亲情打死我儿子，我跟他们刘家一刀两断，今后再也没有亲情了。过了一会儿，她又说，儿子没有了，我活着还有什么意思？

陆涛见刘紫瑶魔怔了一样喃喃自语，不放心刘紫瑶一个人留在洞里，怕刘紫瑶受了刺激寻短见，便带着刘紫瑶和许万峰一起，拐弯抹角翻过几个山岗，朝半山腰的大石头摸去。

三个人摸到半山腰大石头下，陆涛点了根松枝，看见吊在半空葛藤上摇来晃去的爹爹，万箭攒心。他割断葛藤，抱着爹哭了半晌，然后和许万峰一起把爹抬进了许万峰藏身的那个草洞里。

儿子不仅被打死了，而且在逃命路上被弄丢了，又看见公公被打死吊在葛藤上，刘紫瑶伤心过度再次昏死过去。陆涛一看刘紫瑶瘫倒在地，连忙跑过去抱着刘紫瑶喊了半天。刘紫瑶再次清醒过来，看着满天星长出一口气。待刘紫瑶稍好一些，陆涛和许万峰两人准备搀扶着刘紫瑶回南山。刚刚把刘紫瑶搀扶起来，刘紫瑶两腿一软又瘫在地上。听着山风在树梢上呜咽，听着夜鸟凄厉的鸣叫，陆涛不禁打了个冷战，起了一身鸡皮疙瘩，随后脱下身上的褂子披在刘紫瑶身上。他在自己胸前的铁皮马甲上摸到两个子弹窝窝，心里蓦然一酸，要是没有爹做的铁皮马甲，哪里还有现在的我啊。陆涛把铁皮马甲脱下来放在一棵树下，心想等以后有机会再回来找。而后，陆涛默默地背起刘紫瑶，高一脚低一脚地去了南山崖洞。这个崖洞在安峰山南山半山坡，是陆涛的另一个藏身之地，只有他自己和程老六、许万峰两个心腹知道，就连刘紫瑶也是来到崖洞后才知道的。

刘紫瑶趴在陆涛背上呜呜地哭起来，泪水湿透了陆涛的褂子。陆涛感觉到刘紫瑶泪水的温热，一边走一边想，房山罗大哥是没有接到程老六的信呢，还是接到信不来？如果接到信不来，罗大哥就太不够意思了，还是什么拜把子兄弟？在沂防营密集的枪声里，陆涛多么希望听到罗大哥人马的呐喊声和大炮声，然而，他一直跑到山寨后追上许万峰和刘紫瑶时也没有听到。罗大哥那边到底发生了什么事？程老六是自己在安峰山的贴心兄弟，信送没送到怎么也不回来说一声？陆涛背着刘紫瑶和许万峰回到南山崖洞时，已经快半

滚雷 GUN LEI

夜了。陆涛依靠在崖洞的山壁上冷静下来，看看身边只有许万峰一个兄弟，心里想，安峰山完了，弟兄们伤的伤，亡的亡，剩下的人也四处逃散了，自己这个大当家的是怎么当的？山上几十个兄弟啊，就这样被刘福乾和刘继业带人打光了……他用拳头擂自己的头，刘紫瑶听到咚咚的响声，睁眼一看陆涛正在擂自己的头，一把抓住陆涛胳膊说，你想干什么？我现在什么也没有，只有你了！陆涛看看刘紫瑶，两个人又抱在一起哭起来。许万峰连忙跑到崖洞口，警惕地看着洞外。

刘福乾点了聚义堂后就下山回刘湾了，留下白成银带人搜山。白成银草草搜了一遍山，既没找到罗大炮，也没找到二姨太林玉梅，疲惫不堪地回到镇上，又被刘福乾臭骂一顿，急急忙忙吃点饭，连个麻眼也没打，对刘福乾说，刘镇长，我要活捉罗大炮，不下油锅炸了他，也要千刀万剐了他。随后，他带上苗风池返回房山搜山，下死令要活捉罗大炮。白成银带着家丁来到房山，心里明白，山寨起大火后，他带人搜遍房山也没见到罗大炮人影儿，再搜一遍有什么用？白成银问苗风池，你知不知道罗大炮还有什么地方能藏人？苗风池歪着头想了半晌说，白爷，罗大炮什么事也不跟我说呀。白成银说，你好好想想，还有没有藏人的地方？没有藏人的地方，怎么找不到罗大炮和我二姨太？苗风池歪着头想了半晌，突然说，哎呀，白爷，我想起来了。白成银说，快说想起什么来了。苗风池说，有一次我到聚义堂去找罗大炮，看见罗大炮老婆和儿子在里屋玩耍，一会儿没有了，一会儿冒出来了；一会儿冒出来了，一会儿没有了。白成银说，你啰唆什么，快说。苗风池看看白成银说，白爷，我当时十分纳闷，人怎么会突然没有了，又突然冒出来了？白成银说，屋里是不是有暗道？苗风池说，哎呀，可让白爷说着了，人一会儿钻洞里了，一会儿又从洞里钻出来。就是我当时看见的人一会儿没有了，一会儿又冒出来了。白成银说，挖地三尺，我也要把二姨太和罗大炮找出来。随后，他叫苗风池指认地方，立马叫家丁在聚义堂的墙框子里仔细查找，终于在一个小房间门后找到了洞口。白成银连说，给我撬开，给我撬开。家丁撬开地洞口的石板，果然在地洞里抓到了罗大炮老婆林玉梅和儿子小柱子。苗风池对白成银说，白爷，人这不是抓到了嘛。白成银一看抓到二姨太了，没理睬苗风池，连忙凑到二姨太跟前，摸了一把二姨太的脸说，二姨太，想死我了。林玉梅"呸"一声狠吐一口。白成银又摸摸小柱子的头说，这孩子有两三岁了吧？我看长得跟罗大炮一样。他又对林玉梅说，你带儿子跟我走吧,这龟儿子我也养了。林玉梅一把拉过小柱子说,你休想。白成银看看林玉梅又看看小柱子,心里的火噌噌往头上蹿,大吼一声,带走,回家看我怎么收拾你。家丁说,白老爷去刘湾还是回白塔埠?白成银说,走北山回白塔埠。家丁推搡着林玉梅,听到小柱子的哭喊声,林玉梅连忙抱起小柱子。白成银对林玉梅说,你和罗大炮跑了,可把我闷死了。林玉梅吐了一口说,呸,谁是你二姨太?白成银说,你啊,东海西乡没人不知道。林玉梅连着"呸呸"吐了两口。白成银说,二姨太,你不好好跟我过日子跟下人跑了,还生了个龟儿子,叫我丢尽了老脸哪。你说我是叫你下油锅,还是扒了你的皮点天灯?林玉梅说,白成银,我做鬼也不会放过你。白成银哈哈哈一阵狂笑。

这时,林玉梅看到旁边不远就是悬崖,放下小柱子,没待白成银和家丁反应过来,便急速地朝悬崖跑去,站在悬崖边转过身来对小柱子说,柱子,叫你爹给娘报仇啊!说完,她纵身跳下悬崖……小柱子喊着娘,跟跟跄跄地朝悬崖跑去。白成银看着前面锅铲头后面扎个小辫辫的小柱子想,留着这个小龟孙今后也是个麻烦,掏出短火冲着小柱子后背开了一枪,小柱子朝前猛一扑掉下了悬崖。白成银和家丁跑到悬崖边伸头朝下看看,吓得心里怦怦乱跳,赶紧退回来。白成银平下气来说,死了死了,一死百了。白成银想顺便在北山搜搜罗大炮,见苗风池跟在身后,说,我好像听你说,这北山有个洞是不是?苗风池正要说话,脚下一滑,一个大劈腿滑下山坡。

听到洞外突然有人惊叫,吴天昊立马掏出短火,八喜和几个弟兄也抄起家伙,准备拼个你死我活。半晌,他们没听到有人进洞来,却听有人说话。白成银说,怎么回事?苗风池说,白爷,我滑倒了。白成银说,摔死你个龟孙算了。苗风池说,草太滑了。白成银说,你说的那个山洞在哪?苗风池说,我再找找。八喜一听是苗风池,起身要蹿出去,被吴天昊一把拉了回来。八喜低声说,我掐死这个孬种。吴天昊一把捂住八喜的嘴。这时,白成银说,天都快黑了,找你个头啊!苗风池"哎哟哎哟"叫着爬上坡去,跟白成银一块儿下山去了。

苗风池幸亏没有发现掩藏在草丛里的洞口,如果找到这个山洞,房山就给全灭了,洞里所有的人都惊出一身冷汗。洞外的脚步声和人声渐渐远去了,夜幕扑落下来了,吴天昊这才安排八喜和三个土匪,抬着罗大炮走出山洞,要八喜连夜送罗大炮到洪泽韩家桥去疗伤。吴天昊把八喜拉到一边,在八喜耳边小声说,房山不能待了,我们可能要转移。八喜点点头说,天昊,你准备带人到哪儿去？吴天昊说，还没想好。八喜说，回来怎么找你？吴天昊说，我会派人去通知你的。八喜说，好，天昊大当家的，我们走了。吴天昊说，走吧，路上要小心。八喜答应一声，便和几个人抬着罗大炮走进夜色里。吴天昊对程老六说，老六，我们到安峰山去找找陆大当家的。程老六说，我知道一个地方，但不知道陆大当家的是不是藏在那儿。吴天昊又惊又喜，找到陆涛就找到刘紫瑶了。他这样想着，跟着程老六去了安峰山。

　　半夜的时候，吴天昊和程老六来到安峰山，山风有些大，刮得树叶哗啦哗啦响。风大一些，林涛声也大一些，风小一些，林涛声也小一些，呼呼呼，呜呜呜，白天听起来叫人心情舒畅流水般的林涛，这时听起来却叫人毛骨悚然。吴天昊和程老六先摸到山寨，见威武堂的房舍已被夷为平地。程老六点了根松枝，借着火光一看，一片黑乎乎的残垣断壁。吴天昊心里沉甸甸的，想，紫瑶你在哪里？程老六灭了火低声说，大当家的，咱们到南山崖洞去找找看？吴天昊一时没有反应过来，说，你喊我大当家的？程老六说，你现在是房山大当家的啊！吴天昊半晌方才明白过来，说，老六，我会把你们往光明的地方带。程老六说，天昊，我信你。两个人说着话，顺着沟涧朝南山走。走了一会儿，程老六领着吴天昊又拐上山坡，正朝山上走，吴天昊被树枝绊了一下，叽里咕噜滚下坡去。程老六在坡下找到吴天昊，见吴天昊还没有爬起来，要背吴天昊走，吴天昊说只是绊了一跤滑下坡来。他爬起来，活动活动胳膊腿，再次朝坡上爬。

　　吴天昊跟程老六摸到南山崖洞时，陆涛和刘紫瑶还有许万峰也刚从山寨那边回来，许万峰爬进山洞没有朝里走，守在洞口边。陆涛带着刘紫瑶爬进洞里，刘紫瑶又累又饿，加上伤心过度，靠在崖壁上不一会儿就睡着了。陆涛见刘紫瑶睡着了，脱下上衣盖在刘紫瑶身上，然后坐在刘紫瑶身边，将刘紫瑶紧紧搂在怀里。程老六带着吴天昊来到洞外，打了个呼哨，听听，洞里没有动静，又学了一声鸟叫，半晌听到洞里回了一声鸟叫。程老六高兴地对吴天昊说，大当家的，陆大当家的在洞里。

　　守洞口的许万峰，忽然听到洞外传来一声呼哨，半晌没有回过神来，当听到洞外又传来一声熟悉的鸟叫时，许万峰对陆涛说，大当家的，程老六来了，然后高兴地回了一声鸟叫。陆涛和刘紫瑶相拥着正迷迷糊糊，以为有人来了，连忙掏出短火。许万峰惊喜地说，大当家的，六哥来了。陆涛兴奋起来，朝洞外喊，老六快进来。程老六爬进崖洞对陆涛说，大当家的，我把房山新大当家的也带来了。陆涛疑惑地说,房山新大当家的?这时吴天昊也爬进洞来说,三弟,是我。

陆涛点燃洞里存放的树枝,火噼噼啪啪燃起来了,崖洞里明亮了许多。陆涛上前一把握住吴天昊的手说,二哥你可来了。刘紫瑶迷迷瞪瞪看见吴天昊来了,也急忙站起来。吴天昊说,要不是老六带着,我到哪儿找你啊!陆涛说,安峰山没有了,弟兄们给打散了。吴天昊说,三弟,房山也没有了,弟兄们也给打散了。陆涛大吃一惊说,什么?你们也……罗大哥呢?吴天昊用劲握握陆涛的手,几个人围着火堆坐下来。吴天昊这才把接到程老六口信,罗大炮带着人马和大炮支援安峰山路上被打了埋伏,以及罗大炮中了弹,房山失守的事大概讲述了一遍,最后说,没想到还能见到你们两个人。

吴天昊讲完后,山洞里十二分的寂静,大家都沉浸在悲伤之中。半响,陆涛说,我还以为老六没把口信带到呢,差点儿误会罗大哥了。吴天昊说,我已派人把罗大哥送去疗伤了。陆涛说,二哥,我的山寨没了,我家家将给打死了,我爹也给刘继业打死了,我娘和我妹现在生死不明。吴天昊看着刘紫瑶说,紫瑶,你要坚持住!刘紫瑶两眼定定地看着吴天昊,不禁呜呜地哭出声来。陆涛搂过刘紫瑶说,别哭了。二哥,刘福乾灭了我安峰山,杀了我儿子,杀了我爹,此仇不报,我誓不为人。吴天昊问,陆涛有吃的吗,陆涛说,洞里没备粮食,谁能想到会有今天?吴天昊听说洞里没有粮食,说,早上吃的饭,一直到现在,饿得前胸贴后背了。陆涛对程老六说,你和万峰下山到村里找些吃的来。吴天昊说,老六,和人家好好商量,谁也不许抢百姓家的东西,他们也不容易。程老六说,大当家的放心,我也是百姓人家出身,不会祸害百姓的。陆涛说,去吧。程老六带着许万峰爬出崖洞,下山找吃的去了。

程老六和许万峰带着煎饼咸菜回来时,鸡已经叫两遍了。几个人围着火堆,吃了煎饼卷咸菜,困意袭来,几个人围着火堆倚着崖壁不一会儿就睡着了。

吴天昊见大家围着火堆睡着了,想了半响,眼皮也沉重得抬不起来,渐渐地迷糊过去。一声鸟鸣把吴天昊从睡梦中蓦然惊醒,他爬到洞外,见启明星悬在半空,急忙爬回洞里,喊醒陆涛、刘紫瑶。听到喊声,程老六和许万峰也醒了过来。吴天昊对陆涛说,刘福乾没有抓到你,没有抓到罗大哥,天亮后还会来搜山的,我们要尽快转移。陆涛看看吴天昊说,山寨没有了,到哪里去？吴天昊坚定地说，到牛山去。几个人同时说，牛山？吴天昊说，对，到牛山去，我们重新再来！程老六说，陆大当家的，罗大当家的临走时，把房山大当家的位子让给天昊了。陆涛眼泪汪汪地看了吴天昊半晌说，二哥，从今天起，我这安峰山大当家的也不存在了，两家合为一家，你就是我们大当家的，我跟你干。吴天昊说，既然三弟这样说了，我也就不客气了，我们弟兄合伙一起干！陆涛和程老六、许万峰齐声说好。刘紫瑶看着精神抖擞的吴天昊，两眼渐渐放出光来。吴天昊说，趁天还没亮，我们赶紧下山，一定要在天亮前赶到牛山。

几个人爬出崖洞，走出山林，走出安峰山，一路朝牛山方向走去。

牛山在安峰山正北，两山相距十五六里地。

<h2 style="text-align:center">18</h2>

一天踏平两山土匪老巢，打死房山土匪二当家的马老二，打伤土匪头子罗大炮，虽说没有灭了安峰山匪首陆涛，救出侄女刘紫瑶，却打死了陆铁匠一家和他的孙子，让陆家断了香火，两山土匪如鸟兽般散去，刘福乾和白成银心里那个爽啊，像三伏天喝凉水一般痛快。

刘福乾要大摆宴席，宴请吕咨政和沂防营的人。他对吕咨政说，大捷啊吕咨政，你是剿匪大功臣哪！吕咨政笑着说，哪里哪里，刘镇长过奖了，功臣不敢当，为民除害，消灭匪患，是鄙人应该做的。刘福乾说，吕咨政谦虚了，没有你的沂防营，哪有今天踏平两山匪患大捷？我要将此事禀报东海梁县长，为吕咨政请功。吕咨政说，使不得使不得，区区小事，还惊动你们县长？刘福乾说，你看看，我高兴糊涂了，我要到济南去，到山东省府为你请功。吕咨政听刘福乾说要到济南省府去给他请功，连忙说，惊动山东省府？那就更使不得了。刘福乾说，是吕咨政派兵消除匪患，保了东海西乡一方平安哪！吕咨政哈哈大笑起来，刘福乾也哈哈大笑起来。吕咨政说，刘镇长，我准备即刻回蓝山。刘福乾看了一眼吕咨政说，吕咨政无论如何不能走，我已安排好了，今晚给您摆庆功宴，咱们一醉方休。吕咨政犹豫半天说，刘镇长热情有加，那我就吃了饭明天再走。刘福乾说，吕咨政，喝茶喝茶，明前云雾茶你品品。吕咨政端起茶碗闻了闻，一股清香扑鼻而来，是明前云雾茶的上品。随后，两人一边有滋有味地品起茶来，一边说话聊天。

天黑下来时，丁管家进来在刘福乾耳边说了几句话，刘福乾起身恭请吕咨政赴宴，两人说着话走出镇府大院，来到街上。吕咨政左看一眼，右看一眼，满街都是喜庆的红灯笼。近处的灯笼可以看清灯笼里左摇右晃的烛火，远处的灯笼看上去像一团红绒球，灯笼悬挂在街两边，好似两条红金龙，流光溢彩，温馨红润的烛光映得满街红彤彤的。吕咨政很享受的样子，手背在身后踱着方步，兴奋得满脸通红，对刘福乾说，刘镇长，你看你，张灯结彩，太客气了。刘福乾说，吕咨政，你是东海西乡刘湾镇的大恩人哪。

两人说着话，来到鸿运大酒楼门前，只听有人高喊一声，一时间锣鼓喧天，鞭炮齐鸣，舞狮队开始舞狮。两头狮子在龙珠的引领下，张着大嘴，忽而上，忽而下，腾挪跳跃，好不热闹。酒楼大门两边，各站一排镇里有头有脸的人，白成银、万贯金和鲁天成也在欢迎队列里。看见吕咨政和刘福乾来了，白成银突然振臂高呼吕咨政万岁！可能是锣鼓声太响了，众人没听见，白成银再次振臂高呼吕咨政万岁！仍然没有人跟着喊，却有人说，原来只喊皇上万岁，怎么喊吕咨政万岁了？哪想，吕咨政刚好走过来，听到那人说的话，对刘福乾说，千万不能喊，千万不能喊哪。刘福乾说，吕咨政为民除害，大家高兴，要喊就喊吧！白成银听到刘福乾的话，又一次振臂高呼吕咨政万岁！欢迎人群都听到了刘福乾的话，听白成银喊吕咨政万岁，也跟着喊吕咨政万岁！虽然声音不洪亮，但吕咨政已经很受用了，他朝这边欢迎队列点点头，又朝那边欢迎队列点点头，两手抱拳说，谢谢各位贤达，谢谢各位贤达。吕咨政看见鲁天成也在欢迎队伍里，拉着鲁天成的手说，老哥哥也来了。鲁天成说，多谢吕咨政，要不是吕咨政哪有今天的平安哪。吕咨政对刘福乾说，刘镇长，你看我这老哥哥多会说话。刘福乾笑着说，鲁保长说得没错。

这时，扛着快枪的沂防营和背后插着鬼头大刀扛着长火的家丁乡勇排着队过来了，兵分两路，从吕咨政和刘福乾身边依次走进酒楼大厅，又一阵鞭炮齐鸣，锣鼓喧天，场面十分壮观，实属罕见。看热闹的人说，刘湾镇多少年都没有这样热闹过了。刘福乾看见白成银点点头，随后陪着吕咨政进了酒楼，大厅里摆了十几桌，沂防营和家丁乡勇已经坐下来了。大家见吕咨政走进来，立马站起来一边鼓掌欢迎，一边高喊吕咨政英明。

在经久不息的掌声里，在一片吕咨政英明的喊声里，刘福乾引导吕咨政上了二楼。吕咨政在楼梯口停下来，风度翩翩地转过身来，朝大厅里的人两手抱拳拱了拱。又是一片吕咨政英明的呐喊声。吕咨政转身上楼，在刘福乾的引导下走进包间，在主宾位置上坐下来说，刘镇长，今后有用得着鄙人的地方尽管说话。刘福乾说，吕咨政带兵平了我东海西乡刘湾镇的匪患，为老朽解了心头之忧，不光老朽高兴，黎民百姓也高兴，没话说了。白成银、万贯金、鲁天成和一桌子镇上有点脸面的人，都站起来说，吕咨政辛苦了。吕咨政笑得合不拢嘴，两手往下压了压说，各位贤达请坐，各位贤达请坐。他对刘福乾说，刘镇长，有话就说哦。刘福乾端起酒杯说，吕咨政的心意我领了，要说的话只有一句，喝酒！

刘福乾手一扬，琵琶、笛子、二胡、三弦响起来了，过门之后，女艺人就唱了起来：

小黑驴儿真可爱，
蹦蹦跶跶的真有趣儿，
俏俏利利的四条腿儿，
雪里站的粉白蹄儿，
黑眼圈儿，粉鼻子儿，
滚圆的脊梁白肚皮儿……

女艺人一段没唱完，吕咨政就拍着手叫起好来。刘福乾说，吕咨政，咱们边喝边听。吕咨政高兴地端起酒杯说，好，咱们边喝边听。

丝弦声声如清风拂柳，女艺人嗓音似流水叮咚，吕咨政听得摇头晃脑如痴如醉，刘福乾连说两遍请，吕咨政也没有回过神来。待刘福乾端着酒杯放在吕咨政手里时，吕咨政方才回过神来，举起酒杯和刘福乾碰了一下说，刘镇长，灭了几个小蟊贼，区区小事何足挂齿？刘福乾说，吕咨政为我东海西乡平定匪患立了大功，大家先来敬一杯。一桌人都站起来，举着手中的酒杯说，敬吕咨政一杯。

庆功宴在小曲婉转悠扬的演唱声中开始了。

店小二在楼梯转弯处高喊一声"开席喽——"，大厅里沂防营的人和家丁乡勇也在一片嘈杂声中开喝了。楼上楼下灯火辉煌，歌舞升平，一时间热闹非凡。刘福乾见吕咨政酒喝得顺，小曲听得好，越想越觉得要尽快把平定两山土匪的喜事报给梁县长，一是让梁县长知道他刘福乾的能耐，你一兵一卒不派，我照样请来兵平定匪患；二是给吕咨政请功。于是，他歪过头，对白成银说，白保长，你下楼把赵秘书喊来。

赵秘书正在楼下陪沂防营的人喝酒。白成银答应一声起身下楼，大厅里全是人头，白成银找了半天，才看到正和沂防营的人推杯换盏的赵秘书，走过去趴在赵秘书耳边说，赵秘书，刘镇长找你有事。赵秘书正喝得兴头上，听说刘福乾找他有事，有些不高兴地放下酒杯说，陪沂防营的人喝酒不是事儿吗？白成银说，刘镇长叫我跟你说，我跟你说了，去不去你看着办。白成银说完转身又回楼上。赵秘书听白成银说话不好听，喝了一杯酒，两手抱拳说，各位英雄好好喝，我去去就来。然后，他急三步跟在白成银身后上了楼。

楼上包间里的人众星捧月一样围着吕咨政喝小酒，白成银进来后，听脸喝得红扑扑的吕咨政说，一镇之长就是事多，日理万机啊。刘福乾咧着大嘴说，哪里哪里，我日理百机都不到，吕咨政才是日理万机哪。刘福乾见赵秘书跟在白成银屁股后进来了，说，赵秘书，你辛苦一趟，现在就去海州，把平定两山土匪的喜事报告给梁县长。吕咨政听了说，刘镇长，这点小事就不要惊动你们梁县长了。刘福乾说，我要给吕咨政请功。一桌人都说，刘镇长说得对，我们要给吕咨政请功。赵秘书虽说心里不痛快，但当着吕咨政的面还是说，平定两山土匪，吕咨政功不可没，一定要给吕咨政请功。随后，他离开酒楼，骑了刘福乾的快马，连夜赶往海州，给梁县长报喜去了。

庆功宴一直喝到半夜才结束，刘福乾头重脚轻地陪着走路两边晃的吕咨政从楼上下来。刘福乾招招手，过来两个年轻的妖艳女人，一边一个搀扶着吕咨政。吕咨政酒醉心不糊涂，推开两个女人，一把拉住刘镇长说，使不得使不得，鄙人是一县咨政。刘福乾说，咨政也要睡觉啊。吕咨政嘴哆嗦半天说，鄙人不好这一口。刘福乾说，咨政又不是和尚，徐县长都夸我们西乡的女子厉害呢。吕咨政推辞再三，刘福乾只好作罢，挥挥手，两个女人哼了一声，扭着水蛇腰走了。刘福乾说，吕咨政，你是楷模啊！刘福乾说完喊一声"来人"，过来两个家丁，把吕咨政架回刘家大院偏房歇息去了。

刘福乾一直睡到第二天日上三竿才醒过来，头昏脑涨，心里还酒汪汪的不好受。他听用人说吕咨政还没起来，说，吕咨政日夜操劳，叫咨政多睡会儿吧。然后自己坐在摇椅上，不一会儿又迷糊过去了。

天快晌午时，吕咨政才起来。刘福乾连忙陪吕咨政用餐，吕咨政喝了一碗小米粥，便放下碗筷不吃了，擦擦嘴对刘福乾说，刘镇长，不好意思，昨晚喝大了。刘福乾说，吕咨政海量，我开眼了。抽袋烟，喝杯茶，吕咨政对刘福乾说，县里下午开会，我要回去了。刘福乾说，吕咨政今天在刘湾镇视察视察，给我们指导指导，明天我带你去东乡看看大海。吕咨政说，要务在身，会是前几天定下来的，改天再来玩吧。两人正说着话，赵秘书一路风尘仆仆地赶回来了，对刘福乾说，刘镇长，梁县长来了，说要亲自看看大英雄吕咨政。刘福乾立马站起身说，梁县长来了？赵秘书说，梁县长的车在后面马上就到。刘福乾说，吕咨政，你可大名鼎鼎了啊，我们东海县县长来看你了。吕咨政说，哎哟，鄙人受宠若惊，受宠若惊啊。

几个人正说着话，忽听大门外喇叭响，家丁来报梁县长到。刘福乾连忙陪着吕咨政出门迎接。刘福乾见梁县长从车上下来，指着吕咨政说，梁县长，这就是剿匪英雄吕咨政。梁县长两手抱拳说，见过剿匪英雄吕咨政。吕咨政也两手抱拳说，过奖过奖，见过梁县长。

两人寒暄一番，刘福乾陪同他俩走进刘家会客大厅，说话喝茶聊天。梁县长放下茶碗，跷着二郎腿说，刘镇长，吕咨政为东海西乡平定匪患立下汗马功劳，县里要为吕咨政连摆三天庆功宴。刘福乾听梁县长说要为吕咨政连摆三天庆功宴，心想，这回梁县长可要出血了。而后，刘福乾一拍大腿说，好，为吕咨政庆功三天！吕咨政连忙说，鄙人要回县里开会。梁县长说，你放心待在刘湾，我派人去蓝山县府为你请假。吕咨政说，梁县长使不得使不得，哪能烦劳县长大驾？刘福乾说，吕咨政，梁县长亲自写信为你请假，你放心在刘湾玩几天。

庆功宴一连摆了三天，街上舞狮子舞龙，敲锣打鼓，放鞭炮，天一黑，大街小巷挂满红灯笼，鲜花锦簇，烟花怒放，彩色气球腾空而起，一派喜气洋洋。刘湾镇人说过年也没这么热闹啊。

第二天晚上，吕咨政说，不能再喝酒了，再喝要出人命了。刘福乾也说不能再喝了，征得梁县长同意，每人只喝了一杯便吃饭了。送吕咨政和梁县长回去睡觉后，刘福乾躺在床上翻来覆去睡不着，自己带家丁为什么打不下来安峰山？吕咨政带来的沂防营为什么一天能拿下两座山？想来想去他终于找到了答案，我没有快枪啊！如果有快枪，我不是照样能打下安峰山吗？如果有快枪，继业的眼珠子怎么能给土匪的大炮打崩了？后天吕咨政就带沂防营的人回去了，万一以后有人闹事怎么办？刘福乾思来想去，脑子里灵光一闪，能不能让沂防营驻守刘湾镇？他突然觉得自己的想法是一个极好的想法。如果沂防营驻守刘湾镇，那以后就没有万一了。他决定明天把自己的想法跟吕咨政说说，最好让沂防营驻守刘湾。

第三天晚上，鸿运大酒楼又摆上了宴席。刘福乾陪吕咨政和梁县长坐下来，吕咨政还是说不能喝了。刘福乾说，吕咨政两天没喝了，明天要回蓝山了，今晚一定要一醉方休。他转头对梁县长说，梁县长，我说得对不对？梁县长在刘湾镇陪了吕咨政三天，想想刘福乾去海州搬兵他一个人没派，心里有点儿不好意思。又一想，不是不派兵，是因为无兵可派啊。他没想到蓝山的一个咨政，竟然可以调动沂防营的兵来东海剿匪，更没想到西乡的刘镇长这么有能耐，原来是自己小看刘镇长了。这时听刘福乾和他说话，回过神来说，对对，要一醉方休一醉方休。吕咨政再三推辞，刘福乾哪里肯让，亲自端酒给吕咨政喝。无奈，吕咨政对梁县长说，那我只好舍命陪君子了。梁县长说，这是吕咨政给鄙人面子了。

酒过三巡，梁县长说，刘镇长和诸位贤达，剿了两山土匪，天下并没有太平。最近省府下令，要各地严防共产党，尤其是从南方回来的人都要严加盘查，发现一个抓一个。梁县长转头问吕咨政，这事吕咨政也知道吧？吕咨政说，知道知道，县里各要道都设了卡口，严查过往行人。刘福乾插话说，吕咨政，为保东海西乡一方平安，能不能安排沂防营驻守刘湾？吕咨政听了一愣，想了半天说，刘镇长，我一个咨政，哪里能调动沂防营驻守刘湾？梁县长听了刘福乾的话，心里老大不高兴，朝刘福乾翻了翻白眼，这不是说我保不了东海西乡一方平安吗？他这是打我的脸哪。梁县长低下头，在灯影里狠狠剜了刘福乾一眼。刘福乾没有看到梁县长的表情，又对吕咨政说，那你能不能给我留十支八支快枪？吕咨政想了想说，这个可以，给你留十支快枪。刘福乾有点不相信自己的耳朵，说，留十支快枪？吕咨政说，十支快枪！

刘福乾激动地说，吕咨政，刘湾镇的百姓忘不了你啊。来，我代表东海西乡刘湾镇的百姓，敬吕咨政两杯酒，说着，他端起酒杯和吕咨政碰了一下，两个人干了杯里的酒；倒上酒，端起来又喝得一滴不剩。刘福乾喝完酒，把酒杯倒过来给吕咨政看，说，我一滴没剩，剩一滴罚我三杯。吕咨政喝完酒，也将酒杯倒过来让刘福乾看，说，剩一滴，也罚我三杯。刘福乾说，吕咨政，你是刘湾镇的大恩人哪！吕咨政哈哈大笑，说，哪里哪里。刘镇长，我再留下两个人帮你训练训练。下一步，你要尽快把民防团建起来。刘福乾高兴地大喊一声"好"，递了个眼色，一桌人依次和吕咨政又喝了两杯酒。

梁县长不甘心让刘福乾晾着，也端起酒杯对吕咨政说，改天我到山东省府给你请功。吕咨政说，谢梁县长，清除匪患，保百姓平安，这是鄙人应该做的事啊。梁县长和吕咨政叮当一响碰了杯，喝干杯里的酒，刘福乾亲自给吕咨政杯里倒满酒，然后再给梁县长杯里倒满酒，两个人又一干而尽。吕咨政喝多了，椅子也坐不住了，当场滑到地上。梁县长一看吕咨政喝多了，也说自己喝多了，说三天积下了十天也干不完的事，要立马回海州处理公务。刘福乾再三挽留梁县长，梁县长一再坚持回海州，刘福乾只好先把梁县长送上车，见梁县长在车上坐好了，小声说，梁县长，这三天的花销，是县府出还是……刘福乾故意留了半句。梁县长说，县府哪有钱？镇上出了吧。再说，这是帮你们剿匪嘛。然后，梁县长对司机说回海州，敞篷吉普嘀嘀几声开走了。刘福乾冲着车屁股招了招手，心里想，这个龟孙是个老滑头，叫我多花了三天的大洋。

　　刘福乾回到酒楼时，已经想好了主意，平定西乡匪患，也不是为了他刘福乾一个人是不是？见吕咨政被人背下楼来，白成银、万贯金和鲁天成跟在后面簇拥着。刘福乾连忙叫人把吕咨政送回刘家大院，对三个保长说，梁县长说了，三天的花销要我们平摊。白成银说，县府一块大洋也不出？万贯金说，早知这样我就不来了。鲁天成说，梁县长也太抠门了。刘福乾说，你们出不出？不出，土匪以后把你们家抢完了也不要找我。三个人一看刘福乾不高兴了，都说出。刘福乾说，那好，明天算完账，我叫人把账单送给你们。三个人都说好。

　　看着三个人坐上马车各自回家了，刘福乾在儿子刘继业的搀扶下回到刘家大院。刘福乾说，梁县长不是个玩意儿。三天的花销，县府一块大洋也不出。刘继业说，我们全出了？刘福乾说，白保长、万保长和鲁保长出了，你明天派人把账单送去。刘继业说好。

　　一夜无话，一直到第二天中午，吕咨政还没有起来。刘福乾进屋喊吕咨政起来吃饭，吕咨政还在昏睡。刘福乾只好安排胶皮轱辘大车，把喝得昏迷不醒的吕咨政送回去。家丁把吕咨政抬上车时，刘福乾在吕咨政身边放了两千块大洋，心想，这两千块大洋，够买吕咨政十支枪了。胶皮轱辘大车拉着昏睡不醒的吕咨政走在前面，后面跟着扛快枪的沂防营的人，刘福乾和镇上的遗老遗少敲锣打鼓一直把吕咨政和沂防营送到镇外，看着沂防营走远了才回镇里。

　　刘福乾没想到杀狗扒驴玩大了，本想给梁县长报个喜，没想到梁县长亲自来西乡，一块大洋不出，镇上一连办了三天庆功宴，把吕咨政喝倒了。他又一想，花点儿大洋就花点儿大洋吧，吕咨政派兵剿匪功不可没。再说吕咨政不光给他留下十支快枪，还留下两个人帮助训练、组建民防团呢。操劳三天，刘福乾也身心疲惫，送走吕咨政，便上床躺下了，晚上也没起来吃饭，一直睡到第二天上午。刘福乾叫儿子刘继业安排人把三天花销的账单送给白保长、万保长和鲁保长，又叫赵秘书写了招收青壮年组建民防团的启事，贴在镇府大门旁。

半个月后，民防团招来十多个青壮年，加上原来的十多个家丁，组建起一支三十多人的队伍。因为快枪只有十支，刘福乾听从沂防营的人的意见，让刘继业在民防团里组建了快枪队和火枪队，把没有拿到快枪和长火、短火的人组建了武功队。

快枪队在沂防营的人的训练下学会使用快枪后，天天三点一线练瞄准，火枪队也跟着快枪队一起训练。刘福乾从山东马头请来武师训练武功队，刀枪剑戟、三节棍、九节鞭整天耍得哗哗响。刘福乾对民防团的人说，只要好好干，抓捕共产党建功立业，每人都会有一支快枪。民防团的人立马高呼万岁。一时间，镇府大院热闹非凡。

这天，刘福乾一时心血来潮，想显摆显摆，要刘继业去请白成银、万贯金和鲁天成来镇府参观民防团训练。白成银、万贯金和鲁天成没想到刘福乾在短时间内，组建了一支地方武装，接到刘继业的通知后，立马乘坐马车来到镇府。刘福乾带着三位保长，观看了民防团的步伐操练，三位保长连声说好。之后，刘福乾又带着三个人观看了快枪队的射击打靶，见枪枪打在靶上，更是赞不绝口，还观看了火枪队的射击和武功队的操练。靶场上枪声叭叭响，练武场上喊声阵阵，三节棍九节鞭耍得虎虎生风，白成银对刘福乾说，刘镇长威武！万贯金也说，还是刘镇长厉害。鲁天成跷着大拇指说，刘镇长高！刘福乾被三个保长夸得洋洋得意，挺着大肚子说，什么土匪、共产党？我叫他有来无回。白成银说，那是那是，刘镇长有这队伍，还怕他们什么！万贯金说，这回谁也不敢闹腾了。鲁天成说，谁闹腾，要谁命！刘福乾被三个人夸得晕晕乎乎，一高兴，请三个人到鸿运大酒楼喝酒。白成银抱拳说，刘镇长破费了；万贯金抱拳说，刘镇长豪爽，下次我请；鲁天成也抱拳说，刘镇长不愧是东海西乡的豪杰啊。刘福乾哈哈大笑说，各位保长请，有话酒桌上说。三个保长点头哈腰，跟在大腹便便的刘福乾后面，一起去了酒楼。

小酒又喝起来了，三巡过后，刘福乾说，各位保长看了我的民防团有什么想法没有？三个人你看看我，我看看你，然后都看着刘福乾。刘福乾说，你们连想法也没有？三个人还是看着刘福乾。刘福乾说，白保长，你要是早有民防团，二姨太也不至于被个长工拐跑了吧？万贯金说，那是肯定的。鲁天成说，白保长要是早有民防团，十个姨太太也没人敢拐跑。刘福乾笑着说，他要有十个姨太太早累死了。三个人一起哈哈大笑。白成银的脸一下子红到了脖子根。刘福乾说，成银，别不好意思，我说的是真的，有民防团，他罗大炮敢吗？白成银连连点头说，刘镇长说得对，我回去也要建民防团。万贯金看看白成银说，成银要是建民防团我也建。鲁天成说，我也建，别让长工把姨太太拐跑了。刘福乾见目的达到了，趁热打铁说，各位都要建民防团，保我西乡平安，在这里我先谢谢各位保长了。三个人心里都清楚，上了刘福乾的套，却没人敢卸套。白成银说，刘镇长，我回去就建民防团。万贯金说，我回去先把火枪队建起来，再买快枪。鲁天成说，我的民防团听刘镇长调遣。刘福乾就等这句话了，听鲁天成说了出来，一拍桌子大喊一声，好，咱就成立刘湾镇民防总团！白成银说，对，成立民防总团。万贯金说，团结起来力量大嘛！鲁天成说，那我们鲁兰民防团就叫鲁兰分团？刘福乾说，天成啊，你就是我肚子里的蛔虫，我想的事你全知道。鲁天成说，刘镇长过奖了，天成就是一介草民。刘福乾说，你看你谦虚的，姨太太搂着还一介草民？说出去不笑掉大牙才怪呢。白成银说，你看天成瘦得皮包骨了。万贯金也说，快让姨太太吸干了。几个人说笑一番，白成银说，刘镇长，那费用……白成银故意没有说完，想听听刘福乾这个老狐狸怎么说。刘福乾，各家是各家的，但人马统一调动使用。白成银说，怎么个统一调动法？刘福乾说，谁家有事，人手不够，总团可以调动其他分团人马去支援嘛。白成银说，对呀，我怎么没想到这个呢？万贯金说，还是刘镇长想得周全。鲁天成伸出大拇指晃晃说，刘镇长高明。刘福乾说，吕咨政派兵来东海西乡剿匪旗开得胜，大家都知道。其实，吕咨政一兵一卒都没有。他靠的是什么？白成银说，他靠什么？刘福乾说，靠的就是调动。白成银说，吕咨政手里没有兵啊？刘福乾说，他一个咨政手里哪有兵？白成银说，他一个兵没有，能调动沂防营来剿匪？万贯金说，吕咨政本事不小哦。鲁天成说，那是，比梁县长大一百倍。刘福乾说，我连夜去找梁县长请他派兵，他一兵一卒都没派，这个成银是知道的。白成银说，当时我在场，梁县长说就他一个县长和一个秘书两个人没兵派。刘福乾说，一县之长，连个兵都派不出来，不如撒泡尿淹死算了。然后，他端起酒杯说，来来来，各位保长喝酒。几个人一齐说喝酒。刘福乾喝了一杯酒说，各家民防团组建起来后，跟我说一声，我挑个日子成立总团！来，为刘湾镇民防总团干杯。几个酒杯叮当一碰，全喝干了。刘福乾放下酒杯又说，我得提醒一下各位保长，共产党是乱党，蒋主席一声令下，抓了一批，枪决了一批，可是也跑了一批。民防团组建起来后，各家要在主要路口设卡，盘查来往行人。发现共产党和外地口音的人，全都给我抓起来。你要是不抓，以后共产党跑到你家，你可就倒霉了。白成银说，那是那是，统统抓起来。万贯金说，共产党脑门上又没有帖子，谁知道谁是共产党？刘福乾说，你看谁像共产党就抓谁。鲁天成说，蒋主席说过，宁愿错杀一千，也不放过一个。白成银说，我看罗大炮就是共产党。万贯金说，成银，听说二姨太跳崖了，她儿子也让你打死了，罗大炮到现在也没找到？白成银说，我带人搜了两遍山，都没找到罗大炮。倒是找到了他藏在山洞里的粮食，我整整拉了五大车。万贯金说，活不见人死不见尸，罗大炮钻老鼠洞了不成？鲁天成说，陆铁匠儿子不是也没找到吗？还有刘镇长侄女也没找到。刘福乾好像被人揭了疮疤一样，沉下脸来说，明天我叫继业带人再去安峰山找。白成银说，刘镇长，明天我叫天亮也带人再到房山去找罗大炮。万贯金说，不留后患，鲁天成说，不留后患。

酒从中午一直喝到太阳偏西才散，三个保长醉醺醺地上了各自的马车，刘福乾一个马车一个马车地叮嘱，说，民防分团的事要抓紧办。来到白成银马车跟前时，刘福乾说，成银，民防分团的事回去要抓紧办。另外，明天上午你叫天亮带人去房山，我叫继业带人去安峰山，挖地三尺也要找到罗大炮和陆涛两个小龟孙。白成银说，刘镇长你放心，我会抓紧组建民防团的。刘继业抓起白成银的手拍拍说，我等你的好消息。看着三辆马车扬长而去，刘福乾撇撇嘴，一支快枪也没有，就那几支破鸟枪，还想成立民防分团？简直是痴人说梦，天大的笑话，当个民防营都不够格。镇民防团，让继业当团长带着人干。

第二天天一亮，刘继业带着家丁到安峰山再次搜山，刘继业爬上半山腰的大石头朝下一看，吊在两树中间的陆铁匠没有了，割断的葛藤散落一地，他断定是陆涛收的尸，气急败坏地咆哮道，给我仔细搜，连石头缝也不放过。

家丁散开来，漫山遍野地搜。搜完北山一无所获，刘继业又带着人去了南山，终于在南山发现了那个崖洞。刘继业和家丁把崖洞围起来，刘继业喊陆涛快出来。喊了半天，没人回答也没人出来，他便指派家丁爬进洞去查看。家丁害怕陆涛在崖洞里，吓得不敢进，看着刘继业。刘继业端着长枪指着家丁说"快进"，家丁哆嗦着说不出话来，只好拨开树丛杂草准备进洞。家丁刚要朝洞里爬，听洞里"吼"一声响，吓得家丁大喊一声，急忙侧身闪到一边。这时有个东西从洞里猛蹿出来，刘继业手里的枪随即响了，只听"噢"的一声，那东西咕咚一声重重摔下来，吓得刘继业躲到一块石头后。半晌没听到动静，刘继业走过去一看，原来是一头狼。家丁随后爬进洞去，半天，洞口传来家丁的喊声，少爷，你进来看看，里面地方大着呢。刘继业带着人钻进崖洞，点了松枝，见地上还有没有燃完的松枝，心里立马明白了，这个崖洞肯定是陆涛藏身的地方。

刘继业找到早已人去洞空的崖洞，立马带人回了刘湾镇，见了刘福乾翻身下马，气喘吁吁地说，爹，找到了，找到了。刘福乾急忙问找到什么了，刘继业说，找到陆涛藏身的崖洞了。刘福乾说，人呢？刘继业说，早跑了。

刘福乾和刘继业爷俩说话的时候，白成银儿子白天亮也带着人回了白塔埠，对爹说，我们在北山发现了隐蔽山洞。白成银说，找到山洞了？白天亮说，人早跑了，地上的血都黑了。白成银说，你现在就去刘湾镇，向刘镇长报告，说洞里的血都黑了，罗大炮伤重不治而亡。白天亮打马直奔刘湾镇。

刘福乾听白天亮说罗大炮伤重不治而亡，嘴上说好好好，心里却不相信，没见到人也没见到尸，怎么能断定罗大炮死了呢？刘福乾心想，他罗大炮给打伤了，不也得找郎中疗伤吗？于是，他派家丁去回春堂告诉贾郎中，发现罗大炮看伤立即报告，我要点他的天灯。然后，他又对刘继业说，继业，你跟天亮一块去白塔埠，叫白保长抓紧组建民防团，三天后我要成立民防总团，路口设卡加岗，别让罗大炮和陆涛两个小龟孙跑了。你回来时，顺便再跟鲁保长和万保长说一声，就说我三天后要成立民防总团。刘继业答应一声，和白天亮骑上马，快马加鞭绝尘而去。

第四天吃过早饭，刘福乾来到镇府时，门口锣鼓队的大鼓抬出来了，几根大鞭也在树干上盘好了。他满意地点点头，走进院里，看见赵秘书和几个家丁正在挂横幅，便站在场地上看。不一会儿，刘湾镇民防团成立大会的横幅挂起来了，刘福乾对赵秘书说声"好"就去了办公室，沏上茶，坐等白成银、鲁天成和万贯金的到来。一壶茶喝完了，还不见白成银、鲁天成和万贯金带人来，刘福乾等得坐不住了，派家丁到镇北、镇东路口去看看来了没有。

一直等到半上午，白成银、鲁天成和万贯金才带着护院家丁组建的民防团来了。三个人一下车，见刘福乾早迎出大门，连忙说刘镇长久等了。刘福乾没有吹胡子瞪眼破口大骂，而是笑着说，来了就好，来了就好。

刘继业带着快枪队、火枪队、武功队，排着整齐的队伍，白天亮和万贯金儿子万里马、鲁天成儿子鲁立凡也带着扛火枪、拿大刀长棍的人参差不齐地站好了。刘福乾在台上大声说，刘湾镇民防团今天成立了！刘福乾话音刚落，大门外锣鼓喧天，鞭炮齐鸣，硝烟弥漫，震耳欲聋。刘福乾讲了一通话，最后说，我宣布，白天亮任白塔埠民防营营长，万里马任贯庄民防营营长，鲁立凡任鲁兰村民防营营长，刘继业任刘湾镇民防团团长，大家欢迎！宣布完，刘福乾自己先带头鼓起掌来。随后，白成银、万贯金、鲁天成和下面的人一齐鼓起掌来。

锣鼓声和鞭炮声又响起来了。在锣鼓声和鞭炮声中，刘福乾家两个背着快枪的家丁，把刘湾镇民防团的木牌挂在镇府大门旁，随后背着快枪在大门两边站岗放哨，围了一圈人看热闹。

白成银听了刘福乾的宣布，看看万贯金和鲁天成说，刘镇长不是说好成立民防总团，我家天亮当白塔埠民防团团长的吗？万贯金说，是啊，我还纳闷呢，刘镇长这么宣布，我们就成民防营了？鲁天成接过话说，就那几支鸟枪，叫民防团还是叫民防营都一样。鲁天成又说，得想办法买几把快枪。几个人连连点头说是是是，见刘福乾过来了，都抱拳说着喜话，祝贺民防团成立。刘福乾说，走，喝酒去。

三个人跟着刘福乾走出镇府大门，刘福乾看见门前放了岗哨，对几个保长说，陆涛和罗大炮有本事再来试试？说完，他仰脸哈哈大笑起来。白成银、万贯金和鲁天成也跟着一起哈哈大笑起来。

19

吴天昊带着人在牛山安营扎寨住下来后，刘紫瑶连一口面糊糊也没喝，一直两眼无神魔怔着喊"家将家将"，陆涛像没头苍蝇似的乱跳脚，吴天昊急得团团乱转。

吴天昊冷静下来想，不论谁的孩子死了，也不论谁逃命路上跑丢了儿子，都会这样。吴天昊和陆涛商量了一下，遂派程老六到刘湾镇打探消息。半夜的时候，程老六风尘仆仆地回来说，梁县长听说灭了房山和安峰山的土匪，亲自来刘湾镇看望吕咨政和刘福乾，连摆三天大席为蓝山吕咨政庆功。吴天昊心想，趁刘福乾大摆宴席庆功之际，带陆涛和程老六回趟安峰山，一是寻找刘紫瑶跑丢的儿子，二是把死去的弟兄和亲人掩埋起来。如果弟兄们曝尸荒野，没人管没人问，叫山上的狼和野狗七扯八啃，不光凉了弟兄们家人的心，就是自己心里也一辈子不安哪。

　　吴天昊和陆涛商量后，带着程老六、许万峰赶往安峰山。他们在山下人家借了铁锨铁叉，上山埋葬了死去的弟兄，从草洞里扒出陆铁匠的尸首，和他老伴儿埋在一起，把陆涛姐姐小英子埋在一边。之后，吴天昊在许万峰的引导下，沿着刘紫瑶逃往南山的路线找到了陆家将。陆涛抱着死去的儿子亲妈皇娘哭得死去活来，还要带儿子回牛山让刘紫瑶看一眼。在吴天昊的劝说下，陆涛终于把儿子埋在了陆铁匠老两口旁边。忙完安峰山的事，吴天昊又带着几个人去了房山，把房山死去的弟兄也埋了，把罗大炮老婆林玉梅和儿子小柱子埋在北山悬崖下。死去的人入土为安，活着的人心里才安宁。

　　吴天昊和几个人一直忙到鸡叫三遍，看看天快亮了，这才连忙赶回牛山。几个人来到牛山脚下的山东头村外时，天已经蒙蒙亮了，看到路边有个瓜庵，程老六过去想找点吃的，喊了半天才听到有人答应。程老六走进瓜庵，看见乱草堆里躺着两个人，说，兄弟，有没有吃的？我们从昨天到现在没有吃过东西了。半晌没人答应，程老六见庵子里什么也没有，正准备退出瓜庵，忽听草堆里有人说，是六哥吗？程老六转身蹲下来，问，你是哪个？草堆里一个人说，六哥，我们是安峰山逃出来的兄弟，怕人报告刘福乾，没敢进村，夜里就在瓜庵里睡。另一个人说，我们俩也两天没吃东西了。程老六一听是安峰山逃出来的兄弟，连忙说，陆大当家的，这里有山里的两个兄弟。陆涛急忙过来看看，两个小兄弟一见陆涛哇哇大哭起来，说，大当家的，家没有了……陆涛让两个小兄弟哭得心里酸楚楚的，一时间没忍住也放声大哭起来。半晌，程老六说，大当家的，把他们带去牛山吧。陆涛说，都带走，一个兄弟也不能落下。

　　几个人这几天就没正儿八经吃过饭，又干了一夜活，早饿得前胸贴后背走不动路了，相互搀扶着走进村里，在村头一户人家要了煎饼和大葱，出了门，便蹲在路边狼吞虎咽起来。陆涛没忘了给刘紫瑶留一张煎饼，吴天昊也没忘了给刘紫瑶留一张煎饼。回到牛山，见刘紫瑶已经饿昏了，陆涛连哭带喊好一阵才把刘紫瑶喊醒。陆涛连忙掏出煎饼，撕下一块嚼了嚼，嘴对嘴喂到刘紫瑶嘴里，再往她嘴里灌一口山泉水。见刘紫瑶咽下去了，陆涛又撕下一块煎饼嚼吧嚼吧喂给刘紫瑶。刘紫瑶吃了几口煎饼，喝了几口山泉水，才缓过劲来。

陆涛的煎饼吃完了，吴天昊把手里的煎饼递给陆涛。陆涛接过煎饼，十分感动。吴天昊说，让紫瑶快吃吧，不然人要饿死了。陆涛见刘紫瑶醒过来了，又撕了块煎饼在嘴里嚼。看到陆涛嚼煎饼喂刘紫瑶，吴天昊的心好像被划了一刀，他走到一边，望着远处连绵起伏的黛色山峦，吞咽一口唾沫，然后闭上眼，任泪珠从眼角溢出来……半响，吴天昊抹了把泪，睁开眼，看着红彤彤的东方想，放射着万丈光芒的太阳就要出来了。

吴天昊竭力克制自己不去想刘紫瑶，但他的意志却一次次不攻自破。刘紫瑶在失子之痛的悲伤里，一时半会儿不可能走出来，人比黄花瘦啊。再说刚刚来到牛山，还没有安营扎寨，既没房子住也没粮食吃，这样下去，紫瑶的身体会被拖垮的。这么一想，吴天昊心里一阵酸楚。这时，一个想法在吴天昊脑海里一闪而过，叫紫瑶暂时住到吴官庄家里去，养身散心，抚慰伤口，让她从失子之痛中尽快走出来。这么一想，看看刘紫瑶已经能自己吃煎饼了，吴天昊把陆涛喊过来，把目前的处境和自己的打算说了一遍。陆涛说，二哥，紫瑶住过去，给伯父伯母添麻烦了。吴天昊说，三弟，吴官庄就是你的家啊，还说什么麻烦不麻烦的。陆涛说，那行，我问问紫瑶，叫她到吴官庄暂时住上一段时间。等刘紫瑶吃完煎饼喝了水，陆涛过去把吴天昊的想法说了，刘紫瑶说，我要和你在一起。陆涛说，我们刚来牛山，没吃的没住的，你先住到二哥家，过一段时间再把你接回来。刘紫瑶想想山里连个茅棚也没有，握着陆涛的手有气无力地点点头。

太阳出来了，半边天一片红彤彤。吴天昊望着初升的太阳，心里长长舒了口气说，陆涛，你和我一起送紫瑶去吴官庄。老六和万峰到山下村里借几把斧头和刀，带着几个人砍树搭棚子，先把家安下来再说。程老六和许万峰答应一声，下山借工具去了。

吴天昊和陆涛护送刘紫瑶去了吴官庄。中午的时候，三个人进了吴家大院。王妈一见吴天昊，一边喊着少爷回来了，一边跑去告诉吴老爷。吴祖文听说天昊回来了，挣扎着要从床上下来，这时吴天昊三步并作两步走进屋里说，爹快躺下，你的伤还没好利索。吴天昊扶着父亲慢慢躺下。吴祖文抓着吴天昊的手说，儿啊你还活着？吴天昊说，爹你看，我不是活得好好的吗？说完，他在父亲床前转了一圈。吴祖文拍拍床头说，快坐下，快坐下。吴天昊说，爹，我还带来两个人。吴祖文说，在哪里，快进来叫我看看。爷俩正说着话，陆涛扶着刘紫瑶走进里间，扑通一声跪在床前。刘紫瑶看见陆涛跪下来了也跟着跪下来。陆涛说，爹，儿子儿媳给你磕头了。吴祖文说，快起来快起来。吴天昊拉起陆涛和刘紫瑶，对父亲说，爹，他叫陆涛，是原来安峰山大当家的，也是我的拜把子兄弟。吴天昊指着刘紫瑶对父亲说，这是他媳妇，叫刘紫瑶。吴祖文说，快请坐，快请坐。陆涛和刘紫瑶在椅子上坐下来，吴天昊坐在父亲床头说，最近没回来看你，腿上的伤好了吗？吴祖文说能下地走动了。听说父亲能下地走动了，吴天昊心里很高兴。

  王妈端茶进来，一人一杯放在桌子上说，少爷，你们喝茶。王妈刚要走，吴祖文对王妈说，叫厨房多做饭。王妈说，好的老爷。王妈出去后，吴祖文说，前几天你妈听人说，刘福乾搬兵把房山和安峰山剿了，人打光了，还烧了山寨，我正准备叫耿三去找你。正说着话，吴天昊母亲急急忙忙走进屋来，拉着吴天昊的手哭着说，儿啊你可回来了。吴天昊说，妈，我回来了。吴祖文说，儿子回来了是喜事，你哭什么哭？吴天昊母亲不哭了，看见屋里还坐着一男一女，说，这是……陆涛又扑通一声跪下来，刘紫瑶也跟着跪下来，陆涛说，妈，儿子儿媳给你磕头了。吴天昊拉起陆涛和刘紫瑶，对母亲说，妈，这是我拜把子兄弟陆涛和他媳妇。吴天昊母亲抹了把泪，过去拉着刘紫瑶的手说，你看这闺女长得多好。刘紫瑶脸一红，见陆涛看她，抓着吴天昊母亲的手喊了一声妈，两个人便亲热地说起话来。吴天昊母亲看见老头子朝她递了个眼色，便和刘紫瑶到外屋说话去了。

  吴天昊把刘福乾山东搬兵打山的事说了一遍，对父亲说，陆涛一家都让刘福乾杀害了。吴祖文说，涛儿，你和天昊是兄弟，也就是我儿子，吴家今后就是你的家。陆涛喊了一声爹。吴天昊说，爹，我还有个大哥被打伤了。吴祖文说，那快送到家里来养伤。吴天昊说，我把他送到洪泽韩家桥去治伤了，我有个兄弟的叔叔是个郎中。吴祖文说，这样好这样好，你现在在哪里安身？吴天昊说，牛山。吴祖文说，可要小心哪，千万别让刘福乾这个老龟孙找到了。吴天昊说，爹，我会小心的。家里如果有事，你叫耿三到牛山去找我。吴祖文说，你们刚到牛山，没吃没喝没住的，十几个人怎么活？有什么事跟爹说。吴天昊说，爹，我想从家里借点粮食。吴祖文说，你看这孩子，跟爹还说借粮食？让耿三给你们送一车去。陆涛说，谢谢爹！吴天昊说，爹，家里还有土布吗？我想给弟兄们做几身衣服。这一仗打的，弟兄们的衣服都破烂不堪了。吴祖文说，有，还没有染，等染好了叫耿三给你送去。吴天昊说爹，有你支持，儿子定要大干一场。吴祖文说，我儿子是干大事的，当爹的能不支持嘛！吴天昊和陆涛双双跪下来，给吴祖文磕头。正说着话时，王妈来说饭做好了。

吴天昊和陆涛两个人搀扶着吴祖文到厨房去吃饭。坐下来后，吴祖文对王妈说，你去把马管家叫来一起吃饭。王妈答应一声去喊马管家了。吴天昊说，爹，马管家胳膊好了没有？吴祖文说，也快好了。不一会儿，马管家一溜小跑来了，进门就说，少爷来了。吴祖文见马管家来了，说，到我这儿坐。马管家听吴祖文叫他过去坐，说，老爷……吴祖文说，叫你过来坐你就过来坐，今儿个我高兴。马管家只好坐到吴祖文身边。吴祖文指着陆涛和刘紫瑶对马管家说，这是天昊的结拜兄弟，我儿子陆涛和儿媳妇刘紫瑶。陆涛和刘紫瑶齐声说，马管家。马管家对吴祖文说，老爷，恭喜你啊，又多了个儿子和儿媳妇。吃饭的时候，吴天昊对父亲说，爹，还有一件事要跟你说。吴祖文说，有话就说。吴天昊说，山里条件差，我想叫紫瑶暂时在家里住一段时间，调养调养身体。吴祖文说，好啊，你妈正缺一个闺女说话呢。陆涛说，谢谢爹。吴祖文对陆涛说，天昊多了个兄弟，我多了个儿子，你媳妇就是我儿媳妇，一家人说什么谢？马管家也跟着说，就是，一家人不说谢。

吃饱喝足，吴天昊让王妈装了几碗饭和菜，要带回去给程老六和几个弟兄吃。吴祖文又叫王妈包了一大包煎饼和咸菜大葱，让吴天昊带走。吴天昊抱着煎饼，陆涛提着咸菜大葱出了门，见耿三赶着驴车等在院里，车上装了五口袋小麦面、两袋米和一坛咸菜。刘紫瑶扶着吴天昊母亲也出来送行，吴天昊看到刘紫瑶和母亲在一起，心里酸酸地想，如果紫瑶真是妈的儿媳妇多好啊。临走时，吴天昊把父亲拉到一边悄悄说，如果有我的信，叫耿三送给我。吴祖文点点头说，忘不了。

吴天昊和陆涛爬上驴车，两个人朝送行的人挥挥手，耿三赶着驴车走了。驴车走了好远，吴天昊转头看看，见刘紫瑶搀扶着母亲和父亲、马管家还站在大门外，鼻子一酸，连忙挥挥手，大声说"回去吧"。驴车到了村外，吴天昊对耿三说，也没去看看根柱，不知根柱好了没有。你回去后，向我爹要两块大洋，代我去看看他。耿三说，少爷，你真仁义啊，根柱能来家里干活了。然后，他喊了一声"驾"，驴子快步走起来。路上吴天昊对陆涛说，三弟听说过共产党吗？陆涛说，听说是南方的乱党。吴天昊说，你这是道听途说，共产党是革命党。陆涛说，革命党？吴天昊说，就是要革刘福乾这些喝穷人血吃穷人肉的地主老财的命，推翻一切剥削阶级，让穷人不再受欺压，不再过给地主老财种地自己没粮食吃的苦日子、穷日子，要过上幸福的好日子。这是共产党人革命的初心啊！耿三说，少爷这样一说，那共产党是好人？吴天昊说，共产党就是要领着穷人过好日子的好人。陆涛说，要是共产党早点来闹革命，我爹我娘我姐还有我儿子，也不会让刘福乾这个老龟孙打死了。吴天昊说，三弟，你说得没错。共产党领着穷人闹革命，他刘福乾再也不敢欺负咱穷人。陆涛说，二哥，不干死刘福乾、白成银这些地主老财，穷人就没有好日子过。吴天昊说，三弟说得对。耿三转头说，少爷，哪里有共产党，我跟着共产党干。陆涛说，找到共产党，我也跟着干，给我爹我娘我姐和家将报仇。吴天昊说，等我找到了再说。耿三说，少爷，那你得快点找啊。陆涛说，二哥，我巴不得你现在就找到共产党，一块儿把刘福乾干死算了。吴天昊说，三弟，沉住气，心急吃不了热豆腐啊。

　　太阳离山还有一竿子高时，驴车来到牛山里，吴天昊看见堆了一堆砍回来的树，还堆了一大堆红草，见程老六和许万峰两人浑身是汗，光着上身砍树枝，连忙跳下驴车，招呼大家过来吃饭。程老六对吴天昊说，我和万峰到村里借工具时，顺便给村里人要了几张煎饼，吃过了。吴天昊说，过来歇歇，等会儿我们一起搭棚子。陆涛说，天昊别等了，天快黑了，这一车粮食得有地方放，万一下雨呢？程老六和许万峰高兴地卸粮食。吴天昊发现少了两个人，问程老六，那两个兄弟呢？程老六说，两个吃不了苦的东西跑了，我跟万峰追了半天才追回来。吴天昊听说人跑了又给追回来了，就问，人在哪儿？程老六说捆在山崖底下了。吴天昊说，带我去看看。程老六说，看他们干啥？我正准备明天弄死他们两个呢。吴天昊说，叫什么名字？程老六说，一个叫纪成飞，是贯庄人，另一个叫鲁跃三，是鲁兰人。陆涛听说纪成飞和鲁跃三两个人跑了，对吴天昊说，不能共患难的人，也就不是兄弟了，留着没用，弄死算了。吴天昊说，三弟，纪成飞和鲁跃三能跟我们来牛山，说明还是想跟着我们的。只是我们刚到牛山，条件太艰苦了。陆涛说，二哥说得对，没给沂防营的人打死，没给刘继业搜山抓去就不错了。吴天昊说，老六，带我和陆涛过去看看。程老六噘着嘴答应了一声,听声音老大的不高兴。

程老六带着吴天昊和陆涛还有耿三一起来到不远处的山崖下,看见两个人被葛藤捆了绑在两棵树上。两人耷拉着脑袋,听见脚步声,立马抬起头来,一看是吴天昊和陆涛来了,眼泪叭叭直往下掉,喊了声"大当家的",呜呜哭起来。陆涛过去给两个人松了绑,两个人跪在地上给陆涛磕头,陆涛说,别谢我,是我二哥要我留你们一命的。两个人听说后,又急忙给吴天昊磕头,说,谢吴大当家的不杀之恩。陆涛还是憋不住心里的火,踹了鲁跃三一脚又踹了纪成飞一脚说,我真是瞎了眼,收了你们两个孬种。鲁跃三说,大当家的,俺不是孬种。陆涛说,不是孬种跑什么?想去给刘福乾报信吗?纪成飞说,大当家的,俺都恨死刘福乾了,还能去给他报信?俺俩是饿极了,想下山弄点儿吃的再回来。陆涛说,还给我编!谁要敢下山胡说八道,非把他的头拧下来不可。

吴天昊连忙拉起两人,拍拍身上的土,对陆涛说,两个人跟你打了半天仗,又躲过刘继业搜山,走投无路时遇到了你,又跟我们一起来牛山,这就是生死兄弟啊。鲁跃三说,吴大当家的说得对,我们是生死兄弟,不是想逃跑,真是想下山找口饭吃。程老六说,我从山下带煎饼来你没吃吗?纪成飞说,六哥,一人半张煎饼,塞牙缝都不够,我和成飞两天没吃东西了。鲁跃三说,是啊,哪有力气跟你一块儿砍树?程老六听了两个人的话,有点儿不好意思地说,你们又没说,我哪里知道?还以为你们是下山给刘福乾通风报信呢。扑通两声,两个人一前一后倒在地上。吴天昊对耿三说,快去,把我带来的煎饼拿来。耿三答应一声跑回去拿煎饼,又赶紧跑回来。鲁跃三和纪成飞两个人接过煎饼,卷上大葱、咸菜,大口大口吃起来。吴天昊说,弟兄们确实饿极了,不然的话,他们怎么会跑呢?如果要跑,就不跟我们来了不是?他又对鲁跃三和纪成飞说,如果你们真想回家,我也没有多少钱,只能一人给一块大洋。陆涛刚要说什么,被吴天昊拦住了。

两个人一边吃着煎饼一边跪下来,鲁跃三说,吴大当家的,陆大当家的,我家里人给鲁天成逼债逼死了,成飞家里人也让万贯金给逼死了,我们不回去,跟着你们干。纪成飞也说,我们本想下山找点吃的,再给六哥和万峰带点饭来,谁知六哥把俺俩追回来捆上了。鲁跃三和纪成飞两人吃完煎饼都说,吴大当家的,俺们不回去。吴天昊拉起鲁跃三和纪成飞说,坚持到最后的都是好兄弟。走,咱们回去搭茅棚。耿三看着吴天昊说,少爷,我没见过你这样仁义的人。吴天昊说，都是受苦受难的兄弟，我们要团结起来，把更多受苦受难的兄弟团结起来，革命才有力量，才能斗得过刘福乾、万贯金、鲁天成和白成银这些地主老财！耿三说，少爷说得对啊。

　　吴天昊带着几个人抢在天黑之前搭好了茅棚。陆涛看着亲手搭起来的茅棚说，二哥，今夜不住露天地了。吴天昊也高兴地说，今晚我们住新房了。几个人听了一片欢呼。吴天昊带着大家把粮食搬进茅棚，对耿三说，天晚了，要不你明早走？耿三说，连夜走，我怕老爷有事找不到我。吴天昊看看耿三说，那好吧，路上当心。耿三扬了扬皮鞭说，少爷放心，我有这个。耿三赶着驴车走时，又转头说，少爷，你要是找着共产党，跟我说一声。吴天昊说，放心吧，我会告诉你的。耿三喊了一声"驾"，赶着驴车下山回吴官庄了。

　　送走耿三，吴天昊对几个人说，我再说一遍，我们刚来牛山，条件艰苦，刘福乾还在到处搜捕，谁想走我不拦，不想走留下来我们就一起干。几个人齐声说，跟吴大当家的一起干。吴天昊说，山寨给刘福乾烧得墙倒屋塌，房山的聚义堂不在了，安峰山的威武堂也不在了，我也不是土匪，也不想做大当家的，如果弟兄们愿意跟我干，比我大的喊声天昊，比我小的喊声天昊哥。我要领着弟兄们走一条革命的道路、光明的道路、让天下受苦百姓过上好日子的道路，咱们一起跟着共产党闹革命，推翻刘福乾、万贯金、白成银、鲁天成这些地主剥削阶级。程老六说，真能推翻这些地主剥削阶级？纪成飞说，坚决推翻他们，让他们不再欺负老百姓。鲁跃三说，天昊哥，你是共产党？吴天昊说，共产党是人，又不是老虎，你怕什么？鲁跃三说，天昊，我们跟你干。陆涛说，二哥，古有桃园三结义，咱们也来个牛山义结金兰吧？吴天昊说，罗大哥还没有回来，等罗大哥回来再说好不好？几个人异口同声地说好！陆涛说，二哥，我信你的，你要抓紧找共产党，我要参加共产党。

　　几个人听说陆涛要参加共产党，七嘴八舌地都说要参加共产党。吴天昊说，共产党被国民党抓住是要杀头的，你们不怕死？陆涛说，怕死就不当土匪了，当了土匪就不怕死。再说，我儿子、老爹老娘和我姐都被刘福乾打死了，我光棍一人还怕什么？程老六说，怕死就不要跟天昊干。鲁跃三说，我不怕死，我跟天昊干。纪成飞也说，我也不怕死，我跟天昊干。吴天昊说，弟兄们不怕死都是好样的，不过参加共产党是要履行手续的。程老六说，还有手续？吴天昊说，每个人要写个自愿加入共产党的申请书。程老六说，我们都不会写字，你写，写好了我们几个人摁个手印行不行？吴天昊想了想，说，这个我也不知道，先写好申请书，等我找到共产党问问才行。程老六说，那你赶紧写申请书。吴天昊沉思半天说，我写好入党申请书念给你们听，没意见你们摁个手印，我找到共产党时拿出来问问。几个人又异口同声地说好。

程老六提来山泉水，几个人吃了煎饼卷大葱，喝了山泉水，躺在草窝里休息。吴天昊找出包来，拿出一个小本本，点燃松枝，趴在树墩上写了满满一张纸，写到申请人人名时，吴天昊问程老六大名叫什么？程老六说，我打小就叫程老六，这就是我大名。吴天昊说声好，在纸上一笔一画写上程老六的名字。申请书写好后，吴天昊拿起来念给大家听，我自愿加入中国共产党，跟党闹革命，闹翻身，为穷苦百姓过上好日子努力奋斗，头可断，血可流，决不叛党。申请人，程老六、纪成飞、鲁跃三。吴天昊念完问大家，这样能不能表达你们加入共产党的意愿？有不同意见的说出来，我再重写。陆涛说，二哥，怎么没有我的名字？吴天昊说，你念过书，自己写，写为什么要加入共产党。陆涛说，好，我自己写。说着，他从吴天昊手里拿过纸和笔，趴在树墩上写起申请书来。

程老六第一个咬破手指，在自己的名字上摁下血手印。接着，纪成飞、鲁跃三也都咬破手指，在各自的名字上摁下了血手印。等血迹干了，吴天昊把这张摁有血手印的入党申请书折叠好放进胸前的口袋里，说，大家等我的好消息吧。

陆涛的申请书也写完了，咬破手指在自己的名字上摁了血手印，对吴天昊说，二哥，还有紫瑶呢？我加入了，她也一定要加入。吴天昊说，紫瑶在南京读书时就是进步青年了，我抽时间回趟吴官庄，听听紫瑶的意见，你看这样好不好？吴天昊没有把组织上批准刘紫瑶入党的事告诉陆涛。陆涛说好！吴天昊说，大家这几天太累了，都早点儿睡觉吧。鲁跃三说，天昊哥，俺睡不着。吴天昊说，睡不着也要睡，只有养好身体，才能跟着共产党闹革命。不一会儿，草窝里响起此起彼伏的呼噜声。吴天昊灭了松枝，钻进草窝里，不一会儿也睡着了。

这天，吴天昊又回了一趟吴官庄，见刘紫瑶精神好多了，心里很高兴。刘紫瑶说，天昊，我想跟你回牛山！吴天昊说，紫瑶，这才几天，你身体能行吗？刘紫瑶说，我看透这个世道了，不推翻地主剥削阶级，穷人就没有好日子过。吴天昊从胸前衣袋里掏出纸片展开来说，你看看，这是陆涛的入党申请书，还有鲁跃三他们几个人摁了血手印的入党申请书。刘紫瑶接过来一看说，我也摁个血手印。

吴天昊说，紫瑶，党组织已经批准你入党了，那天在机织局工会开会，本来是要给你和几个工人新党员举行入党宣誓仪式的。刘紫瑶说，天昊，自从被陆涛截上安峰山，我思想上有过动摇，现在我要求重新入党！吴天昊说声好，找来笔和纸，刘紫瑶到里屋去写入党申请书，然后咬破手指摁了血手印。刘紫瑶摁完血手印，激动地紧紧握着吴天昊的手，半晌才不好意思地松开。吴天昊说，等你回山里后，教大家识字，给大家讲讲共产主义，宣传共产党的主张。刘紫瑶说好！吴天昊说，我再去找耿三谈谈，这小伙子也不错。吴天昊去找耿三，耿三当即要吴天昊把自己的名字添上，然后摁了血手印。

吴天昊回牛山时，刘紫瑶要跟他一起回山里。吴天昊说，你安心在家里调养，身体完全好了再回去。刘紫瑶说已经好了，坚决要求回山里，吴天昊见劝不住刘紫瑶，只好带着刘紫瑶跟父亲、母亲、马管家和王妈告别。耿三赶着驴车拉了一车黑布过来，把刘紫瑶抱到车上，一起回了牛山。

听说刘紫瑶要教弟兄们识字学文化，程老六在陆涛的指导下，砍了几块木板，用葛藤绑在一起，又用锅底灰把木板抹黑了，做了一块黑板。刘紫瑶用树枝在黑灰上写字，教弟兄们识字。识字课上累了，刘紫瑶就把吴天昊带在身边的《共产党宣言》拿出来一边念一边讲解。几个人虽然懂的不是太多，却听得津津有味，心里亮堂了不少，念了一段还要再念一段，讲了一遍还要再讲一遍。琅琅书声，穿过山岭密林，直上云霄。

一天中午，耿三给吴天昊送来一封信。吴天昊对耿三说，你去洪泽韩家桥一趟。耿三说，天昊哥有事？吴天昊说，你找到悬壶堂就找到八喜了。耿三说，就是原来房山那个八喜？吴天昊说，就是他，我派他和几个兄弟把罗大哥送去疗伤了。耿三说，我一直没有看到八喜，还以为他让沂防营打死了，原来他送罗大哥到洪泽疗伤去了。吴天昊说，你告诉他，我们已经转移到牛山了。耿三说，我和八喜他们一起回来。吴天昊说，你带他们来牛山。

吃过饭，耿三去了洪泽韩家桥，吴天昊看过信后，要单身一人去海州。陆涛不同意吴天昊一个人去海州，要他带上程老六一起去，吴天昊不带，陆涛坚持要带，说，路上万一有事，也好有个照应。吴天昊只好带着程老六一起去了海州。

半夜时分，吴天昊和程老六两个人来到海州西门外一所普通民居。吴天昊要程老六在院外望风，自己进了院子，见到了东海县委李书记。吴天昊汇报了房山、安峰山被刘福乾清剿后自己转移到牛山发展党员的情况和下一步工作计划之后,掏出入党申请书。李书记看着全是血手印的申请书,激动地说,等着我。吴天昊等了一个多时辰,李书记才从外面回来,对吴天昊说,我召开了县委临时紧急会议,经研究,县委批准陆涛、刘紫瑶、程老六、鲁跃三、耿三、纪成飞和严仁宽同志加入中国共产党。吴天昊握着李书记的手说,县委办事效率就是高。李书记说,现在是非常时期,县委的工作方法也要灵活多样,特事特办,急事急办,为基层党组织做好服务,发展壮大党员队伍,坚持革命斗争。李书记要留吴天昊住到天亮再走,吴天昊坚持要连夜回牛山,对李书记说,程老六跟我一起来的,还在外面望风。我要抓紧回去,把这个好消息告诉同志们。李书记见挽留不住,对吴天昊说,以后我会派交通员和你联系的。

吴天昊和程老六天亮的时候回到了牛山,几个人见吴天昊和程老六回来了,都围了过来。吴天昊当场宣布县委研究后的决定,同意陆涛、刘紫瑶、程老六、纪成飞、鲁跃三、耿三和严仁宽加入中国共产党。吴天昊说完紧紧握着陆涛的手喊了一声同志!几个人的手握在一起高声相互喊同志!陆涛说,严仁宽是谁?吴天昊说,严仁宽是洪泽人,罗大哥就是在他叔叔家疗伤。吴天昊赶了一夜的路,也不觉得累,叫程老六用木头做了镰刀和锤子,挂在山崖上,为新党员举行了庄严的入党宣誓。

吴天昊带着新党员面对镰刀锤子,举起右拳,念一句入党誓词,大家跟着念一句:

牺牲个人,
牺牲个人,
努力革命,
努力革命,
阶级斗争,
阶级斗争,
服从组织,
服从组织,
严守秘密,
严守秘密,
永不叛党。

滚雷 GUN LEI

永不叛党。

五天后的傍晚时分，耿三带着八喜和三个兄弟从韩家桥回来了。吴天昊一看，严仁宽也跟来了，两人相见，紧紧拥抱在一起。吴天昊放开严仁宽，询问罗大炮的伤情和治疗情况，八喜做了详细汇报后说，仁宽听说你转移到了牛山，非要跟来看看你。吴天昊对和八喜一块儿回来的几个人说，你们想干就留下，不想干可以下山回家。弟兄们跟着罗大哥东奔西走好几年，只能一人给一块大洋。有个叫马福生的说，大当家的，我老娘眼不好，我想回家看看老娘。吴天昊说，你是哪个村的？马福生说，我是鲁兰村的。吴天昊给了马福生两块大洋，说，回家带老娘看看眼，人这一辈子只有一个娘啊。马福生跪下给吴天昊磕头说，大当家的，你放心，我不会多说一个字的。吴天昊拉起马福生说，我们这里没有大当家的了，你要比我小就喊我天昊哥，要是比我大喊天昊弟。马福生的泪水止不住地吧嗒吧嗒往下掉。他握着吴天昊的手说，天昊哥，你仁义啊！严仁宽感动地说，我吴大哥，就是个仁义之人！

程老六听说马福生要下山回家，抓过马福生挥拳要打，被吴天昊一把抓住胳膊。吴天昊对马福生说，福生，我既然让你走，就是对你放心。你能跟八喜他们一起把罗大哥送到二百里外的韩家桥，足以说明你的人品。今晚在山里住一夜，明天一早走吧。耿三说，少爷，我出来好几天了，不知家里有没有事，我得抓紧回去。吴天昊拥抱一下耿三说，好兄弟，组织上已经批准你加入中国共产党了。耿三高兴得一下子把吴天昊抱了起来，连夜回了吴官庄。

第二天天刚放亮，吴天昊和陆涛、严仁宽、八喜一起送马福生下山，看看走远的马福生，吴天昊说，福生兄弟也是个实在人哪。

谁也没想到，第三天一大早，吴天昊听见敲门声，起来开门一看，见门外站着马福生，说，你咋又回来了？带你娘看眼了吗？马福生哭着对吴天昊说，听我表哥说，我娘被鲁天成逼得投鲁兰河了。吴天昊说，你表哥？马福生说，我表哥是鲁天成家的长工。吴天昊把马福生拉进茅棚里，说，福生兄弟，咱们一起干。马福生说，我还怕天昊哥不要我了呢。吴天昊说，我们是生死兄弟，不要你要谁？

吃过早饭，八喜听陆涛说参加共产党了，对吴天昊说，天昊，你不能太偏心了。吴天昊说，什么事我偏心了？八喜说，为什么要陆涛他们参加共产党，不要我参加？吴天昊说，他们都写了入党申请书，你当时不在，没有写，就没发展。不过，你已经接受了严峻的考验，具备了参加共产党的条件，写个申请书给我吧。

刘紫瑶正在茅棚里给新党员念《共产党宣言》，八喜把刘紫瑶喊出来，要刘紫瑶帮着写入党申请书。刘紫瑶在吴天昊住的茅棚里找出本子和笔说，你说，我写。八喜抓着头皮想了半天说，我要参加中国共产党。刘紫瑶拿着笔等了半天，八喜也没说第二句，盯着八喜的嘴看了半天。八喜说，紫瑶，我是大老粗，不知道咋说。刘紫瑶说，我来给你接着写吧，写好念给你听。是你心里话，你就摁个血手印；不是你心里话，我再重写。八喜高兴地点头说好。刘紫瑶写完申请书念了一遍，八喜说，都是我想说的话。刘紫瑶在申请书上又写下八喜、马福生和几个人的名字，对八喜说，你先摁个血手印。八喜摁完血手印，找来马福生几个人也在各自的名字上摁了血手印。刘紫瑶说，我交给吴天昊，等组织上的审批。

吴天昊在牛山积极发展党员时，东海县西乡第一个农村党支部和白塔埠党支部已经建立起来了。吴天昊根据牛山党员的发展情况，随后建立了牛山党支部。经过会议选举，吴天昊任牛山党支部书记。吴天昊派程老六把建立牛山支部和几个人的入党申请书一起送给县委审批。

二十多天后的一个下午，县委交通员来到牛山，找到吴天昊说，县委已经批准建立牛山支部，同意你们的分工，同时批准八喜和马福生几个人入党。吴天昊握着交通员的手摇来晃去半晌没有说话。交通员说，另外还有个消息，五月份海属地区党组织有个会议，李书记要你准备参加会议。

新党员入党宣誓后，吴天昊对严仁宽说，韩家桥联络站是省委南北主要交通联络站，你要保证过往人员的一切安全。严仁宽说，天昊哥，我服从组织安排，保证完成任务。

吴天昊一把抱住严仁宽，拍着严仁宽的后背说，真是我的好兄弟。

20

五月下旬的一天上午，吴天昊随着络绎不绝的香客从花果山三元宫下山来。正是仲春天气，山风习习，流水潺潺，林涛阵阵，阳光明媚，鸟儿啁啾，一丛丛金镶玉竹在山风中摇曳，一片片野花儿开了半山坡，一只苍鹰忽而飞上高空，忽而俯冲下来，又忽而在空中盘旋，自由自在地翱翔着。吴天昊看

滚雷

着天,看着鸟儿,看着苍鹰,心情十分愉快,这次会议是在花果山三元宫西飞楼召开的,连续开了六个晚上,东海县委李书记主持会议,不仅传达了党的六大会议精神,还做了当前形势任务和斗争策略的报告。会议决定深入工农和知识分子,做好组织宣传工作,迎接全国革命高潮的到来。吴天昊边走边想,我要及时把会议精神传达给山里的同志们,让他们也高兴高兴!吴天昊越想越高兴,不由得加快了下山的步伐。

过了中午的时候,吴天昊来到海州东边,他不想从城里走,万一遇到警察或是熟人就麻烦了。他想从海州城南绕过去,这样就会减少许多不必要的麻烦。这么一想,他决定从城南绕过城去。经过孔望山时,他顺便看了千年古刹龙洞庵、摩崖造像。在"归云飞鸟"四个铁骨铮铮石刻大字和笔力遒劲的归云洞三个大字前,仔细端详揣摩了半晌,在王同六言诗石刻前,不禁大声朗诵起来:龙洞良宵月照,黄花满地秋香。此时引会文彦,一觞一咏情长。蠢蠢山岩曲抱,潺潺朐海东流。明朝分袂城市,琴樽回忆绸缪。吴天昊在题刻前站立片刻,忽然想起在南京读书时和刘紫瑶一起去清凉寺游玩的情景,不禁感慨万千,想想那也是一个春天,可是这个春天,不再是那个春天了。他抬头看看偏西的太阳,朝牛山方向望了望,加快了脚步。

过了王圩子,路两边都是正在灌浆的小麦,风吹浪涌,像大海一样,一浪一浪一直朝天边涌去。吴天昊正一边享受着无限春光一边欣赏着绿色的田园风光,忽听身后有人喊,三当家的。吴天昊转脸一看,从路边麦地里跑出来一个人,急忙跑过来抓住他的手说,三当家的,我可找到你了。吴天昊吓了一跳,定睛一看,这不是苗风池吗?自从离开房山后,已经好长时间没有看到苗风池了。吴天昊想,苗风池怎么会在这儿呢?苗风池见吴天昊有点发愣,连忙说,三当家的,我是苗风池。吴天昊看着矮扑扑墩实实的苗风池说,风池,你怎么在这儿?苗风池说,自从房山被打散以后,我回房山找了你们十几天,又到安峰山去找你们,都没找到。我以为你们到海州来了,就到海州来找你们,哪想到在回家的路上真遇到了三当家的。吴天昊说,你刚才在做啥?苗风池说,我去地里撒泡尿,刚好有人走过来,我看了半天才认出是三当家的。吴天昊说,房山一仗弟兄们死了一大半,剩下的也都四处逃散了。苗风池说,刘镇长,噢,刘福乾派他儿子刘继业,还有白成银儿子白天亮天天到房山、安峰山搜罗大当家的和陆大当家的,搜了一个多月也没搜到。你说大当家的受了那么重的伤,能躲到哪里去?吴天昊一听苗风池这样说话,心里笑笑,这家伙还想套我话呢,便顺坡下驴地说,我也到处找大当家的啊。苗风池说,大当家的不在海州医院里,我找遍了所有医院也没找到,人家护士说,医院里根本就没来过治枪伤的人。吴天昊说,你去义德医院找过大当家的?苗风池说,我到义德医院找过三次,真的没有。你说大当家的不到医院治枪伤,能到哪儿去治?吴天昊说,这谁知道啊,我当时也被沂防营的枪子追得像兔子一样东一头西一头地乱跑,跑慢一点,命也就丢在房山了。苗风池说,三当家的,我以为你和大当家的在一块儿呢。吴天昊说,和大当家的在一块儿我还回来吗?苗风池说,三当家的,那我们一块儿找大当家的?吴天昊说,好,我们一起找。

　　苗风池见吴天昊答应和他一起找大当家的,看看路上前后没有人,说,三当家的,你这是从哪里来又到哪里去?吴天昊看看苗风池,心想,哼,到哪里去,我也不能跟你说啊!嘴上却说,我也是到海州义德医院去看看有没有大当家的,后来一想,刘福乾肯定安排人去找过了,再说大当家的也不敢到医院里去啊。苗风池说,三当家的说得是,大当家的要是到医院去,不是找死吗?吴天昊说,后来我到一家私人诊所去找也没找到。不知道刘湾镇药房有没有人给大当家的拿过药?苗风池说,刘团长,噢不,刘继业看得可紧了,几家药房都不敢卖治枪伤的药。半晌,吴天昊突然说,风池,你是怎么知道的?苗风池愣了一下,回过神来说,我偷偷摸摸去过几次,看见刘继业和民防团查药房,等刘继业走了以后,我问郎中才知道的。吴天昊说,风池,罗大当家的有你这样的兄弟也值了。

　　两个人说着话过了前滩村,苗风池又问吴天昊,三当家的,我们这是到哪里去?吴天昊说,我想到房山再去找找罗大当家的。苗风池说,房山我找过好几遍了,你还去找?吴天昊说,刚才我在路上才想起来,北山上有个洞,我一直没有去过,我想去找找,看看大当家的是不是藏在那儿了。苗风池听说吴天昊要到房山北山找山洞,心想,洞早找到了,就是没找到罗大炮,嘴上却说,好,我跟你一起去。两个人说着话拐上一条小道,甩开膀子,大步朝房山走去。

　　自从房山山寨被烧、人被打散以后,苗风池就加入了刘福乾的民防团,刘继业安排苗风池天天巡视房山周边村庄,半个月后,又安排苗风池巡视安峰山周边的村庄,一直没有找到受伤的罗大炮,也没有找到陆涛和刘紫瑶。苗风池心想,罗大炮和陆涛、刘紫瑶还真的人间蒸发了不成?在刘继业的安排下，他到海州转了十多天，大小医院找了个遍，也没找到罗大炮和陆涛、刘紫瑶。苗风池上午又去了一趟义德医院，不光没找到，还吃了护士的闭门羹，这才回刘湾镇，不想，半路上竟遇到了三当家的吴天昊。苗风池心里想，真是天助我也，没找到罗大炮，找到了三当家的吴天昊，在刘福乾、刘继业那里也是立了大功的。这回有了钱，我要把满园春头牌包上个十天半个月的。苗风池心里甜蜜蜜的，不禁咧嘴笑了笑。吴天昊说，风池笑啥呢？苗风池说，我想，这回要是找到大当家的就好了。

　　两个人终于走进了房山，在树林里休息了一会儿。苗风池说，三当家的，我们去北山找那个洞吧。吴天昊说，走，上北山。吴天昊带着苗风池三弯两拐来到北山，指着半山坡上一个杂树丛生的地方说，那里是不是有个洞？上去看看。苗风池说，那是一片杂树丛，哪里有什么洞？他心想，这洞里洞外都搜过好几遍了，人影儿也没有。吴天昊说，我们再上去找找吧，说不定就找到了呢。苗风池没有说话，跟在吴天昊身后。两个人拨开树丛扒拉半天，眼前出现了一个洞口。苗风池装作大吃一惊的样子说，这可就奇了怪了，我怎么不知道这个洞呢？苗风池啪啪拍了两下巴掌，没听到洞里有动静，又拍了两下，侧耳听听，洞里还是没一点儿动静。吴天昊心想，罗大哥早走了，洞里早没人了，拍一百下巴掌也没人回呀。然后对苗风池说，可能没人，咱们进去看看。

　　洞口不大，两个人一前一后走进洞里，借着洞口那点天光，他俩看见地上还有没有烧完的树棍。苗风池把剩柴一起拢拢，打着火镰点燃柴堆，用粗树枝挑了挑柴火，火苗呼啦一下蹿起来三尺高，两个人巨大的身影在崖壁上晃来晃去。苗风池看看四周，故作惊讶地说，三当家的，大当家的肯定在这儿住过。你看，这地上的草铺，还有盛水的瓦罐呢。吴天昊提起瓦罐看看，瓦罐里一滴水也没有，听山洞深处传来啪嗒啪嗒的滴水声，便提着瓦罐朝洞里走。吴天昊一边朝洞里走一边想，自己是万不得已才把苗风池带到山洞来的，我得抓紧甩掉这个尾巴。吴天昊接了一会儿水，提着瓦罐出来的时候想好一个主意，他自己先捧起瓦罐喝了两口，然后将瓦罐递给苗风池喝。苗风池走了一下午的路也渴了，两手捧着瓦罐咕咚咕咚喝水。说时迟那时快，吴天昊弯腰在火堆旁捡起一块石头，朝苗风池头上狠砸了一下，只听咣当一声，苗风池手里的瓦罐掉在地上摔碎了，人也两腿一弯瘫倒在地。吴天昊又拿着石头在苗风池头上砸了一下，见苗风池半天没有动静，伸出两根手指在鼻孔前试了试，见苗风池没有气了，这才三步并作两步走出洞外，深吸一口气想，苗风池你个王八蛋就死在这无人知道的山洞里吧！随后，他翻山越岭下了山，一路朝牛山狂奔。

吴天昊回到牛山时，已经半夜了，下弦月挂在山尖上，滴淌着乳黄色的汁液。那乳黄色的汁液一滴下来，就好像被大山吸干了似的，山野高天一片黑黢黢的。陆涛听到动静，咯吱一声拉开柴门，看见吴天昊站在茅棚前的空地上抬头望天，说，二哥回来了？吴天昊听到门响又听陆涛说话，转过身来说，回来了。这时柴门又咯吱一响，刘紫瑶也走出茅棚，看着吴天昊说，怎么这么晚才回来？吴天昊说，我让苗风池缠上了。陆涛说，苗风池？吴天昊答应一声，接着把遇到苗风池，把苗风池带到房山北山山洞里砸死的事说了一遍，吴天昊说，苗风池投靠了刘福乾，参加了刘继业的民防团，肯定是到海州医院去找罗大哥的。陆涛和刘紫瑶两人听了，都为吴天昊捏了一把汗。陆涛说，乖乖不得了，要是让苗风池知道我们在牛山，刘福乾肯定派人来打牛山。刘紫瑶想问问吴天昊受伤没有，朝前走了一步，又退了回去，说，天昊，你走了一天的路也累了，快睡觉吧，有事明天再说。吴天昊看看刘紫瑶，又看看陆涛说，你们也休息吧，天亮后我把三元宫会议精神传达给大家。陆涛说好，刘紫瑶也说好，两个人回了茅棚，吴天昊也回自己的茅棚睡觉去了。

吴天昊眯了一会儿就醒过来了，见大家都起来了，也连忙从地铺上爬起来。吃过早饭，吴天昊把大家召集起来，传达三元宫会议精神。吴天昊说，这次会议，是东灌联合县委召开的会议，东海、赣榆、灌云、沭阳党的骨干七十多人参加会议，徐海蚌特委也派人参加了，李书记主持会议。会议主要传达了中国共产党第六次全国代表大会的会议精神，李书记就海属地区的形势和任务做了报告，讨论了新形势下党的任务和斗争策略，要我们深入工农，发展壮大组织，迎接全国革命高潮。吴天昊喝口水接着说，同志们，为认真总结大革命失败以来的经验教训，确定革命斗争的路线和任务，去年，也就是1928年6月18号到7月11号，我们党在苏联莫斯科召开了第六次全国代表大会，有142人出席会议。十几个人鸦雀无声，瞪大眼睛看着吴天昊，希望从吴天昊嘴里听到更多振奋人心的消息。吴天昊说，在党的六大会议上，瞿秋白同志做了《中国革命与共产党》的政治报告，周恩来同志做了组织报告和军事报告，共产国际代表布哈林做了《中国革命与中国共产党的任务》的报告。会议通过了政治、军事、组织、土地问题、农民问题和职工运动等十四项决议案。决议案指出，中国社会的性质仍然是半殖民地半封建社会，现阶段中国革命的性质是资产阶级民主革命，目前的政治形势正处于两个革命高潮之间，党的总任务不是进攻，而是争取群众、积蓄力量。会议选举了第六届中央委员会。陆涛说，二哥，那我们的任务呢？程老六也说，是啊，我们不能天天吃住在山里，看着刘福乾欺压百姓哪。大家纷纷议论起来，吴天昊见大家情绪高涨，与大家一起商量，决定分头深入村庄，开展党的工作，发动群众壮大党的组织。吴天昊传达完三元宫会议精神，和大家进行充分讨论后，刘紫瑶又带领大家学习《共产党宣言》。

这天，八喜对吴天昊说，天昊，没有盐了，我想明天到白塔埠集上买点盐，顺便学学孙书记他们是怎么在大集上搞宣传鼓动工作的。吴天昊拍了一下八喜的肩膀说，你还记得这事？八喜说，好经验我们就要学嘛！吴天昊说，好，明天我和你一起去买盐，顺便学学孙书记他们是怎么在大集上做宣传鼓动工作的，回来我们也学着干！

第二天上午，吴天昊和八喜两人来到白塔埠大集，刚走进集市，就听有人喊"站住站住"。大街小巷的赶集人慌忙朝街道两旁挤，中间让出一条道来，只见一个青年学生模样的小伙子急速跑过去，身后跟着两个端枪的警察。警察一边追赶一边喊，再跑，再跑我开枪了。一个警察朝天开了一枪，清脆的枪声盖过了集市的喧嚣，赶集人纷纷四处逃散，卖东西的人挑着担子、提着篮子、背着筐到处乱跑，大集一下子乱了。吴天昊和八喜两人穿过另一条巷子，追上刚才跑过去的青年，把青年拉进一条胡同，转身进了一家还没有关上大门的人家。关门人被撞得东倒西歪，站稳了刚要喊，只见吴天昊和八喜正把青年往墙头上托，青年跳过墙头，吴天昊和八喜也翻过土墙，三弯两拐不见了踪影。见三个人跑走了，关门人脸色焦黄地连忙过去关上大门，插了门闩，倚在门上喘了半天气，又赶紧回到堂屋里，把老婆子推进里屋，小声说，警察抓学生啦。

吴天昊和八喜带着青年学生跑出村子，三个人钻进玉米地里，躺在地上大口小口地喘。喘了一会儿气，吴天昊伸头看看后面没有警察追来，这才对青年学生说，你是？青年学生说，我肚子不好，上完茅房，还没走到操场，听见警察喊名字抓学生。我一看不好转身就跑，跟着就有两个警察追过来，我爬茅房墙头跑出来的。吴天昊说，警察为什么抓学生？青年学生说，警察抓的是进步学生，我还听警察喊我一个同学的名字。吴天昊说，你同学叫什么？青年学生说，叫马步军，我们都是青年学生会的，他是主席。吴天昊和八喜抬头朝路上望望，见还有零零星星从集市上逃散的人匆匆走过。吴天昊又说，你叫什么名字？青年学生说，我叫陈文辉。吴天昊对八喜说，八喜，你带文辉先回牛山，我去买盐，再摸摸情况。八喜说好，对陈文辉说，跟我走。说完，八喜带着陈文辉走了。

吴天昊见八喜和陈文辉走了，拍拍身上的土，紧紧腰带，把口袋搭在肩上，又回了白塔埠。吴天昊快到学校时，看见警察押着几十个学生正走出校门，有的同学回头看看校园，有的同学看看校舍，一副恋恋不舍的样子。一个警察说，看什么看？快走快走！学生说，你们要带我们到哪里去？警察说，到哪里去？到海州坐大牢去！学生说，我们哪里也不去，我们要在学校里念书。警察说，在学校不好好念书，天天想造反，这回到海州大牢里去造反吧。同学们听说警察要带他们到海州去坐大牢都不走了，警察用枪托捣学生屁股要学生快走。

吴天昊刚走到一家布庄门外，就被人一把拉进屋里。吴天昊一看，原来是学校的秦老师，吴天昊和秦老师一起在花果山三元宫开过会。吴天昊急忙问秦老师怎么回事。秦老师说，听说县府奉蒋介石密令在全国进行大搜捕，抓走的这些学生都是进步青年。秦老师又说，你赶快走吧，我马上去海州联系县委，想办法要让当局把学生放出来。吴天昊说，好，多保重，后会有期。两个人从布庄后门出来，然后各奔东西。

吴天昊买了盐一路急行，快中午时回到牛山，八喜和陆涛、刘紫瑶几个人连忙围过来，吴天昊把县府执行蒋介石密令，进行大搜捕的事告诉了大家。他说，白塔埠学校里抓走了三四十个进步青年，同志们，当前的形势不容乐观，谁也不许擅自行动。刚吃过饭，七喜送信来说，贯庄学校的进步学生也被抓走了二三十人，还说街上贴了通缉令。吴天昊说，通缉谁？七喜说听说是李超时等几个人。吴天昊心里咣当一声，好像心碎了似的，李超时就是县委李书记，这是国民党反动派的又一次白色恐怖啊。吴天昊把七喜拉到一边，要七喜多多留意刘湾镇的消息，如果出来送信，一定要多加小心，万万不可大意。七喜点点头走了。吴天昊见七喜走了，转身走进一间茅棚，见刘紫瑶正在讲解《共产党宣言》。刘紫瑶见吴天昊来了，停下讲解说，天昊有事？吴天昊说，同志们，警察在贯庄学校也抓走了二三十个进步学生。大家都没有说话，睁大两眼看着吴天昊。吴天昊说，同志们，我们要做好艰苦斗争的准备,做好发动群众的工作,争取更多的群众支持革命,参加革命。

半下午的时候,听到门外有人喊天昊哥,吴天昊出来一看,见严仁宽赶着驴车来了,驴车上还搭了个棚子。吴天昊说,仁宽,你怎么来了?严仁宽上前紧紧拥抱吴天昊说,天昊哥,想你了我就来了。吴天昊拍拍严仁宽的肩膀说,好兄弟!严仁宽松开吴天昊,指着驴车的车篷说,天昊哥,看看谁来了?这时驴车上的门帘被撩了起来,罗大炮钻出车篷弯腰跳下驴车,一把抱住吴天昊说,二弟,想死哥哥了!

这时,陆涛喊了一声罗大哥回来啦,正在听刘紫瑶讲课的十几个人呼啦一下子全跑了出来,把罗大炮和吴天昊围了起来。吴天昊说,罗大哥,胳膊腿都好了?罗大炮拍拍胳膊、踢踢腿说,多亏严老伯的精心调理,全好了。陆涛说,走两步看看?罗大炮咧着嘴说,三弟,真的全好了。不信?走两步给你看看。罗大炮说着走了几步,又蹦跳了几下说,怎么样?陆涛说,还是原来的罗大哥,棒棒的!

这时,罗大炮把吴天昊拉到一边小声说,二弟,我也要参加。吴天昊听了一愣说,你参加什么?罗大炮说,我要参加共产党,跟你一起闹共产。吴天昊说,你要参加共产党?罗大炮说,二弟,别瞒大哥了,仁宽老弟都给我说了,不光在家里给我讲,就是来的路上也给我讲了一路革命,你不要我参加不行。吴天昊看着严仁宽想,仁宽这个老弟真是交对了。严仁宽说,天昊哥,罗大哥在我叔叔家养了多长时间的伤,我就给他讲了多长时间的共产党,他早就闹着要回来参加呢。吴天昊说,最近几天,反动政府派警察在西乡抓走了六七十个进步学生,还到处通缉县委李书记,你怕不怕?罗大炮说,我不怕,早想回来弄死刘福乾和白成银两个老龟孙了。他又说,二弟,看见你嫂子和你大侄子了吗?罗大炮这么一问,不光吴天昊半晌没吱声,就是所有在场的人也没吱声,大家默默地看着吴天昊和罗大炮。罗大炮说,玉梅呢?我儿子呢?吴天昊说,罗大哥别难过,血债要用血来还!罗大炮听吴天昊这么一说,知道林玉梅和小柱子遭了刘福乾和白成银的毒手,不禁放声大哭起来,一边哭一边声嘶力竭地喊"玉梅——柱子——"吴天昊说,那天晚上送走你后,我和弟兄们连夜去山里,把玉梅和柱子埋在山里了。罗大炮抱着吴天昊哭着说,二弟啊,我和刘福乾、白成银这两个老龟孙没有完哪。吴天昊拍拍罗大炮的肩膀说,罗大哥,我们不光和刘福乾、白成银没有完,我们还要和一切欺负穷人、压迫穷人的剥削阶级没有完;我们要反抗,要斗争,穷人只有团结起来，我们才有反抗的力量，才有斗争的力量！罗大炮说，二弟啊，当初我真的没有看错你，你是个明白人，是个大明白人。当初我根本没想到你是共产党，现在知道了，我一定要参加共产党，跟这帮龟孙干到底。我现在光棍一人，头掉了不就是碗大个疤吗？我什么也不怕！

吴天昊突然昂起头，一手拉着陆涛的手，一手拉着罗大炮的手，大家手挽手拉成一个圈，听吴天昊一个人唱起歌来：

起来，饥寒交迫的奴隶！
起来，全世界受苦的人！
满腔的热血已经沸腾，
要为真理而斗争！

罗大炮不会唱，在歌声中把两边人的手拉得紧紧的。吴天昊正唱着，刘紫瑶也跟着一起唱起来：

旧世界打个落花流水，
奴隶们起来起来，
不要说我们一无所有，
我们要做天下的主人！
……

两个人唱完了，罗大炮对吴天昊说，二弟，这是什么歌？我从来没听过。吴天昊说，《国际歌》！罗大炮说，《国际歌》？吴天昊说，列宁说过，《国际歌》是全世界无产阶级的歌，它是一首歌，但它更是一面旗帜，是哲学，是马克思主义的歌曲形式。陆涛问刘紫瑶，你也会唱？刘紫瑶说，我在金陵女大参加进步组织时就会唱了。陆涛说，那你得教我们，大家一齐唱多带劲。罗大炮说，二弟，你教大家唱，学会了我们一起唱！吴天昊说，好，从今天晚上开始，让刘紫瑶教大家唱。罗大炮对刘紫瑶说，弟妹，你现在就教。刘紫瑶看看吴天昊，吴天昊点点头说好，刘紫瑶说，我现在就教大家唱！罗大炮和陆涛，还有八喜、程老六几个人簇拥着刘紫瑶一起到茅棚里学唱《国际歌》去了。

严仁宽对吴天昊说，天昊哥，我也跟着学唱歌，过两天再回去。吴天昊说好！严仁宽把驴车赶到茅棚旁边，卸了驴，从车后拿下草料袋喂驴，又打来一瓦盆水，放在驴跟前，看驴低头喝起水来，这才跑到茅棚里跟大家一起学唱《国际歌》。

吴天昊见大家学唱《国际歌》的热情十分高涨，心里十二分的高兴，看着满山遍野的苍松翠柏，浑身热血好像要沸腾似的，他仿佛听到了热血撞击胸膛时发出的阵阵涛声……待心海平静下来后，他又开始谋划下一步行动，要把罗大炮入党的事尽快上报县委，壮大党员队伍。

吃过晚饭，罗大炮找到吴天昊说，二弟，我想到房山去看看玉梅和柱子，给她们娘俩烧张纸……说着说着，罗大炮又呜呜咽咽地哭起来。吴天昊心里酸酸的，对罗大炮说，大哥，今晚我带你去。这时陆涛走过来说，我也去，给嫂子和大侄子烧张纸。吴天昊说，好，我们弟兄三个一起去。吴天昊找到刘紫瑶说，紫瑶，你在家教大家唱《国际歌》，我和陆涛陪罗大哥到房山去看看玉梅嫂子和柱子大侄子。刘紫瑶点点头，不禁低低地哭泣起来。吴天昊看见刘紫瑶肩头一耸一耸的，心想紫瑶是想起自己的孩子了。待刘紫瑶不哭了，安慰刘紫瑶说血债要用血来还。刘紫瑶看着吴天昊，真的好想扑进吴天昊怀里大哭一场。刘紫瑶紧紧攥着两只小拳头，终是克制住自己的感情，对吴天昊说，你们去吧，路上要小心。吴天昊看着娇弱的刘紫瑶，也想把刘紫瑶揽进怀里，看着远处正在和罗大炮说话的陆涛，努力克制住自己的感情想，我怎么能这样儿女情长呢？我得好好盘算盘算怎么组织发动群众，把党的工作开展起来。他对刘紫瑶说，过一会儿我们就走。刘紫瑶说，天昊，我去教大家唱《国际歌》。吴天昊说，你再顺便给大家讲讲《国际歌》。刘紫瑶答应一声回茅棚去了。吴天昊看了看刘紫瑶的背影，转身朝陆涛和罗大炮走去，三个人说了一会儿话，这时茅棚里传出来刘紫瑶的声音，《国际歌》在国际工人运动史上，曾经产生过广泛而深刻的影响……

三个人悄悄下了山，吴天昊在山下村里人家讨了一沓黄草纸钱，便匆匆去了房山。十几里路，三个人走起来也快，小半夜的时候就到了。虽然在夜色里看不清山上的树、山上的草、山上的石头、山上的路，但罗大炮和吴天昊毕竟在这山里当了几年土匪，闭着眼也不会走错路。三个人翻岭越坡，来到原来聚义堂的地方，看着早已夷为平地的聚义堂，心里万般难受，罗大炮抱着一块烧焦的木头大哭起来……陆涛看着自己曾经来过的已成为残垣断壁的聚义堂，不由得想起了安峰山的威武堂，不由得也心酸落泪。吴天昊拉起罗大炮说，大哥，咱去看看嫂子和柱子。罗大炮这才放下焦木头，一边抹着眼泪一边跟吴天昊去了后山悬崖下。

看到一大一小两个黑乎乎的土堆，罗大炮一头扑上去哭喊道，玉梅，柱子——我看你们来了——罗大炮的哭声惊动了树上的鸟，扑棱扑棱飞起来一大片，夜空中传来几声凄厉的鸟叫。罗大炮捧了两捧土添到坟上，然后一边烧纸钱一边哭着说，玉梅、二弟、三弟都来看你了。烧完纸，罗大炮还不走，一屁股坐在玉梅的坟前。吴天昊说，大哥回吧，有话下次再来说。罗大炮被陆涛拉起来，对两个坟堆说，玉梅，柱子，我会再来看你们的。你们也记着，这个仇，我和二弟三弟会给你们报的。罗大炮说完，一步三回头地走进浓浓的夜色里。

第六章　牛山竖大旗

21

麦子割下来打完了，趁着天好，几个人在场上翻晒麦子。麦场是割麦前才整好的，罗大炮带着人一遍一遍地轧，轧一遍洒一遍水，洒一遍水轧一遍，直到把场面碾轧得平平展展。麦子割下来扛到麦场上，人们把麦子打下来，只要晒几个好太阳，山上弟兄们一年的粮食就有了。麦子被木锨翻成一垄一垄的，看上去好像海滩上的波纹似的。罗大炮自那天夜里从房山林玉梅和柱子坟堆旁被吴天昊拉回来后，就像变了一个人似的，成了埋头干活的闷葫芦。种麦子收麦子、打麦子晒麦子这些农活对罗大炮来说是再熟悉不过了，他没有到白成银家当长工前在家里时就干这些农活，到白成银家当长工后干的还是这些农活，什么时候种，什么时候收，他都一清二楚。这时，他两手握着木锨不停地翻动着场上的麦子，脊背在阳光下油光闪亮，胳膊上的肉疙瘩一团一团的。吴天昊说，罗大哥，歇歇喝口水。罗大炮听见吴天昊喊他，拄着木锨站在麦子里说，二弟，今年收的麦子够我们几个人吃的了。吴天昊说，有你和八喜、老六几个种地把式，还怕没粮食吃？八喜和程老六听到吴天昊夸奖，嘿嘿傻笑着走过来。八喜说，还是天昊的主意多，咱们自己开荒种地，不用偷，不用抢，要多好有多好！老六你说对不对？程老六咧着嘴说，跟着天昊，咱不当土匪成种地的了。吴天昊说，这都是跟罗大哥学的。罗大炮说，我说过二弟是个明白人，没有二弟，你们不是还跟着我当土匪？八喜说，罗大哥，跟着你当土匪，早让刘福乾灭了。听八喜提到刘福乾，罗大炮就想到了白成银，想到白成银，又想到了老婆林玉梅和儿子小柱子，蹲在场边两手抱头大哭起来。

吴天昊几个人一看罗大炮哭了，连忙跑过去安慰罗大炮。八喜说，罗大哥，都是我这张臭嘴。吴天昊说，八喜嘴不臭，是刘福乾、白成银做事太臭了。我们就是要跟他们斗争，把他们从穷人头上掀下去，让他们不能再骑在穷人脖子上拉屎撒尿，让他们不能再欺负穷人。罗大炮说，二弟，我就喜欢唱那个《国际歌》。吴天昊说，来，咱们大家一起唱！几个人围拢在树荫下，大声唱起来。歌声掠过层层叠叠的山峦，掠过郁郁葱葱的山林，传向山外，传向四方。

正在喂驴的严仁宽听到大家在麦场边唱《国际歌》，也跑过来一起唱。严仁宽送罗大炮回牛山，留下来跟刘紫瑶学会唱《国际歌》，整天精神抖擞，走路也唱，干活也唱。他觉得和吴天昊在一起真好，学知识，学文化，学唱歌，收麦子时大家一起干，没事干时就听陆涛念《共产党宣言》，听刘紫瑶说革命，听吴天昊讲共产党……他真的有些不想回去了。他想跟吴天昊说留下来多过几天，但这一次吴天昊没有同意，让他尽快回去。

韩家桥已成为省委联系苏北东海地区的主要交通联络站，南来北往的同志和首长，都是从韩家桥中转的，严仁宽是韩家桥交通联络站的负责人。他怎么能离开得太久呢？吴天昊对严仁宽说，你这次回韩家桥，我给你找个帮手。严仁宽说，哪一个？吴天昊喊过来一个小伙子说，陈文辉，这次你跟仁宽一起去韩家桥交通联络站。严仁宽一把将陈文辉搂过来，拍了拍陈文辉的肩膀。

自从陈文辉逃过国民党警察的抓捕后，家回不去了，学校更回不去了，就留在山里一直跟着吴天昊。严仁宽送罗大炮回来那天，吴天昊忽然想派陈文辉到一道河交通联络站工作，给严仁宽当个帮手。吴天昊对陈文辉说，文辉，你跟仁宽到韩家桥，有任务执行任务，没有任务就跟仁宽叔叔学医，今后回来为大家治病疗伤，为穷人看病。咱这山里也有不少草药，只是我们都不认识啊。陈文辉高兴地说，天昊哥，我一定和仁宽哥一起把交通联络站的工作做好。吴天昊笑笑说，我还怕你想不通呢。陈文辉说，只要是天昊哥叫我干的事，我都想得通。吴天昊说，你要严格要求自己，虽然还没有入党，但一定要用共产党员的标准来要求自己、衡量自己。说完，吴天昊又对严仁宽说，你是老党员了，要好好带带文辉，让他尽快成熟起来，加入党组织。严仁宽说，天昊哥，你说的话我记在心里了。严仁宽说完对陈文辉说，记住没有？要严格要求自己。陈文辉点点头说记住了。吴天昊对陈文辉说，有时间，我会到陈家庄看望你爹你妈的，到时把你的事情跟他们说说，省得他们天天惦念你。陈文辉说，天昊哥，你放心，我会好好跟仁宽叔叔学医的，回来为穷人看病。

吴天昊一手握着严仁宽的手一手握着陈文辉的手说，咱们团结起来一齐干，彻底推翻地主剥削阶级，让劳苦大众过上好日子。三个人一起高声唱起来：

起来，饥寒交迫的奴隶！
起来，全世界受苦的人！
满腔的热血已经沸腾，
要为真理而斗争！
旧世界打个落花流水……

严仁宽和陈文辉两个人一边唱着《国际歌》一边套了驴车，一路唱着歌下山去了。吴天昊看着驴车的背影，突然迈开大步追上驴车，打断严仁宽和陈文辉的歌声说，仁宽、文辉，你们到了山外，一定要小心。国民党还在到处抓人。严仁宽说，天昊哥你看我只顾高兴了。吴天昊看看太阳说，走吧，天不早了。严仁宽手一扬在空中打了个鞭哨，驴儿迈开四蹄嘚嘚地下山去了。

吴天昊看着渐行渐远的驴车，转身朝茅棚走，一边走一边想，麦子收了，过几天再把夏玉米种上，山里的人要出山，分头到村里开展工作，把村里的穷人组织起来，建立穷人会。吴天昊把想法和刘紫瑶、陆涛、罗大炮几个人一说，大家都说好。吴天昊说，我考虑了一下，咱们几个人，家是哪庄哪村的还回哪庄哪村，这样认识人好开展工作。不然的话全是生人，没熟人带着，庄上人村里人不相信，工作开展起来比较困难。陆涛说，我去刘湾镇。吴天昊说，刘湾镇认识你的人太多了，你不能去，你跟鲁跃三到鲁兰去，跃三是鲁兰人，鲁兰人不认识你。这时罗大炮大着嗓门说，二弟，我去白塔埠，把白成银、白天亮两个龟孙一块儿弄死，给玉梅和柱子报仇。吴天昊说，罗大哥，你跟纪成飞到贯庄去，成飞是贯庄人。罗大炮说，我到鲁兰去，撒泡尿的工夫，我去白塔埠也能把白成银和白天亮弄死。吴天昊说，你现在是党的人，要服从组织命令。罗大炮咕哝了半天说，那，那我不加入了。吴天昊严厉地看了一眼罗大炮说，罗大哥，参加共产党是为劳苦大众，你的仇恨也是我们大家的仇恨，你要不参加可以退出。陆涛说，罗大哥，天昊说得对，参加共产党，心胸要宽敞，我们是为劳苦大众而斗争的。《国际歌》里不是唱，从来就没有什么救世主，也不靠神仙皇帝，要创造人类的幸福，全靠我们自己吗？不能光想着你一个人要报仇啊，我的仇就不报了吗？吴天昊说，陆涛说得对，一个人的力量是有限的，团结起来到明天，英特纳雄耐尔一定要实现。罗大炮的脸像蒙了一张红纸，半晌说，我听二弟的，叫我到哪儿去，我就到哪儿去。吴天昊拉过罗大炮说，罗大哥，这就对了，参加共产党就是要一切命令听从指挥，千万不能蛮干。如果你杀了一个白成银，或是杀了一个白天亮，能把大家的仇都报了吗？话又说回来，你一个人也不一定能杀得了白成银和白天亮。难道他们都是傻瓜，等着你去杀吗？陆涛说，天昊说得对，罗大哥你千万不能蛮干，前几天国民党到处抓捕进步学生，到现在还到处抓人，就是到村里去开展工作，也得十分小心。你要真让国民党抓走了，我们还要想办法救你不是？罗大炮红着脸说，二弟、三弟你们说得对，是我报仇心切了，我听从你们的安排。吴天昊说，罗大哥，这就对了嘛！来，咱们商量一下，看看怎么能把活动尽快开展起来。吴天昊说完又说，我和程老六住窦庄，在牛山周边的吴家竹城、夏庄、周凹村一带活动，八喜和马福生两人在山里看家，又是交通站，又是联络站，有什么事到窦庄去找我。程老六说，我二姑家在窦庄，我和天昊住我二姑家。

大家七嘴八舌越说越高兴，天色在不知不觉中暗下来了也不知道。吴天昊看着西天被落日映得镶了金边一样的云彩，想着自己回苏北东海地区开展党的工作转眼两年多过去了，发展了十几个铁骨铮铮的汉子入党，这些人都是生死之交，都是东海西乡这方土地上的革命中坚力量，是革命的火种。他要让革命的火种在东海大地上燃起熊熊火焰！吴天昊想着，激动得高举着两只拳头。

突然，吴天昊觉得心里有点不踏实，仔细想想，觉得还要派个心细的人跟罗大炮和纪成飞一起去贯庄。派谁去呢？几个人在他心里过了一遍，想到了刘紫瑶。吴天昊又想，陆涛会同意紫瑶去吗？吴天昊思来想去，最后决定先找刘紫瑶谈谈。吴天昊推开茅棚门，看见刘紫瑶正在教大家识字。这时，刘紫瑶也看见吴天昊朝她招手，便走了出来。

刘紫瑶钻出茅棚时头发上沾了一根草，吴天昊看见了，拉过刘紫瑶，伸手拈去她头上的草时，一丝香甜的味道悠悠地从鼻孔里钻进肺腑，心里猛一惊，那是久违了的刘紫瑶的味道啊！吴天昊正在走神，刘紫瑶说，天昊，大家识字的积极性可高了。吴天昊猛一激灵，回过神来说，这是好事，大家都识字，今后学习起来就方便了，无产阶级需要有文化的人，干革命需要有文化的人，我们共产党也需要有文化的人，一个睁眼瞎不就像傻子一样吗？刘紫瑶说，是啊，我们共产党也需要有文化的人！她说完又说，天昊，找我有事？吴天昊看着刘紫瑶的眼睛说，紫瑶，我想跟你商量个事。刘紫瑶说，什么事你说。吴天昊说，我想让你跟罗大哥和纪成飞一起到贯庄去工作。刘紫瑶说，好哇！吴天昊说，陆涛会同意吗？刘紫瑶说，只要是党的事，干革命的事，他会同意的。吴天昊说，要不要我去和陆涛说说？刘紫瑶说，不用，我说就行。吴天昊说，那你们两个人就分开不在一起了。刘紫瑶说，不是还经常见面吗？两个人正说着话，陆涛走过来说，说什么呢，这么开心？刘紫瑶抢着说，正说你呢。陆涛有点丈二和尚摸不着头脑，说我？刘紫瑶说，天昊叫我跟罗大哥和纪成飞一起到贯庄去，你同意不同意？陆涛说，天昊同意我就同意；天昊没意见我就没意见。刘紫瑶说，天昊，你看我说的对不对？只要是党的工作，干革命的事，他都会同意的。陆涛看看刘紫瑶，又看看吴天昊，忽然大笑起来。刘紫瑶孩子一样高兴地说，我赢了，我赢了——吴天昊和陆涛两个人一起哈哈大笑起来。

  这天晚上，吃过晚饭，陆涛、刘紫瑶、罗大炮几个人准备下山。临走前，吴天昊和大家一一握手告别，看着大家分头隐进夜色后也带着程老六下山了。天上没有月亮，星星在夜空中闪闪烁烁，夏虫在草丛里宛转悠扬地吟唱着。两个人的脚步声惊动了夏虫，听到响动，夏虫立马闭上嘴停止歌唱。待脚步声走远后，夏虫又吱吱哇哇高一声低一声地吟唱起来。

  牛山下是一片较平坦的岗岭地，两个人走得飞快，不一会儿，牛山便隐在了身后。两个人走得身上汗津津的时候，程老六指着前面说，天昊，那是窦庄。吴天昊抬头看看前边不远处一团漆黑的村庄说好！

  两个人走进寂静的村子，既像鱼儿游进了深海，又像走进了坟地一般，村子里连声狗吠都没有，就连两个人的脚步声也软绵绵的，无声无息。程老六带着吴天昊来到村西头一户人家的大门前，站在半人高的土墙外，吴天昊朝院里看看，屋里屋外没有一丝亮光。吴天昊示意一下，程老六抬手轻轻拍了拍大门，院子里没有动静。程老六的手略微用了些劲，敲门声在漆黑的夜里传得很远。

  程老六又敲了两下门，这时，院里的堂屋门咯吱一响，有人端着灯盏走到院里说，三更半夜的，谁啊？程老六一听声音小声对吴天昊说，我二姑。而后，他把嘴对着门缝说，二姑是我。程老六二姑没听清，又说，你谁啊？程老六说，二姑，我是老六。程老六刚说完话，就听院子里咣当一响，灯盏灭了。半响，程老六二姑又说，你是谁？程老六说，二姑，我真的是老六。程老六说完后，就听一阵急促的脚步声直奔大门而来，拿开顶门杠，开开门，二姑又说，你真的是大侄子老六？程老六搀着二姑一边往屋里走一边说，二姑，我是程老六还能有假？

进到堂屋，程老六的二姑父也穿衣起来了，程老六二姑重新点亮油灯，从头到脚把程老六仔仔细细地端详了一遍，又把吴天昊从头到脚打量了一遍。程老六说，二姑，这是我朋友吴老弟。两位老人说好好好，连忙请吴天昊坐。屋里没有板凳，程老六二姑请吴天昊坐在床沿上。吴天昊没有过去坐，站着说，这么晚了，打扰二老休息了。二姑父说，吃饱饭没事就上床睡了。二姑看着程老六说，上次刘福乾带兵打安峰山，听人说你给打死了。程老六说，二姑，我老六有六条命啊，哪那么容易就给刘福乾打死？二姑说，你爹上次来说，他到安峰山找你没找到。程老六说，我爹还到安峰山找过我？二姑说，安峰山的人都给刘福乾打死了，你爹能不去找你？程老六说，二姑，我表哥呢？二姑说，今天才把秋玉米种完，累了一天早睡了。

正说着话，门咯吱一响，程老六表哥走进屋来说，我听说话声是表弟嘛！程老六叫了声表哥。程老六表哥答应一声说，你怎么半夜三更地来了。程老六说，表哥，这是我吴老弟。程老六表哥这才看见还站着一个黑影，连忙说，快坐快坐。说着，他把吴天昊朝床沿上拉，让吴天昊坐在床沿上。程老六二姑像想起来什么似的说，你们吃饭没有？没吃饭，我去做饭。吴天昊连忙站起来拉着程老六二姑说，二姑，我们吃过饭来的。他又说今年的收成怎么样？程老六表哥说，还不是白忙活？估计交完租家里就没粮了。二姑父说，刘福乾早派人来催租了。二姑说，租年年长，越交越多，一家人一年干到头，连租都交不上，穷人还怎么活命？听人家说，吴官庄吴老爷今年一家少收二斗麦呢。吴天昊听了二姑的话，心里蓦地升腾起一股暖流，想，等忙过这几天，我得回家看看父亲了。程老六表哥说，咱西乡就数刘福乾坏。说完，他看着程老六说，表弟，你在安峰山当了好几年土匪，也没听说安峰山去打过刘福乾，还是罗大炮去轰了刘福乾家一次。程老六笑笑没有回答表哥的话，看看吴天昊，吴天昊笑了笑。说着话，听院里鸡窝里的公鸡打鸣了，二姑说，鸡叫头遍了，睡觉吧。程老六说，二姑，吴老弟要在咱家住一段时间，你安排个地方。程老六表哥说，安排什么？今夜跟我住，你嫂子回娘家去了，明天再说。程老六对吴天昊说，我表哥叫牛树旺，你就喊他树旺吧。吴天昊爽快地答应一声说，好，我就喊树旺哥。牛树旺见吴天昊也是个爽快人，高兴地答应了一声。吴天昊说，树旺哥，明天我跟你一起去地里干活。牛树旺说，吴老弟看着不像个庄户人，像个教书先生。程老六说，走，睡觉去，我们三个人一块儿挤挤。他又对吴天昊说，我小时候来二姑家找我表哥玩，大冬天的睡凉席，两个人扯一床被单，夜里还热得淌汗。二姑总是笑着说，你小子，就是个小火团子。程老六和表哥睡在床上，找来张破席铺在地上给吴天昊睡。不一会儿，屋子里的呼噜声就像打雷一样响了起来。

  吴天昊在程老六二姑家落下脚，天天跟程老六表哥牛树旺下地干活，背上被太阳晒脱了一层皮。牛树旺很是感动。

  农历六月的一天，吴天昊接到县委交通员送来的会议通知，要他三十那天到县委参加会议。吴天昊看看天快晌午了，要交通员吃过饭再走。交通员拍拍挂在肩上的褡裢说，这里还有信要送，耽误行程，就要耽误县委的会议，我得走了，转一圈还有上百里路呢。吴天昊到屋里拿来几个菜窝窝递给交通员说，带着路上吃。交通员说，我就不客气了，我已经出来七八天了，走谁家吃谁家，谁家有饭，我就带点儿路上吃。吴天昊说，辛苦了。交通员说，没什么，咱们的人都分散在各地，东海地区又那么大，我从东乡转到北乡，现在又转到西乡，南乡还没去呢。交通员说完转身走了几步，又转身说，会议时间地点记住了？吴天昊说，记住了，我准时到会。吴天昊送交通员走到门口，交通员不让他再送了，说，回去吧，看见的人多了不好。吴天昊点点头，他明白交通员说的意思，党组织还是地下秘密工作，党员的身份也都没有公开。如果让人知道，给国民党政府报了信，东海西乡党组织遭到破坏，那自己回东海几年的工作就算白干了。吴天昊看着交通员的背影想，交通员的警惕性就是高哇！这时交通员又转身朝他挥挥手，吴天昊也抬起手来摇了摇，看着交通员大步走进火辣辣的太阳里。

  吴天昊回到屋里，在心里默默地把会议时间和地点背诵了一遍，这才戴上斗篷，装了一瓦罐水提着，然后扛着锄头，到村北地里跟牛树旺一起给秋玉米锄草。牛树旺看到吴天昊来了，说，吴老弟，你细皮嫩肉的，在家里歇歇吧。吴天昊说，树旺哥，你都不怕晒，我还怕吗？牛树旺说，你是读书人，也跟我们穷人一起干这粗活？吴天昊说，穷人也是人，读书人也是人，有什么两样？不同的是我读过几天书，你天天在地里做苦力。牛树旺叹口气说，天天做苦力干活，一天忙到晚两天忙到黑，交了租，一年到头两手空空的，老婆孩子都吃不饱。吴天昊说，树旺大哥，你种的粮食哪儿去了？辛辛苦苦种了一年的庄稼，为什么连老婆孩子也吃不饱？牛树旺说，都交租了呗。吴天昊接着说，租交给谁了？牛树旺说，交给刘福乾了，他家粮仓里满满的都是粮食。吴天昊说，你一年到头种地还吃不饱肚子，他一点活儿不干，家里的粮食一辈子也吃不完，这合理吗？牛树旺说，你这样一说，我明白了，这不合理呀！吴天昊说，刘福乾这就是剥削。牛树旺说，剥削？吴天昊说，是剥削，我们穷人只有团结起来，不让他们剥削，我们才能吃饱饭。牛树旺说，吴老弟，你说得对啊。吴天昊说，我们要把穷人组织起来跟刘福乾这些地主老财斗。牛树旺疑惑地问，能斗过刘福乾吗？吴天昊说，斗不过也要斗，一辈一辈斗下去，总有一天会斗赢的。牛树旺说，吴老弟，你说得太对了！接着，他又说，我这辈子斗不过，我儿子他们接着斗，儿子斗不过，我孙子再接着斗，祖祖辈辈斗下去，总有一天会斗赢的。吴天昊说，对，就是这么个理。牛树旺说，吴老弟我听你的。吴天昊看着汗流浃背的牛树旺说，树旺大哥，我们一起跟刘福乾这些地主老财斗！吴天昊和牛树旺锄地一直锄到日落西山，暮色苍茫。

吴天昊从海州参加县委会议回到牛山后，叫八喜通知陆涛、刘紫瑶、罗大炮几个人第二天下午回牛山开会，传达贯彻县委会议精神。吴天昊对八喜说，辛苦你了，两个村子几十里路，明天你和他们一起回来吧。八喜说，天昊，这话说得我就不爱听了，你是干大事的，我跑跑腿又累不着。吴天昊看看锅里还有两个菜窝窝，对八喜说，带两个菜窝窝，路上饿了好吃。八喜说，菜窝窝也不多了，我拿一个吧。吴天昊说，两个都带着，饿了你走不动路，人来不了，我这会怎么开？八喜拿了两个菜窝窝说声"我走了"，人早到了院子里。吴天昊跟着喊"路上要小心"。八喜答应一声。吴天昊再看，八喜早没影儿了。

八喜走了以后，吴天昊也下山到窦庄去，一边走一边把县委会议精神捋了捋，回到牛树旺家时，见大门没锁，推门进院，家里也没人。吴天昊刚躺在床上想休息一下，听院门咣当一响，随着一串脚步声，牛树旺咚咚地走进屋来说，吴老弟，刚才我从地里回来时，在村里遇到有人打听你。吴天昊听说有人打听自己，立马起身说，谁？牛树旺说，他没说叫什么，我看着像原来房山的土匪。吴天昊说，房山土匪？牛树旺说，有一次我从平明赶集回来，路过房山时给他截过，看我没买什么好东西就把我给放了。牛树旺说完歪着头想了一会儿又说，没错就是他，叫什么名字我说不上来，他不认识我了。吴天昊睁大眼说，他打听我？牛树旺说，他问我有没有生人到村里来过，我说没有。他说，这人姓吴，是原来房山罗大炮的军师，上次剿匪没打死让他跑了。我心想这人可能说的是你。吴天昊心里一沉，皱着眉头想了半天也没想起来是谁，心里说会是谁呢？牛树旺说，个子不高，人胖乎乎的。吴天昊摇了摇头说，没见着人，一时还真想不起来是谁。吴天昊问，他没说找我干什么？牛树旺说，没说，只是打听你来没来过村子里，要我以后见到你跟他说一声。牛树旺说完又说，吴老弟，我看这人贼眉鼠眼，你可得注意点儿，在村里少露脸，有了生人，村里人也会打听，说不准哪天就说出去了。吴天昊点点头。牛树旺说，以后你不要再跟我下地干活了，有什么事叫老六去，村里人都知道老六是我表弟。牛树旺看着吴天昊又说，今天我找了几个老少爷们，都说参加穷人会，一个人浑身是铁能打几根钉？团结起来才有力量。吴天昊说，树旺大哥，你也要小心点，找可靠的人，信不过的人就不要找了。牛树旺说，吴老弟我心里有数，我找的几个人都是平时处得不错的，有坏心眼的我一个也没找，吃过饭我再去找几个人。吴天昊说好！

吃过晚饭，牛树旺出去了，吴天昊躺在床上，把牛树旺说的事细细捋了一遍。根据牛树旺的描述，他突然想起一个人来，难道是他？想想又摇摇头自言自语地说不可能。不管是谁，今后在村里的活动要更加隐秘了。牛树旺半夜回来时吴天昊睡着了。

第二天吴天昊和程老六回到牛山里时，天下起了大雨，一阵紧似一阵，瓢泼一般，山里山外雨雾迷蒙，一片苍茫。程老六看着门外的雨说，天昊，我表哥说昨天有人来村里打听你？吴天昊说，我听树旺大哥说了，没见到人。程老六说，你可得多留个心眼，你不是这边人，说话口音不一样，一听就不是本地人。我表哥叫我再跟你说一遍，今后少在村里抛头露面。吴天昊说，老六，你说这人会不会是刘福乾的探子？程老六说，有可能。刘福乾搬兵灭了房山和安峰山，罗大哥和陆涛一个没逮到，刘福乾不会死心的，肯定到处撒眼线派探子。吴天昊说，大家今后行事都要小心，千万不能麻痹大意。

七月的雨，来得快，走得也快，中午的时候雨就停了，山林被雨水洗了一遍，湿漉漉的，空气格外清新。

半下午的时候，罗大炮和刘紫瑶、纪成飞来了，不一会儿八喜跟陆涛和鲁跃三也来了，大家好久没见面了，见了面一起说说笑笑格外亲切。吴天昊传达了县委会议精神，最后说徐海蚌特委改名为徐海蚌总行动委员会，县委根据总行委的指示，也组建了县委行动委员会，随时准备暴动。罗大炮说，总算等到这一天了。二弟，我想回房山找找那门大炮，看能不能修好。陆涛说，罗大哥，我知道你心疼大炮，就是找到了也是一堆烂铁。再说，刘福乾还经常派人到房山瞎转悠找你呢。程老六说，陆涛说得有道理，我表哥昨天在村里还遇到有人打听天昊呢。几个人听程老六这么一说，都睁大了眼看着吴天昊吃惊地说，真的？吴天昊点点头说，刘福乾在房山没有找到罗大哥，在安峰山没有找到陆涛，看来不死心哪。大家以后要小心行事，在村里少露面。你们想想，村里来了陌生人，村里人打听不打听你？一传十，十传百，不知哪天就传到刘福乾耳朵里去了。刘紫瑶说，天昊哥说得对，大家以后都要小心，提高警惕。万一让刘福乾知道了，不光抓了人，而且党组织也遭到破坏受了损失，对今后开展工作不利。吴天昊说，大家都是东海西乡党组织的骨干力量，我希望一个也不少！一个也不能少！罗大炮说，二弟，抓到刘福乾的眼线和探子，我一把能掐死他，你信不信？八喜看着罗大炮说，罗大哥，这回你不用大炮轰了？罗大炮摸着头嘿嘿一笑说，大炮不是没有了嘛。八喜学着罗大炮原来的样子神气地说，我要是有大炮，一炮轰死他们几个龟孙算了。大家被逗得大笑起来。

吴天昊出了茅棚，抬头看天，水洗过的夜天星光灿烂。他对八喜说，大家一起吃顿饭再回各村去。八喜说，好，我去山洞里把粮食拿来。几个人热热乎乎吃了一顿饭，便分头下山去了各自工作的村庄。

吴天昊和八喜、程老六、马福生又聊了一会儿，半夜时和程老六才回到窦庄。牛树旺听到动静立马跑过来对吴天昊说，吴老弟，今天又有几个人要参加穷人会。吴天昊听了高兴地说，参加穷人会的人越多越好，最好把村里能团结的人都团结起来，力量越大越好！牛树旺说，吴老弟，我想参加你们共产党。吴天昊说好啊。他对程老六说，我给你表哥写份入党申请书，你尽快送给上级党组织。

牛树旺连忙点了油灯，吴天昊拿出本本，撕下一张纸，在灯下为牛树旺代写入党申请书。写下名字后，牛树旺咬破手指在自己的名字上摁了血手印。

吴天昊看看牛树旺的血手印，郑重地写下了介绍人吴天昊、程老六几个字，两个人也咬破手指摁了血手印。吴天昊把带着血手印的入党申请书递给程老六，程老六装进贴身衣袋里说，我尽快去县委。

第二天上午，八喜带着耿三来找吴天昊。吴天昊一看耿三说，三，你怎么来了？耿三说，少爷，老爷病了。吴天昊说，我爹病了，你咋不早说？耿三说，老爷说你是干大事的，不让我来。吴天昊想想，自己离家也就三四十里路，却不能经常回家看看，心里觉得十分愧疚，对耿三说，吃过饭，我跟你一起回家看看。

牛树旺听说吴天昊要回吴官庄，赶紧叫老婆做饭。牛树旺老婆说没什么饭做，锅里有菜窝窝。吴天昊和耿三两人一人吃了两个菜窝窝，正准备动身，牛树旺找来个破斗篷戴在吴天昊头上，自己先到大门外看看，见街上没有人，才回到院里叫耿三带吴天昊从村后走。耿三点点头，两个人一前一后出了门，从村里人家屋后出了村。

22

吴天昊回到家时已经半夜了，听父亲屋里有咳嗽声知道父亲还没有睡。他轻轻推门进屋，看见父亲正趴在床头咳，疾步走过去，拍着父亲的后背。半晌，吴祖文吐出一口血痰才喘上气来。吴天昊扶起父亲倚坐在床头说，爹，你这是咋了啊？我走时你身体还硬朗着呢。吴祖文刚要说话又一阵猛咳，吴天昊又给父亲拍背，父亲喘匀了气说，自打你上次走后，刘福乾这个龟孙都来咱家三次了。吴天昊说，他还来？吴祖文说，一是找你，二是要东西。吴天昊说，他还要什么东西？吴祖文没有说刘福乾来要什么东西，又说，有个叫苗风池的人你认识吧？吴天昊说，我认识。然后，他把苗风池给刘福乾通风报信的事说了一遍，又把从海州回来路上遇到苗风池，把苗风池带到房山后山洞，砸死苗风池的事跟父亲说了。吴祖文听后说，他没有死。吴天昊说，我当时看他不喘气了还以为他死了呢。吴天昊突然"噢"了一声，前几天牛树旺碰到的打听他的人原来就是苗风池。吴祖文说，我看他天天跟个探子似的，这个庄转到那个村，那个村转到这个庄，到处乱窜，好像在找什么人。吴天昊说，爹，他是在找人。吴祖文说，找哪个？吴天昊说，房山、安峰山的人被打散了，但刘福乾没有抓到罗大哥和陆涛两个人。苗风池跟我说以为罗大哥到海州治伤去了,他到海州找了好几次没找到罗大哥,半路上遇到我了,要跟我走,我才把他带到房山后山洞的,谁知道没把他砸死。吴祖文在如豆的灯火里看着儿子刚毅的脸说,你一介书生,哪里下得了狠手?吴天昊说,就是下手不狠,才留下了这个祸害。吴祖文说,儿子,你可得小心啊。吴天昊说,爹,你放心,我会注意的。吴祖文说,看样子,他还不知道你是我儿子。他还说他命大,老天不想让他死。吴天昊说,爹,你说跟着刘福乾干坏事的人不该死吗?吴祖文说,看他那个样子,抓不到你他是不会放手的。吴祖文又咳咳地咳嗽起来。

  吴天昊给父亲拍了一会儿背,待吴祖文吐出一口血痰来,拿来布巾擦净父亲的嘴角,然后倒来一碗热水,吹凉了,一勺一勺喂给父亲喝。吴祖文喝了几口水,摆摆手不喝了,躺下来平平气说,不光苗风池经常来,刘继业也经常来家里找事。吴天昊说,刘继业也来过?吴祖文说,他说我没有给他家交保护费,来收保护费的。这不是来找事的吗?我怎么用得着给刘福乾家交保护费?他保护我什么了?还不是找个由头让我给他送粮送钱送礼?吴天昊说,刘福乾是东海西乡一霸,地盘大势力大,他这是嘴大吃四方啊。吴祖文说,有东西给狗吃,也不给他吃。吴天昊说,贯庄的万贯金,白塔埠的白成银,还有鲁兰的鲁天成,年年给他送粮送钱送礼。吴祖文说,有一次,苗风池跟刘继业来家里找你,把家里的菜窖也给扒了,里里外外翻了个遍。你娘被气病了,镇上的先生不敢给你娘开方抓药,说是刘福乾知道了,他家没个好。你娘挨了一个多月没见好,没办法,我叫耿三到山东马头去抓的药。吴天昊气得脸铁青,两只拳头攥得紧紧地说,爹,你和娘吃苦了,是儿子不孝啊。吴祖文说,这与你孝不孝没关系,是刘福乾这个龟孙太阴损了。他想治死我,慢慢把咱家的地霸占了。吴天昊说,地是咱家的地,他凭什么霸占?吴祖文说,刘福乾势力大,咱家势力小啊。吴天昊说,爹,你放心,我们共产党就是要推翻刘福乾这样的剥削阶级。吴祖文看着吴天昊说,儿子,到外边可不要说你是共产党啊,刘福乾现在到处抓共产党呢。吴天昊说,爹,我们共产党是穷人的党。吴祖文说,我虽然对共产党了解得不多,但我知道,你们共产党和刘福乾他们是不一样的。吴天昊又倒来一碗水,端给父亲喝了几口,放下碗说,爹,我听人说,今年春旱,麦子歉收,你要每家少收两斗粮?爹,我看行,反正咱家的粮食吃上十年八年没问题。半晌,吴祖文说,儿子啊,今年春旱粮食收得少,我打算每家少收两斗粮,可是刘福乾不愿意。

刘继业说少收一斗也不行，还说我少收粮，是拆他爹的台。吴天昊说，爹，你少收两斗粮，百姓家就可以吃顿饱饭哪。吴祖文答应一声说，就怕刘福乾不答应。吴天昊说，爹，有些话我不便多说，你就按原来的想法每个佃户少收两斗粮。吴祖文说，刘继业说要是减租，必须他爹同意才能减。吴天昊说，吴官庄减租不减租，与他刘湾镇有什么关系？吴官庄是吴官庄，刘湾镇是刘湾镇嘛。爷俩谁也没有说话，屋子里一时间很静。半晌，吴天昊说，爹，我把你和我娘送到外地去治病养养身体，你看这样好不好？吴祖文说，镇上药房的郎中都不敢给你娘开方抓药，更别说我了。你安排吧，我听你的。吴天昊说，爹，你和我娘连夜走，白天走人多嘴杂。吴祖文说，是这话，要是有人传出去，刘福乾知道了，我和你娘谁也走不成。吴天昊说，根柱还在咱家赶车吗？吴祖文说，在，他伤好了，我叫他不要在咱家干了，他不走，非要在咱家干。根柱是个老实人，不多嘴，只顾赶车干活。吴天昊说，好，我这就去马棚找他。这时忽听马管家说，少爷，我去吧。吴天昊一愣，说，马叔来了。马管家说，我来一会儿了。自打吴天昊和耿三回来以后，马管家就没有回屋睡觉，他和耿三默默地坐在外屋客厅里随时听候吩咐。后来看耿三困了，他叫耿三回去睡觉。耿三不去，说要等吴天昊。马管家说，有事我去叫你，耿三这才回去睡觉。马管家听吴天昊说要去找唐根柱，连忙站起来迎上前说，少爷，我去找。

　　马管家小时候曾和吴祖文一起读过三年私塾，既是同窗学友又是好友。吴祖文父亲得病去世得早，吴祖文早早继承了家业，把老同学找来做了管家，一干就是几十年。五十多岁的人了，前几年跟吴祖文说不想干了。吴祖文不同意，对马管家说，你就在我家养老吧。我让人把后院拾掇拾掇，过几天把家搬过来吧。马管家说，老爷，我怎么能住到吴家大院里？吴祖文说，反正那么多房子闲着也是闲着，有人住才有人气嘛！在吴祖文的再三劝说下，马管家把老伴儿接到了吴家大院，原来的家让给儿子住了。

　　吴天昊见马管家一直等在客厅里，说，马叔，你累一天了，快回屋睡觉去。马管家说，少爷，我去找根柱。而后，他脚步匆匆地去了后院。

　　这时，吴天昊娘起来收拾东西了，准备换洗衣服和生活用品，拿了几十块大洋用包袱包好，放在客厅的八仙桌上，然后去伺候吴祖文穿衣起床。收拾停当的时候，唐根柱也把驴车赶过来了，驴儿不停地打着秃噜。唐根柱提着马灯照亮，马管家把吴祖文扶上车，吴祖文转过身来对马管家说，家就交给你了。马管家说,老爷你早些回来啊。吴祖文说,十天半个月的,最多一个月,病看好了我就回来。吴祖文停顿了一下又对马管家说,今年的租每家少收两斗,让庄上人家吃顿饱饭。马管家说,老爷,你是咱全庄人的大恩人哪!吴祖文说,记住啊。马管家说,老爷,记住了。吴天昊把写好的一封信交给父亲,要父亲到一道河韩家桥找严家药铺悬壶堂,又交代唐根柱怎么走,然后说路上小心。唐根柱答应一声,把马灯挂在车辕上,喊一声"驾",那驴便迈动四蹄嘚嘚地走起来。

吴天昊和马管家两个人跟着驴车送到村头,吴祖文撩起窗帘,对吴天昊和马管家说,别送了,回去睡觉吧。吴天昊和马管家停下脚步,看着驴车渐行渐远,这才转身回家。马管家一边走一边说,老爷真是咱吴官庄的大恩人哪,今年每家少收两斗粮,庄上人家可以吃一年的饱饭了。

回到吴家大院,院子里一如既往,静悄悄的,好像什么也没有发生过。吴天昊对马管家说,天不早了,你老去睡会儿觉吧。马管家说,少爷,你也去睡会儿吧。吴天昊说,我找耿三说点儿事。马管家说,刚才我看耿三困了,叫他先去睡觉了。吴天昊说,我知道,你老也快去睡觉吧。马管家答应一声回去睡觉了。吴天昊来到耿三的住处喊醒耿三,耿三揉着眼说,少爷我睡着了。吴天昊说,困了不就睡着了嘛!耿三说,少爷有事?吴天昊说,你上次走得急,没有参加入党宣誓,下次有机会再宣誓。耿三说,少爷,我听你的。吴天昊说共产党员还没有公开身份,一定要严守秘密。耿三说,少爷,有什么事你尽管说。吴天昊说,我们最近正在各村组建穷人会,我想叫你把吴官庄穷人会组建起来。接着,吴天昊把组建穷人会的目的简单说了一下。耿三说,少爷,我会尽快组建穷人会的。吴天昊说,共产党是为穷人谋利益的党,穷人会就是共产党组织领导的。耿三说,少爷你放心,我是在村里长大的,老少爷们都认识。吴天昊拍拍耿三的肩膀说,好样的,咱们一起干!耿三说,我跟少爷干!接着,吴天昊又把送爹娘到一道河韩家桥去看病的事跟耿三说了,说,马管家年岁大了,你要多辛苦点儿。耿三说,少爷你放心。这时传来公鸡打鸣声,耿三说,鸡叫两遍了,少爷你去睡会儿吧。吴天昊说,我不能在家里久留,我现在就回窦庄。吴天昊说完要走,耿三连忙起来送吴天昊,看着吴天昊的身影融进夜色里,听着吴天昊的脚步声走远了,这才回到大院里关好大门。

耿三躺在地铺上,两眼望着漆黑的屋顶,想着吴天昊交代的事,想着组建穷人会的事，兴奋得睡不着，两眼睁得像铜铃那么大就是合不上，天蒙蒙亮时才睡着。

天蒙蒙亮时，吴天昊回到窦庄牛树旺家，他没有敲门，从半人高的院墙翻进院里，看到程老六还在麦秸苫子上打呼噜，一时间困意袭来，鞋也没脱，一头倒在苫子上呼呼噜噜睡了过去。这一觉睡得天昏地暗，直到快中午时才被程老六喊醒。程老六小声说，天昊，成飞来找你。吴天昊一骨碌从苫子上爬起来，看着程老六说，早晨起来你也不喊我？看我这一觉睡到快晌午了。这时纪成飞走进来说，天昊哥，是刘紫瑶让我来找你的。吴天昊听说是刘紫瑶叫纪成飞来的，连忙问什么事。纪成飞说，罗大哥听说是苗凤池带人搜山把玉梅嫂子和柱子搜出来的，天天要找苗凤池报仇，紫瑶姐快控制不住他了。

吴天昊很久没有说话，他心里也很矛盾，谁听说了不急眼？要找杀妻杀子的仇人报仇雪恨也是人之常情。不过，罗大哥要真的去找苗凤池，不光报不了仇，恐怕小命也没了。罗大哥可能还不知道，苗凤池天天走村串乡，就是想找到他。其实不是苗凤池要找他，是刘福乾要苗凤池找他的。刘福乾山东搬兵荡平了房山和安峰山，罗大哥和陆涛两人是活不见人死不见尸。刘福乾知道，这两个人不除是心头大患哪。他让苗凤池装作被打散了的土匪，到处找罗大哥想再上房山，那都是骗人的假话，实际上是想摸清罗大哥的行踪除掉罗大哥。罗大哥千万不能莽撞啊，不然的话，不光报不了仇雪不了恨，还白搭了一条性命，不值得啊。半晌，吴天昊说，成飞，我跟你一起去贯庄。纪成飞说，天昊哥，紫瑶姐就是这个意思，叫你去劝劝罗大哥。

快吃中午饭了，程老六说，天昊，吃过饭再去吧。吴天昊心里着急，他怕刘紫瑶劝说不了罗大炮，罗大炮要是跑出去找苗凤池，这事就不好办了。牛树旺端来一盘菜窝窝，吴天昊和纪成飞一人拿了两个。吴天昊说，老六，我这就走，晚了怕罗大哥会出事。吴天昊和纪成飞两人一边吃着菜窝窝一边上了路。

吴天昊和纪成飞来到五里河桥头不远处，见桥头设了卡有团丁把守，来来往往的过路行人都要盘查一番，两人迅速钻进路边树丛里。纪成飞说，我上午来时桥头还没设卡呢。吴天昊说，刘福乾组建了民防团，一查共产党，二查进步学生，三查罗大哥和陆涛。吴天昊说完又说，成飞，还有没有别的路好走？纪成飞说，没有路，只能到上游游过去。吴天昊说，走，咱们到上游游过河去。两个人猫着腰，往上游走了一段路，然后，在桥头团丁看不见的地方又转身朝北走,来到河边,脱了衣服两手举过头顶,光着身子踩水过了河。

吴天昊和纪成飞来到贯庄刘紫瑶的住处时,听到西屋门被拍得啪啪响,还听到罗大炮的喊叫声,刘紫瑶开门,快开门,让我去杀了苗风池这个叛徒。刘紫瑶见吴天昊来了,急忙从东屋里迎出来说,天昊你来了。吴天昊见了刘紫瑶两眼放出光来,不过转瞬即逝。自打刘紫瑶离开牛山到贯庄来以后,吴天昊好些天没有见到她了,心里的牵挂丝丝缕缕,他只好一心扑在工作上,把思念深深地埋在心底。猛一见刘紫瑶还是当年那个模样,心里真的好想扑过去,把刘紫瑶紧紧搂在怀里。吴天昊干咽了一口说,紫瑶你还好吧?刘紫瑶说,天昊我没事。

这时西屋门又被搞得咣咣响,罗大炮嘶哑的声音从门缝里传出来,紫瑶我求求你了,开开门让我出去。没有听到刘紫瑶回话,罗大炮又喊,纪成飞,成飞你个龟孙放我出去。吴天昊看了一眼刘紫瑶,刘紫瑶会意地过去开开门,门还没推开,罗大炮早一把拉开房门蹿出来说,紫瑶,你要憋死我啊?吴天昊喊了一声"罗大哥"。罗大炮一看连忙说,哎呀,二弟你什么时候来的?罗大炮说完跑过来抓着吴天昊的手摇来晃去亲热得不得了。吴天昊说,我来了解一下你们这边穷人会的组建情况。他没有说来贯庄的真实意图,他怕说出真实意图,罗大炮会对刘紫瑶和纪成飞有看法。

罗大炮听吴天昊说不是为他的事来的,松了一口气,不好意思地摸着头说,叫紫瑶给你汇报吧,我是个大老粗不会说话。吴天昊看看刘紫瑶,刘紫瑶会心地笑笑说,天昊,屋里说话。罗大炮说,二弟,紫瑶给你汇报情况,我有点儿事出去一趟。吴天昊知道罗大炮那点小心思,说,我是来听你们两个人汇报的,一起过来给我汇报。罗大炮说,二弟我真的有点儿事。吴天昊说,什么事也要等汇报完再说。罗大炮无可奈何,只好回到屋里跟刘紫瑶一起汇报工作。

刘紫瑶给吴天昊倒了一碗凉开水,给纪成飞也倒了一碗凉开水,看着他们两人咕咚咕咚喝完水,说,贯庄穷人会的组建工作正在进行中,前段时间进展比较慢,主要是村里人对穷人会的主张不了解。下一步我们将加快进度,尽快完成组建穷人会的工作。刘紫瑶说完,看着罗大炮说,罗大哥,你有什么要补充的?罗大炮摸着头嘿嘿笑了两声说,我跟紫瑶到老乡家去,老乡听说我是原来房山的土匪头子,都吓得不敢和我接近,好像我是老虎似的,见了我就躲。吴天昊哈哈大笑说，大哥是咱东海西乡的罗大炮，名扬四方啊。几个人哈哈大笑起来。刘紫瑶说，后来再到老乡家里去，我叫罗大哥跟在我身后，要不然我就叫他帮人家干活，缸里没水了去挑水，场上脱粒了去拉磨，反正是有什么活干什么活，没活干就扫院子，一来二去老乡对他有了新的了解，慢慢消除了误会。罗大炮见刘紫瑶没有说自己要去找苗风池报仇的事，心里高兴地想，吴天昊不知道就不知道吧。

罗大炮不说苗风池，吴天昊却偏偏说起了苗风池。他说，苗风池不光到处打听我，还带人到吴官庄家里找碴儿。罗大哥，咱得想办法去了这个心病，不然的话，这个狗东西整天走村串乡，到处找罗大哥、陆涛和我不是个事。大家想想刘福乾搬兵平了两个山寨，却连罗大哥和陆涛两个人的人影儿也没见到，他能放过罗大哥和陆涛吗？再说，苗风池走村串乡找罗大哥和陆涛，穷人会有点儿什么事，他都能打听到。罗大炮说，我原来怎么就没看出来这个龟孙是个坏种呢？我去找大炮，一炮轰死他。吴天昊说，罗大哥你又没有大炮，如果打狗不成，再被狗咬一口，那不是偷鸡不成反蚀把米嘛。罗大炮红着脸，不好意思地用手在头上摸来摸去，半晌没有说话。吴天昊说，罗大哥，仇是一定要报的，不过千万不能莽撞行事，得动脑子。罗大炮说，我是个大老粗，二弟是个明白人，你动脑子，你看怎么办好就怎么办，我听你的。吴天昊接着把自己的主意说了一遍，问，你们看这样好不好？罗大炮一拍大腿连声叫好，说，就按二弟说的办。刘紫瑶和纪成飞也连连点头赞同。吴天昊说，大家都同意这么办，就这么办，时间就定在七月十五刘湾逢集那天。罗大哥明天带着行李到蔷薇河边看瓜人的瓜棚里去住几天。罗大炮说行。纪成飞说，天昊哥，我跟罗大哥一起去吧，人多好办事。吴天昊沉思了半天说，好，你跟罗大哥一起去，十五那天，我叫八喜到刘湾满园春找苗风池，你们三个人还办不了他一个人？罗大炮说，我要是有大炮，一炮早轰死他个龟孙了。吴天昊说，罗大哥，你天天大炮大炮的牛气冲天，你大炮呢？罗大炮说，不是让刘福乾和白成银两个老龟孙给毁了嘛。吴天昊说，那你还天天大炮大炮的叫唤。罗大炮说，这不是说顺嘴了嘛。吴天昊说，罗大哥，我不在贯庄，什么事你都要和紫瑶商量，千万不能一个人擅自行动。罗大炮说，紫瑶，我是个粗人，别记恨我，我听二弟的话，以后我也听你的话。刘紫瑶说，罗大哥这是说的哪里话，我们都是革命同志，谁说得对就按谁说的办，谁的主意正确就按谁的主意办嘛。罗大炮说，是是是，你们说的我都记住了。吴天昊笑着说，罗大哥就是个爽快人。

　　天快黑的时候，吴天昊临走时又嘱咐罗大炮说，罗大哥别忘了明天到蔷薇河瓜棚去。罗大炮说，二弟放心，我明天天一亮就和成飞去。吴天昊告别刘紫瑶、罗大炮和纪成飞回牛山去了。这时，刘紫瑶说，天昊，我送送你。刘紫瑶说完紧走几步赶上吴天昊，两个人肩并肩朝村口走去。罗大炮和纪成飞哪里知道刘紫瑶和吴天昊在南京时的那段恋情，见刘紫瑶去送吴天昊，也跟着一起送吴天昊。送到村头，吴天昊说，罗大哥，你们回吧，好好准备一下。罗大炮答应一声，一把抱住吴天昊，拍着吴天昊的背说，二弟，你要是不来，我一定会自己去找苗风池报仇的。吴天昊也拍拍罗大炮的背说，大哥，为了天下的穷人过上好日子，咱们一起干！罗大炮在吴天昊脊背上又重重拍了两下这才松开吴天昊。刘紫瑶对罗大炮和纪成飞说，你们等一会儿，我跟天昊再说几句话。罗大炮和纪成飞两个人站在路边树下，刘紫瑶跟在吴天昊身后往前走，刘紫瑶说，天昊，你这样天天东奔西跑的要注意身体。吴天昊想拉着刘紫瑶的手，又怕被罗大炮和纪成飞看见，只是有意无意地碰了碰刘紫瑶的手，看着暮色渐渐浓了起来，说，紫瑶，你回吧，我走了。说完，他猛一下抓住刘紫瑶的手，用劲握了握，而后头也不回地走了。

　　刘紫瑶停下脚步转头看着吴天昊的身影。吴天昊抓住她的手时，她感觉到了吴天昊的手温，不禁颤抖了一下，但马上又恢复了原来的状态，当看着吴天昊健步如飞走进暮色里，听着吴天昊远去的脚步声，她心里酸得想哭。其实这时候刘紫瑶哽咽了一下，她突然意识到之后连忙吞咽了一下，而后转身对罗大炮和纪成飞说，回去吧。罗大炮和纪成飞跟在刘紫瑶身后，三个人默默地往村里走。

　　七月十五这天刘湾逢集，卖时令果蔬的，钉马掌、驴掌、牛掌、骡子掌的，卖钉耙农具的，卖牛肉、羊肉的，卖柴卖草卖胡辣汤的排满了街道两边，吆喝声、叫卖声不绝于耳。满园春的女人们描眉画嘴在大门口打情骂俏不停地拉客，大街小巷欢声笑语，热闹非凡。

　　八喜刚在满园春门口停下脚，立马围上来几个女人，走也走不掉，被拉进了满园春大院。八喜摆脱了几个女人的拉扯说，我是来找人的。几个女人听说八喜不是来玩的，撇着嘴说，穷鬼，没钱进来干啥？随后，她们四散开来去门口拉客了。有个女人走时说，你是不是找小紫的？小紫正跟池爷玩呢。

　　小紫脸蛋长得俊俏，身段也好，是满园春的头牌。八喜听说池爷，连忙说，我就是来找池爷的。那个女人说，噢？你是池爷的跟班？八喜说是。那个女人眉眼一扬说，池爷昨晚来的，到现在还没走呢。说完，她朝楼上努了努嘴说，东头。

八喜连忙上了二楼，来到最东边的一个房间，在门外听听，屋里传来一阵浪笑声。八喜敲敲门，浪笑声停了，有人问，哪一个？八喜听出是苗风池的声音，忙说，池哥，我是八喜。苗风池说，八喜，你来干什么？八喜说，池哥，我有事儿跟你说。不一会儿门开了，穿着大裤衩的苗风池站在门口说，你小子这两年跑哪儿去了？什么事儿说吧。八喜说，山寨给刘镇长平了，弟兄们死的死，逃的逃，我家没家道没道的能上哪儿去？我跑山东郯城我二姨家藏起来了，到处找大当家的呗。苗风池说，找到大当家的了？八喜嘴贴在苗风池耳边小声说，大当家的真让我找到了。苗风池听八喜说找到大当家的了立马来了精神，连忙问，大当家的在哪儿？八喜在苗风池耳边又嘀咕一阵，苗风池一拍大腿说，八喜，自打山寨没了，我也到处找大当家的呢，没想到让你找到了，快带我去见大当家的。八喜说，大当家的想多找几个人，拉绺子重上房山。苗风池说，好哇！两年不见，也不知道大当家的伤好了没有。八喜说，大当家的胳膊腿还没好利索。苗风池说，走，快带我去见大当家的。苗风池说完又回到床前撩开帐子，对穿着裤衩肚兜的小紫说，等池爷回来再玩。

小紫听说苗风池要走，一转身把屁股对着苗风池，苗风池在小紫的大白屁股上拍了拍说，小乖乖，等池爷回来。苗风池说完穿好衣服，跟八喜下了楼，穿街过巷，不一会儿就出了镇子，两个人直接去了蔷薇河。路上，苗风池对八喜说，大当家的手下还有几个人？八喜说，没有人了，树倒猢狲散，跑完了。苗风池说，就剩大当家的一个人了？那你不如跟池哥混。八喜说，大当家的找到一个打散的兄弟，加上你和我一共四个人。八喜说完又说，池哥现在跟谁混？苗风池没有正面回答八喜的话，而是说，我上山当土匪，就是想跟大当家的吃好的喝好的，一不偷，二不抢，三不杀，四不嫖，那还叫土匪吗？我知道刘爷的侄女刘紫瑶给安峰山大当家的截去当了压寨夫人，我跟刘爷一说，刘爷立马叫满园春头牌陪我一夜，想怎么玩就怎么玩，那叫一个痛快啊，神仙也没这快活。苗风池咂咂嘴又说，什么时候你也跟池哥去潇洒一下？八喜说，池哥你现在跟刘爷混了？苗风池没有说是不是跟刘福乾混，催促八喜说，快走，我要见大当家的，两年没见都想死我了。听说他腿给打断了，也不知在哪里养的伤。八喜说，大当家的不光腿给打断了，胳膊也给打断了。苗风池说，大当家的胳膊给打断了接上没有？八喜说，接是接好了，我看胳膊还不能着劲。苗风池说，你怎么找到大当家的？八喜说，大当家的受伤后不敢在刘湾看伤，要是让刘镇长知道了，还不早要了他的命？这两年我也到处找大当家的，半个月前从山东郯城我二姨家回来，我忽然想，大当家的会不会到海州去看伤呢？我到海州找了几天，海州人说西乡房山土匪罗大炮早给灭了。池哥，你说我听了心里就跟刀割似的。我从海州回来游过蔷薇河，看到河边有个瓜地想找个瓜吃，你说怎么就那么巧？苗风池说，碰到大当家的了？八喜说，真是无巧不成书啊，我看瓜棚里那人像大当家的，喊了一声，那人转过脸来我一看，还真是大当家的。你说大当家的可怜不可怜，他住在瓜棚里，跟人家一块儿看瓜呢。苗风池说，我也去海州找过大当家的，有一次从海州回来路上遇到吴天昊，说带我去房山北山洞找大当家的，没承想他下黑手，拿石头把我砸趴了，幸亏我命大，不然就见不到大当家的了。八喜说，还有这事？苗风池说，这事你不知道？八喜说，我刚从山东郯城二姨家回来，这不是才听你说嘛。苗风池说，奶奶的，一山寨之主落到给人看瓜的地步，你说是不是太悲摧了。

八喜带着苗风池来到蔷薇河边的瓜棚时，罗大炮正在瓜棚里揉搓自己的腿，纪成飞在瓜棚外洗瓜。看见苗风池来了，纪成飞说，池哥来了。苗风池一边说着"来了，来了"，一边朝瓜棚里喊"大当家的，大当家的"。罗大炮答应一声说，风池老弟来了。话刚说完，苗风池快步走进瓜棚。罗大炮一见苗风池，两眼冒出火来，想想吴天昊交代的事，遂压住火，佯装兴奋地说，风池老弟你可来了，快想死哥哥了。苗风池两眼含泪说，大当家的，你让我好找啊。苗风池说完呜哇呜哇大哭起来，哭了半天哽咽着说，我听八喜说，大当家的腿给打断了，胳膊也给打断了，我看看好没好？苗风池抹抹眼泪，抱着罗大炮的腿看了半晌说，我的妈呀，枪子把大当家的腿穿了个洞？罗大炮把裤子脱下来，指着胳膊说，风池老弟你看看，胳膊也给打断了哇。苗风池一眼看到罗大炮胳膊上的枪眼，抱着罗大炮的胳膊哭得稀里哗啦。罗大炮的心好像也给苗风池哭软了，他摸着苗风池的头说，风池老弟别哭了，再哭哥哥也要哭了。说着，他抹了把脸上的泪。苗风池说，大当家的，我东庄转西村找就是没找到你，哪想到你会躲在这荒湖野地的瓜棚里。罗大炮说，刘福乾带人到处抓我，这两年我也是东躲西藏，这个庄住几天，那个村住几天，没个固定地点，连青庵子都住过啊。我到这儿来没几天，碰到从海州回来的八喜了。八喜要是不从这地方游过来也碰不到我，我要是不在这看瓜也见不到八喜，事情就是这么巧。苗风池说，大当家的，我差点儿让三当家的给砸死了。罗大炮故作吃惊地说，有这事？苗风池说，大当家的，我到海州找你没找到，回来路上遇到了三当家的，他说带我到房山北山洞里找你，我跟他去了，谁知道三当家的趁我喝水用石头砸我头。罗大炮摸摸苗风池头上的疤瘌说，风池老弟啊……苗风池说，大当家的，要不是我命大，就让三当家的砸死了，半夜我才醒过来。苗风池趴在罗大炮腿上抽泣，罗大炮给八喜和纪成飞使了个眼色，八喜拿了个口袋猛朝苗风池头上一套，苗风池不知什么情况，连喊"大当家的，大当家的"，纪成飞上去一把摁住苗风池的头。

这时，罗大炮从地铺上一跃而起，三个人把苗风池的头塞进口袋。苗风池一边乱蹬乱抓一边喊，大当家的、八喜你们这是干什么？罗大炮恶狠狠地说，苗风池，我想叫你去给玉梅和小柱子做牛做马。苗风池说，大当家的我什么事也没有做啊，玉梅嫂子宁死不从是自己跳的崖，小柱子是白成银打死的。罗大炮说，风池老弟，我家玉梅和小柱子是怎么被抓住的你比谁都清楚。你走村串乡到处找我，是想让刘福乾个老龟孙逮住我。风池啊，当初收留你是我瞎了眼哪！苗风池说，大当家的饶命，风池以后愿给大当家的做牛做马。罗大炮说，风池老弟可惜了啊，你没有以后了。苗风池乱蹬乱踹乱喊乱叫，刘爷——白爷——快来救我啊——罗大炮朝苗风池肚子上狠踹一脚，咬着牙说，我要是有大炮，早一炮轰死你个没有良心的龟孙了。

罗大炮这一脚踹得太狠了，苗风池好像肚肠子给踹断了一般，两手抱着肚子猪一样地嚎，半晌说，大当家的，看在跟你好几年的份上饶了我吧。罗大炮说，你连我老婆儿子都不放过，我会饶了你吗？我心有那么软吗？风池老弟，明年的今天就是你的祭日啊。但你不要记恨大哥，我是不会来给你烧纸送钱的。三个人把苗风池抬到河边，看看离瓜棚有点近，又抬着苗风池沿着河边往南走了三里远，看到河边水里有一片水草，摘下套在苗风池头上的口袋，把苗风池拖到水边。苗风池又抓又挠，三个人摁着苗风池，苗风池动也不能动。罗大炮拿掉苗风池头上的袋子，咬着牙两手抓着苗风池的头发，把苗风池的头使劲摁到水里，苗风池咕咚咕咚喝了几口水，然后薅起来让苗风池喘口气，气还没喘上来，又一把摁下去咕咚咕咚再喝几口水，薅起来摁下去，摁下去薅起来，上上下下几个来回，苗风池就不动弹了。罗大炮松开手，苗风池的头沉在水里，头发在水里飘荡着。罗大炮看看苗风池不动了，抬脚在苗风池屁股上踹了两脚，然后用水草紧紧缠在苗风池脖子上，这才站起来长舒一口气。罗大炮生怕苗风池没死透，领着八喜、纪成飞坐在岸边，看拉洋片一样又看了半响，见苗风池头缠水草死挺了这才回到瓜棚。纪成飞说，这个坏东西罪有应得。罗大炮说，玉梅、柱子，我今天给你们报仇了。八喜说，罗大哥你这是为民除害啊！罗大炮高兴地说，是为民除害，让这个家伙活着，还不知道要祸害多少人呢。罗大炮说完到瓜地里摘了几个瓜，一人吃了一个。而后，罗大炮卷了行李和纪成飞回贯庄，八喜一个人回牛山去了。

23

　　刘福乾知道吴官庄吴祖文每个佃户少收二斗租，全镇人都夸吴祖文是个大善人时，比街上人晚了十多天。

　　刘福乾铁青着脸，在镇府的大堂里走来走去，心里的火噌噌往上冒。当再一次走到门口时，他对着门外大声吼道，把继业给我叫来。外面人答应一声，随后响起一串急促的脚步声。刘福乾对着门外自言自语地说，这个老东西一身的刺，叫他朝东他朝西，叫他朝北他朝南，反正是想办法跟我对着干，非把他身上的刺拔了不可！这时，刘继业一溜小跑跑来，跑得有点儿气喘，平了半天气说，爹你找我？刘福乾说，你知不知道吴官庄吴祖文今年少收佃户二斗租的事？刘继业说，我这才听你说。刘福乾说，街上人都传疯了你也不知道，你天天是干什么吃的？刘继业说，我天天训练民防团嘛。刘福乾白了儿子一眼说，那个叫苗风池的人呢？刘继业摸摸头说，最近还真没看到他。刘福乾说，他不是经常走村串乡打探消息吗？罗大炮没找到，陆涛也没找到，就知道天天嫖女人。这么大的事街上人都传疯了，他能不知道？他知道了怎么不来告诉你？刘继业说，我回去问问有没有人知道苗风池上哪儿去了。刘福乾说，找不到罗大炮和陆涛，以后不要再给他钱嫖女人了，这人是个小人，有奶就是娘。刘继业说，爹，我去找苗风池，看看这个龟孙这几天上哪儿去了。刘福乾说，去吧。看着儿子一晃一晃的背影，刘福乾若有所思。

　　吴祖文这个做法让刘福乾很窝心，全镇人都知道少收佃户二斗租的吴祖文是个大善人，那么一斗租不少收的自己岂不就是个大坏人？吴祖文你这么做是毁了我的名声，背后捅我刀子呀！刘福乾在大厅里走来走去，思忖着对付吴祖文的办法。他要阻止吴祖文，让吴祖文一斗租也不少收。如果少收佃户租，让穷鬼们尝到了甜头，今后谁还交租？

刘继业回到民防团团部，找来平时跟苗凤池相处得不错的二歪，问二歪知不知道苗凤池这几天干啥去了，吴祖文少收租这样的大事，他也不来报告，想干什么？二歪说，我也好几天没见到凤池了，心里正纳闷呢，凤池哥到哪儿去了？刘继业说，他不是经常到满园春去玩吗？二歪说，他三天两头去，有时候一连包好几夜吃住都不下楼。刘继业说，跟我到满园春去，看看他是不是死在哪个女人床上了。二歪说，我再叫上两个兄弟一起去？刘继业点点头，二歪又叫来两个人，三个人背着快枪，跟在刘继业身后去了满园春。

老鸨见刘继业来了，连忙迎上前说，少爷，小雪可给你留着呢。刘继业说，我是来找人的，看没看到苗凤池？老鸨说，你是说池爷啊，前几天还来的。刘继业说，什么池爷，苗凤池。老鸨说，对对对，你看我这张臭嘴，不是池爷是苗凤池。老鸨说完抬手就抽自己的脸。刘继业说，行了行了，苗凤池来了找谁？老鸨说，池爷，不，苗凤池喜欢小紫，经常跟小紫玩；小紫如果有客，苗凤池就跟别的姑娘玩，到底和谁玩，这就说不准了，有时候是小青，有时候是小粉……刘继业打断老鸨的话说，别说那些乱七八糟没用的，我问你，苗凤池现在在哪里？老鸨说，前几天我还看到苗凤池来找小紫玩，这几天没看到苗凤池来，现在真不知道苗凤池在哪里。要不你去问问小青和小粉？看看她们知不知道苗凤池去哪儿了。刘继业说，到底问谁？老鸨说，少爷，我记得前几天苗凤池来是在小紫屋里的，你先到小紫屋里问问小紫吧。刘继业说，你看你多啰唆。老鸨说，少爷，我不是想给你说详细点嘛。老鸨要带刘继业上楼，刘继业拨开老鸨，带着二歪和两个团丁上楼去了。老鸨在后面说，少爷，小紫在东头那间屋。刘继业没搭腔，带着人上了二楼，直奔东头小紫的房间。

刘继业咣当一声推开房门，见小紫正和嫖客在床上玩。听见门响，嫖客从小紫身上滑下来钻进被单里。小紫连忙拿自己的肚兜盖住下体，见刘继业带着人枪闯进屋来，笑着说，少爷，你来了也不先说一声？刘继业说，我问你，苗凤池来过没有？小紫说来过。小紫一边说着话一边拿过床头上的衣服穿上。刘继业说，人到哪儿去了？小紫说，少爷，这我就不知道了。刘继业说，他什么时候走的你不知道？小紫说，我只知道谁来过，有时候天没亮就走了，有时候睡一会儿歇歇再走，谁什么时候走的我说不上来，谁到哪里去了我真不知道。刘继业说，我问你苗风池什么时候来的？谁叫你说那些些事的？小紫说，少爷，我这儿来的人多，你让我想想。刘继业说，快想，他什么时候来的？小紫歪着头想了半天，说，少爷我想起来了。刘继业说，哪天来的？是昨天还是前天？小紫说，七月十五那天？是七月十四？对，苗风池是七月十四那天晚上来的，他包了我一夜，第二天上午，也就是七月十五镇上逢集那天被一个人叫走了，到现在也没来。刘继业说，被什么样的人叫走的？小紫"哎哟"一声说，少爷，你得让我想想，我这里人来人往跟逢集似的，哪能记住来找人的人什么模样？小紫歪着头想了半天，说，少爷，我想起来了，是一个不高不矮的男人，黑不溜秋的……刘继业打断小紫的话说，你尽胡说八道，我问你苗风池到哪儿去了？小紫说，少爷，这我真不知道他去哪儿了，我只管伺候来客，不送客，出了我这屋的门，我就不知道他去哪儿了。要不你去问问其他姐姐，客走了我不送，到哪个姐姐那再玩我也不吃醋。刘继业说，少废话。小紫说，少爷，池爷到哪儿去了你得去问池爷。刘继业说，我要知道这个龟孙到哪儿去了我还问你吗？小紫说，少爷，来找我的人很多哦，香着呢。刘继业问了半天也没问出个头绪来，说，找到苗风池，看我不扒了他的皮。

老鸨在楼下见刘继业下楼来，说，少爷，找到人了吗？刘继业说，找到你个头啊。老鸨说，少爷不玩玩再走？老鸨的话音刚落，几个花枝招展的姑娘就朝刘继业围过来。刘继业说，离我远点，今天少爷有事。老鸨说，少爷改天再来玩？

刘继业气哼哼地带着人回了民防团，自己又去找刘福乾。刘福乾正等着他回话呢，看到刘继业来了急忙问，找到人没有？刘继业说，没有，小紫说七月十五那天，苗风池跟一个不高不矮的男人走了再也没去过。刘福乾说，这个小龟孙到哪儿去了？刘继业说，不然的话，贴张告示，谁找到苗风池给两块大洋，你看行不行？刘福乾说，好，你去办吧。

寻找苗风池的启事一贴出来，就围了一圈人看，有认识苗风池的人说，前几天我还看到了呢，这得找，找到人给两块大洋，这生意好做。有人说，苗风池是共产党？有人说，他能是共产党？天天嫖女人，共产党也不要他。原来是房山土匪，匪窝给端了，罗大炮活不见人死不见尸，他天天走村串乡找罗大炮。找了两年也没找到罗大炮，他却不见了，刘团长还贴寻人启事找他，真笑死人了。有人说，找苗凤池去，找到人到刘团长那儿去领赏。一群人嘻嘻哈哈地散去了。

寻找苗凤池的启事贴出来的第三天，有个老头儿提着几个瓜，一头大汗来到民防团，在大门口被站岗的团丁拦住了。老头儿说，我找刘团长。团丁说，刘团长是你要找的人吗？老头儿说，我有话对刘团长说。团丁说，出去别捣蛋。老头儿说，你看看这话说的，我找刘团长真的有事。老头儿说完，看见自己背筐里带来的几个瓜又说，这有几个瓜，小爷吃瓜，帮我找一下刘团长。两个团丁一人拿了两个瓜，一边咔嚓咔嚓吃瓜一边说"你等等"。老头儿蹲在树底下，拿斗篷扇风。一个团丁吃完瓜抹抹嘴说，我去给你找刘团长。老头儿连忙站起来点头哈腰地说，多谢小爷。

不一会儿，团丁还真把刘继业找来了，指着老头儿对刘继业说，团长，就是这个老头儿找你。老头儿拿了两个瓜要送给刘继业，刘继业不耐烦地说，找我什么事？老头儿说，你不是贴寻人启事找苗凤池吗？刘继业立马来了精神说，人在哪里？老头儿凑到刘继业跟前小声说，我在蔷薇河边看到一个人，不知道是不是苗凤池？刘继业说，你连苗凤池都不认识报什么信？现在上吊投河寻死的人太多了。老头儿说，刘团长，我看跟人家说的样子差不多，你带人去看看，说不准还真是苗凤池呢。刘继业歪着头想想，觉得老头儿说得对，准备带人到蔷薇河去看看，忽然又问，老头儿你是干什么的？老头儿说，我在河边拾边田种了几行瓜，看瓜的。刘继业说，那是我家的地，你拾边田？老头儿说，刘团长，不是拾边田，是我在你家的地头种了几行瓜。刘继业叫一个团丁找来二歪，几个人背着枪，跟老头儿去了蔷薇河。

看瓜老头儿领着刘继业来到蔷薇河岸上，指着一个头插在水草里，身子在岸边上的人说，你看看，是不是这个人？刘继业看看头插在水草里随着河水一飘一动的人对二歪说，你和苗凤池熟，你看看是不是他。二歪下到河边，被一阵恶臭呛得直干哕。他捏着鼻子捂着嘴，伸头看了看尸体身上的衣服，憋着气跑上岸来对刘继业说，团长，衣服是苗凤池的。刘继业又让另外两个团丁和二歪一起下到河边，两个团丁被呛得咳嗽半天，憋着气，抓着尸体的腿想拉上岸来，谁知用劲一拉，人没拉上来，却拉下来一条腿，吓得三个人一屁股坐在河边哭爹喊娘。

原来天热，头插在水草里的苗凤池腿都烂掉了。刘继业在岸上捂着鼻子说，拉上来看看。三个人老牛大憋气，想抓着尸体的褂子拉，又怕把人头拉下来，弄了半天也没有把尸体拉上来。刘继业在岸上催，没办法，二歪憋着气下到水里，把缠在尸体脖子上的水草拿下来，三个人这才慢慢把尸体从水里拉上来。众人捏着鼻子一看，尸体的头早被水泡得又白又胖，哪里还能看清脸面？二歪一手捏着鼻子，一手在尸体衣服口袋里摸来掏去，掏出来一个玉镯子，连忙跑上岸来，大口小口喘了一会儿气，对刘继业说，刘团长，是苗风池，我认识这个玉镯子。苗风池跟我说过，这个玉镯子是他娘留下来的，没钱到满园春去玩，也没舍得把玉镯子给老鸨。

　　刘继业听二歪说完带着团丁要走，看瓜老头儿跟在身后说，刘团长，告示说找到苗风池给两块大洋的。二歪头歪着说，人都死了，你还要大洋？看瓜老头儿说，人死了也是我找到的啊，启事上也没说找到死人不给大洋？刘继业看看老头儿愁眉苦脸的样子皱皱眉头，掏出两块大洋扔在看瓜老头儿脚前，随后扬长而去。刘继业问二歪和两个团丁，说，这个龟孙怎么死在蔷薇河边了？二歪说，是不是风池跟谁结了仇？没结仇，他怎么这么个死法？一个团丁说，头插在水草里不说，脖子上还缠了好几道水草。另一个团丁说，我看见他腿上都生蛆了。刘继业忽然干哕起来，吐了几口水说，你们几个都给我闭嘴。几个人都不说话了，跟在刘继业身后匆匆朝镇里走。

　　刘福乾听说苗风池死了，不是死在满园春哪个女人的床上，而是死在了离刘湾镇十几里地的蔷薇河边，觉得有些蹊跷。七月十五那天是谁把苗风池带到蔷薇河边的？又是什么样的事才让苗风池这样有兴趣？是看到罗大炮、陆涛了？还是看到吴天昊了？刘福乾想，可能是苗风池见到了他们其中的一个，如果没有那么大的诱惑，大热的天，苗风池是不会跟人去蔷薇河边的。刘福乾越想越觉得极有可能是苗风池发现了罗大炮或是陆涛或是吴天昊。刘福乾对儿子说，继业，苗风池死了，我断定跟罗大炮他们有关。我考虑吴天昊和罗大炮、陆涛有可能还在东海西乡，民防团要加强戒备，严查这三个人，不论是见到哪一个都给我抓回来，活的不行死的也行。刘继业说，爹，你放心，只要我看到了绝不放过。刘福乾说，以后没人给咱打探消息了，你得仔细点。刘继业说，爹，我知道。刘福乾思忖半天又说，你带人去一趟吴官庄，吴官庄吴祖文今年少收二斗租，刘湾镇的穷鬼们要是跟着学也不交租，这不就乱套了吗？我这个镇长今后还怎么干？刘继业说，我知道怎么做。说完，他看了一眼刘福乾又说，我这就带人去吴官庄？刘福乾说，去吧。刘继业带着人枪，出了镇子直奔吴官庄。

滚雷

马管家见刘继业带人来了，知道刘继业肯定是为少收二斗租来的，连忙迎出来说，刘团长来了？刘继业说，吴祖文在家吗？马管家说，老爷不在家。刘继业说，他儿子吴天昊来家没有？马管家说没见过，看着刘继业又说，少爷在南京念书啊。刘继业说，老东西少装蒜，吴天昊是共产党早跑回来了。马管家说，真的没见过少爷来家。刘继业说，吴天昊上次差点儿砸死了苗凤池，他没有吃的也没有喝的，他不来家要钱，啃自己大腿啊？马管家手朝大门里一伸说，刘团长让弟兄们搜，要是搜出来吴天昊，我马都不姓了。刘团长仰脸哈哈大笑，随后带人进了吴家大院，十几个团丁在屋前屋后屋里屋外搜了起来。

刘继业看着团丁搜查吴家大院，对马管家说，听说吴祖文个老东西今年少收佃户二斗租？马管家说，我家老爷说，都是一个庄上人，年年种地连肚子也吃不饱，今年春旱歉收，每家少收二斗租，让庄上人吃顿饱饭，明年该怎么收还怎么收。刘继业说，刘镇长同意了吗？马管家说，这是我家老爷决定的，我一个管家做不了主。刘继业说，你家老爷算个屁！马管家说，我家老爷是吴家的老爷。刘继业说，你家老爷去哪儿了？马管家说，老爷没说，只说出去几天，是不是看儿子放暑假没回来，到南京看儿子去了？刘继业抬手扇了马管家一个大嘴巴说，老东西，我叫你给我打马虎眼。你家老爷到哪儿去了你不知道还问我？马管家两手捂着半边脸，吐出一口血水说，刘团长，我真的不知道老爷去哪儿了。这时耿三从地里干活回来，见一院子的团丁把屋里屋外翻得乱七八糟，刚想上来阻止，马管家急忙给耿三递了个眼色，耿三转身又出了大门。一个团丁一头大汗地跑来对刘继业说，刘团长，后院没有找到人。又一个团丁跑来说，刘团长，屋里屋外找遍了没有人。刘继业对马管家说，今年的租少收一斗也不行。马管家说，我家老爷说了，今年每家少收两斗租，明年再收。刘继业说，那好，把屋给我点了，我看他收不收。马管家一把拉住刘继业的胳膊说，刘团长使不得啊，我家老爷不在家，你烧了屋，回来我怎么跟吴老爷交代？刘继业对团丁说，愣着干什么？给我点了。我就不信，他吴祖文能当了刘镇长的家？一个团丁点着火把扔进柴草棚，火呼啦一下子蹿起来，噼里啪啦地烧了起来。刘继业说，把堂屋也给我点了，我非灭了他吴祖文不可。马管家又拉住刘继业的胳膊哭丧着脸着说，刘团长，你放过我家老爷吧。看着屋被点着了，火越烧越旺，刘继业说声走，带着团丁走了。

吴家大院的火越烧越旺浓烟滚滚，整个吴官庄都闻到一股呛人的炕味、焦糊味。马管家连忙带着家里的用人端着瓦盆盛水灭火。耿三跑到庄里，对庄上人说，吴老爷少收租，是咱的大恩人，快去救火！一传十，十传百，一下子来了几十个庄上人，打水的打水，端水的端水，把火扑灭了。柴屋烧得只剩墙框了，堂屋救得及时，火没有烧上屋顶，吴家大院一片狼藉。

十里八村的人听说刘继业放火烧了吴家大院都愤愤不平，有的人决定跟吴官庄人学，今年少交刘福乾家二斗租。

麦子收完一个多月了，佃户们的粮食该入仓了，却没人来交租。刘福乾派人下去催租，佃户们拖着就是不交，气得刘福乾大发雷霆，火冒三丈，天气本来就热，内火外火一齐攻，嘴角冲出两个大水疱来。

刘继业看见父亲上火，心里一急，带着人去窦庄催租。窦庄有个叫牛玉山的汉子见刘继业带人来催租，苦着脸对刘继业说，刘团长，人家吴官庄吴老爷看今年歉收少收二斗租，让穷人吃顿饱饭，你家能不能也少收二斗租让穷人吃顿饱饭？刘继业眼一睁说，我家的租一粒不能少。牛玉山说，吴老爷家怎么能少？刘继业说，你放心，吴祖文家的租也一粒不会少。牛玉山咕哝半天回到家里，半晌把麦子扛出来，刘继业带来的收粮人用斗一量，整整少了二斗。刘继业火冒三丈地说，我家的地你不要种了。牛玉山说，你家的地不给种，我种吴老爷家的地。刘继业说，你敢？

说着话，团丁催着村里人把粮食扛来了，刘继业一看，家家少交二斗粮，指着村里人说，你们想造反吗？牛玉山说，我们想吃顿饱饭，粮食全交完了，我们不得饿死啊？刘继业说，饿死你们这些穷鬼算了。牛玉山说，穷人也是人，你还有点良心没有？刘继业说，反了反了，穷鬼们想造反了，都给我带走。团丁开始抓人，要带到镇府去。

牛玉山趁团丁不注意撒腿就跑，一边跑一边喊"民防团抓人了，民防团抓人了——"两个团丁跟着就追，眼看牛玉山越跑越远追不上了，刘继业端着枪朝天开了一枪。谁知枪声一响，被民防团抓来的人呼啦一下四散逃去，团丁追了半天抓回来五六个人，用绳子捆了，连成一串，由团丁押着，一个跟着一个往村外走。"民防团抓人了，民防团抓人了——"有人大喊大叫，一时间村里老老少少都奔了出来，连哭带喊在村口乱成一团。

牛玉山逃出来拐了几个弯，又翻过几家墙头，来到村西头的牛树旺家，气喘吁吁地对吴天昊说，刘继业抓人到镇里去了。吴天昊立马对牛树旺说，树旺，你到地里去喊人，把带走的人截回来。我这就到村东去看看。牛树旺答应一声，连忙到地里去喊人。吴天昊正要走，程老六一把拉住他说，你不能去，刘继业天天要抓你，你一出面就暴露了，我去，刘继业不认识我。程老六说完立马去了村东头。

程老六来到村东头，见男女老少哭天喊地，又看见牛树旺带着十几个人，有的提着铁锹，有的提着镢头，还有的提着铁钩，从地里飞奔而来，连忙赶过去，对牛树旺说，表哥，绝不能让刘继业把人带走，咱们到前面把人截住。程老六说完，带着人从路沟里往前跑去。

刘继业押着人慢吞吞走过来时，被牛树旺和村里人堵在了路上。路上突然出现一群手拿铁锹、镢头、铁钩的人，刘继业连忙端起枪来大声说，我看谁敢动？牛树旺说，刘继业，把人留下来。刘继业说，你是谁？牛树旺说，我是村里的穷人，你家的佃户。程老六也说，你把人都带走了，谁给你家种地？刘继业听了程老六的话，一时间也愣了，确实是这样，人都带走了谁种地？想想自己只是来催租，没说要抓人啊。真把这些人抓走了，穷鬼们造反了怎么办？这么一想，刘继业说，那就交租，交了租我就放人。牛树旺说，你不放人，怎么去交租？这时，村里的老老少少也赶过来了，哭声、喊声、叫声一片吵吵嚷嚷。

刘继业一看事儿闹大了，软了下来。牛树旺趁机解开被抓人手上的绳子，被抓的人立马站到牛树旺一边，全村的老老少少也都站到牛树旺一边，与刘继业等十几个人对峙起来。僵持了半个时辰，刘继业指着牛树旺和程老六说，你们俩给我记着，要不看你们是我家的佃户，我一枪崩了你们。牛树旺把布衫一脱，拍着胸脯说，打吧，朝这里打！程老六也说，反正没法活了，打死我算了。刘继业怕真把事儿闹大了，想了想说，今天我把人放了，明天来收租，一粒粮都不能少。说完，他对团丁说，走，明天再来，我看哪个穷鬼敢不交租。

刘继业带着人走远了，牛树旺和程老六这才搀老扶幼带着人回到村里，老远看见吴天昊站在村街上等他，连忙快走几步，程老六说，天昊，刘继业走了。牛树旺高兴地说，吴老弟，我们抗租胜利了。说完，牛树旺扑上去紧紧搂抱着吴天昊。吴天昊说，快放开，我都给你勒得喘不上气了。牛树旺松开手哈哈大笑起来。村里人看到这一幕都有些吃惊，这个人是谁？牛树旺为什么对他这么热情？牛树旺感觉到村里人目光提出来的问题，抓着吴天昊的胳膊说，这就是吴官庄吴老爷家的吴……话没说完，程老六一把捂住牛树旺的嘴，牛树旺只好把下半句话咽进肚里。待程老六的手拿开后，牛树旺说，这是我吴老弟，他是好人。村里人唏嘘半晌才慢慢散去。

　　留下来的人都是穷人会的人。程老六对牛树旺说，你怕村里人不认识天昊？要是有人给刘福乾通风报信，天昊还有个好？牛树旺说，你看看你看看，我一高兴说话就没有把门的了，以后我注意。你放心，我跟吴老弟干定了，谁要敢跟刘福乾通风报信说吴老弟在我这儿，我饶不了他。牛树旺对围在身边的十几个汉子说，都听到了吧？十几个汉子齐声说听到了，有的人说，树旺你放心，我们不会做那昧着良心的事。牛树旺说，都是好兄弟，回家吧，有事我会跟你们说的。有人说，树旺哥，我们听你的。牛树旺说，咱们好兄弟团结起来，跟刘福乾、刘继业斗。十几个汉子先后走了，吴天昊拉着牛树旺的手对程老六说，走，回去再商量一下。牛树旺说，吴老弟你说咋办就咋办！吴天昊拍拍牛树旺的肩膀说，把穷人会组织起来，建立为穷苦百姓说话的组织！回到家，因为抗租的胜利，牛树旺还沉浸在喜悦之中，对吴天昊说，吴老弟，今晚我把穷人会建立起来，你跟我们一起喝鸡血酒！吴天昊说，树旺哥信得过我，咱们晚上一起喝！牛树旺说，我去通知人了。吴天昊说，去吧。

　　从吃晚饭的时候就有人陆陆续续到牛树旺家来，晚上九点钟的样子，已经来了四十多个人。吴天昊对牛树旺说，人来齐了吗？牛树旺说，还有几个，等会儿人来齐了一块儿喝。吴老弟你先跟大伙讲几句，我再去找一下人。牛树旺出去找人了，吴天昊点点头咳了一下，然后给先来的村里人讲，穷人会就是穷苦百姓团结起来和土豪劣绅斗争，抗租抗捐，为穷苦百姓说话，为穷苦百姓办事，为穷苦百姓谋利益，在共产党领导下的一个群众组织。吴天昊的话刚说完，响起一片哗哗的掌声。下面有人说，吴老弟，再给我们大伙讲讲，木不钻不透，话不讲不明哪。下面齐声说好！

　　吴天昊咳了一下说，好，那我就再说几句。我们穷苦百姓是奴隶，谁的奴隶？大家是刘福乾的佃户，也就是刘福乾的奴隶，受尽了剥削。什么叫剥削？大家想一想，辛辛苦苦种了一年庄稼，到头来吃不饱肚子，还要饿着肚子干活。刘福乾吃得好，喝得好，穿得暖，他一天活儿不干，哪儿来的这荣华富贵？他的荣华富贵就是剥削我们劳苦大众得来的。大家种的粮食交完租子，家家剩多少粮食你们自己心里有数。所以，我们穷苦百姓要团结起来，要推翻刘福乾这样的剥削阶级,为过上好日子而斗争!又是哗哗一片掌声,有的人手拍红了还不停地拍。

门咯吱一响,牛树旺带着几个人进来,对吴天昊说,吴老弟人来齐了。吴天昊说,今天刘继业来催租,有的人参与了,有的人看到了,有的人听说了,只要我们团结起来,刘继业不是认怂了吗?牛树旺说,吴老弟讲得好,村里人心齐了,刘继业不是灰溜溜地走了吗?大家说是不是?下面的人异口同声地说是。吴天昊说,咱窦庄的穷人会今晚建立起来了,如果有不愿意参加的现在可以走。牛树旺说,有没有要走的?有人说,既然来了就不会走,谁走谁是孬种!吴天昊说,我提议,牛树旺做窦庄穷人会的会长,大家如果没有意见就鼓掌通过。哗哗一片掌声。有人说,今天赶走刘继业,就是树旺带的头嘛!吴天昊说,大家都同意,牛树旺就是我们窦庄穷人会的会长,下面我们请树旺给大家讲几句。牛树旺有些不好意思地说,老少爷们,我和你们一样都是刘福乾家的佃户,我没上过学不识字,也不会说话,就一句话,今后听吴老弟的,吴老弟叫咱怎么干,咱就怎么干!大家一片叫好。

牛树旺出去提来两坛酒,拿来二十多个黑碗,又抓来一只咯咯叫的公鸡,拿起菜刀,朝鸡脖子上一抹,把鸡头弯过来,将鲜红的鸡血滴到酒坛里。待两个酒坛里都滴了鸡血,他放下鸡,抱起酒坛子晃了晃,倒满二十多碗酒,端给吴天昊一碗,端给程老六一碗,自己端起来一碗,三个人一起喝干了碗里的鸡血酒。牛树旺放下酒碗抹了一下嘴说,大家一个一个喝。下面的人一个跟着一个走过来,端起鸡血酒就喝。

场面十分动人,吴天昊激动地唱起了《国际歌》:

起来,饥寒交迫的奴隶!
起来,全世界受苦的人!
满腔的热血已经沸腾,
要为真理而斗争……

大家不会唱,都跟着歌曲的节奏拍巴掌。吴天昊说,我会和大家一起努力,打倒土豪,推翻剥削阶级,为过上好日子而奋斗!大家齐声说,打倒土豪,为过上好日子而奋斗!有人说,明天刘继业要是再来怎么办?牛树旺说,一句话,还是不交!下面又响起一片掌声。

夜深了，还没有人要走，牛树旺看看天不早了说，咱窦庄穷人会今晚成立了，大家回家去睡觉吧，明天有力气干活，为咱自己干活。牛树旺这么一说，人们才意犹未尽地一个一个地走了。

人走完了，牛树旺对吴天昊和程老六说，吴老弟、表弟，你看老少爷们热情多高哇！吴天昊紧紧握着牛树旺的手说，树旺大哥，今后咱们就是一锅抹勺子的兄弟了。程老六也把手握在了吴天昊和牛树旺的手上说，天昊、表哥，咱们一起为百姓办事。三个人三双手紧紧握在一起。吴天昊说，穷苦人只要团结起来，力量大无边哪！程老六说，表哥，今后咱跟天昊一起干。三个人都睡不着，说呀说呀，好像有说不完的话，一直说到天蒙蒙亮。

第二天上午，八喜来牛树旺家找吴天昊，说上级来人了要吴天昊回牛山。吴天昊对牛树旺说，树旺大哥，好好帮穷人办事，发挥穷人会的作用，谁家有事你都要带头去帮忙，有事呢，到牛山去找我。程老六把牛树旺拉到一边小声说，天昊到哪里去了，千万不要跟别人讲。牛树旺点点头说，表弟你放心。他恋恋不舍地看着吴天昊跟程老六和八喜一起走了。

吴天昊回到牛山，见老远有人迎过来，连忙跑上前紧紧拥抱着那人说，兴义大哥，你可来了。陈兴义说，你在韩家桥的这个交通联络站建得好啊，这次是省委派我到东海地区传达上级指示的。这时，吴天昊看见站在陈兴义身后的严仁宽，两个人又拥抱半天，严仁宽说，兴义大哥是省委派来东海地区的特派员，在海州开完会，听说你在牛山，非要我把他带来见见你不可。严仁宽又说，天昊哥，吴老爷和太太身子调养得差不多了，过一段时间就能回来。吴天昊说，如果钱不够，我叫人再送去。严仁宽说，天昊哥，用不了那么多钱啊。吴天昊说，我想让他们秋凉的时候再回来。严仁宽说，好啊，在我们那住了个把月都熟悉了。吴天昊说，那就谢谢了。严仁宽说，自家人不说谢。吴天昊说，好，自家人不说谢。他又对陈兴义说，特派员，屋里说话。

坐在茅棚里的地铺上，吴天昊给陈兴义倒来一碗山泉水，陈兴义端起来喝了两口说，乖乖，牛山的水这么甜！接着他又喝了一碗，抹抹嘴说，根据江苏省委的指示，徐海蚌特委改为徐海蚌总行动委员会，各县也改为行委了。吴天昊说，县委传达过了。陈兴义说，东乡大村举行了起义，动员穷人会的骨干和党员筹集三十多支枪和三百多发子弹，在王通沟、开泰、中正盐防营抢了十多支枪，向仇家大院进攻。这是东海地区党领导当地山民为反抗国民党反动统治打响的第一枪。吴天昊深受大村暴动的鼓舞，对陈兴义说，我们这边也正在积极组建穷人会，昨天刘湾镇大地主刘福乾儿子带着团丁到窦庄催租，抓了五六个人要带回镇里，半路上被穷人会的人给截下来了。陈兴义说，干得漂亮！吴天昊说，特派员，昨天夜里，窦庄建立了穷人会，五十多个人一起喝了鸡血酒。陈兴义一把抓着吴天昊的手，半晌说，天昊，要抓住时机进行暴动，震慑一下国民党反动派和土豪劣绅，让他们看到穷人团结起来的力量！吴天昊说，特派员，只要时机成熟，我们会发动暴动的。陈兴义突然说，天昊，我怎么没看见刘紫瑶？吴天昊说，刘紫瑶到村里开展穷人会工作了。陈兴义"噢"了一声说，你们现在还好吧？吴天昊脸突然红了，半晌才说，我们没有在一起。陈兴义吃惊地说，省委一方面安排你回苏北东海地区开展党的工作，另一方面不是让你回来找刘紫瑶的吗？吴天昊把刘紫瑶被土匪截上山成了压寨夫人的事简单讲了讲说，特派员你放心，我们现在在一起工作，不会影响工作的。陈兴义说，你看看你看看，多好的一个姑娘啊。吴天昊说，我是被土匪截上山后才找到刘紫瑶并认识她丈夫陆涛的，现在他们都是我们党的同志了，是东海西乡党组织的骨干力量。前一段时间，我把他们安排到村里开展组建穷人会工作去了。陈兴义说，天昊，真难为你了。吴天昊说，特派员，只要把东海西乡党的工作开展起来，个人的事都是小事，你说对不对？陈兴义说，说得对，共产党员不光要有胸怀，还要大度，不论做什么事情，首先要把党的工作放在第一位。有这样的好同志，有这样的共产党员，我们的革命一定能成功！吴天昊说，我们坚决执行总行委的指示，尽快开展暴动，让星星之火在东海西乡燃成燎原大火！

　　两个人又说了半天的话，陈兴义说，天昊，我还要到灌云去了解有关暴动工作的情况，传达徐海蚌总行委的指示，东海西乡的暴动工作要找准时机抓紧开展，有机会我会再来的。吴天昊说，特派员吃过饭再走吧？陈兴义说，不用，有菜窝窝给我们带几个，我和仁宽两人边走边吃。吴天昊叫人包了几个菜窝窝交给严仁宽，然后一直把陈兴义和严仁宽送到山口，陈兴义停下脚步握着吴天昊的手说，我等你们暴动的好消息！吴天昊说，请特派员放心，请徐海蚌总行委放心，我们一定按照指示，尽快开展暴动。

　　陈兴义跳上车，挥挥手，严仁宽说声"驾"，木轱辘大车便叽里咕噜滚动起来，直到大车拐过山脚看不见了，吴天昊几个人才回山里。

24

说话间到了十月份，吴天昊接到县行委召开扩大会议的通知，到达洪门会场时，意想不到的是再次见到了陈兴义，心里一阵激动。他看见了陈兴义，陈兴义也看见了他，两个人会心地点点头。会议开始后，农委刘书记对东海地区的革命暴动做了部署和动员，他说，有的地方穷人会已经建立起来，群众的革命热情十分高涨，我们要寻找机会，趁热打铁在穷人会工作开展较好的地方先期开展暴动，让群众的革命热情喷发出来，让革命的烈火燃遍苏北东海。刘书记部署后，省委特派员陈兴义也讲了话。陈兴义说，希望大家认真落实省委意见，尽快开展暴动，打倒土豪劣绅，推翻地主剥削阶级，让穷苦百姓有地种，有粮吃，过上好日子。陈兴义的讲话再次燃起了与会者的革命热情，大家纷纷表示回去后要抓紧开展暴动。

散会以后，陈兴义对吴天昊说，天昊，我希望你能率先开展暴动，在东海西乡做个样子。参加县行委扩大会议，已经给吴天昊增添了无穷的力量，革命热情十分高涨，他对陈兴义说，特派员放心，你走后，我们在牛山周围的吴家竹城、夏庄、周凹、伊团、毛团、罗庄、丁庄、曹林等村又建立了穷人会，回去就开展暴动。陈兴义握着吴天昊的手说，天昊，我相信你！过几天，我到牛山去找你，和你一起参加暴动。听说省委特派员要到牛山参加西乡的暴动，吴天昊备受鼓舞，告别陈兴义，连夜返回牛山。

第二天一早，吴天昊派八喜分别通知贯庄的刘紫瑶、罗大炮和纪成飞，鲁兰村的陆涛、鲁跃三和马福生等人回牛山开会传达洪门会议精神，同时汇报贯庄和鲁兰两地穷人会的组建情况。中午吃饭的时候人到齐了，简单吃点儿饭，会议就开始了。刘紫瑶说，贯庄的情况较为复杂，百姓长期受万贯金的压迫，加上万贯金组建了民防营，势力较大，百姓有疑虑，有人参加了，不久又退出了，反反复复，组建穷人会的工作受阻。罗大炮说，百姓被万贯金欺负怕了，胆小。陆涛说，我们鲁兰村组建穷人会工作进度也比较慢，情况和贯庄差不多，百姓胆小怕事，没有反抗精神。吴天昊听完情况汇报说，县行委这次在洪门召开的扩大会议，主要是传达省委暴动的意见，省委特派员陈兴义大哥也参加了会议。陈特派员对我们牛山寄予很大希望，希望我们率先开展暴动。吴天昊喝口水说，为了落实省委意见，我们牛山准备先期开展暴动，贯庄和鲁兰两地要继续加大工作力度，待时机成熟后再开展暴动。刘紫瑶说，这样也行，我们回去加紧开展工作，一个村一个村地建立穷人会。陆涛也说，过去我们有点贪大了，村村动员，但穷人会的组建工作一直不理想。回去后，我们个别突破，建一个村成一个村。吴天昊说，不论怎么样，你们都不能暴露身份，要暗地进行，如果暴露了身份，会给当地百姓带来不必要的麻烦，同时也会给组织上带来麻烦，导致工作无法开展。吴天昊提议说，咱们大家唱唱《国际歌》，提振精神，坚定信念，把党的群众工作开展起来，把穷人会组建起来，争取早日暴动。

起来，饥寒交迫的奴隶！
起来，全世界受苦的人！
满腔的热血已经沸腾，
要为真理而斗争！
旧世界打个落花流水，
奴隶们起来起来！
不要说我们一无所有，
我们要做天下的主人！
这是最后的斗争，团结起来到明天，
英特纳雄耐尔就一定要实现！
这是最后的斗争，团结起来到明天，
英特纳雄耐尔就一定要实现！

让每一个人热血沸腾的雄壮歌声，汇成一股强大的声音流，冲破茅棚，在山林间回荡，冲上云天……

唱完《国际歌》，刘紫瑶、罗大炮和陆涛等人告别吴天昊，分头下山去了各自工作的村庄。吴天昊看着刘紫瑶的身影想，等牛山暴动后，我去贯庄帮紫瑶一把，尽快把穷人会建立起来，开展暴动。待刘紫瑶、罗大炮和陆涛他们走进山林看不见了，吴天昊才带着几个人回到茅棚里，具体商量牛山暴动的细节。

没过几天，省委特派员陈兴义再次来到牛山，听取吴天昊的暴动计划汇报后连声说好。吴天昊、八喜、程老六几个人暴动热情倍增。

十月下旬的一天,牛山周围各村穷人会接到暴动通知后,在各村穷人会会长的带领下,三五成群地向牛山集结。中午时分,各村穷人会的五百多人带着火枪、大刀、铁锹、草叉陆续到齐了。八喜腰缠红旗,爬到一棵大树上,把红旗绑在树干上,红旗便迎着山风哗啦哗啦飘扬起来。众人仰望着迎风飘扬的红旗,忽然爆发出一声声怒吼:"暴动!暴动!暴动!"吴天昊看着迎风飘扬的红旗,跳到树下的土台子上说农民弟兄们,我宣布牛山暴动啦!下面的人又齐声高喊:"暴动!暴动!暴动!"吴天昊振臂高呼:

拥苏拥红!
拥苏拥红!
建立苏维埃!
建立苏维埃!

一时间群情振奋,场面十分热烈。虽然许多百姓还不懂拥苏拥红、建立苏维埃的意思,但仍然高举拳头拼命地喊。陈兴义见这场面十分震撼,对吴天昊说,天昊,到各村去游行示威,让土豪劣绅感受感受穷人团结起来的力量!吴天昊说,陈特派员说得对,我们到各村去游行示威,不仅要让土豪劣绅知道穷人团结起来的力量,还要让更多的穷人知道,穷人只有团结起来战斗到明天,英特纳雄耐尔才能实现!

这时,牛树旺带着几个人跳上土台子,有的拿着大刀,有的端着火枪,站在大树两边护旗。吴天昊一看牛树旺带人护旗,又开始喊口号:

打土豪分田地!
打土豪分田地!
拥苏拥红建立苏维埃!
拥苏拥红建立苏维埃!
从来就没有什么救世主!
从来就没有什么救世主!
要创造人类的幸福!
要创造人类的幸福!
全靠我们自己!

全靠我们自己!

声声口号和着阵阵林涛,在山里回来荡去,好像老虎发出的阵阵吼声。

吴天昊顺势带着群众出发了,他要先去吴家竹城,然后到夏庄、周凹……最后到窦庄,一个村一个村地去游行。老乡们扛着火枪,举着大刀、铁锹、草叉、镢头,高喊口号,跟着吴天昊和陈兴义朝山下走去。

老乡们在牛山集中开展暴动时,刘继业正好派人到窦庄来催租,看见村里的壮汉都去牛山了,知道大事不好,连忙回去告诉刘福乾。刘福乾听说后,沉思片刻说,穷鬼们这是要闹事。刘继业吓得说话有点儿抖,穷鬼们要闹事?刘福乾说,这不是反了吗?刘继业说,前几天我去催租,就发现苗头不对,一家少交二斗租,还有的人不交。刘福乾问,他们有多少人?刘继业说,估计得有上百人,好几个村的人都去牛山了。刘福乾说,如果是上百人,我们这十几支枪就不起作用了。刘继业说,那怎么办?刘福乾说,你看你吓的,小蚂蚁劈叉——多大事?你现在就去海州找邹县长,让他们派兵来。刘福乾说完,立马写了一封信,交给刘继业说,你现在就带着我的信去找邹县长,跟邹县长说东海西乡的穷鬼们闹事了,请他派兵。刘继业把爹的信装进口袋正准备走,刘福乾说,骑我的马去,要快。你对邹县长说,费用我们刘家出。刘继业答应一声,去后院骑了刘福乾的大白马,快马加鞭风一样朝海州驰去。刘继业走了之后,刘福乾自言自语地说,我看穷鬼们真是要反了。他立刻召集民防团,随时准备与邹县长派来的兵一起镇压牛山暴动。

这时,吴天昊带着浩浩荡荡的暴动队伍走进吴家竹城,村里男女老少都出来欢迎游行队伍,吴天昊振臂高呼穷人团结起来!游行队伍举着火枪、铁锹、草叉、大刀高呼穷人团结起来!

穷人坐天下!
穷人坐天下!
拥苏拥红建立苏维埃!
拥苏拥红建立苏维埃!

村街上尘烟滚滚,口号声声震天响,村里人哪见过这场面,有人跟着喊口号,有人随手拿了草叉、铁锹走进游行队伍,队伍立马又多了几十人。陈兴义对吴天昊说，天昊，你看看咱们的暴动队伍。吴天昊站在队伍旁边朝后看看，大街小巷都是游行的老乡，心里十分高兴地说，特派员，终于等到这一天了。陈兴义说，不是群众愚昧，是我们没有做好群众的工作，只要把群众工作做好了，还怕革命不成功吗？吴天昊又振臂高呼：

　　打土豪分田地！
　　打土豪分田地！
　　穷人坐天下！
　　穷人坐天下！
　　穷人是天下的主人！
　　穷人是天下的主人！

　　游行队伍走过毛团村时差不多有上千人了。吴天昊喊口号喊哑了嗓子，八喜又带着喊起口号来，一阵高过一阵的口号声，响彻东海西乡。

　　游行队伍走进窦庄时已经是晌午了。这时，国民党财政部税警特务总团第一营的骑兵与刘继业的民防团也赶到了窦庄。游行队伍在陈兴义、吴天昊的带领下走到村里十字路口时，前面突然出现荷枪实弹的军警，叭叭两声枪响，刚刚还十分嘈杂的村庄突然静了下来，蹬起来的尘土还在人们身边飞扬没有落下去。王营长骑在马上，手拿铁皮喇叭高声喊道，解散队伍，滚回家去。

　　八喜带头高呼：

　　打土豪分田地！
　　打土豪分田地！
　　穷人坐天下！
　　穷人坐天下！

　　窦庄在口号声里又沸腾了。

　　王营长举枪叭叭朝天又开了两枪，拿着铁皮喇叭大声喊，谁敢再往前走一步，我要了他的命！吴天昊和陈兴义带领队伍继续往前走，税警骑马端枪站成一排拦住去路。这时，刘继业从税警后面跑过来对王营长说，王营长，走在前面的这个人叫吴天昊,是共产党,别让他跑了。刘继业刚说完,吴天昊大喊一声,冲啊——游行队伍高举铁锨、草叉,冲向税警团和民防团。拿着火枪的穷人对着骑在马上的税警"叭"放了一枪,几个税警大叫一声扔了枪,有的两手捂脸,有的两手捂腿,有的抱着胳膊哭爹喊娘,一时间人喊马叫乱成一团。

这时,咣咣咣突然响起一阵锣声,窦庄男女老少扛着铁锨、草叉、木棍蜂拥而来,税警团骑兵在人群里左冲右突,高头大马哪里见过这阵势,惊吓得咴咴乱叫。牛树旺老娘举着铁钩要钩马腿,税警惊叫一声随即开了枪,牛树旺老娘胸口中弹应声倒地,胸前的血汩汩往外流,不一会儿湿透了衣裳。牛树旺见老娘被打倒了,跑过去一把抱着老娘连哭带喊,程老六也扑过去哭着喊"二姑",牛树旺老娘在树旺怀里一句话没说就咽了气。牛树旺红了眼,抡着大刀片子朝开枪税警的马腿砍去,咔嚓一声砍掉一只小腿,马腿一瘸,开枪税警一头从马上栽下来,牛树旺疾步上前,狠命一刀把税警拦腰砍断。这时,另一个税警举枪要打牛树旺,程老六的草叉猛一下捅过去,在税警身上戳了三个鲜血迸流的窟窿。

吴天昊和八喜、程老六杀出一条血路,掩护陈特派员从人群里挤出来,迅速撤往牛山。刘继业看见几个人撤出人群往东跑,立马带民防团追过去。吴天昊一看刘继业带人追过来,对八喜和程老六说带特派员上山,随后带着乡亲们扑向民防团,阻断了刘继业的追击。吴天昊正领着人往前冲,牛树旺一把拉住他说,吴老弟快撤。这时,穷人会的人和村里男女老少一齐冲上前,牛树旺趁机拉着吴天昊撤出人群往北跑,刘继业看见有人带着吴天昊朝村北跑,随手就是一枪,只听吴天昊"哎哟"一声,一头扑倒在地,牛树旺也不知道吴天昊伤在了哪里,背起吴天昊拼命朝村外跑。刘继业带着人要去追,穷人会立马又组成一道人墙,挡住刘继业和民防团的去路,高喊口号向税警团和民防团冲过去。穷人会夺下民防团的枪,连开两枪,打伤两个税警,税警团一看情势不好,呼哨一声,掉转马头撤出窦庄。刘继业见税警团撤了,慌乱中爬了几次爬上马背,带着民防团也连滚连爬地撤出窦庄,朝刘湾镇方向一路狂奔。

税警团撤回海州了,民防团撤回刘湾镇了,窦庄一片哭喊声、叫骂声,村子里弥漫着一股浓浓的血腥味。

太阳在牛山西边老远老远的地方落下去了,太阳刚刚沾着地平线的时候,就被地平线一把紧紧拉住了。地平线像天狗吞日似的，一点一点地把太阳吞下去了。太阳完全被地平线吞下去时，又好像掉在了染料缸里，蓦地一下溅起半天血色。

税警团和民防团撤走一个时辰后，牛树旺才背着吴天昊回到山里，陈兴义和八喜、程老六几个人立马围过来，点亮油灯，见吴天昊伤在屁股上，子弹头钻在肉里，还有半截留在屁股外面，大家不知道咋办是好。陈兴义说，先把子弹取出来。几个人搓着手，谁也不忍心把子弹从吴天昊屁股上剜下来。陈兴义掏出一把尖刀，说，点火烧刀。八喜连忙点着火，陈兴义在火上烤烤刀，又拿了一截木棍让吴天昊咬在嘴里，然后从吴天昊屁股上剜出了子弹，接过程老六递过来的刀枪药倒进弹洞，又割下一块大褂襟，把吴天昊的屁股紧紧缠起来，这才松了口气。屁股上的子弹取出来了，吴天昊的头发湿透了，身上的衣服也湿透了。

牛树旺看着刚刚从吴天昊屁股上取出来的子弹头说，陈特派员，吴老弟，我回村里去看看我娘……话没说完，牛树旺早已泪流满面，泣不成声。吴天昊说，树旺大哥，大娘是为革命牺牲的，我不能跟你一起去为大娘送终，等我伤好了再去看大娘。陈兴义说，牛树旺，一定要控制好自己的情绪，千万不能莽撞，留下星星之火，是可以燃起燎原大火的！程老六对牛树旺说，表哥，我和你一块儿回去，我要去看看二姑啊。程老六说完也哭了起来。牛树旺说，表弟你先不要回去，山里人不多，你在这儿照顾一下吴老弟。八喜说，树旺大哥、老六，留得青山在，不怕没柴烧啊！吴天昊说，树旺大哥，最好通知群众连夜转移，有亲戚的投奔亲戚，有朋友的投奔朋友，没有亲戚朋友的也要到别的村躲一躲，刘继业明天会来报复的。牛树旺抹了把眼泪说，吴老弟，我回庄就去通知，等葬了老娘，我上山来和你们一起干！说完，他走出茅棚，八喜和程老六连忙跟出去，送牛树旺下山。

八喜和程老六送走牛树旺回来后快半夜了，吴天昊趴在地铺上刚迷糊一会儿，听到八喜和程老六回来了，抬头看看，把几个人叫到跟前说，陈特派员，牛山不是久留之地，明天刘继业民防团会来报复我们的。吴天昊喘口气又说，八喜送陈特派员到韩家桥去找严仁宽，让陈特派员向省委汇报东海西乡农民暴动情况，我和程老六到贯庄继续开展穷人会工作。陈兴义想了想说，就按天昊说的办，我回省委汇报牛山暴动情况。吴天昊说，要走就连夜走，牛山树大旗的事已经轰动东海西乡，明天刘福乾、刘继业肯定会来报复我们。

程老六说，我送特派员和八喜先走，再到窦庄借头驴，回来带天昊到贯庄去。陈兴义对吴天昊说，你好好养伤，我会到贯庄看你的。陈兴义和八喜动身上路，程老六一块儿跟着送出来。

天阴了，乌云压顶，山里的天黑沉沉的，山风掠过，林涛呜咽。三个人出了茅棚不远，陈兴义对程老六说，不要送了，你赶快去村里去看看乡亲们转移没有，再借头驴，天亮前把吴天昊送到贯庄去。程老六说，陈特派员放心，我一定照办！程老六说完和陈兴义握握手，又和八喜握握手。八喜凭借着对山里的熟悉，带着陈特派员摸黑朝山东走，程老六一个人摸黑朝山南走，几个人走了几步之后就被夜色吞没了。

刘继业带着民防团撤回刘湾镇，把窦庄暴动的大体情况简单向刘福乾说了一遍。刘福乾说，税警团王营长怎么没来？刘继业说，他们直接回海州了。刘福乾说，你看看，王营长是邹县长派来支援我们的，让窦庄人打死打伤好几个，马腿也让穷鬼们砍断了，连顿饭也没吃就走了，以后见了邹县长我怎么交代？刘继业说，爹，咱先把穷鬼闹事的事处理一下，后面我再去找王营长，你看这样行不行？刘福乾想了半天说，这样也行，如果有机会我跟你一起去。刘继业说，那明天？刘福乾说，等以后有机会再去，你现在去通知万贯金、鲁天成和白成银，让三家民防营明天一早到镇里集中，去窦庄，看看穷鬼们有多大能耐。

刘继业晚饭也没吃，骑马先去贯庄找万贯金，然后又去鲁兰村和白塔埠村，传达刘福乾的指示，集中民防营杀向窦庄。万贯金和鲁天成、白成银听说了刘福乾从海州搬来税警团镇压农民暴动的事，都觉得自己武装力量单薄，比不上税警团的骑兵和快枪，有点儿不想出兵。但刘继业说的话像铁蛋子一样在地上能砸出个窝窝，如果不派人去，以后你们这边穷鬼闹事了没人帮。几个人一想确是如此，如果不派人去，今后自己这边如果出了事，刘福乾还会派人来帮一把吗？万般无奈之下，三人只好派人参加刘福乾明天的清剿行动。

第二天上午，万贯金儿子万里马带着十几个人七八支枪，鲁天成儿子鲁立凡带着十几个人六七支枪，白成银儿子白天亮带着十几个人八九支枪，从不同方向赶到刘湾镇，加上刘继业的十支快枪和二十多支火枪，在刘继业的带领下，这伙人直扑窦庄。

刘继业带人走进窦庄，见各家各户关门上锁，叫人砸开门锁，一时间院里院外翻得乱七八糟鸡飞狗跳。刘继业很纳闷，一夜间人都跑哪儿去了？看看不远处的牛山想，穷鬼们能跑到哪里去？要跑也是跑到山里藏起来了。于是，刘继业带着人直接去了牛山。

刘继业带着人来到山里，看到了吴天昊住过的茅棚，心里"噢"了一声，原来吴天昊这小子住在牛山里啊。他抬头看见还在树上迎风飘扬的红旗，对万里马说，把旗子给我扯下来，穷鬼们还竖大旗？万里马第一次参加清剿行动，激动得浑身发抖，一心想在刘继业面前表现一下，听刘继业叫他去把红旗扯下来，高兴得抱着树干抬腿就往上爬，谁知脚下一滑，顺着树干滑跌在地上。万里马觉得自己在刘继业面前没有表现好，脸红脖子粗，有些不好意思，爬起来脱了鞋，赤脚往树上爬，扯下猎猎作响的红旗，交给刘继业说，刘团长，旗子扯下来了。刘继业接过红旗三两下扯得稀巴烂，团吧团吧狠劲朝地上一扔，脚踏在旗子上揉搓半天说，把茅棚给我点了。白天亮也想在刘继业面前表现一下，说，刘团长我来。说着，他和手下人一起点燃了茅棚。一时间，牛山里燃起熊熊大火，浓烟滚滚。

看着越烧越旺的大火，万里马对刘继业说，刘团长，咱再回窦庄看看有没有穷鬼回来？刘继业一拍大腿说，万营长好主意，我们再去窦庄杀他个回马枪！虽然没有抓到领头闹事的人，也没有抓到吴天昊，但是抄了吴天昊的老窝，刘继业仍然很高兴，带着人气势汹汹地再次去了窦庄。

刘继业带着民防团来到窦庄村街十字路口时，见一个老头坐在墙根嘎吱嘎吱拉二胡，还有一个老太婆高声大嗓地唱歌：

睡起觉来想起郎，
眼泪打在床沿上，
丫头问我哭什么，
伸腿蜷腿没有郎……

刘继业听了半响也没听出个头绪，对万里马说，带走。万里马说，带哪儿去？刘继业说，带到镇里去，问问他们知不知道吴天昊跑哪儿去了？万里马民防营的两个团丁要把老头和老太婆带走。老头说，上哪儿去？万里马说，刘镇长请你们到镇府去喝茶。老头说，刘镇长请我一个瞎眼老头去喝茶？说了谁信哪。万里马凑到老头跟前，伸手在老头眼前晃晃，见老头两眼眨也不眨，对刘继业说，刘团长，这老头还真是个瞎子。老太婆说，你们带他一个瞎眼人去干吗？他连路都快走不动了。这时白天亮抢着说，穷鬼们闹事，你们知不知道？老太婆说，昨天来了那么多人，还有人打枪，后来人都跑了。今早起来一看村里没人了，就剩我跟瞎哥两个人了，瞎哥叫牛头山，别看他睁着两眼，什么也看不见，跟黑天一样。白天亮说，什么乱七八糟的玩意儿，你站起来说话。老太婆说，大官人，我要能站起来我就不坐着了，我腿不好站不起来只能坐着，要不是瞎哥驮着我，我连这墙根也来不了。白天亮不相信，叫两个团丁把老太婆拉起来，刚把老太婆拉起来，老太婆又一屁股坐在地上。鲁立凡对刘继业说，刘团长算了，真是个瘸子。刘继业借坡下驴说，这一瞎一瘸的带回去也没用，算了。白天亮对瞎眼老头和瘸腿老太说，看到吴天昊要到镇里报告刘团长。瘸腿老太说，这村里再高的树也没有老天高。瞎眼老头说，笑死人了嘛，天底下还有比老天更高的吗？瘸腿老太说，谁说不是呢，老天就是最高的。刘继业见两个老人疯疯癫癫，夺过瞎眼老头手里的二胡扔出去老远说，找你的老天去吧！瘸腿老太说，大官人别发火，我腿不能走路，但我嗓子能唱歌，瞎哥拉弦我唱歌，村里人都说俺俩是绝配呢。刘继业皱着眉头对万里马、白天亮和鲁立凡说，各位营长都回吧。白天亮说，刘团长，那我们回去了。鲁立凡说，刘团长，有事打招呼。万里马两手抱拳，说，刘团长，有用得着兄弟的地方你说话。刘继业在万里马肩上重重拍了两下说"好兄弟"。

几个人带着自己人刚要走，突然听到村西传来一阵高高低低、呜呜咽咽的唢呐声。白天亮说，刘团长，有人吹喇叭。刘继业说，弟兄们看看去，万里马、白天亮和鲁立凡都跟着说看看去，带着民防团去了村西。

听着脚步声走远了，瞎眼老头对瘸腿老太说，瘸大妹，你有眼，去把胡琴找回来，我看看还能不能拉。瘸腿老太答应一声说，瞎哥，你不驮我我怎么过去？瞎眼老头摸索过来，蹲在瘸腿老太跟前。瘸腿老太趴在瞎眼老头背上，瞎眼老头在瘸腿老太的指挥下，驮着瘸腿老太走到村街上把二胡捡回来。瘸腿老太说，断了一根弦。瞎眼老头说，噢，今天我给你露一手，一根弦我照样能拉出调调来。瘸腿老太说，瞎哥，你只要能拉，我就能唱。瞎眼老头说，我就佩服瘸大妹的嗓子，高也罢低也罢，什么调调都能唱。瞎眼老头放下瘸腿老太，摸到蒲团拉过来塞在屁股底下，嘎吱嘎吱拉了两下二胡，听听音，上上弦，再听听，又上上弦，之后便嘎吱嘎吱拉起来。瘸腿老太也不知

道瞎眼老头拉的什么调调,听胡琴响了,跟着就唱:

懒绣鸳鸯好也是伤悲,
泪呀泪双重。
可怜奴孤单一人,
夜半凄凉诉于谁……

瞎眼老头不拉了,说,瘸大妹你唱的什么玩意儿?瘸腿老太说,瞎哥,你拉的什么玩意儿?嘎吱嘎吱跟杀鸡似的。瞎眼老头说,瘸大妹,你唱得都没有调调了,瘸腿老太说,我唱的是小寡妇上坟嘛!瞎眼老头说,瘸大妹,天天唱,天天唱,你烦不烦?唱个新的嘛!瘸腿老太说,瞎哥你咋不早说,你早说唱个新的,我不早就唱了嘛!瞎眼老头说,唱个新的……

刘继业带着民防团在村街上蹚起一股呛人的烟尘,来到村西头也没见到人,走出村口,听到东南地里传来一阵呜呜咽咽的唢呐声,一群人披麻戴孝哭天喊地。刘继业说,带几个人回去。万里马、白天亮和鲁立凡争功一样立马带人过去,把送葬的人团团围住。牛玉山趴在牛树旺耳边说民防团来了。正跪在坟前放声悲哭的牛树旺没听到,一边哭着一边说:"妈妈哎——你死得冤哪——"牛玉山再趴到牛树旺耳边大声说,树旺,民防团来了。牛树旺说,谁来了?牛玉山说,刘继业。牛树旺听说刘继业来了,立马拎着一把铁锨站起来,大喊一声,刘继业,你还我娘来!他举起铁锨迎着刘继业冲了上去,刘继业一看牛树旺举着铁锨不要命地冲过来,一连朝后退了好几步转身就跑,万里马和白天亮还有鲁立凡一看刘继业跑了,也跟着往回跑。

牛树旺的铁锨砍在地里溅起一片泥土,他拔出铁锨继续猛追刘继业。团丁们见牛树旺一副拼命的架势没人敢上前,都跑得远远的在一边看景。有个团丁一拉枪栓呵斥,牛树旺,想干什么?牛树旺举着铁锨朝那个团丁扑去,三两步蹿到跟前,抡起铁锨劈下去,团丁连忙举枪招架,只听咔嚓一声,团丁的枪被砍断了。团丁一边跑一边喊,我的枪我的枪。刘继业端着枪朝天开了一枪,大声呵斥,牛树旺想造反吗?牛树旺举着铁锨说,你赔我老娘,不赔我老娘,我就造反了!刘继业见牛树旺要拼命了转身就跑,牛树旺手里的铁锨顺手甩了过去,铁锨差点儿铲到刘继业的腿,吓得刘继业跳了好几次脚连声尖叫,我打死你个龟孙。牛树旺说,你敢。他两手在地上乱抓乱摸,拾起一块土坷垃狠劲朝刘继业砸去。刘继业闪身躲过土坷垃，朝天又放了一枪。

这时，出殡的乡亲们举着铁锨拿着木棍，呼啦一下子把牛树旺围了起来。有人说，刘继业你个龟孙敢过来我就砍死你，树旺他娘都让你打死了，今天还要来抓人，还有没有天理？万里马、白天亮、鲁立凡你们几个小龟孙都给我滚回去。万里马、白天亮、鲁立凡三个人看看刘继业，一个劲往后退不敢上前。刘继业垂头丧气地说"走"，走了几步转身对牛树旺说，你给我记着，这个账早晚要跟你算。刘继业说这话时，白天亮、鲁立凡两个人带着人已经跑出去老远了，只有万里马没有跑。看万里马那个架势，也做好了随时跑的准备。但万里马毕竟没有跑，刘继业心里很是感激。

刘继业铁青着脸，指指白天亮和鲁立凡对万里马说，你看那两个孬种玩意儿跑得比兔子还快。万里马说，刘团长，我也回去了。刘继业说，跟我到镇上喝一杯再走。万里马说，不去了，改天再喝。刘继业说，那你回去吧，有事跟我说。万里马两手抱拳拱了拱，说，刘团长，我走了。

不一会儿，民防团就走得没了影儿。

乡亲们把牛树旺围起来，有人说，树旺哥，刘继业和几个小龟孙跑了。牛树旺说，大家团结起来，我们谁也不怕！有三四个人是牛树旺做过工作还没有加入穷人会的人，纷纷对牛树旺说，树旺，我们都参加穷人会。牛树旺高兴地说，我们穷人胜利了——一群人都跟着高喊，我们穷人胜利了——

当牛树旺和大伙儿回到村里十字路口时，瞎眼老头和瘸腿老太还在墙根又拉又唱，虽说不在一个调子上，但看得出来，拉二胡的瞎眼老头高兴，唱歌的瘸腿老太也高兴。牛树旺和大伙儿站下来听瘸腿老太唱歌：牛山顶上红旗红，穷人游行拥苏红……瘸腿老太正唱着，瞎眼老头不拉了，说，瘸大妹，好像有人来了？瘸腿老太说，有人来了。瞎眼老头说，谁？是刘继业那几个小龟孙吗？瘸腿老太说，不是，是你本家大侄子牛树旺，送他妈下地刚回来。牛树旺走到两位老人跟前说，三叔，我是树旺，你拉你的，大娘再唱给我们听听。瘸腿老太说，听老歌还是新歌？牛树旺说，就唱你刚才唱的。瞎眼老头说，瘸大妹，你就接着刚才唱的新歌唱。说完，瞎眼老头嘎吱嘎吱拉响了一根弦的二胡，瘸腿老太跟着嘎吱嘎吱的二胡声唱起来：

草叉铁钩高高举，
大刀片子一片明。

火枪砰砰两声震天响,
打得坏蛋一身大窟窿……

牛树旺说,大娘,你把这新歌再从头唱一遍。瘸腿老太说了声好,然后对瞎眼老头说,瞎哥这回你可要好好拉啊,我怎么听着不在一个调调上。瞎眼老头说,瘸大妹你放心,你随便唱什么我都能拉。瞎眼老头右手拉弓左手抚弦,瘸腿老太伴着嘎吱嘎吱的胡琴声高声大嗓唱起来:

牛山顶上红旗红,
穷人游行拥苏红。
草叉铁钩高高举,
大刀片子一片明。
火枪砰砰两声震天响,
打得坏蛋一身大窟窿……

瞎眼老头的二胡声和瘸腿老太的歌声,在空旷的村子里传了很远很远。

第七章　血溅蔷薇村

25

　　看见刘继业回来了，刘福乾两手捧着紫砂壶一下子站了起来，一边啧啧地喝水，一边在心里发着狠，如果继业把牛树旺抓来了，不下油锅炸也要点他的天灯，要让穷鬼们知道我有几只眼，看今后谁还敢再带头闹事。他看见刘继业脸上没有一丝喜色，就知道牛树旺没有抓来，气得把手里的紫砂壶摔得粉碎，心里大骂儿子窝囊废，是个没用的东西。等刘继业进了大堂，走到跟前喊他爹时，刘福乾心里虽然油煎火燎，但表面上却异常冷静地看着儿子。刘继业说，爹，壶打了？刘福乾说，不小心掉下来了。说完，他还朝大门口望了望。这个动作他是做给儿子看的，他不希望儿子此时此刻看出他的内心。刘继业说，人没抓来。刘福乾没有说话。刘继业说，儿子无能。刘福乾说，不是你无能，是牛树旺把穷鬼们团结起来了是不是？刘继业说，你老人家站在刘湾镇，眼望全世界，就是因为牛树旺把穷鬼们团结起来了，儿子才不敢造次。我开了两枪没敢打人。刘福乾说，不打人开枪干什么？刘继业说，我朝天开的。刘福乾眼一睁说，你是我儿子吗？刘继业说，不是你儿子是谁儿子？刘福乾说，是我儿子就再去抓人，抓不到活人，抓死人行不行？刘继业好像没听懂似的呆呆地站着，怔怔地看着刘福乾的脸。刘福乾说，儿子，你下不了狠手，今后怎么治理刘湾镇？连穷鬼都治不了，今后镇里那些有头有脸的人谁还听你的？刘继业说，爹，我这就去把牛树旺抓回来。刘福乾说，歇歇吧，明天去也不晚，只要你能明白这个道理。

　　刘继业走出大堂后长长出了口气，心想，爹比我狠哪。又一想，爹说得没错，我是要接爹的班的，下不了狠手今后怎么治理刘湾镇？镇里那些有头有脸的人谁听我的？刘继业如同醍醐灌顶豁然开朗，好像打了鸡血似的，走起路来精神抖擞。

第二天上午，刘继业带着民防团把牛树旺家大门围了起来，正要喊门，忽然听到堂屋里有胡琴声和唱歌声。刘继业想起来昨天见到的那个瞎眼老头和瘸腿老太，心里笑了笑，觉得牛树旺挺有意思，娘都死了，还把一瞎一瘸两个绝配请到家里唱歌：

牛山顶上红旗红，
穷人游行拥苏红。
草叉铁钩高高举，
大刀片子一片明。
火枪砰砰两声震天响，
打得坏蛋一身大窟窿……

歌唱完了，屋里有人叫好，还有人要瘸腿老太再唱一遍。然后，瘸腿老太跟着瞎眼老头吱吱嘎嘎的胡琴声又唱了起来。这次不光是瘸腿老太一个人唱了，屋里人跟着一块儿唱，成了大合唱：

牛山顶上红旗红，
穷人游行拥苏红。
草叉铁钩高高举，
大刀片子一片明……

刘继业抬脚把牛树旺家的破大门踹得咣咣响，堂屋里的二胡声、歌声戛然而止。牛树旺打开堂屋门，伸头问，谁呀，这么大动静？刘继业说，牛树旺，你给我出来。牛树旺听出来是刘继业的声音，朝外仔细一看，见院墙上架着枪，黑洞洞的枪口正对着堂屋门，转脸对屋里人说，坏了，刘继业个小龟孙又来了。有人说，今天跟这个小龟孙拼了。牛树旺一把没拉住，屋里人呼啦一下子冲到院里，顺手抄起院子里的草叉、铁锹、铁钩、棍棒。大门咣当一响，整个大门被踹倒了，刘继业带着民防团冲进院里，指着牛树旺说，把他带走！手拿铁锹、铁钩、棍棒的穷人立马站在牛树旺前面，把牛树旺保护起来。牛树旺生怕刘继业对乡亲们下手，拿着草叉走到前面。刘继业说，带走！牛树旺端着草叉瞪着眼，团丁没人敢靠近，都朝后退了退。刘继业端起枪来朝牛树旺开了一枪，牛树旺腿一弯跪在地上，血顺着裤腿流下来。半响，牛树旺拄着草叉顽强地站起来，举起草叉狠劲朝刘继业掷去，刘继业跳着脚躲到一边，草叉穿透了刘继业身上的褂子。恼羞成怒的刘继业又朝牛树旺开了一枪，牛树旺晃了晃终于倒下了。乡亲们一看刘继业枪杀了牛树旺，举着铁锨、铁钩、木棍冲向民防团。

枪声响成一片，穷人会的人扑通扑通倒下好几个。剩下的几个人红了眼，举着铁钩、铁锨冲向民防团又刨又砍，刨倒两个人之后，冲出大门四下逃散。刘继业带着人追了半天没追上，反身来到牛树旺家，见牛树旺老婆带着孩子正围着牛树旺哭喊。刘继业叫团丁用绳子拴了牛树旺的脖子，牛树旺老婆和孩子拼命抢夺牛树旺的尸体，一个女人和两个孩子哪里夺得过团丁？牛树旺的尸体被团丁拴着脖子拉走了。牛树旺老婆披头散发地追上去，被刘继业一脚踹倒在地，牛树旺老婆朝前爬了一会儿便昏死过去。

民防团拉着牛树旺的尸体在村街上游街，刘继业对村里人说，以后谁要再闹事，牛树旺就是他的下场。没想到，前天还领着穷人会游行、喊口号活蹦乱跳的一个人，今天被刘继业打死了，还被拴了脖子拉着尸体游街，村里人都在心里偷偷地哭泣。

刘继业带着民防团拉着牛树旺的尸体在村街上来回走了两趟，然后拉牛树旺的尸体回了镇里。

牛树旺的尸体拉到镇里时，半边脸都被磨掉了。刘继业对大街小巷的人说，大家看看，大家看看，这就是闹事穷鬼的下场。街边卖菜的宋罗锅不知说了句什么，刘继业没听清，问宋罗锅说什么，宋罗锅说，我说什么？我说你个小龟孙比你爹还狠。刘继业二话没说，端枪朝宋罗锅胸前开了一枪。枪一响，有人喊"打死人了，打死人了"。大街小巷的人吓得四处逃散，一时间，刘湾镇大街上跑得一个人影儿也没有，只有民防团拉着牛树旺的尸体游街……刘福乾拍拍儿子的肩膀说，过两年，我就让你当镇长！

打死牛树旺，拉着牛树旺的尸体游村游街，刘福乾还不解恨，对刘继业说，继业，吴天昊是共产党，这次闹事就是他鼓动的。你去吴官庄把吴天昊也给我抓来，我要亲自把他送给南京国民政府，下他的大牢，治他的罪。刘继业说，爹，你放心，我明天就去吴官庄。刘福乾说，继业你想着，共产党领着穷鬼闹起来没咱爷俩的好。刘继业说，爹，我知道，共产党就是咱的死对头。刘福乾说，去歇歇吧，别累着，明天去吴官庄。刘继业说，爹，我去了。刘福乾说，晚上我在鸿运酒楼摆一桌，等会儿你把镇上几个人都给我请来。刘继业说，好嘞。刘福乾说，晚上你也一起参加。刘继业答应一声说，我这就去通知。

听说晚上刘镇长请吃饭，刘湾镇有脸面的人没有不来的。刘继业拉着牛树旺尸体在镇上游街的事，虽说有人没有亲眼看到，但是个个都听说了，嘴上不说心里说，刘福乾太狠毒了，从未听说这样整人的。人来是来了，却少了以往的精气神，个个老脸蜡黄，眼珠盯着刘福乾，气氛不同以往，有些冷清。

饭还没吃，刘福乾的目的已经达到了。大腹便便的刘福乾不停地和这个说话，与那个交头接耳，很开心的样子。菜上齐了，刘福乾举起酒杯说，今天犬子为镇上除了一害，请各位贤达共同喝一杯，以示庆贺。刘福乾和大家碰了碰杯一饮而尽，看看其他人端着酒杯还没喝，说，这不是我的胜利，这是大家的胜利，如果穷鬼们真闹腾起来，恐怕大家的日子谁也不好过是不是？喝，共同喝一杯。其他人这才一个接一个地把杯里的酒喝了。有人说，刘镇长为民除害，是镇上的大事啊。刘福乾说，哪里哪里，为了大家能过上平静安宁的日子，这是我这个镇长应该做的啊。刘福乾对刘继业说，继业，敬各位前辈两杯酒。刘继业站起来，先喝了两杯，然后，起身过去为每一个人端了两杯酒说，谢谢各位前辈，还望以后多多支持镇里的工作。有人说，那是那是。有人说，继业是人小干大事啊，敬佩敬佩。刘福乾听大家夸奖刘继业，哈哈大笑说，明天，继业还要到吴官庄去抓共产党。有人说，吴祖文是共产党？刘福乾说，吴祖文不是共产党，他儿子吴天昊是共产党。有人吃惊地说，吴祖文儿子是共产党？刘福乾说，牛山竖大旗，窦庄牛树旺带着穷鬼们闹事，都是他鼓动的。有人说，乖乖，这要真闹起来，咱东海西乡可就乱了。有人端起酒杯提议说，来，我们大家一起敬刘镇长和继业两杯酒。酒场上的气氛渐渐热络起来，一直喝到快半夜才散伙。

第二天上午，刘继业醒了酒，带着民防团去了吴官庄。

吴祖文老两口在韩家桥严仁宽叔叔家调养了三个多月，昨天才回来。家里的房子上次让刘继业放火烧了，早让耿三带着穷人会的人给修好了，吴祖文回来后听马管家说了这事，对老伴儿说，你看看，今年少收二斗租，庄邻就这样对待我。明年年景如果还是不好，我还是少收二斗粮，让庄上人家吃顿饱饭。老伴儿说，你让庄邻吃顿饱饭，大家都记着你的好了。吴祖文说，是啊，人心换人心哪。马管家带着吴祖文院里院外看了一遍，吴祖文说，马管家辛苦了。马管家说，老爷我没有看好家哪，差点儿让刘继业个小龟孙给毁了。吴祖文握着马管家的手半响没有说话。马管家把刘继业开枪打死牛树旺，用绳子拴着脖子拉尸体游村游街的事儿说了一遍，吴祖文唏嘘再三地说，刘福乾这个老龟孙太狠毒了，是要遭天谴的啊。马管家说，老天爷在天上看着呢。吴祖文心想，天昊千万不能让这个老龟孙抓住啊。马管家搀扶着吴祖文正朝堂屋走，耿三急急忙忙从外边跑来对吴祖文说，老爷，刘继业来了，你快躲一躲。吴祖文说，是福不是祸，是祸躲不过，随他去吧。耿三说，老爷，你刚养好身子，还是躲躲吧。吴祖文说，我知道他们是来找天昊的，天昊不在家，就是把我吴家大院挖地三尺，也找不到人啊。我都不知道天昊在哪里，他们到哪里去找？叫他们来吧。马管家和耿三搀扶着吴祖文进了堂屋，坐下来，刚端起茶碗喝了一口水，刘继业带着人气势汹汹地进了院子，牛气冲天地站在院子中央没说话。一个团丁说，吴祖文在吗？马管家急忙走出来说，刘团长来了，团丁乜斜了一眼马管家说，吴祖文在吗？这时，屋里传出来一阵苍老的咳嗽声。半响，吴祖文在老伴儿的搀扶下从屋里走出来，看见院子里全是端着枪的民防团，对刘继业说，少爷来了，屋里请。刘继业笑笑说，你看你酸的，好像马上就要完蛋了似的。老伴儿搀扶着吴祖文在前边引领着刘继业朝厅堂里走，听了刘继业的话，吴祖文没有说话，老伴儿刚要说，吴祖文连忙拽了拽老伴儿的衣袖。吴祖文边走边说，继业有事啊？刘继业心里想说，老家伙装什么装？嘴上却说，我爹叫我过来看看你回来了没有，上次来，我年少不更事点了你家的房子，让我来给你赔个不是。吴祖文说，少爷说的是哪里话啊，寒舍陋屋，家人早已修好了。

老伴儿搀扶着吴祖文来到厅堂，坐在八仙桌一边的椅子上。吴祖文指指八仙桌另一边的椅子说，少爷请坐。刘继业也不客气，一屁股坐在椅子上，王妈端来茶水放在刘继业面前。吴祖文说，少爷请用茶。刘继业端起茶碗，拿起碗盖荡了荡茶碗里的茶叶喝了一口说，天昊不在家？吴祖文说，我一直没有见过天昊，也不知道他现在在哪里。刘继业笑笑说，天昊前几天还领着穷鬼在牛山竖大旗拥苏拥红闹事呢。吴祖文说，有这事？我在外地养病昨天才回来，没听说这事啊。刘继业说，不可能吧？东海西乡这么大的事，海州邹县长都派兵来了。吴祖文说，你看见了不抓他，你到家里来找？刘继业说，他在牛山里的老窝让我给烧了，没地方去，他不来家能到哪儿去？吴祖文说，我说了你也不相信，你们找吧，找到人你们带走。刘继业说，那我就不客气了。吴祖文说，客气什么？你找你找。刘继业走到厅堂门口，对院里的团丁说，吴老爷叫你们搜人。刘继业说完又走回来坐在椅子上，端起茶碗咕咚喝了一口。

不一会儿，团丁来报告，说前院后院搜过了没找到吴天昊。刘继业对吴祖文说，看来天昊还真的不在家，这样吧，我带人来也不能白来，麻烦吴老爷跟我到镇里去一趟，我也好对我爹有个交代不是？吴祖文说，带老朽去没啥用了。刘继业说，吴老爷说哪里话，你到镇里进了大牢，天昊就回来了。吴祖文说，少爷，你这人太狠了，要给自己留条后路不是？刘继业说，吴老爷，你要是把家里的宝贝献出来，吴天昊我也不抓了，你也不用进大牢了。吴祖文说，我哪有什么宝贝啊？家里值钱的东西都在这儿，你们都来翻过好几遍了，不是也没找到吗？刘继业说，吴老爷，一人藏东西十人难找啊，最好是你献出来，献出来，什么话都好说，不然的话，别怪我不客气。吴祖文说，少爷，你爹和你一次次来我吴家找麻烦，那都是幌子，其实你们是来找宝贝的。刘继业说，明白就好，你把宝贝献出来，我爹也不会亏待你的。吴祖文说，继业大侄子，那都是人家传讲，你看看我这寒家陋舍的，能有什么宝贝啊？刘继业说，吴老爷，既然不想把宝贝献出来，那我就不客气了，请吧。刘继业说完，走到厅堂门口喊一声，请吴老爷到镇府喝茶。四五个团丁呼啦一下子进来，端着枪对着吴祖文。吴祖文笑笑说，一个老朽，还值得你们动枪啊？刘继业说，少废话，给我带走。

两个团丁架着吴祖文朝外走，吴祖文老伴儿连哭带喊地追出来，一把拉着吴祖文的胳膊。刘继业想把吴祖文老伴儿拉开，吴祖文老伴儿死死抱着吴祖文的胳膊，刘继业用劲一拉，吴祖文老伴儿脚下步子一乱，一头栽倒在台阶上。马管家和王妈急忙上前扶着吴祖文老伴儿，连声喊"太太，太太"。吴祖文见老伴儿磕破了头，流了一脸的血，从团丁手里挣脱出来，一把抱着老伴儿喊"荷花，荷花"。老伴儿半晌才睁开眼，看了一眼吴祖文，有气无力地说，老爷，我要先走了。老伴儿说完头一歪，吴祖文喊破了嗓子，老伴儿再也听不到了。

吴祖文疯了一样，跌跌撞撞一头朝刘继业撞去，被两个团丁拉住了。刘继业猛一下跳下台阶，看着摔死的吴祖文老伴儿说，人老了，一点儿不中用。

刘继业说完强行把吴祖文带走了。

吴祖文人老了走得慢,刘继业和团丁只好跟着慢慢走,半天才走出二里地。忽听一声喊,耿三带着三十多个穷人会的人从路旁玉米秸堆里钻出来,截住了民防团。耿三手持草叉,对刘继业说,把吴老爷放了。耿三身后的人举着铁锨、铁钩、木棍说,把吴老爷放了。刘继业一看这阵势,端着枪说,想闹事吗?耿三说,不是闹事,是要你把吴老爷放了。耿三怕刘继业不放人,说完看着吴祖文,吴祖文看见了耿三的眼神,狠狠瞪了耿三一眼。这时,乡亲们听马管家说太太被刘继业打死了,吴老爷被刘继业带走了,也拿着铁锨、铁钩、棍子追出庄来,要刘继业把吴老爷放了。刘继业看看愤怒的村民心想,好汉不打庄啊,对团丁说,把吴老爷放了吧。他又对吴祖文说,你要是把宝贝献出来,不是什么事也没有了吗?刘继业带着民防团扬长而去,乡亲们朝刘继业的背影吐口水,骂刘继业不得好死。耿三让别人拿着草叉,在乡亲们的簇拥下把吴祖文背回家。

吴祖文三代单传,家里只有吴天昊一个儿子,耿三对吴祖文说,天昊哥不在家,就让我替他给太太送终吧。两天后,全庄的乡亲们都来了,耿三披麻戴孝,给吴天昊母亲摔老盆送终。

刘继业打死吴祖文老伴儿的事,没几天就传遍了东海西乡,人们见了面没别的话,都说刘继业是个魔头,比他爹刘福乾还坏。谁家的孩子不听话,大人吓唬孩子时会说,再不听话叫刘魔头来。孩子吓得立马不哭了,乖乖地听话。

在贯庄养伤的吴天昊听说了母亲被刘继业打死、耿三披麻戴孝摔老盆送终的事,要罗大炮把他背到村北野地里,撕心裂肺地恸哭一场。罗大炮不光劝不住,而且还想起了死去的老婆孩子,也跟着一起哭。两个人哭得昏天黑地,直到刘紫瑶在村北野地里找到他们。刘紫瑶说,天昊,罗大哥,你们哭吧,我去找刘继业,我要问问刘继业为什么这么狠毒!吴天昊和罗大炮听说刘紫瑶要去找刘继业,擦干眼泪都不哭了。吴天昊说,紫瑶,你如果去刘湾镇就再也回不来了。罗大炮也说,二弟说得对,我也不同意你去找刘继业,你要有什么闪失,我和二弟怎么跟三弟交代?半晌,刘紫瑶说,好吧,我听罗大哥的不去找了,但这笔账早晚是要算的。刘紫瑶说完,带着吴天昊和罗大炮回了村里。

罗大炮和刘紫瑶把吴天昊搀扶到床上躺下来,刘紫瑶想倒碗水给吴天昊喝，提起瓦罐一看没有水了，连忙去锅屋烧水。罗大炮看看两眼发愣的吴天昊说，二弟，我和成飞去沈德才家商量一下，尽快把穷人会建起来。吴天昊回过神来说，罗大哥，你去吧。

罗大炮走了，吴天昊趴在床上哭得肩膀一耸一耸的。

刘紫瑶烧好水进来，倒了一碗水放在桌子上，然后默默地坐在床边，抚摸着吴天昊的头说，天昊，我知道你心里的痛。吴天昊抬起头来，满脸都是泪，刘紫瑶用衣袖擦了擦吴天昊脸上的泪。吴天昊又想起了牛树旺，一把抱住刘紫瑶呜呜地哭起来。刘紫瑶一句话没说完，也抱着吴天昊哭起来。半晌，刘紫瑶轻轻地唱起《国际歌》来：

起来，饥寒交迫的奴隶！
起来，全世界受苦的人！
满腔的热血已经沸腾，
要为真理而斗争！
旧世界打个落花流水，
奴隶们起来起来……

吴天昊屁股上的枪伤要换药了，纪成飞和罗大炮不在家，只有刘紫瑶一人。刘紫瑶把刀枪药面泡了半碗水，让吴天昊喝下去，准备给吴天昊屁股换药，吴天昊不让换，说，等会儿成飞和罗大哥来了再换。刘紫瑶说，我是要你抓紧治伤，治好伤带着我们接着干！我们不能让树旺大哥、树旺母亲和你母亲他们白死啊，我们要替他们报仇雪恨！听刘紫瑶这么一说，吴天昊让刘紫瑶扒下裤子，给屁股上的枪眼换了药。刘紫瑶为吴天昊提上裤子说，天昊哥，这刀枪药还真管用，我看洞里长出新肉来了，再有十天半个月就好了。

吃晚饭的时候，刘紫瑶端饭送给吴天昊说，天昊，耿三来找你。吴天昊听说耿三来了，忘了屁股上的伤，立马翻身坐起来，疼得直吸溜凉气，刘紫瑶说，天昊哥，你伤没好还不能坐。这时，跟在刘紫瑶身后的耿三连忙走到床前说，少爷，我没保护好太太……话没说完，人已经哭得一塌糊涂了。吴天昊摸着耿三的头，说，我都知道了，谢谢你为我娘摔老盆送终啊。耿三哭着说，少爷，我在吴家干了好几年，老爷和太太就跟我爹娘一样疼我。接着耿三又把那天带着穷人会截下吴老爷的事说了一遍。吴天昊说，耿三你正好来了，今晚就给你举行入党宣誓。耿三抬起胳膊擦干眼泪说，少爷，我一定带好吴官庄穷人会。

吃过晚饭，刘紫瑶搀扶着吴天昊，领着耿三和沈德才宣了誓，吴天昊握着耿三和沈德才两人的手说，今后咱们就是生死同志了！

耿三临走时，吴天昊要跟耿三一起回吴官庄去看望父亲，再到娘的坟上烧张纸。刘紫瑶说，天昊，你的伤还没有好，等伤好了再回去。耿三也说，少爷你放心，我会像儿子一样照顾老爷的。吴天昊说，作为儿子不能尽孝，这是多大的悲哀啊。刘紫瑶说，为了共产主义，忠孝不能两全，也确实难为你了。等伤好了，我叫陆涛还有罗大哥跟你一起回去给大娘烧纸。吴天昊又忘了屁股上的伤，气得在屁股上拍了一巴掌，疼得哎哟哎哟直叫。耿三说，少爷你安心养伤，养好了伤，我们一起干！吴天昊看着耿三说，好，我们带领乡亲们一起干！耿三告别吴天昊，连夜回了吴官庄。

吴天昊睡到半夜醒了再也睡不着，两眼望着漆黑的屋顶想心事。刘福乾组建了民防团，贯庄地主万贯金和鲁兰地主鲁天成、白塔埠地主白成银也都组建了民防营，虽说枪不多，但毕竟有枪，穷人会的人只有草叉、铁锹、铁钩、木棍，怎么对付得了民防团？吴天昊心里想，穷人会也要有枪，也要有武装，这样才能跟刘福乾的民防团干。可是，枪从哪里来？他想到了买枪，可是买枪要有大洋啊？没有大洋怎么买枪？他还想到了抢枪……吴天昊就这样想着、谋划着，一直到天光大亮。

一晃又一个多月过去了，吴天昊屁股上的枪伤好了，蹦蹦跳跳都不疼了。

这天晚上，吴天昊决定回吴官庄一趟。罗大炮听说吴天昊要回吴官庄，也要跟着一起去。吴天昊看看刘紫瑶，刘紫瑶说，让罗大哥跟你一起回去吧，贯庄穷人会的事我来办。吴天昊带着罗大炮，趁着夜色，连夜回了吴官庄。

罗大炮翻墙入院开了大门，吴天昊闪身进了院子，轻轻走到父亲的卧房外，听屋里父亲咳了一声，知道父亲还没有睡，轻轻敲了敲门，父亲在屋里说，是天昊吗？门没关，进来吧。吴天昊轻轻推开房门走进屋，点亮父亲床前的油灯，扑通一声跪在父亲床前说，爹，我来看你了。罗大炮也扑通一声跪下来说，爹，我来晚了。吴祖文看着油灯下的汉子大吃一惊，对吴天昊说，这是……吴天昊说，爹，这是罗大哥，我拜把子兄弟，他就是原来房山大当家的，人都叫他罗大炮。吴祖文一手拉着吴天昊一手拉着罗大炮说，儿啊，快起来，你们受苦了。吴天昊哭着说，爹，你受苦了，我娘的事我都听说了。

吴祖文说，都是刘福乾这个坏种造的孽啊。

半响，吴天昊说，爹，我想买枪。吴祖文说，买枪？吴天昊说，刘福乾的民防团有枪，贯庄、鲁兰、白塔埠几个地主的民防营也有枪，我们穷人会只有草叉、铁锹、铁钩、木棍，没有枪对付不了他们。吴祖文听吴天昊说穷人会，唏嘘再三地说，要不是耿三领着穷人会帮忙，哪有现在的家啊？早给刘继业个龟孙烧得只剩墙框子了，我也给刘继业个小龟孙带走了，还不知能不能活到今天。吴天昊说，穷人会要是有枪，我们就不怕他刘福乾的民防团了。吴祖文说，天昊，你们一定要买枪，不买枪你们干不过他们。吴祖文摸摸索索，从床头箱子里拿出一个布袋，递给吴天昊说，这里有一千五百块大洋，你看看能买几支枪。吴天昊接过父亲递过来的大洋又扑通一声跪下来，罗大炮见吴天昊跪下来也扑通一声跟着跪下来。吴天昊说，爹，共产党不会忘记你的。吴祖文探着身子把吴天昊和罗大炮拉起来，对吴天昊说，你到前边屋里把耿三叫来，我叫他带你们去挖一样东西，你看能不能卖点钱，要是能卖钱，也买枪吧。吴天昊说，爹，什么东西？吴祖文说，刘福乾爷俩一次次来咱家找碴，又是找你又是抓你，其实都是为了这个东西。吴天昊说，噢，原来是这样。我说刘福乾不来刘继业来，原来是为了这个东西。吴祖文说，这玩意儿水洗后，从这边能看到那边，剔透明亮，肯定是个宝贝。吴天昊说，爹，你说的宝贝我知道是什么了。吴祖文说，什么玩意儿？吴天昊说，水晶石，我在南京上大学时听王教授讲过，他到咱东海搞过地质调查，说有好几个矿脉，没想到咱家地里就有水晶。是不是六棱柱形状？吴祖文说，我看有好几个带尖头的菱形柱子，没在意是不是六个棱，这玩意儿有用吗？吴天昊说，听王教授说，水晶石可以做光学仪器的部件，可以做各种测量仪器的镜头，用处大着呢。吴祖文说，咱家这宝贝有百把斤，耿三一个人抱着都费劲。吴天昊说，耿三知道？吴祖文说，就是耿三从咱家地里挖出来的，好几个人看了都不知道是啥，反正是个宝贝呗，就抱来家了。哪知道刘福乾听说了，他想要，说得好听，叫我献给镇府，献给镇府不就是献给他吗？罗大炮说，砸碎了也不给他。吴祖文看着罗大炮说，儿啊，这是咱家地里挖出来的宝贝，我舍不得砸，也舍不得给他刘福乾，我叫耿三埋在祖坟地里了。吴天昊说，爹，我去找耿三。

不一会儿，吴天昊把耿三找来了。耿三说，少爷，你和罗大哥来了咋也不跟我说一声。吴天昊把来家找爹要钱买枪的事对耿三说了一遍，说，我爹说你在地里挖了块水晶石，让我们挖出来卖了钱买枪。耿三高兴地说，老爷，没想到咱地里挖出来的水晶石还真是个宝贝呢。少爷，我带你们去挖，埋在哪里我知道。上次刘继业来要带走老爷，当时，我真想把这玩意儿挖出来给他算了，省得他三天两头来家里找老爷的碴，这翻那翻的，老爷瞪了我一眼，我才没有去挖。吴天昊对父亲说，爹，耿三是我们的人了，你要相信他。耿三带我到娘的坟上烧完纸，再把水晶石挖出来，我想叫耿三跟着去卖水晶，如果好卖的话，一年半载的就能回来。吴祖文说，挖出来水晶石不要回来了，直接拉去卖了买枪吧。吴天昊跪下来，罗大炮跪下来，耿三也跪下来，三个人给吴祖文磕了个头。吴天昊说，爹，你多保重。罗大炮也说，爹，你老要保重身体。吴祖文说，儿子快起来，我自己会注意的。你们在外边做事，要多多小心才是。吴天昊和罗大炮异口同声地说，爹，你放心。罗大炮说，爹，二弟不光是个明白人，还是个细心人，我这个粗人有二弟领着也会变细的不是？吴祖文说，儿子，你们一起干事要相互照应点。罗大炮说，爹，二弟就是我亲弟，我当大哥的，一定把他照顾好。吴祖文说，趁夜深人静去挖吧，让村里人知道了传讲出去，刘福乾又会来找碴的。

吴天昊站起来，吴祖文穿衣起床要送儿子，吴天昊不要父亲送，罗大炮和耿三也都说不要送，吴祖文坚持要送，穿衣起床跟到院里，看见马管家也起来了。马管家到仓房拿来铁锹和一包黄表纸，耿三去后院套了驴车，等三个人出了家门走远了，吴祖文压在心上好几年的一块石头终于落了下来，长出一口气。马管家说，老爷，夜里风大，回去歇着吧。吴祖文说好，两个人回到院里，马管家闩好大门回屋睡觉去了。

天黑漆漆的，村子里悄无声息，死一般沉寂。星光引路，吴天昊和罗大炮、耿三三个人赶着驴车悄悄出了村，往东走了一会儿，拐上一条小路，又往北走了一阵，来到一片黑松林，耿三停好车，三个人扛着铁锹提着纸，走进吴家的祖坟地。

在耿三的引导下，吴天昊扑在娘的坟上大哭起来，罗大炮和耿三劝了半天，吴天昊才抽泣着不哭了。给娘烧纸的时候，罗大炮和耿三脱下褂子围在吴天昊两边挡住火光，远远看去，黑松林深处只有一星亮光，好似鬼火一般。

耿三挖出一身汗，才把那块水晶挖出来。耿三点亮马灯，罗大炮用褂子遮挡着，让吴天昊看看水晶。吴天昊正要细看水晶，黑松林里突然发出哇的一声，三个人猛一惊，罗大炮用褂子一把包住马灯，大气也不敢喘，盯着黑松林，接着听到一阵扑棱棱的声音，一只懵懵懂懂的鸟儿夜游去了，三个人这才松下一口气。吴天昊在马灯光下看着一个个白亮亮的水晶柱体说，是个宝贝。耿三把挖开的土坑填平了，又踩了几脚。

灭了马灯，耿三要抱水晶，罗大炮说"我来"，肚子一挺抱起水晶放到驴车上，用蓑衣盖好，三个人便赶着驴车去了贯庄。路上，吴天昊对耿三说，过几天，你和八喜两人去青岛卖水晶，那地方工商业多，外国人也多，能找到买家。耿三问，青岛在哪里？吴天昊说，在我们这北边，有港口通关。卖了水晶石，再找当地的大哥买枪，他们神通广大，看看能不能多买一些子弹，光有枪没有子弹，枪就成了摆设，一点儿用也没有。耿三说，少爷放心，我和八喜哥一定想方设法多买几支枪和子弹回来。吴天昊说，我等着你们的好消息。耿三抖了抖缰绳，驴儿快步走起来，不一会儿便小跑起来。

26

八喜和耿三赶着驴车走到村口时，夜色渐渐褪去了，天色渐渐明亮起来，吴天昊看看藏得严严实实的水晶石，又交代一番，这才看着他们俩赶着驴车一路朝北去了。

送走八喜和耿三，吴天昊正往回走，忽然看见刘紫瑶跑过来，急忙迎上前说，紫瑶有事？刘紫瑶气喘吁吁地说，没事，我来送送八喜和耿三。吴天昊看着走远的驴车说，他们走了，我们回吧。刘紫瑶朝远处看看走远了的驴车，转身跟吴天昊一起回村里。刘紫瑶说，天昊，今晚贯庄成立穷人会，沈德才想请你参加。吴天昊说，好啊，我一定参加。刘紫瑶落在吴天昊身后一步，两个人一前一后说着话往村里走，吴天昊拉了一把刘紫瑶，刘紫瑶这才紧走一步，两个人并肩走在晨光里。

东边的霞光里，几片薄云好像镀上了金边一样，吴天昊和刘紫瑶的心情都格外好。两个人正走着，吴天昊忽然想起和刘紫瑶离开南京前那天夜里的街头漫步，两个人在大街上走来走去走来走去，谁也不觉得累，谁也不觉得困，总觉得路太短了，还有许多许多的话儿没有说完，有许多许多的心愿没有表达。想到这里，吴天昊看着刘紫瑶笑了笑。刘紫瑶见吴天昊看着自己笑，不知道笑啥，摸了摸头发说，天昊你笑什么？吴天昊说，还记得你离开南京前的那个晚上吗？我们在街上走来走去走来走去？刘紫瑶脸上蓦地升起一片红云，与东边的霞光相互辉映。吴天昊说，紫瑶，你说路为什么那样短呢？如果是一条长长的长长的没有尽头的路多好？那时候我就想，这条路要是从南京一直到苏北东海到天边那样远多好？刘紫瑶一脸幸福的红晕……

吴天昊沉浸在幸福的回忆里，两眼看着前方说，紫瑶你忘了吗？有次晚上在机织局开完会，我们也走了一夜。刘紫瑶红着脸说，天昊，我怎能忘呢？可是已时过境迁了……刘紫瑶说着说着竟默默地掉下泪来。吴天昊停下脚步，掏出手绢给刘紫瑶擦了擦泪，然后握着刘紫瑶的手说，紫瑶，不论发生了什么变故，你永远在我心里。吴天昊又说，紫瑶，你是我的初恋，是我永远的初恋！刘紫瑶哇的一声哭出声来，吴天昊连忙伸手捂住刘紫瑶的嘴。刘紫瑶趁势一口咬住吴天昊的手，虽然有些疼，但吴天昊一直没有把手抽回来。待刘紫瑶松开嘴时，吴天昊的手上被咬出两个紫牙印。吴天昊笑笑说，不疼，像蚂蚁咬了一口似的。刘紫瑶挥着小拳头在吴天昊胸前捶了几下。

吴天昊拉着刘紫瑶的手，刘紫瑶乖巧地把手放在吴天昊手里，让吴天昊紧紧地握着。刘紫瑶可以感觉到，一股暖流从吴天昊的手上传递过来，传过手臂，传遍全身，不由得战栗了一下。吴天昊感觉到了刘紫瑶的战栗，以为刘紫瑶冷，脱下身上的褂子要披在刘紫瑶身上。刘紫瑶说，我不冷，快穿上，别冻着。

两个人牵着手慢慢往村里走，忽然听到前边有人咳嗽，刘紫瑶连忙抽回手，等吴天昊朝前走了两步，才小步跟在吴天昊身后，好像两个陌生人似的，保持着一定的距离。

村里人走过去后，吴天昊说，紫瑶，牛山暴动像地震一样，在东海西乡引起了强烈的震动。乡亲们对穷人会的渴望，就是对共产党主张的向往，就是对共产党初心的认可！刘紫瑶说，是啊，我们要尽自己所有的力量，把乡亲们朝光明的方向引导。吴天昊说，窦庄瘸腿老太唱得太好了。说完自己竟唱了起来：

  牛山顶上红旗红，
  穷人游行拥苏红。
  草叉铁钩高高举，
  大刀片子一片明。
  火枪砰砰两声震天响，

打得坏蛋一身大窟窿……

刘紫瑶也和吴天昊一起唱起来，两个人反反复复唱了两遍，刘紫瑶说，天昊，这歌多带劲啊。吴天昊说，瘸腿老太唱出了穷苦百姓的心声啊！刘紫瑶说，贯庄的百姓也铆足了劲儿呢。吴天昊说，西乡各村的穷人会建立起来，全国农村的穷人会建立起来，到那时，我们的力量比现在大了百万倍、千万倍、万万倍，打倒地主老财，推翻剥削阶级压迫，推翻旧世界，让乡亲们过上好日子指日可待。两个人热血沸腾，觉得身上有股使不完的劲儿。

当天晚上，沈德才家聚集了四十多个青壮年汉子，在门外等候的罗大炮见吴天昊和刘紫瑶来了，说，二弟，你给大家讲讲穷人会，我到门口去望风，要是坏人来了，我马上报告。吴天昊点点头对刘紫瑶说，你看罗大哥，进步不小啊，思想觉悟提高了，脾气变小了，心也变细了。刘紫瑶说，罗大哥这人虽是个大老粗，但只要明白了，就一个心眼，死也要跟着你干！吴天昊说，要不是罗大哥把我截上房山，我到哪里找你啊，这也是缘分哪。刘紫瑶红了脸说，天昊，人到齐了，进屋吧。

刘紫瑶推开房门走进屋里，屋里喊喊喳喳的说话声嘤嘤嗡嗡。待吴天昊也走进屋里，一屋人鸦雀无声，掉下一根针都能听到声音。屋里坐满了人，沈德才对大伙介绍吴天昊和刘紫瑶说，这是吴天昊吴老弟，这是刘紫瑶。一屋子人都看着吴天昊和刘紫瑶。沈德才说，下面请吴大哥给大家讲话。哗哗的掌声暴风骤雨般响起来。掌声过后，吴天昊说，乡亲们，今晚到德才家来的人，都是受苦受难的穷人，一年到头辛辛苦苦种地，却没有一分一厘的地属于自己，一年到头种庄稼，家里却没有粮食吃，每年有多少人家背井离乡出去逃荒要饭？大伙想一想，为什么会这样？屋里人都盯着吴天昊，半晌没人说话。有个小伙子说，吴大哥，我们一年到头种的粮食，都交给地主万贯金家了，他家仓库里满满的都是粮食。吴天昊说，大伙想一想，咱们辛辛苦苦种的粮食为什么都进了万贯金家的粮仓？这是因为咱们穷人没有土地，土地都给刘福乾、万贯金这样的恶霸地主占为己有了。土地是国家的，不是恶霸地主的。富人是国家的人，我们穷人也是国家的人，既然是国家的人，土地就有我们一份，大伙说对不对？吴天昊的话还没讲完，就被一阵急风暴雨般的掌声打断了，还有人喊好。

掌声平息下来后，吴天昊说，所以乡亲们要团结起来，一个人的力量是有限的，大伙团结起来的力量才是无限的。就像大伙经常说的那样，一根筷子很容易折断，一把筷子就折不断。穷人会就是把穷人团结起来，道理跟筷子一样，大伙团结起来，才能跟地主恶霸做斗争，才能推翻他们，不让他们骑在咱们穷人脖子上拉屎撒尿。大伙都听说了，牛山穷人会开展了暴动，在牛山上竖起了大旗，有斗争就会有牺牲，牛树旺等人被刘继业残酷地杀害了。但他们牺牲了个人，却换来了东海西乡穷苦百姓的觉醒。县行委对牛山暴动给予了充分的肯定，虽然没有拉起武装，但扩大了影响，使刘福乾、白成银、鲁天成、万贯金这些大大小小的地主更加恐慌，人民群众的斗争热情空前高涨……吴天昊讲完话，掌声经久不息。掌声好半天才停下来，沈德才说，我宣布，今晚贯庄穷人会成立了！沈德才说完带头鼓起掌来，带起来一屋子的掌声。待掌声平息后，有人说，德才哥，吴大哥能和俺们一起喝鸡血酒吗？沈德才一愣看了看吴天昊。吴天昊笑着说，能，咱们一起喝鸡血酒！屋里又响起一阵掌声。

　　沈德才本来没有准备喝鸡血酒，大伙这么一说，连忙对坐在下面的一个小伙子说，建松，到我二叔家拿坛酒来。那个叫建松的人答应一声站了起来。吴天昊一看，沈德才说的建松，就是刚才问他能不能和大伙一起喝鸡血酒的小伙子。沈德才对吴天昊说，他叫高建松。我二叔家闺女定亲，女婿前几天才给他送来两坛高粱酒。

　　沈德才说完出了屋，摸黑来到鸡窝，拿开挡鸡窝的砖头，伸手在鸡窝里乱摸，吓得鸡窝里的公鸡母鸡咯咯叫。他摸了半晌，摸出来一只鸡，摸摸鸡冠是只母鸡，塞进鸡窝又重摸。直到摸出来一只大冠鸡，他这才一手提着公鸡一手重新挡上鸡窝门，在厨房找来菜刀，一手提鸡一手拿刀来到堂屋。看看高建松还没有来，等了一会儿还不见高建松来，沈德才叫人拿着鸡，自己要去找高建松。还没开门，高建松抱着一坛酒进来了。沈德才接过鸡，把鸡脖子一弯，择了几下毛，菜刀来回拉了两趟，放下菜刀，一手拿着鸡头，一手提着鸡翅膀，鸡血便啪嗒啪嗒滴进酒坛里了。沈德才放下鸡，盖上酒坛，抱起来晃了半天，这才倒进桌子上摆好的黑碗里，然后端一碗给吴天昊，到门口把罗大炮喊进来，端一碗给罗大炮，纪成飞自己端过来一碗。刘紫瑶虽说不会喝酒，但这歃血为盟的鸡血酒是不能不喝的，也朝沈德才伸过手去想要一碗酒。沈德才见是刘紫瑶，只在碗里倒了一口酒。然后沈德才自己也端起一碗酒说，老少爷们都来吧，天昊老弟和俺们一起喝鸡血酒，从今往后，他和俺们穷人就是一条心了。没有那么多碗,高建松先喝了酒,然后倒上酒端给别人,能喝酒的不能喝酒的,大家都喝了鸡血酒,一张张黧黑的脸上红扑扑的,一屋子香喷喷的酒味。

高建松放下酒碗说,这以后,俺们穷人会就跟着吴大哥和德才哥干了。沈德才也说,咱们都跟着天昊干!高建松说,我们也要暴动。一屋子人群情振奋,一片怒吼:"暴动!暴动!暴动!"

沈德才说,大家回去,有枪的装好弹药,有刀的磨快了,没有刀枪的要把顺手的家伙准备好。大家很兴奋,你一言我一语,一直说到半夜时分才散去。

贯庄穷人会建立后的一天下午,吴天昊对刘紫瑶和罗大炮说,我想去看看牛树旺家的大嫂,她一个人带着两个孩子,不知道过得怎么样。罗大炮说,我跟二弟去。吴天昊说,我跟老六一起去,树旺大嫂是老六的表嫂。罗大炮看了一眼程老六说,那好吧,老六机灵点,别让我二弟吃亏了。程老六说,罗大哥,你什么时候也变得婆婆妈妈了?你就把心放在肚子里吧。罗大炮嘿嘿一笑说,我是怕二弟有什么闪失。吴天昊问刘紫瑶还有没有菜窝窝,刘紫瑶说有,然后包了几个菜窝窝要程老六带着。

吃过晚饭,吴天昊和程老六上了路,小半夜的时候,两个人来到牛山脚下的窦庄,翻墙进了牛树旺家,轻轻敲了敲堂屋门,半响才听屋里牛大嫂说,谁呀?程老六说,表嫂,我是老六。牛大嫂开了门,吴天昊和程老六两个人进了屋,牛大嫂关好门,转过身来倚在门板上呜呜哭起来,两个孩子被惊醒了,看见娘哭也哇一声哭起来,两个孩子说,娘,我饿,我饿。程老六问,表嫂,你们没吃饭?牛大嫂说,家里一粒粮食也没有,借的几斤粮食也吃完了。吴天昊看看墙根空空的面缸,又看看空空的米缸,一把面一粒米也没有,不禁心酸落泪。吴天昊掏出带来的几个菜窝窝,递给孩子一人一个,两个孩子接过菜窝窝大口小口地吃起来。吴天昊又递一个菜窝窝给牛大嫂说,牛大嫂,你也吃吧。牛大嫂推开吴天昊递过来的菜窝窝说,我不饿,留给孩子们吃吧。孩子吃不饱,经常半夜饿醒了。吴天昊说,真难为牛大嫂了。说完,他掏出两块大洋递给牛大嫂。牛大嫂连连摆手说,你们都挺艰苦的,明天早上我再去借几斤面。吴天昊硬是把两块大洋塞到牛大嫂手里。程老六说,表嫂,天昊给的拿着吧,大人饿两天没事,孩子一天也不能饿啊。过几天,我回家给你拿点儿粮食来。吴天昊说,牛大嫂你放心,树旺大哥的仇,我们是要给他报的。牛大嫂说,天昊,我也要加入你们。程老六说,表嫂,那孩子谁管?程老六表嫂看着面黄肌瘦的儿子和闺女,又呜呜地哭起来。吴天昊说,牛大嫂,我同意你加入我们,但你不用离村,在村里继续做穷人会的工作,把树旺大哥未完成的事业接着做下去。程老六表嫂眼里含着泪点点头说,虽说树旺不在了,村里的穷人会也给刘继业打散了,只要有人领着,村里的穷人会一定会重新建起来。吴天昊说,我们都知道黎明前黑一阵,但天终归是要亮的嘛,只要天下的穷人团结起来,我们就能斗倒刘福乾这些地主恶霸。牛大嫂说,我一定把窦庄的穷人会重新建起来,跟刘福乾、刘继业他们斗到底。吴天昊说,牛山暴动虽然失败了,但瘸腿老太的新歌不是流传开了吗?不光咱们村的穷人唱,整个东海西乡的穷人都在悄悄地传唱呢。程老六表嫂吃惊地看着吴天昊说,真的?程老六说,表嫂,我们在贯庄建立穷人会,贯庄的穷人都在悄悄地传唱。牛大嫂两眼放出光来说,真没想到啊。吴天昊说,牛山暴动影响很大,树旺大哥的死,大家都听说了,都说要千刀万剐了刘福乾和刘继业。吴天昊和程老六离开牛树旺家时,鸡叫头遍了。

　　十一月的时候,省委徐海蚌特委联络员陈兴义再次来到贯庄,听说穷人会已经建立起来很高兴,对吴天昊说要趁热打铁,吸取牛山暴动的经验教训,建立农民武装,适时开展贯庄暴动。吴天昊说,特派员,我们正在做准备,一旦时机成熟,立即开展暴动。陈兴义高兴地点点头说,我知道一旦时机成熟你就会开展暴动。吴天昊说,特派员,你要经常来指导我们的工作啊。陈兴义说,我一天也没闲着,到处跑了解各地的情况,然后回去向省委汇报,再把省委的最新指示传达到各地。我都快两年没有回家去看看我娘了。吴天昊说,老人家身体还好吧?陈兴义说,上次还是夜里回去的,见我娘的精神还好,就是担心我。吴天昊说,儿行千里母担忧,可怜天下父母心啊,我也好几个月没有回去看我爹了。陈兴义说,天昊,抽时间回家去看看你父亲。吴天昊答应一声说,特派员,有时间你也回去看看大娘。陈兴义说,是的,我们共产党员也是人呐。

　　这天夜里,吴天昊怎么也睡不着,算算八喜和耿三已经走了小半年了,一点儿消息也没有,水晶石卖没卖?枪买没买到?是不是遇到了什么麻烦?他翻来覆去就是睡不着。陈兴义醒了,见吴天昊辗转反侧,知道吴天昊心里有事睡不着。吴天昊见陈兴义醒了,刚要说话,忽听门响,以为是八喜和耿三回来了,立马翻身下床,趿拉着鞋连忙跑出去。听听没人敲门,看看天起风了，原来是风刮得门吊子响，他转身回到屋里说，特派员，我们多么需要枪啊，没有枪怎么建立自己的武装？陈兴义说，天昊你说得对，我们一定要有枪，建立自己的武装。吴天昊把父亲给了一千五百块大洋，还把家里一块百来斤重的水晶石给他，让他卖了买枪的事细细讲了一遍，说，八喜和耿三两个人走了快半年了，现在也没回来，一点儿消息也没有，快急死我了。陈兴义担心地说，他们两个快半年没回来，会不会出什么意外啊？吴天昊说，就是买了枪，我也怕路上出事，国民党到处盘查。陈兴义说，也真难为他们两个人了。吴天昊说，再等等吧，我相信他们两个一定会把枪买回来的。两个人拉呱一直拉到天蒙蒙亮。

陈兴义对贯庄下一步的暴动工作做了部署后，要到鲁兰去。吴天昊听说陈兴义要到鲁兰去，一定要亲自送陈兴义到鲁兰。他对陈兴义说，陆涛去了鲁兰以后，我一直没有到鲁兰去过，也不知道他们那边穷人会工作开展得怎么样了。我本想过几天到鲁兰去看看陆涛的，正好护送陈特派员一起去。

陈兴义听说吴天昊要亲自护送自己到鲁兰，很感动，心想到底是一起战斗过的战友啊。刘紫瑶听说吴天昊要护送特派员到鲁兰也要跟去，吴天昊说，去吧，你也好长时间没见到陆涛了。刘紫瑶脸红得像蒙了一块红布。吴天昊说，这是应该的，夫妻本是同林鸟嘛！陈兴义听了吴天昊的话说，紫瑶好长时间没去看过陆涛了？天昊，这就是你的不对了。吴天昊有些不好意思地说，我叫紫瑶去，紫瑶不去。刘紫瑶说，贯庄的穷人会没有建立起来，工作开展得那么艰难，我怎么离得开？陈兴义拍拍吴天昊的肩膀说，你和紫瑶都是我们党的好同志啊！一个娘走了没有回家送终，一个丈夫近在咫尺一年多没有见过面。陈兴义无限感慨地说，我们共产党也是人，不是神，不光有爹娘，也有丈夫妻子。吴天昊说，兴义大哥，不，陈特派员，你不是也一样吗？快两年没有回去看望父母了。陈兴义说，天昊，我还是听你叫我兴义大哥亲切。吴天昊说，好，以后我还是叫你兴义大哥。陈兴义说，我的身份虽是雀委徐海蚌特委特派联络员，但我依然是你的大哥，是亲如一家的兄弟姊妹啊！说完，陈兴义、吴天昊、刘紫瑶三个人的六只手紧紧地握在一起。

三个人来到鲁兰村找到陆涛时，陆涛几个人正在开会研究准备成立穷人会的事。陆涛听说有人找，出来一看，竟是吴天昊和陈兴义还有刘紫瑶，高兴得不知说啥好了。吴天昊也把陈兴义和刘紫瑶介绍给穷人会的几个人，说，这是徐海蚌特委特派联络员陈兴义。这是刘紫瑶，陆涛同志的爱人，左贯庄开展组建穷人会工作，两个村相距十几里路，他们却一年多没有见过面了。几个穷人会的人听了都唏嘘再三。陆涛拉过一个人来，对吴天昊说，他叫鲁才平，是鲁兰穷人会的负责人。吴天昊先和鲁才平握握手，陈兴义也和鲁才平握握手。吴天昊说，陆涛，你们开会研究吧。陆涛说，我们正研究今天晚上成立穷人会的事，想跟贯庄穷人会一样喝鸡血酒呢。吴天昊说，你们听说了？陆涛说，听说了。鲁才平说，咱穷人就是这样，你要跟我们一起喝鸡血酒，我们就觉得你是自家兄弟，你要不喝鸡血酒，总觉得有点儿不靠谱。陈兴义说，还是大家对我们的诚意有疑问哪。鲁才平说，也不是不相信，咱穷人就信这一套。陈兴义说，入乡随俗，只要大家相信我们，穷人能团结起来形成拳头，就能斗得过大大小小的地主恶霸。鲁才平搓着两手说，还是陈特派员说得对，喝不喝鸡血酒没什么，只要咱们穷人团结起来，齐心对付地主老财，咱们穷人才能有饭吃，有衣穿，过上好日子。陈兴义说，才平说得对。鲁才平说，陈特派员，晚上和我们一起喝鸡血酒？谁叫我们赶上了？陈兴义说完，看着吴天昊和刘紫瑶，几个人不禁都笑了起来。吴天昊对鲁才平说，才平大哥，我们晚上不走了，跟你一起喝鸡血酒。

省委徐海蚌特委特派员陈兴义和吴天昊、刘紫瑶的到来，为陆涛和鲁才平几个人平添了无穷的力量。晚上，鲁才平家来了三十多人，大家听说省委特派员和牛山暴动竖大旗的共产党负责人吴天昊，还有陆涛的爱人刘紫瑶都来了，会场上情绪十分高涨。

穷人会的人喝完鸡血酒，陆涛带头唱起了在东海西乡广泛流传的新歌：牛山顶上红旗红，穷人游行拥苏红……穷人会的人也跟着唱起来：草叉铁钩高高举，大刀片子一片明。火枪砰砰两声震天响，打得坏蛋一身大窟窿……陈兴义高兴地说，没想到，牛山暴动的影响这么大。我们要搞武装斗争，枪杆子里面出政权！大家听说要搞武装斗争，高兴得你一句我一句说个没完没了。有人说，我家里有火枪，能打兔子，就能打人。有人说，我家里没有枪，也没有大刀，但有草叉有铁钩。这个说我家有铁叉，那个说我家有铁锨。还有人说，我们没有枪，我们抢鲁天成家民防营的枪！大家越说越高兴，越说越想说，陈兴义提醒说，大家一定要保守秘密，一点儿风声也不能漏出去。鲁天成家的民防营知道你要抢他们的枪，他们能让你抢吗？他们会有准备不让你抢的。鲁才平说，老少爷们都知道，我和你们一样是个不会说话的人，谁要是当了叛徒，以后逮到了别怪我不客气，我会扒了他的皮。有人说，才平大哥说得对，谁要是说出去坏了我们的大事，我和才平大哥一起扒他的皮。穷人会的人当场赌咒发誓，谁要说出去，谁就不是娘养的，不扒皮也要点天灯。

　　穷人会的人散去好长时间，陆涛和吴天昊、刘紫瑶、鲁跃三和陈兴义还沉浸在刚才会场的氛围里，高兴得又说了很多很多话。听鸡叫头遍了，陈兴义说，紫瑶，你好长时间没有见到陆涛了，你们两个到西屋去说说话吧。刘紫瑶红着脸低下头，陆涛也不好意思地说，我给紫瑶安排好了，今晚她跟才平大哥家大嫂一起住。陈兴义说，我早说过了，我们共产党也是人，两口子一年多没见面，见了面还不让住在一起，这不是我们共产党人做的事。吴天昊说，紫瑶，听兴义大哥的。刘紫瑶红着脸说，都老夫老妻了，还有多少话要说？陆涛也说，见到人就行了。要说不想，那是假话啊。几个人听了笑起来，笑得刘紫瑶满脸通红。

　　第二天，陈兴义离开鲁兰要到东乡去。吴天昊把陈兴义送到村口，陈兴义说，送君千里终有一别，天昊，省委和徐海蚌特委高度肯定你们的工作，发动了群众，团结了群众，震慑了地主剥削阶级，让他们在惶惶不安中过日子，这就是穷人团结起来的力量，这是一股摧枯拉朽的力量，是任何人也阻挡不了的力量！吴天昊握着陈兴义的手说，兴义大哥，我们会找准时机开展暴动的。陈兴义说，我等着你们的好消息！说完，他挥挥手，精神抖擞地上了路。一直到看不见陈兴义的身影，吴天昊才回村里鲁才平家。

　　吴天昊和刘紫瑶从鲁兰回到贯庄后的第三天夜里，八喜和耿三回来了，买回来十二支枪和三万发子弹。吴天昊拿起一把乌黑锃亮的枪左看看右瞧瞧，一拉枪栓哗哗响，连说"好枪"。八喜说，天昊哥，你会打枪？吴天昊说，在南京参加革命时学的，如果有枪不会用，遇到敌人怎么办？八喜说，我和耿三买了枪以后，还叫他们教我们怎么用呢。吴天昊说，你们两人也会用了？八喜说，一学就会，关键就是能不能打得准。吴天昊放下枪，又拍拍子弹箱，然后一边搂着八喜一边搂着耿三高兴地说，我们有枪了！三个人一起又蹦又跳又喊，我们有枪了，我们有枪了。八喜说，天昊，我们有枪了！耿三也说，少爷，我们有枪了！吴天昊松开八喜和耿三说，走，到屋里跟我说说你们的辛苦。三个人说了一夜的话。

　　眼看着要过年了，天寒地冻的。

　　这天，吴天昊终于找到一个最佳暴动时机，喊来程老六、罗大炮、刘紫瑶、纪成飞、八喜和沈德才，召开紧急会议。吴天昊说，我有一个想法，考虑了好几天，想听听大家的意见，看看行不行。罗大炮说，二弟，你大哥我性子就是直，别拐弯抹角的，有什么想法你快说。几个人睁大眼看着吴天昊。吴天昊说，再过几天就是腊月二十三小年了，我想在小年之前开展暴动，打开万贯金家的粮仓，给穷人分粮过年，大家商量一下，看行不行。沈德才说，把万贯金家的粮食分给穷人过年，这个想法好。刘紫瑶考虑半晌说，村里许多乡亲家里断粮了，连小年都过不去，怎么去过大年？罗大炮一拍大腿说，我们现在有枪了，不怕他家那几支破枪。我要是有大炮，早轰他个稀巴烂了。吴天昊说，大家都同意的话，咱们商量一下，制定一个暴动方案。沈德才说，好！大家都盼着这一天了。吴天昊说，咱们兵分两路，罗大哥、刘紫瑶和德才带着人分粮食，我和八喜带人埋伏在村外路上，防止刘福乾的民防团支援贯庄。罗大炮一听吴天昊要带人打刘福乾的埋伏，说，我跟你去打刘福乾。吴天昊说，罗大哥一直在贯庄做穷人会的工作，村里的乡亲信得过你，再说还有紫瑶、德才和你一起嘛。罗大炮说，二弟，我听你的，你怎么安排，我就怎么干。几个人商量了半夜，把暴动时间定在了腊月十九。

  哪想到，暴动前一天夜里，天下起了大雪，破棉絮一样的雪下得纷纷扬扬，覆盖了村庄的穷家破舍，覆盖了田野里的沟沟坎坎，天上地下平展展、白茫茫一片。天亮后，雪没有停还继续下，只是雪花比夜里小了许多，有些细碎。雪小了，北风刮起来了，把细碎的小雪刮得漫天飞舞，雪上结了一层冰壳，走上去咔咔响，冻得人伸不出手来。天亮后，沈德才敲着锣在村里走了一趟，来了六十多个怀抱草叉、铁锨、铁钩的汉子，村街上一片喊声，罗大炮和沈德才带着暴动队伍，在村街上来来回回走了一趟，突然冲进万贯金家，二话没说，先缴了万家民防营的三支枪，随即开仓放粮。沈德才咣咣敲着锣，要乡亲们到万贯金家领粮食过年。乡亲们起先以为不是真的，听听万贯金家那边传来的阵阵口号声，知道真的要分粮过年了，这才有口袋的拿口袋，没口袋的端着瓦罐盆，纷纷走出家门，冒着雪去万贯金家领粮食。一个老人领到粮食后，提着粮袋来到院里，从粮袋里捧出一捧粮食，对沈德才说，德才，这是救命粮啊。沈德才说，叔，赶紧回家做饭，让孩子们吃顿饱饭。老人眼里的泪水再也忍不住了，哗啦一下涌出眼眶，顺着脸颊流淌下来，老人抽了一下鼻子，连忙用衣袖擦了擦说，德才啊，你是俺贯庄穷人的救星啊。沈德才说，穷人会是共产党领导下组织起来的，共产党才是你的救星啊！老人说，德才，你说共产党？沈德才坚定地说，是共产党，那是咱穷人的党。老人一边念叨着共产党一边背着粮食回家了，他要让家人吃顿饱饭，过个饱年。

分了万贯金家的粮食，沈德才在刘紫瑶和罗大炮的领导下，在万贯金家大门前召开誓师大会，一百多号人拿着草叉、铁锹站满了大街小巷。沈德才喊起口号来：

打土豪！
打土豪！
救穷人！
救穷人！
闹共产！
闹共产！

罗大炮来了精神上了劲，爬上万贯金大门旁的石狮子，一撸胳膊说，老少爷们，把万贯金这个老龟孙揪出来剁了！呼啦一下子，人们呐喊着再次冲进万贯金家。万里马见罗大炮和沈德才带着人又冲进大院，对民防营的人喊，给我打，给我打！民防营的人手里只剩几支枪，哪里打得了百把号人？有个团丁扔了枪转身就跑，气得万里马冲沈德才开了一枪，沈德才哎哟一声连忙捂住胳膊，血从指缝里流出来，雪地里一片殷红。

刘紫瑶连忙解下头上的方巾，把沈德才的胳膊紧紧扎起来。高建松一看万里马开枪了，还打伤了沈德才，手拿草叉大叫一声，戳死你个小龟孙！他带着人冲向万里马，离万里马还有四五步远，狠着劲儿把草叉捅向万里马，三齿草叉有两齿戳进万里马肚子里，万里马随即扣动扳机，枪响了，子弹却飞向了天空。

万里马两手抓着草叉痛苦地倒在雪地里，一人多高的草叉杆，随着万里马身子的抽动而晃动着，上来一个穷人，举起铁锹在万里马脖子上狠劲一铲，万里马立马身首异处，又蹿上来一个人，一脚把万里马的人头踢得咕噜噜滚到墙根下，在雪地里留下一溜血迹。

沈德才吊着胳膊，指挥人把房前屋后搜了一遍，没找到万贯金，气得跺着脚说，怎么让这个老龟孙跑了呢？

罗大炮带着人喊口号：

打土豪！
打土豪！
救穷人！
救穷人！
闹共产！
闹共产！

响亮的口号声，在北风里传得很远很远。

吴天昊带着人，埋伏在离大路不远的一道沟堑后边，人人身上都盖了一层厚厚的雪，守了半天，也没看到刘继业带着民防团前来支援。听到村里传来的阵阵口号声，吴天昊心里不由得高兴地说，暴动胜利了！大伙儿都伸头朝村里看，竖着耳朵听村里的口号声。

吴天昊朝路远处望去，一片雪白，连个人影儿也没有，随即带着人撤回村里。

27

刘福乾知道贯庄村穷人暴动的事，是万贯金说的。

在罗大炮、沈德才带着人打开粮仓分粮食时，万贯金带着四姨太从后门溜出来，顶风冒雪磕磕绊绊从小路曲里拐弯跑到刘湾镇刘福乾家。棉絮样的大雪下了一夜，北风刮得呼呼带响，加上镇府里没啥事，刘福乾刚起来不久，用人把盆里的木炭烧得红彤彤的，屋里温暖如春。他穿着睡衣，三姨太也穿着睡衣，两个人正在说话逗乐，忽听丁管家来报，说贯庄万保长和四姨太要见老爷。

刘福乾和三姨太逗乐正在兴头上，听说万贯金带着四姨太来了，说，这个老家伙都找四个女人了，叫他等等。丁管家说，万保长说要立马见你。刘福乾说，现在不见，让他在客厅等我一会儿。丁管家说，万保长带着四姨太就在门外。刘福乾说，多大事这么急？刚打开门，万贯金和四姨太扑通一声跪在门口说，刘镇长快救我，穷鬼把我家的粮仓打开了。刘福乾大吃一惊，说，穷鬼们又闹事了？刘福乾看着狗皮帽子耷拉着一只耳的万贯金和一头乱发像个抱窝鸡似的四姨太说，快进屋来暖和暖和。万贯金领着四姨太的手抬脚迈过高门槛，进到刘福乾卧房里。刘福乾见三姨太还穿着睡衣，露着深深的乳沟，瞪了三姨太一眼说"滚"。三姨太撇撇嘴，连忙穿上衣服出去了。三姨太走了，丁管家也走了，屋里只有刘福乾、万贯金和四姨太三个人。万贯金哭丧着脸把穷人闹事的事说了一遍，说，刘镇长，趁他们忙着分粮食，我和四姨太从后门跑出来向你求援，你可得救救我啊。刘福乾盯着万贯金四姨太的脸看了半晌，见四姨太脸上平滑滑的没有一丝皱纹，心想，这头没牙的老牛，还能嚼动这把嫩草吗？万贯金说，刘镇长，穷鬼们夺走了我民防营的枪，我儿万里马还带人在家顶着呢。刘镇长你得派民防团去啊，你不派民防团去，我万家恐怕就完了。刘福乾盯着四姨太的脸看了一会儿，觉得不妥，又盯着万贯金那张干巴巴的刀条脸看了一会儿没有说话。万贯金说，刘镇长，穷鬼们要是闹大了，对谁都没有好处哇。刘福乾喝口水说，万保长，你要沉住气，穷鬼们是有预谋有准备的，而我们是临时没有准备的。万贯金说，他们都是暗地里串联，我哪里知道？刘福乾说，你就知道搂着四姨太穷欢，火都上房了也不知道。四姨太脸一红说，还请刘镇长出手救救我家老爷。刘福乾说，你看四姨太说话了，我还有什么说的？先在我家住下来，我来想办法。万贯金说，刘镇长，你得抓紧想啊。

　　万贯金和四姨太在刘福乾家住了下来。当天中午，丁管家从街上带回来万里马的消息。万贯金听说儿子万里马给草叉戳死了，头也给穷人铲下来当球踢了，一屁股坐在地上，哭天抹泪地说，我儿死了，我没有后了。四姨太劝万贯金不要哭，万贯金一把鼻涕两行泪，越发哭得伤心欲绝。四姨太说，我以后再给老爷生个后嘛。万贯金擤了把鼻涕说，你生了，还不知道是不是我的种呢。四姨太翻着白眼说，你什么意思？万贯金说，我这把年纪了，一天不如一天，你还不知道？四姨太说，我去满园春找老鸨，给你弄点春药吃上上劲。万贯金在四姨太屁股上抓了一把说，就你个贱人主意多。四姨太娇嗔地哎哟哎哟直叫。

　　刘福乾回来了，见四姨太撒娇乱叫唤，嘿嘿笑了笑，说，万保长，坐在地上玩不冷吗？上屋里床上玩。四姨太乜斜一眼刘福乾，见刘福乾一脸的坏笑，连忙去了临时住屋。刘福乾看着四姨太扭来扭去的两瓣屁股，觉得比自己三姨太的屁股大，说，你看看，四姨太还不好意思了。万贯金从地上爬起来拍拍屁股上的土说，刘镇长，我儿万里马给穷鬼们戳死了，头也给铲下来当球踢了，你得替我报仇啊。万贯金说完放声大哭起来，听上去有些像驴叫。刘福乾听万贯金说儿子被穷鬼的草叉戳死头给铲下来了不觉得吃惊，因为他在镇府时就听说了，听万贯金哭得像驴叫，这会儿心里也酸酸的。半晌，他咽了口唾沫说，万保长别哭了，我不正在想办法吗？万贯金说，刘镇长，原来我可是都听你的，叫我干什么我干什么，看在对你忠诚的份上，你得给我派兵啊。刘福乾把万贯金拉进厅堂说，你就知道派兵派兵，我有多少兵？不就是三十多人吗？万贯金说，你家人比我家人多，枪也比我家枪多。刘福乾说，不错，确实比你家多了几个人也多了几支枪，可是那能顶得住成千上万个穷鬼吗？万贯金说，那怎么办？刘福乾说，我已经派继业去海州找蒋县长了，看看蒋县长能不能派兵来。万贯金听刘福乾说已经派刘继业到海州找蒋县长搬兵去了，心想，姜到底还是老的辣啊，这个老龟孙想得就是比我远。他忽然问刘福乾，穷鬼们在牛山闹暴动，不是邹县长派兵来的吗？你不去找邹县长，找什么蒋县长？刘福乾说，你这个老东西，一天到晚就知道搂着几个姨太太轮换着睡还知道什么？邹县长早换成蒋县长了。说完，他看了一眼发呆的万贯金又说，眼看着就过年了，不知蒋县长能不能派兵来。万贯金说，要是蒋县长不派兵来怎么办？刘福乾说，怎么办？等继业回来再说啊。万贯金说，好，我等，我等。

第二天下午，刘继业才风尘仆仆地从海州回来。刘福乾一见儿子沉着个脸，就知道蒋县长没有派兵来。刘继业说，爹，我看这蒋县长胃口大，这次去得有点儿急，带的那点儿土特产不管用。刘福乾气得浑身哆嗦，心里想，这人的胃口到底有多大？他当县长的时候，我去看过了呀，我他妈一千块大洋打水漂了。半晌，刘福乾对刘继业说，我去请，我就不信他蒋县长不给我派兵。刘继业说，爹，家里还有什么东西能带去的？刘福乾说，大洋！赔上家底我也要叫蒋县长派兵，不把穷鬼们镇住，今后我这个镇长还怎么当？东海西乡谁还听我的？刘继业说，爹，路上小心。要不我再跟你去一趟？刘福乾说，不用，我带四支枪去，剩下的枪留给你看家护院，说不准咱镇上也有穷鬼瞎闹腾呢。刘继业说，爹，明天去吧。刘福乾说，我这就去。刘继业说，天不早了，到海州天黑了。刘福乾说，我连夜去找蒋县长。刘继业见父亲下定决心去找蒋县长，便把蒋县长的住处说了个一清二楚。刘福乾早早吃了饭，带上四个团丁，坐上胶皮轱辘大车去了海州。

刘福乾到海州的时候已经是下半夜了，根据刘继业提供的线索，很快找到了蒋县长家，敲了半天门，才听到院里有人说，谁呀，三更半夜的也不让人睡个清闲觉。刘福乾说，我是西乡的刘镇长，你是谁？管家说，噢，我是蒋县长的管家，你半夜三更找蒋县长有事？刘福乾说，没有事，这大冷的天几十里路赶来，我有病是不是？管家说，好好好，你稍等片刻，我去禀告一声。刘福乾在蒋县长家大门外等了不是片刻，而是大半个时辰，才听到院里有脚步声，不一会儿，门咯吱一声开了，露出个头来说，刘镇长呢？蒋县长叫你进来。然后，管家又把门开大了一点儿，刘福乾这才进了蒋县长家的院子。老管家把刘福乾引到蒋县长的卧房外，说，刘镇长，你稍等片刻，我看看蒋县长起来没有。刘福乾停下脚步，看着老管家上了台阶，轻轻敲了敲房门，咕咕哝哝说了几句话，老管家又一个台阶一个台阶地走下来，对刘福乾说，刘镇长，蒋县长请你进去。刘福乾走进蒋县长卧房时，蒋县长正在扣扣子，整理衣服，半天才转过身来接见刘福乾。刘福乾一见蒋县长二话没说，将一袋子大洋放在蒋县长家的八仙桌上。

蒋县长看着钱袋子，心里掂量一下足足有两千块大洋，刚才的不高兴一扫而光。但蒋县长只是在心里高兴，嘴上却说，刘镇长，你儿子刘继业上午来过了，我和他说了，不是我不派兵，赣榆、灌云还有东乡的穷鬼们都在闹事，我没有兵派了。刘福乾听蒋县长说没有兵派了，心里立马像吃了屋檐下的冰凌一样凉了半截，半响说，蒋县长，穷鬼们闹事你不能不管啊。蒋县长说，刘镇长你想想，到处都有穷鬼闹暴动，我能有多少兵？刘福乾说，那什么时候能派兵？蒋县长说，我也不知道什么时候能腾出手来，眼看着快过年了，总得安安稳稳过个年吧？这样吧，过完年再说，只要我的兵腾出手来，第一个派到西乡去，你看这样好不好？刘福乾说，蒋县长，你看这天寒地冻的我从西乡赶来……蒋县长说，我给你安排一下，你在海州住几天。刘福乾没有搬来兵，还白送蒋县长两千块大洋，心里又疼又悔。两千块大洋，扔水里还一阵扑通扑通乱响，这可好，连个屁响都没有。

就在刘福乾亲自去海州找蒋县长走了没多久，万贯金看见了刘继业，一把拉着刘继业的胳膊说"少爷，少爷"，哭得说不出话来。刘继业说，万保长有话慢慢说。万贯金擤了把鼻涕说，我家万里马，他可是你兄弟啊，让穷鬼们打死了。可怜哪，你兄弟的头让穷鬼们铲下来当球踢了。刘继业吃惊地说，万营长让穷鬼们打死了？头被铲下来了？万贯金说，我来找你爹派兵，他在外边跟穷鬼们顶着打,不然的话我们爷俩都做鬼了,没一个能见到少爷的。刘继业一拍桌子说,这帮穷鬼还真反了?我去!刘继业说完忽然"哎哟"一声,又说,有四支枪跟我爹去海州了。万贯金说,你手里不是还有二十多支枪嘛,少爷你得给你万里马兄弟报仇啊。刘继业看着万贯金说,万保长放心,我这就带民防团夜袭贯庄,给万里马兄弟报仇。万贯金听说刘继业要夜袭贯庄,扑通一声给刘继业跪下来说,少爷,你是我万家的大恩人哪!刘继业连忙拉起万贯金说,万保长快起来。万贯金说,我给你带路。刘继业叫伙房加了菜,团丁们个个吃得肚大腰圆,随时准备跟刘继业去打贯庄。

就在刘继业和团丁们吃饭的时候,七喜听说刘福乾去海州搬兵、刘继业要夜袭贯庄的事,偷偷溜出刘家大院,撒腿就朝贯庄跑。七喜深一脚浅一脚,一路滑滑跌跌跑到贯庄找到八喜。八喜一看七喜来了说,七哥你咋来了?七喜说,快找吴天昊,我有要紧事。八喜带着七喜找到吴天昊,把刘继业要夜袭贯庄的事讲了一遍说,你们赶紧撤,这个小龟孙带着二十多支枪。吴天昊一把握住七喜的手说,谢谢七哥。七喜说,你们赶紧撤,我得抓紧回去。七喜说完转身又回了镇里。吴天昊说,七哥,路上小心点,别摔着。也不知道七喜听到没听到,说话间人早走得不见了踪影。

吴天昊赶紧找来罗大炮、刘紫瑶几个人,把刘继业要夜袭贯庄的事讲了一遍说,咱们是撤,还是不撤?罗大炮说,二弟,咱们撤了,乡亲们可就要受罪了。八喜说,咱们现在有枪了,能不能打他一场?罗大炮说,八喜说得对,咱们有枪了,上午又抢了万贯金家三支枪,揍他一顿,让这小子知道知道咱们的厉害!大家你一言我一语,讨论得十分热烈。吴天昊听大家说了半天,最后说,大家的意见是打?大家一起嚷嚷,我们十二支枪,加上从万贯金民防营团丁手里抢来的枪,加上打兔子的火枪,一共有二十多支枪,跟他干!吴天昊看大家摩拳擦掌鼓足了劲,一拍大腿说,好,我们还到早上埋伏的地点去伏击他们。说着话,二十多个人背上枪,跟着吴天昊出发了。天那个冷啊,大家穿着棉袄还直打哆嗦,走在雪地里咯吱咯吱响。

吴天昊带人踏着雪来到早上埋伏的地点,钻进雪窝里,目不转睛地盯着大路。果然,一个时辰后,路上传来一阵杂沓的脚步声,隐隐约约听有人喊,快,别让那帮穷小子跑了。路上的脚步声更加急促了。可以看到路上黑乎乎的人影儿了,吴天昊说声"打",噼里啪啦的枪声响起来了,路上的人影儿一下子乱了,有人哎哟哎哟直叫,有人哭爹喊娘。刘继业没想到,半路上被吴天昊打了埋伏。

虽说吴天昊手里有十多支枪,可是打枪的人大多没有受过训练,看见黑影就放枪,噼里啪啦挺过瘾,一个人没打倒,却把刘继业吓蒙了。刘继业带着人退了回去,听听枪声乱七八糟的,立马又组织民防团反扑。

吴天昊嘱咐大家要瞄准黑影儿打。民防团扑上来以后,炒豆般的快枪声和砰砰的火枪声又响起来,把民防团的反扑打了回去。刘继业一看攻不上来,带着人胡乱放了几枪便撤回了镇里。

吴天昊看看路上没有动静了,知道刘继业撤回去了,随后也带着人撤回村里。

第一仗就把刘继业打跑了,大家都很高兴。罗大炮对吴天昊说,二弟,这仗打得好长志气。大家都说刘继业这个小龟孙是个纸老虎,不禁打。吴天昊让其他人抓紧回去睡觉,留下罗大炮、八喜、程老六、纪成飞几个人和刘紫瑶一起商量事儿。吴天昊说,今天晚上刘继业吃了亏,我估计他明天还会再来的。罗大炮说,咱们再打!吴天昊说,明天就不能这样打了,要想办法打。罗大炮说,二弟,你是明白人,你说怎么打咱就怎么打。吴天昊想了半响说,我有个主意你们看行不行?接着,吴天昊把自己的想法说了一遍。罗大炮一拍大腿说,我二弟到底是个明白人,点子就是多,这主意我看不错。几个人都说吴天昊的主意不错,八喜和程老六异口同声地说"听天昊的"。吴天昊说,好,大家回去睡觉吧,我再想细一点儿。几个人回去睡觉了,吴天昊也上了床,望着漆黑的屋顶把明天的事儿又细细想了一遍,然后才抓紧睡觉。

果然不出所料,刘继业天一亮就带着民防团来了,把全村人都集中在村北的打麦场上。刘继业站在磨盘上说,各家各户要把分的粮食送回万保长家,在场的人却没一个说话的。半响,突然有人说,那是我们种的粮食,过年了没粮食吃,算我们借的行不行?刘继业说,不行,吃进去的也得给我吐出来。他又说,谁把万营长戳死的?又是谁把万营长头铲下来的?打麦场上一时鸦雀无声。刘继业说,都不说是吧?好,全村人披麻戴孝给万营长送葬,一个不能少。

吴天昊带着人悄悄包围过来,罗大炮端着枪,盯着张牙舞爪说话的刘继业瞄了半天,扣动扳机。枪响后,罗大炮还抬头看了看,见刘继业身子一仰从磨盘上掉下来,手里的枪扔得老远。看到有团丁冲过去救刘继业,罗大炮不慌不忙端起枪瞄着那个团丁又放了一枪，这一枪没有打中团丁的要害，打中了团丁的胳膊。罗大炮看得真真切切，那个团丁捂着胳膊趴在了刘继业身旁，用刘继业的身体挡子弹。罗大炮笑着对吴天昊说，二弟，刘继业给我放倒了。吴天昊说，真的？罗大炮说，我瞄了半天才开枪，不信你看看？枪声一响，打麦场上乱套了，乡亲们四处逃散，几个团丁背着刘继业拼命朝刘湾镇跑。罗大炮说，二弟，我得把这个喜事告诉三弟，仇我给他报了，让他也高兴高兴。吴天昊说，是应该让陆涛知道，派个人去吧。罗大炮说，叫纪成飞去，他腿长跑得快，让他快去快回。

不一会儿，打麦场上跑得一个人也没有了，一场杂乱的脚印，一场黑色的雪。

纪成飞一路小跑气喘吁吁地赶到鲁兰村时，陆涛正和鲁跃三商量事儿。陆涛昨天听说贯庄暴动了，打死了万里马，抢了贯庄民防营的枪，分了万贯金家的粮食，但遗憾的是没有抓到万贯金这个老龟孙，心里痒痒，也想弄出点动静给吴天昊、刘紫瑶和罗大炮他们看看。两个人正商量着，看见纪成飞上气不接下气地跑来，以为出了什么大事，急忙问，成飞，天昊出事了？纪成飞喘得直不起腰来说，不是。听纪成飞说不是吴天昊出事了，陆涛忽然想，难道是刘紫瑶出事了，又急忙说，是紫瑶出事了？纪成飞大口小口地喘着说，也不是。陆涛听说吴天昊和刘紫瑶都没有出事这才放下心来，倒了碗水让纪成飞喝口水再说。纪成飞端起碗来喝了两口水，用衣袖抹了抹嘴，一屁股坐在凳子上说，陆大哥，大喜事啊。罗大哥把刘继业个小龟孙打死了，让我来给你报喜的。陆涛以为听岔耳了，急忙问道，刘继业个小龟孙死了？纪成飞说，给罗大哥一枪撂倒了。陆涛狠劲在纪成飞肩上拍了一下说，太好了！纪成飞说，刘继业不知好歹，昨天晚上想偷袭我们，让吴大哥带人半路打回去了。果不其然跟吴大哥想的一样，今天一大早刘继业又到贯庄来了，把乡亲们赶到打麦场上，要乡亲们把分的粮食送回万家，还让全村人披麻戴孝给万里马送葬。吴大哥带着我们悄悄包围过去，罗大哥盯着刘继业个小龟孙瞄了半天，叭一枪，当场把刘继业撂翻了。树倒猢狲散，民防团的人背着刘继业跑回镇里去了。陆涛说，罗大哥替我报仇了！他走到院里对着安峰山方向扑通一声跪下来说，爹、娘、小英姐，罗大哥把刘继业打死了，给你们报仇了。纪成飞说，吴大哥要我来给你报个喜，我这就回去，如果刘福乾带人来，多个人就多份力量嘛！陆涛要纪成飞歇歇再走，纪成飞一刻也不能等，转身回了贯庄。

送走纪成飞，陆涛精气神大振，又和鲁跃三商量一番，准备开展鲁兰暴动。

纪成飞去鲁兰给陆涛报喜后，吴天昊和罗大炮带着人追民防团，追了半天没追上，竟追上了万贯金。万贯金人老走得慢，打麦场上枪声响起来的时候，万贯金离村还有二里路，不一会儿听着枪响，看见民防团的人背着刘继业都往镇里跑，也稀里糊涂地跟着往镇里跑，脚下一滑摔倒了，被穷人会抓住时，还躺在地上哎哟直喊。

吴天昊当即决定在打麦场上召开万贯金批斗会。沈德才吊着一只胳膊，提着锣在村里敲了一遍，招呼老少爷们到打麦场上开万贯金批斗大会。穷人会打死了刘继业，全村人无比振奋，听沈德才说要召开万贯金批斗大会，男男女女老老少少，扛着草叉，拿着铁锨，举着铁钩都去了打麦场，离老远就看见万贯金头缩在皮袄里，不停地哆嗦。

罗大炮带头喊口号：

打土豪！
打土豪！
救穷人！
救穷人！
闹共产！
闹共产！

大家正跟着罗大炮喊口号，一个中年汉子挤到万贯金身前，猛地举起铁钩朝万贯金头上刨去，只见万贯金一头栽下来，两腿蹬了蹬，当场气绝身亡。有人喊，万贯金给刨死了。罗大炮停下喊口号转脸一看，白花花的脑浆正从万贯金头上的铁钩眼里淌出来。罗大炮眼一睁说，谁刨的？那个中年汉子说，我，这个老龟孙前年把我妹妹逼死了，我给我妹妹报仇的。罗大炮对挤过来的吴天昊说，二弟，你看看，批斗会还没开，人就给刨死了。这时候，场上的人高举草叉、铁锨朝前面挤，有人喊，这个老龟孙早该死了，现在死都晚了。吴天昊和罗大炮被人群挤到一边去了，草叉、铁锨、铁钩在万贯金身上又叉又铲又刨，不一会儿，万贯金就没了人样。

刘继业被民防团背回镇里，没有回刘家大院，而是直接去了镇里的回春堂。贾郎中翻翻刘继业的眼皮，试试鼻息，对团丁说，人早挺了，抬回去吧。团丁有人耍横，要贾郎中把少爷看好。贾郎中在团丁的逼迫下，又看看刘继业胸前的伤，看看被血湿透冻得梆硬的皮袄，摇摇头说，把少爷抬回去吧，别在冰天雪地里冻了。团丁无可奈何，只好把刘继业抬回家去。

丁管家一看是团丁把刘继业抬回家的，还有人跟在后面抹眼泪，连忙跑过去，看见刘继业胸前皮袄上一大片血迹硬邦邦的，伸出两个手指在鼻窟窿前试试，又摸摸冻得硬邦邦的胳膊，知道少爷早没命了。丁管家想，你看怎么好，老爷不在家，少爷却给穷人打死了。丁管家容不得多想，赶紧让团丁把刘继业安放到偏房里，又安排团丁在门口站岗。之后，丁管家找来长工七喜，要七喜立马去海州找老爷。七喜说，丁管家，到海州找老爷我得跑到什么时候？丁管家说，人走得太慢了，你套辆小马车去。七喜听说刘继业给打死了，心里高兴，脸却皱成苦瓜说，丁管家，我去了。丁管家催促说，快去快去。七喜到马棚套了辆小马车，赶着马车出了刘家大院，出了镇子，直奔海州。

七喜赶着小马车一路小跑，马脖子上的铃铛叮当叮当响。还没到白塔埠，看见路上有辆胶皮轱辘大车迎面过来，七喜跳下小马车看了半天，认出是刘福乾的胶皮轱辘大车，哭丧着脸迎着胶皮轱辘大车跑上前。几个团丁以为有人要截刘福乾，端着枪大喊，干什么的？马路认出来人是七喜，"吁"一声停下车说，七哥有事？七喜没说话，扑通一声跪在车前，哭喊道，老爷，老爷。刘福乾掀开棉帘，看看是家里的长工七喜，说，有事？七喜哭着说，不好了老爷，少爷，少爷……刘福乾见七喜哽咽着说不出话来，说，什么事你说啊？七喜抹了把眼泪说，少爷被贾庄穷人打死了。

刘福乾听七喜说儿子刘继业被贾庄穷人打死了，当即倒在车上昏死过去。几个团丁急得团团乱转，七喜撕下一块大褂襟，跑到路边沟底，砸开冰，把大褂襟蘸了水，拧得半干，跑回来放在刘福乾额头上，冰了一会儿，刘福乾才醒过来。刘福乾醒过来后号啕大哭说，我的儿啊，你怎么就走了呢？七喜说，老爷别提了，少爷听万老爷说他儿万里马死了，老爷你知道的，万里马跟少爷是好兄弟，谁劝也不听，非要带人去贾庄给万里马报仇。刘福乾说，这个小东西就是不听人话啊。七喜说，少爷带民防团去贾庄，是被民防团的弟兄们轮流背着回来的。刘福乾说，贾郎中看没看？七喜说，看过了，是贾郎中叫抬回家的。刘福乾听七喜说贾郎中看过了叫抬回家的，又放声大哭，催促马路说，快走，快走。

刘福乾的胶皮轱辘大车在四个团丁的簇拥下一路小跑，七喜的小马车原来还跟在后面，谁知刘福乾的胶皮轱辘大车越走越快，越走越远，七喜看看追不上胶皮轱辘大车了，也不追了，随马儿慢慢腾腾地走。七喜看见前边有条小路，四下里一看，然后吆喝一声，马儿打了个秃噜，拉着车拐上小路叮叮当当去了贯庄。

七喜赶着小马车正朝前走，看见路边有个身上背着包、手里提着包的小伙子向他招手。七喜"吁"一声停下车，他还没问小伙子，小伙子却先开口问他，大哥，贯庄怎么走？七喜说，跟我走。小伙子说，跟你走？七喜说，上车吧，去贯庄。小伙子答应一声，把包一个一个放在车上，然后爬上车，七喜"驾"了一声，马儿又走起来。七喜和小伙子在车上聊起来说，从哪里来啊？小伙子说，我从南边来。七喜说，干什么的。小伙子警惕起来说，你是干什么的？七喜说，我去贯庄找人的。小伙子说，贯庄有亲戚？七喜说，没有。小伙子说，那你去贯庄找什么人？七喜说，我找吴天昊。小伙子松了一口气说，我去贯庄也是找他的，七喜说，咱们是自己人啊。小伙子说，天下穷人是一家嘛！七喜说，贯庄暴动了，你知不知道？小伙子说，贯庄暴动了？七喜说，那可不得了，暴动可威武了，百把号人口号喊得震天响，开仓分粮时，全村男女老少都去了。去年闹春荒，粮食没收上来，万贯金家的租一斗不少，谁家还有粮食吃？眼看着要过年了，连个饺子也吃不上。七喜停下来看看小伙子，故意咳了一声。小伙子说，你快讲。七喜看着小伙子说，别急。暴动的穷人先把万贯金的儿子万里马打死了，哈哈，万里马的人头给穷人铲下来当球踢了。他爹，就是万贯金这个老龟孙从后门跑了。跑哪儿去了？跑到刘湾镇找刘福乾搬兵去了。小伙子追着问，刘福乾派兵了吗？七喜说，刘福乾这个老龟孙多狡猾？他叫儿子刘继业去海州找县长派兵，县长没派，刘福乾这个老龟孙带着大洋亲自去搬兵。小伙子说，搬来了？七喜说，别提了，刘福乾连夜去海州没搬来兵还把儿子也搭进去了。小伙子说，这就奇了怪哈。七喜说，刘福乾到海州去了，万贯金还在他家，万贯金见了刘继业一把鼻涕一把泪地求刘继业给他儿子报仇，万里马是刘继业民防团贯庄民防营营长，两个人平时处得不错是好弟兄。刘继业看万贯金个老龟孙一把鼻涕一把泪的，这个小龟孙连夜带人去贯庄要给万里马报仇。小伙子说，乖乖，刘继业有枪哎。七喜说，这个小龟孙就是仗着自己有几支枪才去贯庄的。小伙子说，贯庄人有没有枪？七喜说，有，吴天昊买了十二支枪，贯庄昨天暴动，穷人会又抢了万里马民防营几支枪，我说的这是快枪，还有穷人会打兔子的火枪，一共也有二十多支枪。小伙子说，天昊哥把刘继业打跑了吧？七喜说，昨天晚上，刘继业带着人去贯庄，半路上被打回去了，今天天一亮又带人去贯庄，把村上人都集中在打麦场，要村里人披麻戴孝给万里马送葬，结果……小伙子说，结果怎么样？七喜说，你听我说，刘继业让罗大哥，就是原来房山土匪大当家的罗大炮，一枪撂倒了。小伙子说，刘继业被打死了？七喜说，打死了，丁管家叫我到海州去找刘福乾报信，半路上碰到了。他的胶皮轱辘大车是两个马拉的比我的车快，听我说他儿子被穷人打死了，急急忙忙赶回去了，我追都追不上，不是才遇到你了吗？小伙子说，你怎么这么清楚？你是……我要下车。七喜说，下什么车？快到了，看到没有，前边那个村就是贯庄。小伙子说，那你报完信怎么没回去？七喜说，我兄弟八喜在贯庄，我去找我兄弟，跟吴天昊干，不回去了。小伙子"噢"了一声又坐下来。七喜说，坐好了？小伙子说，坐好了。七喜"驾"了一声，马儿小跑起来，不一会儿到了贯庄。

　　吴天昊和八喜一见七喜赶着马车把陈文辉拉来了，又惊又喜地说，文辉，你回来了！陈文辉跳下马车说，吴大哥，听陈特派员说你们在贯庄要搞暴动，鲁兰也要暴动，我赶了三天两夜的路，这不，路上遇到了七喜大哥，坐七喜大哥的马车回来了。七喜这才知道，小伙子叫陈文辉，是吴天昊派到韩家桥悬壶堂学医的。陈文辉指着马车上的大包小包说，临来时，严老伯让我带了刀枪药，还带了一些疗伤的草药回来。他又说，仁宽大哥也要来，省委来人到灌云，交通站走不开，仁宽大哥才没有来。吴天昊说，以后有机会，我一定去韩家桥看望严老伯和仁宽兄弟。

　　刘福乾回到刘湾镇时，暮色已扑落下来，袅袅炊烟与暮色融在一起，镇上人家也亮起了灯盏。原来看到灯火觉得十分温馨，这时的灯火却让刘福乾倍觉凄凉。刘福乾不顾疲劳，带着民防团连夜去了贯庄，他要给儿子刘继业报仇，没想到刚出镇子不远，一头从马上栽下来，贯庄没去成，被团丁抬回了家。

　　刘福乾这一病就是半个多月，病好了，年也过完了。

28

正月还未过完,春荒就在鲁兰渐渐弥散开来。去年春旱,粮食歉收,鲁天成家的租一斗也没少收,佃户交完租,家家几乎没有粮食了,一天喝两顿稀,将就着过完年,春荒便提前来到了。

陆涛永远也忘不了令他心酸的那一幕。

大年三十晚上,陆涛和鲁跃三在村西穷人会鲁才平家吃过饺子回住处,经过鲁天成家厨房后窗时,看到窗后围了五六个人。大家见陆涛和鲁跃三来了,不好意思地走到路边,装作没事拉闲呱的样子和陆涛、鲁跃三打招呼。当陆涛和鲁跃三走过鲁天成家厨房后窗时,忽然闻到一股诱人的香味,瞥眼一看,见后窗上的窗纸坏了一块,厨房里的香味直往外扑,心里蓦然一惊,几个人原来是在这儿闻鲁天成家的菜香味儿过年啊。

陆涛和鲁跃三低着头迅速走过后窗,半晌没有说话,他们可以听到自己心里的血汩汩流淌的声音。

拐过弯,看不见后面闻菜香味儿过年的人了,陆涛说,跃三,咱共产党领导穷人会,就是要让穷人有地种,有粮吃,过上好日子,如果穷人连肚子都吃不饱,过不上好日子,要咱共产党干什么?咱穷人会还有什么意思?鲁跃三说,陆大哥,当年我也是给鲁天成逼得没有办法,才去安峰山投奔你当土匪的,就是想吃顿饱饭啊。陆涛说,我知道,你也知道,虽说咱是安峰山的土匪,可是咱山上的土匪都是穷人,没一个地痞流氓。鲁跃三说,陆大哥,我就服你这点,一是不要地痞流氓入伙,二是不抢穷人。陆涛说,因为咱们自己就是穷人,虽然上山当了土匪,但根子上还是穷人,抢了穷人,穷人还怎么过啊?鲁跃三说,后来跟着吴大哥,我又明白了不少道理。陆涛说,跃三,你来到鲁兰以后进步很快。两个人说着话回到住处,上床裹着被子,谁也没有再说话。

这天早晨,陆涛还没有起来,鲁才平急匆匆敲门进来对陆涛说,村西老徐头带着孙子、孙女去地里挖麦苗吃了。陆涛"哎呀"一声说,吃了麦苗,可就没有麦子了,以后的日子怎么过?鲁才平说,我回家掫两瓢玉米给他家送去,撑两天吧。鲁才平说完转身要走,陆涛说,才平大哥你等等。陆涛从床头破草苫底下摸出一块大洋说,这是天昊哥给的活动经费,就这一块了,你带给他吧。鲁才平说，这不行，没有活动经费，你和跃三两人……陆涛说，拿去吧，不能看着老徐头一家人饿死啊。鲁才平说，我再去想办法。陆涛说，拿去吧，我和跃三去地里挖野菜吃。鲁才平说，地里的野草还没长出来哪，陆涛说，还有树皮呢。

两个人正说着话，穷人会的鲁东民一头钻进屋来，对鲁才平说，去你家没找到你，我想你可能在陆涛这里就过来了。鲁才平问，东民什么事？鲁东民看了一眼陆涛，又看了一眼鲁才平说，鲁士坤饿死了。鲁才平对陆涛说，我跟东民去看看。说完，他跟鲁东民一起走了。

鲁才平和鲁东民一大早带来的消息，像磨盘一样压在陆涛心上，鲁才平和鲁东民两个人走了好大一会儿，陆涛和鲁跃三都没有说话。半响，陆涛心情沉重地说，跃三，我们的暴动不能再等了，穷人没粮食怎么度过这个春荒？正月十五才过去几天？等到夏粮下来，那要饿死多少人哪。我们商量一下，尽快暴动，打开鲁天成家的粮仓，把粮食分给穷人度春荒。鲁跃三说，我看也不能等了，再说贯庄已经暴动了，我们也抓紧暴动！鲁才平给老徐头家送去两瓢玉米后过来说，老徐头家的孙子孙女饿得吃生玉米粒子。一时间屋里人都沉默下来，时间好像正月那样漫长。半响，陆涛说，我们的暴动不能再等了。鲁才平说，我看越快越好。陆涛对鲁才平和鲁跃三说，来，我们商量一下暴动的事。三个人商量后，定下了暴动的日子。

这天是壬申年正月二十一晚上，天黑以后，穷人会的人三三两两来到陆涛的住处，陆涛说，乡亲们，我们决定明天暴动，打开鲁天成家的仓库，分了他家的粮食，让乡亲们吃顿饱饭。不然村里还不知要饿死多少人。听说明天暴动开仓放粮，穷人会的人一阵激动。鲁东民说，陆老弟，我们早就盼着这一天了。有人说，再不暴动，再不开仓放粮，春荒过不去，村里人差不多都要饿死了。暴动！暴动！暴动！一时间群情振奋，大家摩拳擦掌快等不到明天了。鲁才平说，大家回去，连夜准备好草叉、铁锨、铁钩，什么家伙顺手拿什么。我还要提醒大家，鲁天成家民防营有七八支枪，说不定会有一场血拼。下面又有人喊，我们跟他们拼了，饿死是死，被打死也是死。陆涛对鲁东民说，东民你带人准备抢民防营的枪。说完，他又对鲁才平说，才平带人开仓放粮。鲁才平说，大家回去后分头通知各家各户，明天一早到打麦场集合，然后到鲁天成家领粮食。暴动！暴动！暴动！人们又是一片呐喊。

这一夜，鲁兰村大多数人家没有睡觉，都在盼着天亮。

天亮后，村里咣咣响了一阵锣，穷人会的人有的拿着草叉、铁锹、铁钩，有的拿着木棍、菜刀，陆陆续续来到村外的打麦场。陆涛站在麦草垛上说，今天我们鲁兰暴动了，乡亲们要团结起来，打土豪，分粮食，救穷人！打麦场上黑压压一片人，高举草叉、铁锹、铁钩、木棍高喊暴动！暴动！暴动！

　　暴动的人群在陆涛和鲁跃三的带领下开始到村里游行，陆涛、鲁跃三和穷人会的人手挽手走在前面唱起了《国际歌》：

　　起来，饥寒交迫的奴隶！
　　起来，全世界受苦的人！
　　满腔的热血已经沸腾，
　　要为真理而斗争！
　　……
　　要创造人类的幸福，
　　全靠我们自己！
　　我们要夺回劳动果实，
　　让思想冲破牢笼。
　　快把那炉火烧得通红，
　　趁热打铁才能成功！
　　这是最后的斗争，团结起来到明天，
　　英特纳雄耐尔就一定要实现。
　　这是最后的斗争，团结起来到明天，
　　英特纳雄耐尔就一定要实现……

　　游行队伍在雄壮的《国际歌》声中来到鲁天成家大门前，鲁跃三在大门外振臂高呼：

　　穷人要活命！
　　穷人要活命！
　　开粮仓！
　　开粮仓！
　　分粮食！

滚雷

分粮食!
度春荒!
度春荒!

愤怒的人群正喊着口号,鲁天成家深红色大门咯吱一声开了,管家伸出头来看看又急忙缩了回去。拉开大门,鲁天成的儿子鲁立凡提着枪跨过门槛走到大门外,十几个团丁一拥而出,有的端着枪,有的拿着鬼头大刀,凶神恶煞似的站在鲁立凡身后。

口号声声,草叉、铁锹、铁钩举起来放下去,放下去又举起来,声势浩大,震撼人心。鲁立凡举着枪说,要造反吗?众人齐声答"是"!鲁才平说,今天我们穷人暴动了!然后,他大喊一声"冲啊",举着草叉、铁锹、铁钩的穷人在陆涛的带领下朝鲁家大院里冲。鲁立凡朝天上开了一枪,前面的人站住了,后面的人还拼命往前挤。鲁立凡又朝天开了一枪。鲁才平喊道,我们要吃饭!一呼百应,乡亲们跟着喊,我们要吃饭!开仓放粮!开仓放粮!人们正呐喊着,鲁天成家的管家跑出来,拉着鲁立凡说,老爷叫你回去。鲁立凡说,穷鬼们马上要抢粮食了,我回去干什么?管家拉着鲁立凡的胳膊说,老爷叫你回去。鲁立凡歪着头还是不走,被老管家硬拉进去,鲁家大院深红色大门咯吱一声又关上了,门前只剩下十几个团丁。鲁东民大喊一声,老少爷们跟我上!在鲁东民的带领下,几十个人呼啦一下子拥上来,把团丁的枪和大刀抢了下来。团丁们一看刀枪被穷人抢走了,吓得抱头鼠窜。一个团丁跪下来,一边给鲁东民磕头一边说,都是鲁营长叫我们干的,都是鲁营长叫我们干的。鲁东民踹了团丁一脚大喝一声"滚",那个团丁立马钻出人群跑了。

穷人会的人举着抢来的枪和大刀喊口号,鲁天成家的大门再也没有打开。鲁才平让人抬来一根大木头,撞得鲁家大门咚咚响,一撞二撞三撞,大门终于被撞开了,暴动的乡亲们不顾一切地冲进鲁家大院,哗啦一声把粮仓的大门也撞开了,涌进粮仓的人们看到金黄的麦子抓起来就吃,有的人连嚼都没嚼就直接吞了下去。

鲁才平看大家一拥而上,乱成一团,安排穷人会的人维持秩序。人们生怕分不到粮食,还是挤成一团,鲁才平站在门槛上说,大家排好队领粮食,一家都不会少!喊了半天,嗓子喊哑了也没人听。穷人会的人又重新整理秩序，家家户户不分男女老少排队分粮，领粮的队伍一直蜿蜒到鲁天成家大门外的村街上。

穷人会的人在鲁才平的安排下，拿着笆斗朝人们的口袋里、瓦罐盆里装粮食，把口袋、瓦罐盆装得满满当当冒了尖。分到粮食的人，抱着口袋、端着瓦罐盆来到院里，哭喊着说，苍天啊，大地啊，这是俺们原来种的粮食啊，又回到俺们手里了。

一个十多岁的孩子，两手捧着麦子哭喊道，爷爷，要是有粮吃，你也不会饿死啊。鲁才平对陆涛说，这孩子是前两天饿死的鲁士坤的孙子。两行泪从陆涛眼里流出来，他擦了把眼泪说，要是早几天暴动，老鲁就不会饿死了。鲁才平说，是啊。这时，陆涛站在院子里的石桌上说，乡亲们，我们不光要粮食度春荒，我们还要鲁天成把地契交出来，地是我们穷人的地。陆涛一喊，人们也跟着喊，把地契交出来，地是我们穷人的地。把地契交出来！把地契交出来！人们的呐喊声一浪高过一浪。

鲁才平立马带着穷人会的人去找鲁天成，前院后院找遍了也没找到鲁天成，于是把老管家找来了，要老管家把地契交出来。老管家哪里见过这愤怒的场面，早吓得面如土色，结结巴巴地说，我、我去找鲁老爷。穷人会的人跟着老管家前院后院又找了一遍也没找到鲁天成，看见鲁天成大太太撅着屁股藏在桌子底下，鲁才平一把把鲁天成大太太拉出来，要大太太把地契交出来。

鲁天成大太太哆哆嗦嗦地说，别杀我，我去找。说完，她浑身颤抖着到卧房里，撬开两块地砖，交出了地契。鲁才平捧着装有地契的木匣子交给陆涛说，陆老弟，地契都在这儿。陆涛打开木匣子，一把抓出地契，吹着火绳点着了火，看到一张张摁着手印的地契在大火中变成灰，像黑色蝴蝶似的在空中飞舞，鲁才平举起胳膊高呼：

打土豪！

打土豪！

分田地！

分田地！

闹共产！

闹共产！

分了粮食，烧了地契，陆涛说，才平哥，把鲁天成揪出来，咱们开个批斗大会！鲁才平兴奋地说，好！带着穷人会的人再去找鲁天成，前院后院九九八十一间屋都找遍了，还是没有找到鲁天成和鲁立凡。鲁才平对陆涛说，这个老龟孙跑了。陆涛说，鲁立凡呢？鲁才平说，爷俩一块儿跑了。

　　鲁天成带着儿子鲁立凡真的跑了。

　　春节前贯庄暴动，鲁天成听说万贯金儿子万里马的人头让穷人铲下来当球踢了，刘福乾儿子刘继业去贯庄给万里马报仇也被打死了，万贯金让穷人的铁钩刨死了，吓得两腿哆哆嗦嗦站不起来，想喝口水压压惊，哆嗦着手端了两次茶碗都没有端起来。这时候的鲁天成有两怕：一怕哪天鲁兰的穷人也跟着闹起来；二怕刘福乾叫他儿子带民防营攻打贯庄。鲁天成一天到晚心惊胆战，夜里睡不着觉，他就想怎么办，主意还没想好，今天一大早穷鬼们真的闹起来了，鲁立凡仗着有几支枪，想把事情压下去。贯庄都没压下去，那几支枪能把鲁兰暴动压下去吗？当鲁立凡走出大门的时候，其实鲁天成在屋里喊了一声，可是情绪激奋的鲁立凡没有听到。鲁天成立马叫管家把鲁立凡喊回去。

　　鲁立凡一进院子，管家就在后面把大门关得严严实实。鲁立凡一边朝大厅走一边说，爹，都火烧眉毛了，你有什么事？鲁立凡一进大厅，鲁天成就说，小祖宗，快点收拾一下跟我走。鲁立凡说，上哪儿去？外边的事儿不管了？鲁天成说，管不了那么多了，快点走。鲁立凡说，爹，不把穷鬼们镇住，以后不乱套了吗？鲁天成说，我的儿啊，万里马没镇住暴动，刘继业也没镇住暴动，都给穷鬼们打死了，你能镇住暴动啊？鲁立凡怔怔地看着爹，鲁天成说，趁穷鬼们乱哄哄的还没进来赶快跟我走。鲁立凡站着没动，鲁天成拉了一把鲁立凡说，再不走就走不了了。鲁立凡这才和爹一起慌慌张张地从后门逃走了。

　　鲁天成爷俩走出后门时，听到愤怒的人群潮水般涌进了院子，鲁立凡停下脚步回头望望，鲁天成又拉了一把鲁立凡，说，傻儿子快走。鲁立凡说，爹，咱家粮食要给穷鬼们抢光了。鲁天成说，只要人在，吃了的粮食再叫穷鬼们吐出来。鲁立凡觉得爹的话是对的，只要人在，才能重回鲁家大院，才能重振鲁家威风；人不在了，鲁家大院再大也回不来了。鲁立凡正胡思乱想着，脚下趔趄了一下，然后跟着鲁天成跌跌撞撞地去了刘湾镇刘福乾家。

在鲁天成带着儿子逃往刘湾镇刘福乾家时，吴天昊也很快得知了鲁兰暴动的消息。他激动地对罗大炮和刘紫瑶说，鲁兰暴动了！罗大炮说，鲁兰暴动了！吴天昊说，罗大哥，紫瑶，我决定带队伍去鲁兰，万一鲁立凡的民防营向陆涛动手，我们去了也好有个照应。罗大炮听说要去鲁兰，说，二弟说得对，三弟那里没有枪，我们这边有二十多支枪呢。鲁立凡个小龟孙要是动手，我们也好帮帮三弟。吴天昊当即带着队伍赶往鲁兰支援陆涛。

当吴天昊带着队伍来到鲁兰时，陆涛带着人把鲁天成家民防营的枪抢了，把鲁天成家的粮食也分了，家家户户都在忙着做饭吃，一村子都是烟火味饭香味。

陆涛看见吴天昊带着队伍来了，高兴地抱住吴天昊转了一圈，刚放下吴天昊，陆涛又被罗大炮一把抱了起来。

两支农民武装三十多人会合在一起，一时间群情振奋。吴天昊和陆涛、罗大炮、刘紫瑶商量后，决定成立中国工农红军徐海游击队！吴天昊说，我们要把中国工农红军徐海游击队的旗帜打出来。罗大炮说，成立游击队，正式跟他们干！吴天昊当即安排刘紫瑶去村里找裁缝做队旗。陆涛找来鲁才平，让他带着刘紫瑶一起去。

刘紫瑶和鲁才平走了以后，吴天昊和陆涛、罗大炮商量，决定组建徐海游击队领导班子。吴天昊任队长，陆涛和罗大炮任副队长，刘紫瑶任政委，在东海西乡开展武装斗争。

一直到吃过午饭，刘紫瑶和鲁才平才扛着红旗回来。罗大炮接过红旗，在院子里挥来挥去呼呼啦啦响。刘紫瑶对吴天昊和陆涛说，老裁缝很好，为我们做旗子一个钱也没收，说为游击队做贡献了。吴天昊看着红旗中间的镰刀锤子，又看着红旗边上白底黑字中国工农红军徐海游击队的字样，高兴地说，开大会，成立中国工农红军徐海游击队！三十多人三十多支快枪和火枪，站在迎风飘扬的红旗下威风凛凛。吴天昊在红旗下宣布，中国工农红军徐海游击队今天成立了。三十多人举着枪高喊："成立！成立！成立！"接着，吴天昊宣布了游击队核心领导班子，然后扛着中国工农红军徐海游击队的大旗，带着游击队在村里进行示威游行。

鲁兰村的男女老少，看见飘扬着的中国工农红军徐海游击队的大旗，看到背着枪雄赳赳气昂昂的队伍，在村街两边欢呼雀跃。村里做鞭炮生意的鲁三叔，拿出家里的鞭炮噼里啪啦燃放起来，村子里一片喜庆。

当天晚上，罗大炮对吴天昊说，吴队长，我想把白塔埠地主白成银家给端了，省得他祸害百姓。陆涛说，端了白成银老窝，给罗副队长报仇。吴天昊沉思片刻说，游击队员士气高涨，这是个机会，但要研究一个作战方案，打赢了怎么办，打不赢又怎么办。罗大炮说，还是吴队长心细。吴天昊说，游击队刚刚组建起来，游击队员大多是种田锄地的农民，从来没有摸过枪，连枪怎么用还不会呢。陆涛说，是啊，得让会打枪的人教大家打枪，光会打枪还不行，要打得准才行。吴天昊说，好！罗大炮说，我就是个粗人，只会放原来的那门老大炮。说完，他嘿嘿笑着摸了摸头又说，我那大炮要是还在，一炮准能把白成银家轰平了。罗大炮带着八喜和耿三，没日没夜地教游击队员们练习瞄准和打枪。

三天后的晚上，罗大炮带路，吴天昊带着游击队悄悄出征了，走了十几里路，半夜的时候来到白塔埠，悄悄包围了白家大院。

罗大炮熟门熟路正要翻墙入院，不料一个游击队员的火枪走火了，砰一声划破夜空，白家大院东南角岗楼上的快枪跟着就响了。白家大院的枪一响，游击队这边的枪也跟着响起来，快枪火枪噼里啪啦、砰砰响成一片。白家大院门前两个站岗的团丁倒在了游击队的乱枪里，有人高喊，打倒了，打倒了。罗大炮一看打倒两个站岗的，立马带人要往白家大院冲，被吴天昊一把拉住了。吴天昊压低嗓门说，罗大哥，白家大院防守严密，你冲不进去。这时，白家大院西南角岗楼上的枪也响了。

罗大炮看了一眼关得紧紧的白家大门气得直跺脚。这时白家大门咯吱一声开了一条缝，有人蹿出来把两个团丁朝大门里拖，游击队的枪又响了一阵，子弹打在大门旁的石狮子上溅出一溜火星。两个团丁被拖进大门里，大门又紧紧关上了。

吴天昊观察了半天，觉得凭现在的游击队是打不进白家大院的，便带领游击队撤出白塔埠，悄悄回了鲁兰。

游击队夜袭白塔埠白家大院无一伤亡，还打倒两个民防团丁，也算是旗开得胜，游击队员个个精神抖擞，士气十足。

游击队夜袭白家大院时，白成银正在睡觉，游击队员不慎走火的那声枪响惊醒了他。他翻身下床拿着枪就要出去，四姨太在后边喊，老爷，你还没穿裤子。白成银刚好到了卧房门口，听四姨太一喊连忙站住了，一摸身上真的没穿衣服，连忙回来穿上衣服，这才开门跑出卧房。正好有团丁跑来报告说，老爷，游击队来袭击我们了。白成银说，游击队？团丁说，就是鲁兰暴动的那帮穷鬼。白成银沉思半天说，只许打枪，不许出去。团丁答应一声跑到院子里，朝东南角岗楼喊，白营长，老爷说只许打枪不许出门。团丁朝东南角岗楼喊完，又朝西南角岗楼喊。白天亮说，打，把这些穷鬼给我打回去。噼里啪啦的枪声又炒豆子一般响起来，半响白天亮没有听到对面的枪声也停了下来，一时间白家大院和整个白塔埠都寂静无声。刚好白成银上了岗楼，白天亮说，爹，他们怎么不打枪了？白成银说，人走了还打什么枪？白天亮支棱着耳朵听听，又伸头朝大门两边看看，一点儿动静没听到，一个人影儿也没看到，这才说，游击队给我们打跑了。白成银听到西南角的岗楼上还有人打枪，对一个团丁说，叫他们不要打了！团丁立马跑到院子里高声喊道，别打了，别打了，老爷说不要打了。白天亮以为刚才说话爹没听到，又说，爹，穷鬼们给我们打跑了。白成银说，他们打死两个人？白天亮说，这两个家伙被打伤了装死的。白成银听说两个团丁没死，松了口气说，派人快去请郎中来治伤。白天亮说，我这就派人去。白成银说，游击队撤走了，让你的人睡会儿觉去。白天亮说，我安排他们轮换着去睡觉。白成银说，有站岗放哨的，有睡觉的，这样好。白成银说完对白天亮说，你也去睡会儿觉，明早跟我一起去刘湾镇。白天亮答应一声，随后派人去请郎中来给两个受伤的团丁治伤。

　　白天亮派人去请郎中给两个受伤的团丁治伤时，吴天昊带着游击队正走在回鲁兰的路上。大家一边走一边高兴地说着话。罗大炮无比惋惜地对吴天昊说，吴队长，今夜没有把白家大院打下来我心里不甘哪。吴天昊说，罗副队长你还想打？罗大炮说，想打，不打死白成银这个老龟孙我誓不罢休。吴天昊说，罗副队长，我想这几天大家练练兵！罗大炮说，吴队长，白家的团丁给我们打倒两个，还练什么兵？吴天昊说，打白成银不能急要慢慢来，早晚有一天会把白家大院打下来的。罗大炮说，我要是有大炮，早一炮把白家大院轰平了。启明星升起来的时候，吴天昊的游击队才回到鲁兰村。

　　吃过早饭，吴天昊召开紧急会议。吴天昊说，同志们，我们成立中国工农红军徐海游击队的消息已经传遍了东海西乡，男女老少都知道东海西乡有了共产党的游击队。为防止白成银和鲁天成的报复，游击队要立即开拨，绝不能连累村里的乡亲们。刘紫瑶说，吴队长分析得有道理，白成银会来报复的，我们不能连累鲁兰村的乡亲们，要立即转移。罗大炮说，到哪儿去白成

滚雷

银不知道？陆涛说，找一个我们没有去过的村子，练练兵再打回来。吴天昊说，到车庄去。几个人认为吴天昊的考虑是对的，白成银、鲁天成怎么也不会想到游击队会转移到车庄去休整。

说走就走，游击队迅速集合起来，扛着中国工农红军徐海游击队的旗子转移到车庄去了。游击队来到车庄村时，车庄村老老少少都出来欢迎，有人腾出屋来铺了麦草，请游击队去住。游击队在车庄村落下脚，吴天昊立马安排罗大炮和八喜、耿三等人，带着游击队员练瞄准，练枪法。

游击队在车庄村住了两天，吴天昊要带游击队转移到十几里外的蔷薇村。罗大炮说，吴队长，我看车庄村老乡对咱们热情，多住两天嘛，难不成白成银今晚就来打车庄？陆涛说，罗副队长，要是白成银知道我们还住在车庄，说不定今夜就会打车庄。刘紫瑶也说，罗副队长，听吴队长的没错。罗大炮不高兴地说，我知道，你们都是上过学堂念过书的人，都是明白人，听你们的。

游击队转移到蔷薇村的第二天，吴天昊听说白成银昨天夜里带人去了车庄村。罗大炮一惊，说，还是吴队长算得准哪，要不还真让白成银这个老龟孙包了饺子。吴天昊说，游击队刚刚组建起来，三十多支枪，又没经过正规训练和打过仗，只能跟他们打游击。罗大炮说，吴队长，我知道了，要不咱怎么叫游击队？就是这庄住两天那村住两天，打一枪换一个地方是吧？大家一起笑起来，都说罗大炮也成了明白人。

游击队在蔷薇村住下来的第三天，吃过晚饭，游击队员们在西大场上继续练瞄准，练刺杀，喊杀声震耳欲聋。吴天昊对刘紫瑶说，刘政委，我想带队伍转移到张庄去。刘紫瑶说，现在就走？罗大炮说，到哪儿去？吴天昊说，我想天黑以后到张庄去。听着西大场传来的阵阵喊杀声，罗大炮说，吴队长、刘政委，我看战士们这两天训练得很辛苦，让大家再睡一个安稳觉，明天一早走？刘紫瑶思忖半天说，吴队长，我看行，明天天亮前撤离蔷薇村。吴天昊说，就这样定了，战士们训练完，抓紧时间休息，明天天亮前转移。

半夜时分，当吴天昊和游击队员们正在睡梦中时，村头突然响起密集的枪声。

枪声惊醒了吴天昊，他立马穿衣起床，刚拉开门，值班查哨的八喜气喘吁吁地闯进来说，吴队长，我们被包围了。吴天昊问，多少人？八喜说，看样子不少，除了村东，村西村南村北都有民防团。听到枪声，罗大炮、陆涛和刘紫瑶也都来到吴天昊屋里，吴天昊说，大家起来没有？罗大炮说，大家都起来了，现在就在院里等你命令。吴天昊说，来者不善哪，我们要尽快突围！八喜说，我听有人说话是刘湾口音。吴天昊说，我说嘛，白成银哪有那么多人？肯定是刘福乾把地主武装整合起来，围攻我们游击队了。

吴天昊说得没错，游击队夜袭白家大院的第二天，白成银带着儿子白天亮跑到刘福乾家，把游击队夜袭白家大院的事说了一遍，请求刘福乾派兵攻打鲁兰村。

刘福乾是个老狐狸，虽说儿子刘继业被打死的痛还没有过去，白成银又带着儿子跪在面前，请求他立马派兵攻打鲁兰，但他头脑没有发热，冷静地想了半晌，对白成银说，白保长，我儿子让穷鬼打死了，我心里不急吗？你儿子白天亮好胳膊好腿的在你身边，爷俩在我这儿住几天，沉住气，我肯定要灭了这帮穷鬼。白成银说，刘镇长，听说吴天昊他们成立了中国工农红军徐海游击队。刘福乾撇了撇嘴说，就那帮穷鬼，还成立游击队？我看叫油漆队还差不多。白成银说，听说游击队在鲁兰、车庄搞游行示威，还鼓动村里人参加。刘镇长，咱得灭了游击队的威风，把民防团的大旗竖起来。刘福乾听白成银提到民防团，突然拍了一下大腿对白成银说，白保长，回白塔埠把你的民防营给我带来，我派人把万贯金家跑散的民防营的人找回来。鲁保长呢？鲁天成答应一声说，刘镇长，我在这儿。刘福乾说，叫你家立凡回去把民防营的人再找回来，咱们联合起来打穷鬼！鲁天成和白成银说，刘镇长，就照你说的办！白成银把儿子白天亮叫进屋来，要白天亮立马回白塔埠，把民防营带到刘镇长家来。白天亮说，游击队要是再打怎么办？白成银对刘福乾说，刘镇长，你看我这个儿就是这么憨，游击队打过一次没打进白家大院，这两天他们还会再去打吗？白天亮说，明白了，我这就回白塔埠。白成银说，骑刘镇长的马，快去快回。鲁天成说，刘镇长，我家立凡也骑马，快去快回。刘福乾点点头什么也没说。白天亮和鲁立凡在马棚里一人选了一匹高头大马，两个人喜滋滋地牵到大门外纵身上马，分头去了鲁兰村和白塔埠……

两天后，刘福乾整合了白成银的民防团，把万贯金家、鲁天成家跑散的团丁纠集起来，当天晚上带着民防团包围了车庄，没想到游击队转移走了，天亮后才听说游击队去了蔷薇村。刘福乾发誓血战蔷薇村，彻底消灭游击队。

刘福乾亲自带民防团包围蔷薇村的那天夜里，刚好是游击队在蔷薇村住下来的第三天。刘福乾兵分三路，自己带一路，白成银和白天亮带一路，鲁天成和鲁立凡带一路，三更时分别从村南、村西、村北三面进攻村子，留下村东的那一面是三人多深的蔷薇河。

　　八喜查岗到了村南时，刘福乾的人刚进村，岗哨的枪一响，村西和村北也同时响起了枪声，民防团从三面突然发起进攻，八喜立马回去向吴天昊报告……吴天昊对罗大炮、陆涛和刘紫瑶说，我们要坚决突围出去，保存革命武装力量！这时，吴天昊看到院子里站满了游击队员。罗大炮把袖子一撸说，吴队长，你说怎么打就怎么打！吴天昊看着罗大炮说，罗副队长，你带几个人留下来掩护，其他人跟我从村北打出去，然后到西边马陵山集结。他又说，大家要记住，不论谁突围出去，西上马陵山集结。陆涛说，吴队长，罗副队长和你一起走，我留下来掩护。刘紫瑶说，吴队长，我和陆涛留下来掩护，你们先走。陆涛说，吴队长，我带四五个人就够了，紫瑶交给你了。吴天昊说，陆副队长等一下。陆涛说，吴队长？这时吴天昊对游击队员们说，大家把身上的子弹留给陆副队长。游击队员们立马从身上掏出部分子弹交给陆涛几个人。陆涛接过子弹装满身上所有的口袋，两手抱拳对吴天昊说，吴队长我走了。陆涛带着人刚要走，刘紫瑶猛一把拉着陆涛的胳膊说，我跟你去。陆涛推开刘紫瑶说，吴队长，紫瑶交给你了！陆涛说完带着八喜几个人冲出院子，村街上立马响起密集的枪声。

　　吴天昊带着二十多个游击队员翻墙出院，向村北运动，没想到路上遇到了民防团。一声枪响，正带着人突围的罗大炮"哎哟"一声倒在地上。程老六上前一步想拉起罗大炮，谁知一把没拉动，抱着罗大炮喊，罗副队长，罗副队长，吴天昊连忙蹲下来喊，罗副队长，罗副队长？罗大炮抓着吴天昊的手说，吴队长，你带人快走。吴天昊觉得手上黏糊糊的，放在鼻子下闻闻，浓浓的血腥味呛得他喘不了气。半晌，吴天昊喘了口气，说，罗副队长，我带你走。吴天昊说完喊声"老六"，程老六背上罗大炮，跟在吴天昊身后冒着枪林弹雨，拐弯抹角继续朝村北突围。

　　打着打着，天蒙蒙亮了，村里的枪声仍然紧一阵慢一阵，吴天昊知道，陆涛带着人还在顽强地阻击，对身边的人说，同志们，天亮前我们突围出去就是胜利！这时，罗大炮在程老六背上艰难地说，吴队长，我不行了，放下我，你们突围出去。吴天昊说，罗副队长！罗大炮抓着吴天昊的手说，吴队长，都怨我没有听你的话，如果昨天晚上转移走了……吴天昊觉得罗大炮的手一松，伸手试试罗大炮的鼻息，对程老六说，罗副队长走了。程老六看看吴天昊，吴天昊说，不能把罗副队长丢在这儿，我们要把他带走。吴天昊说着蹲下身子，要程老六把罗大炮放在自己背上。程老六说，吴队长，我来背。吴天昊说，这是我大哥，我要带他走。程老六把罗大炮抱起来放在吴天昊背上，吴天昊背着罗大炮一边跑一边说，大家分头突围，突围出去以后，到马陵山里的七埝村集结。

二十多个人谁也没有走，簇拥在吴天昊身边。吴天昊背着罗大炮对耿三说，突围出去，你直接回吴官庄，找我爹要点儿大洋，咱游击队也要吃饭啊。耿三说，少爷你放心，我一定回家跟老爷说。吴天昊说，你再带一车粮食到马陵山七埝村找我们。耿三答应了一声。

吴天昊带着人穿街过巷朝村北突围，走过一堵矮墙时，吴天昊看到村路边有个人正指挥团丁进攻，仔细一看，那个指挥团丁的人正是白天亮。吴天昊放下罗大炮，举起枪，瞄准白天亮扣动扳机，叭一枪，白天亮应声倒地。这时耿三已经背起罗大炮，吴天昊拍着罗大炮的背说，罗副队长，白天亮给我撂倒了。白天亮一死，白成银吓得掉头就跑，村北的民防团一时间乱了套，游击队噼里啪啦打了一阵枪，有的团丁扔了枪转身就跑，生怕被游击队的枪子儿追上。

吴天昊从蔷薇村北面突围出来时，身边只有十多个人了，看见打麦场边有堆麦草垛，对耿三说，耿三，先把罗副队长藏在麦草垛里，过几天再来把罗副队长带走。说着话，程老六几个人在草垛中间掏出一个洞来，把罗副队长放进洞里，又把草洞堵上。随后，吴天昊带人沿着场边的大沟朝北跑……跑了一阵停下来，听听村里只有零星的枪声，他心里一紧，难道……他不愿再想下去，正要带人走，突然听见一阵枪声，转脸一看，只见一个人飞奔而来，四个团丁在后面一边追赶一边放枪。吴天昊从跑动的身影里看出来人是八喜，大声喊，这边来！满脸血污的八喜眼看跑到大沟边了，一声枪响，腿一软，一头栽下大沟。吴天昊大喊一声"八喜"，接着吴天昊的枪响了，游击队的枪也噼里啪啦地响了，打倒了追赶八喜的两个团丁，还有两个团丁吓得掉头往回跑，吴天昊趁机背着八喜朝沟北跑。八喜在吴天昊背上哭着说，吴队长，陆副队长回不来了。吴天昊停了一下，知道陆涛牺牲了，心里一阵难过，背着八喜又跑起来。刘紫瑶小跑着跟在吴天昊身旁，听八喜说陆涛回不来了，没明白什么意思，急匆匆地说，陆涛怎么了？吴天昊没有说话。八喜说，我们撤到村中十字路口时，南边和西边的民防团围上来了，南边的民防团是刘福乾带的，西边的民防团是鲁天成带的。陆副队长打伤了刘福乾，刘福乾指挥民防团拼命反扑，陆副队长连中三枪，鲁跃三去营救陆副队长，也被民防团打中了……刘紫瑶听说陆涛牺牲了，呜呜地哭起来，要回去找陆涛，吴天昊一把拉住刘紫瑶，刘紫瑶哭喊道："陆涛——"

　　吴天昊搀扶着八喜和游击队员们停下来，脱下帽子，朝着蔷薇村的方向默默地站了半天。吴天昊坚毅地说，刘政委，我们抓紧撤，到马陵山打游击，坚持武装斗争，罗副队长、陆副队长的仇，我们一定会给他们报的！刘紫瑶坚强地抹了把泪，吴天昊背着八喜，带着队伍沿着沟朝北走了一段路，然后拐进一条干涸的东西向大沟，沿着沟底一直向西走。

　　离蔷薇村越来越远了，吴天昊带着撤出来的人在沟底休息，查看了八喜腿上的枪伤，见子弹头没有完全钻进肉里，还露在肉外面。吴天昊撕下一块褂襟塞在八喜嘴里，让八喜咬住，趁八喜不注意，猛地拔出了八喜腿上的子弹，八喜随即大叫一声昏死过去。八喜醒过来时，陈文辉已经为八喜包扎好了伤口。这时，八喜从怀里掏出浸透陆涛鲜血的中国工农红军徐海游击队队旗，交给吴天昊。吴天昊双手接过队旗，看着队旗上一块一块的黑色血迹，不禁潸然泪下……耿三抽出插在背后的大刀砍下一根树棍，吴天昊将队旗穿在树棍上高高举起来，中国工农红军徐海游击队的队旗迎风飘扬，猎猎作响！

　　吴天昊神情坚毅地仰起头，凝望着红旗上的镰刀锤子；刘紫瑶仰起头，凝望着红旗上的镰刀锤子；程老六搀扶着八喜和所有突围出来的游击队员都仰起头，凝望着红旗上的镰刀锤子……

　　吴天昊带着这支小小的队伍，高举中国工农红军徐海游击队大旗，奔向五十里外的马陵山。

后 记

我有写作这部革命历史题材长篇小说想法的时候，还是2015年春天。那时候我还没有退休，还在住建局村庄环境整治办公室工作，整天和年轻的同事们一起到村里去检查环境整治情况。由于我的创作，多年来都是利用业余时间完成的，总以为退休后有大把时间搞创作，因此退休前才有了创作长篇小说的打算。岁月荏苒，光阴似箭，时光如梭，眨眼间船到码头车到站，11月我退休了。记得21日办完退休手续后，24日下了一场雪。那天的雪下得很大，漫天飞舞，纷纷扬扬，快中午的时候，地上、房上、树上都落了厚厚一层。25日太阳出来了，冰雪消融。我工作了41年，已经习惯了忙碌，一旦离开工作岗位，离开朝夕相处的同事，离开热热闹闹的环境，在一个十分安静的环境里，心里总是有些不适应。这种状况一直持续了大半年，直到2016年下半年，我才回过神来，把这部长篇小说的写作提上议事日程，开始为长篇小说创作做准备，陆续收集、整理相关资料，先后阅读了中共东海县委党史工作办公室编著、中国方正出版社2003年10月出版的《中共东海县地方史》，中共东海县委党史办公室和东海县民政局共同编辑、中共党史出版社2013年10月出版的《红色东海》，东海县编史修志委员会编印的《东海县革命斗争史稿》，查看了"东海史志网"刊载的《东海县1921—1949大事记》等资料，还在网上收集整理了5.2万字1927年大革命失败后和南京民国时期的资料，一边看资料一边思考，确定了故事走向，确定了小说的人物关系。2017年10月20日，我开始构思。2018年1月2日，我独自一人回到东海，4日便进入写作状态，5月15日完成初稿。

我在小说中大量使用东海元素，突出地域特色，故事既有东海县建党初期真实的历史，也有文学创作的虚构，虚中有实，实中有虚，二者有机融合，讲好先烈为民族独立、国家解放和人民幸福，坚定理想信念，抛头颅洒热血的感人故事，把红色主旋律作品写得语言精练通俗易懂、高潮迭起，不仅要对老同志有吸引力，而且也要对年轻人有吸引力，传承红色基因，弘扬革命精神，建设美好家园，不忘初心，牢记使命，凝聚起推动高质量发展的强大精神力量，为中华人民共和国成立70周年和中国共产党建党100周年献上一份礼，这是我的写作初衷。

我修改这部小说时，恰逢2019年全国两会在北京召开，3月4日下午，习近平总书记参加全国政协十三届二次会议文化艺术界、社会科学界联组会时指出："一个国家、一个民族不能没有灵魂""共和国是红色的，不能淡化这个颜色。无数先烈的鲜血染红了我们的旗帜，我们不建设好他们所盼望向往、为之奋斗、为之牺牲的共和国，是绝对不行的。"自中国共产党建立以来，一代一代共产党人用坚如磐石的理想和信念，用坚定不移的初心和志向，带领广大人民群众，书写着第一个百年历史和70年建国史。那一段段风云激荡的革命历史，那一个个感人肺腑的红色故事，是值得我们不断深情回望的。习近平总书记的讲话，更加坚定了我讲好红色故事的信念。

感谢东海县委、县政府，为繁荣东海县文艺创作，制定出台文艺精品创作扶持政策。在县委宣传部的大力支持下，作为文艺精品工程项目，此书才得以出版。

李　琳
2019年5月22日